绿 宝 石
Fall into your light

为妃三十年

她与灯 TA YU DENG 著

上册

这是一个流传于戏文中的故事，与正史无甚关联。其中年代、人物，皆不可考证。唯有戏中帝、妃『有愿同流』四字流传，为后代演绎，记录一位妃子与帝王的四时冷暖，撰与有情人共看。

目录

卷一

红尘一粒

皇族的男人，怎么可能任凭一个汉家女人处置？

第一章 踏云行

每一个为皇帝的死泪流满面的人，都在想着如何在皇帝死后更好地笑着活下去。

“掌仪司的人给小姐搬炉子来了。”

原本周遭静得似死水一般，这一声却将躲在毡帐下避雪的冬鸟皆惊起。靠在毡垫上的萍露猛地坐起来，哆哆嗦嗦地挽起帐帘。

十二月的天降雪，风里渗着雪气，帘子一被撩开，王疏月袖旁的绿釉莲花灯就被吹灭了，露在袖外的半截手腕被吹得钻骨痛。她索性搁笔，抬眼向那道之前久合不开的帘子外头看去。

雪还在簌簌地下。

顺宁三十三年隆冬，皇帝死在明华宫。如今是小殓后的第三个夜晚，该哭的不该哭的都哭累了，禁城就像跟着皇帝咽了气一样。王疏月眼中仅剩下的活物是招摇在夜幕下由远及近的两盏惨白的灯笼。

挑灯笼的太监很干瘦，像累了一整日，肩头松垮，目光迷离。他糊里糊涂地行过来，因为麻木，步子迈得比寻常还要齐整，积雪的青石地上印下的脚印间隔几乎都是一样的。

也是，皇帝的大事一出来，内侍府便忙得脚不沾地，连管内侍府的襄郡王都累得呕了血，饶是如此，一日间还是因为大行皇帝丧仪的事被新帝申斥三次。起头的自己都是个半死的人了，也不敢上榻躺一会儿。这样三日连轴折腾下来，内侍府难剩几个还有精气神的。

然而走在那两盏灯笼后的人仍然精神矍铄。那人叫曾尚平，是掌仪司的管事太监。他长得体面、秀气，负责过豫老亲王的丧事，掌仪司衙门的堂官都倚仗他。这会儿他一面走一面和明华宫的太监说话，待要进帐，他才挥手打发人走，抬手理正头上的官帽，在门外向里面的人行礼。

“裕娘娘怕姑娘这里要累一夜，命奴才来给姑娘添炭炉子。”

毡帐中唯一的灯已经熄灭，但因每一个人都是一身的重孝，像一个又一个沉默的雪衣鬼魅，因此彼此都看得十分清楚。曾尚平说完，便走进毡帐中，从凌乱的书架上熟稔地翻出一个火折子，重新替王疏月点亮灯。

“裕娘娘说，宫里召姑娘召得急，让您担待的又是要紧的差事，内侍府着实腾不出手来照顾您，一日一日连炭火都接不上，她老人家心里很不安。”

说完，他甩灭火折子，挽起袖口去拢灯。光给人暖意，好像化开了他在雪地里受过雪风的喉咙。

“听说姑娘家里的太太也不大好？”

好不好，也就几日了。

若换作以前，王家的府邸里会有很多人来问她母亲的病，但由于她父亲王授文是在御书房行走的翰林，皇帝病笃难愈，他只得没日没夜地守在御书房，眼巴巴地等着那道让内廷外朝都望断脖子的遗诏从皇帝口里吐出来。

兄长在外任上，妾们又都不理事，眼见着母亲的大事要和皇帝的撞到一起，王疏月原想帮衬着府上料理，奈何皇帝还是先走了一步。这是梁朝建国后头一回在禁城里张罗大行皇帝的丧事。宫里要写丧仪一项上女官们的典仪簿子，皇太后的旨意当夜就传到了王家，王授文在衙门里回不了家，王家夫人又病着，无人过问得了家中姑娘的事。王疏月只得跟着宫里的奴才匆匆入宫。这一出一进，王府无人打理，的确有些狼狈。

王疏月的父亲王授文是前荣的遗臣，也是长洲学派的起头人，祖上原籍清江，荣末迁徙到长洲，后来又去抚明做官。在长洲王氏家族曾建有一座“卧云精舍”，是当时民间首屈一指的藏书楼。其藏书之富，令天下文人无不倾目。

后来，卧云精舍毁于战乱之中。王授文在抚明闻讯时一头栽倒，昏了五日才醒来。他本想就这么把自己埋在那累世的文化废墟下，但看着家中的老老少少指望他谋生计，又强撑着活了下来。

活下去是大多前荣遗臣的想法，加上当时大梁的朝廷刚刚在汉人的地界安定下来，虽然凭着铁骑和砍刀践行“顺者昌，逆者亡”的观念，但也逐渐深刻地意识到，承袭千百年的汉儒文化杀不死。

王授文为了求存，成了长洲学派头一个不守节的人。

于是，当时的晋阳卫指挥同知在降梁之后将王授文举荐给了皇五子贺庞。之后，王授文在贺庞门下参与了大梁开国规章制度的制定。后来他又奉皇命供职于御书房，承旨草诏，并会同掌仪司的梁官编纂各类典仪簿。虽然他被长洲学派骂得体无完肤，但大行皇帝很喜欢他，认为他站在梁汉之间，脑子活泛，一点儿都不“迂腐”。

顺宁三十年，皇帝为收拢汉臣之心，嘉赏一批有功的汉臣，贺庞趁此请旨给王授文一家抬身份。至此，王家被编入了黄绫军。贺庞是黄绫军之主，名正言顺地成了王家的正经主子。

王授文是个很公道的人，他打心底看得起贺庞这个皇子。

贺庞在大行皇帝的儿子中排行第五，性子冷清，在父亲和兄弟面前话不多，只在适当的场合直言切中要害。他也不是马背上的莽夫，在听说卧云精舍的事后，曾私下从府库里拿出银钱，资助王家事后修缮。后来，他又接连不断地送银子，让王家重新建藏书楼，收补书本。

王授文只有一个儿子，早就放了外任。因此，修复卧云精舍的事就落在王疏月的身上。她是姑娘家，却一个人在长洲的祖宅里住了好几年，每日只与书本为伴。久而久之，长洲的文人都说，王授文的这个女儿本身就是“半个卧云精舍”。

后来，王疏月到了年纪，回京待选采女。王授文曾带着她去给贺庞磕头谢恩，车马都到了门口，贺庞却派人传话，只说“文粹毁于战火，吾与大人同哀”，不肯与他们相见，也不肯受礼。

就这么把他们打发了？王授文在贺庞的府门前，气出了一张五光十色的脸。

王授文原本出于私心，想在选秀前让这位主子见见自家女儿，彼此有个默契。谁知这位主子却这样不解他的苦心。

结果，王疏月被裕贵妃相中了，请旨赐给自己的儿子皇十一子贺临做侧妃。

王授文与贺庞走得过近，皇帝已经明里暗里点过贺庞几回了。这会儿裕贵妃要把王授文的女儿求给贺临，皇帝自然当即就准了。奈何当时钦天监和掌仪司在忙皇十八子成婚开府的事，王家姑娘和贺临的事只是裕贵妃和王家有了点儿单方面情愿的默契。

其实，王授文心里很不是滋味，他要烧的是贺庞这个灶，自然希望自家的女儿做五王府的人，谁知被人迎面泼来一桶冷水。因此，他醉酒之后在自家席上大胆地给贺庞下了这么一条判语：“君子之范，但也太不近人情，煞气过重，恐寿不好。”这是骂贺庞不识好歹，不知道他为人臣、为人父的良苦用心。

被父亲拿寿命来调侃的主子——贺庞——这个男人，在王疏月心中既严肃、遥远，又带着些话本里极致人物的诙谐。

话说回来，贺临是不是良配，对王疏月来讲就太难说了。

贺临是个带兵的皇子，之前已经娶了富家的姑娘做正妻。王疏月曾在裕贵妃的宫里见过他几次。相比沉闷和克制的贺庞，贺临倒是个性热的人。他在裕贵妃身边高谈他在四川带兵的见闻，说至兴奋之处朗声大笑，举手投足之间意气风发，一身年少有为的英气，话虽多，倒也不让人觉得烦。但他自始至终都不肯正眼看王疏月。他是情种王爷，挚爱其妻富氏，觉得汉人家的女人腻歪得很，因此对母亲给他张罗的这门亲事一点儿都不肯上心。

正主都这么耗着，内侍府又忙，王疏月也就陪着一起在府里耗着，一耗就耗到了皇帝驾崩。

得，一下子又得再耗三年。到时候，她快二十一岁了吧。

“姑娘还用得惯这盏墨吗？”

王疏月在想很私密的事，曾尚平的话把她从自己的思绪里拽了回来。她见他有攀谈的意思，便知道掌仪司的人换职，他此时闲散，是奉裕贵妃之命专程跑这一趟来瞧她的。裕贵妃待她是真的好。她不想辜负裕贵妃的心意，便倚着灯坐下来，伸手接近火去烘手指，应他的话道：“倒还好，我平时爱用松烟墨，这盏是油烟墨，天太冷了，冻腻得有些快。”

“奴才看姑娘以前写的那些字都厚朴得很。”说完，他从袖中取出一个松木盒来，“姑娘打开看看。”

王疏月一眼瞧去就觉得眼熟，打开一看，顿时笑了：“曾公公，好有心。”

“这是从姑娘府上取来的，府上的人说是姑娘平时用惯的，奴才取来给姑娘过过眼，若使得，再打发人上内侍府取几盏一样的来备上。”

王疏月笑而不语。

王疏月的婢女萍露见有人在旁伺候，自个儿就上炉旁看水烤火去了。帐子外面的风雪吹得毡帐呼啦啦地响。有了炉子，王疏月的手腕没之前那么僵疼，运笔写字灵活了很多，一会儿的工夫便写满了一页纸。

“裕娘娘说，只是让姑娘写王妃诰命的丧仪典礼簿子，不是让姑娘进宫来遭罪的。掌仪司的衙门这会儿是太乱了些，不敢让姑娘去委屈，但好歹西五所还有好的屋子，您不该在这顶毡帐里将就着。”

“怎么能说是将就？”她在灯下抬起头，“这顶毡帐原本是预备给皇上在明华宫守灵的，我住着，不已经是个大恩典？西五所离掌仪司太远了，宫里要这些东西要得又急，写起来却快不了，即便这么没日没夜地对付，也不知道能不能在出殡那一日写全，哪有那么多时间往来白耗？”

曾尚平拿起案上的白铜滴水罐往砚中添了几滴水。

“也是。老祖宗的东西，复杂得很。”

他说完这句话，王疏月却抬腕停了笔。但她没有出声，只是扼袖娉婷地看着他。

❖ ❖ ❖

大荣亡了，“祖宗”成了一个不大好说出口的词。人们好像活得有些飘摇，一方面要脑袋要吃饭，另一方面又不甘心。其实还没有到只能认皇上、不能认祖宗的地步，但梁汉两族都在表面的平静下憋着一口气，越是忌讳，越是暗流涌动，反而搞得梁人汉人都有些神经质。像王授文这样活得乐呵呵的“明白人”毕竟不多。

王疏月会这样敏感，倒是曾尚平不曾料到的。他虽是裕贵妃的人，但他与眼前这个女人也不过是打过几个照面的缘分，没有必要在这个敏感的地方与她交心。于是，他放下墨锭，端立着道：“除了姑娘，没有别人，奴才就大胆了。”

王疏月自然地把话岔了过去：“听说你以前负责过老亲王的后事，我有几个细琐的地方想请你参详参详。”

“唉，姑娘这就是羞奴才了，您和王大人是这典仪一项上的泰山，奴才哪里敢给姑娘参详？”

王疏月将这一夜所写的都整齐地摞起来，放到一旁。她穿着孝服，人在灯下却不显得暗淡，而是有南方女人的好气色，声音却没有烟水地那种腻歪的味道：“这种梁仪汉俗皆有的典仪册子，还是难。”

“不外乎异习相糅，先帝遗诏上说要在丧仪上重汉礼，姑娘是‘半个卧云精舍’，您下笔，错不了。就等着外头诰命们进来，遵照着一一做。”

这话倒是能开解王疏月。

她搁下笔，避开灯影，揉了揉眼睛，再抬头时，外面的风倒是停了，雪花飘落的影子慢下来，深深浅浅地落在暖黄色的毡布上。

“好大的雪啊。”她冲着手掌哈了一口气，“裕娘娘的肩疼好些了吗？”

“哦，顾得上用药就好些，这几日怕是顾不上。”

话刚说完，明华宫的小太监便在外头道：“曾公公，您在里面吗？宝子他们等着回您话。”

“好，这就回。”说着，他向王疏月跪安，那边萍露已经撩了帐帘。

曾尚平走后，萍露的瞌睡虫也大半醒了。她挽起袖子将铜壶里的水倒出来，泡了一壶茶。“可算是给热茶吃了，这禁城白天看着到处都热闹，一到晚上几乎冷死人。”

王疏月捧着热茶走到帐帘边，撩开一点儿帘边向外看去。

雪很大，天上却挂着一轮散着毛边的月亮。月下是被大雪覆盖的明华宫的黄琉璃瓦重檐庑殿顶，檐角的九只脊兽明明彼此挨得很近，看上去却孤零零的。

“小姐，还写吗？”

“写，先歇会儿。”

她就着萍露刚才打盹儿的那个垫子抱膝坐下来，不在母亲身边，再也没有那么多讲究。不光她，此时宫中人人都讲究不起来。皇帝大丧，所有的嫔妃、皇子日夜守灵，梁汉的部院官员也都在自家衙门集食集宿，轮班值守。

其实对大部分的京城百姓来说，死的是一个不相干的外人，为他穿孝，掐着大腿为他哭，无非是怕九门的官兵要拿人。至于那些龙子龙孙、后宫里的女人，各自心头有多少哀伤、多少计算，那就不得而知了。

顺宁年间的皇帝死了。声势浩大的丧礼在每一个人脸上蒙上死灰，但人心比任何时候都跳动得澎湃有力。每一个为皇帝的死泪流满面的人，都在想着如何在皇帝死后更好地笑着活下去。

王疏月抬头，遥遥地向着明华宫的重檐庑殿顶望去，莫名地觉得那躺在金棺内茫然不知后来事的大行皇帝煞是凄凉。

帐外值守的太监见王疏月靠在帐门边，便问道："要不要给姑娘再添个手炉？过会儿怕还要刮雪风。"

"不用了，劳你再去掌仪司取些纸来吧，我瞧着快不够了。"

"唉，奴才这就去。"

谁知他还没有动身，远处却跑来一个人："嘿，往哪里去？主子爷过来了。"

"主子爷？嗬！主子爷怎么这个时候往这里来了？这——"他把手往衣襟上搓了搓，慌着续道："何公公，我们这里是伺候王家姑娘的，什么都不齐全。"

正说着，通草篆的靴底与干粉雪地摩擦的声响已经传了过来。

六盏掐丝珐琅宫灯由远及近，不过几时就近在眼前了。那传话的太监何庆道："没用的东西，稳好你的身子，你哪里配伺候主子爷，把地方给主子爷腾挪干净就在外头站着。"

"唉，是是。"

"把地方腾挪干净"是什么意思？

值守的太监一转身，就看见了门边的王疏月，她此时已经站了起来。怎么办呢？难道也把这位准主子撵到外面吃雪风吗？他结舌，开不了口。

王疏月却没什么不自在，容色未变，笑容也是淡淡的，她侧身对外面的何庆道："何公公，我也退到外面守着便是。"

那传话的人也透过帘缝瞧见了王疏月，行礼道："哟，刚才顾着和奴才们说话，没看见姑娘。您身子弱，要是受了雪风，裕娘娘还不得扒了奴才们的皮？您就在里面伺候着。只是，主子爷这会儿气不顺，您哪，慎着些，不要多话。"

"好，我省得。"

正说着，皇帝已到了帐前，何庆忙转身亦步亦趋地迎上前，帐内外的人跪倒了一片。皇帝经过前面厚重的雪帘子，行在宫灯的光影布出的暖阵中，脚步并不快，每一步却都踩得很深，干燥的积雪发出嚓嚓嚓的碎响。

是他把风雪刺骨的寒意带入帐中的。而他似乎在想着什么，全然不觉这暖寒的交替。他只在帐帘前略顿一步，由着何庆解下外头罩着的那件披风，而后沉默地从王疏月身边走过，径直在帐中唯一一把圈椅上坐下来。人是松靠在椅背上的，手却紧紧地握成拳，不重不轻地压在王疏月才写完的那一张纸上。那人姿势其实有些颓丧，但又隐着一股灼人的烈气。

他没有叫起，所有人都只能继续跪着。帐中静得连一根针掉落的声音都听得见，除了他的呼吸声，就只剩下炉上烧滚的水咕嘟咕嘟地沸腾着。

他沉默地看着书架上无名的一角。唯一的灯把他的影子映到王疏月面前的地毡上，王疏月悄悄地抬头看了他一眼。他的身子被书案挡去了一大半，王疏月能看到的只有一张阴沉的脸。他的嘴唇偏薄，下颌的线条如刀切剑割一般分明。汉人喜谈面相之说，王疏月隐约有些明白为什么父亲会给这个人下"煞气过重"的判语。这般想着，她忙把头垂了下去。

他到底在想什么，谁都不敢去猜。

所有人都只是心惊胆战地陪着他沉默着。不多时，不知什么地方传来一阵男人的哭声，哭声很远，细辨之下却能听出来，是来自明华宫那处。

王疏月跪在书案前。与那遥远的哭声一道传入耳中的还有书案上揉搓纸张的声响，她抬眼看去，却见刚才还被那人压在拳下的那张纸此时已经被他慢慢地捏进了掌中。看得她一阵心疼。

"张得通！"他突然开了口，吓得帐内屏息跪着的人肩膀一抖。

立在他身旁的太监忙应道："奴才在。"

他猛地把手松开，一把将书案上的文稿拂开："传话给胡善，让他去明华宫，把灵前的那个人给朕绑过来！"

张得通是总管太监，跟着皇帝很多年了，深知他向来喜怒不露在面上，今夜这番怒不是做奴才的能劝住的。

他听完旨出来，一面往明华宫走，一面赶紧吩咐何庆道："去御书房值房，看看王授文王大人在不在，要是他在，赶紧把他老人家请过来。"

何庆不明就里："怎么了？我才瞧着王家府上的女人去值房给王大人送东西，这会儿——"

"啧，我让你去就去，晚一步，要出大事。"

张得通去传话了，帐中的人就更成了惊弓之鸟，谁也不敢动一下。

皇帝算是把一直顶在胸口的那股气顺出来一点儿，方觉得喉咙干疼。张得通不在，何庆也被张得通支使出去了，他便不知冲着谁，随口使唤道："倒茶。"

帐中人全都听见了皇帝这句吩咐，但面面相觑，没有一个人敢起来。

皇帝还在想明华宫的事，没人应他，他竟然也没发作，搓揉着那张几乎要被他捻成屑的纸，又沉默下来。

王疏月环顾四周，周遭的人都不是惯在御前伺候的，谁也没经手过茶水的事，而且皇帝又在气头上，人人都怕出头挨削。她收回目光，看了一眼炉上的水壶，水倒是烧滚了，只是这帐中此时只有她惯喝的六安瓜片。如今内侍府顾不上她，甚至连杯、壶也是后来萍露去要来的那一套，跟着送来的茶也不是好茶。

不过，有总比没有强，总不好这么僵着。

她想了想，还是慢慢站起身来，走到帐外，对立在外面的太监道："去掌仪司寻一套杯、壶来，你好生跟他们说，主子爷驾临我这里，我不敢失礼，让他们用点儿心。"

说完，她撩起帐帘进来，小心地绕过书架，抬手取下茶罐，放于案上，又回身取水烫洗茶勺。

皇帝并没有在意身旁这个女人，只当她是此处伺候的奴才，有那么几分胆识，若换作平时，他还肯赐她一眼，然而此时那人还在明华宫说着什么狗屁兄弟情义、什么君臣父子的大理，扶棺为大行皇帝痛哭不止，像天底下最孝顺的儿子，然而眼泪背后显出的是一副哀极心死、要和他拼命的模样。

❖ ❖ ❖

太可恨！

皇帝想到这里，又是一巴掌拍在王疏月的书案上，原本就散放的文稿如今散的散，破的破，还有一张被他搓成了盐巴菜。王疏月放下水壶，从书架后偏着露出些身子，往案上看了一眼。

整个晚上的辛苦，就被这位爷两三下全给毁了。他到底在气什么呢？王疏月撤回身子。

明华宫的哭声已经停下来，然而那略熟悉的喝骂声越来越近。去掌仪司取杯盏的小太监在帐外轻声唤人，王疏月刚撩起帐帘，那小太监便小声道："姑娘，奴才看见诚王爷被胡大人锁拿过来了。"

这小太监口中的诚王爷就是贺临。他显然知道面前的姑娘是诚郡王未过门的侧妃，这才赶着告知她。王疏月顺着那喝骂声的方向看去，果见贺临被御前侍卫胡善押着走过来，显然有好几日不得梳洗休息，眼眶发乌，下颌泛青，但那狂妄的气焰与往日没有一丝不同。

"胡善，你这个狗奴才，敢锁你十一爷！当年你跟着爷在抚明杀荣军，被剑戳得肠子都漏出来了，还是爷把你拖回去的。如今你忘恩负义，跟了那个人，眼看着他要登大位了，你也跟着把腰杆子挺起来，敢跟爷动手！爷好生养你这条狗，你竟是只白眼狼！"

胡善被他骂得灰头土脸，但也不敢说什么。这大逆不道的话若出自别人口中，胡善就一刀捅过去了，然而这位爷是先帝封的郡王，如今嗣皇帝下旨要拿他，也只说将他捆起来，没有让堵上他的嘴巴。胡善到底不敢自作主张，只能在一旁憋着气劝道："十一爷，您有什么话到皇上跟前说去。奴才是奉命行事，不然给奴才万把个脑袋，也不敢和十一爷您动手。"

贺临刚要喝骂胡善，却被脚底下埋在雪中的一块石头狠绊了一跤，他人被捆着，一点儿平衡都掌不到，身子直愣愣地往前一扑，硬是在雪里摔了一个大马趴。贺临狼狈地挣扎了一阵，却怎么也站不起来，双眼被滚雪刺激得通红。他侧过在雪地里搓摩得冰冷的脸，开口嘶声骂道："胡善，你是死人？扶爷起来！"

胡善却没有应他。

与此同时，后面的侍卫也一道跪下。刀剑和衣料摩擦的声音窸窸窣窣。贺临眼前扬起一层被宽头靴子踢起来的雪沙，雪沙一下子蹿入他的鼻腔，他呛咳了好一阵，仰起头终于看清了眼前的人。

皇帝目光阴鸷："你不在丰隆大营就算了，回宫奔丧，朕也认你是出于孝心，但你听听，你嘴里说的是什么混账话！"

"混账话？哈，五哥，普天之下，你怕是再也听不到我这样的真话！"

"你还叫朕一声五哥！贺临，我们是连着血肉的兄弟，老七、老十八为了你这条命，现在都还跪在隆正殿前面！你把脑子给朕拎清楚了，兄弟们的情义，你不要，想死，朕现在就成全你！"

"要你成全，我呸！"

贺临的脸贴在雪地上，那一口唾沫就正吐在皇帝的靴面上。

"他们认你是皇帝，我不认你！天知道你和翰林院的那汉贼狼狈为奸，胡诌出了什么圣旨。传位给你？父皇生前斥你'结党营私，图谋不轨'，一口气撤了你户部、吏部两处的差使，让你在府里闭门思过，怎么临去之前又要传位给你了？父皇是脑子糊涂了吗？"

"你给朕住口，父皇尸骨未寒，岂容你如此诋毁！"

贺临趴着气不顺，一口气说了这么些话，胸口憋痛欲裂。他索性猛咳几声，竟然咳出一口带血的痰，并着嘴边的雪沫子一并吐出。

"你也知道父皇尸骨未寒啊！老五，你暗地里算计的是什么，你心里应该清楚。父皇病重，你不让我进宫，反而把我交给丰隆营的乌里台。老子看过了，整个丰隆大营戒备得跟什么一样。而你，在父皇驾崩的那天晚上把整个禁城都封锁起来了，连水车都出不去。你要做什么？你要做什么？啊？你是怕九门提督到时候出乱子，讨伐你这个弑父的逆子，你弹压不住，是吧？"

"胡言乱语！"

好一通胡话。

王疏月渐渐看明白了这二人的倾轧，要命的是，其中似乎还牵扯到了父亲。她低头朝贺临看去，他虽然言语嚣张，布满血丝的眼底却渗着穷途末路的绝望，成王败寇，大局已定，这位战场上大杀四方的少年将军就快要被兄弟手中的生杀大权逼疯了。

不要命的时候，人人都是神灵。什么君君臣臣、父父子子、人伦、爱情，都会被轻而易举地挫成灰。

贺临听完“胡言乱语”四个字，狂妄地笑了起来，笑得在场所有人都筛骨抖肉，如同在雪地里喝了一大碗冰水，连呼吸都快不听使唤了。

“贺庞，这四个字，老子吐还给你。你也不用再假惺惺地跟我说什么骨肉亲情，你杀父弑君，伙同王授文伪造遗诏，你还有什么事情干不出来？！老七和老十八那两个浑虫，以为朝你磕了头就能舒舒服服地继续当大梁王爷，老子打心底看不起这种没骨头的兄弟。老子跟着父皇打天下的时候，你还跟在后头养马呢，你知道什么是征天下、什么是将士铁骨？老子为大梁落了一身疤，当真还差一个碗口大的，来呀！”他说着，伸长了脖子，“有种往这里给老子补一刀，我就在你这位万岁爷手上功德圆满了！”

话声落下，除了风雪声，天地间死一般的沉寂。

其余人都小心地屏着呼吸，于是场中仅通畅的人气全部来自这已经斗红眼的两兄弟。

“不敢杀是不是？杀了就坐不稳帝王宝座了。哈哈哈……为了皇位杀人，为了皇位又不敢杀人，老五，你就是个窝囊废！窝囊废！”

王疏月听到皇帝手指关节传来一声脆响，在场的人都还来不及反应，皇帝已经拔出了胡善腰间的刀。张得通等人都吓呆了。他们都是前荣留下来的奴才，前荣理学盛行于世的时代，再毒辣的人面上都镀着一层无欲的金，更别说那些在宫里长大的皇子了，哪怕他们里面都斗得烂成絮了，在外面还是兄友弟恭地唱和。提刀取命？不敢想，也不知道怎么破解。

张得通眼睁睁地看着那把明晃晃的刀从自己眼前晃过去，心脏都要从嗓子眼儿里跳出来了，只恨何庆那短腿狗，都这个时候了，还不知道带着王授文在什么地方扑腾。他正急得头顶冒烟，却见一个清瘦的身影不知什么时候跪到了诚王与皇帝中间。

那女人手中端着楠木托盘，盘中稳稳地放着一盏茶：“息怒。”

是王疏月。

张得通心道，这姑娘可算是来救自己准夫婿的命了。也好，能拖住这位要命的主子爷一时是一时，拖到王授文过来，就尚有转圜的余地。

他是想得好。但皇帝已怒极。贺临戳着他的脊梁骨，言辞交锋之间，已然是光脚的不怕穿鞋的架势，喉咙里若是能伸出手来，几乎就要把他生吞活剥。他被这迫近的威胁逼出了杀意，哪里是一个奴才挡得住的？

“滚开！”

呵斥声之狠厉，吓得张得通两个膝盖骨都磕撞在了一起。

然而王疏月没有动。她也不是全然不恐惧，双手虽举得稳，肩背却隐隐地颤抖。她很瘦，虽然穿着厚重的冬服，外面还罩着素孝，却依旧弱骨风流，跪在两个男人中间，显得越发单薄、孤独。她咳了一声，尽力稳住自己的声音：“主子爷要的茶。”

翻了天了，诚王不要命，连个奴才也跟着不要命了。皇帝连张嘴的心都懒了，一掌撩翻了她手上的茶盘：“朕让你滚开！听不懂吗？”

滚烫的茶水照着王疏月的脸就洒下去。那是才开过不久的滚水，一接触到皮肤，就立即在她脸上燎起了一片红点。

跪在一旁的萍露顾不上场合，惊叫出声：“小姐！”

这一声“小姐”，使皇帝的步子顿住了。与此同时，贺临也认出了她。然而他被气得一佛出世，二佛升天。要一个汉人丫头来搭救他，他宁可现在就死在皇帝的刀下。

“王疏月，你跟爷在这里逞什么！”

“你给我闭嘴！”她回过头去对着贺临斥了一声。

贺临瞥见她脸颊上那片触目惊心的烫伤，不由得一愣。这女人从前在自己母妃面前不是温柔得像一摊水吗？他时常给她嘴钉子吃，有的时候甚至连自己母妃都看不下去，要拿话去维护她，她却都不说话，跟只不知道痛痒的呆鹅一样，还能对着他笑，让他觉得一点儿都不带劲儿。这会儿她竟这样跟他顶嘴，他一下子没反应过来，刚才的气焰在她面前莫名其妙地给摁下去了，傻吃了一个闷瘪。

萍露膝行过去扶王疏月。王疏月却把她推开，反手用手背触了触被燎伤的地方，知道已经起疱了，一面心里暗苦恐会留疤，一面伏地去捡地上的碎瓷片。

❖ ❖ ❖

“奴才手不稳，烫着主子爷了，奴才该死。”她捡好那一堆瓷片，跪直，向着皇帝端端正正地磕了一个头。

竟然是王授文的女儿。皇帝想起来，她是裕贵妃挑给贺临的侧妃，如今倒成了那个混账的保命符。

而王授文老远就听到了毡帐前的动静，跟着何庆上气不接下气地跑过来，见皇帝手上握着刀，诚王贺临被摁在地上，自己的女儿跪在这两兄弟中间，脸上的燎疱看着着实骇人。

他顾不上去过问女儿的事，忙扶起贺临：“诚王爷，您对臣有气，怎么能怪责皇上？皇上免了王爷私自进宫的罪，对您已经是宽容之至啊——”

他扶的是诚王，一股脑儿地把责任往自己身上揽，话里话外又站在皇帝这一边。王授文能在群臣中间吃开是有道理的。张得通当下就想给这人精鼓个掌，这父女俩一个降住了疯王爷，一个拉住了怒皇帝，真真都是菩萨，都是能救命的药。

“老子拜先帝天经地义，要他来免——”

“贺临！”

贺临本是不服王授文这些鬼话的，哪知才开口要骂，却又被王疏月给喝了回去。而且她竟然叫了他的名字！吓！连富氏那样的烈女子都不敢这样直呼他的名字，偏在这场合，他还不能跟这个女人发作。一句话说不完，硬吞回肚子，他顿时脸色涨红，心里糊里糊涂地想着今儿到底是怎么了。

然而，他还来不及想通，就已经被王授文从地上扯了起来：“王爷啊，小棍子挨，大棍子躲啊，您不能逼着皇上在先帝爷仙灵未远的时候不仁不义。快快，快跟老臣走。”

说着，王授文又向着皇帝摇了摇头。

先前皇帝是被贺临的话逼得拔了刀，这会儿王授文过来劝说，台阶搭得稳当，贺临莫名其妙地蔫了下来，他胸中的恼怒已经被摁下了一半。

王授文见皇帝不吭声，忙一面撑着贺临，一面对胡善道：“找人来扶啊。”

胡善明白他的意思，招呼御前侍卫一拥而上，和王授文一半是扶、一大半是拖地把贺临押走了。

雪密得糊人眼睛。

胡善等人走了，帐内外就又只剩下一堆没声气的奴才。皇帝松了手，刀掉在地上，雪累得太厚实，竟然没有发出多大声响。他低头看了一眼仍然跪在地上的王疏月，她低垂着眼，孝服上不见绲毛的领边，生生露着半截脖子，雪不断往她领中灌去，她已经在发抖了。他再往脸上看，一串子燎疱鼓胀得厉害。

男人可以背几个疤，但女人不一样。皇帝想起去年自己府上一个侧妃被花枝钩伤了脸皮，就在他面前哭得差点儿昏厥过去。他厌恶女人在他眼前没有规矩的仪态，不但不心疼，后来竟再没去看过那位侧妃一眼，如今她好没好，他也不知道。但女人爱脸胜过惜命，他是看明白的。

“主子爷，这王姑娘……怎么处置？”张得通小心地询问了皇帝一句。

怎么处置？他还真没想好。先前贺临要跟他一道往死胡同里走。这个女人的行为看似莽撞，实则是聪明的，刚才那场面，除了她这样的身份，倒真没有别人挡得了他的驾。生死之际，她这一举举重若轻地救活了贺临，也走活了他的路，但这并不怎么样。对，他向来不喜欢女人自以为是。此时他甚至觉得，这当口根本不该费神去想如何处置她，索性不应张得通的话，抬脚往帐内走去：“恭亲王在什么地方？”

张得通忙跟着他进去：“哟，怕还和十八爷一道在隆正殿跪着。”

“传过来。”

张得通知道主子爷要议诚王的事，王家那姑娘一时半会儿在雪地里是起不来了。他想着，刚才若不是她，今夜明华宫跟来的人怕都要被挖眼睛割舌头。见她受苦，他心里过意不去，趁着去传话的当儿，让何庆给她递了个手炉。谁知道何庆把那手炉原封不动地抱了回来。

“王姑娘说，主子爷是在责她，她不能受用。”

张得通觉得自己这会儿只想吸一口醒脑的鼻烟。得得得，主子们都是明白人，拎不清的是他们这些奴才。他想着，抹了一把额头上已经彻底凉透的汗，低头在腰间翻找。

何庆抱着手炉问道：“师父，您找什么呢？”

“鼻烟壶。”

他翻了一圈没翻到，不得已撩开帐帘扫视里面，倒真是寻到了。鼻烟壶就被压在皇帝的靴底下。恭亲王颤颤巍巍地跪在毡垫上，正死死地盯着那鼻烟壶，企图给自个儿眼神找个焦点，以此抵御心慌。

张得通叹了口气，知道捡不回来了，松手搁帘作罢。

恭亲王就是皇七子，和贺临是一母同胞的兄弟，但他比自己的弟弟老实得多，皇帝指派什么事，他就做什么事，其余一概不敢多嘴，如今自个儿的胞弟做了这么大逆不道的事，他知道躲不过这位嗣皇帝的骂。在来的路上，他听张得通说，弟弟的性命好歹是保住了。因此，他打定主意，就是跪死也要让皇帝把这口气在自己身上出顺了。于是皇帝说一句，他就请一次罪，应的也都是些“疏于管顾”之类的废话。皇帝说到处置的时候，他就和老十八一把鼻涕一把眼泪地求，说什么“父皇还没有出殡，好歹过了这个大事再处置这个逆臣”。整个人活脱就是一团棉花。

皇帝被他们求得没了意思，到了后半夜又隐隐发了火牙疼，打不下去这场太极，于是摁着太阳穴打发两人滚了。

张得通递茶上来，道：“裕娘娘那边使人过来了。皇上见不见？”

皇帝正靠在椅背上，火牙扯着半张脸都是疼的，但他不想跟张得通这些人提，一提太医就要过来，连这会儿的安静都没有了。他勉强忍着，抬手狠命地在眉心摁了两下：“不见。”

“那……今儿晚上还回隆正殿安置？”

不说不觉得，一说才发觉天都要亮了。

“皇上，您脸上——”脸上怎么了？

皇帝把手移到眼前，见自己的手掌不知什么时候染了一片墨迹。书案上有一方女人用的铜镜，他侧身朝镜里看了一眼，额上沾染的那一块很是碍眼。

张得通忙道："哟，奴才去给皇上打水来。"

"不在这儿折腾，回隆正殿再说。"说着，他想找找是什么东西给他染了这一手墨，便随手翻开一张压在手掌下的手稿。纸上的字是十分讲究的祝氏小楷。他前两年在练这个字体，一直不得要领。王授文说他是笔锋太沉，再深究原因，那老头儿就只顾磕头请罪，不肯往下深说了。

此时看到这颇得神传的字，他起了兴致，抖开一张已然被自己激怒时拍得七零八碎的字稿细看："这谁写的？"

张得通觉得这是个好机会，忙道："王姑娘写的，太后娘娘下的旨，让王姑娘进宫来写诰命们的典礼簿子。"

他看了一眼皇帝的脸色，倒比之前都要松缓，正聚精会神地盯着那字迹的笔锋。

张得通清了清嗓子，小心地道："皇上，王姑娘还在外头跪着呢。"

皇帝这才想起那个女人来。他抬头望了一眼帐帘，她的影子还一动不动地映在上面。汉女就是天生弱质，饶是冬日穿得厚，还是瘦得像一截撇去叶的花茎。他又扫一眼手上的字，怎么都不大信这一看就是有年份的笔墨风骨出自一个未出阁的女人之手。

"张得通。"

"奴才在。"

"回隆正殿。"

"是。"

皇帝说着已经从椅中站起来："传话给御书房，现在辍着朝，他们手底下也不要给朕压着，该送的送，该议的议。"

"是。"张得通连声应着，抢前几步要去替他打帘。

谁知道皇帝已经自己打起帐帘，还没走出去就又顿住，张得通险些跟这位爷撞个满怀，吓得三魂丢了两魂。

皇帝却定声添道："还有，替朕问乌善，他是不是被诚王给吓蒙了，朕让他总理户部，理四川的亏空，他给朕理到什么地方去了？整整两日，就给朕写了个什么陈情表来哭穷。朕最多再给他一日的时间，他再拟不出案子，就让他自己去吏部摘官帽！"

"是，奴才这就去。"张得通一刻都不敢耽搁，在干净的雪地上踩出一串利落的脚印。

外面天光还没有大亮。雪已经细成了雪沫子。

皇帝走出毡帐，一大片白茫茫的雪入眼，连那女人乌黑的头发都覆盖了，只剩下半截黑辫子垂在肩前。

其实王疏月早就跪不住了，撑在雪地里的手已经冻得通红了。见皇帝从毡帐里走出来，她挣扎着跪好，咬了咬颤抖不已的牙关，哆哆嗦嗦地道：“奴才给主子爷请安。”

皇帝原本直接要走，听到她这一声，倒顿了一步：“你昨夜胆子大过头了，你可知道？”

王疏月伏得很低：“起先不知道，此时听皇上教训就知道了。”

这话若要去追究，还真不好分清她这是卑微认怂还是傲骨不屈。皇帝心里晃过一丝不快，但尚不至于跟女人在言辞上过不去。他打量着自己面前这个名声在外、马上要做他弟妹的女子。不去看脸上那串水疱，她长得是好看，只是皮肤白得过分，像多年没见过阳光一般。还有，她太瘦了，跟他养的那匹白马一样，怎么喂都是一副皮包骨的样子。

“叫什么名字？”他随口问了一句。

“奴才叫王疏月。”

“对，差点儿忘了，你也是黄绫军的人。”

“是，皇上是奴才的本家主子。”

“朕的奴才？王疏月，你说这话脸都不红。”

所谓天子之怒，就是一晚上都消不下去吗？王疏月的肩背都快断了，膝盖也几乎没有知觉了，这位爷若再不开恩，她就真的要为了贺临把命搭进去了。

“是，奴才该死。”

这是端端正正地服了软。

皇帝看着她摁在雪地里的手手指肿得像萝卜一般，突然想到，这双手能写祝体，这么废了到底可惜。他再看她刻意用发辫遮挡的那半张脸，受过烫伤，又一夜没处理，水疱鼓得亮晶晶的。饶是这样，她还是一点儿悲色都没有露，在他面前，整整齐齐地把礼仪尽全了。

不容易。她不愧是王授文的女儿，他没什么可再挑剔的。

“起来。”

“谢主子爷恩典。”

然而王疏月根本站不起来，她一使力反而扑在雪地里。旁边包括张得通在内的太监宫女手忙脚乱地扶撑了她好一会儿，才支着她立直身子。

无仪态的样子果然不好看，皇帝有了嗤意，不肯逗留，转身走到前面去了。

王疏月被萍露搂在怀里，一下子抖如筛糠，天知道刚才她是怎么在皇帝面前稳住的。小太监们拿来好些衣物来帮她暖身。不过，怪得很，她明明冷得要死，喉咙里却火辣辣地疼。她试着咳了两三声，竟咳得眼前一阵一阵地发黑，只得勉强朝着皇帝行远的方向看了一眼，估计他已经看不见这处，她才磨了几下僵硬的牙齿，喘息着笑出了声。

萍露心疼道："小姐都被折磨成这样了，还笑得出来。"

王疏月一边笑一边摇头："刚才……皇上从帐里走出来的时候，我偷偷看了那么一眼，他额上、脸上都是昨晚我用的那盏松烟墨……那墨是皓月堂出的，顶不好洗……喀，让他糟蹋我的功夫。"

都这个时候了，她的乐子竟然还敢寻到那位要命的爷头上。

萍露哭笑不得，刚要说话，怀中人的身子却渐渐脱了力。

"小姐，别吓人啊。"

她是一下子慌了，好在裕贵妃使来的人到得及时。

王疏月已经睁不开眼，全然不知自个儿是怎么被带到承乾宫的，只知道再醒来时已是夜里。萍露不在，榻前坐着的是裕贵妃。

连着几日地哭灵，裕贵妃虽眼眶青肿，周身却仍然收拾得一丝不苟，一只手抱着铜底鎏金的缠枝花手炉，一只手轻轻地理着一沓堆放在榻边的纸钱。

"娘娘。"王疏月轻唤了她一声。

裕贵妃侧过头来，见榻上的人脸还烧得通红，正静静地望着她。

裕贵妃不觉湿了眼："你这个丫头，可算是醒了啊。"

"奴才让娘娘担心了。"

裕贵妃摇了摇头，轻轻转过她的脸，借灯去看她脸颊上的烫伤处："你这样说，是要痛死我吗？好好的王家姑娘，交到我手上竟被消磨成了这样，你娘亲要是知道了，可不得怨死我。"

女人有多在乎自己的皮肉，她哪里能不知道？王疏月有极好的教养，不哭也不怨，但她越是这样懂事，越是让人疼。

"好在太医说，这是在大冬天烫的，丫头，你放心，调理好了，不会留疤。"

"娘娘，王爷好，奴才就没事。"

裕贵妃原本想让她安心，想不到这姑娘却反过来宽慰她。王疏月不一定因对贺临动情而如此，但她话中的意思实实在在地触到了裕贵妃的心。

"好丫头，你为爷们儿做的事，我一定让你的爷好好记一辈子。"

裕贵妃是真的喜欢王疏月，不光是因为她是王授文的女儿。

要说家世好的闺秀，正三军里有的是人，可论样貌、脾性、心思，像王疏月这样万里挑一的太少了。富氏跋扈，自己小儿子贺临嫉恶如仇，脾气暴得像个炮仗，府上那些女人不是弱就是蠢，天天只巴望着生儿子，没一个规劝得住他。知子莫如母，别看贺临不肯正眼看疏月，但裕贵妃算准了，那小子就服王疏月这个姑娘。

"娘娘，王爷呢？"

萍露端来了药，服侍王疏月坐起来灌了一碗。许是药太苦了，王疏月问起贺临时，眉头还皱在一处。

裕贵妃先叫人去取杏脯子，然后道："在前面的观音龛面前跪着。唉……"她摁着额头长叹了一口气，"我没让他回府，不想富氏又激他，就这么让他自己冷一夜吧，明日我亲自绑了他去见皇帝。"

王疏月朝着暖阁外看去。

门没有关，那人的影子有一半漏了进来。

和贺临之间没有相处过多长时间，跟他也就谈不上有多少感情。那么，她为什么要去帮贺临呢？有一半是因为裕贵妃待她好，还有一半是因为那还要为大行皇帝空悬三年的一纸婚约。

说起来，王疏月其实是一个生性有些凉薄的女子。年少时以修书为任，长洲那段枯燥的时光正值她的好年华，她学会了理红妆，戴有缠枝花的簪子，而贺庞送来的银钱却没有一点儿是用来买胭脂和首饰的。饶是如此，王疏月也知道如何娱人悦己，给自己找乐子，给身边的人递些力所能及的暖，这样过着，不会太无趣，也不会太累。

汉人的精神世界很复杂，但大浪淘沙，一代一代地淘，探讨到最后不过是一个相同的话题——人到底怎么才能过好。

王疏月只想顺着女子的宿命，尽可能地周全那些日后要相伴一生的人。

"奴才想去看看王爷。"

裕贵妃自然愿意，但又见她实在病得可怜："才发了汗，缓缓吧。"

她却已经趿了鞋，说："奴才没事，披件氅子就好。"

❖ ❖ ❖

承乾宫的观音像是杨木制的，不燃香就散发着一股淡淡的木香。

贺临跪了快一日，身上冷，脑子也渐渐冷下来。他嗅着木香，隐约有了点儿睡意。

突然，背后传来一阵刻意放轻的脚步声，他回过头，正看见王疏月进来。她穿着月白色寝衣，外头罩着一件大白毛的袍子，整个人就像没有骨头一样，只在袍子里露出一张人脸。人是病了，气色倒不错。他跪了一日，没听见一点儿声响，看见这么个活人，突然觉得她没有之前那样面目可憎。

“母妃让你来劝我？”

“没有。裕娘娘让奴才来看看王爷。”

“那倒杯水给我喝。”

“奴才不想倒。”

“你……爷跪了一天一夜了！”

“奴才也在雪里跪了一个晚上。”

她说着，走到他身旁，从他面前拖了一个蒲团垫在身下，然后扶着神龛的边沿小心地盘膝坐了下来。那件裹在身上大白袍就像一堆柔软冰凉的雪，从干冷的松枝上落下来，酥酥软软地堆叠在贺临眼前。

“奴才膝盖伤了，就这么陪着王爷坐会儿吧。”

贺临看了一眼她的膝盖，哪怕隔着绸裤，也能看见膝盖骨那处地方凸起得吓人。她又刚好坐在烛火下面，脸上那串水疱被照得亮晶晶的。

“你被那人罚了？”

王疏月别过头去，不让他看伤处：“不是做错事嘛，不挨打都是好的。”说着，她又笑了笑，“放心，王爷，太医说不会留疤，三年过后行礼时，一定不让王爷瞧出来。”

“爷哪是跟你说这个！王疏月，你是憨子吗？你哪里错了？不是，他凭什么罚你啊？！”

她转眼看他，淡然地问了一句：“凭什么不罚呢？”

“凭你……凭你是爷的女人！”

“我们还是皇上的奴才呢。”

“鬼的奴才！”

她今日的话，每一句都能气得他几乎立刻就死。他抬起手来，向灯火指去，吐沫星子几乎要喷到王疏月脸上：“王疏月，你知不知道父皇到底是怎么死的？之前太医院报的还是偶感风寒，怎么他就在四五日之间就宾天了呢？父皇死前那一夜，整个禁城都封了，丰隆大营的乌里台，几乎是枕着枪睡觉，这是什么意思，你明白吗？他在封宫杀人！那个人为了登基，干的是谋权篡位、大逆不道的事啊！”

他说得很激动，王疏月却只是望着神龛里的观音像，不接话也不打断他。

贺临突然觉得没了意思。他颓然地跪坐下来：“也对，你一个女人，懂什么？”

“我只是不想看王爷送命。”她凝视贺临的眼睛，“王爷，遗诏都宣过了。就算真的是谋权篡位，又怎么样？”

贺临一下子恼了：“什么怎么样？你们汉人……就这么是非不分！”

“是无必要拿命去分。”

“什么意思……”

王疏月没说话，待贺临渐渐喘匀，她才换了一个姿势，在蒲团上屈膝坐好，手肘撑在膝盖上，手掌托着下颌。暖融融的灯光烘得她像一团雪球。

“王爷是大梁的开国英雄，手上沾满了汉人将士的血。大梁建国，无数的汉人，包括我，却做了梁人家的奴才，如果王爷要论是非的话，我们都该殉了大荣的皇帝，要不就拼死和大梁抗争到底。而我也应该拿一把刀，要么杀了王爷，要么了结自己。王爷想见我这样吗？”

贺临有些发怔。

“但后来，我们还是顺从了。我甚至要嫁给王爷……”

“你在胡言乱语些什么，想被杀头吗？”

王疏月没有理他的话。

“王爷，我们活下来了。你知道我们是怎么说服自己活下来的吗？”她的声音很温柔，不黏腻也不沉重，“我们猜，前荣皇帝不会怪我们。他也是爱惜子民的人，不想眼睁睁看着百姓血流成河。而我们也好像没有完全辜负他，整个人世间，人们著书、调弦、观月、赏花，看似是忘了亡国恨，往花团锦簇里过去了，其实背后守住的都是我们祖辈传承的文化。”她又转向那座观音像，“再有，菩萨也不会怪我们，她教世人行善，是要世人好好活着。”

她说着，顿了顿，小心地撑着站起来，一瘸一拐地走到茶案旁，倒了一杯茶，然后双手奉给贺临。

“王爷，奴才知道，奴才劝您什么，您都不会听，您也不喜欢奴才，但这些话是裕贵妃娘娘想说给您听的。您得活着，活着才能护好娘娘，娘娘很不容易。”

杯中茶荡了荡。

“至于奴才……”茶面上映出的容颜明快绽开，她笑得实在，“好养活得很。以后，您只要在诚王府，赏间屋子给奴才，再给备上些书、文房四宝，奴才就能安安静静地在您府上待一辈子。”

贺临头一次被一个女人说得张不开口。他从前一直觉得，自己是大梁的钢刀子，杀一个人就涨一分威风，但当王疏月目光柔和地凝视他，举重若轻地说起杀伐之事，他觉得，自己虽身处暖室，头顶上却起了一阵冷冽的风。他没想过征服与被征服的问题，更别说去了解一群奴才的内心世界。而现在要他想也不可能想得明白。但他觉得，这些话一点儿都不强势，王疏月全然没有富氏那要对他掐耳捏脸的架势。王疏月的话很入耳，和她这个人一样，细细看，看久了还是入眼的。但他说不出好听的话，开口就又成了揶揄。

“以前没觉得你这么聒噪。”

王疏月笑笑：“那奴才不说了。王爷不是渴了嘛，喝茶。”她说着弯下腰，将茶递到贺临手中，“还有王爷——”

“你不是不说了吗？”

“是。再容奴才说一句吧。王爷，明天隆正殿的头，好好磕。奴才和王妃在明华宫等着您。”

第二章

鹧鸪天

他这么逼别人，谁承想自己莫名其妙地在王家那丫头手里翻了船。

这日要行大殓，工部的司官堂官在明华宫敲敲打打了一整夜。

隆正殿的倚庐外头，小太监宝子蹲在雪地上，头上顶着个盆。他脚麻，头也晕，眼皮子直打架，一个闪神，差点儿没稳住盆，被盆里的水浇自己一头。

何庆在他背上踹了一脚："你下值后跟谁鬼混去了，眯眼鸡似的？"

宝子道："奴才昨儿是在明华宫当的值。工部老爷们闹了整晚上，后半夜下值后也是撑着眼数脚指头，没睡一刻。"他说着，挺直腰杆，把盆举得高些，心里委屈，不受用，免不了嘴上要嘟囔，"何公公，您这个法子管用吗？张总管把法子都想尽了，也没把主子爷脸上那要命的墨汁去掉。我偷偷瞧见，主子爷今儿早上那模样都要杀人了。"

何庆手里正搓着皂角，那皮硬得扎手，搓得手指到处破皮。他心里也烦躁。皇帝回来的时候，张得通就打发人催水来洗。但不晓得皇上额头染上的到底是什么墨，眼瞧着倒不浓，却愣是洗不干净。好在白日里头没议事，这到了晚上，张得通又敬上了内侍府张罗的几种法子，结果把那位爷的额头都搓红了，还是不见干净。四更天起来穿戴，这位爷扫了一眼镜子，指节直捏得咯咯作响，差点儿没把宝子这些人吓死。夜里要回明华宫大殓，要命啊。

"死马当活马医。不是，呸。"万岁爷是死马？当着手底下的人说出这种一翻谈就能翻谈成大不敬的话，何庆也是脑仁疼。他歇了下手，抖了抖手上的那把皂角："你敢想？就这些东西是承乾宫那姑娘使人送来的，说皓月堂的松烟墨非这种皂角不能轻易洗掉。呵，敢情这竟是拿给我们救命的啊。"

"拿来救命。"这话对王授文同样适用。

此时他正陪着客居京城的大上师见皇帝。大上师已经八十多岁了，他把先帝爷称为大皇帝。当年云漠的王公们在北上奔图云和南下投奔大皇帝之间左右摇摆，是这位云漠精神领袖一锤定音："图云不认佛，去了便是寄人篱下做异教徒，不如投奔大皇帝。”他这一席话，让大梁不费一兵就拿下了整个云漠。

大上师这个封号，和那些玉达尊者的尊号一样，都是大行皇帝在时朝廷颁册的。大行皇帝信奉玉达佛教，对这位尊者格外看重，连去五台山礼佛都亲点大上师同行。

去年，大上师来京城觐见先皇，在京城染了病，先皇亲自命太医看疾，又让他在京城休养。怎么想得到，上了八十岁的人还能调养过来，先皇却先走了。

修佛修到这层境界，大上师似乎能看见一点点玄妙的东西。因此，面对对面大皇帝的这位后继者，他隐隐约约从其眼中看到了些鹰目似的锐寒。

神佛为了教人间的智者识人，才让凡人相由心生。

因此大上师只看了嗣皇帝一眼，就已经在眼底为大行皇帝不得善终而蓄满了眼泪。

皇帝显然不知道大上师的眼睛窥出了什么。他还在跟额头上那块洗不掉的墨痕较劲。他向来把汉礼看得很重，在他身边伺候的人但凡失仪，轻则遭斥，重则要挨板子。在他的规矩里，女人必须干干净净、端端正正，最好都像他嫡妻博氏那样，随意坐着的时候肩背都是挺直的。

他这么逼别人，谁承想自己莫名其妙地在王家那丫头手里翻了船，染了个花脸。他坐在圈椅上，不得不半垂着头，握拳抵着额头，才不至于让人看出端倪。他心里烦恼，这样别扭地坐着，实在不好同大上师说诵经超度大行皇帝的事。一抬头，他看见王授文也是心不在焉地陪大上师立着，想起王授文是王家那丫头的父亲，就怎么看怎么不顺眼：“王授文，替朕先送尊者去明华宫。”

王授文如蒙大赦地跟着大上师出去了。

皇帝这才撑开憋疼了的腰，随手把大上师来之前没看完的折子拣到眼前。他看了几眼，又忍不住去摸额头。额头被人搓洗过后，这会儿着实痒，他甚至感觉那里起了疹子，手边却一时寻不见镜子。

倚庐是守孝时的陋居，用度很难周全。他重礼，先帝死时，他原先是要在明华宫前面搭顶毡帐守着，后来几个大臣并内阁的人跪劝，他才退到隆正殿的倚庐之中，任妻妾们多想来服侍起居，他一个都没见，只传嫡妻每一日过来，伺候他早间的穿戴。生活上纵有不周全的地方，他也不轻易开口，全靠张得通勤敏。

这是皇帝认可张得通的地方，但这么个周到人还是搞不定这点儿墨迹，甚至怕得自己给自己寻了差事躲出去了。皇帝想着，竟然生出点儿荒谬、自嘲的意味。

“主子爷，您拿这个试试。”

听见声音，皇帝放低折子，见何庆和宝子一左一右端了一盆水进来，小心地放到架上。

皇帝心都懒了，也不说话，由着何庆折腾。

何庆心惊胆战地用帕子蘸了水往皇帝额上擦去。别说，那墨迹还真是淡了些。

“主子爷，有用的嘞。”

宝子殷勤地捧来镜子。皇帝扫了一眼，果见是淡了，这才向那盆水看去：“什么法？”

宝子口快争脸：“王姑娘送来的皂角搓出的水——”

何庆差点儿想把这个憨子掐死，恨不得当下就捂住他的嘴，然而为时已晚，他只得小心翼翼地回头看向自己的主子爷。那张脸上的表情怎么说呢？活像吞下了一只恶心的虫。换作平时，他们可能又要担心屁股了。不过，今日倒怪，皇帝吐出一口气后，脸色就不再那么难看了。他反而一边点头一边笑，把手中那本折子的硬面子啪啪啪地打在膝盖上。

何庆这才敢试着回下面的话：“主子爷，那个……裕贵妃娘娘来了，还带着诚王爷，在外面跪着呢。”

皇帝就着折子往前一指，声音还算明朗爽快：“传。”

王授文陪着大上师从明华宫出来。

大殓前，大上师同这位宗教上的同路人诀别时还是动了情的。他一路走一路抹眼泪。王授文也跟着在灵前号啕大哭过一阵，嗓子早就哑了。周遭阴冷，女人们刻意的哭声生硬地撕扯着人的耳朵，即便是行在尊者身旁，他也静不下心。

王授文抬袖挡着迎面来的风，往丹陛下面看去。

丹陛下面立着一个人，正在看丹陛上寿山祥云花纹。来往的人都素着一张脸，独她聚精会神，神态自若。王授文认出来，那是自己的女儿，便辞了大上师，冒着雪走下石阶。

王疏月也看见了父亲。

“爹。”她行了个蹲礼，亭亭地立直了身。

王授文只有王疏月这一个女儿，她和她母亲生得一模一样，眉目清秀，又有书卷养出的清净气质，性子也是他喜欢的，凡事想得淡，从不说一句刺耳的话。

为了祖上的那座书楼，他把这么好的女儿丢在长洲多年，原本想着自己烧对了灶，那位爷能捧着女儿入宫做富贵娘娘，谁知道那位爷不开窍，自己女儿得了现在这尴尬的身份，嫁没嫁好，甚至有可能一嫁就成寡妇。

王授文着实心疼她，见雪风刮着她耳边的碎发，想起她那日受了烫伤，便走到她身旁偏头去看。见皮虽然还没有长好，但好歹水疱是消下去了，他心里才稍觉安慰点儿：“怎么在这里站着？”

王疏月抬头望向前面的宫宇：“诚王王妃进宫了。”

她这样一说，王授文自然明白过来，今夜要大殓。王爷公子们的夫人此时都已经进了宫，自己的女儿虽与贺临有了婚约，但毕竟还没定名分。不过，她就算有名分，也是妾室，是没有资格临大礼的。到了正时候，她还是跟此时一样，是个随侍丫头，只配在外头吹大风。他心里不是滋味，岔开话道：“伤不打紧吧，用药了吗？”

“嗯，爹放心，裕娘娘给传了太医，说不留疤的。前日的事，还请爹不要和娘说，免得娘在病中还要替我添忧。”

她提及母亲，又是另一桩伤心事。

王授文叹了一口气，道：“你就不要操心家里的事了，爹把你母亲家里的姐姐接了一房过来，还算操持得稳当，你好好做宫里的差事。听说，要你写梁汉糅杂的典仪，今日就是大殓，大殓后就要挪丽山等着出殡了，稳当吗？”

“昨夜熬了一宿，今儿晨间算是写完了，已交代给掌仪司的曾尚平。”

“怎的要熬一宿？”

王疏月张了张口，没好说下去，总不好告诉父亲，是前夜皇帝发雷霆，把她之前的功夫糟蹋了吧。她想着，又觉得有些想笑，只得理一理耳前的头发低头遮掩，继而转话道：“爹，刚见您和大上师一同出来，可是之前引着大上师在隆正殿见驾呀？”

“对。”

“您看见裕娘娘和王爷了吗？”

王授文想到她会问这件事，心里越发意难平，总觉得那莽撞的糊涂王爷糟蹋了自己的姑娘。他鼻腔里叹了一声，道：“皇上会见他。你当时摁下了皇上的刀，如今他又肯来请罪，这一劫就勉强算是化了。”

王疏月露出一个淡淡的笑：“爹这么说，女儿就放心了。”

“但爹放心不下你。你胆子太大了。”

“没事，皇上……还不至于杀女人。”

王授文不置可否。

哪怕是父女，他们思虑的东西也不尽相同。他可以沾血溅肉地跟着贺庞去钻营，但自己闺女还是安安稳稳地活在锦绣堆里好。奈何她此时看人看事已经有了一套自己的道理。

人讲年少开灵窍则亲缘寡淡，王疏月的母亲已是应了这句话。而王疏月又像她母亲，亭亭立于干冷的风雪中，也已有了几分寡淡的意思。

王授文咒过皇帝，但不忍咒自己的女儿，脑子里起了这么点儿想法，赶紧就要拂去。他连站都不肯在她面前多站了，便抬手摁了摁酸乏的脖子，转身道：“爹走了。”

王疏月跟了几步过来，膝盖还在疼，走起来也不那么稳当：“女儿送送爹。”

“不了。”王授文回过身，看了一眼明华宫的正匾。下面侍立的宫人像一个又一个上过浆的木桩，一点儿都没有灵气。“规矩大，你候着吧。”

他原本是想刻意疏离，好让她留步，说完又觉得太不近人情。王授文走了好几步回头，见女儿还静静地站在丹陛前目送他，眼睛不由得发酸："女儿啊，你很聪明，但也要照顾好自己的身子。"

"女儿省得。"

❖ ❖ ❖

王授文走后，天就像一只厚实的陶碗一般压下来。

明华门至丹陛的高台甬路上，掌仪司的太监抬着装载大行皇帝梓宫的吉祥轿过来。王疏月随着甬路上的人们一路退向道旁。明华宫中的女眷们也都跟着掌仪司的人从明间退出来，绕过江山社稷亭，退到月台下临时搭建的毡帐中去候大殓之礼。

嗣皇帝要亲视大殓之礼，至于其他人是否视礼，按照前荣的规矩，要由嗣皇帝来定。这会儿皇帝还没有起驾，明华门前正在摆设金织金龙纹的丹旐，明华门至太和门之间的卤簿仪仗中，旌旗迎风招展。

白茫茫的雪幕后面，像憋着一口又久又恶心的浊气，吐不出来。

吉祥轿过去了。人们重新捡起手上的差事。

王疏月立直身子，遥遥地看见裕贵妃与贺临一前一后地朝着丹陛走来。

未几，他们就到了面前。王疏月将要跪下请安，贺临却抢先道："免了，再跪就废了。"他说完，却见自己的母妃同王疏月一样，脸上的表情十分微妙。他不自在，抬脚就要走，谁知裕贵妃却道："你略站站，本宫先去向太后娘娘请安。"

贺临看着母妃的背影，鼻腔里笑了一声。自己这个母妃在先帝的后宫浸淫多年，看似修身养性，最后片污不沾地走到了贵妃之位，靠的并不见得是那表面上的憨纯。她也是有手段有智慧的人，可为什么在王疏月和自己的事上就这么偏执，硬要把他们往一块儿凑？他不是贺庞，娶了妻子搁一边，他是个有血性的男儿，既已有了所爱，就该好好去热富氏的炕头一辈子，王疏月……就像她说的，等她入府，就批一个院子给她，让她天天写那些酸不溜丢的东西，闷死她。

他想着想着，心思活泛起来，一下子想远了，回身却见王疏月正凝视着他的前额。不知道她在看什么，眼中星月游觅，看得他差点儿要涨红脸。

他不自觉地用手挡："你看什么？"

"看王爷有没有照着奴才说的做。"

贺临想起她昨晚让他好好给贺庞磕头的那句话，心里一下子不自在起来，冷声道："低头！"

王疏月抿唇笑了笑，顺从他的话，当真把头垂了下去。

那种乖顺，是挑不出一点儿错的，可不知道为什么，又带着些他看不清的挑衅，他想骂她傲不知礼，竟找不到说辞。

两人就这么相对着立在丹陛前。

王疏月咳了几声。

“冷啊？”

“奴才不冷。”

她哪里是不冷，分明冻得嘴唇都白了。贺临看着她别过脸去掩唇咳嗽，咳得筛肩抖背的，想起她前夜被贺庞丢在雪夜里跪了一夜，定是染了风寒。男人不能跟女人一般见识，于是他犹豫了一下，还是抬手到领口，仰头解开了自己的披风系带：“拿去裹着。”

那大毛的披风直扑到王疏月脸上，她怕碰到伤处，不得已往后退了一步。都说这些皇子皇孙受了汉礼教化，但这位爷是半分都没有习得。

“王爷不冷吗？”

“爷一会儿有暖地方站。”

说着，他将双手揣到腋下，吸了一下鼻子，背也跟着佝起来。饶是个铁皮将军，也受不住这人间富贵城中的寒。这得是多冷的地方，冷到把人鼻息带出来的暖意都吞掉了。

王疏月看着他那副模样，垂目偷偷含笑。

“王疏月。”贺临突然正色唤了她的名字。

她忙立端身子，行了个蹲礼，应道：“奴才在。”

“爷今儿想了一路，你昨天说的话……都不对，嗯，全都不对！”

“那请爷指教。”

“喀喀，别跟爷说你们那些酸话，爷说不对就是不对。”说着，他又吸了一下鼻子，“不过，有一句话还是有点儿道理的。你说……要爷好好活着。”

他一面说，一面摁了摁磕头磕得瘀青的额头：“你刚也看到了，想笑就笑。爷就是想告诉你，对的话，爷会听。至于那些什么拿把刀砍了爷或者抹了你自己的浑话，你再给爷乱说一句，爷就关你一辈子，免得你给爷惹乱子。”

王疏月听他说完这一席话，不由得笑弯了眼睛。她看着眼前来来往往的宫人，轻声道：“您要关奴才，还早着呢。说不定哪日贵妃娘娘看不上奴才了，也就不会为难爷同奴才一处站着了。”

“请十一爷安，王姑娘安。”

贺临原还在琢磨王疏月那句话的意思，回头却见曾尚平笑盈盈地从毡帐那处走来，在他面前请安。

曾尚平是裕贵妃身边出来的人，也算是从小伴着贺临长大的太监。这会儿他虽在掌仪司腾达了，但也没把过去的情分忘记。

贺临虚扶了他一把：“夜里大殓，掌仪司没使你？”

“都照着王大人编撰的规矩本子在走，奴才就是个盯梢的，这会儿该备的该理的都齐备了，剩下的是工部老爷们的活计。奴才得了空，还不得去贵妃娘娘跟前敬点心？”

既是从自己母妃身边来的，自然是有话要传给自己听。贺临大概能猜着，无非是要叮嘱他，刚才在隆正殿的倚庐里既然已经把罪请了，大殓礼上万不能再犯糊涂。审慎是母妃的智慧，但有的时候也过于啰唆了些。他想着便道：“若是母妃有话传，你就不必说了，爷明白。”

曾尚平笑答道：“是，奴才是来给王姑娘传话的。”说着，他转向王疏月，正了颜色道：“王姑娘，您跟着奴才来，一会儿啊走到毡帐里的时候别抬头，要把大礼行规矩。太后娘娘要见您，主子娘娘也在。”

王疏月怔了怔。别说她现在还没有与贺临行大礼，就算行过大礼，也不是正室，虽能入册，但对嫡庶分明的皇家来说，她压根儿就登不得大台面。太后掐着大殓前的这个时候见她，多半是与前夜的事有关。

这事儿是贺临过问不到的。侧头见她迟疑，他便道：“你昨晚说爷的时候，大义凛然得很，怎么，轮到你自个儿就㞞了？”

这个时候还要撘她，真是个大冤家。王疏月回身解下裹在身上的披风，抬手抖开，覆盖在贺临背上。贺临身量是所有皇子中最高的，她抬手替他系带子，竟然也有些不自如。

“爷蹲些。”

“什么？”

“蹲些。奴才矮了。”

“你……”贺临看着她僵在自己领口的手，又见周围的人也都看着他们这处，莫名其妙地有些尴尬。眼见她又要张口，他忙弯了膝盖半蹲下去，压着声音道：“王疏月，你好放肆。”

她不应他，只道：“伺候王爷，还要被王爷呵斥。”说着，她仔细系好，又体贴地替他抚平披风上的褶皱，那双柔软的手像在撒满花的水里泡过一样，软软地抚过他的肩膀，“奴才有暖地儿站着了，王爷暖好自己的身子。”

贺临在那里愣着站了半晌。直到王疏月和曾尚平的身影都没到前面的雪幕之中，他才僵硬地捏了捏身上那件染着女人体香的大毛披风，想起自家七哥跟他说过的话：“汉女自有一股柔情，是咱们那些云漠来的女人比不上的。”这话如今看来有些道理。

他想着，便不自觉地抬手去摸刚才王疏月亲手系的那带子，谁知这一摸不打紧，气得他差点儿骂出来，那丫头竟然给他打了一个死结。他扯了几把，竟然越扯越紧。吓，这究竟是什么手法？

他只得气急败坏地往回走，边走边道：“来人，给爷取剪子来。”他心里想着，七哥他们一定是被这些汉人灌了迷魂汤。

❖ ❖ ❖

王疏月并没有觉得耳根子红。她跟在曾尚平后面走到毡帐前。里面像才伺候饭。曾尚平回头道：“姑娘候着。”说着，将她留在毡帐外，自己先躬身进去回话。

明华宫门前的这顶毡帐和她之前住的那顶有些相似，都是大行皇帝丧期的陋居，并不拘什么身份，无非是给哭灵的人累时一个歇息的地方。毡帐简陋得很，即便不进去，王疏月也能从照在帐子上的影子中分辨一二帐中的情景。

其实，召她入宫给诰命们写出殡时的典礼簿子这道旨意虽然是太后下的，但是多半也是听了她“半个卧云精舍”的名声。王疏月入禁城以来还从来没有面见过太后。

太后是先帝爷的皇后，出身云漠贵族博氏，是老首领嫡出的女儿，身份尊贵。以至即便其他的妃嫔还没有迁宫册封，像裕贵妃这些人，都还被唤着从前的封号，对这位老娘娘，大家却都改口称一声“太后娘娘”了。她并不是贺庞的生母，但贺庞自幼是由她抚育长大的。

听说贺庞的生母是一个身份卑微的奴才，生了贺庞不久就生了重病，被留在临春园中养着，再也没有回过宫。那会儿太后有自己的嫡子，贺庞在长坤宫过得究竟好不好，年份过久，又敏感、忌讳，除了他和太后，再没有人敢去探问。

大约到了贺庞二十岁那年，太子因过被废，太后没了对嫡子的念想，才慢慢看重自己身边这个不声不响的五皇子。然而别人的骨血总与自己隔着一层。平时请安问病，贺庞虽一样不落，但太后总觉得这个“儿子”对她抱着一种敬而远之的态度。好在，他的嫡妻是自己母族中的姑娘，过了自己的眼，是个稳重、好性子的。只是这嫡妻不好生养，好不容易有了一个孩子，还莫名其妙地小产了，后来她的身子就一直不好。

太后正想着，突然听见身旁的人咳了好几声，不由得侧眼：“时清啊，去年的症候，怎么到现在还没将养好啊？”

自家的姑娘，太后唤起来也比旁人亲昵。

而太后身旁的人只是蹲了蹲身，怔怔地看着地上的砖缝，面上寡得像清水。她明明不过二十岁的年纪，孝中不见脂粉，竟像比贺庞还老些，难怪贺庞对她提不起兴趣。但这好像也不能怪她。

近两三年，朝局风起云涌，地方上也不太平。各方势力扶持着不同的皇子争嫡，各有沉浮。贺庞在男女之事上的确越来越寡淡。加上王妃操劳内院的事，越发亏虚了身子，对子嗣上的指望跟着就慢慢淡了。以至她对着贺庞也开始心懒意散起来，只守着该守的规矩，在府上大大小小的事上上心。其余的女人呢，好像也都不对贺庞的胃口。她们要么牵扯着皇子间的制衡关系，要么就是给他装点门面的，总之，没见他对哪一个开口说句带温度的话。

太后很不安，却又时常听裕贵妃在她面前讲起老十一如何与自家的王妃和睦，两年生了三个儿子云云。听起来裕贵妃是在没心没肺地同她拉家常，但句句戳她的心窝子。这女人就是那样，先帝在的时候，她也是菩萨脸，永远一副春风和煦、心满意足的样子，却让先帝把她从一个庶妃一路抬举到如今的地位。而且，她的那个老十一从小就争气得令人注目，先帝曾亲自写了一道匾给他，上书“志枭逆虏”四字，并赞他道：“大梁的江山有一半是你打下来的。”若是先帝将皇位传给老十一，就老十一那性子，恐怕连表面上的尊重都不肯给她这个嫡母，到时候，她在宫里怎么和裕贵妃处呢？

所以，其实最开始，太后曾在心里质疑过贺庞的皇位来路不正，但后来她又庆幸——还好，贺庞这个人够狠。

只是他过于狠了，有朝一日，也许也会把她撕碎。

“太后娘娘还没见过那‘半个卧云精舍’吧？”太后瞧着曾尚平把人留在帐外，进来正要回话，身旁的裕贵妃却先开了口。

宫人奉茶过来，裕贵妃站起身，挽了袖口，端过来，亲自奉到太后面前，续道：“妾从前想着啊……这么一个才华横溢的丫头，又是王大人唯一的女儿，难免会养得矜傲些，未必是十一的良配，可谁知道，妾见了她一面就喜欢得很。”

太后接下她的茶：“不是第一次听你夸她了。”

裕贵妃笑弯了眉目：“是啊，春花一般温和的丫头，难得她有那样的好性子。妾啊，疼她真比疼兆氏还要多些。”

太后抿了一口茶，总觉得里头像被人放了苦蜜，又甜又涩，不顺口：“呵……坐吧，裕贵妃。”说完，她对曾尚平扬了扬下巴：“带人来。”

裕贵妃行了个福礼，笑盈盈地坐回位上，朝帐帘前看去。太后侧眼看着她，想起她说王家那丫头像春花一般……呵，先帝爷好像什么时候也这样评价过裕贵妃。不是一家人，不进一家门。

“裕贵妃。”

“是，娘娘。”

“王家，的确是一门好亲家。”

“谁说不是呢？都是先帝爷的大恩典。”裕贵妃还是那样憨蠢地笑着，好像真的只是庆幸儿子娶了一房好的女人。然而谁都知道，王授文是皇帝身边的第一智囊，先帝爷是介怀贺庞同他这个汉臣结交，才顺水推了裕贵妃的舟，准贺临娶王授文唯一的女儿。王授文夫妻都很心疼这个早年被丢在长洲的女儿，王疏月若真成了诚王侧妃，谁知道那个老滑头会不会在什么时候突然掉转枪头对着皇帝，倒向贺临那一派。

太后看着裕贵妃眼角边起的笑纹。自己言外之意这样明了，她真的听不懂吗？

两人正说着，王疏月已经跟着曾尚平走了进来。她低垂着头，走到一盏铜质仙鹤灯旁，温顺地跪下去，行全了一个大礼。

正值黄昏时候，天光明明灭灭。她刻意偏了偏头，将脸上的伤处掩在阴影之下，让人看不真切。

“来人，把她边上那盏灯点起来。”

曾尚平去点灯，王疏月也没什么不自在的，像知道了要被细看皮肉似的，跪伏于地，目光垂下，手则规规矩矩地交叠着摁在地上。

“抬头，让哀家瞧瞧。”

“是。”

是典型的汉女好皮囊，肌肤白皙若雪，虽脸颊上留着一串稍稍有些发褐的伤，却仍盖不住那细秀的眉毛和眉下烟水轻氤的眼睛，但就是瘦，瘦得那十根手指骨节分明，虽肤白皮细，不见老状，却隐隐能窥见女人手上不多见的力道。她像写过很多年楷字，颇有一种沉郁的风雅之态。这种天生的弱质风流，太后并不喜欢。

“听说昨儿是皇帝伤了你。”

“回娘娘的话，是奴才粗笨，惹主子爷生气。”

裕贵妃道：“也是这孩子有福气，太医说——”

“贵妃放肆，惹出皇帝的雷霆之怒，还能说是福气！”

裕贵妃张口哑然，起身就要跪下去，太后却又道：“小辈在哀家面前跪着，你是贵妃，自己不要尊重，日后何以为立？”

裕贵妃无措，只得慢慢地退回座位上坐下，手却不自觉地去抓原本放在一旁的琥珀佛珠子。

气氛一下子压抑起来。

太后屈臂，手抵着额头，对王疏月道：“前夜你那处闹的是什么，惹得皇帝震怒？”

裕贵妃的心一下子提到了嗓子眼，她多少知道，太后召见王疏月，意不在这个丫头本身，而是冲着她和十一去的。原本她想同往常一样，只要自己沉得住气，同太后闲扯家常，也就那么糊弄过去了，但先帝死了，太后显然并不肯给她这个体面。于是太后问王疏月的这个问题，就变得极为难答。

“回娘娘，奴才奉茶不懂规矩。”

太后笑了一声，道：“没说实话。”

"奴才不敢欺瞒。"

"不懂规矩，自有内刑司的教训，怎么惹出了胡善的刀子？"

裕贵妃掐珠串的手指一下子滑脱开，竟不觉扯断了琥珀珠的线，珠子哗啦啦地撒了一地。这怎么答？王疏月若敢说实话，当下就该拉出去绞舌头，自己和十一就算不死也要受祖宗家法的处置。裕贵妃惶急地站起身："太后娘娘——"

谁知，她话还没开始说，太后却瞥了她一眼："贵妃，哀家在问她。你坐回去。"

连话都不让说，裕贵妃的心乱了，口舌上却全无解脱之法，只得六神无主地向王疏月看去。

"回太后娘娘，"王疏月提了声，身子却伏了下去，"奴才不光不懂规矩，还在圣驾前出言不逊，才惹怒圣驾，罪该万死。"

"疏月……别胡说。"

"贵妃娘娘，太后娘娘明察秋毫，奴才的罪是隐不住的，求娘娘不要为奴才开脱。"

太后看了一眼裕贵妃，裕贵妃眼中终于透出了惶恐之色，这倒令她莫名地畅快起来。她饮了一口茶，放慢声道："你在皇帝面前说了什么？"

王疏月磕了一个头，咚的一声直砸到裕贵妃心上，几乎要把裕贵妃的眼泪逼出来了。然而她接下来的话更令裕贵妃心痛如裂。

"奴才说，大行皇帝驾崩，诚王大恸，主子爷不该不体谅王爷，反叫骨肉分离。"

"放肆！皇家的事哪容你一个外臣之女置喙！"

"是，奴才自知罪该万死，不敢乞饶。请太后娘娘责罚。"

太后早便知道前夜究竟发生了什么，刻意问她，原本是要借此处置裕贵妃，谁知这个丫头却将罪责往自己身上揽，偏偏还说出了"骨肉分离"这样戳皇帝脊梁骨的话。她是王授文的女儿，皇帝和王授文关系甚密，当真要处置这个丫头，也要投鼠忌器。再者，这毕竟涉及皇位是否名正言顺之事，皇帝没说什么，甚至准了诚王来视大殓之礼，其意也在暂时与老十一彼此放过。

太后原意，无论王疏月如何名声在外，也不过是十七八岁的姑娘，没见识，也没胆识，被自己这么唬着一问，为了脱身，难免说出老十一的混账事，届时她适时地加以斥责，就径直问裕贵妃的罪，好拿捏摁压。谁知王疏月此时跪在面前，把罪认成这样，竟逼得太后为难了。

"母后仁慈，不愿处置她，那就把她交给我吧。"那声音很是清冷。太后回头，发现出声的是从刚才起一直没有说话的老五王妃时清，也将是新后。

她低头看着王疏月，淡然道："她日后与诚王成婚，也是宗事府入得了册的侧妃，也该受我管束。"

太后正犯难，难得她肯出声，自不拂逆她："好。"

太后缓下声来："既如此，哀家就把她交给皇后处置。"

时清向太后蹲了蹲身，扶着宫人的手，慢慢走到王疏月面前："王疏月。"

"奴才在。"

"听说前夜的事也惊动了王大人。皇上顾念君臣之情，对你网开一面，但皇家规矩森严，你既要为皇子妇，就应该时刻规行矩步、谨言慎行。念你年轻，我不重罚你，只令你守灵前长明灯，暗则拨芯，烁则添油，每日朝晚，悬收明华门丹旐，至大行皇帝出殡期止。你可认？"

"奴才认，谢主子娘娘大恩。"

"好，既如此，把她带出去吧。"

哪里见他放下那副僵硬的姿态去心疼过女人。

天幕已能见星斗。

王疏月跟着掌仪司的人走出毡帐时，贺临正站在江山亭下，恭亲王也在，恭亲王似乎在与贺临说什么事，扬袖指天，恳恳切切，说得贺临紧缩眉头，低头不语，下意识地扯着领上还未解开的带结。

恭亲王见王疏月走出来，又见毡帐里开始撤灯，知是隆正殿的人起驾了。他抹了一把沾染在胡须上的雪，拍了拍贺临的肩，道："七哥跟你说的话，都是掏心窝子的，如今在四川的是多布托，四川你就不要想再回去，也别去那人面前去白求。七哥扯掉这层老面子，现在都不知道能不能把你保在京城。就怕那人送了先帝爷的大殡回来，把你无实权地丢回四川军中，到那时候，多布托就是牢头，而你就真的与囚徒无异了。"

"他多布托敢？！他可是我的部下。"

"老十一啊，你是忘了他原就是黄绫军的人，是你当年要和人家称兄道弟，讲什么糊涂义气，把人抬举到现在的位置上，如今要改元了，皇帝对你的态度如此戒备，谁还敢买你的面子？你听七哥的话，出殡前，哪里都不要去，好好在明华宫守着，连张孝儒那一堆人也不要见。他们不要脑袋，还想着能借你这脾气去替从前的废太子说话，你可不要去当那什么棒槌。"

贺临不出声了。恭亲王叹了口气，道："你为咱们母妃想想，一旦随着太后迁宫，她在宫里是个什么处境，你不是不知道啊。你要再胡闹下去，母妃、哥哥我，还有整个富家，都得跟着你完蛋。"

"你不要说了！我已经听进去了！"这一声喝得很大，说得恭亲王扫了脸面。他不肯再多言，摇了摇头，转身往江山亭后绕道走了。

王疏月看着恭亲王的背影渐入雪幕，走得远时又停下脚步，仰头往远处丽山上的焚烟处看去。

“王疏月，你过来。”哪怕迎着雪风，贺临的声音还是中气十足，几乎吓了她一跳。

王疏月扫了一眼明华宫门的方向，见原本匆忙来往的人都避在道旁：“王爷，要迎驾了，有什么——”

“我让你把这个给我解开，王疏月，你是不是想勒死我？”说着，他竟已自觉地屈了一半的膝。

她系的是金刚结，其实也不算是死结，只是解起来耗时间。

王疏月刚挑开一个结，谁知手背上竟突然落得一滴滚烫的水。她怔了怔，接着额头上扑面而来一口潮热的浊气。她只是稍微屈了屈手指，却并没有抬头，沉默地继续着手上的动作。

面前的男人抬起手，狠狠地抹了一把眼睛：“快点儿，手脚笨成这样。”

听得出来声音齆齆的。

王疏月并不知道恭亲王究竟同贺临说了什么，却感觉到了贺临强压在心底的某种绝望。

成王败寇，败者前途尽毁。此话不一定杀得死老人，但一定能杀死少年郎。

王疏月将头垂得很低，心里竟有些悲悯：“解开了。”

“嗯。”贺临随手一缠，自己胡乱打了一个结，跨步往前面走去。

“王爷。”

贺临顿住脚步，回过头来：“干什么？”

“贵妃娘娘心里不安，奴才这几日又不在娘娘身边，王爷多宽慰她。”

“你不在？你要去做什么？”

王疏月偏头冲他笑了：“代人受罪呀。”她眼中如有春流，话声也温柔，“别的不求，只求那人……别灰心。”说完，她又行了个福礼，“王爷，迎驾去吧。”

大殓过后就算诀别了。

丧礼期间，皇子百官不得沐浴修面，蓬头垢面地在宫中守灵，个顶个的都跟坐牢一般狼狈。很多上了年纪的先帝嫔妃都跟着快熬不住了。大殓后第三日，先帝的皇贵妃富氏在长坤宫里咽了气，当日小殓，与大行皇帝的梓宫一同停于明华宫。

移灵那日黄昏时分，琉璃照壁的影子被渐隐于山间的夕阳投在王疏月脚边。皇帝与太后皆不在，视礼的是那日在太后身边的皇后。她在灵前奠酒叩拜，临了才看了一眼跪在长明灯前的王疏月。她终究不发一言，像一尊雕像一般站起身，而后被众人拱着，沉默地出去了。

王疏月望着她的背影消失在月台上，不由得想，贺庞究竟是一个什么样的人，能把这位不过二十来岁的女人塑成这般枯朽的模样。

灯影晃了一下——油浅了。

王疏月收回目光，撑着身子站起来，正想绕到后殿去取灯油，谁知自从那日在雪地里跪了一宿，就像落了病根似的，一直没有好全，这会儿又起得急，一个不稳，身子竟往前栽去。

这里可是明华宫的大殿，大理石的砖照着面上去，那是得痛死的。王疏月闭上眼睛，心里已经有了破罐子破摔的打算。然而，突然有一只手在她的手臂上猛地撑了一把。

可是，那只手的主人显然低估了王疏月这副瘦弱身子的重量。

王疏月没有等来自己的脸和大理石地面磕撞，却听到十分清晰的一声腰骨咔咔的声音，闭着眼也知道，她恐怕是连累那人把腰给扭了。

“主子爷！”张得通尖细的声音传来。

什么？主子爷！王疏月心漏跳了一拍，突然不敢睁眼了。居然是这位阎王爷。别说她慌了，明华宫所有的人都傻了。

何庆在张得通后面傻张着嘴，心想，自己的这位主子，平时连走路都不自觉地走一条笔直的线，从前在府中的时候，哪里见他放下那副僵硬的姿态去心疼过女人，谁知在这个王姑娘面前却又是花脸又是扭腰，破了那层寒气逼人的罩子，邪魔了呀。

张得通见他在后面发愣，喝道：“还愣着干吗，快过来。”扭的那一下一定疼死人了。

王疏月悄悄睁开眼睛，却见那人挡开过来扶的人，上齿和下齿不自觉地紧咬着。他显然是痛得说不出话来了。

他一手撑着王疏月的手臂，另一只手收回来，直指向她的脑门心：“你……跪好。”

王疏月忙将手臂从他手中缩了回来，顺势伏地。

皇帝直起身的那一刹那，挫伤的骨头和瘀伤的血脉一下子绷直，那一阵疼简直钻入心肺，他差点儿没绷住脸色。

张得通是知道这位爷的脾气的。谁这会儿若是贸然上去搀扶，没准儿会直接被削头。看着皇帝不自觉地伸手去摁刚才扭伤处，他那个心惊胆战啊，额头上冷汗都出来了。但他只敢和何庆等人退在半步后头，惶恐地观望着。

王疏月眼前只能看见一双靴子有些笨拙地移了一步，似乎是在寻一个舒服的站姿。自从见了他和贺临交锋，王疏月也多多少少看出些皇帝的性子，贺临是个炮仗，一点燃就能飞上天，而皇帝像暗处的虎，蛰伏时不声不响，一张口就是要见血的。那就不能让他张口。于是趁着他此时还没有发作，她忙先开了口：“奴才该死。”

皇帝呼出了一大口气，才勉强把气息调匀。毫不夸张地说，刚才那一阵疼，疼得他肺里都开始发酸了。他到现在也没想明白，这女人明明看起来瘦得一把骨头，怎么会那么沉。

何庆瞄出了不寻常的苗头，悄悄凑到张得通耳朵边上道："欸，师父，主子爷像没有要大发雷霆的意思啊。"

张得通也看出来了，只是不敢提。此时自己的徒弟显脸子似的在他耳边"提点"，张得通反过脸就瞪了何庆一眼，顿时把何庆吓了回去。

皇帝终于寻到了一个撑得住且勉强还算好看的姿势立住。他低头看向那趴伏在地的王疏月。

说实话，她虽然是王授文的女儿，自己是她的本主子，但他从来没真正见过她。不过，在府上的时候，老十二那个笑佛爷曾打趣过他，说："半个五王府的银钱都搬给王家那个守在长洲书楼里的姑娘了。"

的确，他喜欢汉礼——精细、到位、正大光明，千年传承之后自成风骨，缥缈有音韵之美，沉厚有书墨之香，循之得太平。

贺庞少年时，兄弟们都在马背上拼杀的时候，他却在后方读了不少理学著作。在他看来，那都是汉人的好东西，斯斯文文就能把脏的东西说成干净的，把谋权篡位粉饰成名正言顺。帝王心术，皆出其中。所以，他愿意出资给王家修复那座书楼，并不全然是为了收拢王授文的心。不过，他的确没想到，半个五王府养出了卧云精舍，也养出了这么个……这个……什么呢?

皇帝想着觉得有些想笑，他竟找不到一个合适的词来形容王疏月。

"奴才罪该万死，请主子爷降罪。"许是见他没应声，王疏月又开口请了一句罪。

皇帝笑了一声，道："你是该死。"

这一声说得不重，但不好接。

好在皇帝并没有给她说话的机会，扬声续道："朕给你机会去想，想你该怎么死。你死了，朕就当你是殉了皇考与皇贵妃。王家的女儿嘛，朕给你哀荣，封个公主与你。"

这世上的东西一物降伏一物。

王疏月让贺临吃瘪，却被贺庞撑得白脸。所以父亲的那句"君子之范，但也太不近人情"的后面半句是对的，前面半句，王疏月觉得，还要再斟酌斟酌。不过，还好，还好她要配的人是贺临。还好，这阎王爷从前没看上自己，不然……她想起黄昏时来视移灵的主子娘娘——寡如清汤的脸，还有那被佛香熏哑了的声音。她王疏月的一生，也许没有情爱，但要有风花雪月啊，实在不能那样跟着这阎王爷枯槁下去。

"跪着想。"皇帝说完，往灵前奠酒去了。

然而他每走一步，后腰都痛得钻心。他不肯露声色，几乎是咬牙切齿地奠完了酒。他的影子落在王疏月的肩上。殿中有一对死去的帝、妃。据说，先帝和富氏的这位主子，彼此远了一辈子，却像有感应一般，一前一后地相伴着走了。

关于他们的事，皇帝不清楚，王疏月也不知道。

但冥冥之中，万事都有安排。只是活着的人各怀心事，不肯往一处去想，也就看不到同一层玄妙。

“王姑娘，嘿，王姑娘，起身吧。”

何庆唤她的时候，王疏月伏在地上几乎要睡着了。

“主子爷呢？”

何庆朝外面努了努嘴：“主子爷起驾了，没留处置您的话。您哪，躲过去了。”

王疏月朝外面看去。殿外刚传了辇过来。皇帝还没有走，正立在月台上，手不自觉地在后腰上摁着。

皇帝果真是死抠体面不要命。从刚才到现在，他忍着一句话没说，在灵前行跪、磕头、奠酒，一样也没落下，一定是疼死了。

❖ ❖ ❖

晚上，皇帝折腾到起更都没有睡下去。恰好那日礼部写了登基大典的题本，明日要丢到议政会议去议，皇帝索性在书案前撑了大半晚上的眼皮。

上夜的宝子盯着皇帝手边的那盏灯，灯火跟着皇帝的呼吸一会儿明，一会儿暗。他又见皇帝一晚上坐立不安，不时地从牙齿缝隙里抽凉气。每抽一声，宝子的脸面也跟着凉一阵。

张得通进来，冲着皇帝的后腰给宝子使了个眼色。宝子忙捏起鼻子摇头。

张得通叹了口气，见自己主子实在扛得难受。到了三更天，他借着进来张罗添炭的工夫，小心翼翼地提了一嘴：“主子爷，今儿日精门御药房是周大人值夜，您以前犯火牙疼，周大人搞的那个什么黑膏子好用，要不奴才去御药房把周大人找来？”

这种伤筋动骨的疼，是夜越深越要命的。

尽管皇帝能一时绷住脸色，但背脊黏腻的冷汗起了一层又一层。他伸手想把礼部的题本递给张得通，谁知手才伸出去一半，他就疼得几乎把本子扔了。他僵硬地收回手，口里“啧”了一声。

张得通忙去接那题本。

“张得通，去看一眼议所里谁在。”

张得通收好那题本，朝外头看了一眼天时：“哟，这个时候，怕只有十二爷在。”

“好。”皇帝撑着腰站起来，指了下他手中的题本，“把这个给他，就说朕看过了，让他跟恭亲王说，明儿一日领着大家议出来。”

“是。”

“你刚才说谁来着？”

“谁……哦哦，主子爷，周太医啊，给您治火牙疼。”

皇帝站在书案前，戴着扳指的那根拇指在案沿儿上叩了几声：“传他来。还有，别惊动了太后。”

“是是，奴才都晓得。”张得通说完，径直出去，自己往议所那边去，又指宝子到日精门传周太医。

周太医过来的时候，皇帝已经脱了鞋靠在榻上看书。他身旁除了一个剪灯的宫女，其余奴才都提着灯站在倚庐外头伺候。周太医一进去，心里就打鼓。张得通不在外面，他连个问的人都没有，只得硬着头皮走进去。他先跪着磕头，把安请了。

皇帝放低书，挥手竟让剪灯的人下去了。

张得通从议所回来，见何庆和宝子两个人恨不得把耳朵贴在倚庐的窗上：“做什么？”

宝子吓得啪唧摔在何庆脚边。

何庆忙道：“师父，主子爷不让人在跟前伺候，我们是担心主子爷——”

“担心个什么，主子发了火牙疼，最忌讳底下人行错，闹得主子心里烦，你们还不好生候着？”他说着将拂尘一甩，佛尊一般立在倚庐前。

何庆还不死心，凑到张得通面前道：“师父，您今儿也觉得奇了吧？主子竟没让人把王姑娘拖下去打板子。”

张得通没应话。

何庆这些人脑子歪着想，张得通却觉得不安。自己在这阎王爷面前伺候了快二十年，平日看他笑一下都难，那些夫人、小姐见了他就跟耗子见了猫一样，生怕多看他一眼惹他不自在，就要被训斥。王疏月……在这阎王爷眼中好像有那么点儿意思。可是，她到底是十一爷未来的侧妃啊。想到这里，他突然又觉得自己想复杂了。在情爱上面，自己这位主子从小到大什么时候开过窍啊？他这么扛着，也许只是不想让人知道他腰不好吧。

果然，想主子的短处就遭报应。

一大抔雪被北风吹起来，照着张得通的面门扑来了，风大得险些把他的官帽刮走。张得通忙按住帽子，回头见周太医提着药箱子正出来：“万岁爷……不打紧？”

周太医与张得通一道走到背风处：“宝子公公没跟下官叮嘱过啊，可把下官吓坏了。”

张得通道：“以前在府上的时候，主子爷的身子一直由您调理，您老有什么可怕的？”

周太医轻声道："唉，下官看啊，皇上腰上挫得还是厉害。只是下官不大敢问是如何伤的，这用药就不好……"

张得通拿捏了一阵轻重，压低声音道："奴才悄悄跟大人说一句，大人听了好生拿捏就是，不要再往下细究。"

"唉，公公请讲。"

张得通凑到他跟前，小声道："是一时没留神，举了个重物。"这么一说完，他眼前又浮现出之前在明华宫的场景，饶是他自己，都有些想笑。

周太医不得要领，脱口而出："什么重物？"

听张得通"啧"了一声，又想起他刚刚的话，周太医忙道："是是，下官知道了。让宝子公公跟下官去御药房取几贴通瘀正骨的膏药来，这几日就不要让皇上再使力了。"

让皇上不要再在腰上使力，这怕是不可能的。

次日，在议政会议上议登基大典的事，内侍府起头的十二爷又被皇帝斥了个狗血淋头。皇帝走后，他瘫在圈椅上半张着嘴，闭着眼睛养神，手一下一下地敲在脑门上。

恭亲王在身旁的位置上坐下，十二爷忙噌地起来，道："七哥，你给说说，这事怎么办，父皇的大事没完，这会儿皇贵妃的事又出来了。如今……还要议改元的大事，你听听皇上说的——在丧期，不能过于繁复——可礼部那个题本完完全全就是照着王授文那酸佬的意思写的！皇帝又准了，这么搞，您说怎么搞？七哥，我这个内侍府的奴才是要等着坐圈了。"

十二爷原是个佛性人，性子平得很，管他几个兄弟斗成什么样，他就守着内侍府，哪一头都不沾，这会儿被逼得说出这些话，可见他是累得不轻。但这新旧交替的当头，谁不累呢？

恭亲王跟他一道靠着。

两个人面面相觑，都呆望着对方头发，心里想着，怎是这样不干净，自个儿头也是同样的光景吗？

过了良久，十二爷才开口道："七哥，我总觉得，今日事没议到皇上的点子上。"

恭亲王叹了口气："你说对了。"

两人又沉默了一阵，十二爷重新开口，声音有些发困："我现在就很担心十一哥。七哥，你知道吧？乌善开始查四川的空饷了。"

恭亲王道："迟早的事。"

十二爷看向他："您不担心十一哥吗？"

恭亲王摁了摁额头："担心有用？皇帝……压根儿就没想过赦十一。如今这年头，哪里没有火耗空饷？你内侍府没有亏空吗？我看，查出来吓死人。皇上是什么人，拿捏你们罢了，至于十一啊……唉……”

他站起身，拍了拍袖子上的灰，却没找到合适的话往下说：“走了。”

皇帝在御书房看完折子时已近黄昏。

王授文还坐在书案旁捏着笔头，拿捏言辞。皇帝拿着折子本往烛台上敲了一下。

王授文忙从书案前站起来，道：“臣在。”

皇帝站起身，后腰还是疼。他随手把折子甩到一边，伸手绕到后面狠狠摁了一下，方感觉稍微好些。他这才跨出来，走到王授文面前：“不过是写个片子去问多布托，你给朕磨了半炷香工夫。”说着，他低头扫了一眼书案。纸上只得两三行，但那字迹是真熟悉。

皇帝拿了纸挪到灯下看：“祝氏楷。”

“欸，是，请皇上指教。”

皇帝扫了他一眼：“朕以前写这个字体的时候，请你指教过很多次，你都不肯。现在让朕指教你。”他搁下纸，“朕拿什么指教你？接着写。”

“是。”王授文重新坐下来。

皇帝却站不住了。腰疼，僵在一个地方久了要命，他索性随手抓了一本书，在御书房里来回踱着步子：“王授文。”

“臣在。”王授文因为王疏月的事，本就有些心慌意乱。这一次两次地被皇帝唤名字，搞得他神经紧绷，一听见那三个字，立马又站了起来。

皇帝转头对着他压了压手，示意他坐，同时道：“你这个祝体，朕前几日看见个比过你的人。”

“是，臣只是写得年份久些，有些体悟。普天之大，自有高人，敢问皇上遇见的是哪一位高人？”

“高人？”皇帝一下子乐了，他几步走到王授文面前，“王疏月。”

王授文赶忙跪了下去。那日他只顾着把贺临拽走，在皇帝面前还没有认认真真地请过罪。这会儿皇帝先把自己女儿的名字摆出来，王授文觉得脖子上凉飕飕的。

“朕没让你跪，起来。”

“臣不敢啊。”

皇帝鼻中笑出了声，由着他跪着，转身走到他的位置上坐下：“她那手字，也是你教的？”

“回皇上，不是。疏月的字，是她母亲教她写的。”

“哦。”这么一提，皇帝想起来，王授文的夫人身子一直不好，去年开年的时候，先帝还亲指了太医去给他的夫人瞧病。“你夫人如今可还好？”

“何敢劳皇上挂念，唉……横竖撑过这个冬天是难了。”

皇帝看向灯下的字迹："是什么病？"

王授文迟疑，这并不是一个好说给外男听的病症，却又不敢不答。他权衡了一下，才开口道："女人的病，生了疏月那丫头之后一直没调养好，一上年纪就……不大行了。她那人又丧气，去年就吃不下药了。若不是去年蒙了皇恩，遣周太医给她看疾，内人不敢辜负圣恩，又灌了几副药，也许那会儿啊……人就没了。"

皇帝一直没有说话。

王授文不敢抬头，却听到一阵十分刺耳的刮擦声。

外面何庆探头探脑地往书房里望。皇帝眼前，灯影在晃。

"进来。"

何庆忙应声进来。

皇帝坐靠在王授文的椅背上，抱着手臂："怎么了？"

何庆应道："主子爷，没什么事，就是那个……主子娘娘去倚庐了，张公公让奴才来瞧瞧万岁爷这边同王大人还在议吗。"

他回得很小心，这原本是不合规矩的。凭谁都不可打探皇帝的行踪，饶是皇后也不行。皇帝知道这不是她的意思。应是张得通看她候得实在太久，这才使何庆过来探一探。

"什么时辰了？"

"再有一个时辰就要下钥了，主子爷。"

皇帝站起身，绕出书案，走过王授文身边的时候，伸手在他肩膀上拍了拍。

"起来，接着写，写好了用兵部的名义发出去。何庆。"

"奴才在。"

"伺候茶水。"皇帝说完，让宫人摆驾去了。

王授文这才站起身，凑到书案前一看，见边沿儿竟被指甲割出了一道发白的口子。

何庆过来添茶，小声道："大人啊……奴才刚才都要吓死了。"

"怎么说？"

"那病啊。"

"啊？"

何庆放下茶壶，小心地将门掩上，这才回到王授文身旁道："您不知道，主子爷的生母也是栽在那女人的病上。您以后可休要提夫人的病了。"

王授文是朝臣，自然不会像这些太监一样对后宫秘辛感兴趣，但听何庆这么一说，他还是有些后怕。王疏月的母亲生了王疏月以后，恶露一直淋淋漓漓的，止不住，后来也是时好时不好，这么撑了十几年，一到冬季就像在过鬼门关。这对女人来说，是个很不光彩的病。

王授文与夫人有多年相互扶持的经历，夫人又贤良，以至王授文觉得，无论如何也要护着她一辈子。

但皇家不一样。贺庞的生母本就是个奴才，身子又不干净，先帝得知后就厌弃了她。当时的皇后养了贺庞，定然不会在意那可怜女人的死活。皇帝呢？他会是什么想法？

“王大人。”王授文正想试着去猜测帝心，何庆却递了茶上来，“您请喝茶。”

王授文一手接过那茶，一手摁了摁眉角。他想了想，自顾自地笑了笑。算了，宫廷情冷，女儿不蹚这浑水也好，如今就只盼着那混账王爷不要辜负自家女儿难得的那份玲珑。

❖ ❖ ❖

御书房那边有人初释怀。倚庐这处有人刚要起心。

皇帝跨进去的时候，时清正在看皇帝书案上的字。他又把丢了几年的祝氏小楷练起来了，但写得倒十分随性。

“皇上安置得越发晚了。”

皇帝嗯了一声，自然地舒展双臂：“皇后也不必每日早晚过来。”

时清因这一声“皇后”怔了怔。册封大典得在皇帝登基之后，虽然宫中的人都已经折中改口，唤她一声“主子娘娘”，可今夜是皇帝头一次改口。她原本对皇帝的心已经淡了，但他这一改口，又好像在她熄灭的火堆里丢了一点儿火星子，闪闪烁烁，反而是折磨。

她细致地解开皇帝腰间的玉带：“这是妾的本分，只盼皇上珍重自己，灾病皆无，妾的心才能安定下来。”

他给她尊重，她就越要自谦。

皇帝这几年也习惯了她这副模样。他没什么好说的，扫了一眼自己留在案上的半幅字。形是像的，风骨神韵呢？还是比不过那个女人。他突然想起王授文最后的那一句话，于是望着字的笔锋道：“皇后，朕跟你提一个事。”

“皇上请说。”

“明华宫的那个王疏月，明日让她出宫归家。”

这倒让时清有些不习惯，内院的事，贺庞一样都不会过问，这么多年也从来没过问过她赏罚。她犹豫了一时，还是开口挡了一句：“她在御前失仪，本该受宫规责罚。”

“朕知道，但其女面目可憎，撵出去，朕眼前干净。”

时清迟疑了一阵，方道：“皇上是怪妾处理失当了……”

皇帝仍然看着那幅字，正想着与王疏月的字差别在哪里，并没有听见时清这一句话。时清垂下眼，也不肯再说。两人沉默着，各自想着各自的事情。

直到皇帝感觉到自个儿腰间的手停住了。

“怎么了？”褪去外面的袍子后，里面的中衣是极软极薄的，即便是隔着一层，时清还是看见了皇帝后腰上贴着的膏药。她才看过太医院的案脉，腰伤这一条却是没有的。“皇上身上有疼痛，合该让妾知晓。”

皇帝“哦”了一声，道：“不打紧，皇后无须挂怀。”

帝、后如此对白，张得通等人却听得头皮发麻。

好在之后帝、后二人都没再提这个话头。时清服侍皇帝更完衣，又陪着略坐了坐，皇帝问了她些饮食歇寝的闲话，就打发她跪安了。

倚庐帐帘被撩起来。

张得通亲自送时清出来。那日没有雪，风却仍然冷得透骨。明华宫那处传来太监阴冷绵长的声音：“搭闩，下钱粮，灯火小——心——”宫门要下钥了。各处的灯火渐渐暗淡下来。

时清立在倚庐前，却没有立即走。

张得通躬身道：“主子娘娘，晚了，奴才提上灯送您一程。”

时清没有应他，只问道：“皇上腰上的伤是怎么回事？”

张得通脑子一转，想起皇帝说过这事不能惊动太后。他是什么人，哪能听不出来皇帝这是在给王疏月挡灾，怎知主子娘娘会较真。

“这……许是主子爷这两日累着了……”

时清像知道他会糊弄一般，冷声道：“太医院的案脉上为何无记录？”

“这……哎哟。”张得通忙跪下去，跟在他身后的宝子也一道跪了下去，“这都是奴才们疏忽了。”

“好，是你们这些奴才疏忽。来人，把他带走。”

张得通一回头，见她指的是自个儿身后的宝子。

宝子还没弄明白是怎么回事，就被人从地上架了起来：“张总管，奴才——”

时清显然不想再听张得通和稀泥。她脸色冷下来，静静地看着张得通的脑门。

张得通无法，只得叮了宝子一句：“好生回主子娘娘的话。”

宝子被时清带走了，张得通这才敢站起身进倚庐，然而皇帝已经歇下了。

今夜原本是宝子上夜，如今他不在了，张得通只得顶了他的位置。他拖来一个垫子，心慌意乱地在屏风后面盘膝坐下来。

这一夜皇帝睡得十分不踏实，一直在翻身咳嗽。

风狂号着吹打着倚庐的帐顶，发出哗啦哗啦的响声。张得通听了一晚上的风声和皇帝的咳嗽声，一眼都没有眯着。

次日，皇帝往御书房看折子去了。

张得通想了一夜，权衡着主子娘娘要过问、发落的事，这事并不能拿去烦皇帝心。皇帝对王疏月究竟是个什么想法，他也摸不准，只得装作若无其事，一路跟着伺候过去，就是担心宝子是个憨子，口无遮拦，要惹出事来。

然而，他并没想到，宝子被内刑司的人打了板子。整整二十大板，没有留一点儿情面地打下来，打得宝子屁股开花，他疼得连嘴皮都咬破了。

时清从太后处回来，却连看都没看宝子一眼，只使了个姓孙的宫女去问他："知道要跟娘娘说什么了吗？"

宝子是跟着从王府里一路伺候进来的奴才，知道主子娘娘的规矩有多严，但他一直在主子爷身边伺候，各处多多少少还是会给他几分薄面，今儿却被剥掉裤子打成这样。他年纪不大，这会儿心里已经委屈成一团纠缠的线了，但又不能哭，只能暗喊着"张总管救命……"，哪里想得通主子娘娘要问什么。

孙姑姑看他那副委屈样，倒也心疼他。

"你也是，要是一早跟主子娘娘说了，哪有这顿打？主子娘娘要问你，你们主子爷究竟是怎么伤着的，为何太医院没有脉案。"

宝子心里咯噔一声，饶是糊涂人，这会儿也反应过来了。难怪师父昨晚也叮嘱他好生回主子娘娘的话。

"大姑姑，奴才哪知道啊？您跟主子娘娘求个情，奴才们知道教训了，以后一定尽心伺候，再出半点儿错，就……就……"

孙姑姑站起身："算了，你和你师父一个样。主子娘娘说了，你若说了实话，就饶你性命，你若不说实话，今儿就地打死。"

宝子吓得从春凳上翻了下来，屁股摔在地上，他疼得顿时眼泪鼻涕一起流。他哪里明白主子娘娘为什么会因为这件事动这么大的怒。但此时命都要没了，他也没空去理张得通的叮嘱，抓住孙姑姑的衣角哭道："大姑姑，奴才说，奴才都说。是为明华宫的那位王姑娘伤的。前夜主子爷去明华宫奠酒……"

❖ ❖ ❖

时清就立在垂花门后面。她听完前面这几句，对后面的话便没在意了。

不多时，孙淼推门走进来："娘娘，人给抬到内事房去养着了。"

"嗯。"时清放下手里数了十几轮的佛珠。以前她不喜看奴才们受伤筋动骨的刑，但这几年心好像狠了很多。

孙淼道："娘娘，这怕是不好听啊，毕竟那是十一爷要了的人。"

时清笑了一声，道："王疏月不是嫡妻，不消皇帝指婚，王家连跪明华宫接旨的资格都没有。"

孙淼不大明白自己主子这句话的意思，忙跟了一句："娘娘是说——"

时清在榻上坐下来："十一爷奏宗事府递册子了吗？"

孙淼道："哟，这还没有，听说十一爷顶瞧不上这汉人家的姑娘，拖了大半年的光景。"

瞧不上。时清想起皇帝的那句"面目可憎"。

"瞧不上好。总之，没递册子，她就算不得府上的人。"

孙淼隐隐约约猜出她的意思："娘娘难道是要让这王家姑娘进来？"

时清不置可否，只道："去看看太后娘娘歇午醒了没。"

孙淼心里的疑惑没解开，追着又问道："这几年眼看着咱们万岁爷对主子越发淡下来，您何苦要添一个这样的人进来？"

"你不懂。"时清靠着榻沿儿坐下来，"我已经算是半个废人了，但总要有人能在皇帝身边，替我们博氏说上话。毕竟，还有位老娘娘在临春园里活着呢。我怎么样不打紧，但我们博氏一族还要兴盛下去。"

她这样一说，孙淼就明白了她在想什么。

皇帝的亲生母亲一直住在临春园，但皇帝从来没有在太后面前提过关于那个女人的一句话。但他不露声色，反而越发叫人不安。娘娘的身子，照如今的情形来看，是很难调养好了。博氏的女人，若无皇子出，哪里能说皇后这个位置是稳当的？至于太后，就更难说了，皇帝毕竟不是她亲生的。天知道皇帝大权握稳，会不会迎那位老娘娘回宫。

身着鲜衣，脚履薄冰啊！

孙淼在时清身旁蹲下来，抬头凝视着她道："娘娘指望王家那姑娘？"

指望还谈不上。时清想着那姑娘在太后面前的冷静和孤勇，轻声道："她很聪明。"

孙淼心中不平地道："要说聪明，谁比得过娘娘？"

"不一样啊……孙淼。"

"哪里不一样？"

"说不上来。"她揉了揉额角。怎么说啊，她哪里爱过，又哪里被爱过？那人受了腰伤，在她面前腰挺得笔直，也不可能在王疏月面前露半点儿意思。但就是不一样。她以为她已经修得堪当一国之母，看淡所有爬上龙床的女人，但她现在又觉得有些不大对劲。也许她不在意，是因为皇帝也没在意。若皇帝在意呢？

人太复杂，尤其是这些活得不大自由的人。再加上情之初起都是八卦般混沌地演绎，有心人自说自话，人模狗样，内心却乱七八糟，无心仰面对日睡大觉，醒来时还往嘴里塞一口御膳房的桃酥。

贺临见到王疏月的时候，她正靠坐在明华宫后面的围房前吃桃酥。

那是雪停的第二日，日头很好。奠酒出来的几位王爷都到议所去了。贺临被排斥在议政会议之外，颓丧得很。

三安跟在他后面，小声道："哟，主子，您这不由着步子，转到奴才们下处来了。"

贺临压根儿没在意三安这句话。

眼前那幅景象是有些奇妙的。

御膳房做的桃酥脆得掉渣，一口咬下去，碎渣落了那女人一身，她连忙仰起头，又拿手去接。那模样狼狈，全然没有了之前在他和皇帝面前的那种端正，但在贺临眼中，倒不算难看。也对，敢勒他脖子的女人，端庄得到哪里去？

"王疏月。"他唤了她一声。

这一声就把她手里的那块桃酥惊到了地上，她身旁的婢女萍露很是心疼："这可是贵妃娘娘让送来的，这——"

王疏月抬起头。

贺临立在后殿的石阶上，身边只跟着三安一个人。

"欸，王疏月，世人说你是半个卧云精舍，怕都是没见过你如今这副模样。"

王疏月起身行了个福礼："奴才是该再避远些。"说完，她侧身对萍露道："捡了东西，跟我退下。"

"回来，爷什么时候让你走了？"说着，他几步从阶上跨下来，走到她面前，看着弯腰在地上捡桃酥的萍露，"你就吃这个？"

"王爷不过来惊奴才这一下，这会儿倒能把腹果了。"

贺临皱眉道："内侍府的人挺尸吗？即便是在受责，连饭食都一道给免了吗？"

三安见他生气，忙在旁道："十一爷，这几日，内侍府的大人们都忙疯了，先帝爷的事没有完，太妃娘娘的大事又出来了。有点儿手脚和眼力的都被调去前面伺候体面的事去了，剩下这些管饭食的，老的老，小的小，能盯着御膳房把各宫伺候匀净就不错了，哪里顾得上奴才们的事？"

贺临回头就朝他脑袋上打了一巴掌："你胡说什么！她是奴才吗？"

三安忙跪下来，磕头道："奴才该死，奴才该死，王姑娘哪里能是奴才呢？王姑娘是王爷的侧妃，是奴才们的主子。"

背后传来一两声女儿家明快的笑声，隐隐撩人耳红。

贺临看着那地上磕头如捣蒜的奴才，杀了他的心思都有，这不是替他在王疏月面前认尿吗？这架势像他堂堂十一爷着急要她王疏月似的。

"内侍府的人倒是从未怠慢过，是奴才没工夫顾上吃饭。王爷放心，有裕娘娘和王爷关照，奴才的日子过得不算苦。"

她的确比自己府上的女人知进退，也知道他何时窘迫，不动声色地去疏解。贺临压着声斥三安道：“还不快起来，滚。”

三安忙站起身，也不敢在二人面前碍眼了，捏着耳朵退到墙根下去戳着了。

贺临回身，却没去看王疏月：“你这顿罚要到什么时候？”

“到先帝爷出大殡那一日。”

“这么——”他想打抱不平，但又突然想起她是在代自己受过，这么一说要扫自己的脸面。于是，他口鼻一窒，话到嘴边又说不出来了，只得在喉咙里逼出了一个“哦”。

王疏月偏头看向贺临。

她想起母亲以前常说：“女人开了灵智，好，也不好。好的是，灵慧前面挡，则情不易动；不好的是，一旦动了情，就要被这人世间的男子搓揉得万劫不复。”

所以，这个男人其实是顶有意思的一个人。他不大通文墨，但贵在憨直、率真。从前王疏月一直在想他到底是不是良配，此时看来，哪怕不是良配，这个男人也不会去搓揉她的心。

“说起来，也不剩什么日子了，且奴才也想为大行皇帝尽心。去年，若不是大行皇帝的恩典，指派太医来为奴才的娘亲疗疾，奴才的娘亲也撑不到今日。”

贺临明白她把缘由岔到她自己身上去，是为了不让他去想“代人受过”这一茬儿。所谓百炼钢遇绕指柔，正是此时的情形。

贺临一直顶在胸口的那口气，不知不觉地散到五脏六腑之中了：“你娘亲如今还好吗？”

王疏月摇了摇头：“不大好。不识得人了……”她说着不由得垂了眼，看着地上的桃酥碎屑。

人情之大悲，是没有人能感同身受的。在明华宫这万丈素白前，王疏月强把悲意压在贺临看不见的地方。但这是她的处事之道，挡不住那颗想要与她共情的心。

“王疏月。”

“在。”

“你哭了？”

“没有。”

“要是爷，这会儿就哭了。”说着，贺临想起从丰隆大营回宫那一路。他杀了几十个乌里台的亲兵，血往他眼前溅的时候，他在马上猛地就流出眼泪了。

皇家的亲情疏离，但贺临的血和情都是热的。先帝喜欢他，亲自教养他多年，他也把那个带领部族建立王朝的父亲当成此生崇拜的第一大英雄。然而，贺庞封宫，以致他没有来得及见到先帝爷的最后一面，扶棺之时的那场大恸，没有一分是虚情。

“欸，王疏月。”他清了一下嗓子，“爷这回若害得你见不上你娘亲最后一面，爷就——”一时没想好说辞，话已出口又不能僵在那里，又见她静静地望着自己，眼眶竟微微有些发红，他心里一动，一不留神说出了蠢话，“爷就任凭你王疏月处置！对，你想怎么处置爷，你说就是，爷绝不吭一声。”

这怕是那个年代最糊涂的一句话。

皇族的男人怎么可能任凭一个汉家女人处置？他的家族、他的嫡妻、他的子嗣，还有前途、抱负，都不要了吗？

王疏月没信这句话。可面前男子的那副模样一时鲜活得发光。她不由得冲他笑开，这一阵笑把心底的哀痛都驱散了很多。

“你再笑！”

他一拍脑门，气得拔腿就要走，走了几步，却又泄气，折返回来。

“不是，王疏月，爷让你别笑了！”

“好。奴才……奴才不笑。”

贺临提高声音喝道：“你就不配爷对你好一点儿。”

“是是，奴才不配。”她低头摁住鼻尖，渐渐收住情绪。

日光柔柔地洒落在她肩上，烘着她发辫上的碎发，轻盈地在干冷的细风里舞动。贺临望着她低头的样子——雪一样白的皮肤，乌黑浓长的秀发，还有沾染着水珠的睫毛。除了那点儿烫伤，她的模样是真挑不出一丝不好。饶是如此，她也没有他想象中汉女的那种腻歪，倒也不似富氏那般酣畅淋漓，痛快自如。

怎么说？贺临的脑子不清醒。总之，他认为她挺好的。对，她挺好的。

“十一爷。”

他在想王疏月的好处，被她这么一叫，像猛地被她看透了一样，心跳都漏了一拍：“啊？”

“你若真的觉得过意不去，就答应奴才一件事吧。”

“什么事？”

“三年丧期满后，去宗事府递册子。”

“嗬，你怕爷不要你。”他说完，突然又开窍般地想明白一样事。她为自己冒犯天威，为自己和母妃得罪太后，倘若自己不要她，这天底下竟再也没有能要她的男人了。他莫名地有些心疼她。转念一想，他又觉得不对，怎么竟连他自己也觉得王疏月嫁给自己是被糟蹋了呢？

第四章 采桑子

好完整的死，好破碎的生。

这日黄昏，孙淼来传时清的话——免去王疏月剩下的责罚，并令她出宫。和这个恩典一齐传来的，还有王家夫人病故的丧讯。然而王家夫人真正去世的时间是前日。

王授文只在明华门前看了一眼出宫的女儿。

宫门前在查出宫令，王疏月孤零零地立在宫门前，抬头望着青灰色的天空，静静地候着。她没有显露哀痛，甚至没有流泪。她仍然穿着孝服，长发绑成一根素净的辫子，在辫尾用瓦蓝色璎珞束着，整个人淡得快要融进禁城的灰白之中。她似乎有感应似的，向王授文这边看过来。

父女二人原本都在隐忍，然而这一个对视让彼此红了眼眶。王授文忙背过身去，走到石狮后面站着。

直到女儿走出明华门，瘦弱的身影消失在昏时明华门外的霞光之下，他才走出来。他还不能归家，还要去御书房议政，指望谁来体谅是不可能的。

偌大的禁城压住了很多东西，寻常人的喜怒哀乐都悄无声息地湮没其中。

王授文一路都在回想自己的夫人曾经说过的话。这么多年，在子女的事情上，夫人向来与他意见相左，比如，他想让儿子考科举，夫人却想让儿子去管他们老家的那座杏花园。他想让王疏月做贺庞的侧妃，夫人却说，在长洲给她说门亲事，家世不用多么显赫，只要那家富贵，家里的孩子有志做个不登科的雅士就好。他没在意过，毕竟他才是一家之主。家族嘛，无论在哪个朝代，都是要兴旺发达才好，哪里能越过越回去，从官宦之家做成乡绅呢？女人的眼光就只顾着眼前的那么一点点，果然还是要不得的。王授文一直是这样撑她的。但她和女儿一样，人明快，从来不生气，被撑到脸红了，也只是说："妾说这些，不过是想老爷还有这两个孩子以后都能过得舒坦些。"

这不还是目光短浅吗？要想舒坦，他们那些前荣的遗臣早就丢掉官衔，被发配到不知道什么地方去了，一家老小连饭恐怕都要吃不上，哪里会有如今的显赫地位和宽敞的府宅？所以，女人的话，还是听听就好了。

如今她再也不会开口了，王授文却觉得心里空落落的，好像每一步都踏不实在。

他就这么从明华门虚浮地摇到了御书房。

今日原本不该他在御书房值守，皇帝却不知为何将他传召过来了。他心里悲痛，却不能露悲，路过内事房的时候，还特意让人取镜正容理衣冠，这才肯过去。

此时御书房的气氛沉郁。

恭亲王并其他几个大臣都跪在御书房门前。王授文走进去向皇帝请安。皇帝只是背对着他抬了抬手，连一声“起”都没说。

王授文见内阁学士程英也在，程英下首站着的那个人，王授文也认识，是户部的司官乌善。这个人原就是皇帝府上的人，在地方上历练了几年，名声很是微妙，尤其是在山东一代清剿流寇，是出了名地比流寇还流氓。皇帝这回把他放到户部去清查四川军营的空饷，起初他还没弄明白自己主子的意思，手脚放不开，但自从被申斥，他简直是疯了一般抓攫，恨不得把贺临的四川大营整个剖开。

其实所有人都知道，但凡在外带兵，钱是第一要事，没有钱，哪里有人卖命？所以各地的军营都在想方设法地抓钱，掏朝廷的，征地方的，处处是烂账。朝廷呢，大多时候睁一只眼闭一只眼，也没认真查过。但看了这回乌善在户部查账的架势，再一看外头恭亲王的那情景，王授文暗想，该来的也许今日就要来了。

皇帝一直没有说话，始终背向众人，沉默地站在悬匾下头。他一手撑着书案，灯盏就在他手边，伺候灯火的宫女此时连油都不敢上前去添，黄昏的天光都敛尽了，书房内光线昏暗。

门开了一道缝，张得通贴着缝小心地进来：“皇上，恭亲王……昏过去了一次，这会儿——”

昏过去了，这得是跪了多久？

王授文看了一眼程英，程英未露声色，只是冲他摇了摇头。

“呵——”皇帝突然冷笑了一声，“程英，王授文，你们是跟着先帝一路过来的老人了，你们看看——”他转过身，一面笑一面指向外头，“看看先帝的儿子们——朕的兄弟们此时是什么德行。”

王授文知道皇帝这些话是说给外面的人听的，并不是当真要他们回什么话。他忙顺应着道：“皇上息怒，切勿怒极伤身，务必要保重龙体。”

皇帝是真想保重“龙体”。

在明华宫伤了腰后，他到现在还腰疼。周太医说怒气伤肝脏、肾脏，他已尽力克制，但整个议政会议显然是以老七起头，拿老十一的事来掣肘他。他要削这些碍手碍脚的王大臣，他们偏不让他顺意。

王授文的话意思也很明显——这事急不得。

"把恭亲王扶进来。另外，让老十二他们也不要跪了，都进来。"

王授文、程英、乌善这些人自是退到一旁。

恭亲王被张得通亲自扶了进来。皇帝没让这些人在规矩上磨蹭，直接让免了。恭亲王却执意要跪下去。张得通扶不住，也只得跟着一道跪了下去。

皇帝坐在书案后："七弟，乌善的折子，你看过了吧？"

"奴才看过了。"

皇帝挑眉笑道："奴才？好个奴才。"他一笑，腰处便胀疼，然而这疼倒没有惹得他冒火，反而分散了他内心的焦灼。

恭亲王磕了个头。他比皇帝还要小一岁，但身体一直不是很好，小的时候就靠药养着，大了后也就淡了争权夺利的心思。他常年服药，如今看起来却比皇帝要年长些，身量又偏矮，同贺临站在一起，简直不像一母同胞的兄弟。他这会儿因为疲倦，蜷缩着身子，就显得更萎靡了。

"皇上，奴才知道十一弟有罪，奴才也不敢替他开脱，但是，请皇上想想，咱们这些兄弟，废太子被圈禁，早年战死者有，后疫病死者有。皇上，奴才求您顾念手足，再给老十一一个机会吧！"

"你要朕顾念手足，那朝廷的王法谁来顾？十万两的空饷，四川巡抚全都披枷戴锁地回京，被押在刑部等着问罪。你跟朕说，老十一关不得？"

他问完，恭亲王不敢应声。

皇帝向椅背上靠去："好，宗事府圈不得嘛，照你的说法……对，你怎么说的来着……哦，怕有人戳朕的脊梁骨，说朕眼里容不下这个军功赫赫的兄弟。那好，贺覃！"他一把将手中的折子摔到恭亲王膝前，"你给朕找个地方，去关这个奴才！"

恭亲王被皇帝斥得眼前一阵一阵发黑。

多布托那枚棋子，皇帝在贺临身边埋了快十年都没动，可见从多久以前开始皇帝就已经把自己这个被称作"将军王爷"的弟弟看在眼里了。就算他真的是弑君杀父夺来的皇位，但他动心忍性这么多年，一举拔刀就直戳要害，很难想象，他这些年在他们看不见的地方经营了多少。不得不说，他们这几个兄弟，要论权术，早已全都输给他，甚至是先帝，也输了。

"恭亲王，给朕回话。"

"奴才……奴才惭愧。"

这句话却引来一阵沉默。

天起风了，而后又下起雪来。过了黄昏，雪比白日里还要冷，何庆在一旁给炭炉子里添炭，火星子迸出来一点儿，烫到王授文的手背，他眉头不禁一跳。

其实，贺临是死是活，他已经不关注了。他只是不愿意自己的女儿也跟着搭进去——永不见天日地搭进去。

先帝的皇子，无论如何都是死不了的。皇帝要考虑的不过是用什么名目把他关到什么地方去。他看得出来自己的女儿对贺临的维护，但她毕竟是女人，哪里压得过天理国法，和这些皇家子弟权力之争？但是，她已经见罪了皇帝、太后，放眼整个京城官户，谁还能要她？到头来，她恐怕只能跟着贺临去。可若是她当真跟了贺临，这一辈子，他们父女俩怕是再也见不上一面了。才经丧妻之痛，尚不可表，又眼见父女分离在前，王授文头一次有些怀疑自己，甚至觉得自己夫人那几句糊涂话好像能嚼出些滋味来了。

“皇上，承乾宫的宫人来报，老贵妃在大行皇帝的灵前哭得昏死过去。这会儿主子娘娘已经过去了，让奴才们传皇上知晓一声。”

恭亲王跪着不敢抬头，不能起来，也不能说话，只把眼眶烧得通红。

皇帝低头看向他，突然笑了一声：“为他一个大梁的罪人，致其兄、其母皆遭大罪。”说着，他抬手指向明华宫的方向，“朕让他在先帝的灵前跪着，都是大不孝！”

“王授文，替朕拟旨，削去先帝皇十一子的爵位，交还丰隆大营给乌里台看管。你替朕告诉乌里台，这个人，朕是要议罪论死的！”

王授文虽知今日局面，但听到“议罪论死”四个字还是心惊肉跳。

“张得通，摆驾承乾宫。朕亲自去看看老贵妃。”说完，皇帝站起身，径直出了御书房。

雪风灌进来。

恭亲王哑着嗓子，喊了一声：“母妃，完了——”他眼前一黑，终在王授文面前栽倒。

生杀予夺叫人胆寒。王授文看着倒在地上的恭亲王，如灌雪水，两腮尽僵。

❖ ❖ ❖

转眼到了大行皇帝出大殡的前日。

宫门下过钱粮，周太医在隆正殿倚炉中烤膏药贴，何庆一面蹲在地上帮他稳着烛火，一面不时地回头去看靠在榻上看书的皇帝。

皇帝有个习惯，独寝前总要翻几页书，因过于疲倦握着书睡过去的时候也是有的。所以张得通一直要他们这些奴才上夜的时刻谨着些，伺候这位睡过去的爷搁书、盖被。这一日皇帝倒像兴致索然，翻了一本又搁下，闭着眼养神，偶尔翻个身，也不知道睡着没睡着。

何庆一问时辰，见已晚了，便对周太医道：“您一会儿教教奴才，奴才去伺候万岁爷贴上。”

谁知话音刚落，他就听皇帝道："朕还没睡。"

周太医连忙站起身，托着膏药走到皇帝榻前跪下。宫女悬挂起帐子，将炭炉移近。皇帝随手从木施上抓了一件袍子披上，翻身坐起来。一旁的宫女细致地替皇帝卷起后襟，接着又有人掌烛火。

皇帝没说话，由着一众人伺候，自个儿转头看着周太医调弄的黑膏子，喉咙里笑了一声。

何庆抬头道："哎哟，万岁爷，您这几日都没乐一声。"

皇帝抬手点了点周太医铺在前面的药案，道："朕在想，周明啊，你的药不是黑的就是臭的。"

周太医手一抖，连忙道："臣罪该万死。"

皇帝摆了摆手："起来。"说完自己反手摁了摁后腰，"你这东西还得贴几日？"

周太医抖了抖衣襟，站起身道："皇上疼得好些了吗？"

皇帝嗯了一声，道："松快不少。"

"那今日这一膏贴了就不必再贴了，将好，明日大行皇帝出殡，皇上行路上也无须再多这样事。"

皇帝重新靠下来："何庆，给周大人赐座。"

周太医还从来没与皇帝一道对坐过。太医院是伺候伤病的，寻常时候，哪有主子受了他们的苦楚还肯让他们多坐的？于是，皇帝这一赐座，还真叫他有些慌了："皇上，臣——"

皇帝刚捡起刚才看的那本书，回头见他额头上沁出了汗，摇头笑道："朕让你坐就坐，有件事想问你。"

"欸，是……"

何庆端来一张墩子，放到皇帝的榻边。周太医只得沿着墩子的边沿儿坐下来，谨慎地道："不知皇上要问臣什么事？"

皇帝的目光还是落在书上，声音听起来也是漫不经心："哦，也没什么。朕有那么点儿印象，去年先帝给王家传太医，传的是你吧？"

"回皇上的话，是臣。"

皇帝翻了一页书："王夫人的病究竟如何，还有几分可治？"

周太医不太明白为什么皇帝突然问起王授文家的女人，但听这语气，皇帝显然还不晓得这王家夫人已经病故。如今宫中在办大丧事，王家的夫人虽有诰命，但这个时候死，连皇后和太后都不一定顾得上。

"这——"他话声犹豫，一时不知道该怎么回。

皇帝倒也没多在意，看了他一眼，淡淡地道："实说便是。"

"是，回皇上的话，王家的夫人已于十三日前病故了。"

“病故了？”皇帝扣书一想，他跟皇后提让王疏月出宫是十日前的事，这么一来，竟是没能让她赶上……“死在什么病上？”

“回皇上，还是去年的旧病。”

皇帝半晌才“哦”了一声，过后便不再提这事，有一搭没一搭地跟周太医论了几句养身的闲话，就打发他跪安了。

何庆替周太医提着药箱子出来，一路把他送到日精门前面。

周太医没忍住，回头问何庆道：“皇上今日怎么问起王家那位夫人的病了？”

何庆被宝子的惨状吓到了，如今哪里肯在旁人面前乱说皇帝对王疏月的想法，只赔笑打哈哈道：“奴才哪里知道主子的心事，许是体谅王老大人吧。毕竟为了先帝爷的大事，老大人都快一个月没回过家了。”

周太医仍然觉得这事蹊跷。

何庆道：“对了，周太医，这回去送殡，您会随扈吗？”

周太医摇头道：“太医院有排值，我倒没看到自个儿的名字。”

何庆道：“也是，您还得留在内廷照看老贵妃。”

这一句话倒让周太医在意了：“什么？老贵妃娘娘不去送殡吗？”

何庆道：“大人还不知道啊，皇上下了旨意，说老贵妃病体不便，就留在宁寿宫里休养了。如今除了您，旁人都搅扰不得。”

周太医额头冒冷汗，何庆这话听起来倒像张得通授意，让他刻意来说给自己听的。皇帝这样安排，到时候若是老贵妃出什么差错，他的脑袋就要交待了。周太医之前听说了十一爷被削去爵位并押入丰隆大营的事，再一想老贵妃的处境，胃里一阵酸寒。这些女人、男人，连死都不能死。他这么想着，竟哆哆嗦嗦地在御药房翻滚了一夜都没合眼。

次日，大行皇帝的灵柩出东华门，移往茂陵的殡宫停放。皇帝亲自扶灵，文武百官随往，百姓跪送，声势无比浩大。

仪仗行前，御道上烧大法船，烟高十丈，哪怕是在高门内院之中也能看到。

王疏月跪在母亲灵前，静静地听着外面的动静。

归家后，她再也没出过家门，每日守在灵前，吃喝皆不怎么在意。

她还是未出阁的女儿，人情往来也不大方便。好在在大行皇帝的大丧期，京城戒备，人们也不大肯往来。王疏月的姨母便让她留在灵堂内，一应外面的事，都无须她插手。

王疏月姨母叫吴宣，是王疏月母亲的长姐，嫁与京城一官户人家做续弦，过得还算安乐。吴宣没有生养孩子，平时待家里的晚辈就十分好，如今见自己妹妹留下的这个女儿着实可怜，更是打心眼儿里疼她，尤其是又见她吃喝不顾地守灵，日渐消瘦，即便如此，也从未听她痛哭，那性子、模样，越看越像自己的妹妹。

“月儿，厨房熬了粳米粥，多少吃点儿吧。”

大法船烧过，御道上的声响渐噪。吴宣从二门进来，正遇王疏月焚过一轮香。

见吴宣过来，王疏月还是全了个礼：“姨母，疏月不饿。”

“不饿也吃点儿。”说着，她亲手将碗从萍露手上端了过来，送到王疏月手边，“女儿家哪里经得起这样折腾？要不了几日，这皮肤啊，指甲啊，就得暗淡了。听姨母的话，去歇歇，你母亲从前是留过话的，连你哥哥都不让回来，就是怕你们这两个孩子太过伤心。”

王疏月见吴宣亲自端着粥碗，忙接了过来。吴宣顺势扶着她从灵前站起，走到一旁的圈椅上坐下。

那米粥熬得恰到好处，王疏月吃了两口，胃里稍暖些：“姨母，这些日子辛苦姨母替我们照看了，等哥哥回来，我们兄妹再好好给姨母磕头。”

吴宣理了理她额头前的碎发，见她脸上的伤痕基本上消下去了，只是长新肉的地方微微发红，便隔着绢子用手轻轻地触了触：“还疼吗？”

“早不疼了。”王疏月露了个淡淡的笑容，面色苍白，着实令人心疼。

吴宣将那柔软的女儿身子搂进怀里：“傻丫头啊，若你的母亲知道你吃了这些苦，一定痛死了。你和定清叫我一声姨母，我啊……却一直把你们当成自己的孩子，别说什么磕头的话，你哪里知道，姨母有多心疼你！”

王疏月靠在吴宣怀中点了点头：“姨母，娘走的时候，有没有话留给我和哥哥？”

吴宣喉咙里一哽，低头看着她，强忍下泪道：“你知道的啊，去年春天就病得不大能认人了，去的时候……很安静。”

“那真好。”

吴宣一下一下抚着王疏月的背脊，轻声道：“你的娘亲这辈子，最心疼的就是你。”

“我知道，娘亲总觉得她亏欠了我，让我在长洲一个人住了那么多年，但其实……月儿过得挺好的。倒是哥哥多年在外，很是辛苦。”

“是啊，你们的娘没能看到你们成婚，终究是件憾事。月儿，皇家的人都复杂，你母亲一直不愿意让你搅入其中，奈何你父亲——”

“姨母。”王疏月温声打断了吴宣的话语，抬起头来凝视她的眼睛。

“您放心，我会让母亲和您都安心。”

吴宣忍泪点头：“好孩子，你娘亲一定会在天上佑着你，佑你这一生啊平平顺顺的。”

再勇敢坚强的人，也会有累的时候。吴宣身上的青香木味像极了母亲的，王疏月在吴宣怀里不知不觉地睡了过去。

王疏月醒来的时候已经是傍晚了。

吴宣不在，外院却在吵闹，王疏月摁了摁太阳穴，撑着椅背站起身来，正要推门出去，却见萍露匆匆地走进来。

“前面怎么了？”

“没……没怎么，小姐，您饿了吧，来——”

“到底怎么了？谁来了吗？”

萍露拍了拍脑门：“欸，小姐，我也不会说话，总之，姨太太让您别出去，就在这里待着。”

然而她连待都待不住了，只见二门被人从外面撞开，吴宣被人抓扯得披头散发，身子还被几个侍卫摁着。她嗓子沙哑，拖长声音道：“王妃，里面是灵堂，求王妃给夫人一分安宁吧。”

王疏月认出了那渐行渐近的女人。

她一路直直地凝视着王疏月的眼睛，步履极快，几步就已经逼到王疏月眼前。

竟然是富氏——贺临的王妃。

❖ ❖ ❖

“奴才一向敬重王妃。”

富氏在灵堂前的石阶前立住。不知道为何，她并没有立刻回应，只是抬头看着王疏月，一双手紧紧地交扣在一起，眼眶通红，眼睛里甚至渗着血丝，喉咙里一口一口缓慢地吞咽，似乎在竭力地抑制着什么情绪。虽然是大冷的天，她穿得却很单薄，眉目间渗着悲绝。

良久，她终于吞咽下最后一口，稍仰起头来，闭上眼睛，眼泪不可抑制地从眼眶中流出来。

“王疏月，你也谈敬重？”如饮冷水，她虽要强立得笔直，声音却抖得厉害。说出这句话，她有些后悔，可是越后悔就越不肯让人看出来。

其实，她来原本是要求王疏月的，甚至一路上她都在心里演绎见到王疏月之后要说什么。对，她要去求王疏月，求王疏月劝说王授文出面在皇帝面前最后替贺临斡旋一次。皇帝信任王授文，说不定贺临还有一线希望。但是，她到了王家的府门前，大门却紧闭。

无论富氏在心里预演过多少次，面对王家，她始终无法吐出哪怕一个卑微的字。她富氏一族源自辽代，从龙征战，战功赫赫，族中子女历代皆与皇族结姻亲，是梁人八大姓之一。她的父亲袭镇国公爵，母亲是先帝四弟礼亲王之女，她是镇国公最小的一个女儿，自幼娇养于闺中，从未受过半分委屈，后来嫁与贺临，也是夫妻情热，感情极好。她算是御八军闺秀中出名的刚烈性子，无论在谁面前都是说一不二的，但也不失为一种为人处世的风格。贺临爱她，也是爱她那份爽快和利落，就像他在沙场上拔刀一样，要见血就一定要见血，是爱憎分明、收放自如的作风。

王疏月与富氏相处，有明显的尊卑之分，一个自持身份，时常疾言厉色，另一个守礼，从不顶撞。她们相处下来并没有什么风浪。

王疏月从来没有见过富氏在自己面前流眼泪。一定是出事了，然而，还不及她问，却听富氏勉强定下声音，续道："王疏月，我今日来并不是想对亡故的夫人不敬，也不是想给你的姨母难堪。"说着，她张开口，想吐一口胸中的浊气，谁知口中的唾液黏腻牵丝，她觉得难看，又抿唇将其抿断，顺势低头抹起眼泪，"我富氏是十一爷的正妻，平时，我也是要风度、要体面名声的人，但凡你我之间还能论一丝的尊卑，也不会逼着我叫王府的人在你家中动手。王疏月，王爷倒了，我如今要见你一面，是不是要在你王家府门前跪着求你啊……"

王疏月望着富氏，她没有涂脂粉，眼眶有些发青，嘴唇也在大冬日里褪了血色，气色寡淡得厉害，模样竟也有些狼狈。

"究竟怎么了？奴才从来没有避着王妃，王妃要见奴才，让人传话便可，何苦如此呢……"

富氏含泪笑了一声："传话？别说传话了，我们这些罪人，以后怕是不配见你。"

"罪人？什么意思？"

富氏摇了摇头，一把将王疏月从石阶上拽了下来。

王疏月被她扯了一个踉跄，险些摔倒，好在萍露及时扶了一把。

女人之间的拉扯是极不好看的。但此时显然这两个女人都顾不了这些。富氏抵在王疏月的耳边，声音也进而提高："你装什么糊涂！皇上削了王爷的爵位，人被押到丰隆大营去了。王疏月，这已经是第十天了！七王爷和裕娘娘跪求皆无用，我父亲，还有张孝儒那些朝臣，上联名的折子也不见皇上回应。七王爷的意思，也许也就你父亲还能在皇上面前说上一句话。谁知七王爷与你父亲彻夜恳谈，他都不肯出面……说王爷大势已去……"说至绝望处，她话声哽咽，"吓，你也好，你父亲也好，你们这些汉人奴才，都是得了一点儿势力就轻狂得不成样子！"

"疏月——"富氏的话音刚落，吴宣却压着嗓子唤王疏月的名字。

"住口，来人，把她的嘴给我堵起来！"

吴宣被堵了口，发不出声来，却依旧不肯就范，挣扎着，泪流满面地向王疏月不住地摇头。

富氏被惹出了恼意："愣着干什么，拖下去啊！"

天暗下来，越发冷得厉害。

王疏月逐渐明白过来富氏的来意，也猜到了父亲的态度。

恭亲王这些人应该是被父亲敷衍过去了，所以，富氏才会来王家寻她，想让她劝说父亲向皇帝进言。父亲很清楚，这件事情根本没有转圜的余地，也知道，他自己打哈哈，这些人就一定会来找他女儿，所以才让姨母守着自己，不让自己见这些人，以免自己被为难。谁知这富氏是个烈女子，发狠起来，竟连一点儿官面门楣的顾忌都没有了。

王疏月抬头。

成王败寇，贺临终究要应劫。

而此时在她眼前浮现的却是皇帝的脸，刀削剑刻的轮廓棱角分明。他即便沉默，依旧令人不禁背寒。他露杀意，明目张胆地露出了对自己兄弟的杀意，那他一定已经架好了刀，不会再给贺临、给富家、给她王疏月一点点机会。

“王妃——”有些话，其实她是不忍心说出口的，但不说又不足以令人死心，她索性没有再去拿捏言语的尺度，直接道，“恕奴才直言，恭亲王应该知道，就算奴才父亲进言，也是没有用的。这根本就不是办法，事到如今，奴才父亲贸然出言，反而会令局势更糟。”

富氏听她说完这句话，竟是一面点头，一面笑。她往后退了一步，抬手指向王疏月：“我就知道你会说这样的话。呵呵……我就知道，你这个女人，心高得很，大得很，想吞的东西比天还大。枉母妃待你千般好万般好，我自问也不曾苛待你一分，没想到，你压根儿就没把自己当成王府的女人！”

“王家既与贵妃娘娘定了婚约，疏月就再无二心，王妃，如今王爷深陷囹圄，奴才跟您本应同心，您怎忍言语相逼到如此——”

“你给我住口！你，还有你们王家，不就是看着王爷倒了，王府也倒了，你的富贵荣华梦到头了，才避我们像避鬼一样吗？王疏月，王爷沦落至此，不想你还要作践他、侮辱他。你还有脸要与我同心？你的廉耻呢？”

作践他、侮辱他，这话到底从何说起？王疏月感到不可思议。富氏的话并没有说明白。

“不对，王妃，您还有事没有告诉奴才，为何——”

“你别再叫我恶心了！你是宫里看上的人了，御八军三年一选，如今是在大行皇帝的丧期，可是宫里连这一刻都等不了，急着走内侍府这一路，挑你入宫补御书房的缺。王疏月，你也真是贱，你父亲削尖了脑袋，把你们王家送到了正三军，你如今为了进宫，为了不跟着王爷受苦，竟然情愿去做那些奴才做的事。至于王爷——”她说至此处，喉咙里涩哑得厉害，她只得抬手去抠捏住，咬牙把那口哽咽呕了出来，狠抿了下唇，才续道，“我恨你，我也恨那位当今皇帝，你们这对狗男女，把贺临践踏至如此境地，还要夺他的尊严、骄傲，我即便今日就死，也绝不会放过你们！”

“您疯了吗？您在胡说什么，不要命了吗？”

“我没疯！你不要他就算了，我要他！我可以陪他戴枷锁，也可以陪他入牢房，我甚至可以陪他上断头台！既如此，我还怕那狗皇帝做什么！”

她这一席话说完，也泄掉了身上所有的气力，仰身往积雪地里跌坐下去。下人要扶她，她也不要，只是颤抖着将整张脸都埋入膝间。她抱膝忍了良久，终于哭出声来。后来，那声音越来越哀伤，撕心裂肺，几乎令在场的每一个人都动容。

也许得妻如此，当死而无憾吧。

话本里，一描述到极致的爱情时，就会来一出共赴黄泉。可是，也许有女人愿意守礼教守一辈子，但究竟有多少女人真的肯为深情上穷碧落下黄泉呢？

他们是一双人。

王疏月望着富氏坐在雪地里的身影，那豁出去一切的姿态、勇气，和贺临是如此相似。他们也许不是能够相互扶持一生的良配，他们那种相似的莽撞也会在冥冥之中摧毁彼此，富氏救不了贺临，甚至会让他陷入更艰难的境地，即便如此，王疏月还是觉得，自己突然不配在富氏和贺临的身旁要那个她以为能安逸一辈子的角落。

“王妃，奴才扶您起来。”

“不敢当。”她挡开王疏月的手，“王疏月，你若有脸活着，你就活着。我再也不会来求你，也再不会让你出现在王爷面前！”

“是……好……”王疏月突然也感觉到一阵深深的无力。她为贺临做了什么吗？其实已经做过了，可是算是倾力相护吗？其实也不是，她走的每一步都有她的把握，为了贺临，她还不能把自己、把王家全部赔出去。想到这里，她不再与富氏僵持，从富氏身边站起身，慢慢地转向灵堂。

好完整的死，好破碎的生。然而若能完整、干净地活着，谁肯被人世打个粉碎？可这世上好像就是容不下清白的女儿，正如这个朝代容不下那汇精纳萃的卧云精舍一样。

王疏月自认疏远俗世之情，此时却也忍不住喉中发辛：“奴才也没有脸再见王爷了。”

不见真好过相见。

见了以后说什么呢？人要面对的，永远只是和自己相关的那一段命运。当两个人被从彼此生命中剔除的时候，喜怒哀乐就再也不相通了。

❖ ❖ ❖

富氏走后第三日，内侍府果然来了人。

跟着内侍府一道来的还有两个女人。如今虽除过服，她们还是穿着素寡的宁绸氅衣。二人在王家的正院里立着，并没有直接见王疏月，而是先让吴宣单独来见。

吴宣知道她们是宫里来的人，不敢怠慢，径直将二人让到正堂用茶。

二人一个是太后身边的陈姁，已是年过三十，另一个年纪倒是轻些，二十二三岁，素着脸，眉目尚算清秀，看上去却比陈姁还要严肃些。她们也知吴宣不是王家的当家女人，因此彼此稍见过礼，陈姁便开了口：“夫人晓得宫里的意思？”

吴宣应道：“晓得。”

陈姁道：“王家夫人新丧，这事同夫人说其实并不合规矩。”

“是，妾知道。王家的老爷已跟妾细说过了，都是为了姑娘的事，妾是姑娘的姨母，如今这光景，少不得妾来逾越，日后再跟太后娘娘说明请罪便是了。”

陈姁笑了笑，见她很是知礼，便道：“不至于。”说完，她饮了一口茶，“姑娘呢？”

“照着姑姑们的规矩，让她在里间候着。”

陈姁看了一眼身边的青衣宫人：“你带人进去看吧。还是照他们内侍府的规矩，只是都尊重些，不能让姑娘过于难为情。”

青衣宫人起身应是。

吴宣追了一句道：“姑姑，我们姑娘脸皮薄——”

那青衣宫人却没让她说完：“脸皮薄又如何，要伺候皇上，谁不过这一关？这也是为姑娘好，过了这一关，以后就没有人乱嚼她的舌根，谁让姑娘从前担过虚名？”说完，她带着人往里间去了。

吴宣被她说得脸泛红，心里极不痛快。

陈姁起身替那青衣宫人赔了一礼：“夫人不要吃心，春环在御书房当了多年的值，人修得直，说话向来如此，不过，夫人请放心，她有她的分寸。”

吴宣能说什么？担虚名，是说担十一王府的虚名，谁愿意担这个虚名？

“陈姑姑，王家的夫人就这么一个女儿，夫人去了，再也没有人能替我们姑娘打算。王大人虽也心疼她，但毕竟不能打细处为姑娘着想，我这个做姨母的——”她不知如何说下去。

王授文默认王疏月入宫，一来是为了她好，不愿意她后半生毁在一个前途渺茫的王爷手里，二来，恐怕也是为自己的政治前途考虑。至于宫里，自然有宫里的想法，讳莫如深，不可捉摸，但一定也是为了某些人的谋划和利益。她虽是王疏月的亲人，但也不过是受王授文所托照顾王疏月这么一阵子，等王疏月真入了宫，她想疼王疏月，也是不能够了。所以，王疏月的母亲死后，究竟还有谁真正在意过王疏月的人生？真是令人不寒而栗啊！

陈姁见她意不平，便饮了一口茶，不紧不慢地劝道：“奴才知道，这一回内侍府是委屈了王姑娘，原本该是在御八军选秀时提姑娘的事，可这不是大行皇帝崩了嘛，选秀也不知道什么时候能提，若这么耗着，反倒耽误了姑娘。恰好，春环也到了该放出去的年岁，姑娘有才名，这么补进御书房当值，那就是御前的人，体面是旁人都比不了的，后面的路，不也好走了不是？再有，太后娘娘是真的疼姑娘，您看看，她老人家身子不好，还一日几回地过问……”

陈媊的话面面俱到，竟把吴宣所有的后话都堵了。

吴宣涨红的脸色也渐渐淡下去。她不再出声，双手不安地交握在一起，抬头向里间望去。里间垂了遮帐，光透进去，声却透不出来。

丫鬟又上了一回茶。

陈媊呷了一口，盖上盖对吴宣道："快了，夫人。"

话音刚落，那边下了遮帐，春环从里面走出来。

陈媊站起身道："如何？"

春环并没有说话，只是向陈媊点了点头。陈媊这便笑开来："这就是成了。夫人，替姑娘备的东西都齐了吧？"

"照内侍府的话，都备好了。"

"好，过几日会有人来接，咱们还是照内侍府的礼，家里人准送到玄武门前，再往后就不能够了。姑娘啊，得一个人，慢慢地走进去。"

"好，我晓得。"

"那奴才们就回去了。"说完，她行了个福礼，身后的春环也面无表情地跟着行礼。

外面太阳刚刚升起来，送客的门一打开，新鲜的光就迫不及待地泻了进来，许是门闭得太久了，庭中蜡梅的香气此时冲入口鼻中，竟也有些辣人。不知道为什么，眼前这勃然的生机却令吴宣心惊胆战。

二人一出去，她便忙往里间走。

王疏月坐在镜前系着领口的扣子，面上泛着淡淡的羞红。

她在镜中看见了吴宣，回头露出了笑容："姨母，陈姑姑走了吗？"

"走了。疏月……没事吧？"

"没事。"

王疏月系上最后一颗扣子："后日您可别送我。"

入宫那日，王疏月当真把吴宣挡在了车旁，独自一人上了内侍府的马车。

马车一路将她送到玄武门。御书房的管事太监曾少阳正立在玄武门前等她。这人看起来年岁不大，眉眼间倒和曾尚平有几分相似。

"奴才来接姑娘进宫。"他向王疏月行礼，"主子娘娘临送殡前给奴才们提了醒的，说姑娘尊贵，在御书房当值，不可任我们摔打，要我们提一万个心来敬您。只是宫里规矩大，姑娘的丫鬟这会儿是进不来的，姑娘日后若有什么事，吩咐奴才便是。"

王疏月向他行了个福礼："岂敢轻狂，我头一回入宫当差，万事都不明白，若犯了错处，公公只管照规矩教训我。"

曾少阳原本觉得这个差事不好当，王疏月的身份微妙，太后和皇后虽然都没有明说，但他们底下人不是不会猜，照着这两位主子的意思，王疏月进来，是备着给皇上做哪一宫的主子的。如今她虽是归在他下面差遣调教，可自己哪里配调教她，若她是个不好相与的，当真与自己不对付起来，岂不是自己体面都要丢掉？

这是他之前的想法，但如今见过王疏月，见她待人是这样的性子，他心里倒在暗暗庆幸，也敢抬头去看她的皮相。宫里住久的人都知道，皮相的好坏与前途命运息息相关。这姑娘也不算十足好看，但长得是真白，比他这辈子见过的所有女人皮肤都要白，就是瘦，那一掌可握的腰身独有一股自然的风流。

曾少阳心有所思，暂时没有言语。

王疏月也没有在意。她转身朝身后的华带匾看去。那上面镏金铜字，以梁、汉文书"玄武门"，顶上是黄色的琉璃瓦，而楼内顶金莲水草天花也清晰可见。

曾少阳见她出神，便知道她在看什么。当年先帝爷的母亲曾下过一道懿旨："有以缠足女子入宫者，斩。"梁人都是天足，唯有汉人女子缠足，老太后明谕的意思很明白，汉人女子不得入宫。然而，二十多年过去了，这道懿旨虽然一直悬在玄武门的匾额后面，但已经不被子孙后代遵守了。

只不过，虽有了汉妃入宫的先例，王府当中也常有汉女伺候，但她们的地位是比不过梁人的。无论是皇族还是贵族，他们只会把汉女收作妾室，多是为了玩弄，很少给予尊重，也永远不会让她们做正妻。

"姑娘不用吃心，那都已经是过去二十多年的老规矩了。您知道吧，咱们十二爷的母亲是杭州陈家的女儿，虽说去得早，伺候先帝爷的时日不久，但先帝爷最后也给了她贵妃的位置，何等尊贵啊！再有……咱们皇帝的周郡主，也是极体面的一个人。"

王疏月倒不是吃心，此时在这匾额下头立着，竟能体会到几分岁月如轮轰然碾过的破碎感。前朝人定下的规矩，转眼就湮灭在后人的欲望里。要说这天底下欲望最重的地方在哪里，除了禁城，怕没有一个地方敢认第一了。

她又想起了皇帝。那人就成长于这个被利欲熏烤得发黑的地方。王疏月不解，他那副禁欲寡冷的模样究竟是怎么练出来的。

"伺候万岁爷，是不是时时都得提着脑袋？"

曾少阳正带着她往御书房走，听她在身旁突然问了这么一句，心想，到底还是头一次在皇帝面前当差的姑娘，心里惧着呢。他有意宽慰她，便道："也不是这样的。御书房虽然与别的地方不同，是咱们万岁爷和大人们平时议政的地方，但也不全是如此。咱们万岁爷啊，是个雅人，平日闲时也会在御书房读书、写字、画画，或者寻人手谈那么一两局。还有，您也许不知道，万岁爷会弹丝桐，御书房里就放着一架。听伺候万岁爷的何庆说，他有幸啊听咱们万岁爷弹过，那声音，简直——”他说得乐呵，简直就像自己听过一样。

王疏月顺着他的话，努力去把这些雅趣盎然的东西和皇帝的那张脸凑到一起，却无论如何都觉得别扭。他弹丝桐会用什么弹？一定不是用手，用刀子吗？把那细得令人疼惜的弦一根一根切断……焚琴煮鹤这种事，会比较像他的风格。她想着那个画面，不禁笑出了声。

曾少阳忙道："哎哟，姑娘，在宫里行走，笑是不能露齿的，您要知道，皇上喜欢玉一样的人，要从里头啊透出那种润而温的光。皇上不喜欢玻璃珠子，那光啊，晃眼睛。您得时刻端正着，这样才得万岁爷的心。"

哦，怪不得他的王妃持着那份寡淡，也难怪春环会是那副严肃的模样，原来皇帝看上的都是这样的人。她们好吗？王疏月觉得她们也有她们好的地方，至少她们不会给男人惹是非。可是，那样的人生，把所有鲜活的生趣都舍掉了。她不喜欢。所以，皇上这一辈子大概也看不上她吧。这样真好。有了这层希望，她甚至觉得入宫前在春环手上遭的尴尬和羞惭都渐渐消退了。

其实，王疏月在皇帝身上看到的乐子，一直带着点儿女子试探性的挑衅。在对女子无比严苛的时代，这种挑衅当中暗含着危险。只不过，这一年，她不过十七岁，她还不知道，福祸相依，她所坚持的一切最终会把她引向什么样的结局。

杀伐都是序幕之启，山海下潮平，他更想做个好皇帝。

第五章 摸鱼儿

皇帝去茂陵送大殡还未归。御书房中其实并没有什么差事。

曾少阳把王疏月安排在西二所住着，虽说在宫里当差，不能有奴才伺候，但曾少阳还是把一个叫善儿的小宫女放在她的屋子里洒扫服侍。王疏月并不是一个多事的人，加上宫里规矩多，稍不留神恐犯忌讳，再者，皇帝回来就要行册封的大礼，各处都在紧锣密鼓地备大事，不免乱，她索性不走动，每日听曾少阳说御书房日常的差事和规矩。

王疏月从曾少阳口中听来的皇帝，全然是个没趣的人。他在生活上没有什么随时而变的喜好，好像一切都是经年的习惯而已。

比如，他喝茶，从来只喝宣城的敬亭绿雪，那是安徽的名茶之一，茶味浓，冲泡两三次而香不减。曾少阳说："这也就是咱们万岁爷老辣，听老师傅说，茶这种东西特别有灵气，什么年岁的人吃什么品性的茶。这茶从前惯先祖爷的口，那时年轻一辈的皇子都饮不惯。您知道，咱们先帝爷当年……"

曾少阳的毛病是，说起一个话头，就停不下来。

听他说到"老辣"这个词，王疏月琢磨了很久。

曾少阳的意思，她认一半，还有一半，她却觉得越想越有趣。

汉人喜欢给天下名茶编撰传说，以此增加风雅之趣，大多没有实证可考，因此不同年代不同地方的传说都不尽相同。不过，敬亭绿雪的传说很有意思，无论哪一个传说，茶名中的"绿雪"二字都是来自某个女人的名字。这里面有些文人意淫之乐，梁人不一定知道。所以，皇帝也一定想不到，后来自己端坐品茶的姿态，在王疏月眼中，总有那么点儿人模狗样的闷骚气。

"主子爷不喝淡茶，王疏月，这一盏下的功夫还是不够。"说这话的是春环，她已经拟定在大开春时就被放出去。曾少阳请她教王疏月规矩。若换了以前调教接手差事的宫人，她早便拿着板子打了，但曾少阳留过话，不得将王疏月当一般的奴才那样待。她便没了法子。但她还是不肯给一点儿好脸色。

曾少阳时常看不过，也会劝王疏月："姑娘别在意，这是她的好处，万岁爷在府里就用惯了她，就是因为她谨慎，伺候主子们七八年，一点儿错处都没有。"

王疏月道："那为什么不留着多使几年呢？"

这就是曾少阳不知道也不能问的事了："这怕就是主子们的恩典了。这年纪放出去还能配个好人家，再晚些，不就耽搁了嘛。"

"春姑姑她自个儿……愿意出去吗？"

"哎哟，这天大的恩典，谁不愿意啊？"

也未必吧。人心都长在一层皮肉里面，怎么看得见呢？

王疏月抬手喝了一口自己泡的茶，眉毛一下子皱在了一起。都苦成药了，还不够浓啊？

圣驾在二月初回銮。

先帝爷的大事终于渐渐落下帷幕。那些跟着皇帝奔波的大臣像刚被从牢里放出来的囚犯一样，终于能回家洗澡、休整，吃顿好的。

各处的衙门都散了，王授文却还在丽阳门前的"天地春"楼上磨蹭。

程英小解回来，跟着的人去下头拿厚袍子。

"王老，还不回去，还没在这内城里锁够？"

王授文摆了摆手："你那宅子里热，你赶紧回吧。"

他这么一说，程英倒不好走了，接过下人拿来的袍子铺在膝上，又坐下来，起了另一个话头："我看明年定清能补户部那边的差。"

王授文吐出一口酒气："这哪里说得准？"

"你的儿子走你的门路，天经地义，就看您老肯不肯。"

王授文摇头："算了，再放他在外头几年，等朝廷稳下来再说。"

程英叹了口气，道："怎么，他母亲这么大的事，你没有让他回来？"

"他母亲留的话，不叫他回来伤心。"

"哦。"程英看着自己面前的空杯，"那苦了你家的女孩子。"

王授王靠向椅背，把杯中的余酒喝尽："已经给宫里调教了，管不了咯。"

汉臣之间不大愿意深说这种把自家女儿送给梁人家伺候的事，虽大家都有博前途的心，但说出来毕竟不好听。

王疏月跟着春环在榻上铺黄色缎面的垫子。

曾少阳走进来，道："春姑姑，内事房寻姑姑问话。"

春环站起身："知道了。"说完，她又对王疏月道："把褶皱碾平，一丝都不能剩，过会儿，我会来瞧。"

“是。”

春环一走，曾少阳也跟着出去了。

御书房此刻就剩了王疏月一个人。她碾平榻上的褶子，也就再无别的事。皇帝不在的时候，御书房的差事其实顶清闲，除了一样不好，就是这站的规矩要命。御书房里只有两方书案，一方是皇帝的，还有一方在西南角的窗下，是给御书房行走的大人们替皇上拟旨备的。她眼前的这张黄缎榻，皇帝疲累了，也会在上面小躺一会儿。这些东西都是有主的，所以宫女和太监就只能站着，其实不说他们了，连外头的王爷们进来也只能在皇帝面前站着，他们把这叫御书房的“站规矩”。

王疏月百无聊赖，便立在书架前扫看书脊。

皇帝喜欢看的书大多是史书，中间也有几本前荣汉人的文集，看起来被翻得特别勤，书脊处的线装都有些磨损了。

她正想去细看那是谁的文集，忽听见外面传来了人声。

先跨进来的是张得通，他倒是一眼便看见了王疏月，又一扫里外，除了她站在里面伺候，其余的竟都是进不来的奴才。他倒也没多说什么，只使了个眼色，叫她退到该退的位置上去。

接着，皇帝便跨了进来，身后还跟着十二爷，他一面走一面翻一册书，面上难得挂着笑容：“这文章写得好！”

这会儿似没有政事，十二爷脸上的表情也是松和的。他跟在皇帝身后道：“陈如晦他们要晓得自个儿的文章能得皇上您这么一句赞，怕是得去祖坟上磕头。”

“话不能这么讲，这些人年轻气盛，又都自诩铁头不怕死，没登科时，你还能从他们文章里看到些针砭时弊的话，以后妻小在室，他们未必敢把文章写成这样。”

“是，皇上说得是。”

皇帝仍没有抬头，走到他榻上坐下。他又往下看了十几行，这才想起十二爷还在他跟前站着：“哦，对了，你先回去歇着。”

十二爷本来也不想在这里站规矩，见今日是闲局，王授文、程英都不在，他忙顺着答道：“是，臣弟告退。”

“张得通。”

“奴才在。”

“送送十二爷。”

张得通也是无法，本来皇帝不点他的名，他是想安排何庆去送的，毕竟留那位王姑娘一个人在里面伺候，他总觉得心里怦怦跳。走到外面的时候，他还刻意叮嘱了何庆一声：“仔细听着动静。”

皇帝并没有注意到御书房里换了人。

他手里的那册子文章是外城科举士子所举鸿笔文社刊刻的社稿，所论的是《学而时习之》全章。许是那文章当真写得好，皇帝看得入神，半个时辰过去，竟连茶也没有要。

王疏月终于有了一段长而安静的时间去通体打量皇帝。

平日里哪怕离得再近，这个行为都是要掉脑袋的，但她此刻站在书架的后面，只要她不露头，从皇帝的角度是看不到她的。

其实皇帝和贺临长得不像，但体格是相似的。

他穿着藏青色常服，外头罩着一裹圆的皮袄，起先没脱，这会儿书房内的炭暖起来了。他便随手脱下来，搁在榻上。那袄子大，铺开便占了榻面一大半的空间，若是平时春环在，一定会立刻过去替主子收挂。奈何今日在的是王疏月，她没真正服侍过人，对御书房规矩虽然学了个七七八八，但这样的零碎细节，她还没搞明白。

皇帝觉得有些施展不开，不悦地开口唤人："春环。"

没人应他。

皇帝有些不耐烦，不过，他今日心情好，还是耐下心来，提高声音又唤了一声。然而还是没有人应他。

皇帝放下书，往书架后看了一眼。

那里向来是宫女们当值站的地方，架角后面露出春绸绲毛氅衣的一角。

"何庆可在外面？"

"奴才在，主子爷。"

"进来。"

御书房这个地方，何庆他们通常都只在外面伺候，这会儿皇帝突然把他唤进去，他摸不着头脑，身子也躬得格外低些。

他刚进去，便一眼瞧见了散在皇帝身旁的皮袄子："哟，这怎么——"他忙上前收挂好，这才回来一面伺候皇帝脱了靴，一面道："皇上，有事吩咐奴才。"

皇帝翻了一页书，抬手朝书架后头指，声音淡淡的："把人带出去，打十板子，以后也不得再放进来。"

何庆边往书架后走，边想春环是最谨慎妥帖的，今儿是犯了什么错处。他还没想明白，迎面却看见了王疏月的脸，这可把他吓得愣住了。

❖ ❖ ❖

"怎么——"何庆反应过来，忙回头去看皇帝。皇帝施展开手脚，换了个舒服的姿势靠坐在榻上，目光只落于书面，连个眼风都没有扫过来。

何庆回想着他刚才说的什么来着，哦，是把"人"带出去打十板子。所以，竟又是这倒霉的王姑娘惹了主子爷吗？他突然想通了，为什么张得通要他听着里面的动静？这两个人也许是命里犯了冲吧，第一面，主子爷把人家姑娘差点儿烫破相；第二面，这姑娘害得皇帝贴了一个月的膏药；这第三面……怎么得了哦。

“来，过来。”他硬着头皮把王疏月往外头带。按皇帝的规矩，挨板子的人是不可求饶的，否则会挨打得更多。所以何庆生怕王疏月开口，只管拉着她往外走。王疏月的衣摆却不知什么时候钩在一处书立上，被何庆一拽，竟刺啦一声扯住了。

何庆吓得心脏都要停跳了。

皇帝口中嗞地吸了一口气，这一声逼酸了他的牙。

“放——”他放下书，“肆”字还没出口，却见那人竟堂而皇之地蹲在书架前去解钩在书立上的衣摆，身形有些眼熟，显然不是春环。她那姿势很不规矩，背对着皇帝，钩着的地方低，她便一条腿半跪，腰佝偻得厉害，后来为了瞧清楚钩缠处，整个身子都低伏下去。

何庆吓得不行，怕皇帝要加责，忙斥她道：“磨蹭什么，赶紧跟着出去领板子。”

王疏月心里很是无奈，她还不知道为什么头一次当差就要挨板子，她也不是故意磨蹭的。板子要挨，但也得把这处纠缠解开再去吧。想着，她竟没应何庆的话，专心地对付那书立。书立是木制的，年份久了，裂了一道细缝，衣摆正嵌在那缝里，十分不易扯出。

何庆只恨在皇帝面前使不了利刃，不然他真想拿把剪子来替王疏月剪一剪子。

皇帝眯眼看着那狼狈的背影，渐渐地也看出了点儿意思：“王疏月。”

何庆心头一颤，一回头却见皇帝已经站在他身后。这边王疏月听着背后这毫无情绪的一声，忙丢开手，跪直身子，但那处牵扯着，她转不过身来，只好仍是拿背对着皇帝，朝着书架磕了个头：“奴才在。”

皇帝低头往她手边看了一眼，这女人也是用了力的，奈何春绸边角被钩破了，嵌入木纹里了，任凭她勒红了手掌也没能扯出来。

皇帝往书架前走了几步，弯腰一把握住那半截衣摆，向上一提，一下子便把那半截衣摆扯断了。这利落的一声，别说何庆吓得跪在了地上，连慌慌张张从外面进来的张得通都跪在了门口。

皇帝直起身，整理袖口，又拍了拍手：“你转得过来？”

“是，转得过来。”

王疏月不敢起来，就这么跪着挪回身，伏低道：“奴才知罪。”

皇帝笑了一声：“对，你爱说这句话——知罪，知罪。朕看你是豹子胆，说完‘知罪’，心里头却侥幸得很。面上惧，心里悍，骨头又软。”

他说着，把手上的书抛给何庆，自己回身走到榻上坐下。不知道为什么，这一坐似乎又把好了许久的腰疼扯回来了。他解下手腕上的翡翠盘珠，搁在榻儿上，反手过去摁了摁之前的扭伤处，这会儿又觉得像是不疼了。

皇帝悻悻然地收回手。刚才那一下，多半是见了这不知规矩的女人气的。

内事房的太监在外头备好了板子，预备着进来回话，却见张得通跪在门口。里面的人也都是跪着不出声，他倒不敢贸然进去，躬身在张得通耳边问道："张公公，这会儿万岁爷是什么意思呀？要不，您给请个话？"

张得通白了他一眼，给了个手势让他滚。那人忙缩头退了出去。

"你入御书房，是谁的意思？"他这么问，其实有点儿明知故问的意思在里面。

内侍府敢这么挑人，一定是在太后那里得了明白话。太后从前就喜欢往他面前荐女子，但荐的都是云漠的人，他不喜欢，也不能说什么，可这个王疏月是怎么回事？他才办了老十一，他的"侧妃"就补了御书房，太后是要恶心他吗？

"是内侍府的意思。"

好得很，她也真能周全，连太后的名义都不提。皇帝以为这就完了，谁知她后头还跟了一句。

"内侍府的人来奴才家时跟奴才说了的，主子爷的意思才是内侍府的意思，让奴才千万要记着主子爷的恩典，好生伺候。"

皇帝真的是被气得腰疼："哦，你还知道要记朕的恩典。王疏月，你既已在御书房当差，连答应都不会？"

"回万岁爷的话，奴才会，但万岁爷唤的是春姑姑，奴才学了规矩的，不能胡乱答应，否则就是在主子面前轻狂、抢脸，要挨板子。"

这话没什么毛病，可怎么听起来就那么令人不痛快呢？

皇帝失了语。

其实她这会儿跪端正了，双手规规矩矩地交叠在额头前面，样子还是顺眼的。如果她不生这么一张嘴，太后放她进来就放进来，他将就使几日，再找理由打发就算了，可她不动声色将他的军，他活了二十多年，从来是他的规矩大过天，无论从前在王府还是如今在宫中，谁让他这样窘过，怎么忍？

皇帝僵着背脊没说话。

张得通和何庆却没大听懂这二人交锋的门道。他们遥遥互望了一眼，不得要领，又齐刷刷地向皇帝那头瞄去。

皇帝正透过撑开的窗户一隙看向外面。

内事房的路子规规矩矩地在春凳边候着。那板子就架在春凳上，漆着红漆，寒气逼人，十分骇人。他话都说出去了，这会儿肯定是收不回来了。再有，他也觉得，该打还是要打，既然王疏月已经近身伺候，照着规矩杀杀她的性子也是好的。

其实平时皇帝从来不会费一点儿心去调教身边伺候的人，尤其是女人，使得好的就使，使不好的就打发，留下来的诸如春环这些人，都是把他的规矩摸得溜熟的。今儿也许是刚出了孝，心松泛下来，又看了好文章，兴致还没被王疏月败尽。皇帝看着那内事房的板子，又看了一眼跪在面前的王疏月，掐起榻儿上的翡翠盘珠，竟在心里拿捏，十板子下去，王疏月那把瘦骨头会成什么样。他就这么拿捏了半天，实在算不准。她真的太瘦了，也许三板子就能要她的命。

皇帝觉得自己从来不做没把握的事，对女人应该也是一样的："曾少阳呢？"

曾少阳和春环刚回来，看着内事房的架势，不敢进来，这会儿听皇帝传他，忙进来道："奴才在。"

皇帝收回目光："谁在教她规矩？"

"回皇上的话，是春环。"

"打十板子，发放出宫。"

张得通和何庆都松了一口气，门外的春环却霎时白了脸。

"主子爷，是奴才的过错——"

"朕让你说话了吗？王疏月，你自身难保！"他把她的话抵了回去。

"自身难保"四个字似乎还是有威慑力的，她果真不敢再开口，偃旗息鼓，又把头伏了下去，那一截雪白的脖子又露在他眼前，捏之可断。皇帝这才觉得自己胸口的气稍微顺了。

张得通寻了个空，起身到皇帝身旁道："主子爷，您昨儿给主子娘娘留了话，今儿要去长春宫用晚膳，这会儿到时辰了。"

皇帝站起身，走到王疏月身旁时，扫了一眼她的衣襟下摆，道："水葱绿真是难看，给她做身宁绸的衣裳。"说完，走到门前，他又回头点着人补了一句，"紫褐色的好看。"这才让人摆驾长春宫。

最后，太监们都在为王疏月逃过一劫、皇上没发作殃及他们这些池鱼而庆幸，除了王疏月心里愧疚，竟没有一个人同情春环。

那十板子是实打实地打下去的。对一个女人来说，受这十板子真的是皮开肉绽。春环挨打的时候是被堵了嘴的，挨完打，皇帝已经走了，也就没让她去谢恩，她又是要出宫的人，内事房连御前人的体面都懒得给她了。她就这么被两个太监架着悄无声息地拖走了。

曾少阳等一切都平静下来，才敢来找何庆问话。他也不好问得太明白，于是开口的第一句是："庆子，主子爷今儿的心情是好还是不好啊？"

何庆抓了抓脑袋："你问我啊，其实我也看不出来，之前和十二爷说话的时候，心情是顶好的，但是后来见了王姑娘……就不知道了。我跟你说吧，不说你问我了，你就算问张公公，恐怕他也说不好。每回我们主子爷见着王姑娘的时候都奇怪得很，看起来像生气，但仔细想想吧，又不像。”

曾少阳似懂非懂地点头：“那你觉得，咱们御书房以后要如何对这位王姑娘啊？”

何庆白了他一眼：“你傻啊，万岁爷心情好不好你瞧不出来，但有一点那么明显，你也瞧不出来吗？”

曾少阳摇了摇头：“瞧出来什么啊？”

何庆凑到他耳旁道：“我反正是瞧出来了，咱们万岁爷舍不得拿板子打王姑娘。”

❖ ❖ ❖

隔了几日，皇帝赏的那身宁绸氅衣当真送来了。

善儿将衣裳铺在榻上：“万岁爷发过话，内侍府的人就是勤快。”

王疏月看着那难看的颜色，腹诽皇帝的审美。

善儿见她没什么兴致，笑着问道：“姑娘像不喜欢啊？”

“你不觉得这紫褐色的衣裳穿着像那几十岁的老姑姑吗？”

善儿心头一骇，谁得了赏赐不千恩万谢的，她竟敢这么说皇帝赏的东西：“姑娘，话不能这样说，这是万岁爷看入眼的色儿，奴才们都穿不得的，只有像春姑姑那样在御书房里面伺候的人才能穿。”

王疏月撩起那衣裳的一只袖子，袖口上绣的竟然是老梅，越发显得老气。所以曾少阳的话真的信不得，什么雅人，雅人会觉得女人穿这一身好看？

王疏月理解不了，嫌弃地放下，走到镜前解辫子去了。

善儿跟过来道：“姑娘，明儿起来，奴才给您打理好，您穿主子赏的这一身去上值吧。”

王疏月摇了摇头：“不穿。”

“啊，为何啊？”

“为何啊，就是觉得……难看。你给收起来吧。”

王疏月虽这样说了，善儿却料她不敢不穿，于是也没听她的话，仍是细致打理好，挂在她榻前的木桅上，准备明日还是劝她穿上。

那日夜里起了一场看不见的春雾，五更天的时候才渐渐开始散。

院里头有几个早起的宫女去西边井里取水。那时天刚蒙蒙亮，井口旁上了年份的黄花柳垂着纤细的枝，在渐散的春雾中摇曳，像一捧柔软的女人头发。

宫女们拂开柳枝各自取水。

忽然，一个人被什么东西撞了个趔趄。“嘿，谁啊，是什么斗鸡心，连取个地下的水都要要个……强吗……啊……”她一边说一边要回头找人，谁知话还没有说完，就被吓得跌坐在地上，“死死……死人了啊……”

其余宫人忙顺着她的目光看过去，只见黄花柳树上挂着一个女人。她穿着整齐的紫褐色宁绸氅衣，乌油油的辫子垂在胸前，眼睛里翻出了大片的眼白，看上去是半夜里吊死的。

“这……是哪处的人？”一个胆子大的宫人蹲在地上朝那女人的脸看去：“像……御书房的春姑姑。”

“什么，春姑姑……怎么会是春姑姑呢？她不是后日就要出宫了吗？”

“嘘，听说姑姑挨了万岁爷的板子后就再也不肯见人，连曾公公去瞧她都吃了闭门羹呢。”

“啊？”

“闹什么，这是你们宫女该看的吗？仔细夜里磕撞上不干净的东西。”管事的太监过来，两三句把围观的人轰散开来，自个儿站在黄花柳下，捏着鼻子道，“真晦气，大早上的看这个。来人啊，先把人放下来，查出来历，好回主子娘娘的话。”

几个小太监七手八脚地上去解绳子，那具尸体被放下来，小太监上前去查看，一个人从她腰间的汗巾子旁翻出了腰牌。几个人凑上去一看，识出了来历。翻出腰牌的那个人将手在身上擦了擦，捧着腰牌走到管事的太监身边回话道：“公公，是御书房的春姑姑啊。”

“哟。”管事太监原本不想看这晦气的东西，听他说是春环的，忙亲自过去看，“还真是这春环姑娘。欸欸欸，你们手脚放尊重些，她以前是御前的人，说不定万岁爷还有话。”

“奴才们晓得。”

这边正抬人，那边善儿端着水盆走过来。她本是过来要替王疏月取水，谁知还没走到西井那边，就见宫女们抱着盆子七嘴八舌地往回走，头发蓬蓬的，都像还没有梳洗过。

“姐姐们怎么回来了？”

宫女们见善儿也端着水盆，忙道：“可别往那边去了。”

善儿偏身往前面看了一眼，见内事房的在前面围了个里三层外三层，缩回头道：“连薛公公都来了啊——”

“春环姑姑死了。”

“啊……春环姑姑。”

“是啊，应该是昨晚一个人吊死的，身上衣裳穿得周周正正，洗了脸，也梳了头，还是之前那一丝不苟的样子，就是不知道到底有什么事情想不开的。唉……”

虽说没有感情，宫人们大多还是敬重御书房伺候的宫女的，她们毕竟是最得主子心的，因此也最有体面。

禁城内的宫女和太监不同，太监是汉人，但宫女都是梁人，梁下人有梁下人的骄傲，宫中行走也有自己的顾忌，毕竟做错了事挨打事小，但若出了大错，祸殃及族人，那就不得了了。像春环这样在宫里自尽的，上面若真问起罪来，她的父母兄弟姐妹恐怕都活不了。

善儿越想越怕，往回走的脚步也越来越快，推门进去的时候几乎一头栽倒在地。

王疏月正束发，被她吓了一跳，忙站起来去扶她："怎么了？"

话声刚落，外面的声音就传进来："都让让都让让，抬人走啊。"

王疏月扶善儿站好，就要推门去看。善儿忙张开手冲到门前挡住她的路："姑娘别去看！"

"为什么不能看？"

"王姑娘，外面抬的是死人，人是上吊死的，带着怨气，看不得，若沾染上不干净的东西，夜里就再也睡不安稳了。"

王疏月没信过这种说法，她从出生开始就没跟过有年纪的老人，十一二岁时又被放在卧云精舍里。她早断了那些俗世间精怪鬼神的缘分，百无禁忌，所以才有颗女人少有的孤胆。但是善儿吓得厉害，她也不好叫善儿不安，正要退回去，谁知外面却有人敲门："王姑娘在吗？"

善儿忙转身趴在门窗上道："姑娘才起身，公公有什么事，过半个时辰再来吧。"

外头的太监道："奴才们等姑娘穿戴。本不敢冒犯姑娘，实是有样东西要请姑娘过眼认一认。"

"善儿，把门打开。"

"姑娘！"

"要不，你避到屏风后面去？我自个儿出去看。"

"那姑娘千万不要看那死人的眼睛，那死后没闭眼的人怨念大得很，看一眼就会被缠住的。"善儿边说边往后退。

王疏月披了件袍子，推开门。

石头阶下站着的太监冲她行礼："王姑娘，奴才们也不敢大清早的给姑娘撞晦气，就是……"

"没事，公公要我看什么？"

那人见她不恼，忙接话道："哦，您肯体谅最好了。来，姑娘。"说完，他侧身让到了一旁。

太监身后板子上的那人蒙着白布，虽说王疏月看起来很镇定，但太监还是怕吓着她，弯腰替她撩了个边。女人白软的手就露了出来，那指甲上已经没有一点儿血色了，乌青，很吓人。那人手腕上戴着一只青玉的镯子，手指上还套着一枚嵌着红玛瑙的老银戒指，一看就是死前认真穿戴过的。

那太监指向那人袖口。

王疏月顿时一怔，那袖口绣的分明就是老梅。这死人身上穿的衣服竟是昨日皇帝赏给她的那一身。

“王姑娘，您费眼认一认。”

王疏月没应他，转身朝里问道：“善儿，昨日皇帝赏的衣裳，你收哪儿了？”

善儿仍躲在屏风后头：“备着今儿伺候姑娘穿，在木椸上呢。”

两人一道向木椸上看去。

善儿一惊：“呀，怎么没了呢？奴才明明是给姑娘打理好了的呀。”

王疏月突然觉得自己背上的汗毛全部竖了起来：“公公，死的人是谁？”

“是……欸，姑娘您别动，仔细吓着您——”

然而那人的话还没有说完，王疏月已经揭开盖在那尸体上的白布。

要如何说呢？如被照背泼冰水，王疏月的身子瞬时僵得如同湿木。

春环是没有闭眼的，一双眼球狰狞地向外凸出，眼白里的血管子全部破了，渗出的血已经凝固在眼眶中。她就那么盯着王疏月，不见一丝哀怨，只见满满的不甘和……恨意？

王疏月退了一步，脸色煞白：“她……怎么死的？”

那太监忙上前把白布盖好，看了她的反应，也不消再问什么：“姑娘别害怕，过会儿奴才们来给姑娘挪房，御赐的东西被偷，说大就大，说小就小，刚才曾公公和薛公公商量了，叫姑娘别声张。”

“好，可是为什么要挪房？你们觉得，是春姑姑偷了御赐的东西吗？”

“姑娘，谨慎些好，这是不要命的人，若在姑娘房里给姑娘埋了祸，奴才跟主子娘娘没法交代。曾公公要奴才转告姑娘，请姑娘别放在心上，也让姑娘不必急着去御书房，今儿程大人引陕西外放的官员拜见皇上，曾公公伺候着呢，姑娘梳洗好了，中午再去换职。”说着，他朝小太监们摆了摆手：“快快，赶紧抬走。”

小太监忙七手八脚地搬起板子，从东面的门出去了。

那太监回头，见王疏月额头上渗着冷汗，仍愣在门口没有动，只当她被自己前一任姑姑的死状给吓到了：“王姑娘，宫里人多，一时有人想不开给主子添晦气也是有的。您不一样，您是主子娘娘指进宫的人，尊贵着呢。善儿，善儿，快扶王姑娘进去，好生梳洗，奴才告退了，过会儿好去当值。”

王疏月往御书房去的那一路都在想，春环为什么会上吊自尽，又为什么穿着皇帝赏给自己的那身宁绸衣裳去死。

大荣亡国那一年，的确有很多人追随大荣皇帝去了，他们死的时候穿戴着前荣的衣冠。那是汉人的气节，宁死也要保持着祖宗的规矩，永不降梁朝。春环的死和他们不一样，却又有某种本质相似的关联。

王疏月想着，不知不觉已跨进了御书房。

这会儿未时刚过，正是换值的时候。曾尚平原在皇帝身旁研墨，见王疏月过来，便放下手中的墨锭子，走到她身旁，轻声道：“万岁爷今儿身子不大爽快，姑娘可千万别多话，做事谨慎些。”说完，他又看了一眼皇帝脚边那只黄铜香炉，“里面香快烧完了，记着添上。”叮嘱过这一句后，他才退出去。

王疏月走到皇帝的书案旁去取香。

皇帝正趴在书案上歇神。他双手握拳，压着一沓折子，额头抵在拳头上，半睁着眼睛，任凭脑子放空。王疏月走路没声音，皇帝却闻到了她身上的气味：“朕昨儿写的那几个字，你收哪里去了？”

“在那边的卷筒里，奴才把香添了，去给主子取去。”王疏月站起身，便有淡淡的女香散入皇帝鼻中。

皇帝抬起额头看着她窈窕的背影。她不和自己犟的时候，还算得上一个好看的女人。然而，这一丝美感只在皇帝心头存了一瞬，垂眼之间便散了。

其实男人和女人的世界是不相通的，此时的王疏月还在为春环的惨死心有余悸，皇帝却全然没有在意伺候的奴才突然少了那么一个。他心里很不平静。丰隆大营暴出了天花的疫症，恭亲王连上了几本折子，叩请皇帝将贺临从丰隆大营迁挪出去，以躲避时疫。而张孝儒也借着这股风，又上折子请皇帝赦免被圈禁的废太子。太后在等他的态度，裕贵太妃也在等他的意思。这些折子压在他手底下。怎么批复，他还没有想好。他想写几个字，安安静静地琢磨琢磨。

怪的是，今日站在他身边的女人看起来也心神不定。他蘸了墨，一扫眼又看到了那只为他研墨的手。她比寻常时候都要笨，一个停顿，竟溅到他月白色的袖口上一个墨点。

皇帝握着笔，想发作，又忍了下去。他现在还管不了女人在想什么，但也不想平白拿她出气。他想着，等自己把这些事议完再来骂她。

人声皆消。

既然皇帝在写字，当日在御书房当值的程英也就没了声音，低头做自己的事情。王疏月站在书架后面，听着两方书案上沙沙的写字声，这么一晃就到了掌灯时。

其间，宁寿宫的人来传过几次话。

王疏月看着皇帝紧皱的眉头，权衡过后，当下并没有传进来。

天有些闷。程英已经发困了。

皇帝突然起心提了另一件事：“程英，畿辅的那个学政叫孙什么来着——”

“回皇上的话，孙德明。”

“嗯，召他进京，朕要见见这个人。”

程英知道皇帝在拟春闱主考人选的事。孙德明是程英荐上来的。还有一个人，是张孝儒推上去的杜有明。这个人是个快六十岁的老翰林，也是前荣的老状元，在翰林院混了一辈子，才名倒是不输王授文。但翰林院本身没有油水，杜有明又耿直，从来不肯借户部的钱。听说前几年，他家里竟然饿死了一房外室。这事闹得很大，先帝爷知道后命人狠狠地申斥了杜有明，但后来还是给他放了一个陕西学政。对这两个人，皇帝都不是很满意，因此在手上捏了很久也没给个准话。今儿他算把这事亮出来，给了个态度。

程英不免感慨，当真该谢张孝儒，在这个关口还要死认自己的旧主，白白把新帝即位后的第一场春闱主考丢了。

“是，臣这就拟旨。”

“不急。”皇帝摁了摁额头，竟有些发热，“明日拟。朕好像听谁说过，孙德明从前也是长洲学派的人吧。这样，你今儿先出去，明日朕还想再听听王授文怎么说。”

“是，那臣告退。”

“去吧。”

程英退出御书房。

皇帝松开身，仰靠在椅背上，抬手用手背遮着眼睛，长时间地沉默。他今日很不舒服，喉咙发涩，身上发热。这会儿字也不想写了，他只想睡会儿。

勤政短命，倒是句实话。但他已然习惯了，就像板久了松不下来。这也是他惯喝浓茶的原因，虽然多年饮浓茶深深伤了脾胃，但他不打算戒掉。

贺临有沙场刀剑之伤，皇帝有多年沉郁之结。沙场、政坛，看起来不一样，实则都能要命。总之，杀伐都是序幕之启，山海下潮平，他更想做个好皇帝。

王疏月听着皇帝在咳，怕他就这么睡着，便从书架后面走出来，取来一件袍子，轻轻替他盖上。

她今日足足站了两个时辰，腿早就要断了。之前雪地里的那场罚跪留下了病根子，这会儿腿疼得要命，但皇帝没走，她就不能下值，曾少阳又被人抓到内侍府问春环的事去了。

王疏月牙齿里吸了一口气，趁着转身的时候，弯腰稍微揉了一下膝盖。

谁知道皇帝却坐起来，朝一旁的榻上伸手，一把拽过去一个软垫子搁在自己脚边：“别过去站了，坐下来。”

“奴才不敢。御书房的规矩——”

“是朕定的。”

王疏月是真的累了，也不想忸怩，谢了恩，在他脚边抱膝坐下来。

起先两个人都没有说话，都在松一日的疲累。

良久，地上的人才轻声开口："主子爷。"

"嗯。"

"宁寿宫刚才传过话。"

"什么？"

"裕贵太妃娘娘病笃，求主——"

"掌嘴。"

皇帝眼前的灯火一晃，接着耳边当真响起了一个响亮的巴掌声。

皇帝一怔，忙放下额头上的手臂，坐了起来。

王疏月还要接着打第二巴掌，手腕却被人一把握住。她不能抬头，皇帝的声音却已经逼到耳边："知道为什么挨打吗？"

"奴才不知道。"

"那就再掌。"

"是。"她要动手，皇帝却没有松手。这位爷是什么意思，又要打人，又心口不一。也许皇帝在盼她认错，可王疏月这一回不想认错。但皇帝手里捏得紧，她索性抬起另一只手，重重地又甩了自己一巴掌。

这一巴掌之响亮，皇帝耳边都跟着嗡地响了一声。他一把将她的两只手都压下："王疏月，你不是蠢货啊！"

王疏月对自己下了狠手，太疼，疼得忍不住红了眼睛："奴才就是蠢货，的确不知自己错在何处，奴才只是传话而已。"

"该传的话传，不该传的话，给朕烂到肚子里！"

自从她入御书房当值，皇帝其实很少对她如此疾言厉色。她其实知道皇帝在恼什么，她担过虚名嘛，她名义上还是贺临的女人嘛。所以呢？她该如何？她该拼命地撇清与贺临的关系，在皇帝面前痛哭流涕，说自己也是身不由己，这辈子只想好好做皇帝的奴才，说自己其实对贺临毫无感情，同裕贵太妃再无瓜葛吗？她不愿意这样。人再人情淡薄，也有不肯弃置良心和骄傲的时候。于是她拼命地想忍住眼泪，然而低垂着头，眼泪根本就抑制不住。手又被人摁住不能去抹，她虽然不甘心，却也无法，只得任凭泪水吧嗒吧嗒地滴在皇帝手上。

皇帝低头看了一眼自己的手背，又看向她的脸。这女人真是倔。不过，她这一哭，皇帝的气倒是消了不少。他松开手，喉咙里长长地叹出一口浊气。说实在话，他不太看得懂王疏月，换句话说，他不太看得懂在王疏月面前的自己。

人的内心经年打磨，向内而观，会越来越清晰，这是一个自然而然的过程。自认薄情寡义，就不该觉得女人可怜。但皇帝此时觉得，那双颊通红、受他罪的王疏月很可怜。如果他能真正理解什么叫"焚琴煮鹤"，或许就能明白为什么自己会有这样的感受。然而，他无法真正了解这个词背后的心碎，所以，他此时能给出的情感是某种同情，干瘪，还带着点儿高高在上的施舍。

“你不用低着头，朕准你看着朕。”皇帝把语气松下来。

王疏月擦干了眼泪：“是。”

这是两个人头一次四目相对。御书房的灯向来点得最亮，皇帝又坐在灯旁，脸上明暗交错分明，不禁令王疏月想起第一次在雪地里看见他时的模样。

“王疏月，你听好。朕不管你和老十一有什么关联，你是黄绫军的人，一辈子都是朕的奴才，朕想什么，你就得想什么！”皇帝又把话说狠了，说出来畅快，可话音一落，他又后悔。

王疏月一直执着地抹眼泪，流出来一点儿，她就抹去一点儿，双眼被揉得通红。

“然后呢？”三个字一出口，她的眼泪又顺着脸颊淌了下来，“主子想什么，奴才就想什么，主子，您有没有想过，若有一日，主子不需要奴才替主子着想了，主子要让奴才在什么地方、怎么活呢？”

皇帝并不知道，王疏月说出这一席话的时候脑子里浮现出的是那个穿着紫褐色宁绸衣死去的春环。他也不明白，这个多余的问题到底有什么好纠结的：“朕把你放在什么地方，你就在什么地方，朕让你怎么活，你就怎么活。”

“所以，主子既这样看不上奴才，为什么又要把好的人打发出去，把奴才留在眼前惹烦呢？”

“王疏月，你太放肆了！”

“是，奴才也知道奴才太放肆了。奴才这就去外面跪着，主子您什么时候消了气，什么时候赦奴才起来。”

“王疏月！”

王疏月没有应他，径直往御书房外面走，迎面撞上了张得通。张得通见她一张脸通红，忙给她让了个路，扭头又见皇帝把费了几个时辰临摹的字一把揉了，不禁眼前发了阵黑。他小心地走到皇帝身边，赔笑道：“万岁爷，这……王姑娘又做错事了。要不要奴才去把曾公公找来说说她——”

皇帝咳了一声，道：“说她，有用吗？张得通，她是压根儿做不来事！”

“是是，要不……万岁爷，把她调到外面去答应吧，不让她在跟前伺候，免得惹万岁爷不快。”

皇帝拂开案上的纸：“春环呢，放出去了吗？”

“皇上……奴才还没回您呢，春环……昨儿夜里上吊死了。”

“什么缘由？”

“没有缘由。不过，万岁爷，奴才私下猜的啊……这春姑姑对万岁爷忠心了这么多年，您待她也是好，一朝要她出宫，她想不开吧。”说着，张得通跪了下来，“万岁爷，奴才斗胆，替那春姑姑求个情。她家就剩一个弟弟春子，是奴才调教的人。刚才奴才去看了他，主子娘娘已经命内事房的人把他关起来了，过了今晚，他也要被处死。万岁爷，您能不能开个恩，看在春姑姑尽心的分儿上，饶春子一命？”

皇帝脑子里突然闪过王疏月刚才的那句话——“在哪里、怎么活”。他不由得朝外面看去。

那女人当真在石阶下的石子路上跪着，那一把弱骨头，堆在初春花香满盈的晚风里，像要被吹走一般。

“让内事房把人放了。”皇帝是看着王疏月说出这句话的。

张得通见皇帝松了口，便还想求个恩，又道：“那春姑姑呢？”

“你什么意思？”

“春姑姑服侍万岁爷多年，身后事——”

他话还没说完，皇帝一掌拍在书案上：“张得通，你也昏头了吗？啊？放宫人出宫是朕对她的恩旨，她不受朕的恩，反而以死相抗，这种违逆朕的奴才，朕赦了她的亲族已是仁至义尽！”

“是是，奴才不敢。”张得通也不知道皇帝到底是在骂春环还是在骂外面那位王姑娘，气性如此之大。他请了罪后不敢再言语。

皇帝看了张得通一眼，刻意朝外提了声音道：“扔乱葬岗！以后别拿这种事烦朕。摆驾，回隆正殿。”

她对他没有指望，也就没有谄媚，没有索取的欲求。

“这年头汉人的膝盖不值钱。”这句话也是王授文在酒桌上放浪形骸，胡言乱语的。王疏月一直觉得，父亲这个读书人身上总矛盾地存在着一种世俗的透彻。他甚至拿着筷子敲着酒碗，跟王疏月明明白白地解释过这句话。那会儿他有七分醉，红着脸，鼓着腮帮子，像一只精明的老猴儿：“大梁朝廷的那些人啊，他们自卑得很，为什么呢？因为他们没文化。他们折腾顶天了，也只会为自己开解一句：‘哦，我们祖辈们是马上打下天下的。’天下的确是被他们打下来了，然后要面对的就是我们这些人，整天之乎者也、者也之乎，说得他们一愣一愣的，他们自然就怯了。所以，他们就四处逼着汉人给他们下跪，好像只要汉人跪着，他们就能挺直腰杆一样。”

王授文说这话的时候，王疏月的母亲一直在旁温柔地笑着，给他布菜、添酒。她这一生爱的，其实就是王授文偶尔失了分寸露出来的这样为数不多的一面。

“所以，月儿，爹和娘要让你去修卧云精舍的书，不是我们做父母的狠心，那些东西有多好，你以后明白过来就会知道爹娘的苦心。”说完，他又觉得还是没有说透，心里不爽快，饮一口酒又道，“月儿啊，他们那些蛮子看着咱们老祖宗的东西，那是又恨又爱。你以后嫁给了梁人，他们让你跪，你就跪，没什么大不了的，那些蛮子都是这样，又恨又爱，就是不敢认心底的那份尊重。他们不认就算了，你自己认就好。”

这话对不对，王疏月不知道。但迄今为止，至少皇帝应该是很恨她。贺临呢，之前有点儿，现在……估计恨死了她吧。想到这里，她揉了揉发酸的眼睛。

贺临被押往丰隆大营之前，她因为母亲的丧事，没能与他见上一面，有些话想说，但是没有机会。不过，即使此生也许都不复相见，她还是不想和贺临就这样误会一辈子。

好一点儿的缘分啊，始终浅薄得像风雨中的蝉翼。厚实的东西，始终是俗世里的味道。大雨冲刷泥土地时的味道，妖精勾走书生时的味道，还有女人的魂归来，阴狠地吞噬人梦境时的味道……顶吓人，却又香艳诱人，引人破戒。

宫门在下钥了。

太监们的声音传来："下钱粮嘞——出宫的大人们，脚程稳快些嘞——"

主子们盖被合眼，白日里的规矩从奴才们身上卸下，春夜中干燥的禁城在无数年轻的春梦里泛出一丝潮意。

跪到这个时候，王疏月有些后悔自己和皇帝斗这场气。哪怕她觉得自己没有错，但最后受罪的还是她自己，皇帝也许顶多觉得自己吃了瘪，也不可能为她一个奴才辗转，这会儿不知道抱着哪块软玉睡熟了。所以，她竟又要坑自己在这里跪整整一个晚上？

王疏月有些不甘心地撑起酸痛的脖子，望向合了门的御书房。

有些屋子是因人而生的，那人在的时候，那处就是万众瞩目之地，那人拂袖一走，就只剩下一抔冷光。

之于皇帝，御书房便是这样的地方。

夜里下锁后，没有人当值，连门前的那棵酸枣树都像一丛鬼影，风细细地摇动着枝干，门户上的糊窗纸也被吹得沙沙作响。

炭火、灯火都没了。别说，在这样冷清的地方，她还真有些想家啊。

王疏月吸了吸鼻子，不由得裹紧了身上的衣裳。

起更的时候，日精门那边突然传来了动静。

不一会儿，日精门竟请内侍府的钥匙了。

照理来说，宫中下锁之后，若请不出内侍府的钥匙，任凭你是皇子或是王爷，都进不来，除非有紧要之事，比如顶要紧的军情。但那也得在外面递帖子，来往传递，耗上好一大把时间。

王疏月正跪在御书房外面，一旁就是月华门。她正在想是出了什么事，却见张得通亲自提着灯笼，引着一众人从日精门一路往月华门疾行。厚底鞋与宫道摩擦出沙沙沙的声音，听起来很像戏里头的搓步。

月华门后面就是隆正殿。

王疏月回头望去，见隆正殿已经点起灯，光烘在宫墙后面，照亮了西边漆黑的天幕。

张得通这些人急匆匆地穿过月华门。落在后面的何庆倒是看到了王疏月。他见张得通没有顾自己，忙走了几步过来，撑着王疏月站起来，直起腰抹了一把额头上的冷汗，道："姑娘快起来，现在啊……跪不得。"

王疏月借着他的力站起来，弯腰拍着下摆的灰尘，抬头又见何庆一脸的焦急、惶恐："出什么事了？"

何庆不安地搓着手："现在还说不好，但恐怕是件大事。奴才不能跟姑娘在这里耗着了。”说着，他看了一眼天，又紧着道，“这会儿姑娘走动不得，也不好再回二所，这样，您上日精门旁的庑房里去歇一歇，没多大会儿，天就要亮了。”

他不说明白，自然有他的道理。

王疏月没有再追问，她知道兹事体大，还是听他的安排好，于是应声转身往日精门去。

谁知，她没走几步，何庆又追过来问她道：“王姑娘，奴才问您一嘴，姑娘从前得过痘症吗？”

“痘症，是说天——”

“欸，对对对，就是那恶东西。”

“顺宁二十八年，那年南方闹痘症闹得很厉害。我是那时候出的痘，就在卧云精舍里养的。”

何庆忙道：“姑娘是有大福气的人，奴才晓得了。”说完，他又匆匆追张得通他们去了。

这一来，即便他什么也不说，王疏月也能猜全。她回想一阵，皇帝这几日身上是不爽快，刚才他写字的时候，半挽起的袖口处确实有几处红点，但怎么会是染了那要命玩意儿？现在想想，父亲那句判语下得真是犀利——“煞气过重，恐寿不好”。这叫什么，天道好轮回，报应不爽吗？

王疏月走了几步，又回头望向身后的月华门。

暖光摇曳。人心硬不起来。一段时间相处下来，她觉得他这个人虽然狠，但也算是个好皇帝。所以她好像……也不太允许自己这样去想他。

在梁朝入中原后的二十年中，天花如同一种诅咒，一直萦绕在大梁皇族的头顶。人人谈痘变色。也许是因为他们的先祖都生活在北方草原，从前并没有人得过天花，对这种疫症毫无抵抗之力，以致先帝爷即位初年就有好几个皇嗣死于天花。所以，虽然先帝一生有近二十位皇子，但最后长成的只有不到十位。

后来，十二皇子的母亲陈氏也死于天花。其宫中伺候的宫女和太监也因此死了近大半。据说，陈氏得病期间，先帝爷甚至带着自己的母亲、皇子、公主、后妃出宫往敬德避痘，直到陈氏死了半个月之后才回来。十二皇子那时候还很小，回宫后见了母亲的棺椁吓呆了，也不知道哭。皇帝气得骂他是不忠不孝之子。贺庞就在后面掐十二皇子背脊上的肉，硬生生地在灵前把十二皇子掐哭了。

怎么说呢？皇帝在陈氏死后，把她从一个贵人直接抬到了贵妃的位置上，死后极尽哀荣，甚至让贺庞与十二皇子一道成服。皇帝希望所有人都为自己的这个妃子痛哭，说白了是为了弥补他心中的愧疚。这算是一种遗弃吧，冷静，理所当然，甚至不需要承担任何指责的遗弃。天花对梁朝皇族来说，就意味着遗弃，就连对皇帝也许也是一样的。

王疏月的思绪就这样散远开来。

迎着晚风继续往日精门走，她还是觉得有些恍惚。

天皇贵胄、等闲断人生死的贺庞，现在应该仍然道貌岸然地躺在榻上，他那种人，一板一眼，一定不会流露出一点点情绪来。可是，他会怕吗？

❖ ❖ ❖

次日，原本是叫起的时候，王授文端着官帽跨进御书房。

天下了雨，来往办差的宫人撑着伞结伴而行，湿漉漉的地面被或轻软或厚实的鞋底踩得噼啪作响。宫墙下的青苔仿佛一夜之间全部活了过来，被雨润得油绿鲜亮。细密的雨帘子挂在窗户外头，风一吹，竟冷得底下站班的人打寒战。

小太监在门外收了伞，曾尚平便迎了上来："想必大人已经听过宫门上的话了吧。"

王授文点着头，但是并没有应他的话，下意识地把目光投到书架后面。曾尚平顺着他的目光望去，反应过来他在找王疏月，忙道："大人在寻王姑娘吧，刚才内侍府的公公把她唤去了。"

"哦。"王授文心神不定，正不安地正官帽。

这时程英从外面跨了进来："天一下就变了啊。"一语双关，说得有些吓人。

王授文回头看向他："听到什么消息了？"

程英道："不算消息，我就在宫门上问了胡善一嘴。张孝儒比我们进来得早，这会儿老祖宗正在寿康宫见他。"

王授文一巴掌拍在书案上："都说他是个记旧主的老顽固，我看他就是个乱臣！不对，是糊涂蛋，他以为出了这事，废太子就能被放出来做储——嘿！"他把话收住，一屁股坐在书案前。

程英道："王老，不是说这个的时候。"

王授文摇头一笑："对，现在说什么都不对。程老，咱们搬尊观世音进来，跪着念佛吧！"

程英道："你这人……哎……我的意思是——"

他的声音低下来，王授文看了一眼站在门前的曾少阳。曾少阳知道他们要说要么掉脑袋、要么稳固脑袋的话，便识趣地掩好门，退到外面去站着了。

程英这才道："前面死在天花上的梁人不少了，过不过得了鬼门关，都得看天意。王老，您已经站稳了一条道，您和我又都是跟着皇上一路过来的人，有私心也就是没有私心，您老若这会儿说我个党同伐异，这四个字掉脑袋，我也要跟您老认。天地良心，这关口，谁敢想皇上遭遇不测？就怕说不准。如今，怕是十二爷那位佛爷都有自个儿的想法，你我二人不能光在御书房坐着啊。"

“我们不坐着干什么？哦，跟着也去寿康宫磕头？你自认你抵得张孝儒那张状元嘴？你怕不是忘了吧，当年先帝圈禁废太子前，你和我递上去的是什么折子？不怕他在老祖宗面前戳穿我们的脊梁骨？”

程英摁了摁额头，有一种跟他好说歹说都说不下去的感觉：“我不是那个意思，我是要问你，你给理一理，真到了那一步，万岁爷那最后一道旨会怎么下。你眼睛最毒了，你给指个灶，好让我安心啊！”

烧谁的灶、怎么烧，这是为官的一门大学问。

王授文就是灶烧得好，才能压过一干正儿八经的梁人走到现在的位置。但现在怎么说呢？稍微讲点儿知遇之恩，讲点儿君臣之谊，他也不想去猜皇帝的最后一道旨会怎么下。此时他坐在空荡荡的御书房里，鼻子发酸，背脊发寒。

老天爷的玩笑，开得大了些。他才把女儿的未来夫婿断送了，现在又要断送自己的前途了。皇家的这些男人，既然掌了天下，就不能活得长久些啊？

程英见他不肯说话，心里急，但面上没了意思，也跟着沉默下来。

雨是越下越大，噼里啪啦地打着琉璃瓦顶。

过了好久，王授文重新开了口：“程英，不要过慌，再忍耐几日，这会儿是伸脖子挨刀、缩脖子也挨刀。看着张孝儒和太后娘娘的动静，若真的到了要变天的时候，咱们赔点儿前途算了，大不了把你我从御书房踢出去。但是万一没变天而咱们转了舵……程英，当官是要拿俸禄，发扬家族，荫庇子孙，不能把脑袋丢了。”

这才是所谓各怀心思，秘而不发。

❖ ❖ ❖

前朝如此，后宫也一样。

王疏月跟着内侍府的人走到月华门时，各宫嫔妃正撑着伞守在门前。

皇帝的妃嫔放在历朝历代来看并不多。皇后博氏正位中宫，其下就只剩一妃、两嫔和两个常在。曾少阳曾经提到的那位周郡主被封了婉常在，正怀着近四个月的身孕，此时也扶着宫女的手站在月华门前的雨地里。她面上凄惶，手指不安地在小腹上摩挲着。其余的妃嫔都没有露声色，在宫道上某个角落的一处定住眼神，默默地陪皇后站着。

皇后望着隆正殿的方向一言不发。

雨打在伞面上噼啪作响。

太后宫里的陈姁撑着伞从月华门里出来，跪在皇后面前磕了个头：“主子娘娘，您和娘娘们不能再这么守下去了，您看这天上的云，没有一分散开去的意思。”

皇后低头看着陈姁，就这么沉默地盯了好久，盯得陈姁背脊发冷。

“主子娘娘——”

“太后糊涂啊！”皇后这一句“太后糊涂啊”，说得可谓掏心掏肺，陈妁的话被她打断，顿时跪着不敢动，也不敢再说话。

皇后身后的周氏却被这一声吓得站不住了，脚一软便往宫人身上瘫去。立在她身旁的淑嫔忙去扶人，一时后面乱起来。皇后头也不回地喝了一声：“都慌什么！”

淑嫔忙让周氏靠着自己立住，众嫔妃也都不敢出声，齐齐等着皇后的后话。

皇后仍旧凝视着跪在自己面前的陈妁。

太后还不至于想让皇帝死，毕竟她养了皇帝一场。但她起码动了借这个机会解救自己亲生儿子的念头。

距离太子被废过去了快十年。先帝爷在的时候，太后狠了心，人前像把这个儿子忘了一般。

皇后记得，有一年冬天特别冷，先帝不赐炭。废太子身边的一个老太监为了给废太子取暖，把自个儿所有的衣物都裹给了主子，自己在屋子里冻成了一把僵骨头，宗事府的人把他抬出去烧了半日才烧成灰。后来这事传到太后这里，她就应了句：“知道了。”

那年冬天废太子圈禁之地的炭是贺临偷送去的，废太子因此才不至于死在宗事府里。如今太后也许想有所弥补，但这在皇后眼中真的是糊涂至极。

皇帝的子嗣不多，且都年幼，最大的大皇子才四岁。一旦皇帝崩逝，就算幼子即位，议政会议也会顺理成章地成为辅政的主心骨，到时候的确可能开释废太子，但也一定会让老十一重回朝廷，老七和老十一这两个人在朝，怎么可能给废太子和幼皇帝一点儿位置？怎么会有皇后和太后的活路？自己这位姑母还是目光短浅了。她想着，觉得心力交瘁，这还算不得什么权谋斗争，这就是个老天爷收命还是放命的问题。

“淑嫔。”

“娘娘，您说。”

皇后摁着额角，声音乏软下来：“你先把婉常在送回永和宫，给她传太医。”

“是。”淑嫔把自己的步辇让给了婉常在，陪着她往永和宫去了。

内侍府的人看月华门前渐渐平静下来，这才找了个空子，上前给皇后回话。恰好这时张得通也从隆正殿过来：“娘娘，这些都是出过痘症的宫人，内事房一一顺过底子的。”

皇后一眼便看见了人群中的王疏月，她没有抬头，垂着眼，与身旁的一个宫人共撑一把伞。

“你们都是御八军出身，生来就吃得上朝廷的口粮，在宫里当差做事，原是报你们主子的恩。本宫今日就一句话叮嘱你们，若主子安，你们就富贵，若主子不安，你们就挫骨扬灰。”她这一席话是看着王疏月说的，但在场的每一个人都感觉到了脖子上的寒意。若雨水漏进领口，一下子滑至腰背，全身的鸡皮疙瘩就都被颤出来了。

众人给皇后磕过头，张得通见皇后并没有别的话，这才上前来引人。

天际突然传来一声闷雷响，虽在白日，但也能看见苍白的闪电照亮身旁人的脸。

一行人穿过隆正殿匾下屏风后的小门，走入穿堂。

皇帝住在后殿的西梢间，太医院则在西次间值守。张得通让所有人在穿堂内听他的指派，毕竟都是在宫中伺候的人，心里头虽然多多少少有些惧怕，却没有一个露怯的。要照料的地方多，张得通挨个让人领差散去，不多时，穿堂内就剩下王疏月一个人了。

张得通正声道："王姑娘，有件事奴才要跟您说明白。"

"张公公请说。"

"万岁爷今儿特地看了一眼内侍府选入隆正殿侍疾的名册，你的名字，万岁爷叫何庆圈掉了，后来，是主子娘娘那里叫添上的。"

"圈掉，又添上……"

"对，旁的不该问，姑娘就别问。奴才说这话是想告诉姑娘，两位主子给姑娘的都是大恩典，姑娘要好生掂量。"说完，他朝着那半掩的西梢间一指，"姑娘去吧。"

她掂量什么呢？要听她的实话，那她宁可不要这些所谓的"恩典"。她是这样想的，可是当她真正看到皇帝时，心里头的怨气又被压下去了。

皇帝躺在榻上，床帐只放下了一半，以便太医随时望诊。他这会儿倒是很老实，不随意地动，也没出声。他甚至不知道打帘进来的人是王疏月。

榻边答应的人是何庆，他见到王疏月，狠吃了一惊，忙把她拽到外面，轻声道："你这不是要奴才命吗？姑娘的名字，奴才明明圈掉了，怎么——"

"别问这些，总之，我进都进来了，即便主子要骂，也是骂我，不会牵连公公的。"

何庆道："姑娘，您说得轻巧，奴才真是怕了您和主子爷撞上，尤其这个时候，您可千万要顺着主子爷，犟不得啊。"

王疏月顺着他的话点头："您放心，兹事体大，我省得。"说着，她侧头往榻上看了一眼，又随口问了一句，"公公也出过痘吗？"

何庆见她如此，也不好说什么，又听她问及自己，这倒让他想起了旧事："奴才那是因祸得福。以前没进宫的时候，乡里一大家子给小少爷种人痘，拿奴才来试苗子，奴才福大命大，那痘苗子不凶。"说着，他凑到王疏月耳边，"这早不是什么神法子了，就是梁人还忌，害怕一旦遇到凶苗子，就成杀人了……"

王疏月收回目光："听公公这样说，公公是知道如何照看？"

何庆道："这里有这里的规矩，每隔一个时辰，院正会会同太医院来看诊，即便夜里也是如此。咱们的差事就是一刻也不能离了万岁爷身边，万岁爷有个什么要茶要水的，要伺候。太医院敬上来的药，要照着时辰、次数，一点儿不错地服侍万岁爷吃。再就是时刻瞧着万岁爷的气色，夜里记着万岁爷嗽了几声、有无起夜，备着明日太医院和内侍府查问。最要紧的一点啊，就是夜里要看着万岁爷，这东西，怕抓挠。”

王疏月脱口道：“这怎么防备，要我去摁主子的手吗？”她毕竟还没经人事，虽是知道这会儿顾不上那些虚礼，却仍然不免无措。

“哎哟，我的姑娘，您哪里能强摁主子的手啊，这可是大不敬，您得拿捏好了，不能惊着主子。”

正说着，里面的人便咳了一声。

何庆忙道：“你既来了，便进去守着，对了，张公公在穿堂吗？”

“在，这会儿在东边那小门上。”

“得，我去给他老人家回个话。”说着，他推了王疏月一把，“赶紧去。”

❖ ❖ ❖

皇帝的寝室并不像外人描述的那样华丽、富贵。

寝床是硬木雕花的炕罩床，床上罩着罗帐，帐后挂着宫妃亲自绣制的香囊。炕罩床右侧临墙处放着一张紫檀雕花条桌，上面摆着掐丝珐琅桌灯。墙上则挂着御制诗的挂对。除此之外，就只在床下左右两边摆着一对镏金的垂恩香筒，里面没有熏龙涎香，而是烧着某种药材，气味不浓，但闻起来很舒服。

王疏月走进梢间，抬头正迎向条桌上方的那些挂对。其中一联写道：“韶光脉脉春如海，讽咏芸编兴不穷。”

“春如海”，好雅，和皇帝那个人的观瞻大不相合。

她再往条桌上一扫。他在病中似乎也没有弃政事，桌子上放着一摞折子，底下压着的是黄壳子，那些是请安本，皇帝大多没看。上面的都是白壳子，有一本尚翻着，墨字间写满朱红色的批复。

王疏月想起他的生活起居。晚睡、早起、浓茶、案牍之劳，都是催人短命的东西。

“谁让你进来的？”

王疏月吓了一跳。

皇帝已撑起身子在榻上靠坐着。他身上的痘疮才刚发出来，大部分地方还红肿着，并没有后头那凶险的脓疱。他精神尚可，气力也还不见大亏，尚看不出来得了生死一搏之症。

王疏月行了个福礼，走到榻前，先替他将靠枕垫高，好让他靠得舒服些，而后才屈膝跪下来，认真地请了个安。

皇帝正忍着身上的恶痒，这会儿看见王疏月，内里情绪复杂。

若说幼时出痘倒也罢了，那会儿什么都不懂，也没修成这正儿八经、不苟言笑的模样，哪里知道什么叫不好看？现在，狠辣的事行完，攫帝位，囚兄弟，这身疮换一层意思来想，竟像冥冥之中的报应。

虽然皇帝不肯纵容自己这样想，但这很难为情，尤其是看到王疏月，又想起老十一。最多今日夜里，他在丰隆就可以收到宫里的消息。他会怎么想？也许要半夜起来喝一壶，把剑磨锋利？这多可恶！

"给朕滚出去！"

又受他的重话，王疏月下意识地颤了颤肩。但她也没有真的退出去。素日里他再怎么不好，好歹也握着父亲和兄长的前途，好歹出过银钱，让王家重修了卧云精舍，这会儿她就当是替王家报答他的恩典吧。

王疏月横下一条心，进都进来了，奉的又是皇后的命，她赖着，何庆这些人能把她怎么样？至于这位要命的爷，她也不是第一日认识他，他说话永远朝着她的脸砸，好在她心大，不然，真就要步春环的后尘了。现在她能怎么样呢？算了，打不还手、骂不还口吧。谁叫他病着呢，还是这听天由命的要命的病。

"何庆！"皇帝见她待着没动，提声就向外唤人来架。

见他要发作，王疏月忙把思绪收回来，出声阻他道："主子别怪责何公公，是奴才自己要进来服侍您的。"

皇帝信她才有鬼了。他一手指在她的脑门上："王疏月，你再欺君，朕就摘了你脑袋。不光你的，何庆这些人违逆朕意，朕看，脑袋也都别要了！"

他现在身上难受，说话也难免难听。

何庆在外面听得脚背发痒，他越发看不明白了，皇帝究竟是要对王疏月好还是单纯就是不想见她，要把她逼走。

王疏月慢慢地吐出一口浊气。她此时的想法却比何庆直白清晰得多，既然已经打定主意守他这一次，摘脑袋就摘脑袋吧，反正他也不是第一次拿这话来吓自己了。之前在雪地里，她为了贺临犯那么大的事，他也连顿棍杖都没罚她。对着自己，皇帝说的比做的凶。

想到这里，她也就没那么难受了，重新伏身认道："昨日的事，奴才知罪。奴才在月华门前想了一夜。主子您骂得很对，都是奴才昏了头，才会纠结些不该纠结的事。主子，您就不要撵奴才出去，您就当给奴才一个将功赎罪的机会吧。"

她把话说成这样，皇帝却莫名从其中听出了一丝同情之音。怎么讲呢？刚刚感觉到这丝同情的时候，他恨不得把这个不知死活的女人撕了。他这一生走的每一步都有无数白骨委在荒丘。断送前程的、断送性命的，大可来恨他，但他绝受不了同情，尤其是女人的同情。

“王疏月，你就是从来不信朕会要你的命！”

“也不是您说的那样。”

皇帝胃里酸疼起来，一夜之间他被摁着灌了好些药，这会儿难受得很，她竟还要跟他犟：“王疏月——”

“主子，您听奴才说完。奴才的命，一直都是捏在主子手里的。若认真说来，在卧云精舍的那几年，是主子养着奴才，奴才知恩图报，合该进来伺候。只是主子错会了奴才的意思。”说着，她稍稍抬起头。

皇帝注意到，她今日倒是刻意穿了一身紫褐色的宁绸衣裳，原本是个如白月光一般光洁的人，这时竟被衣裳衬得有些暗淡。皇帝从前认为这个色儿很顺他的眼，不知道为什么，此时穿在她身上，却不是那么好看。

王疏月不知道皇帝的思绪已然跑偏，仍续着她想说的话：“主子，不该有的想法，奴才不敢有。事实上，奴才在御书房当差当得越久越怕主子——”说着又顿了顿，她差一点儿说出春环的事，但话到嘴边又被理智摁了回去。

以前王疏月从来不认为自己在为人处世上是个笨拙的人，直到遇到了贺庞，与他磨合比与贺临磨合要艰难很多。

和皇帝相处，不能总藏着自己的心，藏久了，他会起疑，会觉得你这个人令人捉摸不透，有歹心。但如果全部由着性子说出来，又可能真的会触到他的逆鳞，丢脑袋。即便如此，王疏月仍然想拥有一些表达上的自由。他既然准她看着自己，那她就直直地看过去。

这虽是一个直视天颜就会掉脑袋的时代，但正因如此，触到底线的那一刹那，人才会有被从苦海喷吐出海面的快感，若再跌回去时，还不至于摔得粉身碎骨，那就真是太好了。

“主子，奴才求您体谅。奴才往往怕得厉害了就会说错话。其实奴才很想活着，但您时常说要摘了奴才的脑袋，有的时候，奴才觉得您说的是气话，但有的时候，哪怕您不说这样的话，奴才也觉得脖子上冷飕飕的。”

皇帝觉得她好像知道自己在想什么，但她的话远远没有在他面前说明白。不过，王疏月怕他，不是同情他，这倒挺好的。

“王疏月，知道怕就还有的救。”

“是，奴才也觉得，奴才还有救。”

皇帝一窒，莫名想笑。不得不说，这么一通伤及自尊的火又被王疏月莫名其妙地摁灭了。

何庆在外头松了一口气。

这会儿正逢太医院的人来敬药。何庆眼瞅着里头安宁下来，摆了摆手，示意人进去：“进去了把碗端给王姑娘。嘿。毛手子，仔细门槛儿啊。”

皇帝吃药从不要谁服侍，也从不就什么果脯子来压苦。但女子愿意在这些事上用心，他才喝了一半，手边就捧来一盘杏脯。王疏月有一点好，不知道是不是常年练字的原因，没心事的时候，她手上的动作极稳。好比这会儿，皇帝把喝了一半的药放到她手中的托盘上，那药汤不一会儿就静下来，一丝圈纹都不剩。

她没有走，耐心地等着皇帝在那一盘大同小异的果脯里翻拣。人平静下来后，脸颊泛着淡淡的红晕，这又是她的另一样好。尽管她看起来瘦弱，气色却天生好，不像婉常在，长得水灵，却总带着病态的风流。

皇帝咬了一块他觉得顺眼的，摆手道：“退下吧。”

“您还没喝完呢。”

“朕不想喝了。”

何庆进来换香筒里的熏药渣滓，听到这两三句，不由得苦于那王姑娘吃瘪。谁知她仍旧没有退，反是撩裙跪下来，将托盘举过头顶：“主子不喝，奴才就不起来。”

皇帝笑了一声，刚想说“那你就跪着吧”，谁知她后面竟跟着递出一把软刀：“主子，奴才都跟您认错了，也不敢跟您再犟，主子这会儿也别再跟奴才犟了。”

“王疏月，你又在胡言乱语些什么？朕跟你犟？你赶紧给朕起来！”

“那皇上吃药吗？”

皇帝一把端起药碗，一口饮尽，当的一声放在她手中的托盘上：“起来，滚出去！”

见他们才好了一阵就又斗起来了，何庆忙过来打圆场，搀起王疏月道：“姑娘去替万岁爷换香筒里的熏药吧。这活儿细，姑娘做，比奴才做好。熏药在西次间那边搁着，都捆了包放着，您一进去就瞧得见。”

“是。”王疏月当真乖顺地应了一声，又对皇帝行了个福礼：“奴才滚出去了。”

“你——”皇帝说不出话来，王疏月倒是规规矩矩地退了出去。

何庆扶着皇帝躺下，小心地问道：“万岁爷，您觉得身上如何，还像昨夜那般痒吗？”

“不痒，朕要被她气死了。”

❖ ❖ ❖

因为某些人而破掉原有的习惯、生活，甚至处事的方式，这个过程不见得使人感到特别明显的疼痛，伤口也藏在皮肉里。世上大多数的人，一生都不能自知。但这并不是单纯意义上的损伤，而是与内观相反的一种外塑。

男女两人在阴阳调和、皮肉相挨之前，隔着礼教和尊重，彼此试探、摩擦。这件王疏月身在其中而不自知的事，对大多数的女子而言都是奢侈的。不过，这个过程也并非那么容易和美妙，需要人和人同时拿捏好一个度，若一方过于用力，便随时会毁了对方。王疏月自有一份从母亲那里承袭下来的灵智。至于皇帝靠着什么在拿捏这个度，就是个谜了。

总之，平昌元年的禁城早春，城墙外堆烟柳的絮团里有了丝人味。那絮偶尔从窗隙里钻进去，招惹皇帝和王疏月连着打喷嚏。

王疏月不打紧，皇帝却在遭大罪。

痘疮发出来第四日，人开始渡鬼门关。

连日的高烧灼了皇帝喉咙，内侍府司院里的奏事侍郎也停了一日一送递。寿康宫与长春宫几乎是每隔一个时辰就使人来看。两宫的心思不尽相同，但和跪在月华门的几个议政王一样，都在张望那份将出未出的遗诏。

这和先帝爷登天前的场景何其相似啊！

张得通给隆正殿的人下了严令，殿内的事，无论大小，一样都不可外透。

但各处都有自己的门道和眼睛，为此隆正殿几日间杖毙了好些人。

这日深夜，周太医与太医院院正看诊出来，在西梢间外遇见了端水回来给皇帝擦身的王疏月。她朝两位太医行了个福礼，侧身正要进去。

“姑娘。”周太医叫住了她。

“是。”她在晚风里回过头来，面上有明显的倦意，但还是尽力保持着仪态。

“下官看这几日都是姑娘在万岁爷身边上夜。”

“是。大人对疏月有什么吩咐吗？”

“哦，姑娘是细致的人。下官只嘱咐姑娘一句。这两三日是紧要的时候，前两日还不那么打紧，如今万岁爷的痘疮全部发出来了，姑娘夜里一定要警醒，万万不能纵着万岁爷抓挠，一旦破疮，起了炎症就回天乏术了。”

“是，我知道。周太医——”话要出口，她又犹豫了，齿缝里吸了口气，悄悄抿了下唇。

周太医道：“知道姑娘想问什么，我们和姑娘一样，都是提着脑袋办差。万岁爷好，我们阖家都好，万岁爷不好，咱们都挫骨扬灰，这是主子娘娘下的话。我们使了大力，但我们碰不得皇上的身子，只做得到这一步，余下的，还要靠姑娘，靠皇上齐天的洪福。”

“我省得。”

“好，姑娘辛苦。那下官们就去次间议方去了。”

“大人们慢行。”

二人走到枣树后的次间去了。

月下的树影轻轻摇晃，穿堂前小门前还有刻意压低的人声，内殿这边却静得瘆人。

王疏月掀帘走进梢间。

西梢间里面，除了皇帝，一个人都没有。

此时屋子里的气味有些难闻，罗帐仍旧半垂着，皇帝朝里躺着，不知道是醒着还是睡了。

王疏月放下水盆，拧了一把帕子走到皇帝榻边。

他这几日其实醒的时候不大多，醒时也不大说话，大多时候都一个人静静地躺着，不知道在想什么。但他比平常还不好相与，甚至把胡善调到了西梢间外头守着。后来连何庆也遭了斥，被撵到外面答应。因此整个西梢间的事都落在王疏月一个人肩上。

她连撑了两三日，人已经疲倦到极限了，但见他这样难受，也不好就这么把他丢在这里。说起来，隆正殿虽然围了里三层外三层的人，每一个人看起来也都为他忙得不歇脚，但他身旁就是冷冷清清的。

一来，是他的脾性问题；二来，也是不明朗的政治局面所致。虽然结局如何还是要看他的决定，但到现在，真正孤注一掷要他活下来的似乎只有皇后，其余人，包括后宫嫔妃，都在做着自己的打算。他不肯让人近身，也许是因为他没真正信过谁。这么一想，九五之尊，当真是孤家寡人。

王疏月对皇帝远说不上是心疼，非要说一种带感情的话，也是同情。但这和皇帝对王疏月的同情大不一样，没掺杂什么尊卑观念，要纯粹得多。她此时是认真想让这个男人舒服一点儿。

想着，她将耳旁的碎发往后理，抖开帕子。

人真的是经不起搓揉的。王疏月在皇帝身旁衣不解带这几日，不至于蓬头垢面，面色是真憔悴了很多。皇帝也一样。男人不收拾，比女人看起来还要邋遢，他没有整面，下颌长了青楂，脸上有两处极严重的痘疮已经蓄了脓，也不知道会不会留疤。

王疏月撑着床榻，避开痘疮处，小心地替他擦脸。

其间，皇帝睁了一回眼，但似乎是太难受，看见是王疏月，什么都没说，又闭上了。

王疏月让何庆去换水进来，然后照着太医的话，轻轻挽起皇帝的衣袖，沿着痘疮的周围一点点擦去干掉的脓液。起初她不愿做这事，哪个姑娘好端端的敢去看男人的肉体呢？但后来她就顾不上那么多了，事急从权吧，总不能看着他死。反正他大多时候都是睡着的，权且当他是块大木头吧。

说起来，皇帝也是个很好看的男人，骨架结实，宽肩窄腰，虽然长着痘疮，有碍观瞻，但第一次看到他胸口皮肤的时候，王疏月的脑子里还是很混沌，无法抑制的潮热拼命地往她鼻腔里钻。那种切实的甚至带着点儿痛的感觉，是卧云精舍里任何一本书都解释不了的。她不得已出去用凉水洗了把脸，洗完后又在枣树下发呆。后来，何庆在后面拍了她一把，那么一下，竟吓得她差点儿跳起来。

“是块木头，是块木头。”她像念佛号似的在脑子里回旋这句话，这才多多少少能在做事的时候定下心来。

但这是个很费眼神的活儿，哪怕身旁点着灯，站得久了，眼前还是不时地冒出黑影点子。她索性在给他上夜的毡垫上坐下来，伸手把水盆挪到自己腿边，撑着精神又去挽他的裤腿。

皇帝一直是醒着的，但他不肯睁眼。哪怕在病中，换成旁人，这样冒犯他的身子，他也不肯，但王疏月做这些事，他好像没那么排斥。

不过，病中人的身子已经被恶疼恶痒占了个满当，只盼松快，哪里引得起天雷地火？是以面前的王疏月虽然是面红耳赤，一副犯了大法的样子，皇帝躺在床上，却像躺在伽蓝之中。

此时他的痘疮有好些地方都破了。好在王疏月细致，除了那令黄花闺女尴尬之处，她一寸一寸地几乎全顾及了。她的手法很轻，竟能让那恶疼恶痒稍稍疏解。

皇帝渐起了丝睡意。

王疏月听见他的呼吸匀净下来，这才松了口气。她起身替他扣好衣襟，端起水递给外面的何庆让他倒掉，自己重新走回榻前，在毡垫上坐下。她真的太累了，见皇帝睡着，便顾不上什么仪态了，头往后仰，借了皇帝的半个枕头靠着。但她一靠，眼皮子就直打架，险些合眼睡过去。身旁的人似乎动了动，王疏月一个激灵又赶紧醒来，扭头果见皇帝的手朝着脸上的痘疮伸去了。她这会儿顾不上什么大不敬了，忙上前一把拽住皇帝的手。

也许是这几日都不曾睡好，皇帝竟没有醒。

王疏月见他没动，吐一口气稍定了定神，小心地将他的手腕放下，哪知才摁下一只，另一只手又不安分了。果然，他再怎么装模作样，本质上也是个普通人。

王疏月想起周太医的话，很是无奈。但这样不是办法。她暂时摁着皇帝的手，同时朝外轻轻地唤了一声：“何公公。”

何庆猫着腰进来，在榻前伏下来，生怕皇帝看见他：“姑娘，您说。”

王疏月看了一眼皇帝，道：“公公，我今儿太乏了，就怕夜里撑不住，要睡过去。你有什么法子？”

何庆是太监，自然比女人要糙得多，他们醒神都是寻个苍耳直接往太阳穴上扎，但这法子怎么能推给王疏月呢？

王疏月见他不说话，转而道："这样，你给我找一根软一些的绳子来。"

"绳子，姑娘要来做什么？"

"别问了，快去找，我有我的用处。"

何庆迟疑地站起身，但还是照着她的话寻了根绳子过来。他想得也简单，许是姑娘家醒神的什么法子，他们这些太监不懂。总之，这王姑娘不至于要把万岁爷绑起来吧。但他想错了。

皇帝难得稍微松快下来，得一番好睡，谁知睡至一半却感觉有人在他的手腕上缠什么。他猛地从睡梦中惊醒，抽出手一巴掌拊了过去："放肆！"

王疏月突然挨了这一下，是真的蒙了。她身子往后一倒，头撞到了后面的紫檀条桌，她还来不及去摸，肩就被人一把摁住，那力道之大，压得她骨头都要断了。接着脖子上一凉，她不用看，也知道那是胡善那把开了锋刃的刀。

"住手！"

胡善扯住王疏月的头发，把她拖到榻前："皇上，您可无碍？"

皇帝看清眼前的人是王疏月。他低头看了一眼自己的手，又去看王疏月的脸，虽然他也没什么力气，但毕竟是惊觉之时扇出去的耳光，女人的左颊还是印上了他的指印。他又把这姑娘弄伤了。

这算什么？恩将仇报啊。皇帝一时有些无措，又见胡善气势汹汹地摁着那把瘦骨头，他是什么手力，王疏月眼看着就疼得渐渐红了眼眶。

"你出去！朕没叫你，你进来做甚？"

胡善一愣。这是什么情况，不是皇帝命他在外护驾，若有任何的异状，可先斩后奏吗？怎么这会儿成了他挨骂了？他正不知如何是好，只见外面的何庆疯狂地冲他使眼色，又见皇帝也一脸阴沉地盯着他，他不敢说什么，只得退一步，尴尬地松开了王疏月，收起刀，一步三回头地退了出去。

王疏月这才得以反手去摸后脑勺，好在没有见血，但起了一个大包。她心有余悸地望着胡善跨出去的那道门。若不是皇帝的那一声"住手"，她现在也许真的就脑袋搬家了。

皇帝重新躺靠下来，抬手看着还缠在自己手腕上的绳子。他倒是猜到了她要做什么，越想越觉得好笑，这种事也就她王疏月敢做。

想着，他不由得摇头笑了一声："王疏月，伺候朕，你也要耍滑。你就这么给自己省事，是吧？把朕绑起来，亏你想得出来！"

王疏月没有说话，甚至没把心思从刚才架在脖子上的那把刀上收回来。

皇帝见她没出声，翻了个身过来看她。他现在着实难受，呼出来的气都是烫人的，但见她吓得发愣，也不好再斥她。他叹了口气，忍着身上的恶疼撑起身子："回神！没有朕的话，他不会再进来。”

王疏月打了个激灵，终于回过头来，但还是没有说话，寻常伶牙俐齿，此时跟哑了一般。也是，不该怪她，一个姑娘入宫才多久，哪里知道皇帝的凶险。他是怎么夺的帝位，除了他和王授文知道，天下不会再有第三个人知道。但这世上绝不止他一个人敢用这步险招，还好是她，不然，即便在自己的生死关头，他也一定要往丰隆大营赐上一杯毒酒，让不该翻身的永不超生。

想着，皇帝偏头看了一眼王疏月的后脑勺。那里肉眼可见地起了一个大包。想起她之前在自己身边的用心，皇帝有些过意不去。

“朕让何庆给你传太医。”他将声音放缓，也没急着要她回话。

两人静了半晌，王疏月终于渐渐平静下来。她抹掉眼泪，撑起来跪好：“不敢，是奴才不好，一时得意忘了形，对主子大不敬，您今日砍了奴才也是该的。”

皇帝见她肯说话了，这才重新躺靠下去：“你是怎么想的，啊？”

“奴才怕自己撑不住，睡着了，想拿绳子拴了主子的手腕，再把另一头拴在奴才自个儿的手腕上，万一奴才睡着了，您夜里抓挠，奴才也能醒来看您。奴才不是真要绑您。”

皇帝这才想起，自己已经累得她三日不曾合眼了。他原先不想看见她，但这几日在病中，里里外外的人都在窥探他的死活，那种他还在喘气、外面就在铺后路的情状，真令他恶心。眼前，似乎只有王疏月这个人的心不含一点儿脏意。他一时觉得稀罕，于是又紧着她使唤，当真把她折磨得快脱形了：“你过来。”

王疏月依言站起身，走到他面前，重新跪下。

皇帝伸过去一只手腕到她眼前：“绑吧。”

王疏月一怔：“奴才万不敢。”

“朕准你绑。”

“主子说的话是真的？”

皇帝冲着自己的手腕一扬下巴：“真的，绑吧。”

王疏月试探性地伸手过去，皇帝只是看着那根绳子，人没动：“王疏月。”

这一声把她吓得立马收了手：“啊？”

“朕是念你的好心，但下回你若还要自作主张——”他原本又想说“摘脑袋”，但见今日把她吓成这个样子，又觉得好像不该再说这样的话，于是他顿了顿，重新开口道，“跟朕说一声。”话停到这里多好，可是他总觉得这不该是他说话的气势，忍不住又补了一句，“否则，朕好了，第一件事情就是砍了——”

果然还是没忍住，皇帝头回对自己的说话风格产生了怀疑，这么吐了又吞下，倒像和自己斗嘴似的。

皇帝索性不说了，只道：“快绑。”

王疏月小心地合拢他的两只手腕，避开疮口，把那根软绳绕了上去，又将另一头绕在自己的手腕上。这模样真的尴尬，天底下哪里有被女人绑起来的皇帝。

皇帝逼着自己不要出声，由着她摆布。待她打好自己手上的绳结，皇帝才压着声音说了一句："叫外面的人把门关上，灯也吹了。"

"是。"

门关上，灯也灭掉，屋子里顿时静得堪听针落。皇帝仰面躺着，渐又起了睡意，迷糊中突然听到身边的人唤了他一声："主子。"

"嗯？"

"主子好了以后第一件事，真的是要处置奴才吗？"

"对。"

"怎么处置呢？"

皇帝翻了个身，朝向她这一边。

虽然屋里黑，但由于她实在太白了，所以那截雪白的脖子还是映入了皇帝眼中。

"你觉得呢？你以下犯上几次了？"

王疏月蜷起了一双腿，对着前面混沌的黑暗道："像处置春姑姑那样处置奴才。"借着今日那差点儿挨刀的惧怕，也借着此时的黑暗，她终于把梗在心里的事吐出来了。

皇帝怔了怔，原来她心里梗着这件事。但那又怎么样？身为帝王，他没必要也根本不知道如何去疏解女人的这些心事。他能做的，只是尽量收起白日的姿态，放平声音："王疏月，只要你听朕的话，就不会是那样的下场。"

"可奴才觉得，奴才的下场会比她还惨。"她好像又在顶他，但说得不明显。

皇帝这会儿实在撑不住眼皮了，不想再细究。算了，今日吓到她了，她不也说了吗？被吓到了就会胡言乱语。生病不能生气，大度点儿，让她说吧。这般想着，皇帝没再理她，合了眼。

不多时，脸上痒起来，他下意识地伸手去抓挠，结果一抬手，就听到啪的一声，是手摁在地上的声音。显然是自己把榻前那把弱骨头扯歪了，皇帝赶忙将手放回去。

"主子？"

"闭嘴！"

"奴才是为主子好。"

"王疏月，朕不抓了不抓了！你别折腾了，好吗？朕喉咙已经要烧起来了。你绑也绑上了，就消停会儿，让朕歇会儿。"

夜静得像死水。

窗外，各色春花绽开，暗香浮动，正印证了皇帝少时写下的那一句——韶光脉脉春如海。

其实，对皇帝来讲，这只是一个短暂的过程。毕竟帝王只有在脆弱的时候才会暂时愿意把自己交付出去，容忍身体与自由被女人冒犯。然而那莫名被“捆缚”逼出来的信任感，以及随之而来的，放空所有疑虑、焦躁和不安的轻松之感，真比什么助眠的药都厉害，硬是帮着皇帝耗过了后来最要命的那几日。

那几日里，无论他脾气多不好，给王疏月多少气受，她都没从他榻前离开过半步，偶尔皇帝夜里醒来那么一会儿，就见她举着小灯在门口问何庆要苍耳。她要了回来，又在毡垫上坐下来，执着地把捆在他手腕上的带子绑到自己手腕上。

皇帝眯着眼睛看她，想知道她敢不敢把那苍耳往自个儿太阳穴上扎。这么看着看着，他不知不觉就又睡了过去。

不知为什么，哪怕是王疏月大不敬，他也想饶恕她，原因在于她那副永远没什么指望的样子。她怕自己哪天会被处置，但一次又一次不怕死地和他碰撞。她对他没有指望，也就没有谄媚，没有索取的欲求。

皇帝这一生从来没有遇到一个能让他安稳的人。

先帝拿他制衡太子，后来又拿他来试探朝廷党争的底，试到底之后准备舍他。皇太后养了他一场，却是在太子没了指望之后才把眼光落到他身上。父母皆如此，兄弟就不用说了。

杀伐之所以痛快，是因为惹祸乱的人杀一个就少一个。

少年时要安稳要不到，到最后，所谓的帝王心术其实都是被逼出来的。

王疏月这个人，算是苍天给皇帝这个天煞孤星的补偿。她捧给皇帝的这些“安稳”并没有引起皇帝习惯性“居安思危”的敏感。因此皇帝事后没有对自己放松警惕的行为感到后怕，也就没有处置她。

这些看起来水到渠成，却令人细思极恐。因为如若不然，一个偏差，他或许真的会杀了王疏月。

❖ ❖ ❖

三月开了头。

御书房的值房里，王授文脱了鞋，盘着腿在炕床上打坐。春雷阵阵，在他头顶响着，就是不下雨。

程英捏着眉心跨了进来。

王授文听到他的声音，眼也没睁：“你今日进宫来做什么？”

程英抖开袍子坐下来：“你不去御书房？马多济那些人等着您老议事呢。听说乌里台把十一爷身旁的近侍全部杀了，就留了一个老太监，也把人从营里挪到了三溪亭，这等同定了监所啊。”他连客套都没有，直接提了这件事。

王授文睁眼，松开盘着的腿，穿好鞋，从手边抽出一本奏折，在程英眼前扬了扬：“还有更吓人的。乌善参了云南盐道。布兰泰，这个名字，你听过吧？”

程英道：“这事，户部跟我通了气，大概意思是，乌善要把恭亲王和他那些门人逼上大街卖家当了。”

王授文笑笑：“你怎么不看十二爷上大街？要说户部亏空，什么布兰泰、理番院，谁比得过十二爷的内侍府？别的不说，先帝爷驾崩这件大事上，你大起胆子猜，内侍府那些人吞了多少？”

程英道：“老大人，我在和你说十一爷的事。”

王授文堆叠着面前的折子道：“得，那就说回去。程英，别看隆正殿那边大病着，这些本子在御书房堆成山了，实则这些都是底下人向上回话的本子。前前后后，按部就班地比什么都稳。万岁爷捏十一爷的手劲儿一点儿都没松。”

程英没有说话，王授文看着他的模样，刻意咳了一声，道：“恭亲王求到你头上去了吧？”

程英不置可否。

王授文拍了拍他的肩：“所以，我之前叫你耐着性子，站了一道就站到底，发达不了也死不了。说到头，咱们这些汉臣，皇帝的国事能沾，家事能远则远，我若不是为了避那瘟王，何苦躲到这值房里来？如今皇上那边见好，他们那些急吼吼露了心迹的人肯定要发疯。等着看吧，今年的春闱一过去，户部开杀戒，恭亲王想把底下人的账抹平，要把他自个儿卖得住到庄子上去。”

两人正说着，曾少阳道：“奏事处的余侍郎来了。”

说着，那余侍郎已经跨了进来，身上带着些雨气，王授文借着掀起的帘子朝外头看了一眼：“下雨了啊。”

“是呢，王大人。这不才在月华门绊住了嘛，过来得晚。大人们，皇上有口谕。”

这一句话出来，王授文和程英忙跪下来。

“户部乌善的折子，朕要亲自批阅。日后再有呈送，也是一样。余下的，议政会议与内阁共议，仍行蓝批。”

“是，臣遵旨。”说完，又磕了一回头，二人才站起来。

程英忍不住问了一句：“皇上安了？”

“大人知道，隆正殿的人都封了嘴的。下官们只能在前殿候着，光看着太医院的人进进出出，别的什么都不知道，但是，既能瞧折子，想必是大灾过去了吧。”

王授文将折子递过去，顺便又问了一句：“月华门前有人跪没？”

余侍郎道："您老神了啊。"说着凑到王授文耳朵边，"前日听说凶险，王爷们都来跪规矩了。今日一早，张得通传口谕，把王爷们都打发走了，但恭亲王被皇上明谕留下，这会儿还在呢。"

王授文点点头："成，您去吧。"

程英看着余侍郎的背影："他说什么？"

王授文拍了拍袖口："说恭亲王在月华门跪规矩。"

程英想了想，不禁笑道："这怕和前朝那件事意思一样。"

王授文回头："哪一件？"

"您老忘啦，陈贵妃得天花的那次，十二爷没哭出声，也是在月华门，先帝爷罚他跪了一日。后来，还是咱们五爷扶着他去灵前跟先帝爷认的错。"

这话说得很有意思。

不刻意想，觉得这两件事大不一样，仔细一想又觉得它们有点儿联系，一样是在人前狠狠剥皇家子弟的大体面。这是皇帝对自家人表达态度的方式。当年先帝爷也许觉得十二爷忒不顾亲情，如今的皇帝也许是觉得恭亲王太顾念亲情了。

"走，不耽搁，去御书房。"

程英跟上去道："你刚才也该顺便问一声你家那丫头。"

"问不得，问不得……"

王授文对皇帝的了解，或许比皇帝自己对自己的了解还要深。这也是皇帝愿意引他为议政内臣的原因。

他的女儿吧，像他，也不像他，像的地方在于他们对于皇帝心绪的敏感，不像的地方在于他自知自己有这样的本事，且内化为他与这个人间帝王的相处之道，该问的问，该说的说，不该问、不该说的全部烂掉。这是其一。其二，平时代皇帝草诏拟旨时，无论皇帝说得多么凌乱，甚至偶尔因为情绪而词不达意，他都能轻而易举地抓住重点，梁文也好，汉文也好，一通写出来，就是皇帝想说的话。而王疏月并不知道自己有这样的敏感。换句话说，她没有刻意去猜、刻意去想皇帝的心思，她感受到的是混沌的情绪，七情六欲、喜怒哀乐好像都有。嗯，喜和哀少些，怒和乐更为明显，它们五光十色地铺在她面前，哪怕很多地方是皇帝刻意掩饰过的，她也自然而然地看透了那层膜。但看透了就看透了。她这一生记着母亲那句"人生在世，娱人悦己"，愿看壮阔的山河，肯赏鲜衣怒马的少年，但从不刻意去与一个人共情。即便如此，她偶尔还是会伤情。

❖ ❖ ❖

平昌元年四月初八，皇帝的痘疮已经全部干结成痂，掉得差不多了，皇帝亦可亲自行批奏折。奏事处的侍郎恢复了一日一送。于是，御书房堆积的折子雪花一般砸了过来。

皇帝的日常起居恢复到病前，虽尚不得出隆正殿，但他仍四更即起看折子。王疏月前段时间几乎累垮了，西次间太医院的临时值所撤掉后，张得通便让她去次间的通炕上歇息。后来皇帝问了她两句，张得通回说她在西次间安置。皇帝听后，停笔朝临着西次间的那窗户看了一眼，而后用笔尾点了点自个儿案前的糕点，叫赐给王疏月，再也没说什么。

没有传召，王疏月酣美地整整睡了两日。初十这日她才重新去给皇帝当值。

皇帝正在复一堆请安折子。如今侍郎们还不能进来替笔墨，皇帝只得亲笔批复。于是“朕已安”“朕已安”一气写了二十来个，写得皇帝渐渐有些拿不准“安”字的写法。

其实这些请安折子多半是地方官员呈上来的，并没有什么实质性的内容，但不批复似不体谅这些地方官的心。皇帝正写得百无聊赖，恰好见王疏月神清气爽地从门口走进来，手中端着一盘桑葚。

她见皇帝在批折子，就没放过去。她寻了一张香几，放下桑葚，自个儿退到后面站起规矩来。

皇帝笔没停，许是觉得闷，随口起了个话题：“朕赏你的玉霜糕，吃了吗？”

“回主子的话，吃了。”她说着蹲了身，“奴才谢主子赏赐。”

皇帝嗯了一声，算是免了她的礼。

接着，她又不说话了。这真的是在御书房站出来的规矩，皇帝批折议政的时候，只要不问她的话，她绝不开口。但这会儿是在隆正殿。皇帝本就看这些折子看得无聊，她又闭着嘴，气氛就更无趣了。

但皇帝是什么人，从来都是别人把话头往他跟前送，心惊胆战地候着他答话。若他主动寻什么说话，不是差遣就是训斥，桩桩件件全部是掐着人头的。平常的话题，他哪会起啊？

可是实在闷得慌，于是皇帝犹豫了一下，停笔，抬起头问出了一句：“好吃吗？”

“哈？”王疏月几乎以为自己听错了。

“你什么耳朵？”皇帝自己也觉得尴尬，只得用提高声音来压她。

王疏月连忙跪下来：“是，奴才听见了，回主子的话，主子赏奴才的东西很好吃。”

真有意思！皇帝看了一眼她送过来的桑葚，再看她此时的模样，无端想起之前看过的一本折子。那也是一本请安折子，上折子的人是闽浙总督，折子上如此写道：“奏进台湾土产，杧果等物。”说白了也就是说：“皇上啊，我给您献上了一份台湾的土特产，叫杧果。”明明是本废折子，处理起来却很麻烦。他之前在病中，所以杧果送过来了，他也没见着，这会儿要复那本折子，还得命人去把前时送来的杧果再找来过一眼。杧果半青半黄，看不出什么稀奇，白白费了他的精神。怎么说呢？这是一本令他有几分气的折子，且寻不见什么错处。皇帝是有些不舒心，但又觉得大没必要申斥。于是，他索性直接在上面复道："知道了，此等东西皆无用，不必再送来。"

比起严词诛心，要把前前后后全部收拢起来，而后一针见血，逼人看后哪怕不在皇帝面前也要两股战战地回批，这种散淡的闲揨，偶尔在君臣之间来那么一次，也是调剂。

调剂。他现在对着王疏月，就有这样的感觉："起，把桑葚端过来。"

王疏月见他神情缓和了，忙顺着他的话端来桑葚，帮他架了笔，又理好他手边批好的折子。她搓了搓手，见没什么没归置好的，这才道："那奴才出去让何公公给主子端水来净手？"

"去吧，去了就别进来在朕面前碍眼了。"

那敢情好，王疏月忙应了个"是"。她跪安，赶紧走了出去，生怕他会后悔似的。

她走了几步，张得通追出来道："姑娘不用急，主子爷说了，今日给姑娘准个假，不用再上前面去了。您哪，若想睡就睡，若睡好了，走一趟御书房，替万岁爷把这些书找来。"他说着，交给她一笺，又续道，"万岁爷闲时要看的。不过，不急啊。万岁爷说了，恩典在前，差事在后。"

这话呀，雅了，颇有一番"陌上花开，卿可缓缓归矣"的情志在。不过，那位爷怎会有那样的雅兴去攀附古典，撞鬼撞上了吧？她虽这样想，可隆正殿外，暮春时节景致真好。

工部在给宫墙漆新红。工人们的鼻梁上、额头上挂着娇俏的红，那模样十分滑稽。

午后，墙外的堆烟柳、墙内满开的杏花，错落掩映。偶尔有一两只鸟落在其间。于是原本透过叶隙花缝间的光明灭地跳跃起来。

宫墙上光影斑驳，如人在梦。

年生长久，无论是花树还是池鱼，都修了一身人情，连飘落和游动都是慢吞吞的，好似深情付尽而不得一死，但某种意义上，功德圆满，余生转而变得淡泊、优雅。王疏月见那游鱼绕过落花，鱼尾摆动的那份从容像极了她的母亲。

禁城实是一处既浓情又寡情的地方，一切得看人的性子，尤其是女人的性子，除此之外，或许也得看女人在哪一段年华之中。

她尚在大好年华。时光虽然仍然一往无前地在大把大把地消逝，但还不至于伤到她。

她取了皇帝要的书，从御书房出来，却见枣花树下，曾少阳与曾尚平正立在一处说话。他们也看见了王疏月。

曾尚平便转过身，走到她面前行礼："王姑娘，请您的安。"

"曾公公，使不得。"

曾尚平在掌仪司，虽说还不至于被裕贵太妃和贺临的事波及，但在内侍府，面上也淡了不少。王疏月一早就觉得，他与曾少阳模样相似，今见二人近谈，便猜准了二人是兄弟关系。

"在宫里有一亲人照应可真好。"

曾少阳听她这么说，不由得挠了挠后脑勺。

他没有说话，曾尚平却应道："奴才们都是没有福的微尘，姑娘有万岁爷照应，福泽深远。"

真是文质彬彬啊！说的话又如此戳人脊梁，偏不难听，那揶揄的力度也像用智慧拿捏过的。王疏月一直觉得，曾尚平和张得通、何庆这些人都不一样，他不像苦人出身，早年应该读过书，至于他为什么会挨那一刀子进来……王疏月甚至不大愿意去刻意地猜。

"裕老娘娘……还好吗？"

"好。奴才去请安，老娘娘还时常问起姑娘的近况，怕姑娘在御书房受罪。老娘娘说，她现在犯了主子爷的法，也许一辈子都出不来了，再不能照应姑娘在宫中的一切，望姑娘不要痴执，横竖是她对不起姑娘，累了姑娘的名声。"

王疏月其实很想念裕贵太妃，毕竟除了她母亲，那是唯一一个肯心疼她、把她当家里人待的女人。从前贺临莽撞，不体谅她，甚至把她放在一边拖着，弄得整个京城都在议论，而富氏又善妒、跋扈，她要把自己放得很低，才能在他们中间安静地活着。裕贵太妃知道她所有的好和不容易，细心地维护着她的体面，到现在也没有因为她如今的身份就抹杀掉她们娘俩从前的情分，甚至说是自己对不起她，累了她的名声。

"姑娘好吗？姑娘也说说近况吧，奴才好记着，回头说给贵太妃娘娘听。"

"我很好，也很想念娘娘。要说近况——"她想起隆正殿里的那个人，一时不知道从何说起。

曾尚平见她吞了音，也没再追问，转而回头对曾少阳说："你当好值，以后都不用再过问我的事。"

曾少阳忌讳王疏月在旁，想说什么又说不开，只得道："哥，你啊你啊！唉！你真不该这么固执啊！"

王疏月这才记起，刚才看见他们的时候，两人也是剑拔弩张，有交锋之势。只是这毕竟与她无关，二人也没有吐露的意思，她自是不便久待了，刚好借着这个茬儿避走。

"两位公公，我还得去复皇上的差事，就不多留了。"说着，她抱书就要离去，谁知道曾尚平却行到她的身旁："奴才送送姑娘。"

"那……也好。"

两人沿着宫道往月华门走。

晴日大好，新刷好的红漆上映着杏花浓淡相错的影子。御果房的太监捧着茶果往御书房去，不消问，也知是皇帝给御书房的值臣们赐果饼了。

曾尚平看着御果房的人往后面去了，轻描淡写地问了一句："主子爷大好了吧？"

"是。"

"甚不容易啊，幼子生痘，尚容易熬得过去，成年者，得靠大福。想当年，陈娘娘那么舍不得十二爷，舍不得先帝爷，一口气撑了三日，最后还是去了。"

旧事一提，说得整座春光盈盈的宫闱都跟着伤感起来。

王疏月顺着问了一句："曾公公，您……入宫有几年了？"

"快二十年了。姑娘，奴才今年有二十七岁了。"

二十年，好漫长的一段时光啊。

听说太监净身要尽早，越小的孩子，伤口越好长好，若是年龄太大了，多有性命之忧。所以，这么一算，曾尚平七岁就已经入宫了。

王疏月不禁在心头感慨。从七岁开始，在禁城里整整生活了二十年，恐怕是认得这禁城里每一株花吧。

"那公公伺候了裕娘娘很久吧？"

"前十八年，奴才都在承乾宫伺候娘娘，后来得娘娘的提携，去了掌仪司，但心啊还是一直向着承乾宫的。那处宫殿是内廷里最暖的一处。只是如今娘娘不住那里。姑娘要是爱看花，大可去看看，西南墙角处有一株玉兰，暮春落花，是禁城的第二场春雪。"

第二场雪。王疏月无端想起了隆正殿东梢间的"春如海"，一时心旷神怡。

"姑娘，奴才有句话，恐怕会冒犯姑娘，但不言，又恐会令贵太妃抱憾终身。"

"公公讲。"

"姑娘心中可还有与十一爷相守之意？"

王疏月没有立刻回答他，转而望向那宫墙上摇曳的杏花春影。她的人生已经被太多的人推着搡着走到这个境地，不管在别人眼中是命运的厚待还是轻薄，对她而言，都叫"不得从心而活"。

曾尚平应该是敏锐的人，又是替贵太妃问她这句话，于是面对他，王疏月突然想认真地说些什么。她垂下眼睑，将手中的书朝怀中拢了拢："曾公公，若我孑然一身，又或者没有被困在禁城内，我应该已经一人一马奔丰隆去了，但绝不是为了什么相守之意，而是为了全我这一生的名节。"

曾尚平笑了笑："姑娘这几年的名声被王爷累得不轻。"

"他是个好人，他心里有王妃，我不是他情愿要的人。"

"所以，还是娘娘时常说的，她老人家看瞎了眼睛，终于挑出了最好的给王爷，可惜王爷临到去丰隆前才看见姑娘的好处。"说着，曾尚平停下脚步。二人已经行到月华门前了。

“奴才是跟久了娘娘的人，又看着十一爷长大，大把的心思都放在两位主子身上。姑娘别怪奴才不知体谅。”

王疏月摇了摇头：“我也能想通。只是我想清清白白地活着，这件事似不能够。但娘娘待我很好，足以抹杀那些虚名。如今，我也在想还能为王爷和娘娘做些什么。我这么个愚笨之人，始终——”

“为他死。”这一声传过来，曾尚平也为之一怔。三个字气力不大，却足以直戳心肺。是王疏月再熟悉不过的声音。

她回头看，果见富氏立在她身后。虽早已出了丧期，她仍穿着一身素，清寡着脸，像从什么远地回来，一身风尘，眉目间的倦意掩盖不住。

她没有再说话，直到曾尚平辞去了，她才走近王疏月：“我刚才的话，你听明白了吗？”

“听明白了。死嘛。”王疏月仰起头，“王妃不是说过，王疏月与王府再无瓜葛吗？既无瓜葛，何以再为他死？”

富氏惨然一笑：“因为王爷的名声。”

她说着往墙下走去，那杏花的影子落在她身上。近黄昏了，光和阴影在彼此吞噬，人的眼睛很容易被阴阳相交时的争斗连累得发酸。

王疏月的目光追着富氏过去，直到她停在杏花树下：“我活着，就损了他的名声？”

富氏疲惫地笑了一声。她手臂一抬，轻而易举地就摇散了一枝花：“禁城啊，再白的花都是用来给那人踩的。”说着，她低头看了一眼地上的花，又抬起头看向王疏月，“王疏月，在我眼中，你人如此花，为人践踏，却不肯随土而化。许嫁贺临在前，入侍隆正殿在后，你让皇家的这两个男人都成了笑柄，你不该死？”

她的话声其实不重，整个人也失了从前的鲜亮和张扬。她说完，又抬起袖来揉了揉眼角。王疏月这才发觉，她眼里有血丝，眼角粘着黄稠的眼眵，好像很多日都不曾合过眼。

“你怎么了？”

富氏听她这么问，忙别过头去：“我没怎么，还用不着你来关心。”说着，她狠狠地将眼泪一把抹去，望着墙上渐渐淡去的杏花影，“王爷的监所定了——三溪亭，我去看过了——一陋室、一枯井、一乌桕、一把大锁。好好的爷，沦落到被奴才们侮辱。王疏月，王爷这一辈子都在疆场驰骋，如今，等同于死了。”

“等同于死了”。王疏月因这句话而有点儿心痛。她一直长在卧云精舍，终日为伴的都是咸酸的文字、经年的墨香，与人的缘分很薄。贺临是除了家人，曾经与她关联最深的人。此时，富氏说他等同于死了，旁人或许觉得这未免太绝望，王疏月却是能信的。

贺临不一定了解王疏月是一个什么样的人，但王疏月看懂过他。

贺临一直活得明朗，父母疼爱，一路顺遂，是以他喜欢就是喜欢，不喜欢就是不喜欢，为人处世如此，感情上亦如此。但正如《道德经》中所言，“刚者易折”，像他这样的刚性，皇帝若想要折断，只需要压上一把锁就够了。

“皇帝生痘疮这件事传到丰隆的时候，听说王爷狂喜了一夜，和丰隆大营里的看守喝光了三坛子酒。后来醉中听闻，是你入隆正殿侍疾，看守醉酒出言不逊，笑王爷窝囊得连自己的女人都看不住。王爷怒极拔剑，险些伤了自己。乌里台为此不顾君臣之别，将王爷捆缚监守——”她的话声到最后都能听见牙齿和牙齿摩擦的声音了。

天光将收敛尽，暮色暗淡，杏花温柔美好的影子此时从宫墙上移到了王疏月脸颊上。她垂下眼来：“既不肯要我，又何必在意我这个人在什么地方——”

“这是名声，王疏月，连兵卒都可以作践他，人人都能戳他的脊梁骨，都是因为你王疏月失了贞节，你明白吗？最后把王爷践踏到泥淖里面去的人，其实是你。只有你为他死了，王爷才能得一分疏解。不过，呵——”她仰天叹了一口气。

晚霞余烬在面，这才终于焕发富氏年轻的容颜。

“我知道，你背后是那一对帝、后。你不肯死，我逼不了你。但我敢赌，你这一生再也不可能有你想要的清净。那皇位上的人毁我丈夫，你既要跟他，那所有报应一定不会缺了你的。”说完，她从袖中取出一封信，递到王疏月面前，“我曾经也想过，等到孝期过了，就让王爷把你接进府，你若只想要清净，我也许也能容你一辈子。但现在，说这些都没有意义了。你看看这封信吧。这是王爷的亲笔。你若对王爷还有一丝情意，对你的本心还有一丝坚守，你就应该知道怎么做。”

话说完，张得通从月华门后面跨出来：“王姑娘，万岁爷等着书呢，您……哟，没看见王妃，给王妃请安。”

富氏冷笑了一声，摁住眉心，半晌方道：“张得通，我不安。”

她虽直呼其名，张得通却也没恼，行了个礼，越发恭敬地道：“那奴才更得给您请个大安。王妃进来是瞧贵太妃娘娘的病吧。天色暗了，贵太妃娘娘该使人寻了。王姑娘，万岁爷这几日气性大得很，您啊，心疼心疼奴才们，别再耽搁了啊。”他说着搭着王疏月的手，拽她进了月华门。

❖ ❖ ❖

王疏月原本以为张得通会训斥她一顿，谁知张得通并没有说什么，带着她过了穿堂，才说了一句“日后再不要见十一王府的人”，而后便帮她挑起了三明堂的帘子，示意她进去。

里面已掌灯，但皇帝并不在，只有何庆在里头替皇帝整理案上的几幅字，见她进来，就笑开了花：“王姑娘回来了。”说着，又见她手上抱着书，忙从书案后绕出来，“来，给奴才吧。姑娘今儿辛苦了。”

王疏月看向那书案上的字。

皇帝这个人好像对魏晋以后的书法有执念，三明堂收藏了王羲之的《快雪时晴帖》、王献之的《中秋帖》和王珣的《伯远帖》。这些是他的心头好，除此之外，还有晋以后历代名家一百三十四人的作品，包括墨迹三百四十件以及拓本四百九十五种。其中好些拓本是王疏月在卧云精舍也没有见过的。

皇帝写得最好的字，在王疏月看来，应该是行草。她曾看皇帝在御书房写过，手势散落，顷刻而就，当真有“整整复斜斜，翩如风际鸦”之态。但现在书案上留下的这几幅字是祝氏的《春女赋》。这也是她的母亲最爱临的一幅字。

王疏月走到书案后，撑开字卷。何庆正理书，听到纸张摩擦的声音，忙回过头来道：“哟，姑娘仔细些，主子爷顶喜欢这一幅字，特意叫奴才拿去裱上呢。”

王疏月见第一句写道：“有女怀春，风仪若神。”只一眼，眼底就发热了，她不敢再看。她原本心里在想富氏的话，如同梗着一颗稍烫的豆子，吐不出来，也吞不进去，但看到这八个字，她渐渐烧红了脸，好似一下子把心里闷着的都压回了腹中。

皇帝一本正经，时时刻刻都是绷着的。尤其是他病好了以后，更是如此。现在，在这位正经皇帝的书案上看到这么一句，她虽不免羞赧，却亦觉鲜活。也许，皇帝内里也是有些热情的。

何庆挪好书，也过来陪她看字：“咱们主子爷的字儿，就是好看。”

“何公公也上过学吗？”

“奴才？奴才哪里上过学，就在学堂里听他们念什么‘关关雎鸠，在河……窈窕什么女，君子也要去求’。不过，这字儿谁写得好，奴才还是分得清的。普天之下，写得像咱们万岁爷的，一定都是好字。”

他竟把王疏月逗笑了。

“欸，姑娘笑了就好了，刚才见姑娘一脸愁容地进来，还以为……姑娘又受了谁的气呢。”

王疏月慢慢收住笑：“何公公最能开解疏月。对了，主子呢？”

“哦，周太医来请脉了，主子爷在西梢间，这会儿应该已完事了。今儿该姑娘上夜。哟，差不多您也该去上值了。”

“好。”王疏月应过声，正要出去，想起什么又回头问道，“何公公，这幅字是主子什么时候写的？”

“今儿晚上写的嘞。主子爷写这幅字的时候心性可好了。”许是因为画面在脑子里的印象太深刻，他也就说得琐碎、齐全，“主子爷写完这幅字以后，还叫人捧了镜来正衣冠，端视了好一会儿自个儿在镜中的模样。”

那个画面滑稽，描述也滑稽，就差说破皇帝是怕自己脸上留了疤不好看。

“哟，跟姑娘说开了，这不得了。姑娘快些去吧，耽误上值便是奴才的罪过了。”

王疏月应了好，出三明堂往西梢间去。

西梢间的灯却没有留，外间上夜的小太监道：“姑娘，今儿主子爷安置得早，张公公亲自上的夜，姑娘今儿就不必进里间了，只消同奴才们守着这西面的窗户便好。”

这倒比在里间给皇帝上夜轻松。外间能掌小灯，也有毡垫，可坐可卧。

王疏月在西窗下靠坐下来。袖中的那封信从袖口里露了一截出来。她伸手将信从袖中取出来，放到小灯下。

亏欠是人和人关联后必生的东西。虽然有的时候说不清楚究竟是谁亏欠了谁，但大多数时候，人们都心疼那个身在微处的人，既而诋毁站在高处的另一个人。高处总是好的，哪怕高处不胜寒，在很多人眼中，这也是高处之人强说出来的愁。所以吧，一定是王疏月对不起身在“三溪亭”的十一爷。如今人们这么想，以后，人们还是会这么想。

那贺临究竟是怎么想的呢?

对于这封信，王疏月想拆开，又不敢拆开。她自认该尽的情意已经尽透，该做的事已经做完，剩下的再不是她能掌控的，但毕竟她真的是眼睁睁地看着那个年轻皇子的一生毁在她眼前。无力感也是疲倦感。她握着那封信，有些不忍翻开，继而喉咙和鼻子里都在发酸，竟不知什么时候沉沉地合上了眼睛。

暮春的夜柔情万种，风轻且暖。

王疏月在梦中不断想起富氏的那句话：“但我敢赌，你这一生再也不可能有你想要的清净。”

从前母亲也对她说过：“女儿家若要清净，就一辈子都待在卧云精舍，或者就算要嫁，也嫁一个富贵闲人。”

那时父亲曾急赤白脸地训斥母亲，说：“天底下的人都希望自家的女儿觅得贵婿，从未见要女儿嫁一个闲人的，家业能吃多久？一辈子就垮了。”

母亲却说：“人眼一闭，谁还看得见后代子孙？”

这话，最后真的印证在王疏月母亲自己身上。她一走，再也没有人在意王疏月的人生了。

这梦并不好。王疏月也有意想赶快醒来，正恍惚间，感觉有人在推她，一睁眼，见是张得通。

张得通见王疏月睁眼，忙向一旁努嘴。

王疏月抬起头，却见皇帝就站在她面前，脚边落了一堆纸灰，像刚刚烧掉的，还冒着零星的火星子。王疏月一惊，忙去寻富氏给她的那封信，翻遍周身，却没有寻见。

“去叫内刑司的人来。”皇帝的声音很冷，像在竭力压抑着什么。

张得通忙跪下道：“万岁爷，您开恩啊……”

王疏月望了一眼跪在地上的张得通，又看向面前的皇帝。他还穿着月白绫的寝衣，目光阴寒，抬腿一脚蹬在张得通肩上：“滚出去！”

张得通上了年纪，哪里经得起这一脚？何庆等人扶了好一会儿，他才爬起来，不敢再求情，踉踉跄跄地出去了。

皇帝朝王疏月走近几步，靴底将那一堆纸灰也踢散了。他走到王疏月面前，蹲下身来：“王疏月，你辜负了朕的信任。”

“主子的信任，奴才从来不敢要。”

他几乎猜到了王疏月会顶上这样一句话。

她很聪明，她知道皇帝的信任多么脆弱，若一直不得信任倒好，可若一旦得到信任，又因某些蛛丝马迹而失去，就会落到她如今这个地步。

“好，你不敢要，那朕不逼你。朕只有一句话，也只问你一次，你怎么答，朕就怎么处置你。”

王疏月看着地上随着风四散飞去的纸灰：“主子问吧。奴才怎么想，就怎么答主子。”

“你肯为三溪亭的那个罪人死吗？”

王疏月一怔：“十一爷的信上写了什么？”

皇帝目光一冷：“回答朕的问题。”

王疏月却没有应他的话，只追问道：“他真的要逼我死吗？”她连礼数都不顾了，甚至伸手去抓皇帝的衣袖。

皇帝因疮疤的缘故，一直穿的是轻软的月白色绫衣。王疏月的手像比寻常的女人还要冷上几分似的，一抓住他的袖口，那冰凉之感就渡给了他的皮肤。

皇帝本想一把甩开她，可是看见她渐渐发红的眼睛，又不忍心。那封信上满是诛心之言，连皇帝自己都很难想象，十一会对一个女人写出那样的言辞，好像将对自己的恨全部发泄到了王疏月身上。

皇帝想起先帝驾崩后第三个落雪夜，她为了贺临的性命，奋不顾身地挡在他与贺临中间。若说二人没有情，皇帝是不信的。可他同时也可怜王疏月，矛盾之下，很是恼火。

皇帝活到现在，就连枕边人都没有真正信过，他好不容易把自己心中仅剩的那零星的信任给她，安心地接受她的好，甚至任由她去捆缚，可这个女人说她不敢要自己的信任。到底是不敢要还是不想要，皇帝看不准。于是，他逼她，也是在试她：

“王疏月，他逼不死你，你这个奴才的命，是朕的。但朕今日准你自己选，只要你一句话，朕便可让人连夜送你去丰隆。或者，你求朕赐你一死。至于王授文，朕还要留在身边咨问，朕不想因你自裁而连累你父兄家获罪。”

这又何尝不是诛心之言？王疏月心里难受得如同刀子在搅。

❖ ❖ ❖

皇帝其实有些后悔烧掉这封信，也许该让她读，让她知道十一的疯状，让她明白她从前那样维护的人是个什么样的浑蛋。他是这样想的，但最后没有忍心这样做。说来他自己也不想承认，这算是他头一回笨拙地考虑女人的感受。王疏月太敏感又死倔，连春环的死都能在她心里梗那么久，若让十一这么透透彻彻地伤她一次……皇帝很头疼，他实在不喜欢看女人在他面前哭，有的时候也不是不肯怜香惜玉，是因为这些没道理的情绪他不仅对付不来，还十分耗精力。他有太多的事情要在脑子里过，所以，一旦女人别扭起来，他就只想把人撵出去。

其实，既然做了人间的帝王，身在花团锦簇的禁城，万千如花似玉的姑娘为他备着，皇帝在情乐之事上纵意些也是该的。但皇帝从不享受女人的柔情蜜意，反而在这一方面很苛待自己。正如王疏月所想的那样，他除了人太狠，在政事上，实是呕心沥血。

历史上有多少君王修仙炼药，在温柔乡里消磨，任由群臣结党争政，把百姓们扔在油锅里煎。与那些君王相比，他这不惜损耗身子励精图治的做派，以及数次肃清朝堂、惩治奸臣污吏的决心，不知越过他们多少。待山海潮平，他是要做个好皇帝的，但为此也耗了太多心力。

是以皇帝觉得，自己压根儿没有必要反省为什么自己与皇后相对了然无话，也没必要反省，成妃和婉常在这些人整日整日地枯坐寂等，好不容易见到他，却连眼都不敢抬，他更没必要顾及眼前这个奴才在难过什么。然而，他已经顾及了，总有一种坚守多年的戒律突然被破了的感觉：“王疏月，你今日若是敢为那个罪人哭，朕立刻将你打死。”

话音刚落，恰好张得通带着内刑司的人进来，一阵鞋底与地面的摩擦声传来，因为抬着那些打人的家伙，脚步声齐整得瘆人。

领头的叫曹立，是内刑司掌事太监。他年纪其实不轻了，先帝爷那一朝就在内刑司里管事，一般宫女、太监犯错受刑，各宫的主子都不会惊动他。张得通今日将他传来，路上还一直嘱咐他要拿捏分寸。他本纳闷，但陡见皇帝面色铁青地蹲在王疏月面前，袖口还被人拽在手中，而皇帝虽然脸色不好，但到底没有嫌恶之色，甚至弯腰迁就她手臂的高低，他明白过来，为何之前杖责春环的太监回来，不议论春环，反而要议论那个没有挨打的王疏月。千头万绪心头一过，他老辣，和张得通对视一眼，只令跟来的人摆好那骇人的阵势，之后包括他自己都退回到穿堂里候着。

皇帝拿王疏月最怕的东西去逼她。但皇帝自己也清楚，只要她说一句同贺临相绝的话，他就会赦她。

那黑漆漆的板子就架在王疏月对面，似乎一板子下去就能砸碎她的骨头。

皇帝索性什么话都不说了，他吞咽了一下，竭力把火气往腹中压，阴沉着脸等王疏月跟自己开口。

然而她什么都没有说，反而松开了他的衣袖，环抱住双膝，低头哭了。

她被贺临伤到了。

富氏的话无论多么伤人，都不见得能真正刺伤王疏月，因为她对贺临问心无愧，这与感情没有什么关联，是她身为女子在这个身不由己的世道中立身处世的道理。她也没想用这些去换贺临的“爱”，但她需要认可和尊重。显然，贺临误会她至深，认可和尊重，这一辈子都不会再有。王疏月在意吗？很在意，毕竟这是辜负，也是狠狠地搓揉。

出了卧云精舍，猛一头扎入俗世的海，人复杂的命数、偏执的情绪、三纲五常、三从四德，俗世汪洋里的每一滴水都能呛疼她心肺。

王疏月顾不上那个扬言要打死她的皇帝。她把这么多日照料皇帝的疲倦、心里的委屈一股脑儿全部倒了出来，不抬头，也不说话，哭得肩背抽耸，就连张得通都不忍再听了。

皇帝无措地站在她身边。话已经说出去了，但怎么可能真的打死她？他习惯了威吓，这种说话方式对驾驭文武百官很有用。

在大多数朝臣眼里，皇帝是个没什么人情味的皇帝，就事论事，说话往往抓着要害之处，一针见血，直说得那些见过风浪的老臣都心惊肉跳。就算是外放的官员，也都听说过这位皇帝言辞严肃、诛心。

之前南方的一个总督回京述职，程英引见前，他连着问了程英十句：“皇上今儿心情如何？”

程英说：“因十一爷之事，似有焦虑。”

那总督大人因程英的这一句话，在值房外候召的时候出了三回恭。

这样的君臣相处，多么收放随心。

皇帝自如了很多年，如今面对王疏月却不自如了。他有些后悔把话说得太绝，不像逼王疏月，反而像逼自己。

张得通与何庆心惊胆战地看着那一坐一立的两个人，生怕自己出一点儿声就会使皇帝的弦绷断。

好在皇帝尽管暴起了额前的青筋，却仍然在忍。他就这么盯着王疏月，直到她渐渐发泄够了，哭声慢慢止住。他这时才开口道：“哭够了？”

王疏月终于肯松开抱着膝盖的手，哭得太久了，人还在抽泣，肩骨也跟着一起一伏。她半仰着头，将眼泪忍回去，同时自己抚着前胸，竭力平息。

皇帝没有说什么，站在她身旁沉默地等着。

又过了好一会儿，她终于顺平了胸中的气，站起身，重新跪下来："奴才御前失仪，请主子责罚。"

皇帝抬头，向穿堂中的曹立摆了摆手。

张得通见此总算松了口气，忙拽着何庆跟曹立一道退出去了。

西梢间外只剩下他们二人。皇帝把那方毡垫子踢到阶前，撑开腿，就着在阶上坐下来："你跪到下面去。朕这样看你不舒服。"

王疏月红着眼睛抬起头来："君无戏言，奴才都是要死的人了，跪在哪里不都一样吗？"

话音刚落，背上就挨了皇帝一巴掌，力道并不重，她只是身子往前倾了倾。可皇帝声音陡地提高："别把朕的耐性耗完，跪到下面去！"

她没再违逆皇帝，起身跪到了阶下。

月色清清凉凉，拖长了阶上人寂寥的影子。

"王疏月，朕今儿话重了，但朕是皇帝，你听着不舒服，过了就算了，不用拿什么'君无戏言'来试探朕。"

"是。"她这一声"是"倒是诚心的，"奴才在主子跟前本不该露悲，更不该由着性子当着奴才们的面儿胡闹，让主子难堪。"抽泣还没全然平息，她说着肩膀又抖了抖，她忙伏身掩饰，"奴才知错。主子容忍奴才至此，奴才心里着实有愧。谢主子不杀之恩。"

皇帝笑了一声，道："你总算把脑子拎清了。王疏月，记着朕跟你说过的话，朕怎么想，你就怎么想，朕不准你死，你就好好活着，朕在，没有人敢逼你死。"

"主子，奴才也有一句话想问您。"

"问。"

"主子为何愿意把奴才留在身边？"

皇帝被问住了。怎么说呢，说自己贪恋她带来的那份安定感吗？不可能，他说不出口。于是他费劲想了半晌，方想出了一个听起来还凑合的理由："你那手祝体写得好，朕喜欢看。"

"字吗？可是奴才自从入了御书房，做的都是端茶倒水的事，从来没——"

"王疏月！"王疏月被吼得一愣，赶忙住了口。

皇帝摁了摁额头，牙齿摩擦。对，她只是哭了一场，眼眶红肿，声音发哑，也就是看起来可怜而已。

“你想听朕说什么？啊？朕使得惯一个奴才，要什么理由？”

王疏月抬起头来，泪痕倒是干了，但喉咙里还哽着：“其实，奴才知道主子使不惯奴才，也知道，皇后娘娘把奴才放到主子身边，主子很不自在。但主子还是对奴才有仁意，奴才心里是知道的。”

皇帝并不排斥王疏月看着他的那副模样。她这个人的眼神很干净，没有畏惧，也不见得是冒犯。她哭过一场之后，眼睛泛着水光，竟莫名地有些动人。

皇帝撩平袍子，将手搭在膝上，耐心地听她往下说。

王疏月跪坐下来，半仰起头。

如此一来，两个人当真是坦然相望。

“主子，王疏月是微尘一般的人，从前拿着主子的银钱，一心都在卧云精舍，散漫惯了，也不知道怎么顺从、体谅主子的心，甚至自以为对主子好，拿绳子做大不敬的事。主子没有怪过奴才，奴才心里感动。但主子很严厉，奴才有话，有时又怕犯主子的法，不知道怎么跟主子说。”

皇帝没想到她会说出这些话来，一时不知应什么。

“朕……让你不敢说话吗？”说着，他把头稍微偏向一旁，“朕不过是想知道你心里究竟在想什么。”

“也不是不敢说……奴才……实已被名声所累。奴才今日在皇上面前失态，不是为了任何人，是为奴才自己。母亲临去那年，一直对奴才说，希望奴才能干干净净地活着，哪怕以后寂寂无闻，只要能找一间屋子，有个容身之处，清清净净地活一辈子就好。但奴才……”她垂下眼来，那截光洁的脖颈又露在皇帝面前。那是皇帝最喜欢王疏月的一个地方，雪白无瑕，如同寒玉一般。“奴才辜负了母亲。”这番话说完，两个人都没再说话，一跪一坐地沉默了好久。

东方泛出了白色。月华门传来启锁的声音。

“王疏月。”皇帝突然开了口，“你要一间屋子，是吧？朕把长坤宫赐给你。至于你说的名声，朕想过了，天下人的名声都是朕赏的，朕乐意了，可以准他陪着朕名垂千古，朕不乐意，就让他遗臭万年。王疏月，朕给你的名声，除了朕能褫夺，谁都损不了。”

王疏月怔住。

渐明的天光照亮了皇帝的脸。他仍然坐着，却弯腰伸出一只手给她。那露在寝衣外的手腕上还残留着她之前用绳子捆他留下的红痕。

“王疏月，你好好活着。”

卷二

金玉成对

钓月樵云共白头，也无荣辱也无忧。

王疏月在月华门前看见了恭亲王。

将过酉时，站班的太监正换岗，月华门前人影零乱，但除了鞋底与青石板摩擦的声音，再无别的声音，天光暗得只剩下最后一丝了，将将能照出恭亲王的轮廓。他一路走得十分蹒跚，夜里虽下了雨，但暑气在潮湿的地上仍然蒸腾得厉害，他却还让太监给他罩了一件夹绒的披风。

宁寿宫的人已经在月华门焦急地候了他好久。恭亲王却没有要与这些人说话的意思。他命跟来的太监挡了宁寿宫的人，径直出宫去了。

王疏月望着恭亲王的背影，手心有些发凉。她一回头，见皇帝的仪仗出了月华门，她忙跟站班的太监一道退到一旁行礼。

皇帝走到王疏月身旁时，停了脚步，低头端视了会儿她头上簪着的那支金镶玉的芙蓉花簪子："好看。张得通啊，朕挑东西还是有眼光的。"

张得通从来没接过皇帝这样的话。以前这位爷哪在女人装扮的事情上上过一点儿心？这会儿许是因为处置完了政事，人神清气爽，竟王婆卖瓜似的跟他自夸起自己的眼光。张得通不由得拿眼睛去探皇帝，生怕这位爷话后面还有什么别的意思。毕竟皇帝赏人簪子，内侍府的人至少摆了二十几支不同式样、不同材质的簪子到御案上，用红木托盘盛着，金玉珠宝交相辉映，看得人眼睛发花。张得通举灯陪着皇帝拣了这个看看，又拨拨那一支的流苏，整整挑了个把时辰，最后挑了他眼前这个看起来最持重老成的样式。

白玉柄，簪头镶着一朵金雕的芙蓉花。

其实内侍府头一回伺候皇上亲自挑簪子，尽心得要命，知道不能多了又不能少了，多了怕皇帝挑花眼，少了又生怕其中没有合皇帝心意的。因此他们绞尽脑汁地选出了二十几支，有些是点翠的手法，有些是掐丝珐琅，有些攒的是花，有些雕的是鸟喙，当真涵盖了大部分工艺和样式。明明随意挑一支都好看，皇帝偏偏挑了其中最朴素的一支。说实话，这一支倒是很配皇后的气质。张得通原以为是皇帝想通了，要与皇后修补修补关系，谁知道，第二日却看到这簪子戴到了王疏月头上，而且，真的……并没有多好看。

王疏月本就瘦，又年轻，那细白的皮肤本就如同玉一般，压根儿压不住这支簪子沉稳老成的气质。

皇帝说自己挑东西有眼光。

怎么答呢？张得通想起之前腹诽主子的话，这会儿竟然不敢随便开口了。

“是，主子眼光好，奴才很喜欢。”王疏月答了皇帝的话。

皇帝听了很是满意。对嘛，他看得入眼的东西怎么能不好看？玉白，她也白，这就很衬她嘛。金，贵重，表的是他给她尊贵的意思。芙蓉花……见得太多，有点儿俗了，但这不重要。最令人舒心的是，王疏月这个死倔的姑娘说她喜欢。

“朕要去长春宫。”皇帝说得轻快，说完又觉得这句话很多余，何必这么白眉赤眼地跟她报备自己的去向。

好在她这会儿倒是十分柔顺，低垂着头，声音也温柔：“起先下了场小雨，主子慢些行。”

皇帝往前面一看，果见宫道上湿漉漉的。暗淡的天光全部收回天幕里了。风一起，有些潮湿的冷。倒不该让她这么跪着。皇帝想去扶她，周围的人却都把目光落在这一处。他没这么对姑娘家好过，一下子做不出来，便咳了一声，示意何庆去把她扶起来。

“朕在值房赐了桌御膳，你们父女坐坐，下钥前，朕准你送你父亲到玄武门。”

王疏月望着满面春风的皇帝，想起恭亲王的模样，猜到贺临一生的局在这一日的黄昏彻底走死了，眼底不免泛起一丝哀色。

皇帝不知那是哀色，只当她是被自己的恩典感动了。他喜欢听她说软话，便故意问了一句：“怎么了？”

无论他给多大的恩典，王疏月都不可能轻狂到直说心中所想。贺临的前程断送，裕贵太妃的余生也就跟着断送了。她心里的确难受。但这是皇帝的禁忌，她曾经触碰过，也亲眼见过他的威怒，这个时候自己若敢提一句，不仅于那母子俩无益，自身也难保。想着，她仰面笑笑，拿话将情绪糊弄了过去：“没怎么，一起风，眼睛就涩了。奴才进去了。”说完，她借话正要走。

“回来。”皇帝唤她。

王疏月惊了惊，难道他看出什么端倪了？虽这么想，但也无法，她只得停下步子又退回来。

皇帝偏头看着她的发髻，一本正经地说了四个字：“簪子歪了。”说完，他掸了掸袖口，心情大好地跨过去了。

何庆看着愣在门前的王疏月，小声对张得通道："咱们主子也是，明明是万年难得一次对人家姑娘好，光跟人家姑娘说簪子歪了，扶一把该多好……"

张得通揉着太阳穴。他刚才亲耳听着皇帝传旨要把丰隆那个人十个指关节都拶断，让那个人一辈子不得与京城有书信往来，而且让王授文拿着片子出去听恭亲王的意思，逼着恭亲王和从前看重贺临的议政大臣表态弃绝贺临。此时想到他的手要为王疏月扶簪，那场景怎么想怎么瘆人。他伺候皇帝这么多年，没见皇帝对哪个女人好过。此时，皇帝对王疏月的柔意却在对贺临的狠绝的衬托下令人不寒而栗。

王疏月一直等皇帝的仪仗走远了才抬起手来，扶了扶头上的那支簪子，真的很沉，戴了一日，脖子都有些发酸了。

不过，怎么说呢，从出生到现在，她都活得素淡。从前修书，只要穿得干净整齐，不辱没圣贤就好，任凭南方的姑娘怎么爱戴花、怎么爱搽粉，她都不在意。这是头一回有男子送她女人的饰物，哪怕不好看，她也喜欢。

且不光是如此。

女子是粉雪堆起来的，太弱，被俗世里的风一吹就会散作尘埃，就算是少年时代喂饱了书香，心中放明镜，也不可能和那些纸张上的文字倚靠着过一辈子，要活着，既要嫁，就要重名声、遵妇道。

然而，在王府要拿名声来逼她死时，在人们唾弃她弃贺临而求荣时，皇帝给了她对女人来说最重要的东西——名分。

这段时间，王疏月一直在回想他的那句话："一间屋子，是吧？朕把长坤宫赐给你。"

皇帝这个人说话，从来都挑狠的、不挑软的，而且，就算是应允或者承诺，也绝不会主动给多一分超出所求的东西。因此这话也就是像在说，皇帝遂王疏月所愿，拿间屋子放着她，让她自生自灭。

但王疏月隐隐约约感觉到，他在隆正殿伸出的那只手，掌心之中似乎还有什么别的东西想要给她。

酉时过去了一会儿，长春宫的明间里，伺膳的人刚煮上野鸡锅子。

皇后靠在一旁的竹榻上瞧书，外面人传话道："娘娘，寿康宫的陈姑姑来了。"

皇后朝窗外看了一眼天时："又送那药汤。传吧。"

陈姁走进来，身后的宫人果然捧着一碗黑乎乎的汤药。

"娘娘，太后娘娘说，您不能灰心，子嗣的事情上，还得一直用力才好。"

皇后放下书，示意宫人把药碗端过来。

那药苦得要死，自从她去年小产，太后就一直没断过让太医院帮她坐胎的心，也私下对她说过很多次，虽然成妃依着她，皇后也疼大皇子这个肯与她亲近的孩子，可成妃之子毕竟不是她的嫡子，如今还小，糊里糊涂的，没想法，日后大了，就不好说了。

如今云漠远不如大梁刚入中原时雄实，皇帝不是太后的亲生子，皇后其实也想有个孩子，但她要强，小产之后也没有好生休养，仍操劳着王府繁杂的事，身子亏厉害了，如今调养起来很是艰难。

皇后和太后不一样，她信药理，逼出了太医的实话以后，对生养子嗣的心就淡了。但她还是不愿直接绝了太后的念想。

她一口气把药灌了，那胃里的回苦一顶上，冲得她几乎要呕出来，孙淼忙端着蜜饯过去，还没及入口，外面通传声已经响起。

皇帝跨进明间，闻到药味不由得皱眉："什么味道？"

皇后对陈姁道："赶紧拿下去吧。"说完，她带着满宫的人向皇帝行礼。

皇帝说："起。"他又见陈姁在，于是道："太后今儿的晚膳用得好不好？"稀松平常的询问，但皇帝十几年来一直没断过。

"用得好，娘娘今儿吃了几块汤里炖的野鸡，说是炖得极好，知道皇上和娘娘用晚膳，特意让奴才们送一盅过来，给皇上尝尝。"

说着，果然有宫人将汤品捧了上来，在皇帝面前跪呈。

这是个很细又很有意思的规矩。皇太后赏赐的东西，指了名，即便是皇后，也是不能吃的。皇后已经猜到汤中的名堂，即便已经人事，还是不免耳后赤红。她很不喜欢太后动这个心思，虽说不至于给皇帝下春药那些腌臜的东西，汤里头最多不过是些暖情又补身的药材，但她总觉得这是对她的辱没。

皇帝没说什么。张得通递上勺来，皇帝舀了三口便搁下了。陈姁摆了摆手，宫人捧了汤盅，跟着她一道退了出去。

皇帝扫了一眼桌上的野鸡锅子："最近宫里像爱吃这个。"

皇后立在皇帝身旁，褪下镯子，挽了袖口，用银筷替皇帝布菜："皇上还在谁那里吃过？"

"刚才吃了三口嘛，好像前日淑嫔也送过一盅。"

"皇上尝着如何？"

"忘了。"他说得轻描淡写，夹了一片鸡肉，又道，"对了，朕事多，刚过来那一路，张得通才跟朕提，皇后问朕皇贵太妃遗物的事。不做其他的处置，让内侍府送出去给嘉令。"

"是。妾也觉得这样好。"说完，她起身替皇帝添了碗滚汤，放在自己手边吹着。

从头至尾，皇后都没有问一句同王疏月有关的话，沉默地服侍皇帝用完膳，又服侍他更衣盥洗。直到三口鸡汤起了效力，两个人心知肚明地行完周公礼，各自整理，重新合眼躺下。

这一夜下了一场暴雨。到了后半夜，甚至电闪雷鸣。

次日，圣旨传晓六宫。王疏月封妃，赐号“和”。

皇后在寿康宫中听到这个消息时已过了辰时，成妃、婉常在等请安的人都散了。皇后正伺候太后用金银花水泡手。陈姁就这么把话传了进来，引得皇后在水中的手一滑，险些掐伤太后的手背。

太后将手从水中抽出来，示意陈姁退下。

她一面擦手一面摇头道：“和、贺，这可是他名字里的避讳啊。马家的那个小子，原叫荣和，后来都让改成了荣保。如今，这个字又不避讳了。时清啊，你挑给皇帝的这个女人，哀家看不明白了。”

皇后退到一旁的紫檀椅上坐下，重新戴上伺候太后泡手时褪下来的翡翠镯子，那玉已经很老了，被人养得晶莹剔透。

太后看着那只镯子道：“还是成婚时皇帝赠你的那一只呢，快有十年了吧。”

哪是他赠的，不过是内侍府过的礼。

皇后将手腕抬起，看了一眼。芙蓉种的翡翠镯子，不含黄调，底子略带粉韵。

那时皇后还年轻，觉得这芙蓉种的比什么广片、巴山玉，又或者干青种的好看多了，此时看起来却并不太持重。

“也快戴腻了。”说着，她笑了笑，捋下阔袖将它盖了。

太后叹了声气，道：“时清，你就这么不愿与皇帝修和？”

皇后侧面朝东暖阁的方向看去，那处是佛堂，此时正在摆香案。暗淡的夏日，焦躁的蝉在东墙外的杏树上发了疯似的叫。太监拿着三根竹子竿在下头粘蝉，但好像怎么粘都粘不完。

“母后，不是我不肯修和，是我与皇上之间本就没什么情意，也就谈不上有裂隙。”她的话声极淡，甚至压不过蝉音，更听不出悲意，脸露在步步锦窗透过的天光之中，虽妆容匀净，却依稀可见眼尾的细纹，“我是被皇上教成如今这副模样的。他这些年，视我为臣，我也习惯了做臣。母后，其实这样好。他既不喜欢我有多余的心思，我索性什么心思都没有，这样，咱们云漠才能得大安，母后和我才能保全。”

太后无法认同她的话：“什么道理？你是皇帝的嫡妻！你们先有夫妻情分，而后才论君臣之别，不论皇帝喜不喜欢你，你都得想法子往他心里走！时清啊，你这话，哀家听着真是不安，你就那么怕皇帝——”

皇后抬起头来：“母后，您不怕皇帝吗？”

太后一怔。

皇后却并没有停下："为三溪亭与京官有书信往来一事，十一的十根手指尽被夹断，富氏被休回本家禁锢、看守，老亲王为了自己的这个外孙女亲自入宫求过皇上。那日我是在的，那么大的日头，老亲王在隆正殿外跪了整整半日，皇上只让人赐了一盏茶，愣是没见他。母后，您在皇上病中私见张孝儒的事，皇上一定知晓，若日后发落，废太子的下场或许比十一还要惨。"

太后啪的一声掐断了手中砗磲佛珠的线，白色的珠子哗啦哗啦地滚了一地。陈姁等人忙去地上捡。

皇后看着满地的珠子，似乎觉得自己说得过了，稍微放平了声音："我心里明白，我们宁沁之所以能立于云漠各部，都是因为为大梁延续皇家血脉，因此万万年得大梁庇佑。后宫里该扶持的、该安排的，我都会用心，但是，母后，在这之前，还得有一个人能替我们在皇帝面前说上话。"

太后知道她话中所指："皇后就这么信王氏？"

"我不是信王疏月，我让她入宫，是因为皇上对她与对别人不同，而她是汉人出身。慧安皇太后的懿旨还悬在玄武门的匾额后面呢，无论皇上日后多么喜爱她，王大臣们和议政大臣们都不会让她坐上皇后的位子，她的子嗣也绝不能被立为储君。"

太后听她说到这里，肩膀终于慢慢松塌下来。皇后思虑的是对的，子嗣急不得。但太后自己与皇帝的母子关系越发微妙，是得有那么一个人为他们说话。

"你竟是如此用心，哀家总算能放心了。"

"母后，还有一句话，您要听我的。我知道您对废太子有愧，但是为了我们宁沁，也为了您自己和皇上的母子情分，您再也不能见张孝儒，再也不能提废太子的事，您要像在先帝爷面前一样，把那个人彻底地忘了。"

决绝的话，只能听别人对自己说。有的时候活着，实不能全然自在。宫里的人如此，宫外的人也是如此。

❖ ❖ ❖

五月底，京郊出现了有人因无铜钱缴纳赋税而被逼死的奏报。京城工部和户部两个铸币所的官员在新钱的铜铅比例上争得不可开交。与此同时，户部出了亏空单子，乌善执圣旨每日在户部堂中传问催还，逮紧了从前恭、诚王党的人催拿，甚至逼得翰林院的一个老翰林用一根绳子上了吊。各衙门的人都勒紧了裤腰带拼命还亏空。

这日过了午时，王授文跟在皇帝的黄金辇下，一路行一路道："这一批人吐出来，后半年就算四川要用兵也是不怕了。"

皇帝在辇上笑了笑："你得空也嘱咐乌善几句，政务庞大，朕也不能一肩全挑。他从前在山东剿匪那不穿鞋（流氓）法不能摆到户部的大堂上，该松的松，该紧的紧，不能逼得六部给朕撂挑子。"

王授文道："臣同他议过，皇上的意思，他寻思得很明白。就是徐翰林……可惜了，那真是被臊死的。"

皇帝哼了一声，道："若真是被有辱斯文臊死的，朕还能赦他。这些人个个指望朕学先帝，翰林的水清了就放出去做学正，要是不放他们出去捞污银子，他们就理直气壮地跟户部借钱。朕开试取贤的心被这些人糟污得不成样子，当朕不知道他们一路上吃消的'辛苦费'实际上千两？吃不到了，还怪地方上不舍得孝敬。吓，圣贤书读成这样，朕看也愧对孔老夫子！臊死是咎由自取！"

王授文理解皇帝的性格和想法，皇帝同先帝脾性不同。在惩治污吏、清整朝廷腐政上，他是下了狠心的，因此必须把十一爷、恭亲王这些掣肘的人全部碾平，手段残酷了点儿，但王授文还是认可的。历朝历代，要收权、安天下，哪个皇帝不拿自己的兄弟祭天？他想起自己醉中给皇帝下的判语——"君子之范……煞气过重"，还真是贴切。

"王授文。"

王授文正在莫名其妙地自我得意，冷不防皇帝在辇上唤他。他忙躬身道："臣在。"

皇帝声音清朗："要说翰林穷，你也是穷了好几年。朕记得，你没放出去做过学台。怎么户部递来的册子上，朕没看见你的名字？"

王授文道："臣的家业小，早年颠沛流离，好些家人都散了，如今内人也去了，就剩了疏月和定清这两个孩子，能开销什么？至于疏月……一直是皇上的银钱养着她，她倒是个知恩的孩子，在长洲的时候，不肯在自个儿身上多花一分，您赠的银钱都投到精舍里头去了。"

"难怪她不喜欢花哨的东西。"皇帝自顾自地说了一句。他想起她说她喜欢自己赠她的那支簪子，那簪子素寡得很。原来根源是在这里。不过，女人素些好，素些稳重。皇帝觉得王疏月平时不说话的时候也算是个好看的女人。

"如今，疏月，哦，不，是和娘娘，能伺候皇上，也是娘娘和我们王家的大幸，得以报答主子的恩典。"

听到王授文的话，皇帝这才发觉自己刚才那句话让他听见了，顿时有些自恼。他正色地看了王授文一眼。王授文忙垂下头。

皇帝咳了一声，刻意沉声道："跪安吧。"

王授文还在琢磨自己是不是哪里说错话了，正准备请罪，却听见皇帝发话撵他走，便跟得了恩赦一般，赶紧跪安了。

张得通见王授文走远，这才跟到皇帝身边道："万岁爷，今儿您难得散得早，回隆正殿歇着？"

"什么时辰了？"

"快酉时了。"

酉时，便是近黄昏了。

“先去长坤宫。”

皇帝喜欢有金阳的黄昏，恰好今日便有。

黄琉璃瓦歇山顶，檐下斗拱，梁枋上饰着的苏式彩画在金灿灿的夕阳之下熠熠生辉。如红浪一般的霞云流过凤凰树的巨冠顶。

王疏月站在西面饰万字团寿纹的步步锦支摘窗后，整个人都被黄昏的暖光包裹着。她穿着一身品月色缎绣玉兰氅衣，头上仍戴着那支金镶玉的芙蓉花簪子，正低头同身旁的宫人一起理书。

光线正好，修饰着她原本就十分柔和的五官线条，纤软的碎发在夕阳余晖中的书尘中间扬起。人本身的气质和周遭环境的温雅相融，很顺眼。

皇帝以前爱黄昏，是因为行于其中不至于被人看穿情绪，且又余有光热，不至冷寂。这是他少时沉浮的自守之道，如今，对着这个女人，重新一品——“余有光热，不至冷寂”，这八个字倒很衬她。

皇帝跨入宫门。

长坤宫还没有归整完毕，在庭中洒扫的宫人全然不知道皇帝这个时候会过来，吓得跪了一地。

王疏月听见外面的动静，隔着支摘窗向外望去，恰好与皇帝两两相视，而后又彼此避开了。

不多时，王疏月从殿中走出来，在屏门前请安：“主子来得不是时候，奴才还没归置好，都没有地方让主子坐。”

皇帝径直往里走：“朕不坐，就过来看看。”

他想去看里面的陈设，忘了叫起。人已经走到那座巨大的博古架前时，才想起她还在后面跪着。

“你过来。”

他说完这句话，何庆赶忙照着对娘娘的礼扶起王疏月。

皇帝背对王疏月站着，一眼扫过那架上的书脊。她爱看的书，大多是前荣文人的别集和诗集。皇帝扫到最顶上一排，甚至看到一整套的《荣诗综》。再往下看，果然也有祝氏的字帖集。

“王疏月，你把朕给你的长坤宫当成武英殿了。”他随手取下一本书，摊在手上。

“关奴才一辈子的地方，可不得用些心？”

皇帝笑了一声，翻着手中的书，随口回了一句：“内刑司关不住你吗？”说着，他合上书放回去，“要糟蹋长坤宫。王疏月，你把你自己当什么了？”

“当个犯了错的奴才呀。”

皇帝眉头一挑，回头看她："你也知道你在朕面前犯的错多？"

"从前犯的错多，日后也许还会犯，奴才这个人，规矩学不好，也不知道如何顺主子的心，只能把自己……当个有罪的人，日后提醒自己，每日都要谨着慎着。"

"朕怎么你了，把你吓成这样？"

"主子没有，主子给了奴才大恩典，是奴才想收敛自己的性子，日后再不惹主子您生气。"

"奴才"这个自称，真是恭敬又疏离。

皇帝忍不住脱口道："王疏月，改——"

"主子说什么？"

皇帝摁住鼻梁，让王疏月改口是什么意思，他不就是要给她间屋子吗？"没甚，你听错了。"

"哦。是。"

天光将尽，王疏月又是背光而立，身上那件氅衣的银线折出些光来，稍稍烘出她脸上明快的笑容。她没再纠缠，转而朗声道："主子，没地方坐，奴才去给您沏杯茶吧。"

❖ ❖ ❖

不多时，王疏月真的亲自端了一壶茶过来。

正殿的檀木椅都罩着青布，她便把茶放在一张将将洒扫出来的香几上。她斟满一盏递到皇帝手中，而后又给自己斟了一盏。

夕阳余晖快要散尽。两个人一道背对着光。

王疏月双手捧着茶盏，静静地嗅着茶香，皇帝端着茶，却仍在看架上的书脊。他们一个仰脖，一个垂头。

张得通与何庆对视一眼，压低了呼吸声和脚步声，双双退到外面的地屏前去候着了。

"你……以前在长洲是怎么过的？"皇帝起了个比上回那个"吃了吗"要自然些的话头。

"嗯……"王疏月当真闭眼回想起来。

长洲的那段时光甜到能流出蜜来。纯粹的差事，一年四季怎么也忙不完。纯粹的生活，偶有结余，她就要算计起来，去吃些什么，或者去什么地方看看。还有一颗特别安静的心，守着那座书楼，拿着北方寄来的银钱，好像什么风浪都没有，什么都不用怕似的。那时，她并不认识皇帝，但人生最愉悦的几年是皇帝给的。

"奴才记得您那时一年赐一千两白银与卧云，都是年下赏来，那会儿书舍就忙得很，要给底下人派银，要结算各大书局、文斋的账上银。等把年下忙过了，就到了开春的时候，那时就要斟酌采买的事。春末到秋末，就更闲不下来，日日都例行抄录、修写、重拓的差事。”说着，她自顾自地笑了笑，“之后，就又要入冬了，将入冬那会儿是一段休息的时间，先打发匠人们还家，再把书舍四处锁上，奴才也能和丫鬟们消遣消遣。”

她说话的时候，皇帝将目光从书架上移到了她身上。品月色缎衣将她的皮肤衬得越发白皙、柔软。她的话语也是娓娓道来，一点儿也不聒噪。

王疏月倒是不敢抬头，只得看着茶盏里的浮絮。

“那你怎么消遣？”

“有几年，余下的银钱多，我便和家中人雇车，去临县的几处名胜转了转。只是那会儿天已经大寒，下了雪，车马就不大好行，偶尔也会在路上绊住。所以也不是日日都能成行，还得看天时。”

“你父亲说，你不敢蒙朕这个主子，每一分钱都是花在刀刃上。嗬，他倒敢欺君了。翰林亏空户部，你亏空朕。你回京的时候，朕就该让乌善好好查一查你卧云的账目。”

王疏月抬起头来：“主子如今要查，也是该的。出入的每一笔，奴才都亲自记过，现账本就放在家中，主子要查，大可遣人取。只是亏空已经亏空了，主子查出来奴才私吞主子的钱，要如何处置奴才？也让奴才披枷戴锁吗？”她似乎总是在有意无意地试探他，就像知道自己有一日会落得他赐给她的凄惨下场一样。

皇帝心中不大自在，但他还没有理清楚思路来问她。于是，他放下茶盏，低头理着自个儿的袖口，沉声道：“不至于，王疏月。”说着，袖口渐渐翻出了龙纹，但并不齐整。

王疏月见此，便走过来，半屈膝替他整理。

那截一折即断的脖子又露在皇帝眼前。

皇帝受用，但也想着抬起手臂，迁就她站直：“你在这里好生活着，只要你断绝与三溪亭的关联，你犯再大的事，在朕眼里也不过就是‘错’，还说不到罪上去，不用什么披枷戴锁，朕在长坤宫里就处置了。”

王疏月低头笑开：“主子这话说的，就跟要包庇奴才一样。”

“你又在胡言乱语，朕从来不包庇任何人。不过，你王疏月花的是朕的私产，朕对你大可动私刑。”

王疏月偷偷看了他一眼，又低下头，手上动作倒没有停。她认真抚平最后一处褶皱，又用手掌压平：“其实奴才在长洲的时候也常这么吓那些固执的文人。”

“嗬，你还敢吓那些人？朕都得哄着他们。”

“是啊，主子是不知道，重修卧云，其他都还好说，但照着从前的书录寻买一些很难现世的古版才是最最难的一样。古版大多是府内私藏，议价一直艰难。奴才是个女儿家，脸皮子又薄，起初总叫人多掏出好些银钱去，回头算算，又心疼。想着他们都说主子是个清水王爷，家底有一半耗在了奴才这里，奴才也心疼主子的银钱，便让家人寻上门去和他们理论。每回，我都教家里人说：‘咱们是五王爷的奴才，办的也是五王爷的差事，就算在你们这儿闹开犯了事，最多就是回去挨顿板子。今儿，一定要把银钱算平了，不然，绝不依。’”

皇帝又好气又觉得好笑。他记得，最初的屠杀平息后，梁人的朝廷和汉人的文坛之间拉扯导致了巨大的阵痛，文学艺术和科举仕途之间甚至被劈出了大裂谷。“继前荣之文风，不做异族之臣”这样的呼声在南方不绝于耳，文人结社也渐渐露出反梁之风。要把这些文人收拢回来，重新引上科举取试的正道，让结社思想与考科举取功名相结合，而不致闹起精神反潮，光靠一把砍头刀是不行的。在这个背景下，皇帝才命王家重修卧云精舍，一是不忍卧云精舍毁于战乱，二是借此为朝廷整治南方的学乱之风铺路，三是筹谋自己在江南文坛的名声。但过去那些年，皇帝并不知道他无意间供养了一个女子的少年时光。可惜当时他不知道这个姑娘的存在，否则倒可多匀些钱给她，让她也买些簪子、绒花戴。如今她已长成，正亭亭地立在他面前。这么一说，真不知道是谁亏欠了谁。

“朕的名声让你这样败，朕看你是不想活了。”

王疏月没惧他这句话，直言道：“奴才没有坏主子的名声，奴才是觉得，就得让他们知道到底是谁在维护他们的那些心头爱。”

皇帝一怔，不管她是有心还是撞鬼撞上了，这句话还真是和他当时的心意相通。

“主子手腕上的绳痕还没散去。”王疏月起了另外的话。

皇帝顺着她的话低头看了一眼，其实大都好了，只是有些痕迹还没有消干净，皮下泛着淡淡的褐色。他收回手，端起一旁半凉的茶喝了一口。

“好多地方留了疤，这里就算了，否则你万死都抵不了罪。”说着，他忍不住往她放在书架旁的一方铜镜里扫了一眼。

痘疤这种东西看天缘，先帝爷少时出痘，虽熬了过去，但在脸上留下了好些痘坑，倒是没人敢说那是麻子，但毕竟有碍观瞻。皇帝算幸运，也是王疏月那根绳子用得好，当时出脓的时候，她没有纵容他抓挠，因此皇帝脸上只在右眼眼尾上方留下了一个小坑。他记得王疏月当时劝他，说那是福坑，装他的齐天洪福的。这个比喻一点儿都没有要开解他的意思，听起来真虚伪。一想起这事来，他又想斥她了。但他最终没有开口。

两个人各自端着已经凉透的茶，一同把整个长坤宫的最后一丝昏时光线看尽。

太阳坠入阴阳界，夜幕覆盖下来，天上现出零碎的星点。

宫人们点起了七八盏宫灯。庭中的铜鹤影被灯光拖得老长。盛夏长日的燥热渐平。

皇帝放下茶盏："你还是挑西暖阁住？"

"是。"

"东边不当晒，不好？"

王疏月在灯下垂头笑了笑，道："主子给的地方都好，但奴才……喜欢看黄昏。少年时就喜欢，尤其是有金阳的黄昏，像今日一样。"脱口而出这一句的瞬间她便后悔了。

"是因为什么？"而皇帝不负她所望地问起缘由。

王疏月不敢答他。她喜欢黄昏，是因为那东西有一种和她莫名相似的宿命感。

她出生的时候，大荣的王朝日薄西山。从前喧闹美好的东西被北方破开的那条大口子一口气全吸了进去，剩下的只有那昏时萧索的光在阴阳界前苟延残喘，吐纳着她和前荣那一点点无论如何都不愿意丢尽的清傲。

王疏月不是春环，也不是皇后。如今，她尚且把这份傲气藏在深处，但她不确定皇帝什么时候会看穿她，会不会也摘掉她的脑袋，也一定要逼她把最后那一点点骄傲全部吐出来。她也不知道，那个时候，她是要脑袋，还是要那点儿骄傲。所以她忍不住拿言语试探，但什么都试探不出来。毕竟皇帝这个人在言语方面有自己一以贯之的习惯，从来都是冷言冷语往人面上砸。只是那冷言冷语之下有真实的恩情，而恩情背后却并不见尊重。对大梁皇族而言，尊重也许并不存在，不过，王疏月还是想要。

"大概……大概是因为一句诗'月上柳梢头，人约黄昏后'。小的时候奴才喜欢读，觉得意境很美。"她为了糊弄过去，随意从脑子里扒拉出一句诗来。话一说完，她就因为心虚而红了脸。

王疏月本就白，脸上再起一阵潮红，相互衬着，在灯下便格外动人。

月上柳梢头，人约黄昏后。皇帝望着她那副模样，也不想再细问她，自顾自地琢磨起这句话来。今日他与她在长坤宫站了这会儿，月已快到正中天，这算不算人约黄昏后？如果算，那她王疏月是什么意思？汉人的表达含蓄，他知道，汉人的女人矜持，他也知道——

"主子一会儿去什么地方？奴才送主子。"她把他凌乱的思绪打断了。

"哦，朕回隆正殿。"

"那奴才跟着主子的辇走走。"王疏月根本不知道皇帝糊里糊涂地想到另外一件令人耳根发烫的事情上去了，只怕他看出端倪来，不断地找话和事去搪塞。

"看了你大半日，朕烦了，你自己回西所吧。走了。"

"那奴才送主子出去。"

皇帝转身跨出正殿。

何庆迎上来道："主子，今儿没翻膳牌——"

皇帝摆手示意何庆退下。他回头对一路跟出来的王疏月笑道："王疏月，你这个地方，朕不是只来这一次。"

“啊？”这话对王疏月来说也微妙得很，硬是把她逼糊涂了，她竟对着皇帝“啊”出声来。

皇帝看着她那憨蒙的模样，气不打一处来。他抬起手朝她点了点，又愤愤地放下来。

“朕就是告诉你，今儿别送了！”说完，他梗着脖子上辇去了。

王疏月站在宫门前，望着璀璨的灯阵簇拥着皇帝远去，不由得垂眼，渐渐笑出了声。

善儿行到她身边，看了看她，又看了看远去的仪仗：“皇上都走远了，主儿乐什么呢？”

王疏月扶着她的手跨出宫门：“也没乐什么，就是觉得有的时候他也是挺蠢的……”

“谁蠢啊，是不是惹到主子了？”

王疏月哪敢跟她说实话啊，边走边摇头。

善儿却不依，她从前只是个普通的宫女，后来让曾少阳派给了王疏月，照顾王疏月起居，也算是脱了苦差。谁知这位姑娘竟然鲤鱼跃龙门，一下子成了长坤宫主位，她也跟着做了有头脸的大宫女，时时地提醒着自己要把大宫女的姿态和气度摆起来。

这会儿正是替主子做事的时候。王疏月虽不说话，她却跟在一旁道：“内事房给主子宫里挑的人，奴才都过了眼，难道还有蠢笨的不顺主子的心吗？”

见她只是笑，还是不出声，善儿只当她初为嫔妃还不愿意摆嫔妃的谱，越发替她不平：“主子有什么不顺心的，只管跟奴才说，明儿奴才就同内事房的周公公讲去，把那些不好的都趁早打发了，再给主子换好使的新人来。”

王疏月怔了怔，一时把皇帝套入了善儿的话里。对，趁早把皇帝打发了，再给她换个新的人。这可真是大逆不道！但王疏月偶尔就是有这种离经叛道的恶趣味。她一时乐不可支，笑得停不下来，又不敢在宫道上过于失态，只得对着宫墙，拼命忍着，惹得善儿在旁丈二和尚摸不着头脑。

❖ ❖ ❖

五月，长坤宫收拾停当。

王疏月择了后殿的西暖阁为寝处，主殿西面的梢间被辟出来做了书房。

其间，皇帝执着地做了一件事，命造办比照着隆正殿三明堂中的那方紫檀木书案，造了一方一模一样的书案，大费周章地搬进了这个西梢间。这还不算完，皇帝还亲手为西梢间写了一块匾额——驻云堂。那匾上的字是皇帝最得意的那一手行楷。

据何庆说，皇帝最初写的是“驻月堂”，都送内侍府刻样了，结果皇帝一觉醒来又绷着脸叫张得通亲自去追回来，把中间那个“月”字改成了“云”字。也许是皇帝无法接受也绝不愿意承认这匾额背后有自己如此腻歪的意思。这多少带着点儿欲盖弥彰的尴尬。

不过，在皇帝面前，不论何庆的心思多么活泛，也不敢作死地去揶揄皇帝。但如果皇帝知道何庆把这事说给了王疏月，估计会气得打他一百板子。

王疏月与善儿一道站在次间与梢间连通的落地罩前，抬头看内侍府的太监悬挂匾。

其实不管是驻月还是驻云，意思都不大好。“钩月樵云共白头，也无荣辱也无忧。”云、月都是自由的风物，一旦为谁停驻，荣辱喜忧就都要袭来。

不过，那字是真的好看，下笔收笔，起承转合，顺势取极，笔道流畅。

王疏月抱着手臂，仰头细细地品着每一个字的功力，不得不说皇帝在女人装扮这件事上的审美很一般，但在书法造诣和汉学上的功夫是极深的。

何庆道：“咱们万岁爷的墨宝虽不少，但从来没赏赐过后宫的主儿们。和娘娘，您这个——”他竖起一根手指，“这一朝头一份呢！”

善儿在旁道：“公公，您这话一说，可就捧杀咱们长坤宫了。”

何庆笑道：“善丫头，你也懂‘捧杀’啦，不容易啊。以前听曾少阳说你就是个糊涂性子，调教不出来的蠢丫头。”

善儿脸一红，顶道：“何公公胡说什么！那分明是曾公公不会调教人，咱们主儿不一样，心性好，不骄不躁。成妃娘娘她们不好相与，主儿在她们面前也把自个儿的体面维护得好好的，我冷眼瞧着，这才叫真尊重。我既有福气跟了这样好的主儿，还不得用心学着，不给主儿添事？”

王疏月看向善儿，笑了笑：“去看看水滚了没。”

“欸，是。”

何庆看着善儿去了，才道：“成娘娘不好相与，您不能闷着啊，得跟万岁爷提。万岁爷啊，待您和其他娘娘不一样。”

王疏月重新望向那块匾：“提了不得挨训斥？公公要害我哪。”

“哎哟，您说这话——”他说着就跪了下去，倒吓了王疏月一跳，“万岁爷自个儿不肯说，奴才们啊，却多多少少都瞧出来了。从前谁敢冒犯万岁爷的身子？他偏听您的话。再有啊，娘娘，您伺候万岁爷以来，万岁爷对奴才们发的火都少了好些。从前奴才们犯错，那是话都没有就拖出去打板子，如今，万岁爷啊，还肯饶恕奴才们一二，咱们隆正殿的奴才都当您是大恩人啊。”

“起来。大恩人就大恩人，别行这么大的礼。”

“娘娘啊，您得习惯奴才们给您行礼，您是长坤宫主位娘娘，那得在长坤宫里行杀伐的，哪个不尊重了，该责就得责。”

王疏月垂了眼，窗外来来往往的人影从她的身上晃过，一明一暗：“我哪有那个心，我还是拿万岁爷当主子吧。”

何庆看她低落得很，轻声道：“娘娘那么怕万岁爷，是不是还想着春姑姑的事？那不一样的，万岁爷对奴才们是严厉，但那也是咱们有错处，像我师父说的，谁不是撑过棍棒才能挑大差事？春姑姑选那条路，终究是她福薄智浅，可是娘娘不一样啊，奴才伺候万岁爷这么多年，哪里见万岁爷给娘娘们挑过簪子？”说着，他向王疏月头上看去，“您瞧，多……这个……”他说出来似乎也有点儿艰难。

太监们和宫女们熟络，宫里时兴什么样的打扮，没有他们不知道的，加上何庆从前在府中就伺候过夫人们梳头，对这些东西最有心得，张得通都看不上的，他就更看不上了。于是，他哽了一下，才逼出了后半句话：“多好看呀！”

王疏月被他逗乐了。原来是大家都看不上，只把皇帝一个人蒙在鼓里。

“我知道你的意思，横竖以后对着主子，我自在些。”

何庆道：“欸，娘娘这就是了。奴才去回万岁爷话了。娘娘有什么话，要奴才回给万岁爷的？”

王疏月端详着匾额中间的那个“云”字：“就说……王疏月谢皇上恩典。”

何庆道：“娘娘，六宫的人对您啊，都改口了，您对着皇上也改个口吧。”

王疏月摇头笑了笑：“还有一句，也请公公代我回皇上：‘皇上的字好看，疏月很喜欢。’”

何庆走后，善儿端着茶过来。她听到了何庆临走前的那一嘴，忍不住对王疏月道：“奴才也觉得，娘娘对着万岁爷该改口了。”

王疏月接过茶，往西暖阁走去，没有应善儿的话。

怎么说呢？

皇家的男人都是这般肆意妄为，王疏月从前并不怕贺临，但她很怕皇帝，哪怕她快要看明白他那颗捂得并不严实的心。但她还是怕，怕到还不敢把这清风冷雪一般的一生从容交付。

❖ ❖ ❖

时间一下子晃到了五月底。

京城里出了一件不小的事。大上师在京郊病逝。皇帝下旨，命恭亲王送大上师的灵龛回家乡。他手上总理的事务，暂且全部承到老十二的肩上。裕贵太妃在宫中听到这个消息以后便一病不起。

裕贵太妃本是个随和的人。她原以为贺临受群臣爱戴，府中的富氏出身高贵，人也能干，又与贺临有情，家事不用她操心。自个儿这个大儿子，被先帝爷封了亲王，也赞过敦厚、稳重，两兄弟性子互补，若相互扶持着，守住富贵荣华，她也就没什么可求的。谁知如今一个十指尽断，被囚在丰隆，另一个又被皇帝暗撤了议政大臣的衔，“发配”到那么远的地方。裕贵太妃胸中起了郁结，再难疏解，一时竟把从前的旧病熬成了痨症。

太医来报病势的时候，皇帝正在隆正殿看大皇子写字。成妃并没有来，在一旁陪着的是皇后。明间里放了冰，盛夏午后外面的灼热气和明间的凉意对冲，惹得大皇子握笔的手一会儿热一会儿冷。皇后看他手上冒了汗，便让他停下，又命孙淼伺候他去下面净手。

皇帝听完太医的奏报，半晌没说话。

太医院院正额头冒了冷汗。他何尝不知道皇帝对贺临的态度，如今来奏报裕贵太妃的病情，虽是按规矩，但就像在逼着皇帝亲自问疾一般。

皇后见院正尴尬，便在旁道：“您说下月初去临春园避暑听政，那处是颐养的胜地，不如把贵太妃移到园内去休养，也免皇上挂念。”

正说着，大皇子跟着孙淼回来。

皇帝弯腰将他抱起，放在案前坐好：“你接着写。”

大皇子虽然才四岁多，字却已经写得有些模样，加之又是在皇帝和嫡母的眼底下，他写得越发用神。

皇帝看着那已颇见力道的笔锋，对院正道：“你们是什么意思？是跟朕禀告，要朕着内侍府备丧还是怎的？”

院正忙磕了个头：“臣无能，只是贵太妃病已成痨，且又上了年纪，恐……长久不得。”

“那就挪去临春园养着。还有，王礼，朕不懂你们太医院在畏缩什么，三溪亭是三溪亭，宁寿宫是宁寿宫。朕的母后也在旁边的寿康宫奉养，若让朕知道你们太医院有一处不尽心，通通给你们逐出宫去。跪安。”

“是，臣告退。”

院正两股战战，听到“跪安”两个字，如蒙大赦地退出去了。

明间的门一开一合，晃了大皇子的眼睛，让他险些错一笔。

皇后亲手将一盏茶递到皇帝手中：“临春园那边，皇上过去以后，还住清溪书屋？”

“嗯。”

“皇上从前随先帝爷去临春园时就住清溪书屋，如今，倒该另辟一处。”

皇帝饮了一口茶：“朕习惯那个地方。”

皇后点了点头：“那随皇上驻跸的人呢？皇上有什么要安排的？”

她这么一提，皇帝倒想起了王疏月。他想起清溪书屋后是太朴轩和藏拙斋，都是不大不小的地方。他还记得藏拙斋后面有一丛凤尾竹，养护得很好。她既喜欢素净，应该会喜欢。

“藏拙斋给和妃，余下的让临春园的曹慧自个儿斟酌。张得通。”

“奴才在。”

“记着这个意思，传给曹慧。还有，去年他在藏拙斋后面种的那是什么花，难看得很！锄了，把那丛竹给朕干干净净地留着。”

“是。”话音刚落，张得通又进来道，“万岁爷，程大人递了牌子，说是有折子要呈。”

皇帝站起身，大皇子忙放下笔，与皇后一道站起来。

“皇后，把大皇子送回永和宫。朕去御书房了。”

“是，皇上操劳，也得当心身子。”

许是裕贵太妃的事惹得他不快，寻常时候他还能舍点儿心和皇后聊几句场面话，今儿像连这个耐性都没有，带着张得通，径直出了殿门。

酉时将过，长坤宫中燃了帐中香，王疏月卸了晚妆，正在灯下端详那支簪子。

善儿端了炖银耳过来：“主儿看什么呢？”

“善儿，你还记得那袖口绣老梅的宁绸——”

她话还没说完，善儿便打断道：“呸呸呸，主儿快别说这晦气的东西。”

王疏月放轻声音：“吓着你了？我就是莫名觉得，这支簪子倒挺配那紫褐色的宁绸的。”

善儿还是觉得背脊有些发凉：“主儿，您不忌讳？”

“不忌讳，怪力乱神瞧了我，都得走远。”说着，她低头笑了笑。这句话把自个儿说得跟个鬼见愁一样，可她明明是想做个温柔懂事的好姑娘的。

善儿接着问道：“那主儿，您信什么呀？”

“我信——”她刚起了个头，就听梁安在外面道：“主儿，万岁爷来了，辇都到门口了，您赶紧出来迎驾。”

善儿一听，慌了，这个时辰皇帝过来要做什么，是要和自家这主儿把阴阳大事给办了吗？但也不对啊，头回侍寝不都得翻膳牌，进围房候着吗？她不断地在心里叫“糟了”，心想，这傻姑娘知道人事吗？她入宫走的可不是选秀这一流程呀。自己也是年纪浅了，这几日忙着规整长坤宫的宫中事，忘了这大茬儿，偏皇帝又没翻主儿的牌子，内事房也不敢来多事教授。这会儿可怎么办？

她正慌着，皇帝已经跨进来了。

善儿心中已经演了一出鸡飞狗跳的大戏。然而那位爷和王疏月都是一副道貌岸然的样子。

皇帝换了一件石青色暗花缎常服，径直往王疏月的榆木贵妃榻上一坐，解下手腕上的檀珠，搁置在一旁的香几上。

天太热了。哪怕已经用了冰，还是抵不住西暖阁的闷热，皇帝真的是不喜欢王疏月挑的这个西晒的地方。外头日头下去了，里面还蒸人得很。他稍仰起脖子，随手解开了领口的第一颗盘扣，却见王疏月仍周周正正地穿着藕色的芙蓉绣氅衣，外面甚至罩着一件琵琶襟额坎肩儿。妆容倒是卸了，可她毕竟生得白又年轻，素素净净在他身旁请安的模样很温顺，很顺眼。

皇帝的手在自个儿的领口处迟疑一时，又不动声色地把那颗解开的扣子系了回去。

他坐的是王疏月之前坐的地方，手边正放着王疏月吃过一半的银耳羹。

皇帝顺手拿起勺子一搅动："你这屋子里太闷了。就用这么些冰？张得通，让内侍府多送些过来。"

张得通看了一眼王疏月，见她仍然跪着，并没有要回话的意思，便在皇帝身旁躬身回道："万岁爷，今年几个官窖出了娄子，才办了人，所以供的冰比往年少。成妃娘娘的意思是，大皇子在永和宫，夏日里要念书、写字，断不得冰……"

皇帝一想，工部的都水司报过这个事。京城设了十几座冰窖，都是官用，领差办事的多是御八军子弟，因此出了娄子，照着处置奴才的办法，鞭了人了事。但这事过小，皇帝最近盯户部亏空的事，处置了也没记得。想着，他端起银耳羹吃了一口。

他这一口几乎把善儿吓死，那是王疏月吃过的东西，若要论规矩，不说王疏月要遭殃，他们也都该被打死。

不过，好在皇帝好像并不知道那银耳羹是王疏月动过的。也是，他每回去其他嫔妃宫里，那宫里的哪一样东西不是给皇帝备好的？王疏月这里，也合该如此。

天太热，而那银耳羹是冰镇过的，莲子也煮得很软糯，皇帝觉得好吃，不禁又舀了好几口往嘴里送。他一面吃，一面道："所以就挪了长坤宫的去补？"

张得通小心地答道："欸……是。"

皇帝抬头看向王疏月："你也准了？"

王疏月点了点头："宫里孩子不多，紧着他们也是该的，况奴才家中也不大使得上冰。"

她这一说，皇帝倒想到冰炭敬的事上了。

都说"三年清知府，十万雪花银"。地方上为官几年就能赚个盆满钵满。京官没有捞钱的门路，只能空吃户部，皇帝清理户部以来，各大衙门把裤腰带都勒紧了，才吐出来三成，再往深一查，就这三成也都是地方官给京官的冰炭敬。这毕竟是个陋习。

王授文和程英这些人都是前荣过来的，知道其中牵扯着地方官吏与京官政治资源的交易，盘根错节，过于庞杂。皇帝几次想对这一贪腐之习动手，都被王授文抓着手，硬给摁了下来。他说，皇帝即位之初，还是以稳为要。

皇帝认这个理，但到底意不平。他一面想，一面吃，竟不知不觉地把剩下的那大半碗炖银耳全部吞进肚了。

王疏月偏着头对善儿道："再去给皇上盛一碗过来，然后带他们退下。"

善儿这才反应过来，今儿的大事还不在这碗帝、妃同吃的炖银耳上，忙抬起眼来看王疏月，迟疑道："主儿，您这儿——"

"我懂，去吧。"

一句"我懂"倒是把善儿的话堵了回去。她只得应是，回身去把冰在冰水里的炖银耳又端了一碗过来，放在皇帝手边，而后领着暖阁里的宫人退出去了。

梁安正在外面听墙根，门一推开，他险些以一个狗啃泥的姿势摔进去："要……备着吗？"

两个人心知肚明，一道走到墙根。

善儿道："主儿把我打发出来了，就说了一句她懂，旁的没吩咐什么。"

梁安望了望天，额头上发凉："主儿能懂什么？内事房这些不做事的糊涂蛋，明眼瞧着皇上待咱们主儿好，这不是迟早的事吗？哦，他们想着什么，等着翻了膳牌才来事，如今可好，叫我们为难成这样。"

善儿忙道："小点儿声，这会儿哪能怨得着他们？这个时候，皇上突然来长坤宫，他们要知道了，也得跟咱们一样乱。我瞧着，皇上今儿没有要走的意思，咱们还是得替主儿好生备着。"

这一夜当真有些滑稽。外面伺候的人虽然都默着，内心却鸡飞狗跳。里面的皇帝却在想着正经的大事，又忘了王疏月还维持着请安的姿势跪在他面前。

冰盆中融化的水滴滴答答地响着。

自鸣钟一响，戌时过了。

王疏月抬头望向皇帝，忍不住道：“主子在想什么？”

皇帝回过神来，才见她仍跪着，不由得摁了摁眉心：“你先起来。”

王疏月露出笑容：“主子日后在奴才这里想事的时候，赏奴才个垫子吧。”

皇帝知道她在揶揄他，却少见地没有斥回去，反而推了推手边的银耳碗，弯腰冲她伸了一只手过去：“你要知道出声。”

王疏月一怔，这一幕和之前的一夜有些相似。

他难得这么好，且拒恩也是大罪，王疏月并不想忸怩，引他不快，便也伸出手去，握住皇帝手掌，借力起身。

“主子能在奴才这里安静地想些事情，奴才哪里好出声？奴才伺候主子更衣吧。您这么坐着……也不大舒服。”

皇帝是真的不大自在。可是也不知道为什么，见她穿得周正，他也莫名其妙地跟着端起来，坐了许久，不仅燕服没有换，连腰带都没解开。

想到这里，皇帝也觉得自己被王疏月弄得拘束了。大不该如此。于是，他便站起身，反手去解玉带后面的带扣。

王疏月这时走到皇帝身后，替了皇帝的手：“奴才来吧。”

西暖阁的光很柔和。

皇帝侧头借着光看她。

她半垂着头，细若白瓷的一张脸上还留着一丝淡淡的烫伤印子，只不过，不留心看已经看不出来了。两个人离得近，皇帝倒辨得，她好像很喜欢熏一种带着松木气的香，那气味和武英殿书库中的气味有些像，闻起来并不腻人。

其实，皇帝挺喜欢她不说话安静做事的模样，很柔静，与画里的仕女神似。她的姿态呢，也恭敬，但很自然，并不似婉常在服侍他时那般战战兢兢。皇帝觉得，就跟她这么不说话地处着，自个儿倒真能把心放平，想些平时静不下心来想的事。

他知道她的一丁点儿好，又想给她点儿什么。但是除了胭脂水粉、金银首饰，匾额也送了，还送得差点儿让自己丢面子，皇帝实在想不出什么特别的了。他暗暗在心里盘算了一下，觉得还是簪子挑起来容易，她又喜欢，年少那会儿又不敢拿他的钱去买这些东西。他政事得闲的时候，倒可多挑些与她。

他正在想，边听张得通道：“万岁爷，成主儿……把长坤宫的冰送回来了。成主儿想跟皇上请个罪。”

皇帝笑了一声：“她跟朕请什么罪？王疏月，长坤宫的事，你自己处置。”

王疏月应了一声："好。"

这会儿扣子才解了一半，这么放着也不好，她索性手上快了些，又对张得通道："张公公，您请成妃在明间坐坐，我随后便来。"

张得通应声去了。

成妃有些糊涂劲儿，一心只顾着大皇子。大皇子一不舒服，她就什么都想不了。但她平时在皇上和皇后跟前又很尿，这不，听说皇帝在长坤宫热着了，让内侍府送冰，便猛地想起自个儿之前问王疏月要冰的事。她那会儿自诩自个儿资格老，盛气凌人。王疏月倒是一副恭恭敬敬的样，像真是被她唬着了，安安静静地听她说完，之后什么都没多说，就叫人把长坤宫分内的冰挪了一大半到永和宫。如今看来，真是挖了大坑埋自己。

成妃跟着张得通走进明间，心里苦得很。

长坤宫的明间和西暖阁是连通的。平时落地罩后要放帘子，今日帘子却是悬起的。

成妃抬头偷偷往里面看了一眼，只见落地罩后的木架上赫然挂着皇帝那件石青色暗花缎的常服，皇帝就在西暖阁里坐着，她脚一软，险些就要跪下去。一只白皙的手扶了她一把："娘娘小心些，明间才洒了水。"

成妃忙站直身，行了平礼："和妃。"

王疏月亦蹲身还礼。

"哦，对了对了……赶紧，把冰抬进来。"成妃是慌的，想起自己之前在人家面前的模样，脸上臊得通红，也不知道怎么面对王疏月，只得赶紧把冰还回来，但求不要惹了里面人的烦。

王疏月看着进进出出搬挪冰块的人，扶着成妃到紫檀椅上一道坐下："娘娘合该给底下人一个教训，娘娘好相与，底下人倒借着娘娘的好性子，忒轻狂了些。娘娘肯体谅疏月，这么晚了还特意给疏月送冰来，只是疏月体寒，其实用不了这么多冰。"

成妃怔了怔。王疏月把事往宫人身上挪去，竟在帮她留体面。成妃有些不可思议，难道王疏月不该借着皇帝在，好好臊她一回？她抬头朝王疏月看去。

王疏月却看着挪进来的冰若有所思："这么着吧，善儿。"

"奴才在。"

"大皇子每日读书、写字也着实辛苦，咱们每日备些果子，多拿些冰镇着，给大皇子送过去。"

成妃有些动容。她从前不喜欢王疏月，是因为王疏月没有资历，却越过了淑嫔、婉常在，平了自己的位分，但现在，王疏月不只全她的体面，竟还想法子把她送回来的这些冰又退回去，解了她的困处。

"赶明儿……要叫大皇子来向和娘娘谢个恩。"

“这倒好，那我明儿便备下，以前总在月华门瞧见太监们接大皇子下学，还没能好好见见。”说完，她询了句时辰，又道，“太晚了，我送娘娘出去。善儿，提个灯笼过来。”

西暖阁里，张得通站在落地罩后面，听了整一席话，不由得露了笑，到最后笑得连牙齿都露了出来。

皇帝看着他那模样，哂道：“你笑什么？”

张得通赶紧合上了嘴，脸上的笑却没有消掉：“奴才在笑，多好的和主儿啊。”

皇帝已经命人脱了靴，在榻上坐了下来：“是好，就是不痛快。”

张得通走到皇帝跟前：“万岁爷，不是奴才说，奴才跟了万岁爷这么多年，万岁爷啊，您也很少痛快过。”

皇帝拖来个枕头靠着。他倒是认同张得通的话。他怎么活着，他心里很清楚。但王疏月是个女人，他从来不喜欢女人想得太多。

张得通见他不说话，便上来帮他整了整靠枕，小声道：“皇上今儿是让和主儿侍寝吗？奴才去让内事房——”

他这句话一出口，皇帝脑子里一蒙。自个儿怎么舒服地在她这儿躺下了？

“张得通。”

“奴才在。”

皇帝指了指灯座，半晌，憋出一句话：“去，把灯吹了，朕歇了。”

何庆险些要在旁边问一句：“不等和主儿了啊？”

话没出口，他就被张得通撵了出去。

❖ ❖ ❖

王疏月送完成妃回来，竟见西暖阁的灯都熄了。

何庆站在明间外头，一副吃了苍蝇还吐不出来的模样。梁安等人已经被撵得远远的了。

皇帝无论歇在什么地方，这上夜的人头数目、规矩都是一样的。何庆守在明间门前，三个小太监靠着西暖阁的窗户下坐着。张得通自然就在里面。

“万岁爷歇得……这么早？”善儿见这架势，忍不住问了一嘴。

何庆听了这话拍了拍后脑勺：“万岁爷今儿在御书房议了整一日的事，许是乏了。和主儿，落地罩前头黑，您进去的时候啊，小心些。”

王疏月见这里已经使不上善儿和梁安了，便叫他们自去歇息。

善儿一副失魂落魄的样子。

梁安却在旁松了一口气：“善姑娘怎么了？刚才还跟我闹慌，这会儿没那档子事了，怎么反而成这样了？”

“唉，我原想着，咱们皇上喜欢主儿，今儿就是我们主儿的大日子，可这又是个什么意思……”

梁安安步往前，这会儿倒没一丝泄气的样子：“这有什么？咱们万岁爷，对这档事的意思淡，淑嫔倒是常常承宠，但你要说万岁爷喜欢淑主儿，我看也不像。这喜欢一个人啊，偶尔就跟那灯下黑一样，别人是瞧不见的。”

善儿被他那副讳莫如深的模样逗乐了：“你一个公公，学人家说这些话也不臊。”

梁安忙道：“那我也是个人，你一个丫头片子懂什么？”

也许情和爱这些固存在人性之中的东西真的是相通的，不分高低贵贱，生于春潮迭起的夜，然后又在理智、伦理、道德、责任担当这些令人疲倦的浮世万灵相之中寂灭。

王疏月在长洲的时候，曾在一位旅居长洲、慕名来访卧云精舍的女文人那里听过一个令她两股战战的观念。那个女人姓钱，字诗令，是前荣大学士钱灵君的女儿。前荣覆灭以后，她父亲因为不愿侍奉大梁朝廷而悬梁自尽，从此钱家也跟着覆灭了。钱诗令流落京城外，一生如浮萍，在广袤的山川大河间漂泊了二十年。最后她在长洲落居，于杏灵观中，做了鱼玄机那般以文名闻于花花世界的道姑。后来她有了一个相好，是长洲文坛的名士。他有妻室在堂，并不能给她什么名分，只是顾着她的吃穿。她时常来陪王疏月饮茶。

那时王疏月还是一个十四五岁的姑娘，钱诗令的很多话，王疏月都听不懂。

比如其中就有这么一个观念：“我想像男人看待我们一样去看待男人，但这很难。后来我寻到了一个法子，疏月丫头，等有一日你尝到了阴阳之乐，你一定要纵情至最极处，咱们女人想要的尊重、平等全都在那个地方。”

她在讲情欲。

王疏月听出来了，但至于最后那句话是什么意思，她至今也没有想明白。可王疏月就是觉得悲哀，这一句话听起来，和她的身世一样，已然零落，又倔强不已。好比高山晶莹土，被碾成了世间尘，又不愿意被人踩在地上，便迎着一阵风去，散到无知无望的荒唐界了。

夜静无声，万物静默。

暗淡的宫墙上映着守夜人的影子。

张得通见王疏月走进来，便举着一盏小灯迎她：“万岁爷睡下了。”

王疏月接过那盏灯，朝榻上看了一眼，帐子还悬着，似乎是张得通为王疏月和皇帝留的余地。

“辛苦娘娘。奴才出去了。”

“好。”

门一开一合，吱呀一声之后归于沉寂。

王疏月将灯放在床榻对面的条桌上，回过头来向榻上的人看去。

他朝里躺着。这是他睡觉的习惯。在他出天花的那段时间，两个人在隆正殿相处下来，王疏月对于他的饮食起居有了一个大致的了解。

他睡觉其实很浅，也不大安稳，甚至几乎不在其他妃嫔宫中留宿。侍寝这种事情，都是命内事房传人到隆正殿外的围房里候着，行完事又叫人送回围房里。何庆跟王疏月说过，皇帝习惯一个人休息，不然睡不好。他从小时候到尚书房念书时起，就是四更天起身，这么多年下来，无论是寒冬还是酷暑，除了大病袭身，他从来没怠倦过。

张得通说皇帝不痛快。权势滔天、不痛快，这两件事可真矛盾。

王疏月还算喜欢看他睡着的样子。再凌厉的轮廓，在小灯昏暗的光线里都会柔和下来。

王疏月不是一个忸怩的人，也不是看不清处境。自入宫时起，她就做好了为嫔妃的准备。她并不那么排斥皇帝与她行房事，这毕竟是皇帝的权利，也是她身为妃嫔该做的事。正如她母亲所说，女人在这世上沉浮，要紧的是守着自己的心，而不是身子。身子用来求一方遮蔽，心才是自己的倚仗。因此她执念不深，哪怕畏惧、惶恐，她都没想过要避。所以她说她懂，是真的懂。

皇帝却睡了。也许是真的累了，又或者他并不打算接纳她这个差点儿嫁给贺临的女人。只是在生死之际，她没什么指望地撑着这个从前万人撑扶的帝王走了一段原本只能独行的路，皇帝因此动了怜悯心，不愿意看王府的人真把她逼死吧。有这份情，其实已不容易了。

王疏月理了理耳前的碎发，心情疏朗起来，抬头望向窗外的明月。

月光已经亮起来了，静静地斜穿过步步锦支摘窗。

在长坤宫的头一夜共处，又成了在隆正殿时的样子。他在榻上躺着，她呢？她也不能这样站着不是？

王疏月借着光看见了张得通上夜的那方垫子，心想，看在他为国为民鞠躬尽瘁的分儿上，再守他一夜吧。

想到这里，她正要坐下去。

眼下穿着嫔妃宫服，并不像以前那么方便，哪怕坐下去，也总有什么瓔珞配饰牵绊。她不舒服，又撑着站起来。

谁知背后突然传来一个声音：“上来。”

王疏月一怔，榻上的人并没有翻身，只是把身子往里头挪了挪，顺手扯着让了一半枕头。

“奴才不敢……奴才还是给皇上上夜吧。”

“王疏月，朕的宫里，没有嫔妃给朕上夜的规矩，朕叫你上来你就上来。”

“是——”他就这么霸道，话又是砸着脸来的，王疏月只得弯腰脱了鞋，沿着床榻的边沿儿侧身躺下来。

“你身上有什么东西硌着朕了。”

“是，奴才——”

“把衣服脱了。”

“啊——”这一声“把衣服脱了”说得王疏月一下子脸红到脖子根。她心里暗嘲自己，说什么想得通透，怎么连这么一句话都抵不住？好在，说话的人说了这句话以后就没声了，只是呼吸声明显比刚才重了不少。

越是起心动念，越不能让人看出来，越要逼着自己压下去，皇帝与大梁复杂的政治一道沉浮了十多年，早已习惯这样的自守之道。可以这种行事方法对着女人吧，他却总觉得哪里不对。皇帝自己是觉察出来了的，但要去想哪里不对，他又觉得费劲。算了，让她在自个儿身边安静地躺着吧，总好过让她在地上坐着。这般想着，他索性当自己没说过让她脱衣服这话。

皇帝可以当自己没说过这话，王疏月却不能。她侧头看了他一眼，见他没有动，这才小心地站起身，走到衣架前，脱去外面的坎肩儿，又褪下了氅衣。善儿不在，她便自己换了一身月白色的绫罗寝衣，回来后仍然沿着榻边，小心地躺下来。

“王疏月，朕明日四更天要起身见京外的官员。你若敢动一下，让朕不得好睡，朕就让你下去跪着。”

王疏月缩了缩肩膀。不知道他这话是真的还是假的，总之，今晚是睡不成了。她真想破罐子破摔地撑一句：“不如现在就让我去跪着吧。”但她转念一想，这就真没完没了了。

“是，奴才绝不乱动。”

“嗯，睡了。”皇帝把被子往自己身上一拢，闭了眼睛。

王疏月当真一动不动地睁着眼陪他躺着。

这是她第一回和一个男人同榻而眠。没有肌肤之亲，但夏季的寝衣轻薄，她几乎能透过那一层薄缎感受到身旁男人的体温。她想起皇帝出痘时自己为他擦身时的场景，不由得又红了脸。她已经十七岁了，早就有了知觉。

皇帝在王疏月身旁倒是很快就睡着了，甚至起了轻微的鼾声。

次日，张得通和何庆进来叫起，见王疏月穿着单衣贴着床榻边沿儿躺着，身上连半截被子都没有，皇帝倒是盖得严严实实。何庆有些无奈。虽是夏天，但这样把人家姑娘冻一夜，不免要生病的呀。

皇帝神清气爽地起身更衣，自觉没有比昨日睡得更安稳的时候了。

王疏月只得肿着眼睛跟着起来。这么冻了一夜，也不知道是凉着肚子了还是压着肚子了，她很不舒服。

“你接着睡，不用起来。”

张得通正伺候皇帝穿衣，见王疏月眼睛青肿，多少猜到了一些，便接着皇帝的话道：“皇上体贴和主儿，和主儿歇着吧，奴才们来伺候。”

王疏月听张得通这样说，便拢着被子重新躺下来。

皇帝压根儿不知道昨晚自己让王疏月挨了一整晚的冻，趁着这个穿戴的空当随口对她道：“下个月，朕要去临春园。”

“临春园。”她原本不大舒服，听着这地方却来了兴致，“奴才也能跟着主子一道去吗？”

皇帝抬手自理着领口：“去，朕带你去。”

她靠在枕上冲着皇帝笑得疏朗。

这是王疏月的志趣，普天之下的胜景，她都想去看一看。

皇帝借着外头泄进来的天光，就那么扫了王疏月一眼。她穿着寝衣，周身再无别的饰物，把脸上的那丝笑容衬得越发干净。早知道她这样开心，他就早一些告诉她了。

“奴才谢主子的恩典。”

“以前先帝喜欢去临春园，那里离皇城近，避暑、听政都相宜。临春园北边有一处地方叫‘镂云开月’，是先帝赐给朕的，你到时候提醒朕，朕得闲带你去看看。”

“西郊那一带的景致，奴才都想去看看。从前在《日下旧闻》里看过，说西郊‘春夏之交，晴云碧树，花香鸟声，秋则乱叶飘丹，冬则积雪凝素’。这个时节去，也该有晴云碧树，定是好看。”

张得通跪在地上替皇上理着下摆，笑着接了一句：“和主儿啊……不愧是半个卧云。”

皇帝哂道：“听懂说什么了就奉承？”

张得通垂着眼：“奴才是蠢货，哪里听得懂？但和主儿雅，这奴才呀，看得出来。”

皇帝没再说什么，何庆等人进来，七手八脚地挂玉佩的挂玉佩，系玉钩的系玉钩。

王疏月静静地靠在榻上看着皇帝的这些近侍和尚衣监的太监在西暖阁进进出出。

皇帝今儿穿的是一身褐红色的常服，腰上系着汉白玉带，下悬干青种翡翠雕龙纹玉佩。这一通足足折腾了半盏茶的时辰。别说，这人一认真收拾起来还真是像模像样的。

皇帝穿好一身，挥手让张得通这些人退出去候着，自个儿走到王疏月的榻前。他原本想和她说藏拙斋的事，但张得通那么一打岔，他这一时就没想起。

王疏月靠在榻上，抬头向皇帝望去。她的头发散在肩头，眼眶有些发青，却氤氲着水汽。那月白色的寝衣衫子衬得她十分柔顺。

昨夜里熄了灯，皇帝没有仔细看她穿寝衣的模样。此时她这样安安静静地靠在榻上，柔软的衣缎子贴着她那把瘦弱的骨头，带着一丝若有似无的病容，越发憔悴、可怜，像一个被剥得一无所有的人，孤零零地在那儿等着他。一丝微微发湿的碎发落在额头上，楚楚动人。

鬼使神差地，皇帝伸出手，去拂她额前的碎发。

马蹄袖口绣着张牙舞爪的金龙，袖口中的那只手清瘦。

王疏月不敢避，但那手指触碰到她额头时，她还是忍不住全身一颤。皇帝捏了捏自个儿的食指、拇指，竟有些潮，再细看时，才发觉她额头在冒冷汗："你怎么了？"

王疏月将身子往被子中缩了缩。刚才还不那么难受，这会儿小腹竟疼得让她忍不住发抖。

"没事。"

她自己感觉到应该是月信至了。她在家中就时常受经水不利的困扰，有时甚至疼得动弹不得。这一回信期比往常提前了不少，加上昨夜被这位爷晾在被子外面冻了一晚上，这会儿竟有些要命。现在就怕这傻皇帝要掀她的被子，若叫他看见了，这大不敬的罪，她就担定了。

这般想着，她只想赶紧把这位爷撵出去："主子去吧。奴才躺会儿就好。"

皇帝哪里知道女人身上的那些事，今日程英引了吏部拟定外放的官员来觐见，耽搁不得。但见她的模样着实不好，他便朝外道："张得通，进来。"

张得通忙推门进来，在落地罩外立着应道："奴才在。"

皇帝转身往外面走，一面走一面道："传周太医来给她看看。"

张得通跟着皇帝边走边往后瞧："哟，和主儿怎么了？刚才瞧着还好好的。"

皇帝没应他，又添了一句："太医看了就让她歇着，皇后和太后那儿不要去了。"说着，他已经走过长坤宫门前的地屏。

何庆正候在那儿，想说什么又不敢开口。

皇帝上辇，低头看了何庆一眼："张了嘴，就吐出来。"

何庆吓了一跳，只得硬着头皮道："万岁爷，奴才想说，和主儿怕是昨夜让您给冻着了。"

张得通被何庆这一句话给骇住了，抬头瞄了眼坐在辇上的皇帝，果见他沉了脸。

"张得通，申斥她！"

张得通一愣，心想，是皇帝害得人家姑娘生了病，怎么还要申斥？

“是。万岁爷，申斥和主儿什么？”

皇帝愤然道：“你就问她王疏月，她是闷葫芦吗？朕好言跟她说了，她是朕的妃子，不是御书房的奴才，在朕面前，该出声就出声，她倒好，一是不肯改口，二是闷着装哑巴，她在跟朕别扭什么！若不念朕的恩典，就不要糟蹋朕给她的地方！”

皇帝这通话说得又急又快。

张得通不敢耽搁，应声就要去，又被皇帝一声“回来！”给拽了回来：“万岁爷还有什么吩咐？”

皇帝语调稍稍放平：“别让她跪着，给朕站着听。”

张得通和何庆对视了一眼，何庆拼命地把脑袋往底下缩，实是忍不住要笑出来了。好嘛，这位爷明明是心疼了，就不能把身段放下来好好和王疏月讲吗？张得通揉了揉太阳穴，心想，也是那和主儿性儿好，才能受住这份恩，换成春环、成妃这些人，估计又得寻死觅活了。

❖ ❖ ❖

长坤宫这边，善儿正服侍王疏月起身。

内事房的人候在外面，等着问询写档。

原本皇帝和嫔妃们行事的时候，他们多该在外面守着的，但昨夜皇帝纵了回性，杀了他们一个措手不及，他们只得一早来长坤宫候着。

张得通从地屏后面绕进来。内事房的人忙上前行礼。

张得通看了他一眼：“走吧，戳得跟根棍子似的，和主儿身子不爽快，你们瞎惹什么烦？”

都是成了精的老狐狸，张得通一开口，内事房的人就明白过来了：“欸，您老这么一说，奴才们就有数了。走走走。”

人退干净。张得通找了一个阴处站着。

梁安上前道：“主儿还在穿戴，您要不先去明间站一站？”

张得通摇头道：“皇上命奴才代他申斥和妃，你去看看你们娘娘好了没，好了就请娘娘出来。”

梁安吓得起了一身鸡皮疙瘩。

要说申斥可是不得了的，从前先帝爷对后宫仁慈，申斥的事不多。但这位爷是严苛惯了的，除了皇后，成妃、淑嫔，甚至怀着孕的婉常在，都有言语使其不悦而遭申斥的时候。皇帝下旨申斥，管你是娘娘还是怀着身孕的主儿，那都得跪在地上好生听，听完了还得磕头请罪。这是极伤后宫体面的事。

梁安忙道：“咱们主儿……又惹万岁爷不快了？”

张得通白了他一眼："这也是你这个奴才问的？赶紧去。"
"是是。"梁安心惊胆战地进去了。

不多时，王疏月撑着善儿的手，脸色惨白地从明间走出来。
张得通咳了一声，端出了惯常代皇帝申斥嫔妃的架势："皇上命奴才代皇上申斥和主儿，请主儿好生听着。"
王疏月其实也被他搞糊涂了。今儿早上走的时候还好好的，他在路上到底又想到什么了，刻意让张得通回来骂她？她一面想着，一面要跪下去听。这是宫里的大规矩，她再难受也要守。
谁知张得通竟上前扶了她一把："皇上还有一道口谕，让娘娘不用跪着，站着听就是。"
善儿和梁安彻底蒙了，这又是申斥又是恩典的，自家主儿究竟是有错还是没错啊？
"善儿，还不快来扶着你们主儿？"说完，张得通松了手，端直身子，重新拿捏腔调，把皇帝之前那一大通乱七八糟的话有一句学一句重新说了一遍。
"和主儿记下了吗？"
王疏月行了个福礼："请公公回主子，奴才记下了。"她一面说一面细细地想皇帝那一通逻辑不通的话。
其实，在御书房，皇帝说话是很诛心的，一把抓拿症结，从来不会给那些官员糊弄的余地。所以今日这一通话吧……王疏月想象着从皇帝嘴里说出来的感觉，真是越想越觉得有意思。
张得通收了势，见她已然穿戴整齐："和主儿，万岁爷不是让您歇着吗？"
善儿道："主儿该去长春宫请安了。"
张得通道："皇上说了，免了您今日请安。一会儿，太医院的人要过来给您请脉，您在暖阁里歇着就是。和主儿，不是奴才多嘴，皇上的话，那是圣旨，不是和主儿商量，是要主儿谢恩并遵从，您就不要和皇上犟了。皇上啊……其实是心疼和主儿的，但就是平日里日理万机，政务繁忙，难免有上火的时候，主儿该好生体贴皇上。"
王疏月点头应道："我知道，是我糊涂，不懂事，公公肯这样教我，我心里很感激。"
"哟，这就折杀奴才了，奴才为娘娘想，也是为万岁爷想。奴才回去回话了，主儿好生歇着。"

张得通一走，天上便淅淅沥沥地下起小雨来。善儿忙扶王疏月进去。

王疏月原本就腹痛，刚才那么一折腾，小腹更是难受。

好在不多时周太医就来了。他是伺候皇帝痘疮的太医，之前就已和王疏月熟识，又是皇帝的旨意传他过来，他便瞧得格外尽心："娘娘之前在信期是否就时常小腹坠疼？"

"在长洲时便时常这样，但那会儿差事忙，一直空不下来好生调理。不过，还是吃了好几服药的，吃药的时候好些，不吃了就疼得厉害。"

周太医拧着眉，他看过王疏月母亲的病，如今又掐了王疏月的脉，这母女俩血脉相承，从他这个行医人的角度来看，都不是多福的身骨。

"娘娘体寒，信期难免会疼痛，最好是卧床静养着。再有啊，等娘娘信期过了，臣给娘娘开些滋阴补气的药，娘娘得听臣的，趁着如今还年轻，好好调理调理。"

他说得委婉，并不敢直接提受孕不易的事，行完礼，收了药箱便跟着梁安出去了。

善儿端了一碗槐花蜜过来："主儿，喝些蜜，躺下来睡一会儿吧。您昨晚一夜都没合眼吧。"

王疏月接过蜜水，笑道："你怎么知道我一夜都没合眼？"

善儿瞧着她的脸："今儿早上您费了多大劲儿遮眼下的这圈青啊，奴才瞧着都要心疼死了。"

王疏月拍了拍她的手背："傻丫头，别人伤着我了，你心疼我是该的，可若是皇上伤着我了，你就不该说心疼我，你得替皇上想。"

善儿被她说红了眼："主儿对皇上是这份心，皇上却还申斥主儿，奴才——"

这话说得王疏月有些伤意。她还没有把心给出去，给出去的是对皇帝的尊重，是她在宫中安身立命的智慧。哪怕昨夜他在身边，哪怕她冷得浑身发抖，她也不敢转过身去，向那人要一丝温暖。说到底，她还是惧他。

"才教了你，又瞎说！你啊，得看皇上斥我什么、又是怎么斥的。他是我的主子，他待我有一丝好，我就记那一丝好，别的都不能去想，否则我就活不好了。"

据说，那日皇帝身边的何庆亲自到长春宫说了王疏月身上不爽快的事。皇后自然明白皇帝的意思，顺着皇帝的话免了王疏月五日的请安之礼。

这日下着小雨，退了热，起了凉。

成妃和婉常在来长坤宫瞧王疏月。

大皇子下了学，也被太监牵了过来。他盯着西梢间里的稀奇东西看得停不下来。

成妃命人把他带过来："瞧什么呢，瞧得那么开心！仔细弄乱了你和娘娘的东西。"

王疏月伸手将大皇子牵到身前："不打紧，我这儿的东西，原本小孩看着都觉得顶没意思的，难得大皇子喜欢，就挑些去玩吧。"

❖ ❖ ❖

大皇子是成妃的孩子，却是皇后教养出来的，虽年纪尚幼，却不见一点儿娇惯之气。

王疏月搂着他，他也不忸怩，仰头对王疏月朗声道："和娘娘，您的书房和父皇隆正殿的三明堂可真像。尤其是那方书案，和父皇的是一模一样的。还有啊，和娘娘，您那支青玉龙纹管珐琅斗提笔也和父皇用的那支一样，真好看。"

王疏月摸了摸他的后脑勺："那支开过笔了……善儿，你去看看，若还有一样的，给大皇子取一支过来。"

善儿道："怕是没有，主儿那支笔是今年年初造办处制的，通共就三支，咱们这儿得了一支，其余两支都在隆正殿。"

婉常在听着善儿的话，细声道："皇上待娘娘可真是好。"

王疏月听她这么说，笑了笑，并没有应她，叫梁安过来，带大皇子去东面梢间吃点心。

这边又摆了新的茶果子，宫人们将竹帘子悬起一边，好叫外面的凉气渡进来几丝。雨声淅淅沥沥的，又恰好在午后，人语悄寂，雨声听起来便格外悦耳。

婉常在低头看了一眼帘子外头，对成妃道："雨好像下大了。"

成妃应道："是呢，该传辇来候着。"

王疏月道："不如多坐会儿，夏季的雨去得快，咱们这么闲扯几句，时辰就打发过去了。等雨小些了你们再去。"

成妃笑了笑："你身子还没好，大皇子又是小孩子，闹腾，怎好一直扰你？"

"哪里就扰我了？大皇子可爱，我看着他也高兴。再来，你们在我这儿，我也沾福气，娘娘和婉常在啊，都是做母亲的人。"

这话说得婉常在露了笑容。她低头抚着小腹："妾如今也盼着呢，太医说要么这个月底，要么下个月初，就要发动起来，也不知到时候顺不顺遂。"

女人有了身孕，总是和平常时候不同的。

王疏月细看周氏的模样，细长的柳叶眉，原本应该是个鹅蛋脸，这会儿因有孕而丰腴了一些，但她皮肤细腻，衬着孕中的好气色，倒也十分好看。她也是南方汉人女子，身量比王疏月还要矮些，不过巧在匀称，哪怕如今快临盆，仍不见怀胎十月的富态。

成妃吹开茶絮，在旁道："她就是这个性儿，人胆小得很，原是在淑嫔的延禧宫中住着的，说淑嫔宫中的人成日里盯着她的肚子瞧，就怕得很，这才求了皇后，到我那永和宫里去住着，如今又总说永和宫里不比延禧宫凉爽——"

婉常在忙道："妾能不怕吗？宁常在是淑嫔屋里的人，后来承了宠，福气大，也有了身孕，可在淑嫔那院里养了三个月，就没了。后来妾便知道，淑嫔容不得她屋里的人有喜事，妾出身低微，皇上……也不那么待见妾，妾就这么一个指望啊。”

正说着，梁安带着大皇子回来了。

“母妃，和娘娘这里的茯苓糕真好吃。”

梁安笑着给成妃呈上一食盒：“这是我们主儿今儿闲时亲手做的，给大皇子包了些。”

成妃道：“这又吃又拿的，像什么话！”

大皇子道：“母妃，和娘娘人好，和娘娘是喜欢儿臣，才对儿臣好。”

他这带着稚气却爽朗的话倒把王疏月逗乐了。

成妃把大皇子抱入怀中，一面用帕子擦着他额头上的汗，一面对王疏月道：“他这话，我倒是认，你是个好性子的人，就恨我之前还听淑嫔的话犯糊涂，当你是那心坏的——”

“孩子在呢。”王疏月打断她的话，含笑看了一眼大皇子，又冲成妃摇了摇头。

成妃见大皇子也望着自己，便不再说了，道：“瞧我，这糊涂劲儿又上来了。”

婉常在却不肯松口：“和娘娘，不是妾多嘴，您得留意着淑嫔。从前您不在的时候，咱们这些伺候得久的人里头，除了皇后娘娘，皇上也就肯多看她一眼，只是她心坏，折了自己的福气，一直不见喜。如今，皇上册封您为妃，您在位分上又压了她，妾在旁冷眼瞧着啊，她看您的那眼神可怕得很。”

成妃斥她道：“胡说什么，没的让和妃吃心。你月份这么大了，横竖我永和宫什么都紧着你，也让你远了那人，你也该歇心，好好养着。”

婉常在被说得低了头：“妾就是怕她嘛。”

“也不知你是怎的，她再怎么有坏心，上头不也有本宫、有皇后娘娘维护着你？再说，她的父亲在先帝爷那一朝就被砍了头，她是个早就没了倚仗的人。你为着她，整天一副疑神疑鬼的模样，皇上见了你，能舒心才怪。”

婉常在不敢再开口了。

大皇子眼珠滴溜着望着自个儿的母妃，也不说话。

雨声渐渐小下来。

成妃见气氛尴尬，便起身道：“也不能再扰你休息了，我们这就去了。云儿，扶好婉常在。”

王疏月也站起身：“我送送你们。”

成妃摆手道：“你歇着吧。我宫里也在张罗去临春园的事，乱得很，等到了临春园，咱们再闲说。”说完，她带着婉常在上辇去了。

善儿来收拾茶案上的杯盏，见王疏月坐着没动，便放下手上的活儿，取了一件薄裳替她披上：“主儿在想婉常在的话吧？”

王疏月摇了摇头："不是，在想成妃的话。她说……淑嫔的父亲是在先帝爷那一朝被砍了头——"

善儿道："听说是贪墨的罪。"

这些都是旧事，又涉及朝廷，底下人也就知道个皮毛。

善儿自不愿与王疏月细说，这会儿脑子里想起的是成妃走之前的话，不由得心里起了一丝期待，便在王疏月身边蹲下来，轻快地道："主儿，刚才成娘娘说他们宫里在张罗去临春园的事。万岁爷亲自跟您说了要带上您一块儿去，咱们宫里也该收拾起来了。"

"收拾什么呢？不就几身衣裳？"

善儿道："那得看您住在什么地方。好比藏拙斋吧，那屋子后面有一片凤尾竹，虽好看，但就是虫蚁多，艾草啊、香包啊就得多多备上。往来取物很耽搁时辰的。"

凤尾竹啊。宁可食无肉，不可居无竹。倚着竹的屋子，倒雅得很。

"你怎么晓得那么清楚？"

"奴才也就晓得那么一处地方。从前咱们万岁爷还是王爷的时候，在临春园里给先帝爷当值，住的是清溪书屋，那藏拙斋啊，就在清溪书屋后面，有一通廊相连。奴才在藏拙斋当过差，万岁爷和十二爷他们偶尔会去斋里手谈几局。皇上若能让您住那儿，可不就跟住隆正殿的围房一样吗？"

王疏月一怔，原来她是替自己想到令人面红耳赤的那一层了。

然而，晚间何庆便来传话，当真说皇帝让她随住藏拙斋。

何庆传话的时候就是一脸欢喜的模样："和主儿，就您的住处是万岁爷亲自拟的，余下的都是让临春园总管曹大人安排的，那就顶没意思了，不过是按照各位主儿的位分，再配合临春园各处的规制，一水儿分定完事。皇后娘娘在春晖堂，成娘娘和婉常在在云崖馆，顺嫔在景瑞轩，淑嫔在延爽楼，宁常在在凝春堂，这些地儿都离清溪书屋远着呢。"

王疏月静静地听着何庆说话。

其实，皇帝待王疏月的好，王疏月不是全然不知道。可他的杀伐决断像悬挂在王疏月头顶的一把刀，时时刻刻提醒王疏月，他一句话就能决定她这一生。他喜欢她，她一生尊贵，他不喜欢她了，她就是个卑微的奴才。王疏月不愿意把自己的一生全然放到对帝王恩的渴求和倚仗上，那种揉搓太伤人了。

何庆走了以后，周太医来请了一回脉，出去的时候刚好撞着皇帝过来。

皇帝便没有进西暖阁，而是在明间坐下，与周太医说话。

王疏月躺在榻上，隐隐约约听到二人的声音，一个惶恐，一个压抑。她索性翻了个身，不去刻意听。

过了一会儿，她听皇帝的脚步声传进来，像无意让她起来伺候，善儿并没有来唤她。她也就没有睁眼，静静地躺着。

黑暗中，她感到有人扯起了她压在腹上的被子，笨拙地掖在她颌下。她的喉咙被那人这么一压，忍不住呛了一声。

皇帝连忙松开手，有些无措地退了一步，借着灯光仔细看她。若是让她知道自己偷偷给她盖被子，不知道她心里会如何揶揄。好在她只是呛了一声，并没有睁眼，呼吸也匀称，看起来并没有醒。

皇帝松了一口气，转身快步走了出去。

周太医还在明间跪候着。

皇帝走到他面前，低头道："和妃的身子调理起来难吗？"

"回皇上的话，这女子的身子啊，年少时调理起来容易，年纪越大就越艰难。娘娘从前年少时就失于调理，才致如今这体寒之症。但奴才一定尽心竭力顾好和娘娘的身子。"

"年少时失于调理"。她当然没法好好调理，十一二岁的年纪就离了母亲，被放在长洲。偌大一个卧云精舍，全仰赖她一个人修复、打理。皇帝心里不自在，他决然不可能因为自己的筹谋而对一个女人起愧疚之心，但他很心疼。

皇帝道："朕不在乎你怎么调理，也不在乎你用什么药，总之，朕要她好。你这颗脑袋，朕系在和妃身上，若和妃的身子有所好转，朕就好好赏你，若不见好转，朕就给你摘了。"

周太医忙伏身应"是"。

"跪安吧。"

梁安送周太医出去。

张得通见皇帝坐在紫檀椅上没动，便上前道："万岁爷，您今儿……翻了淑主儿的牌子，这会儿人已经在隆正殿围房里候着了。"

皇帝看了他一眼。张得通顿时不敢再出声。

"传话给她，让她在围房歇了。"

"是……那万岁爷呢？今儿还回隆正殿歇吗？"

皇帝朝西暖阁看了一眼，隔着层层帷帐，仍能听见王疏月均匀轻柔的呼吸声。

他出痘疮最难熬的那一段时日，是她伺候过来的。就这么一副身子骨，也不知道那段时日是怎么熬过来的。皇帝想起她入宫后的事，先是被自己烫伤，后又在大雪里跪了整整一夜，再被皇后罚去明华宫守灯，没有一样不伤身。

"何庆，朕交代你一句话。"

"是，万岁爷，您说，奴才听着。"

“耳朵过来。”

“是。”

这句话，连张得通都没有听到。

皇帝说完，起身就去御书房看折子了。

次日，张得通拿棍子把何庆打得龇牙咧嘴，才把那句话逼了出来：“万岁爷说，下次他要责和主儿的时候，要奴才劝着他。”

第十章 虞美人

有人筹谋万里江山，有人斟酌一日阴晴。

六月初四这一日，皇帝驻跸临春园。

沉寂了整整半年的园子一朝热闹起来。但皇帝的政务依旧繁忙，户部使了吃奶的劲儿清亏空，终于把顺宁年间的亏空全部拟了出来。足足两百多万两白银啊，纵使是乌善，也被这个数字吓得咋舌，不敢轻易把折子往皇帝面前递。于是这烫手的山芋又递到了王授文手里。

皇帝在临春园，御书房议所就挪到了清溪书屋后面的澹宁居。这会儿辰时将过，皇帝正在清溪书屋召见几个奉召编撰画谱的画师。澹宁居里，程英和十二爷皆有些惶急。

“他们一早就进去了，现在怕要不了多久就要散了。”

十二爷手上捏着那道折子，绕着紫檀椅走了一圈：“今儿这道折子……怎么递？”

程英立在一只掐丝珐琅壁瓶后面，朝清溪书屋那边张望：“王爷，臣看就今儿递了吧。皇上喜欢书画，同那些人讲谈下来，心绪不会差。”

十二爷道：“本王就怕皇上一时气极，要把户部的尔璞判个斩监候，这牵连就大了，他要一发疯，把该咬的、不该咬的人都咬出来就不得了了。”

程英见王授文站在紫檀木书案旁若有所思：“王老，听您的意思呢，您别不出声。”

王授文摇了摇头，对曾少阳道：“谁陪着皇上见那些人？”

曾少阳道：“大人，听何庆说，是和主儿。”

王授文拍了拍袖口，从十二爷手上把折子接了过来：“今儿递吧。今儿不递，明儿也得递。唉……要说是外面藩库欠这些也许还好些，可这些没有实差的京官，皇上最恨了。”

正说着，曾少阳打起了半截竹帘：“王爷，大人们，皇上过来了。”

王授文等人忙直身整衣冠恭恭敬敬地候着。

不多时，皇帝大步跨了进来，面上挂着笑，看起来心情大好，一面往书案后走一面对何庆道："朕看王疏月很喜欢吴璟的那幅蜀葵，刚才一直盯着看，眼都没眨。这么着，你传旨给吴璟，让他这几日入长坤宫，给和妃画一幅地屏。长坤宫原来那个，朕也看腻了。"

何庆见程英等跪在地上，面上都有愁色，应了皇帝的话，也不敢再多嘴，恭谨地退出去了。

皇帝随手翻开一本摞在案上的折子："哦，朕说别的去了。都起来，你们议你们的。"

十二爷看了一眼王授文。

王授文也没避，径直将手中的折子呈到皇帝眼前："皇上，乌善的折子递上来了。"

张得通忙接过来，呈到皇帝手中。

皇帝接过，一面翻一面道："乌善查出眉目了？程英，明日召他到园子里来，朕很久没听他跟朕扯谈了。"

"是。"

众人都心惊胆战地等着皇帝瞧折子。

临春园中天气变化得快，刚才还晴空万里，这会儿一大片云过来，澹宁居顶上的天就暗下来，王授文眼看着雕花窗上的阴影从墙上移到皇帝渐渐捏紧的手上。

"二百多万两，好啊，朝廷真养起了这些人！尔璞在户部干什么？养老还是在给朝廷养弊？"

王授文道："这是先帝爷那一朝积下的弊病，如今皇上要剜疮，必然艰难。"

皇帝将折子往书案上一摞："吓，先帝是仁慈。朕也知道这些官员日日在念前朝的仁怀，恨朕严苛。也是奇的！先帝在时，朕也看着他们敬听圣训，哪一个不是痛哭流涕，道'醍醐灌顶'？背地里，行径竟如此龌龊！这念的哪一门的仁怀！"

这一席话说得澹宁居里的人跪了一地。

十二爷管内侍府多年，深知内侍府比户部还要污糟，虽晓得皇帝有意维护，但也被皇帝的话说得心颤："奴才惭愧，愧对皇上。"

皇帝沉默了良久，强把火压了下去，抬手道："都起来。"说完，他抬头对王授文道："你这一年把朕的手摁得那么死，来，议给朕听，尔璞怎么处置？剩下七成欠款怎么追？"

王授文并没有起来，伏身道："臣惶恐。"

和王授文几年相处下来，君臣间的默契还是有的，皇帝凝视了王授文半晌："好，你惶恐。"说完，他看向十二爷和程英："你们今日先跪安，回去仔细斟酌看这事有没有必要召廷议来公议。”

“是，奴才告退。”十二爷连“臣弟”都不敢自称了，与程英一道退了出去。

澹宁居的门紧闭。曾少阳小心地进来添茶。昏时雨来，热气渐渐消散，冰盆里冒出来的白烟也淡了。

“说吧，怎么想的？”

王授文垂首道：“臣万死，问皇上一句，皇上要处置尔璞，可还在意太后娘娘的感受？”

他这句话一提，皇帝才想起，尔璞是太后的外侄。

“王授文，你从不问朕的家事。”

“是，所以，臣说臣万死，破了规矩。其实尔璞死不足惜，户部的孙仰德才德也足以继其任，只是皇上一旦重处了他，太后就难免寒心。云漠的丹林部一向有不臣之心，宁沁牵制丹林，就这里，一年给朝廷省下了多少军费？皇上，恕臣斗胆，臣以为，对宁沁还是要以安抚为上。请皇上三思。”

皇帝靠向椅背，伸手摁住眉心。

王授文的话说出了关键所在，也说到了皇帝的痛处，只不过他还顾着自己的外臣身份，没往深处扎。

“你先起来。”

“臣不敢。”

皇帝看着他那模样，想起王疏月，突然觉得有些好笑。这父女俩长得一点儿都不像，王授文皮肤偏黑，人也不算瘦小，长着两道滑稽的粗眉。王疏月却白得少见，五官也生得秀气，可这父女俩的姿态偶尔倒是出奇地像。

皇帝站起身，从书案后跨出来，走到他面前伸手虚扶：“行了，轻狂什么！你的话，朕听明白了，容朕再想想。”

王授文站起身：“谢皇上恩典。”

皇帝笑了一声，道：“这话不好听，像要打朕的脸。王授文，王疏月册封和妃，朕对你们王家还没有行过封赏。”

王授文忙道：“皇上能让娘娘在您身边伺候，就是皇上对王家最大的恩典了。”说完，他似触了什么伤情处，竟重新撩袍子跪下，恳切地道，“皇上，臣斗胆掏一句心窝子里的话说给皇上听。皇上从前供养她，如今又救了她的命，臣和娘娘就算肝脑涂地，也不堪报答皇上的大恩一分。但是臣素知娘娘的心素淡，她母亲又教了她自矜自重的糊涂道理，若娘娘有什么地方冒犯了皇上，奴才求皇上多宽宥娘娘。奴才与犬子一定鞠躬尽瘁，以报皇上的大恩。”

他说到最后改了自称。这也是皇帝第一次听到王授文在自己面前自称“奴才”。

君臣际遇这么多年，皇帝还是很了解王授文的。他有立世的圆滑，但也有前荣文人的那种倔劲儿。就算已经抬了黄绫军，他也从来不肯称自己是皇帝的奴才。如今为了王疏月，他算是破了自己的底线。父女情意虽长年隐晦，一旦掀开那层膜，窥探其本质，还是令人动容的。

王疏月正坐在清溪书屋与藏拙斋的通廊上翻画师吴璟留下的画稿。

近黄昏，正下着小雨，但风并不斜，因此廊内倒是清凉干爽。

吴璟的分染之技出神入化，王疏月看得入神，突然头顶传来一个声音："在看什么？"

藏拙斋与清溪书屋是相连的，于是宫人们也就默认了这是一处地方，见皇帝回来也没有通传。王疏月吓了一跳，抬头见皇帝已经从她腿上拿起了一张，哂道："就这么几幅，你看了一整日了。"

王疏月忙放下画稿，站起来行礼。

皇帝移开眼看她，她已经换了之前的那身满绣氅衣，穿了一身退红色衫子，细风盈袖，显得单薄得很。

她体质寒，受不得冷。皇帝这时想起了周太医的话，又见她穿得这样少，竟鬼使神差地道："把手伸出来。"

王疏月被这句没来由的话给弄糊涂了。但这位爷时常不按常理出牌，她倒也有些习惯了，伸便伸吧。于是她索性将两只手都摊开，端端正正地举过头顶。

皇帝见她这副模样，真是吐血的心都有了。他原本想捏一把她的手，好知道她冷是不冷，谁知她这姿势跟讨打一样。皇帝瞬间觉得自己像个自作多情的傻子。他气得抬手便是一巴掌，啪的一声打在王疏月手上，虽未用十分的劲儿，但男子手劲儿大，王疏月还是疼得吸了口气，不由自主地缩回了手。

她正要开口，却听皇帝喝道："王疏月，你就听不懂朕的话！"

王疏月没有抬头，摊开手心，朝着掌面吹了几丝气："皇上要罚奴才，直说就是，奴才听得懂。"

皇帝见她掌面发红，知是刚才那一巴掌把她打疼了，又悔，又气，便握着她的手臂，一把将她拽了起来："朕跟你真是没什么好说的。"说着，他拿起画稿在她刚才坐的地方坐下，"你果然只适合对着这些东西。"

善儿过来递茶，王疏月亲手端过来，往他手边的高脚茶儿上放去。

"今儿主子罚奴才，奴才也不委屈。"说着，她走到皇帝身旁，陪着皇帝一道望向那些画稿，"主子，这蜀葵画得真好。奴才在长洲的时候就听过吴璟的名字，主子今儿能让奴才亲眼见到这位大师，就是给了奴才大恩典。"

皇帝哂道："你心倒是大。"他嘴上虽这样说，过后却又添道，"原本镂云开月那处园子朕打算交给张然来叠山理水，但你既看得上吴璟，朕就让他来当差。”

“皇上要建镂云开月？”

皇帝随手翻着手上的画稿：“嗯，不过要过段时间。后半年，朝廷用银地方多。”他说着，又想到户部的事情上去了。

王疏月见他沉默，便也不再说话，静静地陪他立着。

微雨幽凉的通廊上，飘来后面竹丛的清幽香气。她轻薄的衣衫被细风吹动，拂在皇帝的手背上，几张画稿被吹得沙沙作响。

黄昏来了。

王疏月爱黄昏，也惧黄昏。但此时皇帝坐在她身边，她莫名地觉得心中有一丝说不出缘由的安慰。

其实人间的事都不简单。有人筹谋万里江山，有人斟酌一日阴晴。

诚然皇帝是一个内里复杂的人，但这并不妨碍他无师自通地和一个女人共情。

“王疏月。”

“在。”

“手冷不冷？”

“不冷——”

她话还没说完，身旁的人突然握住了她的手。她不由得浑身一颤，忙抬头看去。

那人下巴绷得很紧，眼神也胡乱地扫向一边，拽着她就往藏拙斋走：“朕觉得冷了，进去。”

❖ ❖ ❖

七月初。

这日是顺嫔的生辰。皇帝命南府传了一班戏去临春园戏台，自己却在澹宁居召见乌善，并没有过来。

皇帝不在，淑嫔和宁常在都没什么兴致。顺嫔觉得自个儿脸上无光，听戏也听得心不在焉。

皇帝的这几个后妃之中，顺嫔的年纪最大，也是最早伺候皇上的人。她是皇后的族妹，也算是皇太后的侄女，只是其母是奴隶出身，压根儿护不住她，就只好把她送到太后身边服侍。那个时候，皇帝才满十四岁，尚未开府，太后觉得这姑娘老实、本分，便又把她放到皇帝身边去伺候。皇帝接纳她是出于面上对太后的尊重。她算得上皇帝的第一个女人，但可惜她是个顶没意思的人，就算头一年府中只有她和皇帝两个人，皇帝也不怎么待见她。后来皇帝年岁大起来，有了自己的势力、手段，更视这个女人为自己当年身不由己的耻辱，一巴掌把她推得老远，好几年间都不问一句。好在，她早年有一位公主，只是体弱，放在外头敬亲王府里养着，因此，如今这个嫔位，太后一提，皇帝还是爽快地给了她。也许是出身卑微的人越发要尊重，顺嫔对自己身边的奴才十分严苛，加之长年见不到自己的女儿，心情不好时常打骂，皇后劝过也斥过，最后懒得再说了。

这会儿戏台上刚唱过一出《清忠谱》。

太后传话叫戏先歇一歇。伶人们磕过头，都退到戏台下面去了。

伺候茶水的宫人们过来添茶，又敬过一轮点心。顺嫔意兴阑珊，侧头看着身旁的一株白茶。淑嫔看了她一眼，轻刮着茶盖，轻轻地叹了一口气。

太后道："今儿连你都不肯说笑了。"

淑嫔道："太后娘娘，是和娘娘今日不在，往常那戏文里有什么隐乐子，要她点一点，我们这些蠢的才乐得出来。"

太后对皇后道："和妃怎么了？"

皇后正与成妃一道翻戏折，听太后问她，忙回道："女人家的痛，昨儿疼了一夜。"

太后点了点头："皇后去看过了？"

"是，妾与成妃今儿一早去看了，周太医也在。"

太后听完，抬手把陈姁唤了过来："皇帝昨夜歇在什么地方？"

陈姁看了一眼淑嫔和顺嫔，有些不好开口。

太后沉下脸来："哀家问你，你说就是。"

"是，内事房的人说，皇上昨夜在藏拙斋，不过，没歇下，三更天就走了。"

那就是守了王疏月一夜吧。

皇后听了倒没变脸色，仍与成妃看折子挑戏。顺嫔掐着茶盏上的珐琅纹道："和妃娘娘也太轻狂了。咱们身上也是有疼痛的，可谁敢拿这事去搅皇上休息？何况今日太后娘娘和皇后娘娘都在，和——"

"召和妃过来。"顺嫔话还没说完，太后就已经发了话。

皇后听出太后情绪不好，忙起身道："母后，等和妃身子好些，再——"

"皇后，哀家让她来不是要责罚她，哀家是要问问她的病。皇帝政务繁忙，后宫不能让他分出那么多心，和妃身子不好，该歇着就歇着，让能伺候的好生伺候。你是皇后，你要为大梁的国祚着想，不能光由着皇帝的性子来。"

当着众人的面儿，皇后无话可说，只得跪下听训应是。

皇后跪下来，成妃等也都跟着跪下来。

太后叹了一口气，望着众人道："皇帝如今只有一儿一女，孝宜身子弱，养在了外头，大皇子虽健康，但没有兄弟，终究孤独。你们身为嫔妃，一不知如何让皇上舒心，二不能为大梁繁衍子嗣，终日昏聩，何以报君恩？"

众人无言以对，皆叩首道惭愧。

正说着，寿康宫的掌事太监杜容海慌慌张张地跑过来，见皇后等人都跪在太后面前，自个儿一时不好过去，便站在戏台下朝太后这边张望。

陈姁瞧见了他，忙躬身在太后耳边道："娘娘，杜容海回来了。"

太后心里一沉："让他过来。"随后她又对皇后等人道："你们都先起来，今日是顺嫔的生辰，不要搅了兴致。"

戏重新开了锣，唱的是《长生殿》。

杜容海跟着陈姁匆匆走到太后身边，借着戏台上声音的遮掩，在太后身旁轻声回道："娘娘，皇上撤了璞公爷户部的职。"

"什么？"

这一声"什么"，皇后倒是听见了，侧眼看了过来。

太后不由自主地摁住胸口，低声道："那人呢？"

"还不知道，程大人奉命宣旨去了。奴才不敢细问，得看过会儿刑部的会不会跟去拿人。"

太后心里顿时有些乱，尔璞是她的外侄，却比她还要长几岁，在先帝爷那一朝就做到了户部尚书。虽说里里外外的人都知道，这是先帝对太后一族的封赏和安抚，都不指望这位老公爷能做什么实事，谁知他做了大实事，利用职权替各处司堂官遮掩，把户部三大库掏走了一小半。

早几日前，尔璞的夫人进宫来给太后请安，就已经为这件事哭过。后来，太后又听说乌善递了折子，狠参了尔璞一本。皇帝来请安的时候，太后想试探试探皇帝的态度，试图寻找些转圜的余地，便有意无意地提了尔璞，谁知皇帝当时就变了脸色，杜容海也被皇帝斥为妄窥朝政、蒙蔽太后，差点儿被拖到内刑司打板子。

其实，自从皇帝登基以来，太后的心就没有一日定下来过。她从前以为皇帝命乌善纠察户部是冲着贺临在四川的烂账去的，谁知，如今一藤摸下来，皇帝步步为营，先是囚了贺临，又放逐了恭亲王，如今，竟然真要动尔璞，一点儿都不肯念她的情面。她好歹养了他十几年，太子被废后，她也是用尽心思替他筹谋，可皇帝从始至终都只顾表面上的那一层礼数，从不肯与她亲近。果然，隔着肚皮就养不熟吗？

太后又是气又是急，颤抖着摆手道："行了，你还是出去听信儿吧。"

"母后，出什么事了？"皇后见杜容海丧着脸匆匆去了，便起身亲自端了一盏茶递到太后手中，借此弯腰问了一句。

太后刚要说话，却见戏台下王疏月扶着宫女的手慢慢地行了过来。

她穿着藕色芙蓉绣氅衣，外罩着同色的坎肩儿。虽是在病中，她还是尽力周全了礼数，在太后面前行大礼请罪。

太后正意不平，也不叫起，凭她跪在戏台下面。

太阳很高，晒得地面发烫，周遭的花泥被蒸出了腥臭味，一阵一阵地往王疏月的口鼻之中钻。她在经期，腰腹疼得几乎支撑不住，这会儿又闻到这味道，胃里便开始翻江倒海。

善儿见她脸上苍白，上面的主子又没有半分体谅的意思，心里焦急得很，但又没有办法，只得撑扶着王疏月，尽量让她好受些。

“皇后，后宫的事，你处置，哀家听你问她。”太后把茶盏不轻不重地磕在茶案上，戏台上的戏跟着停下来。伶人们见这边太后面色不好，纷纷磕了头，暂退到下面了。

皇后低头看向王疏月。她早已经问过了周太医，知道王疏月这体寒之症在信期有多要命，但对太后的意思又不能当众违逆，她只得咳了一声，对王疏月道：“和妃，皇上平日政务繁忙，你身为后宫嫔妃，须劝诫皇上以龙体为重，不该恃宠生娇，折损皇上龙体。”

“是，奴才知错。是奴才不知体谅皇上，请太后娘娘、皇后娘娘责罚。”

皇后听王疏月说话声音都在发颤，知她支撑得艰难，但自己并不好此时出言维护她，便朝成妃看了一眼。

成妃向来意会得出皇后的意思，她起身走到太后身前道：“娘娘，和妃虽有错，但念在她年轻不知事，现在又已经知道错了，责罚就免了吧。”

“免了？成妃，你是皇帝身边的老人了，也这般不懂事？皇帝日后会有多少嫔妃？若人人都如和妃这般，借这样痛处，矫情地要皇帝相陪，我大梁还如何开枝散叶？这是重罪，你竟还敢替她求情！”

成妃忙跪下来，不再出声。

淑嫔在旁道：“妾以为太后娘娘说得极是，为妃嫔者，首要之任就是替皇上开枝散叶、繁衍子嗣。和妃有这个病痛，就该在一个安静的地方清清静静地养着，这体寒之症将养不好，日后是有大坏处的。我记得，先帝爷那一朝，就有几位娘娘有此症，就是年轻的时候没有调养好，后来，身子骨都不硬朗。”

顺嫔本就不喜欢王疏月，这会儿淑嫔把话说到这份儿上，她在旁便接了过来：“可不是，先帝的云答——”

“放肆！”皇后猛地呵斥了顺嫔一声。

顺嫔这才反应过来自己犯了大忌讳，忙起身跪下去：“奴才该死，奴才一时说错了话……”

太后只觉得太阳穴疼痛欲裂。

顺嫔提起的那位云答应正是皇帝的生母。其实就连云答应也都是后来叫的，先帝在时甚至连一个名分都没有给她。皇帝出生以后，她产后的恶露就一直没有止住。她本也是个奴才，毫无身份、地位可言，那副身子一废，先帝就再也没有召见过她，一直把她丢在临春园的恩佑寺里。

令太后想不通的是，皇帝虽然多次随先帝住在临春园，却从来没去见过这位生母，甚至即位以后也从未提过她。即便如此，她依然是太后的一大心病。毕竟生恩大过养情，太子被废后，太后对皇帝并没有多好，毕竟太子在时，她都是把皇帝当成为太子铺路的石子，这些，皇帝不会不清楚，所以，日后再怎么刻意修复，母子之间的隔阂都是在的。现在皇帝虽然尊她，却难保日后他稳定了朝局会不会不顾她的脸面，接自己的生母回宫册封。再想起尔璞遭撤职的事，似乎已经起了这样的苗头，太后心中越发惶恐，不由得白了嘴唇。

皇后见太后面色难看，便来搀扶道："母后，妾扶您回宫歇息吧。和妃的事交给妾——"

谁知她话还没说完，却听戏台下传来何庆的声音："奴才给娘娘们请安。"

皇后转身道："何公公此时来，是皇上有什么旨意吗？"

何庆看了一眼跪在日头下的王疏月，对皇后躬身道："回娘娘的话，皇上那边散了政议，召和主儿过去。"

淑嫔听了这话，不由得捏紧了手中的罗帕。

顺嫔因犯了忌讳，此时倒是无暇去想恩宠多寡。

太后摁了摁眉心："罢了，和妃，皇帝维护你，哀家也没什么好说的。既然口谕过来了，何庆，带人去吧。"

"是。顺嫔娘娘，万岁爷还有旨意与您，过会儿就到钟粹宫，请您备着接旨。"他说完，与善儿一道撑着王疏月站起身，慢慢地往戏台后走去。

戏台后面是一片如烟罗般的碧树。临近正午，无数叶隙透过光来，洒下大片大片的斑驳。那极清凉的风一吹，王疏月原本翻腾的胃此时倒是消停下来。

她在道旁略站了站，善儿拿绢子给她擦汗，心疼道："昨夜主儿疼了一夜，今日又受这么大的折腾，看这额头上冷汗出的。"

何庆道："傻丫头，咱们和主儿是因祸得福。"

"都什么时候了，你还说风凉话！"

"这哪里是风凉话！喏，看那边。"

王疏月抬起头来，果见前面停着皇帝的仪仗。皇帝立在巨冠树荫里，正冲她笑："被太后罚跪了？"

"那是娘娘在教奴才伺候皇上的道理。"

皇帝扫了一眼她的膝盖，伸手道："不要犟，过来。"说完，他一把揽过王疏月的身子，将她打横抱入怀中。

王疏月吓了一跳，慌道："主子，您这——"

“不要动，王疏月，伤了朕，朕就把你丢到后湖里去。”

他这么一说，王疏月倒真不敢动了。

皇帝的手钩在她的膝弯处，似乎抱得不是那么顺手，他便将王疏月的整个身子往自个儿跟前一抛拢，吓得王疏月慌忙钩住了皇帝的脖子。

皇帝被她勒得咳了一声：“王疏月，给朕松手！松手！”

“是是是……可是奴才……”

皇帝白了她一眼：“抓朕的肩膀。”

“哦……好。”她慌忙把手从皇帝的脖子上松开，却又死死地抠住皇帝的肩膀，脸上爬起了红霞，那慌乱的模样映入皇帝眼中，令他莫名有些得意。她这副模样，一看就是头一回被男子这样抱着，从前的矜持、端庄一扫而光，只剩下女儿家的羞赧和无措。

皇帝似乎找到了一个治她的法子。他觉得以后吃瘪倒可以就这么治她，心里幼稚地起了一阵畅快。这般想着，他低头看向她那张脸：“王疏月，你在怕什么？”

“奴才怕……奴才怕主子的腰还没好。”

有那么一瞬间，皇帝真的是很想把她丢到地上，但见她那心慌的模样，想着她今日是为自己遭的罪，又忍了：“王疏月，这几日太后传召你，朕都准你推了。”

王疏月羞红了脸，压根儿就不敢看他，只得将脖子拼命向外扭，口中却还是应道：“奴才见太后娘娘今日像是心绪不大好——”

皇帝点了点头：“太后今日要罚的不是你，是朕。”说完，他低头吹了吹王疏月额前的碎发，“你不用怕，朕今儿夜里就去请罪，你这几日还是给朕在藏拙斋里躺着，朕让周太医来看你。”

王疏月此时在他怀中稍微松下些心，但仍然不敢看他：“既如主子这般说，那奴才今日受的罪不亏。”

“替朕受罪不亏？”

“不亏，奴才这么一跪，能让太后罚了主子，又能让主子体谅太后，多值！”

皇帝笑了一声，道：“王疏月，朕不准你这么想。朕不是老十一，朕不拿女人周全自己，尤其是你这样的蠢女人。你这个人，只会给朕坏事。”

“是……奴才只会坏主子的事。主子，您把奴才放下来吧。”

皇帝没有应王疏月的话，径直把她抱回了藏拙斋，放到绸帐后的贵妃榻上：“往里头靠点儿，朕要坐。”

王疏月屈臂撑着身子坐起来，唤梁安道：“叫善儿给主子倒茶来。”

“朕和程英他们喝了一早上茶，这会儿嘴里涩得很，你这儿的茯苓糕还有吗？朕吃两块。”

梁安忙道：“有有，主儿前日做的，备着万岁爷来吃呢。”

梁安和善儿端茶端糕点去了，屋子里便静下来。淡淡的竹影映照在碧纱窗上，帐中的香似乎是已经焚了一会儿了，这时正香甜。

藏拙斋从前是清溪书屋的一间偏屋，进深不大，又在背阳面，日头一旦偏过去就十分幽凉。王疏月怕冷，这会儿连冰都没用。皇帝却是个怕热的，之前在澹宁居召见乌善等人穿得周正，这会儿又一路把王疏月抱回来，早已热得额头发汗。

王疏月靠在软枕上看他的模样，不由得弯了眉目。她这会儿得以躺下来，人也比刚才舒服了很多。皇帝正四下想找个什么东西来扇扇，回头却见王疏月正含笑看着自己，不由得绷了下巴，有些僵硬地回过身，撩平腿上的袍子，手正经地搭在膝盖上，刻意地挺直了背脊。

“你看什么？”

“奴才不敢，主子，您用冰吧。”

“谁跟你说朕热了？朕不热。”

“用吧，奴才热。”

“朕不热，你热也给朕忍着。”

梁安和善儿端茶点进来，听着这二人的对话，不由得相视一笑，放下东西后也不停留，双双掩门退了出去。

皇帝喝了一口凉茶，又吃了两块茯苓糕，人静下来，额头上的汗也凉了。他起身，随手从王疏月的书案上取了本书，仍走到她身旁坐下。

“《园冶》。”皇帝将书往她腿上一敲，“你要做个匠人，是吧？”

王疏月将一缕散下来的头发理向耳后：“前几日您提‘镂云开月’的事，奴才这几日躺着，哪儿也去不了，没事就翻些相关的看看。那上头还摆着《营造法式》呢，只是奴才笨，读了前头一截就读不动了。”

皇帝往后翻了几页：“等你精神好些，户部的事也了了，朕教——”

“万岁爷，周太医来了。”

正说着，张得通撩了一半竹帘，光透了一丝进来，晃到了皇帝的眼睛。

皇帝索性把书放下：“来了就传进来。”说完，他扯过王疏月腿边的一床薄毯，一股脑儿拉到她的下巴下面，“遮好了。”

周太医走进来的时候，见皇帝在王疏月的身旁正襟危坐，额头就开始冒冷汗了。他一直都记着皇帝那句若调理不好就摘他脑袋的话，生怕皇帝再提，请了安就什么话都不敢说，直直地跪到王疏月面前，请了她的手来诊脉。

皇帝侧腿给他让了一块地方，一言不发，就盯着他诊脉的手，看得他头皮发麻。

气氛很是沉郁。周太医的手微微发抖。

王疏月抬头看了一眼皇帝，又看了一眼已然丢魂的周太医，想着皇帝这样盯下去，周太医怕是连方子都开不出来了，于是咳了一声，起了一个话头道："主子今儿散议散得比之前早。"

皇帝抬起手臂松了松肩："朕散得再晚些，你今儿还走得回来吗？"说着，他终于把目光从周太医的手上收了回来，"你父亲给了朕一个普度众生的法子，朕还在考虑该不该照行。这会儿他们在拟折子，等会儿朕还要看。"

他虽没有明说，王疏月却猜到是户部亏空的那档子事。

其实，说到君臣，王疏月觉得，自己的父亲与皇帝是极为契合的，皇帝为政有刚性，杀伐决断绝不手软，父亲识怀柔，能适时地替皇帝斡旋。

"父亲一向以为主子分忧为先，早前奴才在家中的时候，父亲也一直都要奴才记着主子的恩典。"

皇帝端起茶来饮了一口。王疏月这么说，他并不觉得谄媚或者不舒服。王授文有天大的心，也就是经营自己门前的一亩三分地，保全地位和名声。在政事上他们合拍，至于王授文内里是个什么样的人、他是不是真的事事以皇帝为先，对如今的皇帝而言，已然不重要了。

这会儿，皇帝倒是想起之前他那几句掏心窝子的话，有几分感慨。王授文虽没把这个女儿护得多好，甚至想拿她来做自己政治上的筹码，但怎么说呢？比起先帝对自己的猜忌、利用、制衡，把父子亲情全部抹杀干净，王疏月和王授文之间还是能看见几分相互维护的真情实意的。

皇帝活了二十多年，一向是自己维护自己。身为太后的养子，从前太子在的时候，他得把太子供到最前面，自己为衬，否则就会被太后和先帝视为乱臣贼子。太子被废后，先帝看重的也是贺临，尽管他有经国理政之才，先帝却仍当着群臣的面儿斥他："奴隶之子，何有大德！"这一句话，皇帝并没有刻意去记，但这八个字时常敲入他的太阳穴和牙齿缝，痛得他整夜整夜地睡不着觉。身份这个东西，哪怕贵为皇子，也是分个三六九等。他并不太清楚母亲当年的病痛究竟错在什么地方，会让先帝厌弃。他如今也不想过问，毕竟出身是他忌讳的东西。

看着王疏月，皇帝却想要对她好些，至少不像先帝厌弃母亲那样把她丢下。毕竟，在他生死关头，所有人都只关心自己的后路，他把这个女人强摁到了身边，逼她服侍、维护自己。她也认真做了，难得的是，事后仍然是那副温和无求的样子。像卧云那些有缘一见的书，被人翻起时，就竭尽文字之中所有的沉淀，愉悦翻书之人的那颗心，回手被扣上时，倒也不露一丝悲色，像已尽了一读之缘的所有心意，心安理得地退到淡影之中去了。她对贺临是如此，对皇帝好像也是如此。但贺临糊涂，皇帝霸道，一个要杀了她，另一个要一次一次地把她从书架上拿下，放在私案上，摆到床头枕边。

“皇上，臣出去给和主儿写方子。”

周太医好不容易定下心神诊完脉，却见皇上在想事，并没有开口问话。他没办法，只好又硬着头皮出声，起身挪到皇帝面前，重新跪下，等着他发话。

皇帝回过神来：“哦，和妃如何？”

“回皇上，和主儿今日受了暑气才会格外难受，臣会替和主儿添些理气的药。”

皇帝点了点头，挥手让人退出去。他看了看外面的天时，向张得通询了一句时辰。

张得通道：“万岁爷，过午时了。您今儿还歇午吗？”

皇帝道：“不歇了。你去澹宁居问王授文，朕让他拟来看的折子拟好了没，拟好了就呈过来。”

王疏月见皇帝没有要走的意思，寻思自个儿也就不能躺着了，于是掀开身上的毯子正要起身，谁知那傻皇帝想着她才好些，怕她起来折腾又要难受，竟回手推了她一把：“你躺着别——”

话音还未落，张得通和何庆听到咚的一声，王疏月的头便磕在贵妃榻的背靠上。

何庆忍不住捂了眼睛，暗暗地“哎哟喂，哎哟喂”了好几声，全然没眼再看。

“你……朕让你起身了吗？啊？你就乱动！”皇帝这会儿又气又急，他自己也搞不懂了，明明想对王疏月好，为何却总是在伤她。

“皇上，奴才去把周太医找回来？”张得通比何庆稍知些事，见皇帝显然是急了，在旁小心地说了一句。

王疏月忙道：“张公公，您多什么事？哪里是伤着了，是簪子磕在木头上了。”

哪里是簪子磕在木头上！皇帝明明看见她疼得眼睛都红了，忍不住地吸着气，却还是尽力稳着声音，维护他的面子。那可是榆木质的贵妃榻啊，寻常手这么碰一下都死疼，更别说自己刚才推她的那一把力道不算轻。

“王疏月，朕——”

“真没事，是奴才不小心，磕着簪子了。”

皇帝才不信她的鬼话，一把将她扶过来，又压低她的头查看。

还说没事呢，眼见后脑勺起了个包，皇帝恨不得照着她的后脑勺给她一巴掌。

“王疏月，你当朕是傻子吗？朕又不是圣人，张得通、何庆是奴才，他们看朕犯点儿错处怎么了，还敢到外面损朕的面子去吗？你伤了就伤了，该开口就开口，这么闷着不出声，朕之前申斥你的话，你都听到什么地方去了，是不是要朕打你一顿你才记得住？”

这一席话说得何庆和张得通都跪了下去。

皇帝说着，轻轻按了按那肿处，一按下去，王疏月便吸了一声。

“张得通，去把周太医给朕叫进来！”

王疏月抬头望向皇帝，他脸上的心疼毫不掩饰，甚至言语中也没有端着，显然是有些慌了。她再胆怯、寡淡，也逐渐看出皇帝的情意。此时她张嘴想说些什么，皇帝的声音却稍稍压了下来，似乎是怕自己又把她吓着了：“王疏月，朕说错了，朕不打你。你就记着，朕是皇帝，朕不需要你维护。朕维护你就够了。”

“哪能在主子身边做那样的糊涂蛋，明明知道主子是为奴才好，却还要矫情、多话给主子多事，那不成白眼狼了，哪配再伺候主子？”

皇帝脖子一梗，她认真说话的时候是真顺耳、坦诚又合时宜，不见得戳穿了皇帝的心思，却又让皇帝觉得她还是懂他的。

“周太医呢，怎么还不来？”

何庆忙道：“万岁爷别急，藏拙斋没有外间，写方子就只能去旁边的太朴轩了，来回要几步路。”

皇帝看了一眼王疏月，他那只手想揉又不敢去揉：“那这个，怎么搞？”

何庆一怔，他怎么知道怎么搞，他又不是太医。不过，万岁爷问他，他又不能不答。好在他是在宫女堆里混大的，在这方面比张得通要得心应手，忙躬身小心地道：“万岁爷，您给和主儿吹吹吧。吹了，和主儿就不疼了。”

皇帝总觉得这个狗奴才在坑他。但看着王疏月那模样，他也没多想，轻轻地将她的头压得低了些，试着朝着那肿处呼了一两口气。

那热气顺着如意云绣的领口渗进了她的脖子，王疏月的脸一下子红了。接着那丝热气像在衣料下游走一般，甚至侵袭脚底，惹出一阵热痒。她早开了女人的灵智，但相对地，那人间糊里糊涂、全仰仗一根筋的情爱之道就通得很晚。好在皇帝似乎也是如此，否则此时他要是看穿了王疏月的慌和乱，定会挥退左右，借着这烈火干柴的势，把大事办了。可是也是奇了。因为他傻，所以他给了王疏月平常帝王绝不会给出的尊重和时间，哪怕他自己并不自知。

王疏月搞不明白自己的身子是怎么回事，但她懂得，这样的尊重和时间，对嫁入大梁皇家的自己而言，是多么不易和珍贵。

皇帝捧着她的头，还在笨拙地替她呼气，却隐约觉得有一只温暖柔软的手悄悄捏住了他的马蹄袖。他低头一看，那只手却又偷偷地缩了回去。

就这么一下，皇帝心里突然明朗起来：“好些没？”

“好多了。”

皇帝松开她，扶着她重新靠下。周太医此时已被张得通可怜兮兮地拎了回来。

皇帝看着周太医，是真的有些尴尬了，生怕这人一会儿问他和妃是怎么伤着的，怎么说啊，总不好说是自己一巴掌推的吧？

“主子，您回清溪书屋瞧折子去吧。奴才好些就过去伺候。”

他才说过不要她周全，从前也总说不喜欢女人聪明，但此时又觉得，像王疏月这样的女人，也有可怜可爱之处。

“你不用过来了，朕晚些要去给太后请安。”皇帝说完，起身往外面走，走到周太医身旁的时候，低手顺着在他的官帽上敲了敲：“你的脑袋。”

吓得周太医忙伏了下去。

❖ ❖ ❖

春永殿中，洋漆花膳桌上的燕窝红白鸭子还冒着热气，太后却已经放下了筷子。大皇子今日跟着皇后过来陪太后用晚膳，见皇祖母放了筷子，他也不敢再吃，望着面前那碗才吃了一口的雪菜粥抿嘴。

今日因有贡菜进来，所以御膳房的首领太监黄慎也在。这会儿他正垂手立在膳桌旁，盯着皇太后一筷子未动的那道鹿肉干发愁。

宫里的规矩，太后、皇上用饭时，后妃是不允许劝膳的。一是礼，二是皇家饮食向来有个人的限，这也是入中原后逐渐形成的养生之道。不过，如太后今日这般几乎一口不食的情况，较真起来，御膳房是要被问罪的。

黄慎在下面搓手，宫人们也都跟着不安起来。

皇后拍了拍大皇子的肩膀。

大皇子转过身来，扑闪着眼睛望向皇后：“母后——”

皇后指了指那盘鹿肉，又看向太后，而后冲着大皇子点了点头。

大皇子是个聪慧的孩子，皇后这么一示意，他便懂了，于是，牵着皇后的手从椅子上下来，小心地捧起那盘鹿肉踉踉跄跄地走到太后面前：“皇祖母，孙儿——”

“哎哟，这孩子。陈姁，快端过来。”

皇后趁此道：“母后，这是老亲王思念母后的心，妾替老亲王求您体恤体恤他，他老人家若是知道母后如此伤神，心里一定不好受。”

太后叹了一口气，道：“去年先帝走的时候，他就已经病得来不了京城了。”说着，太后取筷夹了一片盘中的鹿肉，没入口，又摇着头放下来，“族人凋敝啊。皇后，你叫哀家如何面对老亲王？”

太后说这话，皇后听着心里也不好受：“母后，尔璞的事，是其有罪在先，皇上最恨这些欺君罔上、发国财的贪官污吏。年初办四川那边的都抚，那都抚是伺候了他很多年的奴才啊，说杀也就杀了。如今，尔璞只是被撤职，皇上对我们宁沁已是宽待了。宁沁是皇上倚重之地，哪怕一时没落，也终会有光大之日。”

太后扫了一眼皇后平坦的小腹：“光大之望，都在你身上。”

一句话又引出了老生常谈。皇后低头看着自己平坦的小腹，无言以对。

太后摆了摆手，面上也恹下来：“吃不下，撤了吧。陈姁啊，福建进贡的闵姜倒可再取些来，哀家就着把这碗粥喝了。”说完，她又摸了摸大皇子的头，对皇后道：“皇后，大皇子小，这又是在临春园，不该守那么多规矩，让底下人伺候他再吃些。”

姑侄俩沉默地把这顿晚膳将就吃完了。

宫人们撤下膳桌，捧了金银花水来伺候净手。太后将珐琅护甲一个一个地摘下来，摘到第三个的时候，陈姁过来道："娘娘，万岁爷来给您请安了。"

皇太后看向皇后。

皇后忙站起身，将太后身旁的正位让了出来，又冲太后摇了摇头。

不多时，皇帝从外面跨了进来，竟带了一身雨气。

太后与皇后这才察觉到雨已经下了半个时辰了。此时夜里风冷下来，加之有雨，竟幽冷得有些渗骨。

皇帝穿了一身琥珀色的常服，左肩有一半被雨水淋湿了。若换成平时，撑伞的太监已经在内刑司哭天喊地了，今日皇帝却没说什么。他站在门前随手拍了拍肩上的雨水，而后径直走到太后面前道："儿子给母后请安。"

太后道："起来吧。这么大的雨，难为皇帝还过来看哀家。"

皇帝站起身，撩袍在太后对面坐下来。陈姁端上茶来，却听太后道："把老亲王进贡的鹿肉割些来让皇帝尝尝。"

不多时，鹿肉被端了上来。

皇帝取筷夹了一片放入口中，咀嚼吞咽，不紧不慢，直至最后一丝肉汁味淡掉，方开口道："朕在外面问了黄慎一嘴，他回说母后今日胃口不好。皇后，你们是怎么服侍太后的？"

皇后知道这母子是借她发作，也不说话，只跪下请罪道："奴才们有罪。"

太后道："皇帝不用吓皇后，她惯是个好性子，服侍哀家尽心竭力。皇帝若要问哀家为何今日气郁，就该想想皇帝自己的言行。"

银筷与青瓷盘一磕碰，皇帝搁了筷，手叠于膝，挺直了脊背："好，儿子愚钝，听一句母后的明谕。"

太后笑了一声："皇帝，哀家活到这个岁数，心中所想不过是皇帝和我大梁万代的基业。你宠爱个把女人，哀家本可不过问，但皇帝该记得，国祚永续，要的是子孙绵延。哀家问过周太医了，和妃并不易受孕，既如此，她就该懂事，该知道进退，如此纠缠、魅惑皇帝，哀家没动祖宗家法来责她，已是宽仁！"

"母后，您不用宽仁，朕替和妃受您的祖宗家法。"

"你——"太后喉咙一涩，猛地提高了声音，"为了一个汉女，听听，皇帝，你说的是什么混账话！"

皇后见太后似动了真怒，忙对皇帝道："皇上，您这不是剜母后的心吗？"

皇帝面无表情，撩袍跪下。殿中的人瞬时跟着跪了一地。

"母后尽管责罚，等儿子受完了，还有几句话要说给母后听。"

太后气得胸口起伏，双手颤抖：“皇帝，你……你……糊涂啊！”

“朕糊涂，朕糊涂就该赦了尔璞，让这个贼臣掏弄空我大梁三大户库！”他突然提高了声音，虽跪着，目光却直迎太后。

太后一怔，她想借着王疏月的事训斥皇帝，以就尔璞的事向皇帝施压，谁知他竟直截了当地挑明白，这倒让太后措手不及了。

“儿子明白母后在气什么。其实不说母后，这两三日，老十二、王授文都在观音点符水，让朕大鬼救，小鬼也救，朕顾念太后，还肯看一眼这些人递上来的折子。但天理国法从来没有这个道理！”

这话似一声炸雷，逼得太后一时说不出话来。皇帝抬起手，点向旁侧：“欠了朝廷两三百万两银子，母后，你可知道这是什么大罪？他尔璞跟朕认过罪吗？这些年，先帝还在的时候，他就借着给母后上贡的名义，从地方上贪了多少，您使着这些污银的孝敬，心里安得了吗？如今，在朕面前，他也是得意得很，跪着哭穷，坐着卖老，一句话——银子孝敬了朕的母后，他还不起了！好嘛，朕和母后倒成了罪人。母后，就他这人的做派，母后当年还求着先帝赏了他‘忠孝两义’的匾！”

言语诛心，刀一样地往太后的心肉上剜去，哪里还顾及一点点母子情分。太后觉得自己眼前发黑，有些坐不稳，喘息着向皇帝指去：“你……你……你为了和妃，竟然这么污蔑先帝！你啊你啊……你大逆不道啊！”

“母后说错了，正是为了父皇的名声，朕不会摘他那块匾，朕要摘就摘了他的脑袋，免得日后还有人损父皇的英明！”

太后红了眼眶，眼白里透出红色血丝。以前她就知道，他是个阴冷的人。但他一直掩盖得好，看起来对她十分孝顺，对太子也恭敬，她从来没想过，会当着这么多人的面儿挨他这样一通雷霆。

当年因为和裕贵太妃不对付，不肯让贺临即位，又想他虽然性子冷，但好歹是在自己的身边养着的，没有生恩，也有养情，他即位定会对宁沁、对自己的族人多施恩典，说不定还关照自己的亲生儿子，把废太子放出宗事府，但如今，太后看着他囚禁贺临，令其断指，贬谪恭亲王，当真逐渐开始后悔，或许当年就不该推他到这个位置上。

“皇帝，他毕竟是哀家的——”

“那他就更该死，污了先帝之名，还要逼迫太后做罔顾朝廷铁律的罪人，朕看摘了他的脑袋都不够，该凌迟处死！”

太后被皇帝顶得说不出话来，喉咙里干哕了两声。

皇后膝行到皇帝身边，抓住他的袖口，叩头道：“皇上，臣妾求您开恩啊。太后今儿几乎什么都没有吃，撑到这会儿已无力气了。皇上，求您体谅太后，她老人家年纪大了，心疼从前侍奉过自己的人，绝不是要罔顾朝廷铁律啊。”

皇帝站起身，顺道也将皇后从身边拽了起来。他朝太后走近几步，一字一句落得扎扎实实：“母后，您心疼侍奉过您的人，朕也心疼服侍过朕的人。王疏月何错，朕不问母后，不过，母后，王疏月是朕的奴才，她犯了过错，朕可以处置她，也可以宽恕她，甚至可以代她受过。只因她是个女人，她翻了天也翻不出朕的手掌心，但母后，您也是大梁的主子，您身边的人借着您，翻的是您和朕的天，您也要为此功过担一身吗？到时候，您让儿子情何以堪？”

太后哑然，只能张口结舌地看着他。

皇帝却退了一步：“母后，朕是金口玉言，您的家法，朕替王疏月受，您什么时候下得了手，朕就什么时候领罚。”

说完，他转身向外走，一面走一面道：“张得通，传太医。今儿伺候太后用膳的人，全部杖责二十。若太后明日还没有胃口，就杖责一百，活的撵出去，死的埋了！”

皇后心惊胆战地将皇帝送出春永殿，回来见太后已仰面躺了下来，手中的翡翠念珠转得飞快，她却张着嘴，眼中含泪，发不出一丝声。

“母后，您何苦和皇上闹成这样！”

太后侧过头，看向皇后，半晌，终于叨念出声：“错了错了，养不熟啊，养不熟啊。”

这两个人，一个明着狠，另一个暗着倔强。

王疏月正卸晚妆。

善儿取来一把面脂、澡豆放在王疏月手边，对王疏月笑着说了一句：“主儿今儿的胭脂涂得格外仔细。”

王疏月耳根一红：“你又瞧出来了？”

善儿弯腰道：“主儿想什么，奴才都知道。”说完，她转身出去捧水。谁知才绕到屏风外面，藏拙斋的雕花门却突然被宝子撞开，善儿吓得险些撞倒一只摆在门边的钧窑瓷花瓶。

藏拙斋以前就是清溪书屋的一间偏房，从前用作下棋、饮茶之所，王疏月住进来以后才强改成了寝室。格局没什么好动的，就只在中间放了一架紫檀木雕云龙纹屏风，屏风后置床榻、妆台，前安条桌、圈椅，又在西面的窗户下摆了一张贵妃榻，王疏月闲时就常靠在那里。

这会儿王疏月正坐在屏风后面，因快到安置的时候，身上就只穿着一件白绫中衣。她听到外面的响动，忙披了一件坎肩儿绕出来。

善儿正数落宝子：“你是御前的人，怎么也这样没规矩起来？冲撞了我们主儿，你有几个脑袋砍？”

宝子自从被皇后打过板子，就不能近御前服侍了，多是和何庆站在外面答应，这回何庆让他来给王疏月回话，说主子过会儿要过来，他倒真是跑得上气不接下气。

“和主儿，不好了，我们主子爷被太后娘娘动了家法。这会儿都——”他在春永殿听了何庆半截的话就开跑，说得藏拙斋中的人都蒙了。

梁安尚算冷静，忙道：“你是不是听错了？怎么可能？”

宝子道：“真的，奴才在外面听得真真的。太后娘娘要用祖宗家法处置和主儿，万岁爷说，他替和主儿受了。”说着，他举起手来，“举头三尺有神明，奴才要是瞎说，天打五雷轰。”

善儿啐了他一口：“呸，说什么呢？没的吓着主儿。”

王疏月愣住了，她倒不是全然信了太后真会处置皇帝，她真正入心的是皇帝的那句话——替她受了。

懂事的人大多向内而生，不断汲取内心的力量去修饰生命和生活，而不是拼命向外抓攫。王疏月是这样的人，皇帝也是这样的人。在王疏月看来，他们这样的人活得有些脱离世俗中那些看似热情的人情世故，也就不是那么擅长给予。或者，真正给予某个人什么的时候，明显姿态笨拙。比如拿绳子绑着对方。再比如，一巴掌推得对方头破血流。但实际上，这些蠢笨之下都是干干净净的好心。

皇帝这个人，像悬在明华宫的那块御匾一样，光芒万丈，牛鬼蛇神见了都得四散奔逃，但他也是个病中不肯独眠，偶尔惊厥醒来就立马要找到王疏月的男人。这漫长又糟心的一世，从来只信自己的皇帝恐怕只会向外抓攫这么一次，然而这也是缘分吧。那个时候，在他身边的恰好是王疏月。所以他才要维护她。

王疏月想着皇帝看她时的眼神。

女人都善于比较。她在御书房看过他如何审视吏部引见的官员，抽丝剥茧一般，要将那些人的前世今生都看透，她也见过他在明华宫外的雪地里与贺临相互逼视，兄弟义绝，杀伐在即，再回想在隆正殿的西梢间外，他坐在信纸的灰烬旁低头看她时的眼神，戾气隐在眼底，绝对说不上温和，却坦诚。他说“王疏月，你好好活着”的时候，目光中好像真的有些舍不得的情绪在起伏。

“朕现在就赏你天打五雷轰！”王疏月正在出神，门前突然传来她熟悉的语调。

她忙抬起头来，见何庆站在廊下收伞，张得通正帮皇上抖着身上的雨水，同时斥跪在地上吓得如抖筛的宝子：“没脑子的东西，这宫里的坏舌头都是你们这些糊涂蛋扯出来的！还不快滚出去！”

这倒也是在救他，宝子连忙连滚带爬地退了出去。

皇帝看着宝子跌跌撞撞的背影，想起刚才他说的那些话，倒不自觉地笑了一声。他示意张得通停手，自己抬手一面解领扣，一面往里面走：“何庆，叫尚衣监的备着，朕就在藏拙斋这边更衣。”

王疏月立着没动，虽然知道宝子是胡说了，但眼睛还是不自觉地朝皇帝身后看去。

皇帝自个儿解了半天的扣子，不见她像往常那样过来替手，回头又见她正盯着他的屁股看，一下子恼火起来：“王疏月！”

“啊……奴才在！”

“你在看什么！信不信朕让人挖了你的眼睛？”

王疏月自个儿也发现了自己竟然盯着皇帝的屁股看了半晌，忙闭上眼睛：“奴才该死！”

皇帝气不打一处来，但看着她那副像犯了大法一样的模样又觉得特别好笑。不过，张得通在，皇帝始终有些不自在，便抬头扫了他一眼。张得通是什么老妖怪，哪里不知道自己现在戳不得，赶忙告退出去了。

皇帝走到王疏月面前：“睁眼。”

王疏月摇了摇头，屈膝跪了下去：“不敢不敢，主子要挖奴才眼睛。”

皇帝低头笑道：“少试探朕，你知道朕就是说说。”

王疏月还是不肯睁眼。她压根儿不是怕皇帝挖她的眼睛，她是觉得羞死了。从前皇帝长痘疮的时候，她替他擦身子，连没衣服遮挡的时候都看过。可是那会儿他躺着没动啊，跟块大木头似的，这会儿，他能说会动的，且一席话就能逼得她面红耳赤。

羞死人了，王疏月打死也不想面对皇帝。她不知不觉，脸从额头红到了脖子根。

皇帝蹲下身来，打量着她：“王疏月，你现在跟只煮熟的螃蟹一样。”

王疏月真的是连哭的心都有了，这位爷好不容易抓住她的把柄，绝不可能这么轻易就放过她。她索性趴伏下去，额头枕在手背上，拼命把脸往下藏。

皇帝果然没打算放过她，抬手把她的脸抬了起来：“敢看不敢认，你都看到什么了，跟朕说。”

“您衣冠楚楚的，奴才能看到什么啊——”这是什么狗屁糊涂话，王疏月恨不得给自己一巴掌，敢情皇帝要是衣冠不楚，她就真能看见什么一样。疯了。都是让这皇帝逼的。她越发不敢睁眼，那张脸却涨得像条鼓腮的红鲤鱼。

皇帝乐得不行，之前的恼意全消失了。他顺手从椅子上扯下一个垫子，盘膝坐下来：“你是不是以为朕真让太后给责了？”

王疏月忙摇头：“奴才……奴才是心里有愧。因为奴才不懂事，让主子和娘娘不痛快。奴才万死都不能抵罪。”

皇帝笑了一声，道：“你要是觉得对朕有愧，就把眼睛睁开。”

王疏月鼓着嘴，仍闭着眼睛。

皇帝松开抬着她下巴的手：“睁吧，张得通和善儿都被朕撵出去了。就朕在你面前，你这奴才要什么体面？”

王疏月悄悄睁开眼看了他一眼。他衣扣解了一半，里面月白色的中衣露了一半，他正似笑非笑地看着她。她忍不住“哎哟”了一声，忙又把身子伏了下去。

皇帝真是无奈了：“行了，起来。地上冷成那个样子，今儿晚上再闹起来，你是安心逼朕摘周太医的脑袋。”说完，他自己先站起来，又伸手把王疏月从地上拽了起来，“你要是真不放心，朕让你检查就是。走，去里头。”说着，他就要牵着她走。

一句话让王疏月瞬间僵成了一根火棍，皇帝连牵都牵不动她。

皇帝回头，彻底被她逗乐了。果然还是个年轻姑娘，一遇到男女之事就彻底蒙了，平时的聪慧、玲珑都酥成了渣。她现在这副面红耳赤却还道貌岸然不肯承认的模样，落在皇帝眼中，越发让皇帝觉得喜欢。

“疏月。”他把她前头的姓去了。

王疏月脑子里乱成一团，莫名其妙地冒出些白花花的不知道是什么的东西，听到皇帝叫她，肩膀不由自主地一颤：“奴才在。”

“朕乏了，睡觉。”

“别……主子啊……奴才这里闷得很，又用不得冰——”

皇帝解开外袍，往她的榻上一躺：“今儿下了雨，朕怕冷。”

王疏月欲哭无泪。这是怎么了？她之前明明搞得明白自己的身份，也算能理解这些事的啊。再说，自从皇帝突袭长坤宫那一次之后，梁安、善儿，还有内事房的那些人就拼了命给她灌输那些事，恨不得她一夜就修成天地间的春神仙。王疏月有的时候都不能理解，皇帝这么正儿八经的模样，真的能搞懂他们口中那些奇怪的东西吗？

“你又在发什么呆？”

王疏月看着他，又想起内事房姑姑教她的那些话，不由得晃了晃头。

皇帝见她不动，索性自己脱靴子：“过来。疏月，你身子还不好，朕不碰你。”说着，他踢掉一只靴子，又去脱另外一只，然后道，“还有，朕没事。今日的事，太后也不是刻意为难你，是朕对太后有做得不对的地方。不过，你放心，朕说了，朕不会让你代朕受过。”

❖ ❖ ❖

七月底，婉常在在禁城内诞下了二皇子。

消息报进临春园的那一日，皇帝正在里间见外放到山西管粮道的官员。程英陪在里面，王授文才从九卿科道会议上脱身出来，手上捧着耗了好几日议出的章本，备呈皇帝。他最近也确是跟皇帝耗得累着了，催还户部欠款的事，他和程英原本提了一个法子上去。将户部的部费，什么余平银、茶饭银归公，拿来抵户部亏空，分三十四年还清。皇帝听了他这话，叫他拟折子上来看，谁知皇帝看过之后又发还给九卿科道，让他们议出具体之策。王授文这个起头者自然要在堂同议。一连半个月，他京城京郊两边折腾，腿肿得老高。

程英等几个近臣实在不解：“都说皇帝向来果断，怎么在这事上磨叽起来了，是不是没看上咱们的处置法子？”

王授文倒是知道皇帝在想什么：“恐怕是没看上咱们的法子。皇帝从一开始就打算办了尔璞，杀鸡儆猴。户部三库的亏空，先帝爷那一朝，朝廷伸了几次手，都没能把根儿给除了，为的就是云漠丹林部不稳，朝廷还有倚仗宁沁的意思。先帝爷一是不弃怀柔之政，二是念大家清贫，各有难处，也不好把臣子们逼得太狠，这才由着尔璞的官帽戴得稳稳当当。当今皇上……呵，当今皇上是遇事惯多想几步，若有后手，户部这回查亏空就不会草草收场了。”

程英道：“也是，现在我们的这个法子，说白了还是在救尔璞。不过，你说的后手是——”

王授文点了点头：“我看四川的多布托这几年历练得扎实，宁沁的老亲王也是要入土的人了，压根儿就没心思打仗。皇上……说不定有心把钱从这京官身上掏出来，充入军费开支，直接扫了丹林部也未可知。”

程英道：“皇帝既然是这个心思，还让九卿会议议个什么？这不就是拖着嘛！”

王授文一面说一面正官帽：“前日太医院把院正都派到临春园来住着了。园里人不敢说，外面却有风声，前几日，皇上把太后气得险些呕了血。如今皇上能怎么样？这个孝名，累人啊。再有，下面已经开始议了，什么重汉臣、轻梁云……”

程英牙齿缝里呲了一声。这最后半句话的分量压得他这个汉臣肩头一沉。

这些话，其实王授文不光想说给程英听，也很想找个什么机会跟王疏月说一说。毕竟朝廷上传的是“重汉臣，轻梁云”，这还算好，皇帝那口舌，引经据典，有无数的话可以说道，但宫里传的则是“皇帝迷恋汉女，违逆太后”，性质是全然不一样的。虽然“缠足女子入宫者斩”的懿旨已经成了玄武门后蒙灰的布，但大梁朝廷仍然对那些诞下皇子的汉人嫔妃有所顾忌，比如婉常在，伺候皇帝多年，且有幸遇喜，却仍然是个常在，没什么大的体面。

不过，想着“迷恋汉女”这四个字，王授文又有些想不通，为什么王疏月入宫之后会传出皇帝“迷恋汉女”这样的话。皇帝，他是了解的。王疏月，他也是了解的。这两个人，一个明着狠，另一个暗着倔强，完全不像能对付的。所以，背着他这个老父亲，这两个孩子到底是怎么相处的呢？他越想越迷糊，不由得揉了揉眼睛。

快入秋了。

天高云淡，人身上也不那么腻得发慌。身上舒服了，也就没有那么急躁了。王授文隐隐约约听见皇帝在里面和人论佛教、理学，大概猜出那个外放的官是个老翰林。皇帝用人向来严谨，有的时候甚至苛刻，每一个荐上来外放的人，他都要里里外外地摸一遍才肯松手，这样一来倒是门儿清，只是也平白给自己添了很多政务。

眼见着曾少阳又呈浓茶进去，王授文百无聊赖，索性在日头下眯起眼睛养神。

他这么又站了一会儿，禁城前来报喜的太监就到了。

王授文是个老文人，向来不大看得上这些受了宫刑的阉人，不肯与之沆瀣为伍，但内里又有些同情他们。这些人中，有些是前荣老臣的后代，因为父辈不肯做梁人的奴才而入狱，又被发配到宫里当差，其中不乏举世清流之后，比如此时站在自己身旁的曾尚平。当年豫老亲王的丧事，就是他经手办理的。

王授文当时在翰林院编典仪上的书，和他倒是有过几次照面。他父亲是前荣的大文豪曾孟来。前荣皇帝死后，曾孟来写了一首断头诗，言辞激壮，在京城里流传开来，令无数崇仰汉风的人潸然泪下。当然，此人结局凄惨，被朝廷判了腰斩，惨死在午门外头。王授文在长洲的时候，就与此人神交，谁知见面之时也是曾孟来身故之时。两人虽然政见不同，但是同世相惜。后来王授文辗转知道他的两个儿子都在宫中为奴，感慨颇多，但真正见到曾尚平的时候又不忍直面。于是，此时王授文索性重新闭上眼睛，一声未吭。

谁知曾尚平却在他面前行礼："请老大人安。"

"欸……这使不得，在皇上的门外面，这不合规矩。"

曾尚平站起身："主子爷如今敬重老大人，不会怪责。"

这话从他口中说出来，总是让王授文不是那么自在。

"曾公公怎么从禁城过来了？内侍府有事要回皇上吗？"

"哦，奴才已不在掌仪司办差了，如今在日精门行走。宫里的婉主儿诞下了二皇子，奴才是来给临春园的主子们报喜的。"

他不在掌仪司了。王授文知道，这多半是贺临失势、裕贵太妃被禁的缘故，但毕竟不好说，只得应曾尚平后面的话道："这可真是个大喜事。皇上知道了，定然高兴。"

正说着，何庆从里面出来传话，恰好听见王授文的话，笑迎过来道："今儿澹宁居的龙爪菊开了，比往年开得早，奴才就说嘛，肯定是个好兆头。"

王授文道："程大人在里面吗？"

"在的，瞧着快散了。曾公公，随奴才到前面候着吧。王大人，可能还要劳您老再站会儿。"

"这是应该的。皇上的大喜事耽误不得，耽误不得。"

不多时，程英领着几个官员出来，有几个面色严肃，另几个倒喜笑颜开。

曾尚平跟着何庆进去，不多时也出来了。

张得通亲自领着王授文进去，王授文膝盖还没触到地面就听皇帝迎头道："朕要回一趟宫看看二皇子。王授文，你备着明日叫大起，在明华宫门口议事，朕要和你，还有九卿科道们，亲自掰扯掰扯尔璞和户部的事。拖不下去了，明日敲定，朕就要把旨意发出去。"

“是，皇上有明断，臣心里就踏实了。”

“嗯。”

皇帝喝了一口茶，见他仍跪着：“起吧。此时也没外臣了。张得通，赐座。”

“臣不敢。”

“你这架势是要给朕请罪。”

王授文顺着皇帝的话道：“臣听说和妃娘娘行了错事，臣惶恐。”

张得通搬来墩子，放在王授文身边。

皇帝放下茶盏，一面示意张得通去扶王授文，一面道：“和妃没什么错处，就是身子不好。朕让周太医调理了这么些日子，一直不见好转。你也不用杞人忧天。朕知道，你和程英这些人听了些说朕‘重汉臣，轻梁云’的话，朕告诉你，这要有错也是朕的错，跟你们没有关系，跟朕的嫔妃更没有关系。朕为政有朕的道理，扯旧弊之根，哪能不遭掣肘？朕即位这大半年，‘苛刻、独断’之名担得不少，但朕是什么人、朕对朝廷是什么心，这些事，朕和你王授文该是有点儿默契的。”

王授文忙起身道：“是，竟是臣糊涂了。”

皇帝站起身从书案后面走出来：“至于和妃，她很好，伺候朕很尽心，朕也很喜欢她。即便她不好，就算全朕与你的君臣情意，朕也会保全她。”

王授文心中一动，撩袍叩首：“有皇上这句话，臣万死也安心了。”

皇帝离园回城，太后又染了病，临春园内霎时静下来。

王疏月身上好了很多，日子不好打发，就与成妃学刺绣上的功夫。

成妃住在云崖馆，临着园中后湖，原本就十分清幽，如今入了秋，静静地在窗前坐着竟有些冷。

善儿取了披风给王疏月披上。

成妃看了道：“你这身子是怎么回事？这才七月底啊，就用上这夹绒的了。”

王疏月绾着手中的线：“如今好多了，前几日才要命。唉，我也不知道是怎么了，有一天晚上冻着了……”她正说了个头，见外间大皇子在写字，便压低了声音，凑到成妃耳边续道，“那一个月月事提前，竟疼得要人命，后来每到信期就有活不成的感觉。”

成妃捏了她的手腕：“你这就要不得啊。你要知道，身子就是咱们入宫的本钱，要是诞不下子嗣，哪还有体面和仰仗？皇上再疼你又如何，哪里能持久一辈子呢？还是儿子重要。你看婉常在，从前胆小如鼠，被淑嫔吓得往我这里躲，如今有了二皇子，看样子，皇上也要给她升位分了。”

王疏月看向外间。

大皇子正一本正经地捏着笔写大字。也许是皇帝的第一个儿子，他和皇帝长得是真像，鼻子、眼睛几乎都是一个模子刻出来的，但是性子完全不同。这孩子温和，也贴心，得了王疏月一点点好就一直记得。

“所以啊……成姐姐，你才是有福气的，有这么好一个孩子陪在身边。”

成妃也向外间望去。

大皇子写得认真，连额上渗出了细汗也不自知。成妃从袖中掏出帕子来，递给宫女，示意她出去给大皇子擦擦，又道：“他虽是我身上掉下来的肉，但毕竟皇后娘娘才是他的正经母亲。我这个人，蠢得很，哪里教养得了皇上的长子，也就是皇后的性子好，没像太后娘娘当年那样，硬把皇帝过继——”她意识到自己说多了，忙收住话，“哟，瞧我，和你说什么呢。你如今有皇上的恩宠，遇喜是迟早的事。和妃啊，你不像我，你这样的人教养出来的孩子，一定懂事能干，能替他父皇分大忧。”

王疏月倒是很在意成妃说太后当初过继皇帝的事，但她毕竟不是莽撞的人，成妃都闭口不谈的事，她也没有道理问。只不过，她偶然想起善儿跟她说过的一个地方——恩佑寺。听说皇帝的生母一直住在那个地方。只是她和皇帝相处这么久，皇帝从来没有提过那个人。

“和妃。”

“啊？”

“你来。”

成妃已经走到了外间，站在大皇子身后：“你通书法，来看看他父皇叫他写的这个字怎么样。”

王疏月笑着起身，大皇子已经将字撑起来，展示在她面前。他人矮，还得踮些脚。

王疏月认真看时才发现皇帝让大皇子写的是祝体。那风流子的一手字，入情入骨，压根儿就不是小孩子能练出来的。

王疏月摸了摸大皇子的脑袋：“你父皇为什么要你写这一字体啊？”

大皇子从宣纸后面探出头来道：“嗯……父皇说，这一字体，他写不好，但是和娘娘您写得好，父皇就要儿臣好好练，以后写好了，跟和娘娘比一比。”

哈。王疏月是真想笑。这不就是那所谓的“自己飞不起来，逼着儿子使劲儿飞”嘛。

成妃在旁道：“你看，这就是你的好处，皇上爱书画，隆正殿三明堂里收藏了好些我们看不懂的东西，也就只有你，还能陪着皇上赏看。”

大皇子放下那幅字，转向王疏月道：“和娘娘，我听我皇祖母说，女子无才便是德。”

成妃忙沉声道：“恒卓。”

大皇子见成妃沉了脸，委屈巴巴地低了头。

王疏月蹲下身，将他搂在怀中：“你皇祖母说得没错，本宫以前啊，是为了给你父皇当差才偷着读的书。”

正说着，外面的太监进来回话道：“成主儿，春晖堂的萍姑姑来了，说来接大皇子过去。”

成妃听说是皇后寻大皇子，忙对大皇子道：“好生跟着姑姑过去。你母后这两日头不舒服，仔细不能闹着她。”

大皇子正要走，却发觉王疏月搂着他没松手。他有些疑惑地回头道：“和娘娘，您还牵着儿臣衣袖呢。”

成妃见王疏月似有疑处，便道：“怎么了？”

王疏月摇了摇头：“说不上来，就是觉得皇后娘娘这个时辰要歇午的呀。还有，我记得从前都是孙淼来接大皇子的——”

成妃倒是没想那么多。大多时候，她都不敢把大皇子当自己的儿子，皇后要见，她就得赶紧送过去，怕耽搁了就是不敬。她便牵过大皇子，道：“这也没什么，萍姑姑也是皇后身边的老人。本宫想着，许是孙淼有别的差事吧。”

这毕竟是皇后与成妃二人之间的事，与人相处，要紧的是不要置喙他人的习惯和处境。王疏月至此不再多话，只是走到大皇子身边，弯腰顺了顺他的发梢。孩子还小，头发也短，捏在手里就那么细细柔柔的一截。

天家贵胄，有的时候真不如在胡同里摔打的小子们。

大皇子回过头，那细细的一截头发就从她手中脱走了。

大皇子见王疏月神色不好，便去牵她的手：“和娘娘想儿臣，过会儿就跟母妃一道来接儿臣呀，儿臣还要跟和娘娘比字呢。”

成妃笑道：“你父皇都比不过和娘娘，你还真敢跟和娘娘较真啊。你和娘娘身子不好，哪能让你胡闹，快跟萍姑姑去吧。晚些时候，母妃给你做茯苓糕吃。”

“好——”大皇子拖长了声音，给成妃行过礼，又转向王疏月拜了拜，这才跟着太监跨出门槛儿，去了。

成妃与王疏月一道送到门口。

时间已过正午。黄花梨木雕屏风挡住越水而来的大半日光。云崖馆中波影斑驳，落在二人绣饰通草的氅衣上，若鱼尾摇水草。

成妃望着前面那渐远的人影，叹了一口气，转身在屏风后的圈椅上坐下来。

“成姐姐为何叹气？”

成妃摁了摁额头，疲声道：“婉常在的孩子出生了，我这心里又是欢喜，又是担忧。喜欢的是，阖宫的人终于不再只盯着咱们大皇子。你是不明白，皇上发痘症的那一回，我真的是要吓死了，半刻不敢让他离开视线。就怕皇上的那些兄弟起什么心，要拉我们孤儿寡母下水。如今啊……二皇子出生了，我又怕，皇上不会像从前那样喜欢大皇子——”

王疏月笑了笑，弯腰轻拍她的手腕：“大皇子生得像皇上，又勤奋懂事，皇上怎么会不喜欢？其实，说起孩子的事，我也有些不理解你的地方——”

成妃拉住她的手说：“来，坐下说。”

王疏月没有推辞，侧身在她对面坐下，抬手扶了扶头上的簪子，平声道：“皇上行五，在先帝爷那一朝的成年皇子中也算年长，可为何后宫如此空虚呢？”

成妃望向窗外，目光有些落寞：“皇上……从前对内院的人和事都很淡，要说喜欢谁，他也就愿意和淑嫔多说几句话。我们也不是不知道原因，但正是因为知道，所以更不敢凑上去惹烦恼。”

王疏月低下眉目来，芙蓉绣的罗帕在手指之间来回绞缠：“是因为太后娘娘吗？”

成妃扯出一个苍白的笑容：“你真是个通透的人啊。皇后是太后娘娘的侄女，顺嫔也算得上皇后的族妹，至于我……我们绰氏也是沾了皇太后的光，才出了一位封爵的官长。我们这些人，都是顺太后的意思来伺候皇上的，皇上实则都不喜欢。我听皇后娘娘说过，皇帝和老十一他们不同，他通晓汉学，对梁汉关系也有自己的看法。我们这些女人，放着也就是怀柔云漠，很难真正入皇上的眼。至于淑嫔，她父亲在先帝爷那一朝就被砍了头。皇上也许因此对她还算怜惜，愿意多看她几眼，但这一两年啊，看着也是淡了。所以，和妃，太后顾忌你，多是因为你的出身，还有你这淡淡的性子，她拿捏不住啊。”

王疏月没有出声。

其实后宫只是一个缩影。毕竟这是女人的地方，说到底只是汉女得不得皇上心的事。皇帝在朝廷上要平衡、权衡的事比这个要复杂很多。可是，这并不代表她的处境比父亲在朝廷的处境要好。相反，身在皇帝的后宫之中，纵然她灵慧，但要凭一己之力护住自己，实在是不容易。即便如此，她还是没有想过要去利用皇帝那颗心。

皇帝不容易，担了“残害兄弟，苛刻臣下”的名声，但他对肃清吏治、关照民生的拳拳之心和王疏月“娱人悦己”的心是一样纯粹的。

很少有嫔妃跳脱出家族利益去看皇帝、政治。相应地，也很少有皇帝无视前朝后宫的制衡之道去看待一个嫔妃。王疏月与皇帝，糊里糊涂、鸡飞狗跳地走到现在，其中有很多他们不自知的逾越。

不过，好在王疏月并不算多迟钝。她想起他霸道的言辞、吃瘪时涨红的脸，还有自己与他同榻而眠时他呼在耳边的鼾声，喉咙里竟然慢慢有了些酸甜的味道。这漫长无边、富丽堂皇的日子终于因为他而过出了滋味——除了卧云书香，混沌、平实的滋味。

皇帝离园快十日了。藏拙斋旁边的清溪书屋也因他的离开而黯淡下来。

别说，王疏月坐在通廊上看书的时候，偶尔抬头会感到恍惚，时常幻见他从清溪书屋里走出来，站在她面前，故作正经地唤她的名字：“王疏月。”

连名带姓，看似疏离、严肃，却又饱含某种半掩半藏的占有欲。

这份占有欲，他肯藏，就代表他对王疏月有一份尊重，难得。

她竟有些想他。所以，等他回来，试着对他再好些吧。

“主儿，周太医去藏拙斋候着了，咱们回去吧。”王疏月正陷在自己的思绪中时，梁安来云崖馆传话请她回去。

自从王疏月犯了这信期疼痛的毛病，周太医恨不得自个儿就住在藏拙斋，一日两三回地请脉。王疏月有时觉得折腾，想叫他免掉，他倒好，端着自己的官帽跪在王疏月面前再三地请求。这是被皇帝吓的。

王疏月无法，这会儿只得起身道：“成姐姐，我先回去，一会儿用了晚膳再同你接大皇子去。”

成妃忙站起来：“欸，你只管回去养着，别管大皇子那话。他就是瞧你性儿好、肯宠他，在你面前撒娇罢了。”她一面说，一面送王疏月往外行去。

王疏月系上善儿递上来的披风，含笑道：“都应了大皇子，要给他瞧字的，那就不能骗他。成姐姐别送了，我自个儿去了。”她说着，已走出了云崖馆。

过了正午，云崖馆外湖边起了风。

王疏月沿着湖边的柳荫道慢慢地走着。

梁安见沿湖的石子路不好走，便上前搭扶她的手：“主儿，冷吗？”

王疏月一面走，一面赏着岸边摇曳的垂杨柳，杨柳姿态柔弱，却胜在枝叶浓密。“不冷，你别说啊，喝了周太医的那些苦药，当真好了些。”

梁安道：“再不好，咱们万岁爷就真不该留他的脑袋了。主儿被他那些黑乎乎的药折腾了这么久，受大苦了。也不知道为什么，这周大人的药总是那么黑性，听何庆说，他给万岁爷调制的那治火牙疼的膏子也是黑臭黑臭的。”

善儿道：“你光顾着恶心主儿做什么？主儿的披风松了，也不知道系一系。”

梁安扶着王疏月站住，一面抬手替王疏月系脖颈处的系绳，一面道：“得，姑奶奶您勤谨，奴才们没眼睛……”

善儿不服气，话像倒豆子一样一股脑儿向梁安倒了去。

王疏月听着他们二人斗嘴，心里倒舒快。湖风中渗着杭菊淡淡的香气。王疏月趁着这个空当，向湖对岸的景致望去。

后湖的尽头就是恩佑寺。隔着湖中的荷花阵，依稀可见山门。黄琉璃瓦顶，石券门，券门上雕饰的缠枝牡丹纹映着湖中的波纹，光影粼粼，煞是好看。

"主儿看什么呢？"

"那处山门建得真好看。"

善儿随着她的目光看去："哟，这奴才们就看不出门道了，皇上在，也许还能跟你说道说道——欸？"她说着就把话顿住了，似有些疑惑。

王疏月侧眼看向她，见她眯了眼睛，也顺着她看的地方瞧去，轻声问道："怎么了？"

善儿往前走了几步，又转过头来对梁安道："梁公公，你认人准，你过来看看，那边那个人像春晖堂的萍姑姑啊。"

梁安忙跟过来看，道："那就是。不过，这个时候她在恩佑寺那边做什么？"

王疏月的肩头颤了颤。

善儿回头见她不自在，小声问道："主儿想什么呢？"

王疏月道："恩佑寺里是住着先帝的云答应吧？"

善儿应道："是啊。那位主儿……怎么说呢……那位云主儿是万岁爷的生母，只不过，当年先帝爷斥她是'奴隶贱妇'，连个答应都没给过她，也一直不准她回宫，丢她在恩佑寺里住了二十多年了。"

梁安顺着善儿的话接道："自从云答应住进去啊，恩佑寺就是个不大不小的禁忌。咱们万岁爷从来没提过要奉迎其归宫，甚至从来没去过那个地方。主儿，咱们也最好离那个地方远点儿。如今万岁爷喜欢主儿，主儿可千万不能惹万岁爷不快啊。"

王疏月没有吭声。

善儿重新望向湖对岸，若有所思道："你刚才说这个萍姑姑这会儿去恩佑寺——"

她话声未落，梁安便道："咱们管不了那处的事，善姑娘，你也别让主儿多事。"说完，他又劝王疏月道："主儿，咱们走吧。风大起来了。"

这毕竟是前朝的事。说不清楚，就表示其中藏着上位者不肯让人猜透的心思。

王疏月不肯刻意去猜皇帝和先帝的心思。这是她为人处世的习惯，情愿尊重每一个人鲜活的爱恨情仇，也不肯做所谓的道德评判。

这汪洋般的俗世，七情六欲翻滚波浪。实则每个人都有别人看不见的沉浮，每个人都有自己的情非得已。这些情啊、恨啊、爱啊、怨啊，如佛主座下人间万丈泉水渡走的桃花，总要那么凌乱、自在地翻滚一遭，才能最后归于虚寂。

周太医诊过脉，善儿看着时辰该传膳了，询了几句王疏月的意思，听她又要了茯苓糕，便笑道："主儿对大皇子真好。"

王疏月笑了笑："这可不是给大皇子的，若要给他，我必要亲自做。今儿要的这些是过会儿吃药压苦用的。"

善儿也笑了："也是，咱们万岁爷和大皇子才有那样的好福气，吃主儿亲自做的吃食。万岁爷啊，嘴都被养刁了，上回主儿没在，万岁爷过来找我们要茯苓糕吃，梁安把御膳房做的端来了，万岁爷吃了一口就放下了。"

王疏月弯了眉目："这怎么说话的，怎么把主子说得那般没出息？"

善儿陪着她说笑，不多时，饭便摆好了。

自从皇帝知道王疏月身子不好，几乎顿顿都有阿胶炖品。王疏月不爱吃，但那是御赐，吃不下也得逼着自个儿吞。她正端着碗皱眉，梁安突然推门进来："主儿，出事了。成妃身边的唐三庆来了。"

"快让他进来。"

唐三庆跌撞着进来，险些扑到王疏月脚边。他一脸焦急："和主儿，咱们大皇子……寻不见了。我们主儿让奴才来您这里问问大皇子可是在您这处。若不在您这处，奴才们就得到园子里翻去了——"

王疏月一怔。

善儿忙道："不是让皇后娘娘从云崖馆带去了吗？怎么好端端的不见了呢？还有，人不见了，你们寻去啊，怎么问到我们主儿这里来了？主儿还藏着大皇子不成？"

唐三庆听出善儿在维护王疏月，知道她是误会了，忙给了自己一巴掌："哎哟，奴才不会说话，奴才也是急糊涂了。咱们主儿想大皇子，没吃晚膳就到春晖堂去看大皇子。谁知，皇后娘娘今日发了头疼的毛病，歇了整一日，根本没有使人来接大皇子。我们主儿想着大皇子跟和主儿亲近，才让奴才们来问一声，是不是大皇子淘气，来闹和主儿了。"

王疏月放下汤碗，站起身道："我没有见到大皇子。不过，萍姑姑呢？不是她接大皇子走的吗？你们要寻她啊。"

唐三庆急道："就是哪里都寻不到萍姑姑啊。"

此话说完，善儿已迫不及待地道："我们在恩佑——"

"善儿！"王疏月提声堵了她的嘴。

善儿见王疏月少见地沉了面色，忙退到后面，不敢再出声。

王疏月这才扭头看向唐三庆："这事，成娘娘报给太后娘娘了吗？"

"还没，不过，皇后娘娘知道了，已经遣人在园子里找起来了。太后娘娘那儿，是淑嫔和顺嫔陪着的，这会儿也许也知晓了。"

"好——"王疏月扶着椅背慢慢坐下来，"你先去回你们娘娘的话。"

❖ ❖ ❖

梁安送唐三庆出去，善儿见王疏月凝视着那碗阿胶炖红枣出神，想着她刚才阻挡自己说话的神情少有地严肃，心里着实不安。她捏着袖口犹豫了一会儿，还是走到王疏月身旁轻声问道："主儿为何不让奴才说今日在恩佑寺看见萍姑姑的事？"

王疏月掐着身旁茶案上的木纹摇了摇头："在云崖馆的时候……我就觉得似乎有些不妥……"说着，她口中啧了一声，伸手摁了摁太阳穴。她还没有全然想明白，萍姑姑带走大皇子之后偏偏去了恩佑寺，如今两个人又双双不见……她不自觉地抬手捏住耳朵上晃动的坠子，正试图凝神梳理其中的关联，梁安已经送了唐三庆回来，对王疏月惶急地道："主儿，看来真的是出事了。太后娘娘和皇后娘娘都已经知道大皇子失踪，现在园里各处已经翻起来了。"他一面说，一面推开支摘窗，果见外面人影、灯影凌乱交杂，满园秋风中静默的生灵都被惊了起来，风语鸟声之中不断传来宫人们的呼声。

王疏月心里很乱。为什么这个时候他偏不在园中啊？

"善儿，跟我去恩佑寺看看。"

梁安听到她这样说，忙扑跪到她面前拦道："主儿，使不得啊，咱们直接对皇后娘娘和太后娘娘她们据实相告不就好了吗？要找也让奴才们去找，主儿怎么能去那个地方？不说皇上回来知道了会不高兴，就是太后娘娘也会责罚主儿的啊。"

王疏月这会儿已经顾不得那么多，如果大皇子失踪的事是冲着恩佑寺的人去的，那这件事就复杂了。

"你起来，你若当我是你的主儿，今日我做什么、说什么，你就都别开口。"

善儿也有些被吓到了："主儿，咱们这儿是皇上的地方，只要咱们不说什么，奴才们也不敢来咱们这儿胡闹。大皇子这事啊，再怎么也不会牵扯到主儿的。就算您担心大皇子，使人去帮着寻就是了。梁公公的话有道理，恩佑寺是无论如何去不得的啊。"

人都是趋利避害的。王疏月理解善儿和梁安维护她的心，但她也有她想保护的人："梁安，善儿，我知道你们是为我好，但这件事不小，事关主子爷和太后，闹不好会一发不可收拾。我不求你们帮我，但求你们别绊着我。"

善儿似懂非懂地看着王疏月，一时竟不知道应该如何劝她。

梁安却松了肩膀："主儿……我们既跟了您，就一心向着您。您都这么说了，奴才岂敢再拦着您？奴才陪您去。"

王疏月摇了摇头："让善儿跟我去，你不能去。"

"为何？"

"万一有事，你还能替我去找皇上。"

善儿软声道："主儿，您别说得这么吓人，您能出什么事呢？"

说不上来啊。人心复杂和混乱，也许在起心动念时，每个人都是七情六欲的傀儡。或许下手的人只是为了私利，却不能深想，这会令局中的人陷入多深多乱的旋涡。

王疏月没有再应善儿的话，随手从木椸上取下一件披风裹上，径直出了藏拙斋。

皇帝不在，清溪书屋外站班的太监不多。

此时天已经几乎黑透，王疏月不肯让善儿提灯，好在那是个晴夜，柔和的月光铺在后湖的石子路上，勉强看得清道。

恩佑寺已近临春园西边的尽头。

园子太大了，恩佑寺又是禁所，平时人迹罕至，就算这会儿满园的人都在寻大皇子，此处也是凄清冷寂的。眼前湖中高出水面的湖石嶙峋如鬼怪，看得人心里发慌。只有对岸的山门上悬着一盏灯，暖黄色的灯光偶尔照见一两只凌湖腾起的水禽。

善儿扶着王疏月走了一会儿，石子上的青苔便多起来。路滑不好行，再加上湖岸边不知什么虫子凄惨地叫着，令人心碎，善儿只觉越走身上越凉，便颤声劝道："主儿……咱们还是回去吧。"

王疏月没有出声，摸索着一步不停地朝着那山门走去。

券门上的牡丹花缠枝纹在灯下被照出了阴影和光面，明暗相错，看起来有些阴森，只有花蕊处的金粉闪着晃眼的光。王疏月走到门前，鞋袜已经被湖边漫出的水湿透了。她扶着门喘了一口气，然后伸手去叩门，谁知门竟没有关，一叩便吱呀一声打开了。

"谁啊——"门里传来一个女人的声音。

善儿吓了一跳，忙拽着王疏月往后退。

王疏月忙回头道："别慌。"

门里又传来一声温柔的叹息。接着，门从里面被人彻底拉开。光从门里面洒了出来，干干净净地铺在王疏月面前，竟比月色还要清冷。

王疏月对善儿道："你在外面守着，有人来了就出声告诉我。"

善儿牵着她的衣袖没松手："主儿，找大皇子的人迟早会搜来的，您快着些啊，奴才实在怕。"

王疏月应了声"好"，转身扶着门框，跨过门槛儿走了进去。

这是一处很干净的院落。门两旁放着两只巨大的青花瓷缸。缸中养着莲花，此时已经零落了。院中的落叶全部被清扫在门前，月光冷寂地铺在地上，把王疏月的影子从门前一直牵扯到正殿阶前。

"咯——"

身旁传来一声咳嗽，王疏月侧身看去。

只见门后木墩子上坐着一妇人，怀中凌乱的衣物下裹着一个孩子。虽然被遮了脸，那孩子的发梢却垂在女人的膝边。

王疏月忙上前去查看，见那孩子不是别人，正是大皇子："大皇子，怎么……"

妇人闻声，抬起头来望向王疏月："丫头，别慌，这孩子被人喂了迷神的吃食又溺了湖水，这会儿醒不过来。"

王疏月怔了怔，这才借着头顶悬着的灯细看那妇人。只见她穿着浆得发白的海青，花白的头发绑成一根粗辫子，用瓦蓝色的绳系着，手腕上戴着一只素银绞丝镯子，除此之外，周身再无一样饰物，全然一副空门持戒居士的模样。她头发虽然白了一半，眼尾显了细纹，却并不显老相。

人说血缘一脉相承。长相是骗不了人的。这妇人和皇帝长得真是像。

王疏月朝后退了一步，恭敬地屈膝行了个福礼："云娘娘。"

妇人朝外看了一眼，却只见一个宫人模样的人戳在外面瑟瑟发抖。她这才收回目光，重新打量起面前的王疏月。半晌，她方理了理额前的碎发，笑道："这园子里的人啊，都叫我'云婆子'。这么多年了，我还是第一次听到有人这么叫我。丫头，看你的衣着，你是皇上的嫔妃吧？"

"是。"王疏月一面应声，一面解下了身上的披风，给她怀中的大皇子罩上。

大皇子浑身湿透了，哪怕在昏睡，身上也一阵一阵地寒战，一张小脸涨得通红。

王疏月伸手摸了摸他的额头，竟烫得吓人："这是怎么回事？"

妇人低头望着大皇子："有人把这个孩子扔到山门前的水边，我把他拖上来了。只是我这里没有火给他烘烤，也没有干净的衣物给他换上，你……刚才说他是大皇子，可是真的？"

"是，他是皇上和成妃的儿子。"

妇人目光一软："皇帝的儿子啊……"说着，她竟露了个笑，"还好，小主子才几岁，奴才这把老骨头还拖得动。"她望着大皇子的目光明明是慈怜的，可是口中自称奴才，称大皇子为小主子。

王疏月心头起了一层悲意。她心中千头万绪，此时来不及理清，便听善儿在门口急道："主子，有人提灯过来了，您快出来啊。"

妇人侧身朝外望了一眼，果见桃花堤前数人正提灯过来。她回过头来，叹了口气，伸手将王疏月的披风从大皇子身上揭下来，朝王疏月递去："我不知道你为什么会一个人寻到我这里来，但你若不想被牵连，就赶紧走吧。"

王疏月没有去接她递来的披风，反而在她面前蹲下来："我不走。"

那妇人摇头道："丫头，你不懂，主子娘娘怕是容不下我这个半死的人了，不论是谁狠心用小主子来构陷我，我在太后面前都是百口莫辩的。我今晚活不成了，你在这儿只能被我连累，赶紧走。"

王疏月抚了抚大皇子烧红的脸："娘娘，一会儿不论他们问您什么，您都说是您救了大皇子，其他的都不要说。”

妇人低头凝视王疏月。灯下，王疏月的皮肤白若凝脂，目光盈盈如秋水，令她猛然想起了一个故人，真像啊。

“你要做什么？”

王疏月抬起头来，平声道：“娘娘既百口莫辩，那就让我来认吧。”她声音里的情绪不多，竟不像在说一件攸关她命运的事。

“嗬，天底下竟还有你这么傻的丫头。”

王疏月抬起头，耳朵上的碧玉坠子轻轻摇动：“娘娘，皇上待我很好，我不想他遇到难处。”

妇人怔了怔，旋即泪水盈满了眼眶。她忙别过身子去，仰头忍回去：“你怕他为了我，和太后娘娘闹僵吧？可你怎么知道皇上不想让我死？我这个贱妇活着，是皇上一辈子的耻——”

“他不是那样的人。”

“也许吧，但我啊……倒情愿他是那样的人。”

王疏月摇头道：“不论您是情愿还是不情愿，主子都不是那样的人。娘娘，主子即位不久，梁云之盟还须稳固，万不是主子与太后娘娘疏离生分的时候。”

话音刚落，善儿已经待不住，跨了进来：“主儿，您怎么还绊在这里？人都过了桃花堤了，马上就要过来了。”

王疏月站起身：“你先回藏拙斋，告诉梁安别耽搁，即刻回宫去寻张公公。”

善儿一晃眼看见那妇人怀中的大皇子，急得眼泪都要下来了：“主儿，大皇子……大皇子，怎么会在这儿？您……您究竟要做什么啊？”

“别问了，赶紧走。”

正说着，灯已经映亮东墙边的天。善儿还想说什么，却已经来不及了，只得跺了跺脚，忍着眼泪转身跑了出去。

妇人看着王疏月逼走宫人，垂眼笑了笑：“你这个丫头，可真是倔啊。难得皇上受得住你。不过，你这样待一个男人，男人未必会懂的。”说着，她怀中的大皇子呛了一声，缓缓地睁开眼睛，醒了过来。

看到王疏月，大皇子艰难地张嘴唤了一声：“和娘娘。”接着便伸手去扯她的衣服。

王疏月伸手将他接过来，搂入怀中：“大皇子，别怕，在和娘娘这里再睡会儿，和娘娘抱你去寻你母妃啊。”

妇人静静地听着她柔软温和的声音，又看向那孩子。

孩子是凭心区分一个人的善和歹的，有的时候比大人的眼睛还要毒，此时那孩子紧紧地抓着王疏月的衣袖，竟真的安心地闭上了眼睛。

“看来，你对这个孩子是真的好。不过，毕竟是别人的孩子，你也肯用心去疼？”

王疏月紧了紧大皇子身上的披风，尽力抱得他暖和些：“我母亲说，我不是在家中长大的女儿，性子难免冷清，所以她教我，不要全然避在人后，须知这一生‘娱人悦己’才能把日子过得有滋味。我已经入宫，做了皇上的妃子，纵我再寡淡，他那个人啊，还有他的亲人、他的子嗣后代，我都想维护，他懂就懂，不懂也没事。我知道的，主子那个人……有点儿傻。”她说着，眉目间竟酝出一丝温柔的笑意。

“娱人悦己啊……你是吴灵的女儿吧？”

王疏月一怔：“娘娘知道我母亲？”

妇人笑了笑：“你和吴灵真像，长得像，说的话像，行事处世之道……也一样。”

王疏月正要细问她与母亲的关联，身后却传来一阵鞋底与地面摩擦的声音。

灯从背后照过来，一下子把她们的影子投到对面的佛殿里，佛陀金身反出的光几乎刺人眼目。

王疏月起身将大皇子送到妇人怀中。她看了一眼临门而来的人，低头对妇人道：“娘娘，不要为我想，要为主子想。”

第十二章 浪淘沙

其实，谁不是在万丈红尘里泗渡，等一只温暖的手呢？

陈姁亲自领人来恩佑寺的。

二十多盏宫灯拥在山门口，灯光在门洞里被聚拢成一抔，猛地泼进庭院，正殿一下子被照得透亮，佛像的金身灿烂，辉映着金刚怒目，逼人遮眼。

陈姁见王疏月立在面前，不由得一愣："和主儿，您这是——"

王疏月低头看向那妇人怀中："大皇子在这儿，抱走吧。"

成妃身旁的宫女棉儿一听这话，忙跨过门槛儿跑进来，心疼地将大皇子从妇人怀中搂了过来："大皇子，大皇子……您怎么跑这种地方来了？大皇子，大皇子——"

大皇子没有睁眼，只是呢喃道："和娘娘，我要找母妃……"

棉儿心急，声里也带上了哭腔："陈姑姑，我们小主子睁不开眼了，身上也都湿透了。也不知道是哪个狠毒了心，这样害他，这不是要我们娘娘的命吗？"

陈姁撩开他身上裹的衣物查看了一会儿，沉声对棉儿道："胡说什么，有太后娘娘做主，谁害得了大皇子？快带大皇子去春永殿，免得你们成主儿急坏了。"说完，抬手将一行太后的宫人挡在山门外。她独自一人走到王疏月面前，即便是这样的情形，她还是向王疏月行了个福礼，又转向仍坐在门后的那妇人行了一礼。

"实在不知和主儿为何会在此处，不过，奴才要得罪了，其中原因还请和主儿和云答应到春永殿亲自向太后娘娘交代。"

"好。陈姑姑引路吧。"说完，王疏月走到妇人身边，弯腰扶她站起身，这才发现她的腿不良于行。

"从前折过一回骨头，没养好，绊着你不好走吧——"

"没有，您别担心，我扶您过去。"

人们背向佛殿而行，似乎就能避过因和果的轮回。

他们走过桃花堤的时候，听到了堤下的喧声，有人惊声尖叫道："看啊，那芦苇荡里有人。"

"赶紧捞上来看看还有救没。"

不多时，两三个太监从桃花堤下跑上来："陈姑姑，春晖堂的萍姑姑找着了，不过……人已经……死了。"

"死了……怎么死的？"

"像是自尽，在后湖里溺死的。"

"那快把人处置了！没的恶心到主子们。"

"欸，好好。"

王疏月听着这些话，心里倒松了一口气。看来，下手的人也怕不干净。这倒替她省了不少事。

"丫头。"王疏月正在心里盘算着一会儿的说辞，身旁的妇人突然唤了她一声，"要不，算了。你要我替你主子想，谁又替你想呢？"

王疏月握紧了她的手："我没事，我是个无关紧要的人，皇上因为我，已经令朝廷后宫有了微词，若能因此过给我一番惩治，也许还能稍微压一压'重汉臣，轻梁云'的声音。无论如何，都是于主子有利的，况大皇子的性命无碍。我毕竟是妃嫔，太后会开恩留我的性命。娘娘，您放心，我这么个人，在哪里活着都一样。您听我的吧，交给我了，就别开口。"

能说什么呢？王疏月心已经细成了这样，细枝末节都替皇帝想到了，违逆她倒成了不识大局。云答应绵长地叹了一口气，垂下眼，没再出声。

王疏月扶着云答应，一路深一脚浅一脚地往春永殿行去。细软的风渐渐吹糊了她的眼睛。

于她而言，人和人的关联一定是在世俗的际遇之中生长起来的。从前她一个人住在卧云精舍，那冷清的书香精细地把她包裹其中，男子的气息、欲望、生儿育女的宿命以及为人妻为人母的担当都侵袭不到她。

直到皇帝在她面前折腰，这折腰啊，绝不是为她倾心的意思。毕竟他冷了那么多年，爱一个人的过程也就变得别扭又愚蠢。所谓折腰，是在扶王疏月时腰上实实在在啪的一声脆响，以及脆响之后皇帝道貌岸然、忍痛不说的模样。这些东西冥冥之中撕开了卧云那层书香的膜。王疏月从此有了世俗人的情，但又没有那么快地自认自知，于是，过程就像此番扶人行路一般，深深浅浅，磕磕碰碰，糊里糊涂，是好长时间的一场修炼。

王疏月一面想着，一面撑稳了身旁的女人。最初她也没想做什么，可恩和情不受人控制地想要相互抵报。这就是相互给出了真心。但若人和人真心维护对方，又是绝不肯承认自己的真心的。王疏月能在云答应面前说出自己的考量，但在皇帝面前一定会变成哑巴。所以她几乎能想到皇帝知道这件事以后要掐她的脸，狂妄地跟她说："你就是听不懂朕的话！"但那又怎么样呢？她又不是第一次跟他犟。

春永殿的灯火映入眼中。夜已深寂，秋蝉苟延残喘。

太后坐在正中央，手中一颗一颗地数着翡翠佛珠。皇后坐在太后身旁，成妃坐在一旁的圈椅上，正摁着眉心哭得伤心。淑嫔和顺嫔见太后神色严肃，殿中除了陈姁，也没有伺候的宫人，她们俩自是不敢坐了，皆立在茶炉旁。

内侍府和内事房的掌事太监都候在门外。

一时间，窗上人影林立，却又都一动不动的，令人背后生寒。

王疏月与云答应跪在殿中，低垂着头，身上的春绸芙蓉绣氅衣已经被夜中的秋露润湿了。她的手按在地上，潮湿的袖口贴在手背上，后颈也像出过一阵冷汗，耳后的碎发蜿蜒地贴着。虽狼狈，但那副仪态还是无可挑剔。

她身旁的女人将身子伏得很低，从头至尾一言不发。

"陈姁，去问院正大皇子如何，若无大碍，就送他回云崖馆。"太后说着，又看向成妃："你也跟着去后面看看，哀家听不得你在这儿哭。"

成妃忙站起身，抽泣着行了福礼，跟着陈姁转到牡丹雕纹的大银屏风后去了。

成妃去后，太后摘下手中的佛珠，啪的一声拍到茶案上，引得顺嫔和淑嫔肩头一颤。

皇后抬起头，轻声道："母后，今儿太晚了，不如先将和妃看守，等皇上回来再行细问吧。"

太后冷声道："皇后不要开口。事关皇家子嗣的性命，皇后不能替皇帝分忧，已是大罪，若还存心包庇，就更是德不配位。"

一席话，说得皇后只能跪下请罪。

太后重新看向王疏月与云答应："和妃。"

"在。"

"哀家再问你最后一次，究竟是怎么一回事。"

王疏月伏身应道："奴才不敢欺瞒太后娘娘。是奴才收买主子娘娘的身边人谋害大皇子，被恩佑寺的云答应撞破。奴才自知有罪，不能逃脱，更是辜负皇恩，羞愧万分，只有跟太后娘娘认罪，请您降罪，方能乞一丝心安。"

"和妃，人人遇到这样的事都是竭力撇清，你倒好，在哀家面前一样不落地全部认下，你当哀家糊涂吗？"

"奴才不敢。"

"你该知道，谋害皇嗣是大罪，你就不怕哀家赐你一死，让你连见圣求饶的机会都没有？哀家再问你一次，到底是谁要害大皇子。"

"奴才回太后娘娘的话，是奴才，是奴才要害大皇子。请娘娘降罪。"

她的额头磕在地上，咚的一声响。她仍旧重复着刚才的话，丝毫没有改口替自己开脱的意思。

皇后见太后脸色不好，便对顺嫔和淑嫔道：“你们都下去。”

顺嫔没说什么，淑嫔却道：“太后娘娘秉公问事，妾们——”

“糊涂，本宫的话，你们不听了，是吗？淑嫔，你走不得，就让人来伺候你走。”

淑嫔忙道：“奴才知错。”说完，她跟着顺嫔一道退了出去。

春永殿中的人一下子退了个干净。

太后抬手摁住眉心，沉默了良久。

“好，和妃，你不肯说实话，哀家就不问你了。皇后，传内刑司的人过来，把这个恩佑寺的贱妇带走，哀家要听她口里吐出来的话。”

皇后忙道：“母后，三思啊。”

背后传来一声沉重的叹息。

云答应撑起身子来：“娘娘，不用内刑司，您想听什么话，奴才照着说就是。”

王疏月忙捏了一下云答应的手，压低声道：“不能认。”

云答应目光一柔：“丫头，你不懂，太后娘娘听不到要听的，是不会放过我的。我今日认罪伏诛，皇上也许会伤心一时，可时间一久啊，就什么都忘了。好丫头，你陪着他，他会好的。”说完，她抬起头向太后望去，正要开口，王疏月却摁死了她的手，一阵吃痛，她又把声音吞了回去。

与此同时，王疏月膝行了几步，迎到太后面前，挡在云答应前面，开口道：“太后娘娘，奴才求您听奴才一句。”

其实太后心里也怯，尤其是在春永殿与皇帝对谈之后。但恩佑寺这个女人在太后眼中永远是她和皇帝母子之间的一根刺，时不时地扎她一下，令她总想拔之而后快。可是拔掉这根刺后，母子亲情会塌成什么样子、又要用多久来修复，太后也不清楚。此时，她心里也有些乱。

“你若跟哀家说实话，哀家就听你说，若不是实话，就给哀家住口！”

王疏月抬起头来，挺直脊背，看了皇后一眼。

皇后目光惶急，并不知如何回应她。

好在，她也不是想要什么认可，闭眼深吸一口气道：“奴才知道娘娘想让奴才认什么，可奴才只能认一切都是奴才所为。娘娘，萍姑姑是皇后娘娘身边的人，若奴才不认，那皇后娘娘势必也会遭到牵连。您也要让皇后娘娘百口莫辩吗？”

太后怔了怔，她是气急了，并没有想到这一层。

王疏月看了一眼身后的云答应：“有人知道，若恩佑寺的老娘娘有过，您定会在其身上定罪，不会有所牵连，因此才会利用您和老娘娘的嫌隙，一是要大皇子的性命，二是要损皇后娘娘的名声。但那起歹心的人不曾替您和皇上想，若今日您真的处置了老娘娘，那皇上该对您做何想啊——”这话一针见血，确实也扎在太后忧虑之处，猛地引出太后胸口的一阵闷痛。

王疏月说着，又伏下身去：“太后娘娘，奴才斗胆说一句万死的话，皇上对您孝顺、敬重，六宫有目共睹，您万不该令皇上寒心。奴才求您，您要有容人之量，不能受人蒙蔽，亏损母子亲情，让皇上为难，也令自己失心啊。”

太后被说得有些后怕。可王疏月那一句“容人之量”一下子戳到了她的痛处，一时间，竟愧恨与恼怒交加。吓，原来，在王疏月眼中，她这个德高望重的皇太后竟是一个没有“容人之量”的人。

“放肆……放肆！好放肆的人，你仗着皇上喜欢你，竟在哀家面前胡言乱语。哀家是太后，哀家为天家子嗣着想，竟被你污蔑成无‘容人之量’。你如此大不敬，哀家若宽恕你，何以平六宫之心，你既然认罪——来人！传内刑司的曹立过来！”

太后的话声刚落，屏风后面便突然传来一阵孩子的哭声。

王疏月一惊，却见大皇子赤着脚跌跌撞撞地从屏风后面跑出来。他身后的太监、宫女乱作一团，却没能来得及拽住他。他看上去刚刚醒来，还有些恍惚，也跑不稳当，差点儿扑撞到王疏月怀中。

王疏月忙伸手搂住他：“大皇子，你怎么出来了？”

大皇子在她怀里仰起一张烧得通红的脸，泪流满面道：“和娘娘怎么会害儿臣？和娘娘对儿臣好，您不会害儿臣的。”说完，他又朝向太后，带着哭腔道：“皇祖母，孙儿以前怕热要用冰，永和宫的冰不够，和娘娘就每天拿好多冰给孙儿冰果子吃。孙儿喜欢吃茯苓糕，和娘娘每天都给孙儿做。她还教孙儿写字，教孙儿画画，和娘娘这么疼孙儿，她不会害孙儿的。”

太后道：“他听到什么了？你们是怎么伺候的，怎么让大皇子就这么出来了？快把他带下去，怎么能让个孩子听这些话？”

王疏月忙将那双冻得通红的小脚焐进自己的怀中：“听话，去找你母妃。”

大皇子倔强地搂紧了王疏月的脖子：“皇祖母，今日萍姑姑也给我吃了一块茯苓糕，吃了孙儿就迷糊了，可是孙儿吃得出来，那不是和娘娘做的……”他像只猴子一样钩着王疏月，生怕宫人把他拽走。那双小手捏得红红的，鼻子里呼出的气烫得吓人，但他就是倔强地搂着王疏月，不论宫人怎么抱，他死活不撒手。

王疏月心头一热，眼泪跟着就盈满了眼眶。孩子的心啊，和这肮脏的世道相比，真是太珍贵了。她用心对待这对父子，想不到，皇帝不在的时候，他这个年幼的孩子竟也肯张开手臂，像一只幼鸟一样挡在她面前。

诚然，大皇子还无法理解王疏月的用心，但他说出的这番话足以令王疏月心疼、动容。她忍不住搂紧了大皇子：“好孩子，和娘娘对不起你……对不起你。”

大皇子趴在她肩上，还抬起手来给她擦泪：“和娘娘不哭，不哭。您要哭，儿臣也哭了。”

此时成妃也跟了出来，见此场景，忙将大皇子从王疏月身旁拽了过来：“恒卓，你一个孩子怎么能在太后娘娘面前胡说！快过来。”

“儿臣没有胡说，儿臣不准他们伤和娘娘。”

成妃怔怔地望着自个儿怀中的大皇子，半晌，方抬头对太后道：“娘娘，大皇子虽不该胡言，但他的话真啊。和妃平时对大皇子的好，妾都看在眼里，您开些恩……不要——”

太后提声压住成妃的话：“成妃，你刚才也是听到了的，这是她自己认的。你们母子俩也不知道是什么心，哀家和皇后要替你们母子做主，你们倒好，一个护着她，另一个替她求情，你们让哀家如何处置？”

话声刚落，窗上原本整齐的人影子一下子乱起来，纷纷退向两旁。

接着，雕花的隔扇门被推开，秋夜的风一下子吹进来，摇乱了春永殿中的灯笼，灯笼吱呀吱呀地迎风作响。

太后抬起头，只见自己身边的太监杜容海疾步走进来：“娘娘，皇上回来了，这会儿已经走过春晖堂了。”

一闻此话，不光成妃和皇后，就连候在外面的太监、宫女都噤了声。

太后不由得笑了一声：“皇帝回来，你们慌什么，都是犯了什么错事，是你们谋害皇嗣吗？”

成妃和皇后都没有出声。

春永殿前的道路被空荡荡地留出来，偶尔飘过几片枯叶子，却是连和地面摩擦的声音都听不到，滚入阴影里静默着，和所有人一道屏息以待人来。

不多时，远处的仪仗过来。

张得通在前面亲自提灯照路，窸窸窣窣的脚步声由远及近。

皇帝走在灯阵后面，身上穿着石青色衮服，肩上的缂丝五爪金龙日月纹金银相交，张牙舞爪。

今日叫了大起。九卿科道会议并几个议政王，以及在京的四品官员，全部齐集明华门。户部亏空的事盘根错节，在京官吏几乎没有一个是干净的，掰扯起来尤为艰难。张得通在皇帝身边听了一耳朵的诛心之言。他是个太监，并不太懂什么是“提解火耗以养州县”，但他从皇帝的面色和口吻以及百官们汗湿的额头看出来，皇帝动了真怒。于是，梁安来寻他的时候，他都不敢贸然去回话。但梁安这个人也是痴执，就在月华门处傻等。

皇帝那边散议，出月华门时倒是扫眼看到了他，问了张得通一句：“何事？”

张得通才敢把大皇子的事禀了。

皇帝犯疑，又把梁安召至身旁询问怎么是他过来禀事。

梁安跪着回道：“和主儿私下去了恩佑寺寻大皇子。”

皇帝目光一动，竟在月华门前怔住了。

张得通伺候了皇帝二十多年，从来没看见过自己这位主子露出那样的神情。他偷偷地借着灯火看皇帝的眼神。那眼底的东西说不上来是恨还是愧，看得久了，他甚至能从那一贯冷寒的眼中看出零星的水光。

没有人敢在皇帝面前提恩佑寺的那位云答应，王疏月也不敢。他们甚至不敢明目张胆地去猜皇帝对自己这位生母究竟是什么样的情感。这毕竟涉及皇帝的出身，涉及先帝给他的那句极为绝情、难听的批语——奴隶之子。因此人们大多知道恩佑寺是皇帝的逆鳞，但少数人也会想，那是皇帝的软肋，比如，王疏月——这个永远不肯听他话的女人。

“张得通，摆驾，回临春园。”

“是，万岁爷，您要不先回去更件衣裳，奴才让他们备——”

他的话还没说完，皇帝已经甩袖出了月华门。

金丝银线绣成的日月龙纹在月下光华流转，象征着皇帝滔天的权力，也遮掩着他隐而不露的柔情。

“何庆。”

“奴才在。”

“今晚你从朕眼前滚走。”

“啊……奴才……”

“不论今日谁劝朕，朕都要打她王疏月一顿。”

何庆不敢出声。这位主子爷在言辞上撑破了脸也要压王疏月一头，他倒不怕皇帝真的要下手打王疏月，他就是怕皇帝乱七八糟地一通训斥，惹得和主儿真伤了心，这位爷过后又要后悔。补救法子千奇百怪，操碎他的心。这种情况，他见得太多了。

张得通没有何庆那么乐观。皇帝这个人在朝堂再挥洒自如，与王疏月相处时也还是磕磕绊绊的，有的时候明明是想对人家姑娘好，偏处处弄巧成拙，好在王疏月性子好，又似乎能懂皇帝在感情上的笨拙，才不至于真正鸡飞狗跳。这些都不论了。皇帝喜欢王疏月，真的是傻子都能看出来。不光是皇帝身边的人，就连成妃和皇后，甚至那几岁大的大皇子也看得出来。

此时皇帝从外面跨进殿中。皇后等人皆起身行礼请安。

皇帝径直走到太后面前，从云答应面前走过的时候也没有停步，其间只是看了王疏月一眼。奈何王疏月身子伏得极低，他只看到那半截白得不像样的脖子。也不知道为什么，她以这副姿态对着他的时候，他有一种患得患失的感觉，她那脖子真的太细，好像一被谁掐住，就会被轻而易举地拧断。她是自己来到皇帝身边的，没让皇帝费一点儿功夫，可如今要把她平平安安地留在身边，似乎并没有那么容易。

“皇帝怎么这么晚过来？”

“朕不放心恒卓。”皇帝拿捏了一阵语气，请过安，回了太后这一句。说完，他走到成妃身边，蹲下身来，张开手臂道：“过来，让父皇看看你。”

大皇子平时对皇帝是畏惧的，但这会儿又是害怕又是委屈，小脸皱在一处，也顾不上那么多礼节，被成妃轻轻推了一把，他就顺势扑入了皇帝怀中。

皇帝将他抱起，抬手摸了摸他的额头：“这么烫，难受吗？”

大皇子摇了摇头，哑着声道：“不难受，儿臣已经好了。父皇，儿臣求您劝劝皇祖母，不要罚和娘娘。”

皇帝看了一眼太后，又看向殿中众人：“都起来。”

衣料摩擦的声音窸窸窣窣。皇帝发了话，宫人们忙过来扶自家的主子。

偌大的春永殿只剩王疏月和她身后的云答应仍然跪着。

“你也起来。”

“奴才有罪，不敢起。”

皇帝将大皇子递到成妃手中，走到王疏月身旁的一把圈椅上坐下来：“你有什么罪？你要谋害朕的儿子吗？”

“是。”

皇帝鼻中笑了一声，越过她往她身后那个女人身上看去。

那人同样是一把瘦骨，堆在层叠的海青之中。

皇帝从出生以后就再也没见过她，但从她这一身方外人的打扮能猜出她是谁。母子两人刻意疏离了二十多年，谁也说不清楚到底是谁亏欠了谁，总之，血缘这个东西玄妙，一避远就淡，一见面就如火燎原野。皇帝坐在圈椅里，见她那样卑微地跪着，心里交杂的感受十分复杂。他理不清楚，是以慌乱地把眼光收了回来。

太后看见了皇帝的眼神。对她而言，她绝不想让这两个人见面，都说见面三分情，何况两人血脉相连，皇帝与她自己已然有离心之状，难保他一个起心动念，后宫中就会多出一位圣母皇太后。于是她摆了摆手，对陈姁道：“既已理清，陈姁，先把人送回恩佑寺，好生看守。”

陈姁明白太后的意思，忙上前去扶人。

皇帝垂着眼，并没有看云答应。

云答应也很沉默，竟连一个辞礼都没有落，只在跨过门槛儿时，因为腿脚不便，被门槛儿陡然绊了一下，像磕到了骨头。

旁人并没有在意，只有皇帝的肩膀莫名地随之悄然一震。

皇帝心里有一块自己都不太明白的地方。最后，只有王疏月大起胆子，放肆地猜对了。所以他该怎么对王疏月呢？

重新凝视面前伏地的女人，皇帝咬了一下嘴唇，也不管她看得见还是看不见，冲着她又是恼又是恨地点着头："王疏月，起来，跟朕走。"

太后道："皇帝，你平时怎么宠她，哀家不过问，现在她犯了谋害皇嗣的大罪，皇帝若不秉公处置，何以平六宫之心？"

皇帝站起身："恒卓，是和妃伤的你吗？"

大皇子忙道："和娘娘没有伤儿臣。还有，父皇，儿臣真的已经好了。"

皇帝看向太后："母后，朕会处置和妃，也会给六宫一个交代。但儿子心里是清明的，这件事，和妃要担，朕也觉得该她担着，其余的事，朕不想再查，朕也请求母后不要再查，以免伤了朕和您这么多年的母子情分。"

这话说得极重，连皇后都不免惊心。

太后不可思议地抬起头："皇帝的意思是……后宫的事，哀家也不能过问了吗？"

皇帝没有立即应太后的话。他走到王疏月身旁，撩袍并着她一道跪下。石青色衮服铺于王疏月面前，将她的影子都淹没了。

"母后，尔璞，朕已经办了，但朕会优抚其后代亲族。朕在明华宫跟百官已论定，既已服膺朕训，若尔后仍有嚼舌之词，就是党同伐异，大逆不道。母后，朕对您从未有过不敬之心，若有奉养不周之处，也是儿子身在帝位为朝廷不得已而为之，望您从此宽心，朕定会供养您富贵百年。"说着，他抬起头，"若母后还认朕这个儿子，朕则诚请母后听儿子一句——夫既亡，当从子。"

"夫死从子"，这话从皇帝的口中说出来，竟有一丝杀伐之气。

太后还有些没有反应过来皇帝这句话的分量，皇帝却已经起了身："张得通，把和妃带走。"

"是。"张得通见太后没有再和皇帝争执的意思，赶忙将王疏月扶了起来。

春永殿的门洞开，太监、宫人们避在两边。

清凉的秋夜柔情万种，皇帝行在前头，王疏月沉默地跟在他身后，背后是浩荡的仪仗，二十几盏宫灯映红了她的脸。她跪得太久了，每一步都走得踉跄。

前面的人慢下脚步来等她。毫无征兆，他突然背过手臂，向王疏月伸出一只手："过来。"

其实，谁不是在万丈红尘里泅渡，等一只温暖的手呢？

王疏月望着那只伸向她的手，拇指上的翡翠玉扳指也是干青种的老玉。皇帝这个人吧，明明是个刚硬、执着的人，用曾少阳的话讲，叫“老辣”，叫“难以捉摸”，也许这是他这些年修炼出来的脾性。可是，在王疏月眼中，皇帝其实就是个话不对心的人。他想牵她的手，他心疼她遭的罪，但他打死都不会说。

王疏月在他背后笑了笑，跟上去几步，把自己的手交到他手中，十指自然相扣。

何庆等人都识趣地退得远了些。

这是他们第一次牵手在这座前朝就已建成的园中并行。

王疏月一言不发，皇帝也在沉默，只有秋夜的蝉鸣一声软过一声。

皇帝侧头看了王疏月一眼。她的发髻有些松散，还好，有他送的那支簪子撑着，还不至于披散。碧绿色的翡翠耳坠在她脖颈处轻轻摇晃。月色轻柔，把她整个人也衬得温柔、顺眼。

“王疏月，你今儿怕吗？”

“有点儿。”

“朕如果丢下你，不来呢？”

“那奴才就去找主子。”

皇帝笑了一声，道：“你还有命找朕？王疏月，朕没打算放过你。”

“奴才知道，奴才回去就在您面前待好，让您慢慢地审。”

皇帝笑了一声，道：“不用审了，朕晓得你这个蠢人在想什么。”

❖ ❖ ❖

清溪书屋这边正忙乱，皇帝突然回园，内侍府措手不及，又听见春永殿的动静大，料想皇帝一定心绪不佳。皇帝的仪仗刚在道上露点儿光，清溪书屋前面就跪了一地的人。

谁承想皇帝牵着王疏月的手，一路慢行过来。前面只有张得通一人提着宫灯仔细地给帝、妃二人照路。

两人走得都不快，皇帝尤是如此，有的时候还会因不自觉跨大的步子而停顿那么一下，等着后面的王疏月跟过来。

已过子时，清溪书屋前的青香木香得清冽。

往常这个时候，上夜的太监都眼皮子打架了，今日倒都还撑着眼，规规矩矩地在窗下候着。

皇帝却压根儿就没有往清溪书屋去的意思，牵着王疏月径直入了藏拙斋。

善儿正坐在通廊上哭，梁安见皇帝和王疏月进来，忙敲她的肩道：“还哭什么！主儿回来了，赶紧把眼泪擦了，进去伺候。”

善儿回头，果见王疏月笑盈盈地立在皇帝身后。她心头极骇后又惊喜，都顾不上给皇帝行礼：“主儿……主儿，您可算回来了。奴才吓死了。”

“没规矩，皇上在呢，你这哪使得！”

皇帝往王疏月的贵妃榻上一坐，抬手松开盘龙扣，看着扑跪在王疏月面前的善儿道：“王疏月，你的规矩都学得像只三脚猫，朕都懒得问梁安你平时是如何调教这些宫女的。”说完，他朝何庆摆了摆手：“把人带出去。”

他这一声“把人带出去”倒把王疏月吓了一跳，她忙道：“主子，您开恩，善儿是不懂事，我——”

皇帝领扣解了一半，索性罢手，将手掌摁在膝盖上，抬头白了王疏月一眼：“朕说什么了，你就要朕开恩？王疏月，朕有话要问你，你要当着奴才的面儿答，朕也不顾你的体面。”说完，他继续和自己的领扣较劲。

何庆懂事，赶紧提溜着善儿出去，顺道把梁安也推到远地儿站着。

皇帝的扣子解开三颗，第四颗却卡住了。

“奴才来吧。”王疏月过来替手，皇帝就懒得折腾了。

皇帝坐着，王疏月便索性蹲下身去，抬手一颗一颗地挑开剩下的盘龙扣。

皇帝在灯下看着她，她手腕上有一只看起来有些年份的汉白玉镯子。皇帝喜欢玉，尤其喜欢汉白玉，更喜欢看她戴汉白玉。她是他这一辈子见过的生得最白净的女人。汉白玉又不同于翡翠、芙蓉这些玉种，干干净净的，看不见什么石纹，贵在通透、温润，与她映在一起，就很相配。

不过，这是他的审美情趣，至于女人怎么想的，皇帝没想过。

“你换了镯子。”

王疏月一怔，转过自己的手腕，凑到灯下应道：“嗯，觉得主子喜欢这种玉就戴着了。”

皇帝捏住她的手腕，随口道：“你倒是很拎得清朕想什么。”

王疏月垂下眼睛，改蹲姿为跪，抬头望向皇帝：“主子不是有话要问奴才吗？问吧。”

皇帝分开腿，在面前留了地儿与她，又就着她的手腕，扯着她往自个儿身前挪近：“若换成旁人，朕一句话都不会问，直接赐死。”说着，他松开她的手，撑着额低头看她，“但是是你，又觉得可以算了。”

王疏月垂着眼睛，皇帝这才注意到她的睫毛纤细而浓密，在灯下垂目，便遮出一片冷冷清清的阴影。

她一旦回到他身边，之前那不怕死的模样就都藏了起来，温顺、谦谨，挑不出错来，声音轻柔：“奴才哪有那么好？”

她虽这么说，但对皇帝而言，她的好处却是显而易见的。

王疏月周全了皇帝自身很难解的困局，却仍旧仔细地维护着皇帝内心自我防卫的那道围墙。她不提恩佑寺的那个女人，也不提太后，好像一切虚名、过错担就担了，不需要谁来替她申冤，也不需要谁来给她撑腰。只要她这个人还活着，就仍能对着皇帝弯眉而笑。

若如今是个乱世，那王疏月一定是男人们想要的温柔乡，罗衣轻软地在水中沉浮，难免要被抛上马背，掳进城楼。

庆幸在他的治世之下，王疏月才能在一方水土上生根。即使偶尔有风浪，也没什么关系，毕竟在隆正殿的西梢间前，他朝着王疏月伸出去的那只手早已经把她从洪流里拽了出来。

王疏月，你好好活着。如果皇帝肯剖白自己，这句话就应该是："王疏月，你好好地，在朕身边活着。"

对，就这样和她处着，不说话也是好的。

皇帝仰面朝后靠去。

"以后，恩佑寺，没有朕的话，不要再去了。这次朕放过你，下一次你要再敢不听话，谁都救不了你。"说完，他伸手撑了一把她的臂弯，"起来，去倒杯茶来。"

王疏月替他脱下衮服，往自己的木椸上挂去。她回过头来，发现衮服里面是他的朝服，仍旧繁复，并不是一时脱得下来的。藏拙斋中并没有其他人，她凌乱了，一时不知究竟是先伺候他更衣呢还是先去倒茶。

皇帝看她那副蒙样，笑道："倒茶倒茶倒茶，朕过来这一路，一口水都没喝，你要渴死朕吗？衣服这东西，朕自己来。"

"主子可别，您这衣裳一损，奴才也是死罪。主子且坐坐，奴才手脚快些。"

王疏月端茶回来的时候，皇帝倒是把自己剥得差不多了。

尚衣监的人没进来，那身坠玉镶珠的龙袍就被随手扔在王疏月的贵妃榻上。皇帝穿着白绫中衣，背上随意披着一件朱红色的燕居服，一言不发地坐在书案后面。

他面前跪着的是太医院院正，正在回大皇子的病情。

"皇上，大皇子已经渐渐退烧了，臣开了些安神的药，只要小心照顾着，再有个两三天，就无碍了。"

王疏月进来时正听到这么一句，忙将茶递到皇帝手中，绕出书案，询道："我瞧着大皇子右手臂上有瘀青，像石头磕的，您看见了吗？"

太医院院正道："哟，这大皇子没吭声，臣还真没有留意，明日一早臣去请脉，会再给大皇子瞧瞧。"

王疏月点点头，又道："再有，他像吃了什么迷神的东西，有碍吗？"

"回和主儿的话，那倒没什么大碍，吃些药疏解开就好了。幸得大皇子平时身子不错，现在这天时又好，是容易养的。"

王疏月还要说什么，皇帝却已经不耐烦了："行了，你跪安吧。"

院正忙闭了嘴，识趣地退了出去。

院正走后，皇帝才灌了几口茶。王疏月也细心，知道他渴了要做牛饮，端来的茶也是温的。

皇帝饮尽茶，身子也松快下来，便摩挲着空盏闲道："皇后说你对大皇子好，朕原不知道有多好，今儿算见到了。"说完，他随手从一旁拖了一张墩子放在身边，"坐，仰着脖子和你说话难受。"

王疏月依言坐下来，手臂枕在书案上，仰头看向他："奴才是喜欢大皇子，小孩子和书本一样，白纸黑字的，特别干净。"说着，她眼中有了光亮，"奴才啊，从来没想过那么柔软一个小人儿肯信奴才，还能挡在奴才面前，不让人欺负奴才。"

皇帝笑了一声，道："他那么小，懂什么！"

王疏月道："他懂，主子娘娘和成妃，教他教得极好。"

皇帝笑着续道："教得好？那叫惯得不成样子！朕近几年忙了，顾不上。如今又加上一个你去惯他，他越发要不成样子，你们这些人，都是见识短浅。"说着，他挽起袖口，从她的笔架上取下一支笔，拖过来一张生宣，随意写了个大字。

"朕三岁进尚书房，隆冬酷暑从未间断，开府办差后又替先帝巡视永静河，大寒天的在冰碴子里踩。申兰秋狝，朕一人堪猎杀熊、狼，那时划拉一身也只当是'不忘马背上得天下'的祖训。哪像大皇子，如此娇惯？朕看他磕碰一下，成妃都要去皇后面前哭。"说完，皇帝侧过头，反手用笔尾在她手背上一点，深深看着她道，"不过，王疏月，朕这个人，只信生和养并在一处才有母子情分。"

"奴才知道，所以奴才也不跟您表什么心，您不懂就算了，大皇子比您心眼儿好，比您懂奴才。"

皇帝被她撑得变了脸色，放下笔道："王疏月，朕看你是好了伤疤就忘了——"

王疏月握住他的手，竟将皇帝的声音压了下来："主子，疏月这辈子，子息缘薄，既已难于国有功，还不该对您的孩子们尽点儿心吗？如若不然，怎么对得起主子和小辈们待我的好？"

子息缘薄。

皇帝一把捏紧了手，切齿道："这个周明！朕明日就办了他。"

王疏月摇头道："主子别误会，周太医那么个人，哪会跟奴才说这些？奴才自个儿的身子，自个儿是知道的。您也别忧心，周太医医术好，奴才也肯听话吃药，慢慢调理着，说不准后头也能好起来。"

"朕忧心……"皇帝莫名地心里一搐，忙把脸别了过去，抬头胡乱地扫着她书架上的书，"朕忧什么心？"

王疏月看着他的脸从耳根一下子红到了脖子根，耳朵竟也跟着一扇一扇地悄悄缩。皇帝竟然是个能动耳的人，这太少见了。

“行了，朕回来得急，还有几本折子要批，都是明日要发到六部去办的。你去沐浴，早些睡吧。”他一发窘就要撵她走。

“好。”王疏月倒不违逆他，站起身，转头又道，“主子在哪儿瞧折子？”

皇帝朝外唤了一声：“张得通。”

张得通忙推门进来：“奴才在。”

“清溪书屋归置好了吗？”

张得通还没说话，后面的何庆忙道：“主子爷，还没呢。”

“嗯。那就把折子拿过来。”

张得通应是，回头在何庆的帽子上敲了一下：“你这油头儿，要成精了。”

何庆忙给他递上鼻烟壶：“奴才可不敢，都是为咱们万岁爷和和主儿好，内事房那边天天跟着皇上和和主儿在清溪书屋白折腾，不也不是个事吗？和主儿多好啊，您瞧瞧，咱们万岁爷脾气都跟着好起来了，这半年，奴才们这些小的都没挨过板子了。若是他们能琴瑟和谐，这么……”他说着伸出两根手指，讳莫如深地在张得通眼前一碰，“这么一阴阳调和，说不定，爷一开心，咱们明儿都有赏赐。”他说完，又轻快地在屁股上拍了两把。

张得通无话可说。自个儿的徒弟，虽不适合跟着皇帝出去行走，倒比他适合放在皇帝和王疏月面前伺候。

“别卖乖了，叫梁安去传水，再去叫善姑娘进去伺候和主儿沐浴。”

月过中天，渐渐起更了。

大片大片的阴云遮过来，烛火清瘦成了勾魂的影。

皇帝复完那几本折子，已经过了二更天。

屏风后面还燃着灯火，映着一个横陈的瘦影。

皇帝站起身，绕过屏风走进去，帘子没有放下，王疏月枕着手臂朝外躺着。

王疏月看过皇帝熟睡的样子，但皇帝还是第一次看她闭着眼睛的模样。她穿着藕荷色衫子，什么香都没有熏，安安静静地闭着眼睛，呼吸平宁，柔软得像一朵漏秋而开的荼蘼花。

人间美物，莫过于白璧无瑕和白璧无瑕的美人，一眼即招惹情动。

“你还是知道朕待你的心的，是吧？”说着，皇帝靠在她身旁坐了下来，顺手一扯帘帐，那绫罗花帐就垂下来，将她露在被子外面的手遮住了，“倒还不算笨，知道让梁安来寻朕。不过，朕今日要是赶不及回来，你这个人这会儿该躺在什么地方呢？”

话音刚落，外面便闪过一道寒光。天上闷闷地滚过雷声。

秋风吹起窗帘，拂动床帐，她的脸在灯下，一时明一时暗。

要下雨了，泥土的腥味从地下翻出来。若在民间，这是最俗艳、最能撩拨情欲的时候。

皇帝就着王疏月摆在茶案上的那半盏冷茶，喝了一口，顺下胸口乱撞的灼人气。

算了，她太累了，还是让她一个人安心睡吧。想着，他便挺直了脊背，把那道貌岸然的样子又端了出来。

他站起身，正想往外走，却不想被什么东西钩住了袖子。

皇帝回过头，却见王疏月的手不知道什么时候捏住了他的袖口。

“这么大的河山，王疏月躺哪里，都是躺在主子的地方。”那声音轻柔，她没有睁眼，脸却红得厉害，“打雷了，皇上别走。妾身上……好多了。”

❖ ❖ ❖

王疏月这一改口，皇帝身边一众伺候的人都跟着喜笑颜开。

那日，何庆带尚衣监的人进去伺候皇帝穿戴，见王疏月正捧着黄铜盆子伺候皇帝洗手。宫里伺候洗漱有其细致的规矩，比如这捧水就是有讲究的。为了让主子们舒服，奴才们就要跪下去，而后将铜盆举至齐眉处。

王疏月也才起来，来不及梳洗，只穿着中衣，加上入了秋，地上着实凉，皇帝愣是不让她跪。她无法，只得尽力蹲身，将就皇帝的手，谁知皇帝为了让她好受些，也尽力弯了自个儿的腰。

何庆看这二人逼着一盆水越端越矮，实在是忍不住了，忙上前托住王疏月的手：“和主儿，仔细您的腰……还是让奴才们来吧。”

皇帝抬手，不意溅了他一脸的水：“朕让你进来了吗？滚出去。”

王疏月却忍不住，笑了：“让何公公伺候吧。妾也是端不住了。再这么着，要耽搁您议事了。妾给您打理衣裳去。”她说完，转身带着尚衣监的人转到屏风后面去了。

何庆听完王疏月那几句话，眼睛铜铃一样放着光，抬头越过盆底望向皇帝，欢声道：“主子爷，咱们和主儿对您改口啦。”

藏拙斋没有隔间，他又没有压声。皇帝闻言，人一怔，旋即恼了。若不是看何庆从小就在自己身边伺候，他真想把这一盆水都直接扣何庆头上。

王疏月在屏风后面，听到何庆的话，抚整衣纹的手也跟着一顿，想起夜里的事，不由得红了脸颊，低头渐渐笑弯了眉目。

尚衣监的姑姑替她的手，轻声道：“自从娘娘伺候万岁爷，万岁爷都不像从前那般苛刻了。要换作以前，何公公有几个脑袋，敢这么跟万岁爷说话？”

王疏月隔着屏风看向皇帝。他还在那儿站着，也许脑子里正认真地盘算着怎么处置何庆。

其实皇帝很少会想这些闲事。

从前的皇帝，在王疏月眼中是个没什么生活情趣的人，他的坚硬和强势配得上帝位，却不太对得起他自己，以致他得痘疮的那段时间连他的至亲都只是理智地权衡他生死的分量，不肯关照他真实的痛苦。

有了王疏月，皇帝才开始有了些生活。虽然他政务仍旧繁忙，但王疏月摆在茶旁清甜的茯苓糕、闲时写的几个小字儿，甚至她身上那从来干净、柔软的中衣，都逐渐改变了他从前惯常焦灼的心绪，让政事外消闲的时光逐渐过得舒适，有滋味起来。

皇帝习惯她伺候，每日早间也想多些时间和她相处。但他知道她身子不好，不愿意累着她，因此，有些平时生活上他惯借人手的事，这会儿倒肯亲自动手了。但可惜皇帝这个人着实是生活无能，尚衣监和伺候盥洗的人在清溪书屋外面，时常心惊胆战地听着里面摔杯、掉坠的动静，面面相觑。

好在是在临春园，若是在宫里，即便被皇帝杀头，他们也要跪进去道一句："万岁爷，使不得啊。"

这日，内侍府的人搓着手站在澹宁居外头，个个一副喜笑颜开的模样。

十二爷进园子进得有些早，但想着皇帝那四更则起的习惯也没想逗留，径直来了澹宁居。

何庆遥遥地就看见了他，忙迎上来道："哟，十二爷，您得候一候。"

十二爷朝澹宁居里面看了一眼，他倒是知道江苏的学台因为贪污，刚被总宪参下狱，秋闱在即，这事说大不大，说小不小，有些棘手，皇帝这两日正让翰林院荐人。

"这么早，皇上不至于逼着吏部引见吧？"说完，十二爷又看了一眼堆在外面的内侍府的人。他自个儿就是内侍府的总理大臣，其中几个人，他也都认识，不由得吓了一跳。皇帝昨日传他来议事，这会儿又把内侍府的人传到澹宁居议所来，莫不是内侍府出什么纰漏了？

何庆见他失了神，忙道："哪里能啊！今儿不到四更天，万岁爷就过来了。这会儿……"说着，他朝里头看了一眼，又凑到十二爷耳旁道，"在里面挑簪子呢。个把时辰了，快散了。您略站站。"

挑簪子？

这是皇帝的私事，他本不好问，但仗着自个儿也算是皇帝的兄弟，又是内侍府总理事务大臣，便忍不住问了一句："怎不叫这些奴才送到清溪书屋那儿，反传到澹宁居来看了？"

何庆笑了笑，答非所问地接了一句道：“今儿是和主儿生辰。”

十二爷这才想起，八月初二是和妃的生辰。内侍府本要写章本上去，但后来皇帝亲自下旨，说和妃犯了过错，生辰的庆贺之事免了，反让大办下半年皇后的千秋。这样一是宽太后的心，二是借王疏月表了个“抑汉而重梁云”的心。

十二爷是有几房妻妾、内院和睦的人，何庆这么一说，他就懂了。他想着自己这个皇兄也是不容易，委屈了王疏月，这会儿想着补救，奈何清溪书屋和藏拙斋挨着，他只得逼着自个儿三更天起来，到澹宁居挑东西。

他正想着，澹宁居启了门，内侍府的总管太监亲自捧了红木盘出来，见本家主子在外面，忙至跟前行了个礼。十二爷朝红木盘上扫了一眼，瞬间想通了为什么自家的王妃从宫中回去之后总对宫中时兴的打扮颇有微词。

红木盘上放着十二支素净的玉簪，嫔妃们喜欢的花丝镶嵌、点翠、烧蓝、金银错等好工艺一样没有。

十二爷咧了咧嘴，实在不好说什么。

听里面已经叫传，他只得道：“你这就很不懂事了，既办皇上的差，怎可耽搁得！赶紧去。”说完，他整了整官帽，跟着张得通跨了进去。

澹宁居灭了灯火，宝子刚伺候皇帝洗过手，十二爷进去的时候，皇帝还在掐着帕子出神。十二爷在门前请安。皇帝这才回过神来：“哦，起来。张得通，给你十二爷搬张墩子过来。”

十二爷谢了恩，撩袍坐下。

皇帝放下帕子：“说你四更天就进来候着了。早啊。”

十二爷道：“这儿夜雷雨声大，臣弟安置得不稳，也不知皇上可歇得好？”

“朕倒歇得好。”

他这一句话，当真说得春风满面，搞得十二都有些不习惯了。

“喀。”皇帝也觉察出了十二的不自然，咳了一声，正声道：“今儿召你来，有两件事。第一件事是，翰林院荐到江苏做学政的那个人和王授文上回跟朕提要补你内侍府缺的人是一个人，朕想索性让你也过过眼，看是往哪里放好。”

十二爷忙道：“当然是紧江苏的事。”

“也不是你这个说法，哪儿都是大事。江苏那地方的学台，朝廷前后拿了很多人，看着地方上的监生们家里肥，前车之鉴在那儿摆着都压不住那贪银的手。照朕的意思，前任江苏学台要严办，对这一任也要好生斟酌。南边的那些文人，即便朝廷派出去的人两袖清风，他们都存着两三分疑，更别说明目张胆肥私囊的。科举本是给朝廷选人，可这些选上来的人倒对朝廷心存怨怼，这也不怪他们。就是这些放出去的人，把朕求贤的拳拳之心全给泯了，可恨至极。”

十二爷理解皇帝的心，点头应是。

皇帝饮了一口茶："第二件事，是你提的申兰秋狝。"

十二爷一听这话忙道："皇上说这事，臣就惭愧了，敬王几个议政王说皇上今年才过了痘劫，该保重龙体，仔细调养。"

皇帝摆了摆手："这事不拿出去议，一议起来，他们也是矛盾，一方面想让朕去，一方面又要上折子劝朕保养身子，都是套话。今年是朕登基第一年，虽户部的事情耽搁下来，时间有些紧，但云漠诸部，朕还是要见一见的。还有，敬德普仁寺建成，朕也要去看看，所以就不发放出去拖时日了，就朕和你拟定。"

"是，那便要在渃河停留一个月了。"

"停吧。朕也想陪母后去散散心。对了，宁沁的老亲王如今如何了？"

十二爷站起来回道："听说还下不得榻。"

皇帝往后一靠："一会儿王授文过来，你提醒朕，拟旨命其长子从围。"

正说着，张得通在外道："万岁爷，程大人他们到了。"

皇帝点头道："传。"

王疏月这边正和善儿看绣样。

善儿从一大早开始心里就不爽快，不断地嘟囔着："主儿一年就一个生辰，说不做就不做了。之前给成妃做生辰，寿礼摆出来，堆了两屋子，虽说如今是在临春园，但也不该这么冷冷清清。"

王疏月笑道："好了，我因错在受罚呢，不得有个受罚的样？那么大个事，皇上替我摁下去了，只是把做寿的事给免了，你还那么多话？"

正说着，梁安进来道："主儿，内侍府管事太监来了，说是皇上赏了东西给主儿。"

善儿一听，眼睛放了光："皇上就是疼我们主儿。是什么东西啊？"

梁安欲言又止，过了会儿才道："主儿自个儿去看看吧。"

王疏月看他那副模样，不由得笑道："怎么了？倒像皇上要罚我似的。"

梁安往一旁一让，瘪着嘴，没应王疏月。善儿也笑不出来了，见王疏月出去，忙凑到梁安身旁道："到底赏主儿什么了？"

梁安道："十二支簪子。"

"那不是好东西吗？"

"是好……可我也是头一次见这么赏娘娘们簪子的。还有，那样式……我觉得，咱们主儿吧……不一定喜欢。"

第十三章 雨霖铃

对于王疏月而言，他是卧云精舍之外一个更为现实的世界。

王疏月坐在书案后面，托着下巴，望着那十二支簪子发笑。

怪道皇帝三更天就起来了，伺候的太监、宫女及尚衣监跟着好一通折腾，连太医院都怕皇帝是夜里身子不舒爽，一早便过来问查上夜的人。结果他竟是为了这十二支簪子。

“主儿，您这么瞧了一下午了。”善儿捡起一支雕兰花纹的，一面看一面又道，“也不是说……不好看，就是主儿才做了一身黛蓝的氅衣，我瞧着是用银线绣的兰花纹样，这花样倒也配吧，就是……若是点翠的就好了，那样衬着多好看。这又是白玉的……”她一面说一面放下来，对王疏月道，“主儿，奴才想不明白，为什么万岁爷总喜欢赏主儿簪子。”

王疏月松开撑着下巴的手：“我也不知道。”说着，她也捡起一支来，“你去拿镜子过来，我比比。”

善儿转身将放在屏风后面的铜镜挪了过来，放到她面前，又走到她身后帮她试簪。

王疏月望着镜中，半侧着身子温声续道：“我以前在长洲的时候几乎不簪这些，后来回京，见京中的姑娘们簪着好看，才慢慢学着戴起来。”

善儿道：“为何呀？”

“那会儿有卧云的差事忙，再有，银钱都是皇上公给的，总不好拿去办那些私物。偶尔能余下一些，我那会儿心野得很，倒还想着去外面转转。”

梁安听她这样说，倒是反应过来：“哦，那奴才就知道了，我们万岁爷啊，是想补偿主子，主子从前不能簪，现在就让主子簪个够。”

善儿不以为然：“就白玉质地簪个够啊，跟棍儿似……”

“白玉质地不好吗？”

这一声吓得梁安和善儿都打了个寒战。

善儿忙朝外跪下去，连声请罪：“奴才该死，奴才该死。”

王疏月托着腮转过头来，见皇帝带着何庆跨了进来，接着便要站起来，却又被皇帝一把压得坐了回去。

皇帝绕到她后面，朝善儿摊开手道："来，给朕。"

善儿吓得大气都不敢出，哪里知道给什么！

何庆在旁提醒道："善姑娘，簪子，簪子。"

"哦……是。"善儿忙把手里的簪子呈了上去。

皇帝接了过来，在王疏月的头上端视着，寻了一处地方，胡乱地插上了，还一本正经地品着自个儿挑的位置。

何庆和梁安都听到那簪柄插得发丝扯断的声音，再一看王疏月，也是咬着牙齿悄悄地吸冷气。他们面面相觑后，都把目光别去了一边，着实看不下去。

"来，你转过来，朕看看。"

王疏月调整了一下呼吸，方起身转向他："您先赦善儿起来吧。她一个小丫头，哪里懂您给妾挑东西的眼光？"

她这么一说，皇帝倒乐了："看在你们主儿的分儿上，朕不责你，起来，给朕沏壶茶。"

梁安跟何庆也一道下去了。

皇帝仍是端视着王疏月的发间不挪眼，王疏月不由得笑了："您站着不累吗？您喜欢看啊，妾每日簪一支给您瞧。"

皇帝这才低头道："今年就这么着了，明年吧，朕让内侍府好好给你做个生辰。"

王疏月陪着他在贵妃榻上坐下："不做也好，做了反而像在火堆上烤似的。从前在外面的时候，妾也不怎么做生辰。在长洲那会儿，有事做，做着做着就忘了自个儿长了一岁。后来回京……妾想想啊……也就去年，兄长回京来，说起那日是妾的生辰，妾央着他带妾去三庆园看戏。"

皇帝笑道："你这过得比朕自在。"

王疏月伸手挪了个靠枕过来，放在他背后，好让他靠得舒服些，同时道："您不容易，妾知道。"说完，她顺手扶了一把头上的簪子。

"不容易"。这话，皇帝听得真多，尤其是在请安折子里，官员们会把"皇帝不容易"这个意思翻着花样表达出来。那些词写得很有水平，什么"早朝晏罢"，都是有久远的出处的。但皇帝偶尔也想跟他们较个真，既知道他不容易，还亏户部的亏户部、腐学政的腐学政？

想着这些，皇帝摁了摁眉心。

人心其实大多时候是散的，普天之下，好像永远只有当皇帝的一个人一门心思地在发"海晏河清，四海升平"的愿。其余的人发的多半是"升官发财"的愿。皇帝不见得看不透，但到底意难平。

“皇上想什么呢？”

“在想你说的朕‘不容易’。”

王疏月抬头凝视着他的眼睛：“您是不是觉得这话逾越了？”

皇帝抬了一只手，轻轻捏着她的耳垂，与她相对而视，声音莫名地有些倦意：“没有，你说得很真。”说完，他转了个话题，“下个月，朕要去秋围，本来想带上你，不过，前日周太医跟朕说你的身子——”

“妾身子早好了！”他话还没说完，王疏月噌地站了起来，说话的时候脸都涨红了。

皇帝被她这突如其来的一声给吓了一跳，随即笑出了声，一把抓住她的手腕道：“来来来，王疏月，你给朕坐下，朕又没说不带你去，你慌什么？”

他这么一说，王疏月也发觉自个儿失了态，忙屈膝道：“妾失仪。”

皇帝无奈地摇头。

王疏月这个人平时拎什么都拎得很清，好像只有提到这种外游的事才会跟皇帝犯糊涂。但她毕竟聪明，立时又明白过来，抬眼轻声道：“妾糊涂，皇上秋围，定要受云漠诸部的朝谒，妾这个时候……是不该跟在皇上身边……”她说着说着，神色黯淡下来，声音也越来越小。

皇帝望着她那渐渐黯下来的眼神，道：“王疏月，你想的那些事有道理，但朕都没有考虑。”说完，皇帝起身走近她，“朕是要权衡，但也不至于这样就要抹了你的兴致。你不是想跟着朕去看渃河的六大名寺吗？普仁寺才建成，朕还没去看过。”说着，他握了一把王疏月的手，“只要你身子无碍，朕就带你去看。”

王疏月的兴致倒真被皇帝激了起来：“您要去渃河？”

“对，朕要在普仁寺见巴灵度和。”

王疏月道：“听您说玉达佛教的事，倒想起您从前写的《辨异录》。”

这是皇帝几年前撰写的。那时禅宗之内的各种流派相互倾轧，内外混乱，从宗教范畴逐渐外溢到政治上，皇帝为此亲自撰写了《辨异录》，说白了也就是宗教上的政治控制。不料王疏月竟也知道。

“你还看过这一文？”

王疏月托腮道：“卧云里有一本抄本，是我在长洲云灵寺里抄来的。”

“你自己抄的吗？”

“是。”

“你怎么还有兴致抄朕政辩的文章？”

王疏月笑了笑：“我对佛宗没有什么见解，但哥哥喜欢，有的时候，看到有意思的文章，我便会抄录一份，闲来想想，好和哥哥一起辩论。”

皇帝笑了一声：“怎么，你还要跟朕辩禅理公案吗？”

王疏月含笑摇了摇头，轻声道："不敢。"

皇帝示意她坐下，这会儿心思放了闲，便以臂代枕靠下来："兴玉达佛教是为了收人心，规禅宗是为了聚文心。对朕而言，佛理是没有限的，但是对朝廷而言，还是有规限在的。你有这个兴趣，朕可以让巴灵度和跟你讲一讲玉达佛教的经理。你在卧云，看的多是净土、禅、曹洞的经论。汉人的精神壁垒高，很难真正正视玉达佛教的妙处。不过，朕早年听巴灵度和讲过经，他通梁、汉、玉达三文，经他口的东西比你从书上看的要客观。"

这些话，皇帝是绝不可能跟成妃或者淑嫔这些人说的。但这一通说下来，他自己倒有了一种分享的快感，不由自主地闭上了眼睛。

王疏月却一直没说话。

皇帝拍了一把她的手背："怎么，哑巴了？"

"不是，在想怎么跟您谢个恩。"

"嗬，朕赏你什么了？"

"赏了疏月眼界，比您赏妾的簪子好一百倍。"

这话，皇帝真在意了。他睁开眼坐直身子，正视她道："你说实话，朕赏你的东西，你喜欢不喜欢？"

王疏月垂眸笑开："喜欢，只是您下回啊，就不要三更天的起早了，妾昨儿没睡够，您今儿又议了一天的事，主子啊，早些歇吧。"

八月就这么过去了。申兰秋围如期而至。

秋草强劲，草原上四面起风。大片大片的云和晚霞充斥着人们的视野。

跑马者也与养马的姑娘们在云下互诉衷肠，纯粹而炙热。

王疏月步入了人生的第十八个年头，一回顾，倒觉得上天不算薄待她。

母亲死后的第一年，她有了一个欣赏、尊敬也爱慕的男人。贺庞身在高位，同样被很多东西捆缚，但他也在极力给王疏月自由，带她领略山河，甚至引着她去了解他丰富的阅历和复杂的精神。虽然他还是不知道怎么对一个女人好，但这世上的事总是不能十全十美。

❖ ❖ ❖

从临春园回到禁城，大抵只歇了半个月的工夫，皇帝便决定启程去渃河。虽然时间上不宽裕，但出行前的准备还是做得十分完备。

婉常在自从生了二皇子恒音，便擢了贵人，这时才出月子，自然不能随行。成妃也因大皇子的事发了心绞痛的毛病，便自请在永和宫同婉贵人做伴。于是，后宫同行的人，除了太后，就是皇后、顺嫔和王疏月。淑嫔和宁常在被皇帝留在了禁城。

善儿与梁安都不解，但心里的欢喜是藏不住的。

“主儿，从前您不在的时候，淑嫔是皇上面前最得脸的，因为淑嫔，延禧宫的那些狗奴才一个个蹬鼻子上脸，都要端着主子的架势，这回可真是下脸。解气了。”

王疏月倒是明白皇帝的意思，这次申兰秋围，皇帝是要借接见云漠各部首领，安抚云漠诸部。太后和皇后都是宁沁出身，顺嫔是皇后的族妹，她王疏月身在其中才是格格不入。

成妃不去，大皇子却不干了。四五岁的孩子，总想着去外面的大天地里滚滚，一听说自己的母妃去不成，皇帝也要把他留下，竟一连生了好几天的气，每日虽还是按时去尚书房，下学回来却闷着，连饭都不肯好好吃。成妃没了法子，只好带着大皇子去求皇后。

谁知那日皇帝也在长春宫，见她来求，竟道：“到了下个月恒卓也五岁了，该去见识见识。”

大皇子一听这话，眼底都亮了。

皇后刚要说话，皇帝却已经伸手把大皇子抱到自个儿怀中：“好，大皇子也去，跟着父皇去申兰猎熊。”

皇后含笑道：“那大皇子还是交给妾吧。”

皇帝道：“不用，跟着朕。”

皇后怔了怔，忙道：“皇上是要亲自照看大皇子吗？”

皇帝点头，将大皇子撑举起来：“对，就跟着朕，既然是去秋围，就要看御八军官兵和云漠勇士习骑射。朕的大皇子也是时候遴选个武师傅了，就借这次秋围挑定了，更番入卫。”

这自然是因为皇帝看中自己儿子。成妃听后十分欢喜，忙起来谢恩。

皇后摸了摸大皇子的头，道：“就是觉得咱们大皇子还小了些。”

“母后，儿臣不小了，不小了。”小孩子的头摇起来跟拨浪鼓一样，皇帝不由得笑了一声。

这一声笑把成妃惊了惊。在她的记忆里，对着自己、对着大皇子，皇帝从来没这样笑过。

王疏月是到了启程那一日才知道，大皇子上了皇帝的大辂。由于在皇帝身旁，大皇子到底不敢放肆，小小一副身板挺得笔直，正一本正经地念书。

见王疏月上前，他这才欢快地站起来请安：“和娘娘。”

皇帝正在与大辂下面的十二爷说话，眼风扫到了王疏月，话虽然没有停，但还是抬了抬手示意王疏月免礼去坐。

王疏月挨着大皇子坐下来。

大皇子几乎当王疏月是救星："和娘娘，这个字，儿臣不会念。"

王疏月扫了一眼那本书，竟是玉达文的："和娘娘……也不会念。"

"啊……和娘娘都不会念，那儿臣也不念了。"正嘟囔着，手中的书却被皇帝抽走了，吓得大皇子耷拉了脑袋，不敢出声。

王疏月将大皇子的脑袋揽过来。大皇子就往她身旁贴。

王疏月低头看了看大皇子，对皇帝笑道："您那是什么书？"

皇帝道："一本地志。"

王疏月明白过来，这是当爹的太严肃了，逼得大皇子单独跟他处着就手足无措，非得抓一本书来做势。想着，她便将大皇子搂到怀中坐着："您这儿既有了我们大皇子陪着，又召妾过来做什么呢？"

皇帝朝她拎过去一只空杯："王疏月，你泡的茶，朕这半年喝惯了。"

大皇子没大听懂皇帝的意思，又不敢跟皇帝说话，便抬起头来对着王疏月道："和娘娘，您要跟儿臣一起陪着父皇吗？"他说这话的时候，手却把王疏月的袖口捏得紧紧的。

"对，不过，和娘娘啊，是想多陪陪我们大皇子。"说着，她捏了捏他的鼻子。

"王疏月。"

"啊？"

"你——"

"皇上，在大皇子面前，给妾些体面，等到了渃河，您再慢慢训斥妾。"说着，她又拿糕饼开始逗弄大皇子。

皇帝被她撑得竟不知道说什么了。

大皇子坐在王疏月怀里吐了吐舌头，小手把王疏月抓得紧紧的，生怕她说话不算数。

去渃河这一路倒是很平静。

虽在路上，却跟在临春园和禁城没什么区别，皇帝仍然很忙，平时在车上的时候，大部分的时间都在看书。一旦驻跸，他便召集议政大臣议事，要么就是连夜和王授文、程英这些人看折拟旨。

出了禁城，再没有那么多条条框框和门门道道的阻隔，王疏月倒是远远地见过父亲几次。

王授文还是老样子，黑瘦黑瘦的，腰也有些佝偻。他也看见了王疏月，但是碍于身份，还是不敢贸然与王疏月说话，只得远远地请个安。那一抬头啊，目光中对女儿的疼爱和担忧，不须言表。

皇帝还是把王疏月带来了。他是真的在意王疏月，但这也是在把她往风口浪尖上推。

王授文和先帝君臣相处过，他打死也不相信，皇家的男人会像他维护、包容吴灵那样维护自己这个和她母亲一样冰雕玉琢的女儿。

王疏月并不知道自己父亲的忧虑。

北出禁城，那一路上的风光实在是好。九月初，秋草正劲，干冷的风都吹不斜。万里晴空偶见漏秋的大雁独自飞过。每至黄昏时，天地之间便洒满金阳。

若驻跸得早，王疏月便要在营帐外面立一会儿，抬头迎向那大千世界的光芒。

她以前喜欢黄昏，是因为她出生的时代和前荣的命数都像极了这盛极而衰、衰极而回光的景色。如今，出了禁城，不再有那些沉重的东西附会其上，她才终于慢慢感觉到了黄昏金阳的美，余有光热，不至冷寂。

大皇子自从发觉自己的父皇会在王疏月这儿吃瘪，就一直要跟在她身边，有的时候也会要王疏月抱着四处走走。

“和娘娘，您真好。”

王疏月抱着他在河边慢行。

她穿了一身黛蓝色氅衣，外头罩着品月色夹绒坎肩儿，袖口绲着毛边。她仍比寻常人怕冷些，那毛边在大皇子的鼻子上撩拂，引得他打了个喷嚏。

“怎么了，冷吗？”她忙让人拿了条毯子过来，细致地把那小人儿裹住。

大皇子的头钻出来，脸蛋被秋日的夕阳照得红扑扑的：“儿臣不冷。儿臣可不像和娘娘那样怕冷。”

王疏月笑了：“当着你父皇的面，你可不敢说这样的话。”

“那是和娘娘好。”

“你母妃和你母后待大皇子，那才叫好。”

大皇子道：“母妃和母后待儿臣是好，父皇也很疼儿臣，但是他们都会催着儿臣念书，儿臣有的时候发热了，身上痛，母妃和母后也不会纵容儿臣偷懒。但和娘娘您会。您在的时候，父皇都不怎么骂儿臣。”

王疏月摸了摸他的头：“大皇子是皇上的长子，以后要替皇上分忧的。你母妃、母后，还有你父皇，都希望大皇子能有大出息。”

大皇子趴在王疏月肩上，轻声道：“儿臣不怕累，累了有和娘娘做的茯苓糕吃。吃了，儿臣就一点儿都不累了。”

不得不说，恒卓这个孩子治愈了王疏月身上和心上某些不堪言明的隐痛，但这也令王疏月更加心疼他。

皇家的孩子到底可怜。王疏月想起皇帝曾经说过，他三岁入尚书房，寒冬酷暑，头疼脑热，都不曾间断，所以才逼出了那么一副铁石心肠，跟偌大的朝廷、跟广袤无垠的江河、跟朗朗的乾坤日月去斗。他是这样，他的儿子也许以后也会变成这样。王疏月抱紧了怀中这个柔软的人，竟有些舍不得让他像皇帝那样日后渐渐长硬筋骨和内心。

王疏月这么走着走着，天就暗了下来。

何庆提灯过来寻王疏月："入夜风大得很，皇上怕冻着您，让您回营呢。"

这么一说，倒真是起风了。

何庆过来给王疏月披衣，这才看见趴在王疏月肩上的大皇子，大皇子睡得安心、酣熟，嘴边还挂着一丝口涎。他忙轻声道："哟，这大皇子在您身上睡成这副模样了。"

王疏月拉了拉他身上的毯子，遮住他的头："让大皇子睡。公公帮我照着路便好。"

他们一路走回行营。

皇帝的主帐里已燃起了灯，何庆打起帐帘，王疏月便看见了在灯下看折子的皇帝。他抬头看了一眼王疏月，又看向她怀中的大皇子，然后放下折子，朝着二人走了过来："去哪里了？"

"抱着大皇子去河边走了走。"她说完，压着声音道，"您小声些，他睡着了。"

大皇子以前是从来不敢在皇帝面前这么睡觉的。成妃恨不得皇帝看不到大皇子吃饭、睡觉，每日只读书、写字。因此，大皇子每次见着皇帝，也都不自觉地要把眼睛睁大、背脊挺直。说起来，他也算是一个勤奋的皇子，但毕竟是孩子，有的时候，皇帝也会觉得自个儿和这个孩子之间少了点儿该有的父子亲情，更像君臣。与一个五岁的孩子做君臣，其实皇帝并没有那么自在。但他惯在孩子面前端着严父的模样，看着大皇子这副睡得人事不知的模样，脸色习惯地沉了下来："你和大皇子都越发不像话了。"

王疏月垂眼笑了笑："既然是去秋围，多热闹欢喜的事，您就开恩，赦我们几次吧。"

她这样说，皇帝又不能说什么，低头看见她搂着大皇子的手渐渐有些吃力且已发抖，便张开手来："来，给朕。"

不过，皇帝哪里是个会抱孩子的男人，大皇子一沾上他的身，猛地一下就醒来了。

好在皇帝把大皇子的脸别到了自己肩上，并不知道大皇子醒来。王疏月忙偷偷地朝着大皇子嘘了一声。大皇子虽不知道她的用意，却看懂了这个手势，赶忙闭上眼睛，继续装睡。

皇帝胡乱地抱着大皇子走到床榻前，笨拙地放下，回身对何庆道："照看好大皇子。"说完，他走到帐前回头对王疏月道："王疏月，跟朕走。"

"去什么地方？"

"到河边走走。"他一面说，一面用她刚才裹大皇子的那条毯子把她整个人乱七八糟地裹了起来，然后牵起她的手，也不管她顺不顺从，连牵带扯地把她扯了出去。

何庆是个人精，看着这一幕，已然笑弯了眼，回头见榻上的大皇子也睁着眼笑，道："哎哟，小主子，您对着奴才笑什么呢？"

"我才没对你笑呢。你对着我笑什么呢？"

何庆整了整大皇子的枕头，眯着眼道："奴才笑啊，万岁爷吃小主子您的醋喽。"

❖ ❖ ❖

九月中旬，抵达渃河，皇帝驻跸玉清山庄。

这座建于先帝时代的行宫，到了皇帝这一代仍在不断地翻修、扩建。其建造风格、造园构景的方式与禁城和临春园都不大一样，殿宇几乎是木制架构、灰瓦青墙，浓荫淡影，山水错落，没有禁城金碧辉煌的浮华之象，也比临春园更加开阔。

王疏月一直没能找到一个合适的词来形容这座行宫，直到听行宫总管大臣说起，工部向皇帝呈奏渃河行宫扩建的章本时，皇帝在上面龙飞凤舞地批了四个字——"天地通融"。

皇帝口中还有一个比这四个字更主观、更有帝王野心的描述——移天缩地在君怀。

王疏月细细地品着这十一个字。一词一句啊，倒是足以将这处山水宫宇浩浩荡荡地从王疏月的眼底映入心底。

在行宫的北面和东面山麓，分布着恢宏壮观的寺庙殿宇，也就是皇帝对王疏月所说的六大名寺，建筑风格不尽相同，虽然也都是汉式殿宇，但其内饰和外饰兼收了云漠、梁、玉达的传统纹样，散布在燕山腹地之中，星星点点地围绕着玉清山庄。这些寺庙多是供宗教首领觐见皇帝时居住、礼佛之用。

这一年，普仁寺刚刚建成。皇帝与尊者巴灵度和约定，要在今年秋围前后一同在普仁寺对谈论经。他答应要带大皇子一道去。大皇子得了皇帝这个承诺，下了学倒真的跟着会玉达语的师傅抱着皇帝的那本地志翻来覆去地念。

帝王家的孩子着实不容易，即便到了渃河，仍不能断了学业，每日还是要在松鹤斋里读书、练字。因是在京城之外，原本不需要那么严苛，可惜这回大皇子跟在皇帝身边，师傅们也就不敢有一点点松懈。

成妃没有跟过来，皇帝这个人说是要照看他，但不是盯着他写字，就是考些极难的八股论。五岁大的孩子天天给折磨得眼凹鼻子塌的。不过，大皇子倒是一声苦都没有叫，只要跟王疏月提起申兰秋围的事，就一脸兴奋。

“父皇说，等秋围结束，就要给儿臣选武师傅，儿臣就可以练骑射功夫了。等练好了，儿臣也要像父皇他们一样，去围场上狩猎。”

王疏月拣了一块茯苓糕与他：“大皇子现在就想着要拉弓了？”

大皇子咬了一大口茯苓糕：“儿臣以前看过十一叔拉弓射靶子。十一叔可厉害了，他能十箭皆射在靶心，还能一个人在申兰围场猎三十多只猛兽。”

他偶然说起贺临，王疏月心中还是起了一丝波澜：“你是怎么知道的？你可是第一次跟着你父皇来申兰呀。”

“父皇跟我说的呀。父皇说，十一叔是我们大梁的勇士！”

皇帝竟是这样跟自己的儿子评价贺临的。

兄弟之间，若不是那一场夺嫡之争，或许也能把酒共情，不至于是如今惨烈的局面。

“和娘娘，您怎么了？怎么难过了？”

“没有。”

“和娘娘，您给儿臣做茯苓糕，那儿臣练好了弓法就去打狍子，给您和母妃她们烤着吃。”

这孩子，竟拿话来哄她了。

王疏月摸了摸大皇子的头：“我没难过，就是想你父皇了。”

大皇子朝外面看去：“父皇可真是政务繁忙啊。”

他说得一本正经，那模样倒把王疏月逗乐了。

说起来，这孩子也是可怜。皇帝这个当爹的忙得没空照顾，照顾也是瞎照顾。但皇后又是个遵循皇上话的人。皇帝说了他要亲自照看，皇后就愣是一声都不敢过问。好在王疏月住在烟波致爽殿的西配殿中，照看大皇子的太监、宫女们知道她性子好，在皇帝面前也能担待，大皇子身上有什么事拿捏不好，便大着胆子去请她的话。

有什么法子？这么可爱的一个孩子，当爹的不靠谱，王疏月只好担了下来。

小孩子的事是很细的，夜里要踢被，牛乳喝得多了会不消化……哪像皇帝那一根筋想的，只要他还喘得了气，就该把前朝、当代的学理政理一股脑儿往他脑子里灌。

这几日，大皇子因为太小了，又跟着队伍长途跋涉，异地水土不服，在渃河行宫住了两日后连着下了好几天的痢。

皇帝这边倒是一连几日都不得空闲。宁沁部的达尔罕亲王长子替父觐见皇帝，不仅皇帝在澹泊敬诚殿召见，太后也亲自赐宴。清音阁为此连演了三日的戏。王疏月本不便出席，索性留在后殿照顾生了病的大皇子。

这日夜里，皇帝那边散了议，就进了烟波致爽殿更衣。

王疏月坐在灯下陪着大皇子写了会儿玉达文，看着宫女、太监服侍他盥洗、躺下，这才从东偏殿出来，刚一出通廊就在转角的地方和正低头想事的皇帝撞了个满怀。

皇帝倒是稳如泰山。王疏月就没那么好了，被皇帝撞得朝后跌了一跤。

“哎哟，和主儿。”张得通和梁安这些人忙七手八脚地上前扶。

皇帝回头一看，还没开口，就听她先道：“妾不长眼，主子爷恕罪。”

皇帝哂道：“是不长眼。想什么呢？”

明明就是他在想事，没看路，这也罢了，偏走得还急，王疏月避都避不开。

王疏月撑着梁安的手想要站起来，才发觉自己真是摔着了，难看的是，摔着的地方还是后臀，对女人来讲，这真是尴尬死了。

“没有，看了会儿灯火，眼睛眯了。”

皇帝看了一眼她身后：“恒卓好了？”

“嗯，吃了药好多了。”王疏月一面站起来，一面想着该不该在皇帝面前失仪去揉一揉摔疼的地方。

皇帝见她一副不自在的模样，道：“摔哪儿了？过来让朕看看。”

要了命了，谁要给他看啊？王疏月忙道：“哪能是瓷做的！真没摔着，您累了一日，早些安置，妾跪安了。”她说着就要走。

“王疏月。”

“在。”

“朕没让你回西面去。”他说完挥手示意张得通和何庆都退下。

通廊上灯影晦暗，外面下着雨，刮着风，摇动着黑漆漆的影子。王疏月站住，皇帝却从后面一把将她打横抱了起来。他还没有更寝衣，穿着石青色常服，颜色很素净，绫罗料子倒也十分柔软，散发着尚衣监清润的熏香。

“朕刚才走得快，撞你的力道也不小。朕看你……”他没有低头看王疏月，却因尴尬，喉结动了动，“是摔到不好说的地方了？走路都难看了。”

正说着，又觉得自己腰上有什么东西随着步幅在磕碰王疏月，皇帝低头看了一眼，小心地把她放下来。

“站一站，朕把玉佩解了。和你……那什么地方硌着不舒服。”

那什么地方……

王疏月望着低头自己解玉佩的皇帝，脸上爬起了一丝羞红。皇帝平时对着朝臣、嫔妃说话大概是有一套他自己的章法，在房事上又刻板，所以，连“屁股”这样的词都是不准自己出口的。

王疏月又羞又想看他为难的模样。

总之，入了夜，皇帝把那身日月龙纹的龙褂脱下来，简衣素衫这么一映衬，他还是有一丝政治之外的人味的。

“替朕拿好，这是先帝赐给朕的，朕从不离身，若是跌了，你就别活了。”

王疏月仔细地将玉佩捏着：“这会儿去什么地方？”

皇帝重新将她抱起：“去朕那里，朕那儿宽敞。一会儿你把外面衣服脱了，朕看看到底伤到没有，若是伤到了，朕给你上药。”

这话其实令人耳根发烫，偏他说得十分正经，不带一点点的诱惑和撩拨，下巴的线条绷得利落，整个五官被灯影雕刻得凌厉、有力。

王疏月搂着他的脖子，借着通廊里昏暗的灯火望向皇帝。

雨声淅淅沥沥。树影落在他脸上，在他的行进之间，明明灭灭。

窗棂旁唯一的一盏宫灯也离他们远了，偶尔有些细细的风透过窗的缝隙吹进来，带着遥远又浓厚的檀香气，静谧，但并不能令王疏月平心静气，反而很撩情。

皇帝似乎又陷入了之前沉思的事，全然不知自己撩起了怀中女人的情热。好在他是个皇帝，若只是市井之中的无名虾，一定早就被婆娘们踢下床了。

“主子。”

“嗯？”

“哪有主子给奴才上药的？”

皇帝笑了一声：“那朕给你传太医。”

“你……不是，奴才自己来！”

“你看得见伤在什么地方？”

“……”

皇帝看她吃瘪，之前交缠的心绪倒也散了些：“王疏月，你这个人最大的毛病就是难受了不肯吭声。朕申斥也申斥了，好声说也好声说了，你都没有听进去。”

“奴才——”

“你住口吧。都跟朕改口了，一慌起来又回去了。”说完，他吐了一口气，压平声音道，“朕知道，大多时候呢，是朕对你手重，你怕说了像在怪朕。从前就算了，如今你跟了朕，你的身子是朕的，你听朕的话就是。”

那夜，王疏月是背对着皇帝睡的。

单薄的绸裤下涂着清凉的药膏，却惹得王疏月满身都羞得通红。皇帝沐浴回来，揭开被子看时，却让她把绸裤褪掉：“刚上了药，不要给朕蹭掉了。”

绸料刮着皮肤，王疏月闭眼抓紧了被角，身子一时僵一时软。

如果这副模样被别的男人看见，无论是一个多么柔情、多么会疼惜女人的男人，都会用戏谑的话来揶揄、挑弄。在这个时代，男人享受女人的羞耻和卑微。帝王应该是这些人中的顶峰，毕竟这世上没有任何一个女人可以在身份上逾越他。但贺庞是个例外，或者换句话来说，他对着王疏月时是个例外。

王疏月背对他，皇帝很搞笑地让何庆找了个软垫，垫在王疏月臀后。面对她赤裸着的下身，诚然他鼻息滚烫，耳根发红，但他只是搂着她的腰，半屈腿，和她中间留出一点儿空当。

“皇上，其实我没事，可以服侍您——”

皇帝隔着垫子在“那什么地方”一拍。王疏月忍不住，肩膀颤了颤。

“朕在想事，没那个兴趣，你好生睡，不要招惹朕。”

王疏月扭过身子去看皇帝。

已经熄了灯，除了他眼睛中零星的光点，她什么也看不见：“您在想什么？”

“达尔罕老亲王死了，他的长子请求朕让贺瞿（废太子）去宁沁吊唁。这话和张孝儒上的那本折子说的一模一样。”他只对王疏月说了一半，还有一半是不便说给女人听的。

丹林部几欲叛乱，皇帝在考虑对丹林用兵的事。对于此事，宁沁部借新达尔罕王表明了态度，誓死追随大梁。绥远之政不能废，那对宁沁的意图就不能不考虑。所以，废太子是赦还是不赦，已然不是皇族的一件家事。

“皇上如今还顾忌废太子吗？”

“不顾忌，他和贺临不一样，朕可以厚待他，让他做个富贵闲人。但朕不喜欢有人拿捏朕。”

王疏月轻轻握住他的手：“为国为民，没有人能拿捏您。”

皇帝似乎笑了一声，道：“有。王疏月，你可以拿捏朕，或者，有人利用你来拿捏朕。”他的情话都说得这样山呼风啸。

王疏月忙要起身，却被他一把摁了回去：“王疏月，你要以这副模样跪下去吗？躺好。”

“我是想陪着您，您待我的好，我也明白，既然明白就——”

他没有让她继续说下去，抬手拍了拍她的肩：“疏月，朕说的事和你无关。朕答应了你，要带你去看六大名寺。启程去申兰围场之前，朕会带你去。但这两日朕的事多，你如果闷了，就带大皇子去清音阁听戏去。”

王疏月拧回身子，手却仍没从他那里松开：“妾这次跟着您出来，就是把自己当个照顾您和大皇子的奴才，您就让妾躲着吧。太后娘娘这几日好不容易高兴些，才算把妾之前的罪过给恕了，妾哪还敢去前面听什么戏啊？妾就等您得了闲，等您带着大皇子和妾去普仁寺。”

皇帝撑了撑腿，膝盖却不小心碰到了她“那什么地方”的瘀青。

男人不够细致，就会使女人遭受不少病痛，不光是在日常生活中，也在房事上。皇帝脑子里偶尔会闪过懊恼，但他抓拿的事情毕竟太多太大，习惯了大刀阔斧，对王疏月也是那样。但王疏月像冰雪堆砌的人，逼得他有的时候手足无措，他想捧着她，却一路上又总把她磕碰。

好在，生活中，他拿捏不好，男女事上，他不愿折磨她，于是他赶忙把腿往后挪，伸手在被子里悄悄地理了理隔在他们中间的软垫子。

“带你来，原本是朕想抬举你，你这么一说，反而比那些不来的还要委屈一样。”

“您要这么说，那我就该死了。”

“胡说什么！睡吧。”

❖ ❖ ❖

九月十七，是圣驾启程去申兰围场的前一日。

玉达的尊者巴灵度和一路跋涉千里，终抵渚河。与此同时，云漠诸部宗教首领也集于六大名寺。这是大梁皇帝秋围前后的惯例，虽看似是个宗教性质的集会，实则是皇帝礼遇尊者，尊一人而安万人的政治策略。既然本质是个政治性集会，那除了论经，更多则是商讨宗教政策和划分宗教领地。因此历代大梁皇帝对此都十分重视。

皇帝在九月十五日就出了玉清山庄。

这日，王疏月陪着大皇子用早膳。

梁安进来道：“主儿，张公公从六大名寺回来了。”

王疏月偏头朝通廊看去，见张得通挂着笑站在那里。

“给和主儿请安，万岁爷让奴才来接您和大皇子。”

王疏月站起身，走出去道：“皇上那边忙完了吗？”

张得通道：“哪能啊？和主儿，您是知道皇上那个人的，什么时候肯给自个儿清闲？不过，万岁爷今儿留了一日给主儿，说是允诺带您去普仁寺见巴灵尊者。您哪，也不用备什么，晚些万岁爷和您一道回来，明日就要启程去申兰围场了。”

大皇子从里面跟出来，牵住王疏月的袖口道：“和娘娘，我们给父皇包些茯苓糕吧。您今天做的茯苓糕特别好吃，儿臣喜欢吃，父皇肯定也喜欢吃。”

张得通弯腰道：“哎哟，小主子，万岁爷今儿早上还特意提了一嘴和娘娘的茯苓糕呢。”

所谓的父子口腹之欲的缘分还真是神奇。

“好，那张公公，你候一候，我去更衣。”

“欸，主儿，您快着些。”

六大名寺虽然叫六大名寺，但到了贺庞这一朝已然不止六座寺庙，只是因为其中有六座寺庙受理藩院管理，又都修建在古北口外，才被称作六大名寺。

普仁寺是其中一座，也是最新建成的，是皇帝为尊者巴灵度和修建的供他居住、讲经之处。

王疏月牵着大皇子的手走到普仁寺山门前的时候，太阳正将近正午。

山麓间，但凡遇见晴好的天气，便能看见云海翻涌，日光落在重檐歇山顶鎏金瓦顶上，辉映着背后牌楼上的彩画，光华流转，色彩斑斓。

这是一座典型的玉达式寺庙，但细节之处又能看见汉式风格的装饰。

一入山门，入眼的便是碑亭，为一块整石所造，碑座为一巨石雕的龟趺。大皇子显然对那碑座有兴趣，拉着王疏月过去看。王疏月则在看那碑座上的文字，那字体，她太熟悉，正是出自皇帝之手。

“恒卓。”

背后传来这一声，大皇子被吓了一大跳，忙转过身去请安：“父皇。”

王疏月也跟着一道行礼。

“恒卓，过来。”在这座宏伟的佛寺中，又当着大皇子的面儿，皇帝板着惯常那一副严肃的面孔。

大皇子有些怯，抬头看着王疏月。

王疏月轻轻推了推他的后背：“去呀，你不是跟着和娘娘走累了吗？和娘娘抱不动你了，让你父皇抱会儿你。”

大皇子听了王疏月的话，当真开心地伸开手臂冲着皇帝扑了过去。

皇帝觉得王疏月一定是故意这么说的。但情至此处，孩子又是一脸天真、单纯的快乐，他也不好再刻板地拒绝，便弯腰将大皇子抱了起来。

张得通在一旁，正想要上前替皇帝的手，却见王疏月冲着他悄悄摇头，抬头又见自己的主子也没说什么。三人立在一处，头顶烟翻云涌，皇帝虽没什么表情，但王疏月面色温柔、宁静，大皇子眉梢上都是欢喜，这场景，连他一个多年没有家室的无根之人都动了凡心。

皇帝抱着大皇子，王疏月挽住了他的胳膊。

“你又跟朕放肆。”

王疏月没有看他，而是拉起大皇子斗篷上的帽子，遮得大皇子只剩两只眼睛，滴溜溜地看看她，又看看皇帝。

“妾今日胆子大，有我们大皇子给妾撑腰。”她说着，牵着皇帝的胳膊，把他的手挪到了大皇子的膝弯处，“您得抱这儿。不然，大皇子不舒服。”

皇帝哂了一声，却还是配合她：“朕没看出来恒卓能给你撑什么腰，反而是你给他撑腰。”

王疏月挽紧了他的胳膊：“好了，我的主子，您说要带我们看普仁寺，这会儿又这么多话！”

张得通刻意让皇帝的仪仗跟得远了些。皇帝他们三人在前面走，他与何庆也退到了十米开外的地方随着。

山麓的风由上至下扑面而来，由于高处的巨佛像前焚着香，风里的檀香气便十分浓郁，因而男女之间的关联好像也褪掉了淫靡气，而裸露出一种“相知相伴”的本质。

何庆偏头对张得通道：“欸，师父，您觉不觉得，自从和主儿伺候了皇上，咱们皇上也像个人了？”

张得通在他脑袋上狠狠一敲：“说什么掉脑袋的话！”

“不是，奴才的意思是，咱们皇上以前跟个神佛金身一样，那光芒万丈的，连大皇子都不敢亲近他。不过，咱们万岁爷如今……对对，也是光芒万丈。但是您看啊，万岁爷和小主子现在这样，啧啧，多好。”

他的话是有道理的。

张得通服侍了皇帝二十多年，看着他从一个不受先帝重视甚至时常被贬斥的皇子到如今君临天下。皇帝在骨肉亲情这件事情上是有心结的。这么些年，成妃也好，皇后也好，没有一个人敢想他会和大皇子有学业之外的交谈，更不敢想他会主动亲近大皇子。但王疏月看似没有用任何气力，就让皇帝为自己的儿子弯了腰。

“皇上也像个人了。”这话……虽然会掉脑袋，但好像也没什么毛病。

皇帝抱着大皇子，与王疏月一路往上行。

普仁寺是倚山势而建的。层层叠叠的殿宇错落在山间。中间修筑了很多级石阶，将各处殿宇相连。

过了碑亭往北，便能看见普仁寺的主殿大红台，壁面上辟有三层汉式垂花窗户，盲窗与实窗相间，共有三十孔之多。窗头上浮嵌着琉璃制垂花门头，雕刻着精细的花纹。

王疏月眯着眼睛细看。

皇帝却开口道：“仔细把眼睛逼瞎了，那是禅宗的莲花纹，是从丁观鹏的佛画上移过来，雕上去的。”

“既是玉达佛教寺庙，为何又饰以汉传的图样呢？”

“这是融合，天地融合，其实还不够。”说着，他侧过身，深深看向她，“王疏月，融人才是最重要的。梁、汉、玉达、云漠，对朕而言都应该是朕的子民。先祖以武力驰骋天下，到了朕这一朝，兵不能废，征伐天下要有道，因此，穷兵黩武绝不是此时的主道。朕修建普仁寺是为了融人，朕让你在长洲修复卧云精舍、信任重用你的父亲，也是一个道理。”

王疏月靠着他的肩。也许是因为他在这座佛寺里待得时间长了，他的袍衣上竟有了厚重的佛香味。

“这话，您是说给大皇子听，还是说给妾听？”

“说给恒卓听还不是时候。他还小，王疏月，朕是说给你听的。”

他说完这话，王疏月却沉默了须臾，然后道：“所以，您才不肯赦了十一爷？”

皇帝停住脚步。她犯他的禁忌，若换成以前，他定会治罪，但如今他又觉得没这个必要。

王疏月见他没有说话，忍不住屈膝，静静地跪了下去。

皇帝托了托大皇子的腰，将他抱得高些，低头对王疏月道：“朕没让你跪，起来。”

“奴才不敢。”

皇帝望着她笑了一声，道：“你这话对朕而言，不逾越。你说的是对的。十一是将才，是我大梁的勇士。入主中原后，先帝平定前荣余孽，扫除南方旧藩，他都立下了汗马功劳。但他并不是为将的心，所以朕可以放了废太子，但是十一，朕要关他一辈子。”说完，他续步往前走，向后留了几句话，“没手扶你，你自己起来。前面是大红台群楼，第一层东面有四大天王坐像、十八罗汉像和塔举派祖师亥若卡的佛说法像。其中，亥若卡像，你在长洲和京城都是没有见过的。”

这边何庆已经跟了上来，扶王疏月起身。

皇帝抱着大皇子已经走到大红台下面了。

大皇子趴在他肩上，迷迷糊糊地一会儿睁眼一会儿闭眼。

“主儿，赶紧跟上去吧。”

他们沿阶而上，不知不觉就绕过了大红台的群楼。

群楼中的法相有汉传佛教中的罗汉天王，也有玉达佛教中的尊者，其中大部分玉达佛教尊者，王疏月都是不认识的。皇帝带着她一尊一尊地看过去，其间，跟她和大皇子讲了亥若卡的十二大苦行。

大皇子似乎是为了皇帝这次带他来普仁寺而做了功课，偶尔竟然也能应答皇帝两三句。

比起贺临，皇帝的确是一个更渊博和深广的人。王疏月很喜欢听他不急不慢地跟她讲述玉达佛教之中高深玄妙的东西。

对王疏月而言，他是卧云精舍之外一个更为现实的世界。皇帝的这个世界不回避对文化与艺术的欣赏与追逐，也不乏对历史和时代的思考。

在他的阐述之中，王疏月似乎也慢慢看到了父亲这些前荣文人的局限。正所谓“不避涉历史长河，也斟酌一日阴晴”。平心而论，王疏月很爱慕这样一个人。但是碍于他的帝王身份，也碍于她的汉女出身，很多情意绵绵的话，王疏月暂时还说不出口。

皇帝在言辞上倒是比王疏月要自如很多。奈何他多年不识情爱的那颗钢铁心以及君臣之间说话的章法一时难以扭改，导致他虽然说话说得自如，但那些话时常硬得像钉子一样往王疏月身上落，大半年了，始终和他那身龙袍一样，穿得严丝合缝，开不了一点儿窍。

第十四章 相见欢

我佛所见，朕与和妃是有愿同流的人。

等眼前撞入大片大片海灯的时候，三人已经走到东红台前。皇帝让张得通将大皇子抱了下去，自己抬手理好马蹄袖口，压平胸口被大皇子抓出的褶皱之处。

浩荡的仪仗都停在石阶下面。

猎猎山风由上而下迎面而来，将殿宇间的碧树吹得沙沙作响，也将王疏月的发髻吹乱了。

皇帝转过身来，伸手将她耳边的碎发向后理去：“张得通，拿个篦子过来，替和妃篦一篦。”

张得通忙应话去了。

宫人上前替王疏月理鬓。

王疏月望向皇帝道：“容妾去梳洗一下吧。”

“不用，你平时就是整洁的人，心也稳当，现在只是头发乱了，算不上不敬。”说完，他牵起她的手道，“朕带你见巴灵尊者。”

两个人并肩跨过“南无阿弥陀佛”的门额。

巴灵度和正在客殿中等待皇帝。他穿着绛色僧衣，手上挂着一百零八颗红玛瑙数珠。王疏月听皇帝说过，这位尊者已经是七十岁高龄，但也不知是不是因为身中住着神灵尊者，他虽然脸上布满皱纹，却仍旧精神矍铄，面目平静、慈悲。

皇帝与尊者相互见了礼。

巴灵度和侧身向皇帝身后望去。

皇帝松开王疏月的手，在她的腰上轻轻推了一把，示意她上前，轻声提醒道：“行万福礼。”

王疏月应声上前与尊者见礼。

尊者抬头向皇帝道：“这位娘娘，不是皇上的正妻。”

这话让王疏月心里一阵惊悸。

皇帝面上却并没有什么波澜：“是，她是朕的和妃。”

巴灵度和点点头，转头向王疏月看来："娘娘不是梁或云漠人吧？"

王疏月怔了怔："我佛怎么知道？"

"娘娘，佛法讲渊流，每一个人都如同一条河，皇上有皇上的来处和归处，娘娘有娘娘的来处和归处。"

不知道为何，王疏月没有全然听懂这句佛语，但是隐隐觉得有些悲伤，就好像她和身旁这个人的缘分不够长久，无法自始至终，终有一日要各自入各自的海，从此不再相关一般。

她眼光闪烁，皇帝却低头重新握住她的手："我佛所见，朕与和妃是有愿同流的人。"

王疏月一怔，在佛前发这种男女私情的小愿从来就不是帝王会做的事，然而他发了，还堂而皇之地说了出来，但没有因此怯了他通体一丝的气势。

巴灵度和双手合十，手中的念珠顺着他行礼的动作哗哗作响："吾皇是有情人，自当为吾皇与娘娘祝祷。"

王疏月内心的悸动如同眼前朦胧跳动的百盏海灯。

在尊者面前，纵然她有话想说，却终究浅薄、苍白。世上最有灵智的人，直直观看她与帝王的关联。王疏月觉得，尊者虽有话不堪在皇帝面前言明，但她的气数、宿命都已无处遁形。唯一保护她的就是那只温暖有力的手，五根手指坚定地扣着她的血脉，稳稳当当地把她护在他身旁现实的领域，以免面前那纯粹神性的东西洞悉她脆弱、漂泊的命运。

"我佛，今日是朕带和妃与你私见，一言一行皆不会被记入实录。既如此，朕与你都不拘礼。"说着，皇帝走到蒲团旁，又随手挪了另外一个放到自己身旁，自个儿盘腿坐下，抬头对王疏月道："坐。"

尊者应道："《般若三百颂》，昨夜与吾皇论至'知我说法，如筏喻者，法尚应舍，何况非法"这一句处。今日续论否？"

皇帝点头，继而侧头看向王疏月："你可以说话，不用哑着，有什么不知不解处，发言相问就是，有不解处，我佛定会为你开解。"他说这话的时候始终没有放开王疏月的手。

山风停息，云聚集。

山雨欲来，风满聚楼台。

堂中的海灯在透隙而过的风中摇曳，于人眼前变化灯阵。

皇帝与尊者相对而坐，论及的东西不单单是《金刚经》的经文，也牵连玉达的历史、玉达佛教的传承，以及玉达与中原的经济、人员往来，其中夹杂着一些王疏月听不懂的玉达文。皇帝发觉她有迷糊之处时，倒也肯回过头，轻声翻译给她听。

王疏月自始至终都没有开口，一直靠在皇帝身边安静地听着，听到有所体悟之处，偶尔会心地笑笑。

经论持续至酉时，黄昏卷天地，尊者才与皇帝和王疏月相辞。

尊者走后，皇帝没有立时起身。王疏月静静地将头靠在皇帝肩膀上。

外面在下雨，黄昏没有金阳，只山麓有一片乌红色的云，反射着不知道从哪里透出来的光。

王疏月闭上眼睛，轻轻挽住了皇帝的胳膊。一只翡翠耳坠掉了，正钩着她耳后的碎发，摇摇欲坠。也是奇怪，在这种佛门圣地，她反而没有在宫中那样端庄、周正。

“你听累了？”

“嗯。太复杂了，但是有些听入了心，当时不觉得，现在却觉得，这些经论啊，是要用心力去消化的，一松懈下来，的确好累。”

皇帝没有动，由着她这样放肆地倚靠着他，抬手取下钩在她发上的耳坠，放到她手中，而后向洞开的殿门外看去。半山腰处视野开阔，六大名寺其余的几座寺庙也尽收眼底。所谓“移天缩地在君怀”，从前登高远望时，他总觉得欠缺一样，但如今，身旁有了这块温软的血肉，终于功德圆满。

“听累了就靠着朕睡会儿。”

王疏月睁开眼睛：“皇上，您的肩膀真是硬，靠着不舒服。”说着，她竟改了侧坐，将一双腿蜷缩在蒲团上，慢慢塌下腰，将头枕到皇帝盘坐的腿上，而后闭上了眼睛。

皇帝低头看向她。她掉了坠子，那细巧、干净的耳洞就露了出来。他已经见过她的一切，这一个细小的耳洞却像她身上新的一次袒露，在他的心绪里引出波澜。

想着这些，他便轻轻将她的脖子托起，挪动身子，坐得离她近些。

王疏月转过身子来，大有肆然大睡的姿态。脖子上纯白色的领巾垂在皇帝膝下，随风轻轻摇曳，皇帝的袍子蹭花了她脸上的胭脂，嘴唇边晕开一片嫣红，娇憨动人。

皇帝平静道：“王疏月，你不怕朕了。”

王疏月没有应声，手却悄悄捏住了他的衣摆，他今日穿着一身九龙金丝绣的袍子，那张牙舞爪的龙首就这么一下子被她捏进了手中：“不怕了。”

皇帝笑了一声，望着她露在领巾之外的脖颈：“从前为何怕，如今又为何不怕？”

她闭着眼睛，柔软地笑了笑：“从前是被皇帝关在长坤宫的人，如今疏月与皇上是有愿同流的人。”

殿外风斜雨细。

张得通等人的衣裳都被雨水濡透了，但他在殿门外看到了殿中场景，便不敢进去多话。

他回身退到廊下，把何庆召了过来，轻声吩咐道："让山下的人备好灯盏，今儿恐怕要走得迟些。"

王疏月后来是真的睡了过去，究竟是如何下的山、如何上的车辇，她都不知道。她只知道，自己醒来的时候，车辇已经快到玉清山庄了，她仍然枕在皇帝的腿上。

皇帝手中在翻一本书，书页窸窸窣窣地响着，混了窗外的雨声，竟有些悦耳。

大皇子坐在她身旁笑嘻嘻地望着她："和娘娘，您睡得像一只猫。"

皇帝闻言，伸手摸了摸大皇子的头，又放低书看向王疏月："再睡会儿，还有半个时辰。"

她没有出声，当真又闭上了眼睛。

车外风声雨声不止，车内却点着温暖的灯，皇帝一手拿着书，一手抓过自己的披风罩在王疏月身上。她将身子蜷缩起来，睡得呼出了安稳的鼻息，当真像一只猫。

另外一边，大皇子从盘中取出了一块茯苓糕，刚要偷偷放入嘴中，但想起什么，看了看王疏月，又看了看皇帝，犹豫了很久，最终怯怯地向皇帝伸出手去："父皇。"

"小声些。"

大皇子齿缝里吸了一口气，当真把声音压成了从喉咙里挤出来的气声，腰也跟着弓下来，小声道："父皇，您吃呀。"

俗世里的声音和滋味一下子绽在那咬下茯苓糕的口中。

自从普仁寺回来，王疏月似乎真的不像以前那样畏惧皇帝了。皇帝也因此觉得就连房中事都变得更加自如起来。虽然皇帝还是那样刻板和无趣，但王疏月不再那么被动，相反，她愿意迎上皇帝，愿意敞开自己、袒露自己的内心，用她自己的方式去回应皇帝沉默的爱意。

他们有了酣畅淋漓之感。

每回云雨之后，她都喜欢干干净净地躺在皇帝身边，臀部被皇帝的腿面托着，暖暖地抵在皇帝的小腹前，背脊靠在他的胸膛上，头埋在发中，和皇帝一起一点儿一点儿匀称呼吸。

皇帝在平复下来之后，大多时候是沉默的，从背后搂着她的腰，偶尔会若有所思地在她平坦的小腹上摩挲，良久才会传人进来伺候和清理。

在玉清山庄，皇帝所有的爱欲都给了王疏月。顺嫔也好，皇后也好，都不曾分过他一丝的温热。

白日间，他和王授文等人议政。虽然人在敬德，但六部往来的奏章文书不断，轻重缓急纷繁复杂，全然一个混沌的乾坤。倘若他处置不完，王疏月就趴在他的书案旁等他。她懂事，绝不逾越，但凡是奏本文书上的字，都不会拿眼去看。偶尔她等得久了，靠在书案上睡着的时候也是有的。

皇帝觉得，自从普仁寺回来，王疏月就特别喜欢在他身边睡觉。她眯着眼睛，肩头轻轻起伏，那模样和大皇子说的一样，就像一只猫。

九月中旬，圣驾启程前往申兰围场，达尔罕亲王随行，太后、皇后、顺嫔亦一同前往。

王疏月的名字并不在随行的名单中，但皇帝还是不避众目地把她带在身边。

“既要会见云漠王公不便带着妾，倒不如把妾留在渃河呢。”

皇帝哂她：“朕身边缺个知心的奴才伺候。”

“张公公他们不好吗？”

皇帝的脑子里冒出的头一句话是：“他们好，但他们是太监，他们做不了你能做的事。”但他猛然又觉得自己被王疏月的话带偏了，偏到乱七八糟的地方去了。且他无论如何也不准自己直接说出这样的话来，顿时梗了脖子：“王疏月，哪那么多话，做你该做的事。”

❖ ❖ ❖

从渃河到申兰所需时日不多。

九月二十这一日，队伍便到了申兰围场。云漠诸部王公在波罗河屯列迎圣驾。这是皇帝登基之后第一次行围，除旧藩，连远藩诸部都唯恐落后地朝谒踵集，先帝爷的容平公主和驸马也来了。皇帝与太后都十分高兴，一面命人准备行围事宜，一面在东庙行宫设宴礼待云漠诸部王公。

皇帝的日常还是如旧，白日几乎都不得闲。但一进入申兰围场，他的心情好像变得比从前开阔。

他带王疏月去巡视围场旁的哨所，一路上跟大皇子讲这座围场的历史意义和政治意义，讲这里如何继承先祖之遗风，供御八军子弟整兵习武，如何屏护京师及梁祖陵、俯控云漠诸部，又兼顾北方发祥之地。他跟大皇子说话的时候，又偶尔看向王疏月。

她轻盈地走在皇帝身边，映着申兰天高云淡的草原风光，十分动人。

自从来了申兰围场，为了方便随行照顾，王疏月索性换下了嫔妃的氅衣，不再穿满绣，也把妆容扫淡了，安安静静地行在皇帝的仪仗中，倒真和寻常的宫女一样，毫不扎眼。

何庆有的时候大着胆子打趣：“万岁爷，您又要让和主儿当御书房的差了。”

皇帝不以为意，却要问王疏月一句："委不委屈？"

王疏月听他说这话，把茶往他手里一塞，转身就往外面走，背后传来皇帝慢半拍的声音："王疏月，放肆！"

她不怕他了，放肆就放肆吧，总之，不会委屈。再说，他带她来见山河大美，对王疏月这样的人来说，委屈什么呢？

申兰围场地处草原，虽已渐近深秋，然而这里的天气并不算寒冷。

这一日天气晴好，王疏月脱下了绲毛边的坎肩儿，穿了一身退红色氅衣，捏着一本书坐在亭中看宫人们伺候大皇子洗头。

善儿过来道："主儿，前面……皇后娘娘来了。"

王疏月放下书，朝后看了一眼，果见紫檀木屏风后面露了皇后的半截身子。

"瞧着大皇子。收拾好了，带他出来请安。"她说完，起身压平腰上的褶皱，跨过门槛儿，从屏风后面绕了出来。

在申兰围场，妃嫔并没有晨昏定省的规矩，王疏月又被皇帝拘在身边，倒真的有大半月没有见过皇后了。她亲手奉迎皇后到正座，又退到下面，行了跪拜的大礼。

皇后欣然受之，抬手示意孙淼去搀扶："和妃也坐吧。"

王疏月应了声，接过宫人呈上的茶，亲手奉到皇后手中，方退到她下首的一张圈椅上坐下。

"本宫很久没见大皇子了，今儿特来看看他。"

"是，大皇子收拾好了，就来给娘娘请安。"

皇后倒是很喜欢王疏月这副惯常柔和的模样："无妨，知道他好，本宫和成妃就都放心了。这些日子，本宫也晓得，你为大皇子操了不少心。"

王疏月也接了一盏茶："说起来，这都是皇上、皇后娘娘肯给妾恩典，让妾得以亲近大皇子。"

皇后目光柔和，静静地凝视王疏月："你不用说这样的话，其实本宫心里明白，临春园的事，你为皇上、太后受了很多的委屈。本宫身为皇后，内心有感怀，虽之前碍于太后身子有恙，不得与你深谈，但本宫还是想你能明白本宫的立场，本宫希望的是，皇上平顺无虞，大梁的江山万世稳固。"

王疏月含笑握茶，垂眼轻轻地摇了摇头，却没有说话。

茶烟淡淡地散在二人中间。

皇后出声续道："此回来申兰行围，你也受了委屈，明明是皇上的嫔妃，合该与顺嫔一道列席款待云漠王公的宴会，这几日总见你一人在后面，本宫心里也过意不去。"

王疏月在椅上欠了欠身，柔声应道："妾明白，妾也知道此次行围意义重大，皇上有皇上的意图，妾不说理解圣意，好歹该乖觉些。”

皇后笑笑，应道：“你是聪明的人，本宫倒真是没有多余的话要说了。”

正说着，善儿牵着大皇子从后面走了过来。大皇子很久未见皇后了，加上皇后从前管教他也严厉，哪怕王疏月在，他还是端端正正地请了安。

皇后倒是真的有些想这个孩子：“来，到母后这儿来，让母后好好看看你。”

大皇子乖巧地走到皇后身边。皇后将他搂在怀中，上上下下地看了一回：“跟着你父皇，晒黑了呀。”

大皇子道：“回母后的话，父皇带着儿臣和和娘娘去了好些地方，去看了普仁寺，看了大红台，大红台里佛像雕得真好看。来了申兰，父皇还带儿臣和和娘娘去巡视了申兰四十座哨所，还……”

孩子毕竟是孩子，端正都是装出来的，一说起自己开心的事，就叽里呱啦停不下来。

皇后看向王疏月，她却垂着眼，手中轻轻绞缠着帕子。

“和妃。”

“在。”王疏月应了一声。她看着大皇子，犹豫了一时，最终还是站起身，走到皇后面前屈膝跪下。

大皇子见王疏月这样，压根儿不知道自己说错了什么，但也不敢再开口。

皇后将大皇子抱到腿上：“和妃，你既如此，就是知道本宫要跟你说什么。”

“是。”

皇后叹了口气，道：“本宫知道，这事并不能全然责你，但你身为妃嫔，亦有规劝皇上之责。皇上子嗣不多，婉贵人生产后，宫中也只有两位皇子。你是经历过皇帝痘劫的人，理当明白其中的厉害。嫔妃以绵延子嗣为功，关于你的身子，本宫问过太医了，里内的病，不好调理，你和太医用心是一方面，但也不能忘了，后宫为一心，都该敬向皇上，为皇上和祖宗的江山社稷着想。否则，不说太后娘娘，本宫也不能纵你。”

大皇子在面前，皇后的话说得尚算委婉，并不刻意点破。

王疏月伏下身去，端声道：“是，是奴才有罪，不知规劝万岁爷，请娘娘重责。”

皇后摆了摆手：“还不至于重责你，况你照顾大皇子有功，这会儿又是在外面，皇上松了性子，一时由着喜好来也是有的。孙淼，去扶和妃起来。”

她说完又询了一句时辰。

宫人道：“午时过了。”

“皇上那边散了吗？”

“刚才问过张公公了，还没散，丹林部的人来了，还在谒见皇上。”

皇后说了一句“知道了”便站起了身，将大皇子放到地上：“本宫的话，和妃仔细斟酌。”

“是。”说着，王疏月也跟着站起身来，牵起大皇子送皇后往外面行去。

日头将将偏西，皇后的仪仗渐远，大皇子这才抬手，不自在地在后脑勺上抓挠着。

王疏月蹲下身来，握住他的手：“怎么了，不舒服吗？”

大皇子道：“善儿姑姑梳的头，不太舒服——”

王疏月偏头看了看他抓挠的地方：“紧了是不是？来，散下来，和娘娘给你梳。”

大皇子摇头道：“不要，和娘娘刚才跪累了，去坐会儿，儿臣让梁安公公给儿臣梳。”

这小子，维护她当真是维护到家了。

“你也当和娘娘是瓷做的呀。”她说着，一面抱起他往里面走去，一面伸手去解他的头发。

大皇子在她怀中仰起头来：“和娘娘，您犯什么错了，要给母后跪着？”

这话真是又暖心又令人尴尬，王疏月哭笑不得。怎么说呢？总不好告诉他，这是他老爹惹的祸吧？

好在善儿在旁接他之前的话道：“大皇子，奴才刚才给您梳头的时候可是问了您的，您那会儿怎么不说呢？”

大皇子噘起嘴道：“那会儿要来见母后，若说了，善姑姑又要重新梳，母后等我等久了，是大不敬。”

善儿被他说住了。

王疏月笑了一声，道：“瞧瞧，这么大个人，还不如咱们大皇子懂事。还不快去拿个篦子来？”

正说着，梁安却笑嘻嘻地走过来：“主儿，您歇着吧，奴才来伺候大皇子。”

王疏月把大皇子放在椅子上坐好，善儿取篦子回来，道：“你刚才去什么地方了？让你照顾大皇子你也不在，现在还这么高兴的样子。”

梁安接过善儿递来的篦子，在大皇子后面跪下来，一面替大皇子重新篦头发，一面道：“何公公给派了差事，就出去办了，回来经过西面的那个马厩，看见那什么丹林部的人给万岁爷敬献的‘九白’。其中有一只白骆驼，哎哟……那可真是稀奇，奴才这一辈子，骆驼倒是见过，可这白色的骆驼，还是第一次见呢。”

善儿端来水，弯腰放下盆子，倒也起了兴趣：“白色的骆驼？骆驼有白色的吗？我之前在老家的时候，在官驿见过骆驼，都是脏兮兮、灰扑扑的，还吐口水，可一点儿都不好看。白色的——”

“通体雪白，可不骗你，是真的美。”

善儿不想理梁安那副炫耀的样子，转向王疏月问道：“主儿，什么叫‘九白’？”

王疏月摸了摸大皇子的额头：“跟善姑姑说说。”

“好。”

大皇子转过头来，对善儿道：“九白就是一峰白骆驼、八匹白马，所以叫‘九白’。父皇以前说过，云漠的贵族首领为了向我大梁表示投诚，就会敬献‘九白’。敬献九白后，父皇还要赐宴给他们，那个就叫作‘九白宴’。”

他那一本正经的模样，实在很可爱。

善儿行了个福礼：“奴才谢小主子赐教。小主子，您懂得可真多。”

不过，她反应也快，又道：“主儿，我之前隐隐约约听皇帝和您说过，这丹林部……可是有反心的，怎么还要敬献——”

“善儿，你又忘规矩了。”

善儿忙跪下道：“是是，奴才知错，奴才不配问这些。”

大皇子低头看向善儿：“善姑姑说得没错啊，丹林部就是父皇近年的心腹大患。”

王疏月柔声道：“大皇子聪明，知道替你父皇分忧，但善儿是和娘娘的奴才，和娘娘不能问的事，她也不能问。”

大皇子滴溜溜地转着眼珠：“可是，父皇是愿意跟和娘娘讲的。”

王疏月替他理着发梢：“你父皇可以跟和娘娘讲，但和娘娘不能问，听了也不能说。”

“为什么呀？”

“因为，和娘娘是你父皇的嫔妃，也是你父皇的奴才。”

大皇子似懂非懂，但小孩子毕竟心大，听着善儿和梁安在那里说白骆驼如何稀奇、好看，兴致就被吸引到两人的话上去了。

外面的宫人道：“主儿，周太医来请脉了，在外面候着呢。”

“好，我这就去。”王疏月说完，起身对善儿道：“照顾好大皇子。”

正说着，一阵风从外面吹进来，竟莫名有些刺骨，王疏月本来已经走到侧门前了，却被这一阵风吹冷了背脊骨，隐隐不安起来。于是她又折返回来，对善儿道：“起风了，大皇子才篦过头，可千万不能让他被风吹着了。一会儿大皇子要写字、读书，你好生守着窗户，烛火点明些都好，就是仔细别进了风，知道吗？”

“是，主儿安心去吧。奴才晓得。”

❖ ❖ ❖

周太医在西边的梢间等王疏月，见她进来，像往常一样请了安，规规矩矩地待她在榻上坐好才请出她的手来诊脉。

时辰已近黄昏，因为外面起了阴风，日头也就被扫没了。她一进来，就往琉璃屏风的阴影里坐，人本就瘦弱，被这屏风的影子一修，就被削得更细了，那从柔软的袖口里伸出来的手腕却是耀人眼目的。

王疏月的手腕比周太医看过的任何一只手腕子都要白。虽说医者百无禁忌，但他还是不敢长时间望着那只观感强烈的手腕，只得侧身跪着，眼睛直直地看着眼前的一处地缝。

她的脉象说不上好，但好歹也不见大的不好。对周太医来讲，那就是无功无过，在皇上面前，他的脑袋还是保得住的。

"如何？"

"回娘娘，申兰的天好，听说娘娘近来也多走动，想来是有益的，娘娘的脉象比从前在京中要平和不少。"

他一说"平和"，在场的人都知道是个托词，不免露出失望的神色。

周太医收了脉枕，放入药箱，转过身来，对王疏月说起了换药的事："既然挪动了地方，臣给娘娘开的药也要换一换，也许这一回的药会比之前的苦些。"

王疏月身旁的宫人本就失落，这会儿听他这么说，不大乐意了："这还要苦些，就您之前那黑汁子，已经害了我们主儿的肠胃。"

周太医忙伏身道："臣该死。"

王疏月笑了笑，摆手道："没那么多妨碍，良药苦口利于病，况我素来饮食有限。"她一面说，一面将手收了回来，待衣袖理好后便翻出了素净的通草暗绣。

周太医这才发觉，这位宠冠后宫的和妃娘娘今儿只穿了一件素缎的衫子，头上也只是簪着一支白玉簪子为饰，除此之外，周身再无其他光亮的东西，和她那白净无瑕的皮肤一样寡净，但是十分入眼。一时间，他的神儿又被那只凝了雪一般的手腕引走了，直随着它从案枕上抬起，而后静静地落回她膝上，其间不见一丝的淫靡和不敬之意，他只是单纯觉得美。

说起来，他行医这么多年，王疏月是他遇到的最优雅的一个病人。寻常的宫中嫔妃，但凡知道自己有这些不足的弱症，要么愁眉苦脸，要么怨天尤人，药苦了要骂，不见效果也要骂。只有王疏月，顺从医者的意思，尽力配合，沉静，不多言语，丝毫不见急躁。

"今儿皇上不在，你起来回话吧。"

"哎哟，娘娘可不要害臣，皇上在不在，臣都要把规矩守死了。不说这是该的，就说臣替娘娘调理身子这么久，起色甚微，皇上不降罪，但臣这脑袋啊，是拴在腰上的。"

王疏月笑了笑："皇上不是不明理的人，子嗣是天给的福分。你也为我费了很多心力了，尽力便好，其余的不用勉强。"

她越是这样说，周太医倒越想竭尽这毕生的医术给她一个子嗣上的缘分，一来全自己的名声，二来也对得起皇帝硬给他拉的这段医缘，三来也不枉自己在祖师爷面前发的仁心大愿。

他这般想着，话也就跟着意深起来："娘娘，您若要受孕，臣用药是一方面，娘娘自己舒宽心思也是一方面。忧和怒都伤身。臣照顾娘娘身子这么久，知道娘娘性子好，倒不至于有极怒，但娘娘心思细腻，平素恐思得细，这都对娘娘的身子无益处。"

这话倒是一个在医理药术中经营多年的老人说出来的实在话。

他说她惯"细思"，这也是父亲埋怨母亲时时常说出来的一个"词"。细思多郁结，母亲在儿女的事情上思虑很多，虽然最后都被父亲激进的人生观念否定了，但母亲对子女的寄望和担忧还是在最后那几年狠狠地折损了她的血气。

王疏月不由得一下子想远了，恍惚间见梁安在隔扇门前迟疑："怎么了？进来。"

周太医知梁安有事要回，便告辞出去了。

梁安躬身走进来："主儿，也是奴才不好，刚才跟大皇子说那白骆驼如何好看，说得大皇子起了兴致，硬要善儿带他去瞧。善儿拗不过小主子，这会儿已经带着小主子出去了。只是现在天阴得厉害，奴才有些不放心，特来回主儿一声。"

那是丹林部进贡给皇上的东西，大皇子要去见识，无可厚非，但这毕竟不在宫中，人员复杂，个顶个的都不是掌眼就能分拨开来的人。

王疏月不安，忙站起身道："还有谁跟着？"

"大皇子的乳母也跟着去了。"

王疏月听完，从梁安身边夺路而走，一走到院子里就被一阵凛冽的风吹冷了喉咙，她不得不停住脚步，咳了几声。

梁安从后面赶来，手里托着她的披风，一面替她披上一面道："主儿，您慢些，千万别冻着了，奴才这就去把他们唤回来。"

"你跟着我一道去，接他们回来便是。"

酉时，前殿的九白宴还没有结束。

这是一场十分微妙的宴会，丹林部首领班沁并没有亲自前来拜谒，只遣了一个官长过来敬献九白，自己却托病，说是要在丹林将养。

达尔罕亲王对他这份托词不以为然。早在渃河行宫，他与大梁的皇帝就有了默契，这会儿宴会到了尾声，人也染了八分的酒气，便对坐在对面的丹林部官长道："将交夏那会儿，本王还听说你们王爷要入玉达熬茶，这就病了？"

那官长道："病来如山倒，我们王爷原本是说爬也要爬到申兰拜见皇上，奈何入秋后患了咯血之症，如今已在病榻上辗转月余了，只得遣臣来敬献九白，以表臣服皇上的心。"

达尔罕亲王道："啧，那以后还看不见他箭射鹰眼的雄姿了？当年先帝爷在申兰行围，他可是夺了先帝那支御箭，威风凛凛，厉害得很啊。"

言辞上过招的意义其实并不大。皇帝只是看着那官长一时三变的脸色，并没有开口。

战事迟早要起，只是丹林部和大梁都在试探云漠各部的势力。

皇帝借着达尔罕亲王的话，掐盏扫看在座的云漠王公，有人怒目，有人垂头，有人严词声讨丹林部欺君、无礼，也有人沉默。所谓一局乱棋，再贴切不过。皇帝自顾自地笑了笑。外面却突然骚动起来。

张得通忙走出去喝道："何人胆敢惊扰圣驾？！"

门前的却是几个云漠兵，他们压根儿不理会宫里面这些阉人："我们要见我们官长！"

胡善在旁斥道："放肆，万岁在里面坐着，你们竟敢目无圣驾！来人，拿下！"

"我们是奉命看守贡品的侍卫，有个女人杀了我们的圣骆驼！"

他们都是草原上呼扯出来的大嗓门，这会儿毫无阻碍，说得殿中所有的人都听得清清楚楚。丹林部的那位官长一下子站了起来，他起来得急切，连面前的杯碟都掀翻了一半，拔腿就要离席。

一时间，献舞的女人们罗裙染了油污，纷纷惊恐地掩面退下。

皇帝看了胡善一眼，胡善上前一步挡在那位官长面前，手已经摁住了刀柄。

官长无法，只得回身对皇帝道："皇上，恕臣无礼。我丹林部亲王遣臣不远千里来朝，诚敬贡品，如今有人敢杀圣骆驼，是恶意污蔑我丹林部投诚之心，其心堪万诛啊——"

席中的云漠王公面面相觑，议论声轰然响起，在皇帝耳边炸开。

九白之礼在云漠与大梁之间延续了几十年，根底却是受玉达佛教教义影响，骆驼本就具有神性，梁初年，云漠归顺梁朝就是用白骆驼驮着云漠圣物——金佛、金字大藏经和传国玉玺来都城，梁太宗敕建莲花寺。后来，逐渐演变为九白之礼，这一敬献、一赐宴，云漠倚仗大梁的表达形式，一直是大梁绥靖云漠。此时云漠王公听说有女人杀了白骆驼，一时间，都像有神雷响于耳旁，竟觉得有不祥之意。

正乱着，何庆从后面绕了进来，躬身在皇帝耳边轻声道："梁安说出事了，那西面马厩里的白骆驼不知受了什么惊，竟发狠踩踏起来，大皇子差点儿被踩伤，和主儿……"他不敢往下说，拿捏了一下，改了说法道，"主子爷，西面的马厩都是负责看守贡品的云漠人，他们不知道和主儿身份。"

皇帝听完他这番话，手在酒案上慢握成拳。然而这是在云漠王公云集的九白宴上，无论他心中一时闪过多少念头，此时都不能有任何表露，哪怕此事涉及王疏月。他尽力将脸色压淡，向下首看了一眼王授文。

王授文面色有些焦黄，也正望向皇帝。这骨肉血缘，当真是有感应的。

皇帝收回目光。

整个席宴上弥漫着肉糜煮熟的香味，混着酒气，人腹中饱胀之后闻起来竟有些令人作呕。

皇帝握着拳在酒案上不轻不重地一敲，那烤得酥脆的鹿肉掉下了皮渣。

众云漠王公、文武大臣慢慢地止住声，朝皇帝这边凝目。

“松格官长，坐。”他的声音极冷。说完，他抬起头，眼底寒色一起：“胡善，去马厩，把人押走。”

“是。”

“慢着。”皇帝抬手指向他的腰间，“把你的刀给官长留下。松格，朕处置大梁的奴才。至于你们丹林部的人，看护敬献之礼不力，你自己杀。”

❖ ❖ ❖

王疏月见到皇帝的时候已经是深夜了。

张得通推开门，灯照进来，一下子照亮了正殿。

王疏月抬起头来，门外天幕晴朗，风吹淡了云，月光皎洁。

皇帝一面跨进来，一面解开身上的外袍，往张得通手臂上一挂：“怎么不点灯？”

张得通没敢应声，正要示意宫人去点灯，却听灯影中的女人冲皇帝抬起那双被绑着的手来：“这样怎么点啊？您又不许人进来。”

何庆等人燃了灯。

殿中通明，王疏月的眼睛一下子有些适应不过来，但她的手被绑着，只得将身子别了过去。皇帝走到她身前，挡下她面前的光：“你们都下去，没有朕的话，都不要进来。”

“是，奴才们告退。”

皇帝这才发觉她靠着榻屈膝侧坐着，手和脚都被绳子捆了个结结实实。难怪她动弹不得。

皇帝仔细研究了一番她被绑着的地方，不由得想起了之前在隆正殿西梢间她也是用这种手段对付病中的自己。他越想越觉得有意思，不由得笑了一声：“这丹林部是这样捆人的。王疏月，朕看你倒像丹林部放到朕身边的奸细。”他说着，一手抬起她的手腕。她手腕本来就白，被绳子勒出了印子，这会儿已经开始发青了，“这手法，和你以前绑朕的差不多。”

王疏月由着他调侃，抬头问道：“大皇子呢？”

皇帝半屈了一膝，蹲下来替她解绑：“手脱臼了，但现在已经接续上了，院正说没什么大碍。”

王疏月看着面前的皇帝，他垂着头，眼底没有惯常的阴气，但手上的动作仍然是笨拙的。她忍不住疼，牙齿里“嗞”地吸了一口气。

皇帝却没有停手：“长痛不如短痛，就还剩两三圈了，忍着。”说完，他站起身来拍了拍手，“脚上的，你自己解吧，免得朕手重，你要喊痛。”

王疏月无奈地低下手去：“奴才什么时候喊痛了？”

皇帝走到她身后的榻上坐下：“对，你是刚性，连骆驼都敢杀，拿什么杀的？”

王疏月将自己发间的那支白玉簪子取了下来：“拿这个扎的。”

皇帝看了一眼那簪子柄部，果然还残留着血，再一看王疏月的侧脸，也是一片骇人的血迹。他别过王疏月的脸：“张得通！传周太医来。”

“等等。”王疏月压住皇帝的手，“不是我的血，是那骆驼的，奴才没事。”

皇帝用手指抹开血迹，见底下露出她雪白的皮肤来，这才罢了手，却猛然提声喝她道：“王疏月，朕赏你的东西，你就这样糟蹋！”

王疏月解下脚踝上的绳子，抱着膝侧身，抬头看向他，声音不大，却说得十分稳：“您赏的东西，不就是该拿来行杀伐吗？”

皇帝一窒。反正除了王疏月，这世上当真没有人能让他享受言辞博弈后吃瘪的那种又苦又甜的乐趣。

“你就是赌朕会护着你，是不是？王疏月，朕护不护你得看情势，比如这一回，朕若杀了你，王授文不仅一句话不敢说，还要长跪跟朕谢罪。”

他这样说，反而叫王疏月安心。

皇帝这个人是时常急怒，言语撒得跟冷刀子似的，但王疏月从来没见他什么时候慌张过，这和他下棋的性子是一样的，走一步算接下来十几步。不至终局，始终不知道他的子是什么时候埋下的。现在他还能用惯常的语气对着她说话，就证明他心中有数。

“其实，您赏给奴才的这支簪子杀只鸟成，却根本杀不了那峰白骆驼。”

皇帝没有立即应她，抬脚将捆她的那些绳子踢远：“站得起来吗？站不起来朕抱你。”

“奴才在跟你说正事。”

“你想说什么，朕知道，丹林部不寻理由反叛，朕也要对他们用强兵。总之，一峰骆驼而已，他们图谋不轨，已然玷污了圣物的神性，没了神性，那也就是只畜生。王疏月，你杀就杀了，朕就当是朕握着你的手杀的。”说完，他把手伸向她，“你先起来坐着。想说什么，朕听你说，不过，别说什么要朕处置你的话，没那个必要，朕掌天下，从来不想拿女人说事。”

王疏月笑开道：“您刚才还说要杀奴才，还要让父亲——”

皇帝在王疏月肩上不轻不重地一拍：“王疏月，你跟朕撑什么？朕现在说不得你了吗？啊？”

说得啊，怎么说不得？他不就是这么一个气性大的人吗？真的是很有意思，人前稳、狠，人后……都到了这份儿上，他竟然还要在口舌上和她争高下。

王疏月小声地应了句：“您说得，说得。”这才借着他的手站起身来，在榻上坐下来。

皇帝见她服软，也重新坐下。

几处的雕花窗都是开着的，外面的风里隐隐散着几丝血腥气。

皇帝道：“说吧，你看出什么了？”

“皇上，那骆驼之前就被人下过药了，不然，我杀不了它。”

“朕知道，你是什么身手……”说到这里，皇帝像想起了什么场面一般，不由得嘴角露了笑容，“对，你是什么身手，朕还是晓得的。”

这话……配上他的那个笑，怎么听怎么觉得有些不合时宜的淫荡。王疏月只觉得耳根子发烫，连正事都有些说不下去了：“算了，皇上，您还是把奴才交出去吧。”

皇帝看着她的模样，笑了：“好了，朕不是不想听你说，朕和朝廷官员早有想法。王疏月，你救了大皇子，对朕而言就是大功一件。至于其他的，朕就不让你想太多。”说着，他起身，走到书案前，将奏本拂到一旁，展开放在一旁的云漠地图，“来，你过来。”

王疏月走到皇帝身边，风卷着牛皮的边缘，她顺手挪了只茶盏过来压住，却见皇帝的手已经落在其中一处。

“王授文再三拖着朕的手，不让朕逼索户部的亏空，朕都没有应允。这半年，户部的事是扫了很多人多年的体面，也着实逼死了一些人，其中还包括朕的兄弟和皇叔们，以及御八军的子弟。但是，这一笔军费，朕硬是给他多布托筹集出来了。这比派人上陕西、上四川筹粮要来得快，也来得痛快！”说着，他狠狠地在那标红的地方点了点，“这些钱粮就用于打这里。既然你王疏月替朕下了战书，那朕就当是你给朕占了一卦，时机适合，朕也不等了。”

王疏月抬起头。

烛火把殿中很多柔和的物影，像茶盘上的茶宠、墙壁上的挂画，投向那张一看就有些年份的牛皮卷。他言辞稳、狠，扎扎实实地落在王疏月耳中。

其实男人的胸怀和大志有的时候很难和女人共享。因为那毕竟是纯粹的生活之外另外一个层面的东西，那是血肉之乐，那是兵刃之宴，那是同样不拘小情的人在历史浩荡的长河里留名留姓的嬉戏。

正如皇帝带着她去普仁寺，一僧一帝盘膝坐在金碧辉煌的佛殿之下，他们论道，也论经济、政治。他们论生死的时候，周遭并没有清净禅院里的慈悲之气。王疏月之所以会觉得疲倦，是因为她看到了这个男人的底子。

好在，皇帝当时牵着王疏月的手。否则，他未必不会陷入权势滔天的男人的宿命沉沦。

“朕和几个议政大臣议过了。如今只有一件事尚算得上是个问题。”

王疏月道：“是因为您纵容残杀进贡之物的人，显大梁有意破坏梁云之善，这样的话流传久了，会让其余的云漠王公心中生恨而乱立场吗？”

皇帝在书案后坐下来，双手叠放在下巴下面，笑对王疏月：“你是不是又怕了？”

王疏月摇头道：“不是，我并没有杀过那峰骆驼，那峰骆驼是他们自己下毒害死的。它会突然发狂，袭击大皇子，应该就是因为中了毒。”

皇帝点头：“嗯。朕会信你，但是云漠的人不会，你是个汉人，你多说则多错。”说着，他摁了摁眉心，“而且，这话根本说不清楚，究竟是谁下的毒，可以是丹林部，但也可以是那些刚愎自用的汉臣，也可以是朕。党同伐异，信朕的人有一些，信丹林的也有一些，但信你的一定没有。”

王疏月站直身子：“您不让我试试，怎么知道没有人信我？”

皇帝闻言目光一动：“没必要，王疏月，你是朕的女人，朕信你就够了。”

王疏月摇了摇头：“但我并不愿意担那么多的虚名，除非走投无路，否则，我还是想清清白白地做您的妃子。”说着，她弯腰握住皇帝的手，“您是皇帝，我知道您有您的判断，或许丹林部已是众叛亲离，就算云漠诸部以为您命人杀贡品是为了挑战，也不会有所谓的立场之乱。您一样可以一举歼灭其势力。但我不一样，风波过后，我还要和太后、皇后娘娘相处，我不能一直被您护在身后吧？”她一面说，一面扣紧了手指，“我那方天地虽然小，但我很在意。您让我试试吧。”

皇帝沉默了须臾，然后道：“那你若输了呢？”

王疏月蹲下身，抬头望向他：“输了，就还是退回来做您的奴才。您不是说了嘛，您会护着我。大不了，我以后乖觉一些，不顶您了。”

第十五章 如梦令

“成吧，让你试试。”说完，皇帝背过身，目光在香案上扫看。

王疏月也直起身来：“皇上找什么呢？”

“朕的鼻烟壶放在什么地方？你这身上的骆驼血太腥了。”说着，皇帝嫌弃地看了一眼自己的手指，不同于其他畜生，这骆驼血黏得厉害，甚至能扯出丝来。他平时是一尘不染体面惯了，此时张得通不在，他本想支使王疏月服侍，但见她一脸疲倦，又作罢。

可是平时绢、帕、盆、水这些东西搁在哪里，他完全不知道，嘴上不好问，只得撑着眼皮到处看。

皇帝在生活上的笨拙和其在政事上的精明实在是两个极端。

王疏月看着他那坐立不安的模样，不由得在一旁掩面笑出了声。

皇帝一个眼风扫过来，她又不得不忍住：“我服侍您洗个澡吧，看您这不自在的。”

皇帝冲着她的手腕扬了扬下巴：“手都伤了，你还敢沾水？”

王疏月道：“没破皮，不碍事。”她一面说一面抬手替他解脖子上的扣子。

灯下，她微微皱着眉，手腕上有伤，手指也不如之前灵活，乌青处其实还是透着血丝的，稍微一动就酸疼。她调整了一下手的位置，牙齿轻轻咬合着，却还是忍不住吸气。

她这个毛病在皇帝这里一直没有改过。本来人都有伤痛，且人有伤痛以后多会矫情、忸怩，尤其是女人，但王疏月不会说。从皇帝第一次见她，在她脸上烫了一串疱起，她就从来不肯开口说自己身上的感受。

但男人疼惜一个女子往往是从这些女人不肯明说的伤害开始的，其中最深刻的当数第一次行房。

所以，王疏月柔弱，她身上的青紫、她来月信时的寒和疼、她的眼泪，这一切都已经随着之前的交合渐渐渗入了皇帝那身铁骨的裂缝。

不过，对王疏月和皇帝而言，这只是一部分，另外一部分在于巴灵度和所说的——他们彼此的来处。换句话来说，也就是大梁朝廷的铁骑对前荣世道的践踏和奴役。这似乎和男女之事有着一种诡异、荒唐的关联。

征服与被征服的过程中无疑也存在伤害，存在着强权者对失败者强加的印记。但是伤害之后，两代君王在疮痍之上垂首抚慰，修补惊恐万分的人心，承认传承多年的文化给异族生息的空间，扶持、支撑前朝的子民重新开垦田园、生儿育女。

万亩青苗沁目时，所谓水与舟、民与君，各自试探、斗争、妥协之后，彼此谨慎地习得了相处之道。

王疏月不再怕皇帝。

前荣遗人内心的不甘、后背的脊梁骨，也快要垮塌了。与此同时，那曾经屠城、逼人低头的刀也被君王放下了。

佛讲因果嘛。伤害生爱意。

“行行行，你别搞了，这一身味道比朕还难闻，哪像个女人？善——”皇帝小心地推开王疏月的手，不想让她在自己面前勉强折腾，谁知，刚想唤她的侍女进来，却又想起什么，哑住了。

王疏月见他陡然冷了脸，疑道：“怎么了？您要善儿来伺候也成啊。”

“没什么。”他的声音也跟着凉下来，“以后，你身边换个人。”说完，他一口气将剩下几个扣子两三下挑开了，丢了外袍在榻上坐下。

王疏月背脊一颤：“善儿怎么了？”

“你明日自己问张得通吧。王疏月，朕今儿乏了，懒得跟你说。总之，以后你身边留稳当的人，梁安可以暂时留着，但贴身服侍你的宫女，以后交给张得通给你过眼，你就别管了。”

眼见了春环的死，王疏月不问大概也知道他为大皇子的事处置了善儿。但她同时也明白，求情是没有用的。为此，她那夜在被褥中与皇帝皮肉相贴的时候，时不时地惊颤。

皇帝像知道她心里有事一般，竟没像从前一样让她在自己身边躺着。

第二日，王疏月向张得通问起善儿的事。

张得通却说：“皇上这回没处死善姑娘，只是把她发配到内奴库了。”

这倒让王疏月有些意外。

何庆正和尚衣监的姑姑打理皇帝的衣物，见王疏月面有疑色，便过来道：“和主儿，自从您因春姑姑的事和咱们万岁爷闹过，万岁爷就很少处置奴才了，即便处置，也是仁怀。不过，他从前可不是这样的。记得以前在府里的时候，咱们的规矩大得很，奴才错一点儿，被绑到桩子上挨鞭子都是轻的，像善姑娘这样的错事，管保是要打死的。”

王疏月都有些记不起她是什么时候跟皇帝提起春环那件事了。

何庆似笑非笑地添道：“和主儿，您以前啊，怕咱们万岁爷怕得就像只张牙舞爪的猫。万岁爷担心您一直这么怕他，平时跟您说话都可劲儿地拿捏呢。”

“放肆，庆子，你是欠打了吗？连万岁爷你都敢在和主儿面前编派？”

何庆吐了吐舌头：“师父，奴才这也是为万岁爷分忧不是？万岁爷那口才，还有那斗性，奴才们不把主子的实心说出来，人家和主儿怎么能——”

“何庆！”

“好好好，师父，是徒弟该死。”

话声是没了，但何庆说得真对。皇帝的口才、他的斗性，以及他那个人，在王疏月看来都是驾驭不了的。但事有两面，谁折了谁的腰，谁在其中更辛苦，未必如人饮水，冷暖自知。但这些跟了皇帝多年的人精，眼睛毒辣，口齿伶俐，常常在王疏月面前捏软皇帝那张铁皮。皇帝要是知道何庆这样说他，一定会气得一佛出世，二佛升天。

一连两日，有很多关于“九白”的折子都被皇帝留中不发。

松格官长被皇帝软禁在东庙宫中。云漠王公贵族之间的氛围变得有些微妙，有些人甚至来找十二爷和王授文探皇帝的心意。

毕竟箭已在弦上，王授文亲自拟了皇帝发往兵部调兵的旨。那日他不敢坐着写，硬生生跪在皇帝腿边，把短短不到百字磨了出来。

皇帝一面看《资治通鉴》一面等他，其间放低书道：“你今儿怎么了？朕赐了座都不坐。”

王授文抹了一把汗：“娘娘在火上烤，臣怎么敢坐着？臣听说，太后娘娘亲自劝过皇上，不能因一个女人而在云漠失心。臣——”

“放心。”

“可是，臣万分惶恐。”

皇帝看着书，没有说话，半晌才直身丢了书，弯腰凑近他道：“王授文，朕问问你啊，王疏月从前在家的时候服你的管教吗？”

“啊……这……”王授文本来满脑子过的都是关键、要害，皇帝突然问了这么一句家常的闲话，他一时没反应过来，“哦，回皇上的话，从前在家中都是内人管教她。内人出自南方大族吴家，也是个平实的人，臣的两个孩子幼年时都是教养在她身边的，臣……实在是抽不出身来过问，以致——”

“好了，再说下去，你又要跟朕请罪了。”

“皇上，是娘娘冒犯了您吗？”

皇帝重新拿起书来："不算。朕就是不知道她那脾性随的谁，反正不像你。"说完，他转道，"明日围猎后，朕要在围场设宴，你一会儿出去顺便给胡善传个旨，把松格官长也带到围场去。"

"是。那……臣就告退。"

"嗯。"

王授文战战兢兢地站起身，躬身往外面退去，谁知还没走到门口，却又被皇帝唤住："欸，王授文。"

王授文忙在门前回身，跪下："臣在。"

皇帝扬了扬书："起来起来。朕就想问问，王疏月吃得惯獐子、狍子这些肉吗？"

"啊？"王授文彻底傻了。

皇帝见他呆在那里，自己也尴尬了，把书往他面前一砸，梗起脖子道："算了算了，赶紧给朕退下！退下！"

王授文这才明白过来皇帝到底在问什么："哦，回皇上的话，娘娘她在家中什么忌口的都没有，獐、狍肉啊，她都吃。"

皇帝还沉浸在自己的尴尬中。

何庆机灵，连忙上前把王授文扶起来："来，老大人，奴才送送您。"

议所的门一开一合。

皇帝的脸上虽然落着阴影，人却莫名地有些兴奋。他压根儿就没去在意王疏月要做什么来替自己洗脱罪名，毕竟万事尽在他的筹谋之中。筹谋之余，他在想明日围猎要亲自猎杀几只獐、狍，宴后带着王疏月烤肉去。

他还记得上次随先帝爷来围猎那一次，因为秋深，下了很大一场雪，他在雪地里遇见贺临和富氏在大帐外面烤肉。贺临用一把银刀把烤熟的肉切下来，一片一片地放在富氏面前的一片宽叶上。那个时候，他与皇后已经冷下来，皇后甚至托病，没有跟他一道过来。而他满脑子都是天下政事，都是夺嫡之争，看着贺临搂着富氏恩爱的场景，他胃里翻不起酸水，但脑仁还是不舒服。

当时具体是什么感受，皇帝记不清楚，不过，他记得，富氏穿的那身正红色梁装映着白雪和篝火尤其好看。

如今不见雪，但秋草一片金黄。

该赏给王疏月一件葱绿色梁袍，再配一件鹅黄色的坎肩儿，簪上他从前赏给她的那根芙蓉花簪子，一定好看。他想着想着想深了，连张得通在旁唤他都没有听见。

"万岁爷！"何庆倒是知道皇帝这副似笑非笑的表情想到什么地方去了，准是又在给和主儿琢磨那辣眼的装扮，索性提声唤了皇帝一声。

皇帝吓了一跳："滚出去！"话声刚落，他就见跪着请安的十二慌忙要站起身。

皇帝摁了摁额头："回来！朕不是说你。"

❖ ❖ ❖

围猎的行程并没有受到过大的影响，皇帝的兴致甚至不错。

号称“在马背上得天下”的大梁，对后代子孙骑射功夫要求仍然很高，要说在皇帝这一代，最厉害的当然要数贺临，但除了恭亲王那个药罐子，包括皇帝在内的几位皇子，平时也都不疏于训练自己马背上的功夫。

皇帝觉得王疏月一定是骑不得马的，而且她似乎在为夜里的大宴谋划什么。一大早，皇帝还没有醒，她就已经穿衣起来，和张得通、梁安等人在外面嘀咕着。

里面已经没有人上夜了，自然就没人知道皇帝醒了。

皇帝也没出声，披了件外袍赤脚踩到门口，一把推开了门，这一幕吓得张得通等人跪了一地请罪。

王疏月也吓了一跳，面上那认真的神色还没有褪去，又和惊吓混在一起，有些滑稽。

皇帝抱着手臂，靠在门上看她。自从认识王疏月，皇帝还很少见她对什么事上心。

“朕打扰你了。”

“没有。”她一面说一面踮起脚帮他把外袍穿上，“您要去围猎，仔细别冷着了。”说完，她退了一步，冲皇帝明朗地笑开，“我啊，还没见过您穿行装的样子，之前看得多的都是龙褂，也不知道您穿行装好不好看。”

皇帝道：“朕今日要穿一件大红妆花的行装、梅花鹿皮的外裳。”

皇帝对自己的审美一向自信。王疏月想了想那大红妆花的缎料子，也不知道男人着红是花哨呢还是骚，总之，她很难想象出套在皇帝身上是什么模样，至于梅花鹿皮，这个倒有点儿意思，她很想看看。

“你一会儿跟他们说完了，进来替朕更衣。”

“我还有好些话没吩咐清楚呢，怕误了您的时辰。还有，我不会穿行装，若出了差错——”

“没事，朕就想让你看看。出了差错，朕也不处置你。至于你的事，不用勉强什么，成与不成，都有朕。”说完，他转身往里面走了几步，又回头道，“对了，朕赏了你一身衣裳，今儿晚上换上给朕看，戴那支芙蓉花簪子。”他说完，大步转到屏风后面去了。

何庆道：“和主儿，那身衣服，奴才已经给您挂上了，您一会儿啊，让金翘姑姑伺候您换上。”

“金翘？”

张得通忙应道：“是，她是奴才本家的一个女孩，别看年轻，入宫已有十年了，稳当、妥帖。善儿姑娘既去了，以后就让她服侍您左右，她若有哪处不好了，您就跟奴才说，奴才教训她就是。”

王疏月应好，有话想细问，但显然这会儿不是时候。

里面皇帝又出声催了。

尚衣监的人候在外面，都仰着脸看王疏月，等着她的话。

王疏月无奈，只得对何庆道：“我吩咐你的事，务必让御膳房的人听明白、做到。”

何庆拍了拍胸脯：“主儿，您放心，奴才今儿连万岁爷的差都不当了，就盯着您的事，保证不出差错。”

张得通道：“和主儿，您进去吧，别叫万岁爷等久了。”

这边尚衣监的人跟着王疏月鱼贯而入。不多时，皇帝从里面出来，一个人也走出了一种浩浩荡荡的架势，王疏月和尚衣监的女官表情复杂地跟在后面。

何庆抬头看了自己的主子一眼，忍不住咳了一声。

“怎么了？”

何庆抖了抖肩膀，赶忙摇头。

王疏月追了两步道：“许是看您帽子没正。您来，我给您理理。”说完，便踮起脚帮他整理。

皇帝便弯了腰迁就她。

这陡然一靠近，王疏月便嗅到了他身上的气息，带着那种男人本能地要往广袤的天地去闯的豪气与冲动。这是在京城的时候王疏月不曾嗅到的。

在申兰围场，她终于从类似黄昏的沉重之中彻底地走到秋阳劲草的鲜明之中。

王疏月庆幸皇帝带着她来了，一路从京城到渃河，到普仁寺，到申兰围场，其间，随着地域一道铺成延展开的还有他这个人，从“余有光热”到“脉脉春如海”。

王疏月收回手，又抚了抚他肩上的褶皱：“您行猎时仔细些，别伤着了。”

皇帝朗声笑开：“好，朕应你。”说完大步流星地走到地屏后去了。

王疏月目送他走远。那大红妆花的行装随着他的步幅卷起风来，上下翻飞，好不潇洒。也就是他，竟能硬生生把那十分浮夸的傻气都压住。

此时，王疏月满目虽是萧瑟、干燥的秋景，但她不断地想起那挂在隆正殿西梢间的御制诗——“韶光脉脉春如海”。

春如海啊。贺庞这个人啊，外冷峻，内痴暖。

因为大皇子受伤，王疏月这一回并没有亲眼看到申兰秋围的盛况。

管围大臣从五更天就开始率领宁沁的达尔罕亲王及王公大臣布围。

围场之中筑起幔城。皇帝在其中待围，而后又登上城楼观围，黄旗在城楼下发出号令。之后，皇帝上猎、行围、驰猎、追击、阻截、罢围……

罢围时已经是旌旗翻金阳的时候了。

大皇子靠在王疏月怀中，与她一道在张三营行宫的城楼上，远望归来的御八军和云漠勇士。只见道上骡车驮着猎获的野兽，堆叠成了小山。皇帝骑在马上，虽看不清表情，却能从那一身气度中看出他今日猎得酣畅淋漓。

大皇子回过头对王疏月道：“和娘娘，儿臣也想跟父皇一起拉弓。”

王疏月一面仔细用毯子遮着他的伤处，免得他受寒，一面低头轻声对他道：“别难过，和娘娘一定让那害大皇子受伤的人担待你的遗憾。”

大皇子望着她似懂非懂地点了点头：“和娘娘。”

“嗯？”

“儿臣长大了，也会像您保护儿臣这样保护和娘娘的。”

王疏月冲着他柔软地笑了笑：“你啊，长大了，要为你父皇分忧，要保护你的母妃和母后。”

“那和娘娘呢？”

“和娘娘啊，有你父皇保护就很好。走吧，风大了，跟和娘娘下去。”

大皇子似懂非懂地点了点头，轻应了一声：“好。”

张三营行宫摆了大宴。

十八爷在众多皇室子孙之中拔了头筹，独猎了二十只野兽，其中有一只“黑瞎子”，在合围的时候被他一箭洞穿了眼睛。他是先帝爷最小的儿子，如今不过十七岁，皇帝为此十分欢喜，在宴上大赞其勇。

宴中的人却多少有些感慨，上回围猎，独杀黑熊的人如今已经被皇帝断了手指，关在三溪亭，这一辈子都不可能拉弓了。但这毕竟是皇家的事，他们再感慨，表面上也要随着皇帝的心意去表演。

好在宴上云漠王公的心都不在皇帝这些兄弟之争上，他们族中的女儿做了大梁最尊贵的女人，哪怕这个皇帝在云漠、汉之间偏袒汉人，但这倒还不至于引起他们的不臣之心，唇齿相依，他们要的是皇帝的态度。

这边正奏“什榜”，十几个云漠女人为皇帝献舞，皇帝却一直在和十八爷说话，偶尔和着众人鼓掌的节奏应付性地拍两三下手。这些女人都是太后过了眼的，皇帝没有兴致，太后也十分无奈。

其间，宁沁的达尔罕王代表云漠诸部向皇帝进宴。

酒过三巡，众人脸上都起了三分酒色。

张三营的天气比东庙行宫冷。夜里的风一吹，松格官长有些上头。他原本以为自己要被皇帝斩杀，谁知皇帝非但没有杀他，还将他带到了张三营的大宴上。这对他来说，无疑是一个为丹林部争取人心的好机会。于是他顾不上自己现在被皇帝掐着脖子的处境，将杯子往酒案上一拍，吓得他身旁替他斟酒的宫人翻了酒壶。

“酒都端不好，赶紧给爷滚。”

歌舞停下来，所有人的目光都向他望去。

十二爷起身道：“官长是对今晚的大宴有什么不满吗？”

松格官长站起身。

站在皇帝身旁的胡善立时就要拔刀，却被皇帝一把摁了回去。

“大梁皇上，我丹林部敬献的九白圣骆驼被杀已有几日，您却一直不肯处置有罪之人，实负我丹林部的诚心。”

十二爷忙喝道：“松格官长，这是在皇上的大宴之上，你不得——”

“无妨，十二弟。朕听他说。”

舞者和乐者皆退下，宴会中央就剩下松格官长一个人了。他自认丹林部此次在云漠各部心中占了礼和理的上风，皇帝才是那个有意挑战的人，因此虽是在皇帝桎梏之下，话中气焰却不弱：“臣听说，杀我们白骆驼的人不是一个普通的宫女，而是您的和妃！”

此话一出，席上哗然。

大多数人都只知道皇帝这回带了皇后和顺嫔一道来围猎。而和妃……就是皇帝新封的一位汉人妃子啊，皇帝竟把她带来了，而且，竟然是她杀了那白骆驼。

喧声四起。

几部的首领中有人愤然放盏。

王授文坐在座位上，心里跟油煎似的。他忍不住看向皇帝。皇帝捏着酒杯没有说话。

他正乱，却听帐外传来张得通的声音：“皇上，和主儿来了，给诸位王爷、大人们进宴。”

王授文听了这么一句话，简直是魂都要飞出去了。

皇帝却点头应声：“传。”

❖ ❖ ❖

众人一道往帐外看去。

太监们在前面让开一条道，帐外点着二十几盏照明的灯，刺目，晃眼。

瘦弱的女人从灯后走了出来。王疏月穿着葱绿色春绸氅衣，外罩一件嫩黄色夹绒绲雪狐毛边的芙蓉绣坎肩儿，的确与在场的云漠女子不一样。她身量轻小得多，皮肤白得耀人眼目，汉人女子缠足的传统逼得她每行一步都有弱柳拂风的孱弱之美。

皇帝将酒杯往案上一放，示意张得通斟酒，而后掐杯欣赏着她今日的装束。

总的来说，皇帝的话，王疏月还是肯听的。只要是皇帝给王疏月的东西，无论她喜不喜欢，她都会听话地穿戴起来。

在皇帝眼中，她这一身很是明快，和他今日的行装极其相衬。他心满意足，见王疏月也正向他看来，便爽快地冲她点了点头。

王疏月伏身向皇帝行过大礼，周遭鼎沸的人声炸在她耳边，有些人言辞激烈，有些人则在顾左右而言他。但这些声音都没有办法从整块的喧闹之中突出，只是混乱地在其中沉浮。

入宫以后，这是她头一次独自迎向这么多人，直面前荣的汉臣与云漠贵族之间无解又混沌的矛盾。可她实在很庆幸，皇帝没有霸道地把她挡在身后，相反，他适时地让开了身子，站到了她身后。但无疑，他仍然是王疏月此时最大的支撑。王疏月未必知道皇帝已经调动多布托在四川的军队，宁沁的云漠军也整装待发，准备与大梁协同讨伐丹林部。这场征伐在她这一身葱绿嫩黄之后寒光闪闪地蛰伏着。

因此，女人那细腻的心思，要为自己、为大皇子讨回公道的执念，立在皇帝的“文治武功”之前，恰若冷月梅花映衬于江山万里之中。于是，皇帝这一步退得真有几分“战则赠刀剑，败则遗怀抱”的风流豪气。

王疏月将目光从皇帝脸上移开，转身向着松格官长走去。

松格官长并没有见过王疏月，他原本以为皇帝要维护这个新宠的汉妃，压根儿没想到皇帝竟然会让她径直走到人前。他也没有想到，王疏月竟然是这样一个柔弱的女人，要说她能独杀那峰白骆驼，似乎牵强。

“我知道，我失手杀了九白之一，官长与诸位王要求皇上处置我。”她在松格官长面前开了口，之前喧哗的人声陡然平息下来。“我并不敢求皇上庇护，但也想为自己的过失做些弥补，这才求皇上让我今日前来，为诸位进宴。进宴罢，我自会向皇上请求处置。”

达尔罕亲王在旁道：“这可是娘娘亲口所言，在座的诸位王公、文武官员可都是听得清清楚楚。”

“是，我绝不食言。”

说完，她稍稍退到一旁，又开口道：“何公公，端上来吧。”

外面候着的何庆高声应了一声。

奉食的宫人鱼贯而入，素白的瓷盘上盛着烤得焦香的肉。王疏月让了一步，宫人们会意，上前来将素瓷盘一一放于食案上，而后躬身退了出去。

王疏月亲自端起其中一盘，弯腰放在松格官长面前，又从宫人手中接过一盏香料，反手撒在盘中，而后直起身来，淡淡道：“官长，请。”

松格官长看向那盘烤肉，不由得背脊起了一阵冷汗。

从切开的那一面来看，那肉质发乌红。他猛然想起看守白骆驼的守卫给骆驼喂狂药后向他汇报时说的话：“药烈，会致骆驼血脉冲断而亡，其后则看不出中毒之状，唯似力竭而死。”

普通的骆驼肉放血烤熟之后都是土黄色的，唯有那血已渗入肉中干涸不出的死肉烤出来的才是这种发乌的颜色。

松格官长的手暗暗握紧，额上渗出了汗：“这是……什么？”

“炙肉。”

“你——”

“对，是我亲自调和香料、亲自熏烤的。”

皇帝突然用筷子挑起那块肉，见外面那层肉皮被烤得跟焦炭一样黑，不由得哂道：“王疏月，看得出来是你亲自烤的，若是御膳房的人经手，朕今儿就把他们都发遣了。”他一面看一面笑，忍不住又补了一句，“烤得跟炭一样？能吃？”

王疏月回头，仰起脸看向他：“皇上，都说兽肉粗糙不易熟，奴才以前也没见过，火候拿捏不好，烤得煳了些，您说不能吃，那您就别吃了，这本就是奴才进给诸位云漠王公的心意。”

皇帝一手撩开那块肉，向椅背上靠去：“好，朕不吃，朕看着就没胃口。”

皇帝这么一说，松格官长就更慌了。皇帝不吃，就证明这肉真的是那峰被下过药的疯骆驼身上的，这个和妃难道是已经和皇帝筹谋好了，要拿捏所有云漠王公吗？

脚有些发软，他不得已，只得跌坐回去。

王疏月仍是一副恬淡的模样，褪下手上的镯子，轻轻挽起袖口，那细而柔弱的通草暗袖被挽起来，露出一只仍余青痕的手腕。

她走到食案旁，静静地拿起刀，细致地切下一片肉，送到官长面前：“官长，我说过的，进完这一盘，我自会向皇上请罪。您请。”

松格官长死死地盯着那盘肉，在座的云漠王公也都盯着他。他受不住那些目光，不得不颤着手去摸手边的筷子，并抬头向王疏月看去。

王疏月仍旧维持着平宁的面色，柔软的雪狐毛在其肩头轻轻地摇动。她看着他的手在那双筷子上抚摸，却一直不肯捏起来，便回身朝坐在下面的父亲看去。

父女目光一撞，即便王授文并不全然了解自己的这个女儿，父女之间的默契仍然是在的。

“松格官长，皇上让和妃娘娘亲自进宴，您若再不吃，就是对皇上大不敬，岂不是抹杀了你们首领让你来敬献九白的臣服之心？”他又端着那副官腔开口。

这是云漠人最厌恶的腔调。

松格官长正憋得慌，闻听此言，道：“你这个前荣老猴——”他一句话未顶完，却听十二爷道：“前荣早已覆灭，如今在座的文武大臣都是皇上的臣子，你仍以‘前荣’称呼是什么居心？”

松格官长噤了声，再次看向面前的王疏月。

她安然自若，松格官长不知道，她明明一言未发，是怎么将原本在她身上的焦点悄悄挪到自己身上来的。

“您请。”她仍然只有这句谦虚、温顺的话，带着汉人安宁的修养，举重若轻，令他头皮发麻。她的目的很明确，就是要逼他吃这块毒肉。

达尔罕亲王实在忍不住了，他们都是云漠旧藩，大梁入中原后染了汉人的酸腐气也就罢了，他丹林部的人在宴上跟个女人腻歪什么呢？吃了肉逼那个女人请罪，让皇帝摆明他重云漠的态度才是要紧。于是他走出席位，粗声道：“我说，你怎么也跟个女人一样？骆驼肉而已，烤得是不好，但也不至于像逼你吃石头一样吧？”说完，他端了一碗酒放到松格官长面前，“吃啊，吃了跟我再干一杯，别跟姑娘似的。”

“达尔罕王，你根本不知道这个女人是什么险恶用心，她这块肉有——”

“有什么？”王疏月的目光轻轻一闪。

松格官长一怔，被达尔罕亲王说得没了脸，差点儿把要命的话说出来：“你……我们丹林部的人从来不吃骆驼肉！”

“骆驼肉？松格官长，你怎么知道这是骆驼肉？这明明是马肉。”

“我……”话已至此，松格官长恨不得给自己一巴掌，索性道，“我们丹林部的人连骆驼肉和马肉都分不出来吗？”

十二爷道：“被和妃娘娘烤成炭的肉，官长未入口也能分清，佩服。”

王疏月亲自取筷，夹起那片肉送到松格官长眼前：“官长入口一尝，便知是马肉还是骆驼肉。”

松格官长真的忍无可忍，一把将那块肉打掉。

王疏月没站稳，身子也跟着偏过去。

张得通眼看着皇帝手上暴起了青筋，好在何庆眼明手快，忙上前扶住了王疏月。

在座的云漠王公也看不明白。管他是马肉还是骆驼肉，这松格官长又是呵斥，又是动手，也不知道在矫情什么，偏偏就是不肯下口。

一时间，议论声起来。

王疏月挥开何庆的手，用手绢拭了拭袖口的油腻，端端地立直身。她并不强势，像一团轻絮一样立在篝火旁，好像随时都会被烧化。

皇帝笑望着那个瘦弱的身影。

那一身明艳就是衬她，衬她执软刀的那股韧力，直戳得松格官长退无可退。虽汉人们常说女子无才便是德，皇帝从前也认这句话，但遇见王疏月之后，他又觉得并不是这样，两个人在一起相伴一辈子，若后妃的智慧不足以理解他的人生，那称孤道寡就真的是人间帝王的诅咒了。

望着那身葱绿嫩黄，皇帝突然有了种“赠尔战袍”的快感，转念一想，又觉得自己这个念头傻得很，自顾自地笑了一声，抓过酒壶，给自己满了杯。

❖ ❖ ❖

此时松格官长快要被这块女人送上来的肉逼疯了。

周遭质疑声四起，有人甚至讥笑起他的忸怩来。

达尔罕亲王道："真是麻烦得很，我从来没听说过你们丹林部不吃马肉。来来，本王亲自伺候你吃一口，我们好听这位娘娘后面的话。"说着，他抓起肉就要往松格官长嘴里塞。

松格官长急得头上青筋都暴起，却抵不住达尔罕亲王的强势，喉咙里一哽，冷不防把那入口的肉吞了下去。他狠力推开达尔罕亲王，掐着脖子一阵干哕，拼命想把那肉从胃里呕出来。

"吃都吃了，官长何必呢？"一盏茶递到他手边，仍然是那只白净、柔软的手，袖口已经垂了下来，遮住了手腕上的乌青，她用一种极得体的姿势端着茶杯，呈到他面前，声中波澜未起，从头至尾都是那一副柔软的腔调。

松格官长往后退了一步："你敢用毒肉害我！你这个汉女！"

王疏月放下端茶的手，淡淡地望着他："这怎么会是毒肉？这分明是我亲自进呈的马肉。"

"你还在胡言乱语！你以为我看不出来！这就是那峰白骆驼的肉！"

话音一落，人声全部降下来。

王疏月将茶杯放回托盘上，点了点头："所以，你不光知道这是骆驼肉，你还知道，这是那峰白骆驼的肉，你甚至知道，那峰白骆驼的肉里有毒，因此你才百般推辞，不肯入口。你说你凭眼睛能分辨出马肉与骆驼肉的不同，这倒是说得通，但我不明白，你如何就知道那白骆驼肉里有毒。"

"你——"

"松格官长，现在，我可以告诉你，这的确是骆驼肉，但是，并不是那峰白骆驼的肉。只是御厨在取肉之时没有放尽骆驼血，连血一起炙烤的而已。我已请太医查验过，那峰死了的白骆驼肉中的确有一种可以令人和兽发狂而死的毒，但从表面是看不出来中毒的迹象的，反而像惊厥竭力而亡，但会致血脉绷断，其状正如你眼前的这块肉。我听说，自从白骆驼死后，两个负责看守的守卫被你处死了，你也从来没有查看过那峰白骆驼。你不可能是事后知道其肉有毒，那么，就只有一种可能，那峰骆驼死之前，你就已经知道它被喂过毒了。"

达尔罕亲王是个粗人，王疏月这番话说完，他并没有立即反应过来，回头怔怔地看向松格官长："什么意思——"

十二爷在旁冷声道："原来是你们贼喊捉贼。松格官长，献九白之礼本是表臣服之心，可你们丹林部早谋划好了，要借这九只畜生陷我大梁于不仁不义之地。可笑至极，你们表臣服之心，我们大梁做破梁云之盟的恶人，你们是不是还打着如意算盘，要让外藩诸部跟着你们一道反梁？”

这话一说，诸部的王公忙出席，齐声道：“臣不敢。”

松格官长脸色涨红，嗓子里像被灌了一口辣酒，一时竟说不出话来，很久，道：“你……你你……你算计我！”

“是你们算计了皇上，算计了大梁。”

“王什么月，你住口！”松格官长此时已经听不下去她那不急不缓的声音，冷不防把她的名讳胡乱地叫了出来。

话音刚落，却听一个冰寒的声音道：“这三个字是朕叫的。”

王疏月转过头去，却听皇帝冷冷地续了一句：“拖出去，砍了，把人头给丹林部送回去。王授文。”

“臣在。”

“拿捏好你的文辞，给朕写一篇洋洋洒洒的征伐文。”

“臣遵旨。”

达尔罕亲王这才将前前后后的因果想明白，忙牵头喊了一声：“皇上圣明。”

众人皆行跪，帐中就只剩下皇帝与王疏月一坐一立。

王疏月静静地凝视皇帝，皇帝也凝视着王疏月。他眼底有如篝火般炙热的情绪，却隐而不发，只有嘴角不自觉上扬的弧度暴露了几分他对她的认可和赞许。

“你还站着干什么，宴也进了，等着请罪还是请赏？”

“请罪。”

“王疏月，功过相抵，你的罪，朕恕了。去吧。”

“谢皇上恩典。”说着，她向皇帝行了一个福礼，又望了自己的父亲一眼。

王授文双眼却通红通红的，一直目送她转身，弯腰穿过帘门，走到外面去了。一时间，他似乎是看到了故去的吴灵。当真是血脉传承，王疏月不愧是她的女儿。

王授文心中感慨有万千之多，说不上是欢喜还是遗憾，又或者是惭愧，眼泪眯了眼，他不敢再抬着眼，借饮酒之际垂了头。

王疏月走到门口，却看见大皇子吊着胳膊站在风口。她连忙蹲下身，将那弱小的身子搂到怀中：“你怎么来这儿了？吹着风了吗？”

“没有。”柔软、温柔的一只小手搂住王疏月的脖子，“儿臣让梁公公带儿臣过来的，儿臣想看和娘娘和父皇给儿臣报仇。”

“傻孩子，手还疼吗？”

“不疼了，和娘娘，儿臣想吃您做的茯苓糕，您都好久没给儿臣做了。”

王疏月捏了捏大皇子的脸："好，我们去做茯苓糕。"说完，她又对梁安道："给大皇子拿了厚衣过来吗？"

"哟，大皇子跑得急，奴才追着他出来了，没顾上。"

正说着，却见后面走来一个女人，手上正托着一件大毛氅子。她见了王疏月，蹲身行了一个礼，将氅子呈了上去。

王疏月接了过来："还没见雪，这个倒是厚重了些，不过也无妨，和娘娘裹着你回去？"

"不要，父皇说了，和娘娘您手上有伤，要儿臣不准闹着要您抱我。"

"还是奴才来抱大皇子吧。"说话的是那送衣来的女人。

王疏月站起身向她看去，她生着一张圆脸，看起来倒不寡丧："你叫什么名字？"

"奴才是金翘。"

"哦，你是张公公本家的那位姑娘吧？"

"是。"

"好，抱的时候仔细些，大皇子的手才接上，仔细别压着了。"

"是，奴才明白。"

大毛氅子裹着大皇子，就只露出了两只眼睛，倒显得可怜兮兮的。

"是没吃东西？"

梁安回道："主儿一走，大皇子就过来了，这会儿还真是什么都没吃。"

王疏月拨了拨大皇子眼前大氅上的毛。

"饿了吧？"

"嗯。茯苓糕，茯苓糕。"

"好好好。"

说完，她对梁安道："走吧，先回去让人给大皇子做些吃的。"

他们正要走，谁知何庆却追了出来："和主儿您慢一步，万岁爷啊……让您候着他。"

大皇子嘟起了嘴巴。

何庆看着大皇子的模样，又想起皇帝的表情，忍不住想笑，这父子俩也是有意思，王疏月就这么一个，怎么切两半给他们？好在大皇子再童言无忌，也不敢惹他的老子，他把头往金翘的怀中一埋，闷着不说话了。

"先抱大皇子去吧，别饿着他。"

"是。"

王疏月回头望向摆大宴的营帐，那边的宴也快散了。

也不知是不是因为杀了人，风里有一股十分黏腻的血腥味，王疏月扶了扶头上松坠的簪子，站在月下静静地等着。

"王疏月，你过来。"

声音是从背后传来的，王疏月吓了一跳，忙转过身，却见皇帝正握着马鞭走向她，她道："您怎么从那边过来了？"

皇帝捏着鞭子柄冲着她虚点了几下："你这身衣服，从后面看尤其好看。"

"真的吗？我倒是觉得……好像……艳了点儿。"

"胡说！既出了宫，就该有这样明快。啧，朕觉得好看。"

"您急什么！我又没说不喜欢。"

她这么一说，倒显得皇帝没底气了。

皇帝一哽，声音一下子扬得老高："朕喜欢，你就得喜欢！"

"是，您喜欢，妾就喜欢。"说着，她掩唇一笑。一日之尾，她原本服帖的发髻已有些松散，却另有一股灵动的风流。

她随随便便服个软，皇帝的气也就跟着下来了，他顺口转了个话题道："王疏月，你会骑马吗？"

"不会。"

"也对，你这样的人，学得会什么！"

"那您还明知故问。"

气才下来，又被她气得想翻白眼，皇帝索性翻身上马道："骑不来就跟着朕走。"

"去什么地方？"

去什么地方？

皇帝本来猎了好些野物，让御膳房专门留了一头鹿，想亲手烤给她吃。谁知，她竟然敢给他下软刀子，这让他怎么说得出想给她烤肉吃这样的话？

"去什么地方？朕要找个地方处置了你。"

荒郊野外的，天为盖，地为庐，这话怎么听怎么奇怪！然而王疏月不敢说，何庆更不敢说，只得无奈地跟上皇帝的马。

夜里的路并不好走，皇帝见王疏月走得蹒跚，心里不大舒服，但想着自己话都说出了，这会儿让她上马又很丢面子，便拉着缰绳一路沉着脸。王疏月亲手提着灯，小心地照着地上的路。何庆和张得通远远地跟着。

"主子。"

"做什么？"

"其实，我很想跟您谢个恩。"

皇帝心中想的是"你能收收那张嘴就不错了"，面上却仍是一副阴沉的样子。

"谢朕做什么？"

"谢您肯让我去试一试。"

皇帝笑了一声，拉住缰绳："朕没想到你会赢。"

“那您还敢让我去试？”

“朕早就想好了，你今日要是输了，朕就把你废了，贬成宫女，长坤宫住不了，隆正殿的西梢间还是能赏块垫子给你夜里坐着。”

王疏月笑了：“您让我给您上夜，是要我听什么呢？”

皇帝一怔，随即扬声道：“王疏月，你在想什么？你给朕上夜，朕在榻上躺着，你给朕在地上坐着，然后——”

“唠嗑吗？”

“不是……我……王疏月！”他差点儿把自称都改了，王疏月却在马旁笑出了声。

这一年来，她真的快习惯了，把自己的名讳彻彻底底地交给他，与自己名讳一道捧出的还有她违逆母亲，向爱与欲望里投身的勇气。

这样一座坚硬的城却养繁了柔软的花，生息之间，恰和着长坤宫主人此间的命数。

也许只有纯粹的食欲才能把皇帝的尴尬碾压。不知道为什么，大概食欲和性欲是贯通的。

其实，皇帝很少有饥饿的感觉，白日里他强迫自己用无数的东西将脑子填满，比如铸币所的币制、户部的亏空、北方的军情、夏季黄河的水患、地震、天花疫病……但抱着周身干净的王疏月时，他几乎什么具体的东西都不会想，一切交给冥冥之中的本性。

所以，在酣畅淋漓之后，皇帝总会从饥饿的感觉中逐渐体会到胃中真实的饥饿感。

这是一件很神奇的事，当她用柔软的皮肤贴着皇帝，沉沉睡去之后，皇帝却觉得自己很想爬起来，让御膳房切一盘牛肉来。皇帝搞不明白这是为什么。

总之，王疏月是一个能激起皇帝食欲的人，哪怕夏季胃和舌头都很懈怠，但只要她在身旁坐着，膳食看起来就很有滋味。

皇帝不怎么讲究吃。但男人对肉食似乎本能地钟爱。血腥之物，哪怕煮熟了，散掉了血气，只剩下发白发柴的糟粕，一样令男人饱含执念和欲望。

申兰秋草干爽的秋风夜，马匹系在帐前。

皇帝的仪仗不近不远地候着，四周戒备的御前侍卫用拇指抵开了刀鞘，冷月照银刃，寒光在高草之间如星点般闪动。

这座临时搭建的御帐距离张三营行宫并不远。但他们二人在无云的晴夜下，显得有些孤独。

帐子前堆着的松木刚刚点燃，浓烈的木头香气从火焰中喷出来。

皇帝盘膝坐在火旁，身上的大红妆花行装被火映成了深黄色。他直面着火，五官的边沿儿连一点儿阴影都看不到，要说“正大光明”，对王疏月而言，此时感受是最直观的。

皇帝虽一早起了意要带王疏月在张三营行宫之外烤肉，但他其实也搞不了这块铁条钉成的炙子，正在研究怎么把它往火上架。他这个人一专注起来，气场就有些吓人，哪怕是在折腾这块烤肉的铁盘。

张得通和何庆看得心惊胆战的，张得通不敢说话，何庆抖机灵，上前道："皇上，您让和主儿伺候您吧。您是万金之躯——"

"你让朕吃她烤出来的炭吗？滚远些。"

何庆忙闭嘴，跟着张得通退得远远的。

皇帝继续研究烤肉炙子，一只手却伸了过来。

王疏月已然挽起了袖子，手腕洁白，还带着些乌青的痕迹："要说吃啊，我比您在行些。"说完，她从皇帝手中将炙子拿了过来，两三下便架好了，"席上那块炭是我故意让御膳房烤成那样的。您去坐着吧，妾服侍您。"

皇帝抓过银刀："你给朕坐回去。"

王疏月看着他手中的刀，他这才觉得自个儿这抓刀的模样有些骇人，忙把刀往背后一藏，咳了一声，道："你们汉人哪知道怎么吃鹿肉？"

她面上含着笑，乖顺地坐了回去："好，那妾看您烤。"

皇帝执着地对付着鹿肉。

王疏月裹着一块毡子静静地坐在皇帝身边，望着他的手和那炙子上逐渐褪去血气的鹿肉。再一看皇帝的脸，那目光中的专注是王疏月熟悉的，这份专注时常让朝廷上的那些大臣背脊发凉、头皮发麻，此时却显得有些呆傻和温暖。

王疏月确认他不会朝自己看过来，这才弯下腰，偷偷地在毡子里按了按自己的脚，跟着他走这一路，实在是累了。

"怎么了，脚疼？"

王疏月吓了一跳，他不是分不开眼吗，怎么——

"你刚才在路上怎么不说？"

"奴才以为……自个儿说错话了，您责罚奴才呢，怎么敢说？"说着，她连忙坐直了身子。

皇帝看了一眼她藏在毡子里的那双脚，此时只在毡子下面露了一个边沿儿。

她今日穿了一双青色的鞋子，以此来配那身葱绿色氅衣，似乎是感觉到了皇帝的眼光，忙朝毡子里一缩，就只剩下鞋头坠着的一丝流苏露在外头了。

"王疏月，朕什么没看过，你有什么好难为情的？"

王疏月没有说话，静静地垂下了眼睛。

皇帝收回目光，将那鹿肉翻了一面："王疏月，朕听说，要缠成这样一双脚，是要受些苦的。"

“嗯。”

皇帝听出她声音有些发飍，抬头道：“你怎么了？”

“没有，想起了些从前的事。”

“什么事？”

“五六岁的时候，父亲和母亲曾为了奴才这一双脚争执过。母亲不肯让奴才缠足，但父亲并不应允。”

皇帝是第一次听一个女人这样直白又坦然地说起自己的身子。

她的父母生在前荣日薄西山的时代，而她生在大梁入中原之后，但她心中所持的东西好像并不存在于这两个时代。

“你父亲为何会不应允？”

王疏月望向皇帝：“母亲对我的前途没有什么指望，但父亲不一样。主子，其实前荣的女人也不是个个都缠足。但自成祖开始，凡官贵之家的女儿，都要缠足。以致婚配相看时，这倒也成了女子的一层显贵身份，与我们的前途相关。”

皇帝心里有一丝异样的感觉，但他说不出来，半晌才道：“朕不觉得这有什么好看的，你若晚出生个二十年，出生在朕掌天下的时候，朕不会让你缠足，你也就不会受这份闲罪。”

这话，皇帝说得并不是那么笃定。

年代有年代的意识，万千百姓、传承多年的世家门第、权贵的审美、庶人的攀附，这些东西汇集成一个混沌却又统一的声音，这个声音并不会因为某一个人的意识而改变，哪怕这个人站在权力顶峰。

“我若再晚出生个二十年，遇见您的时候，您就已经老了。”

“你还敢嫌朕老？”

“不是，我想用更多的时间来陪您。”说着，她端端地凝视他，“我比这世上很多女子都要幸运。皇上，卧云的重修，也是我的重修。我一直觉得，我这一生是从卧云精舍开始的。我最开怀的一段时光是您供养我生活。后来，我嫁您为妃，您又带我来了渃河，看了普仁寺，见过巴灵度和……”她一面说，一面温柔地垂下了眼睛，面色微微发红，“所以，但愿时间能长久些，让我能好好地回报您。”

“但愿时间长久？王疏月，朕一直很想问你你在怕什么，是怕朕会杀了你，还是怕朕会不要你？”

王疏月裹紧了身上的大毛毡子。月光落了她一身，将那毡子上的细毛都照出了银光，她就在毛堆上露出了脑袋：“我以前是很怕您的，从春环的死，到贺临断指，再到御书房里您让我掌嘴——”

别的，皇帝倒没什么感受，但是御书房那一件事，他倒是记得：“朕那时对你是严苛了些……”说完，他下意识地去看王疏月的脸颊，“那你现在不怕朕了？”

王疏月明眸笑开，火撩起的细风暖烘烘地拂着她耳旁柔软的碎发：“嗯，您不仅是个好皇帝，也是天底下最好的男子。”

皇帝习惯了她不着痕迹扎来的软刀子，这样柔软又坦诚的话，他还是第一次听。

他正在咀嚼这些话里的甜意，却闻到了一股焦煳味。第一块鹿肉就这么被烤成了炭。

皇帝赶忙将肉从火上取下来，用银刀切开，里面几乎看不见肉的肌理了。他有些无语，索性丢了铁叉：“张得通！”

张得通躲得远，这一时竟没有听见皇帝唤他。

皇帝将要发作，却见王疏月用手拈起了他切下的那块肉，轻轻咬了一口：“王疏月，你傻了吗？都成这样了，怎么入口？赶紧给朕吐了！”

王疏月非但没吐，反而咀嚼之后吞了下去，那滋味实在有些刺激味蕾。似乎每一个行大事的人都会在生活上留一条笨拙的短腿。她忍着，开口道：“您给我烤的，您可别吃。”

皇帝真是又好气又觉得好笑：“好吃吗？”

“好吃。”

“给朕睁眼说瞎话！”

“奴才又不是第一次睁眼说瞎话。”

“什么意思，你还跟朕说过哪些瞎话？”

“说得多了，但也说得很开心。”

皇帝果然还是习惯受她的硬话，一瞬间被捋得服服帖帖的，反而心里很自在。反倒是她之前的话，他不知道如何适宜地去回应。不过，他听懂了一个意思。王疏月就是想告诉他，她喜欢他，而且想要一直一直陪着他。这足以令他心美，抬头见月色都皎洁了。

“皇上，晚了。咱们回去安置——”话没说完，她竟然打了个喷嚏。

皇帝忙将她身上的毡子裹紧，连人带毡子一起抱上了马，自己也翻身上马。

那马见是生人，长嘶一声扬了蹄。

王疏月忍不住惊叫了一声，随即吓得背都僵了。

皇帝笑道：“你这是第一次骑马吗？”

毡子里的人点了点头。

皇帝的手绕过王疏月的肩握住缰绳，却感觉到怀中的人僵得像块炭：“你的背挺那么直，是要硌朕吗？朕隔着毡子都能感觉到你的肩胛骨在顶朕的下巴。”

“可是……我……哎……您先别动，别动……”她的脚根本踩不稳当镫子，手又被裹在毡子里，那马一定住，她就找不到平衡了，一时间真是慌了。

“你把你的背给朕靠过来，朕搂着你，你掉不下去。”

❖ ❖ ❖

王疏月的腰背终于软下来，连人带毡子一道靠入皇帝怀中。

那夜的星空十分璀璨，云全部被风吹散，抬头就能看见灿烂的星河。

人在草原上，心也会跟着辽阔起来。

“主子。”

“嗯？”

“如果今日宴上我输了，您会如何？”

皇帝低下头来看她，也看周遭的山河。

无边的高草起起伏伏，像一个变化无解的阵。这世上其实不是每一个人都必须从混沌之中整理出头绪，大部分的人是可以随性而为的，爱一个人也好，买卖物件也好，不用在意世道的章法。

但皇帝是解局的人。历朝历代的皇帝都是，有人解得好，有人解得不好，因此就有了王朝兴衰、时代更替。对皇帝而言，因为做了这个解局的人，很多东西就汇集于他一身。比如他狠辣地同手足争夺皇权，也呕心沥血地守着祖宗基业，他守着祖宗基业，却也要让王疏月活得有生气，自在、开怀。

“四川那边的多布托已经开拔北上，你输不输，丹林部，朕都要讨伐。不过，如果你赢不了，也许朕就要被安个‘色令智昏’的骂名。”

王疏月笑了：“那我岂不是有功？”

皇帝低头看向她：“对，你有功。要朕怎么赏你？”

王疏月将头靠在他的肩上，闭上眼睛道：“我想想。”

“王疏月，朕……晋一晋你的位分吧？”

王疏月摇了摇头，转过身来对他道：“比起这个，我有一样更喜欢的东西。”

“什么？”

她温柔地笑弯了眼目，悄悄握住他抓着缰绳的一只手：“我不善言辞，但我很喜欢您。”

皇帝艰难地绷住下巴，但心里恨不得打马狂奔。好在他身量比王疏月高，这才不至于让她看见他此时五光十色的表情。十多年刻意冷峻的围墙一下子被王疏月掘开了一道口子，千言万语迸出，不知道为什么，到了嘴这个出口时却变成了一个字：“哦。”

哦。哦是个什么东西啊？皇帝自己都觉得有些好笑，但话已经出口，怎么样也不能笑。

“主子——”

“别说话！”

“哦。”

她竟然也“哦”。

皇帝抬起另外一只没有被她握住的手，将她身上的毡子朝她头上拉去，一下子把她整个人都包起来："王疏月，回宫后朕要给你立规矩。"

"哦。"

"你……算了。"他当真无话可说，毡中的人笑出声来，一下子被风送出去好远。

如铃般的笑声，风里不知名的花香，马屁股上招摇得意的尾巴，还有面红耳赤的男子，以及他怀中柔软的姑娘。皇帝和王疏月在申兰围场的最后一夜，就被皇帝这么在马背上稀里糊涂地颠过去了。

十月底，圣驾启程返京，于十一月初抵京。那一年的冬天来得特别早，回宫那一日竟下了一场不大不小的雪。王疏月亲手抱着大皇子从大辂上下来，成妃跪迎，不敢起身，眼眶却红了一圈。听说申兰围场的事后，对于王疏月这个人，她真的再无话可说。

近年关，宫里就变得特别忙。

皇帝更是因为丹林的战事，把自己扔在御书房议所里。虽要过年了，府上忙乱，几个议政大臣，以及王授文、程英这几个近臣，却都还要日日在皇帝面前熬着。到了除夕这一日，皇帝终于封了笔。

王授文拎着自己的官帽孤零零地走出明华门，还没出宫呢，就已经能闻到市井之中饭菜的香气。

他一个人走出午门东偏门，府上的轿子在那儿等他。姓赵的家奴站在轿子前，正在看边上一个卖蒸饽饽的摊子，那滚滚的热气却把他也烘得孤零零、冷清清的。

王授文想起，去年这个时候，来接他下朝的还是王疏月。那日她穿着一身粉色袄子，梳着辫子，绑着正红色的璎珞，在风雪里俏得像一朵花。那会儿吴灵虽缠绵病榻，但好歹还没有去，他回去还能见见，听她糊里糊涂地说几句话，家到底还像个家。

今年，唉，太冷清了！

"老爷，咱们回府吗？"

"先不回。去三庆园听戏。"

"哎哟，老爷，今日哪里还有班子踏板啊？"

"没有，那就去吃酒。"他将手笼进袖子里，正要上轿子，忽然见风雪里跑来一个太监模样的人。他跑得头顶直冒热气，气喘吁吁地追到王授文面前："可算追上王大人了。"

王授文觉得他眼生："公公是——"

"奴才叫梁安，是长坤宫的掌事太监。我们主儿有东西要奴才交给大人。"

王授文看了一眼他手上的包袱："梁公公，娘娘应该知道，宫中的妃嫔是不能和官员私相授受的。公公还是拿回去吧。”

“王大人，您且放心，我们主儿是多么慎重知事的人，怎么会做有违宫规的事？这是万岁爷允准了的。您收着吧。主儿说了，她实在不忍心把这东西和宫里的赏赐放到一处给您。”

王授文听梁安这样说，这才将那个包袱接了过来，打开一看，见里面是一个食盒。

他揭开一道缝，熟悉的味道便扑面而来。里面是韭菜蒸饽饽，甚至给他调好了姜醋汁。

这气味浓郁的热气扑入雪中，一下子熏红了王授文的眼睛，熏酸了他的鼻子。他慌忙盖上盖子，舍不得吃掉这食盒中一点点东西。

“娘娘有什么话吗？”

“主儿说，这饽饽，她做不出以前夫人做的味道，但也有七八分像，请老大人今日勿饮酒，好好回家。”

王授文闭上眼睛，潮了眼眶。虽说是父女，但女儿长在长洲，小的时候也一直是吴灵在教养她，他不曾想过，她竟能把他这个做父亲的心绪全部猜透。

“是，公公去回娘娘，臣今日一定不饮酒。”说着，他哽咽了一下，“娘娘身子安好吗？”

“这些天像是不大好，许是天冷吧，周太医说娘娘身子寒，冬季最不好养，开了春就会好很多。”

“请娘娘保重身子，家中人都挂念她。”他说完这句话，又觉得难受。

家中还剩谁呢？吴灵死后，王授文没有再续弦，吴灵在时，他也没有妾室。吴灵走后，他甚至把她那一房的侍女都遣出去了。如今，定清还在外任上，家中除了他，就剩了几个小厮。说起来，他这一辈子也算是位极人臣，女儿又是皇帝宠妃，人人都指着他的门路升官发财，却不承想，他把日子过成了这样。

“欸，老大人，奴才会说给娘娘听的。奴才还有差事，就不送老大人了。雪天路滑，您老慢着些。”

长坤宫中，皇帝命吴璟画的蜀葵地屏终于赶在年底安置过来了。王疏月正站在庭中地屏前，虽然抱着手炉，但还是冷得发颤。自从年初在雪地里跪了一夜，她真的有些沾不得雪了。

金翘端着一个红木盘走来：“主儿，小厨房还剩了姜，奴才混着红糖给您煮了一碗姜汤。您在雪里站久了，难免受寒气，喝一点儿驱驱寒吧。”

金翘年纪其实不算大，但比善儿要持重得多，服侍照顾得也十分细致，关于调理身子的事，王疏月想不全的，她都能替王疏月想全。

王疏月接过汤碗，热热地喝了一口，果然觉得热气从喉咙开始，逐渐渡入五脏六腑："我不是准了你们自去耍吗，你怎么不去？"

金翘接过汤碗来："您有您的恩，奴才们有奴才们的本分。但您给了恩，奴才也不能在他们身上剥了您的恩，所以他们放肆，奴才也没说什么，但这么大一个长坤宫，奴才怎么放心让您一个人？"

王疏月笑了笑："好，那你与我做个伴。"

"是。"说着，她顺着王疏月的目光往那座地屏上看去，"主儿看什么呢？在雪里站了这么大半日。"

"蜀葵。"

"吴璟的蜀葵。"

王疏月一怔："你怎么知道这是吴璟画的？"

"他从前是奴才的丈夫，奴才是他的妾室。"

"那你为何会入宫？"

"奴才与他……和离了，其中缘由不敢污主儿的清听。"

她不肯说，王疏月也就没有再问了。

雪渐渐小下来，王疏月正要回西暖阁，却听见殿门口传来大皇子的声音："和娘娘——"

接着一个穿成球样的小人儿摇摇晃晃地跨了进来，因为穿得太厚了，一个不小心就在门槛儿上摔了一跟头，整个身子扑进雪里，吓得王疏月赶忙去把他抱起来。

"跑那么快做什么，摔着哪里了吗？"

大皇子站起来，跳了跳，抖掉身上的雪。

"儿臣没事，摔不了。"

"净调皮，手不疼了，就把什么都忘了。"

话音刚落，却听后面传来一个声音："这点儿摔打都经不住，怎么做我皇家的子孙？"

王疏月忙站起身行礼。

皇帝已经跨了进来，走到她身边，一把将她带了起来："你这个手啊，冬天就没见有热乎的时候。"

"这个时候，您怎么过来了？"

皇帝看着王疏月身边的大皇子："他在朕那儿写了个'福'字，要给你送过来。"他一面说一面牵着王疏月就往里走。

大皇子也蹦蹦跳跳地跟了进去，同时回头对张得通道："张公公，我写的'福'字呢？我要给和娘娘贴上。"

王疏月侧头对皇上道："我还说，明儿您要开笔写'福'，向您讨一张呢，如今看来倒不用跟您讨了。"

皇帝撩袍坐下："朕写的和恒卓写的能一样？"

❖ ❖ ❖

当然是不一样的。

初一这一日，西暖阁的支景窗上就贴了一大一小两个"福"字，一个自成风骨，另一个亦是笔力不弱。宫人们从窗前行过，都会忍不住看一眼。

所以，母亲留给王疏月的"娱人悦己"四个字是有回响的，纯粹地给予，最后也会换来风雨前为她张开的双臂。

这两个"福"字，一个来自天下之主，另一个来自他的后继者。

这一年来，她的人生并没有多么灿烂、瑰丽，大多时候还是湮没在日复一日的生活之中，但有了她的陪伴，这些忙于案牍而麻木于日夜阴晴的男子，终于能从茯苓糕里尝出甜，从敬亭绿雪里品出回甘了。

年节里的日子过得特别快，一晃眼，就过了开春。

这一年的开头，皇帝在前朝是神清气爽，丹林部大败，几乎被多布托和达尔罕王的军队全歼，其首领被擒，押解进京。而户部的亏空在皇帝的重压下终于还了近八成。但地方上藩库的亏空仍然数额巨大，于是，朝廷从户部那里腾出了手，开始清查地方藩库，这可愁坏了几个封疆大吏。山西布政使为了解燃眉之急，提出了一个法子：将该省加派的火耗银子提解藩库，以二十万补全亏空。

基于这道折子，皇帝逐渐开始思考、琢磨起他"耗羡归公"的大革。与此同时，一个名字进入了皇帝的视野——王定清。

王定清时任云南富民县县令，如果不是他在皇帝下定决心改毙火耗的时候上了一道"火耗归公，用以养廉"的折子，皇帝都不知道王授文把自己那个儿子扔到云南那偏远地境去了。

这日，程英在御书房当值。

皇帝在批折子，批到一半的时候拿起一本靠在椅背上。

"这个王定清……朕怎么记得，他像是顺宁三十年的进士，如今还在云南几个县上轮转啊？"

程英忙起身回道："皇上好记性，他正是顺宁三十年中的进士，刚好那一年朝廷选调有才干的年轻官员治西疆，他便没有留任翰林，去了云南。"

"他这本折子写到朕心里去了。你写个片子给云南的李泽玉，让他考一考王定清在几个州县上的政绩，写个折子回朕。”

“是。”

皇帝放下手中的折子：“程英啊，这人年轻，还没被官场折性子，他当官又离得远，还沾着山野气。朕看，王授文这个儿子不像他。”

这话一说完，皇帝又想起了王疏月。等把这个王定清召进京来，他倒要好好看看，是不是这两兄妹的模样、性子都不像王授文。

他正掐着笔在想这件闲事，张得通喜出望外地进来：“万岁爷，大喜啊！”

皇帝抬眼：“何喜？”

“万岁爷，主子娘娘遇喜了！太后娘娘和六宫的主儿们都去长春宫了。太后娘娘使了陈姁来问万岁爷，您这儿什么时候散。”

程英等人闻言，忙跪了一地给皇帝道喜。

中宫有嫡子，这对大部分的朝臣来说都是一个令人安定的好消息，经历了先帝那一朝的夺嫡与党争，很多人仍然心有余悸，对他们而言，能从一开始就仔细地教授中宫的嫡子，使他开明智、晓事理，成长为合格的储君，就能避免上一代的残酷党争，也能使自己在官场的洪流之中抓稳水中的根。

“臣等恭贺皇上，恭贺皇后娘娘。”两三个人不约而同地把这句话说齐了。

皇帝仍然坐在圈椅中，肩膀却不由自主地松下来。他和皇后早就冷掉了情意，这么毫无感觉地在房事中应付了两年，这个汇集众望的孩子终于来了。

如释重负。

他合掌一拍，高声道了个“好”字，想想仍不足以表心头之松快，又接连道了三个“好”字，一声高过一声，听得张得通都跟着肩头一颤一颤的。

“张得通，让御膳房备一桌。”说着，他一面站起身，一面用手点着御书房里跪着的这些当值的大臣，“赏他们，吃了再出宫。”

程英领头谢恩。

声还未落，皇帝已经走到门口。

外面是一派明媚的春光。长坤宫中大片大片的杏花如烟云一般浮在禁城红墙琉璃瓦之间，和去岁的春天一模一样。这样一座坚硬的城却养繁了柔软的花，生息之间，恰和着长坤宫主人此间的命数。

王疏月在长春宫中见到皇帝的时候，他正坐在太后身旁听太后说话。

皇后穿着一身香色春绸氅衣，静静地坐在皇帝下首。她那日的气色很好，梳着简单的发髻，但发髻上的每一样饰物都是精心又精心地挑过的。

顺嫔和淑嫔陪坐在一旁，婉贵人则站着，亲自伺候茶水。但成妃不在。

王疏月行过礼，顺嫔看了淑嫔一眼，见她没有站起来的意思，便自个儿站起身，走到婉贵人身旁，与她一道侍立，将自己的坐处让给了王疏月。

太后看起来十分开怀，难得地见着王疏月也有好的脸色："祖宗庇佑啊，婉贵人才添了二皇子，皇后也有了身孕。如今皇帝后宫中的人就剩和妃和淑嫔还未遇喜了。"说着，她看向王疏月："和妃的身子调理得如何了？"

王疏月道："回娘娘的话，妾福薄，还——"

她还未说完，却听皇帝咳了一声："胡说什么！你是说朕的福气不够吗？"

"皇上教训得是，奴才知错。"

太后看了一眼皇帝，皇帝的目光却落在王疏月身上，再看王疏月，又是一副低眉顺眼的恭敬模样。

太后也没什么可说的，端起茶水喝了一口，又道："皇后这一胎，太医院荐上来的是谁？"

皇后应道："是周明周太医。"

皇帝脱口道："周明？"

皇后侧向皇帝："是，是院正荐的。"

"换了。"

皇后怔了怔，倒没说什么，只应了声："是。"

太后不解道："都说周明是千金圣手，这荐都荐上来了，好好的，换什么？"

皇帝道："周明给和妃调理身子尚不见成效，托着脑袋等朕发落的人，太医院也能荐上来，张得通，照朕的话申斥。"

"皇帝——"

"母后，皇上也是为妾着想，换便换吧。再叫太医院荐人上来就是了。"

太后悻然："皇帝勤政是好的，但也该多照拂后宫。和妃身子弱，皇帝多心疼她倒没什么。只是，听说成妃近来也不大好，她陪了皇上这么多年，又给皇上诞下了大皇子，如今大皇子都五岁了，皇帝不该丢了她，得空应多去瞧瞧她。"

皇帝看向皇后道："成妃怎么了？"

皇后忙道："心绞痛的旧疾，最近犯得厉害，但她那个性子，皇上您是知道的，不肯让太医说到皇上面前来。"

皇后说完这些话，皇帝倒是想起，大皇子这几日也是恹恹的："母后教训得是。"

"还有一件事，哀家要跟皇帝提一提。听说皇帝把礼部奏请选秀的折子留中了。"

"嗯，有这么回事。"

太后道："哀家看来，这大可不必，先帝爷驾崩前已有三年未选秀，如今又空了一年。皇帝身旁通共只有这么些人，子嗣也不多，实不该再将选秀之事拖延。"

皇帝道："皇后遇喜，内侍府——"

"从前再忙都过来了不是？皇帝啊，哀家是为我大梁的国祚着想。"

皇帝沉默了一阵，起身道："好，礼部的折子，朕明日批回。朕前面还有事。"他说完，几步跨出了长春宫。

虽然他走得快，王疏月等人还是起身相送。

太后坐在位上叹了一口气。

淑嫔见气氛微妙，便在众人退回座上之后拣了些家常的话说，顺嫔陪着一处笑笑，这才让太后的气色缓和下来。

皇帝不准太医院荐周明，留中礼部奏请选秀的折子，这两件事看似没有提到王疏月的名字，但都是为了她。皇帝这个人是绝不可能对着她把这些说明白的，其中用心笨拙，甚至是徒劳的，一切只能王疏月去猜。

王疏月很感怀，但也不安。周太医的事就不说了，毕竟太医院不止周太医这一个照顾怀孕妇人的太医。可选秀是祖制。礼部的折子能留中一时，今年甚至可以借先帝大丧不久应付过去，但又能拖到什么时候呢？王疏月如坐针毡。

好在不多时，何庆便退了回来，传话道："万岁爷传和主儿过去。"

王疏月回头看向皇后。

皇后含笑点头道："去吧。你们也都散了吧。母后，儿臣再陪您说会儿话。"

皇后既如此说，众人便一道从长春宫散了出来。

淑嫔走在王疏月身边，轻声对她道："太后说您我二人是于国无功的内廷闲人，我也就罢了，这大半年都没再见过皇上，可是，和妃娘娘，您不一样啊。皇上去哪里都带着您，内侍府的那块绿头牌都快翻掉漆了。周明几乎成了专门照顾您身子的太医，我们使不动，这么大福气集于您一身，为何还是不见遇喜？"

王疏月侧身笑笑："也许子嗣这种事除了福气，还得看缘分吧。您看主子娘娘，就是缘分到了。"

她不发作，也就没了意思。

淑嫔悻悻然不再说话，走到前面去了。

金翘在旁道："自从主儿入宫，皇上都不待见她了，她心里不痛快，要揶揄主儿几句，实则也是心里卑怯，主儿不必放在心上。"

王疏月望着淑嫔的背影。

要说福气，王疏月倒是比她多些，她父亲死在前一朝，是散了家的。哪怕子嗣艰难，但王疏月好歹还有父兄，还……还有皇帝。

隆正殿西梢间。

皇帝脱了靴，坐在炕榻上看折子。

张得通打起帘子，恰好把外面那株杏花树的影子洒了皇帝一身："万岁爷，和主儿来了。”

皇帝放低了折子，这才发觉王疏月今儿穿了一身银红色蝴蝶穿花纹春绸氅衣。

“进来。”他说完，目光又回到了折子上，“你今儿也穿得这么喜庆做什么？”

“没规矩。”

“你说什么？”

王疏月笑了：“我说我自个儿。皇后娘娘遇喜，阖宫大喜，我这做奴才的，怎么能没规矩呢？”

皇帝放下手中的折子：“王疏月，谁说你是她的奴才？你是朕一个人的奴才。朕欢喜，你才能欢喜，这身衣服扎朕的眼，不好看，脱了。”

王疏月听了这句话，不由得脸一红。

张得通连忙按着何庆的头关门退了出去。

皇帝这才觉得自己这句话有歧义，白日宣淫，他还干不出来。但金口玉言，话已经说了，于是他索性绷起脸来，拿眼风扫着王疏月，看她的反应。

❖ ❖ ❖

王疏月笑弯了眼睛，拿目光去试皇帝：“真要脱吗？”

皇帝绷着下巴假装看折子，心里咚咚地打鼓，就是不出声。

王疏月没有办法，只得抬手去解扣子。她的影子被外面的春光映在皇帝身后的绸屏上，春来日喧，耳边鸟鸣嘹亮，真是牵情啊。

刚才端进来清春燥热的麦冬茶已经凉透了，皇帝却端起来一口干了。他侧着身子，眼风扫到王疏月的一只手。袖口小，贴着她白若霜雪的手腕，袖口处用银线绣着精致的暗花。

她真的听话脱掉了外面的氅衣，春裳薄，除了外氅，就只剩中衣了。

皇帝忙把眼光收回来，抬头摁了摁额角。今日为她干的糊涂事还真不少。但这真是前朝案牍之劳的调剂，这会儿她站在面前，一副准备侍寝的坦然模样，皇帝脑中拼命守着底线，一时间，把什么费神费思的政事都从脑海中挤了出去。

“您一会儿要让妾这么出去吗？”

“出去什么？你给朕过来。”说完，他拉起她的手，让她侧坐在榻边，顺手把一张薄毯拽了过来。

脱都脱了，再让她穿上就真是打脸了，但她身子弱，这么将就着，估摸着信期又得疼死她。皇帝昨日问了内侍府一嘴王疏月的信期，那可把内侍府惊死了。从来只有他们在备牌子的时候报，还从没见过皇帝主动问起哪位主儿的日子。

知道王疏月还有几日就要遭罪，皇帝不想给她添苦。好在皇帝平时有歇午的习惯，张得通会备一张薄毯子，这会儿刚好用来裹她。

"你今儿都别出去了，朕要看折子。你……"他指了指对面条桌上的几本书，"你自个儿去那儿找书看，不要乱动，也别给朕出声，否则朕把你撵出去。"

王疏月裹着薄毯子坐在他身旁。

"主子。"

"干什么？"

"您就不能对奴才好些？"

皇帝的额头上莫名其妙地暴起了一根青筋。

"哦，朕对你不好，朕对你不好，朕会把周明按在你宫——"要了命了，实话一出口，就彻底破功，皇帝扬起那本无关紧要的请安折子，真恨不得敲在王疏月脑袋上。

她忙在榻上改跪姿把身子伏在皇帝盘起的腿旁。

皇帝翻了个白眼："你跪着做什么，坐好，朕恼的是这本折子。"说完，他扯了一下毯子遮住了她露出来的肩。

"你刚才听朕说什么了？"

"您恼上折子的人。"

"这就对了，自己找书看吧。"说完，他一本正经地把那本折子上的请安文字反反复复看了十几遍，好不容易才把脸上的羞赧压了下去。

王疏月裹着毯子去找书。

皇帝的书摞得并不整齐，有些摊开来，有些散放着，她随意拿了两本，将剩下的自行摞齐整了。

这大概是王疏月入宫以来最放松的一日。皇帝在榻上看折子，偶尔批几笔朱批，看起来复的是些无关紧要的折子。王疏月时不时地替他研朱砂，照看着他手边的那盏茶，闲时就靠在他身边，翻他看过的书。

皇帝翻过的书上面都有密密麻麻的红批。

比如此时王疏月手上的这一本《素心堂文集》。这是前荣一位文人的私集，王疏月查了一眼刻本，见是长洲的流云书舍刻印的。这种地方上的刻本能够传到皇帝的书桌，实是不易。王疏月陪着皇帝这么久，发现皇帝倒是真喜欢看前荣文人的这类私集，且会翻来覆去地看，其上的批注深深浅浅，一看就不是一年写就的。

王疏月抬起书来，对照着皇帝的批注，慢读细看，不甚解处倒真能从皇帝的批注上看出些心得。两个人待在西梢间这间不大的屋子里，麦冬茶散着白烟，窗外的叶影、杏花影零星地落在地上，屋子里焚的香已经烧尽了，尾韵悠长。

王疏月渐起了困意，头不自觉地靠向了皇帝的肩。

皇帝低头看了她一眼："你又放肆。"

王疏月将书扣在腿上：“奴才腰有些疼，您容奴才靠一会儿，等下起来给您添茶。”

皇帝想着自己什么都没做，她倒闹上腰疼了。虽这么想，却又见她脸色确实不怎么好，他便放了笔，问道：“怎么了？”

“许是这个月的月信要提前了。”说着，她借着他的肩膀撑着头，将腰挺得直些，反手要去揉按。

谁知皇帝却按住了她的手：“别乱按。”

“按都按不得呀。”

“周明说了，穴位不能乱按。”说着，他将自个儿面前放折子的炕桌移到了旁侧，弯腰把自己刚才靠着的那个软枕挪到自己盘起的腿上，“坐朕前面来，靠着朕。”

这样坐就等于靠在皇帝怀里，腰部刚好抵着那块软枕，十分舒服。毯子并不厚，皇帝身体的温度透过来，暖着王疏月的脊背。他莽撞的情欲好像也被压退了，此时只剩下身为帝王的男人对一个女人难得的迁就。

“奴才这样坐着，您还怎么看折子？”

“无妨，朕已经看完了。”

“那——”

“白日宣回淫如何？趁着你还没有身子。”

他一言逼得她从额头红到脖颈，还要强道：“奴才不敢，那是要受主子娘娘板子的。”

皇帝在她头顶笑出了声：“怕什么！打完了，朕让他们把你抬过来，有朕给你上药，保证不让你难为情。”

王疏月撑起身子道：“您不是说真的吧？”

皇帝一把把她摁了回去：“你犯什么糊涂！”说完，他扬起书，“好了，还早，靠着朕睡半个时辰。”说完，皇帝顺手把她放在膝上的书捡了起来，单手翻开，“朕过会儿让张得通送你回去。”

王疏月闭上眼睛，竹编的帘子随着细风轻轻晃动，引得她眼前一时明一时暗。

皇帝的呼吸平稳，周遭也渐渐安静下来，偶尔传来一两声鸟叫和王疏月头顶他刻意放轻的翻书声。

血凉人安静，哪怕穿着中衣，皇帝和王疏月也淡掉了情热，皇帝的鼻息轻扑向她的额头，像那午后被树叶滤过的细风，王疏月的意渐渐有些迷了。

“主子。”

“嗯。”

“其实您后继有人，我也很为您欢喜。”

翻书声卡住。

皇帝道："你心里不难过吗？还欢喜？"

"难过什么呀？"她闭着眼睛侧过身，将脸枕向皇帝的胸口。

"我的命这么好，还要难过，那便是连佛陀都看不下去了。我啊，要每日都乐着，好好陪在您身边，好好地照看着您。主子，我虽是妾，不能有主母姿态，把嫔妃们的孩子当自己的孩子对待，可但凡我有一丝力，我一定全部尽给他们，好好地维护他们。"说着，她蜷缩起腿来，在他腿边缩成了一团，那极富安全感的姿势像一只贪暖的猫。

皇帝看着她宁静的面庞，不觉动容于她的话。

其实，皇帝有隐痛。

太后为了维护太子，少年时代不知冷落他多少次，言辞之中都是要教他既做兄弟又做臣子，甚至不惜利用他来为太子铺路。因此从前皇帝从来不相信，除开生母，还有谁能用心维护自己的孩子，所以即便当年恒卓出生，太后一再要他把恒卓过继给皇后，他都没有应允，虽知道成妃资质愚笨，为人也懦弱，未必是教养长子的良母，但他还是把恒卓留在成妃身边。婉贵人产子，位低不得教养，皇帝仍旧没有动过过继的心，只把二皇子放在皇子所照看。但王疏月让皇帝莫名地起了过继子嗣的心，一是因为看她奋不顾身地维护大皇子，更重要的是，如果她注定这一辈子无法生养，那么在自己百年之后，谁还能替自己来好好地护着她呢？

"王疏月，不是朕说你，你这是傻乐。"

"您才傻呢。我是为了报您对我的知遇之恩。"

皇帝喉咙里呼出一口气来："说得像朕和你是君臣一般。知遇之恩，朕和王授文兴许有点儿，和你，不能这么说。"

王疏月扣住他的手："您才是傻，有的。"

皇帝又气又觉得好笑地摇头："算了，王疏月，你都说了朕对你不好，你今日怎么犟，朕都不骂你。"说完，他稍微向后仰了仰，好让她靠得舒服些，"等过两日，朕把前朝的事忙完，再敲打敲打周明。你安心养着，朕的福气罩着你，会好的。"

"算了，只要主子赦我于国无功的罪，我有没有孩子都没关系。周太医的药啊，又苦又臭，再吃下去连胃都要伤了。主子，您别折磨我了，让周太医去照看皇后娘娘的胎吧，也让我松快几日。昨儿，我看着那八珍鸭子好吃，想多吃几口，谁知午间喝了药，又把味败了，结果到最后，愣是一口也没吃下去。"

"八珍鸭子？"

"嗯。"她一面说，一面还刻意咂巴了下嘴。

皇帝哂了一声，道："张得通。"

张得通倒不敢直接进来，只在竹帘子后面回话："奴才在。"

“叫御膳房添一道八珍鸭子。”

“欸，是，奴才这就去传话。”人影从竹帘上撤去，厚靴底子与地面摩擦。

听人走远了，皇帝低头道：“成吧，今日朕做主，不喝他周明的药，陪朕吃鸭子。”

王疏月笑着应道：“好，听您的。”

皇后遇喜以后，内侍府和太医院都跟着紧张起来。

皇后从前是遇过喜的，但莫名其妙地滑了胎。皇帝当时替先帝巡视永静河，不在府中，回来后又惯常地冷脸，丝毫没有关照女人的失子之痛。皇后伤了心，夫妻情意越发冷淡。后来她也不曾好好调养，仍撑着打理府中的事，因此亏损了身子。

她原本对孩子没什么指望，这才把大部分的心力都给了成妃的大皇子。谁知，缘分这个东西不好说，越不刻意，倒越是有缘。她这个原本僵冷下来的人，因为这个腹中的生命，又有了些生气。

这日午后，顺嫔和淑嫔来请安，二人正陪着皇后说话。

孙淼进来道：“主子，太医院遣周太医过来给您请脉了。”

“周太医？”

“是，是周太医。”

皇后疑道：“之前不是定的李太医，怎么又换了？”

顺嫔道：“想是皇上看重主子娘娘这一胎，周太医是出了名的稳妥。”

淑嫔笑了一声，道：“顺嫔说是皇上松的口，倒不如说是和妃娘娘松了手。”

顺嫔看了她一眼：“你又拿她说事，惹主子娘娘不快。”

“我是过得没意思，主子娘娘，您知道我的，从前我们还有点儿脸子，谁又敢抱怨？如今……您看看，长坤宫那么个地方，‘和’这么个封号，还有皇上的人和心，都叫她和妃占全了。”她说着竟红了眼睛，“成娘娘好歹有大皇子，顺嫔也有公主，虽然说是养在外面，但也是个血脉，妾是罪臣之女，家中亲人散尽，全靠皇上的恩情活着，可是皇上……连让妾代父赎罪的机会都不肯赏了。”她说得伤情，毕竟府中宫中一路走来，相处了这么多年，她从前何等矜骄的一个女人，如今这副模样，皇后喉咙也哽了。

顺嫔道：“主子娘娘大喜，淑嫔闹什么晦气！没的伤娘娘情绪，若龙胎有误，你怎么担待？！”

淑嫔忙站起来跪下：“奴才失言，请主子娘娘责罚。”

皇后叹了一口气，道：“孙淼，去把淑嫔扶起来。”说完，她示意宫女端了一盏茶给淑嫔：“跟周太医说，本宫这儿有事，让他去梢间候候。”说完，她对淑嫔道：“你得明白，君恩不长久。何况，皇上不是拘于儿女小情的人，你从前是风光过的，皇上也跟本宫说过，你有几分灵气，只要好好地守着本分，好的日子未必不会再来。即便是皇上那里冷了，本宫也是看着你们进府、入宫的，无论如何，也会保全你们在宫中的体面。至于和妃，那是她的福气，你怨怼她，也是怨怼皇上，这是不敬的，本宫不责你，但你自己好好地想明白。”

他要带她回家，那么她也想反过来，试着给这个人间帝王一个真正的家。

淑嫔流了眼泪。她有一种天生的文弱、风流之姿，举手投足间与王疏月是有些相像的。

皇后看着她垂泪的模样，发觉在对女人的审美上，皇帝喜欢的也许就是脆弱的身子和单薄的命数：“别哭了，本宫还不至于苛责你们。”

顺嫔也道：“你今儿怎么了？平时你是最要强的，如何难受成这样？娘娘这里还为你掩着周太医，你也该知道轻重。”

谁知淑嫔的眼泪却止不住了，掩面痛哭起来。

皇后忙叫人打水取帕子，接着又向她身旁的宫女沁儿问道：“你们主儿怎么了？”

沁儿手指绞缠在一起，面上也担忧得很，支支吾吾的，涨红了脸。

顺嫔道：“主子娘娘既问了，就是关照你们主儿，有什么就说出口，总有娘娘做主啊。你们主儿不说，你也跟着糊涂吗？”

沁儿忙跪下道：“我们主儿昨日遭了主子爷申斥。”

此话一出口，淑嫔便哭得肩膀耸动。

“为何事遭申斥？”

“昨儿是主儿父亲的忌日，主儿心绪不好，因衣裳上的污处，打了几个内奴库的奴才，其中一个受不住差点儿死了，这话不知道怎么传到了皇上耳中，就……”

“行了，本宫知道了。”皇后念着毕竟和淑嫔相处了这么久，且淑嫔向来待她尊重，即便过去在皇帝面前得脸，也从不在她面前有任何的逾越，如今见淑嫔伤心成这副模样，倒也有些心疼，“这已经是对你宽恕了。你看前一朝的静妃，因为责打宫女致死，被先帝爷贬了答应，遣到西三所去住着。皇帝如今只是申斥，又不曾公然褫夺你的体面，你好好请个罪，又不是过不去。”

淑嫔抬起头来，妆容已经被眼泪花了一半。她带着哭腔道：“那身衣裳是前年生辰皇上赏妾的缎子织造的，沾染了脏污，妾是心疼，但妾不是故意要打死人的，是施刑的人手太重，而受刑的人身子又太弱，才致如此。可是，皇上连给妾一个面圣自辩的机会都没有，就下旨申斥……妾……”

皇后安抚着淑嫔，放缓了声音：“本宫知道你的心，也知道前几日是你父亲的忌日，你心里不快。这样吧……”她侧头问孙淼道：“内奴库那宫人叫什么？等她好些，仍叫她来，给淑嫔请罪。”

孙淼道：“那宫女叫李善，宫里人都叫她善儿。”

淑嫔一怔：“什么，善儿？从前和妃宫里那个？”

顺嫔道：“你自己责罚的人是谁，你都不知道？”

淑嫔捏紧了袖口：“皇上……皇上还是……还是为了和妃。”

顺嫔忙堵她的口道：“你这话就是胡说了，皇上日理万机，关照得了内奴库的人？你打的人是男是女，他都未必知道，即便知道，纵使他再宠爱和妃，也不会是非黑白不分，你这话里的怨怼可是大不敬。”

“你知道什么！这偌大的一个禁城，有时奴才们的饭食都顾不过来呢，饿死的宫人也是有的，我不过是责罚一个宫人过重，若不是她王疏月在皇上面前挑唆，皇上至于待我如此吗？我起先还想不明白呢，如今全想明白了，王疏月好狠——”

“住口。她是妃，你是嫔，‘王疏月’这三个字是你能直呼的吗？”

淑嫔听皇后动了真怒，不敢再往下说了，伏于身旁的茶案上，泪流不止。

皇后叹了一口气。

顺嫔在旁轻声道：“前几日，和妃身上又闹了不爽快，皇帝散了议，再忙都会去长坤宫看看她，也许真的是和妃跟皇上说了什么。”

皇后摇了摇头：“她不至于。只是这一年皇帝行仁政，对下宽仁，对奴才们不再苛责，淑嫔啊……”她一面说一面望着淑嫔不断抽动的背，“撞到皇上对下的恩上去了。”说完，她提了些声，“你回吧，这几日无事也不用来本宫这里请安了，好好地闲闲心。如今成妃病着，本宫又有身子，倒还指着你们替本宫分担呢。淑嫔，莫要自己不尊重，折损了体面不说，还寒了皇上的心。”

淑嫔不敢不应，扶着孙淼的手站起身，行过礼，抽泣着退了出去。

皇后看着她单薄的背影，摇了摇头：“也是可怜。”

顺嫔道：“以前以为皇上喜欢和妃是因为和妃有些像淑嫔，现在看来，皇上从前肯看淑嫔，竟是因为她像和妃。”

皇后没有应话，只对孙淼道：“去暖阁里传人进来吧。”

说完，她摁了摁眉心，疲倦地道：“如今本宫也顾不上她了，你得空替本宫去看看成妃，本宫前两日听说，她那毛病竟变得凶险起来了。”

“听说啊，是被大皇子在申兰围场受伤的事吓的。娘娘知道，她是个没什么主心骨的人，若是不中用了，那大皇子——”

“自然是要放在我们宁沁的女人身边养着。”

“是啊，主子娘娘，奴才也是这样想的。奴才的女儿养在了外面，奴才——”

“行了，顺嫔，本宫知道你想说什么，但一切还要看皇上的意思。大皇子这个孩子，天资聪慧，又是长子，书也读得好，皇上很看重他，断然不会亏待了他。如今本宫怀着身孕，若成妃拖得过今年还好说，若拖不过，本宫这样是照看不了大皇子的。至于顺嫔你……本宫会为你争取。但这些日子，你也该与大皇子多亲近亲近，你知道咱们主子爷的出身，他对这‘养母’总是心有介怀。若大皇子不肯亲近你，皇上心中难免会有想法。”

“是，奴才知道。可奴才怕……和妃和大皇子很是亲近……”

皇后摇了摇头：“她是汉人，我们大梁的长子怎么能养在一个缠足女人的膝下？即便皇上肯，玄武门后面的祖宗祖训也不肯。你安心，本宫和太后还在呢。”

“是，主子娘娘，您这么说奴才就放心了。”

这边孙淼领了周太医进来请安。

皇后叫免，又对顺嫔道：“你也去吧。本宫也有些乏了。”

不知道为什么，对王疏月而言，从申兰围场回来之后，日子就过得快起来。也许在遇见皇帝的第一年里，两个人彼此藏着爪子相互试探，近在咫尺的对峙拖长了时间，才让时光慢行。如今岁月淡静，春时的杏花影、夏日啖食的荔枝、初秋早开的龙爪菊，四时风物接踵而至，她竟有应接不暇之感。

皇帝仍是老样子，时常绷着脸，但渐渐开始不怎么对王疏月说重话了。但他那要把王疏月剥干净才肯睡的习惯仍然在。夏季尚算好，入秋就没了法子，王疏月怕冷，再羞也得往他怀里靠。

皇帝睡前要翻几页书，那会儿上夜的太监和宫女都还站在帐子外面守灯火。王疏月睡不着，就不自在地在他身边蠕动着身子。

皇帝便反过书来敲她的额头：“再动就下去。”

王疏月忙把身子绷得僵直。有的时候熄了灯，她也会在被中问皇帝他这个不正经的习惯是怎么来的。奈何皇帝搂着她的腰只呼气，不说话。

其实皇帝自己也说不上来。但这副身子柔暖得让他能放下所有的戒备，为此，他愿意做些皇帝没有必要去做的事。

开春那会儿，礼部奏请选秀的折子被皇帝驳回，交秋后又递了一本上来，皇帝仍然驳回，这让礼部和户部的官员都犯了难。有些人按捺不住，偷偷在外头问王授文的意思，看这个折子是再递呢还是今年就罢了。

后来，连王授文都觉得纳闷了。要说之前还有丹林部的战事，如今战事也平了，不就该是召御八军选秀充盈后宫的时候嘛，这连驳两回是什么意思？皇帝不着急，这御八军的男人、各处王府着急啊。内侍府不过眼的女人，他人染指就是杀头的大罪。

王授文其实想在皇帝面前提这个事。

谁知皇帝一门心思都在着手“耗羡归公”的大事，这又是一件让各部官员、各地方藩库勒紧裤腰带的事。王授文觉得，和这么一个刚硬的皇帝相处真是额头时时都在冒汗。

先帝留下了一个光鲜的盛世，也在盛世之下给皇帝留下无数蛀国之陋政，年份长久，盘根错节，利益纠缠。若不是皇帝这个人手段强硬，还真是不能从根上拔除陋政，改换新天。王授文虽然觉得自己当初没有烧错灶，没有看错人，但有的时候看着同僚们被皇帝逼得掉头发，心里也是有感慨的。

皇帝压着选秀的事，不让官员们娶老婆，还拿枷逼着他们把抓钱的手收回去。在皇帝这一朝为官不易，等他们这一堆老东西告老还乡，自己儿子那一代官员恐怕还要吃更多的苦。

然而，他还没有来得及把自己在御书房这一年的心得整理给王定清，就在九卿科道会上看到了自己儿子写的折子——《提解火耗养廉州县策论》。折子洋洋洒洒上千字，看得他时而赞叹，时而伤神。

他是个恪守中庸之道的汉臣，在他看来，自己这个儿子的确历练出了心得，但过早地站到了守利派的对立面。然而，这显然不是他能拉扯住的。

其间，朝堂上的事百日一件。尤其是这种涉及国政改革的大事，从九卿到议政会议，反复拉锯，皇帝的手段、地方势力和朝廷势力的牵扯几番博弈，把这日子拖拽得更快了。

入秋以后，皇后身孕的月份大了起来，胎象日渐安稳。

太医院却在为另外一件事发愁，就是永和宫的主子眼见着要不中用了。

这日，天降大雨，王疏月在永和宫外看见接大皇子下学的太监撑着伞，将将从宫门前出去，哗啦啦的大雨敲打着伞面，噼啪作响。她穿过永和宫的穿廊走到后殿，成妃躺在次间里，还没有起帘，就已经闻到了里面浓重的汤药气。

成妃的宫女闻盈打起帘子，请王疏月进去。

屋子里有些暗，只在床头的矮几上点着一盏灯。

“你来了。”王疏月应声走到成妃榻前，成妃艰难地伸出一只手，脸色惨白，半睁着眼，也不知道是看向何处：“你看看接大皇子的人去了吗？”

“你放心，我才进来就遇着他们出去。”

成妃躺着点了点头，张了张干得起皮的嘴唇：“那就好，和妃，本宫听外面雨声大，你……你来的时候，看见他们拿伞了吗？”

王疏月听见她喉咙里已经起了沙音，知道是黏了痰，即便如此，她还是一门心思记挂着大皇子的事，便道："您放心，他们省得。"说完，她回头对闻盈道："去给你们主儿端杯水来润一润唇吧，都起皮了。"

"欸，奴才这就去。"

成妃听着帘子起落的声音，颤声道："和妃，你让你的人先出去……本宫……有话跟你说。"

"好。金翘，你出去候着。"

❖ ❖ ❖

雨水肆无忌惮地敲着窗。

次间里的气味并不是很好闻。地上反潮，发青的砖缝里渗着水珠。

成妃想要撑起身子坐着，奈何次间内无宫人，而她但凡一使力，胸口便痛得要命。她挣扎了一次，又跌了回去。王疏月忙侧坐到她榻边，撑着她直起腰背，又拖来靠枕垫在她背后，慢慢扶她靠下。

女人的身子一垮起来，面色就跟着陡然无光。

成妃原就比皇帝大两岁，年近三十，再也算不得年轻，气血亏损，看起来竟然比从前更老了些。

"秋围回来的时候，看着您还好，怎么就——"

"命吧。"成妃望着王疏月笑了笑，"不过……我也没什么遗憾了。我这个人啊，稀里糊涂了一辈子，皇上想什么、主子娘娘想什么，我都猜不到。从前在府中做奴才就做得不好，在宫里的这一两年，也是忝居一宫主位，享了这么久的福……赚了……"

雨声中夹杂着雷声，在王疏月的耳边炸响。床帐轻轻拂动，扫到她的手。

成妃的话像极了人活至一生末尾回望自省的言语。无论她自认多么蠢笨，这三言两语却是无比灵透的，因而也令王疏月着实心痛。

"您不能这样说，您还年轻，大皇子也还小。"

"和妃，我自己的身子，我自己知道，不中用，再不能够争出什么命来了。你不知道，这两日太医院端来的药都淡了，我听说……他们也不想折磨得我痛苦，那药啊，就是个安慰的幌子——"

"怎么会呢？太医院多的是医术高明的太医。"

"再高明，能和阎王爷争吗？"

雷声响在头顶，屋子里的灯火一下子被震灭了。

成妃的脸在王疏月眼中陡然暗淡下来。王疏月站起身要去点灯，却又被成妃拉住了："不用点了，灯亮也晃眼睛。"

王疏月摇头道："您今日让我来，就是要我听您这些丧气的话吗？"

成妃叹了一口气，轻轻握住王疏月的手，抬头凝视她："不是，我是想把大皇子托付给你。”

王疏月一怔：“托付——”

“你先听我说完。我这一辈子都是为了我这个儿子，但我又教养不好他，好在我的两位主子都对他好：皇后视他若亲子，用心替我教养，皇上也十分看重他，时常带他在身边。我这个做母亲的反而什么都没替他做过。只是……”她长而慢地吐出一口气，眼中有无可奈何之意，“如今，我身子不行了，皇后又有了自己的孩子，你是知道咱们皇上的出身的，也知道皇上和太后娘娘的关系，我再糊涂，也不能让恒卓走他父皇的老路。”她一面说一面握紧了王疏月的手，“所以，我不能把恒卓交给皇后。但放眼整个后宫，顺嫔有顺嫔的心思，这几日没事就往我这永和宫里来，给恒卓又是送吃的又是送玩的，可我啊……冷眼瞧着，恒卓压根儿就不喜欢她。这莫名来的热情，也叫我心不安。至于淑嫔那个人，我就更看不透了。和妃，你在申兰奋不顾身地救过大皇子的命，我信你是真心待我们恒卓好。所以，也就只有你了。”

王疏月低头看向成妃与自己相扣的那只手，手背上的经脉凸起，指关节处发白，捏得她甚至有些疼。

她沉默了半晌，一直不肯看成妃的眼睛，良久，才开口道：“您有没有想过，若是将大皇子交给了我，他这一生的前途也就断了？”

成妃咳着笑了一声：“什么才是前途啊？我记得，十一爷当时是被大臣们盛赞的人，好像该前途广大，如今十根手指都断了，人又在三溪亭那个地方。不说他了，七爷也是深受先帝喜爱的皇子，如今被排斥在议政会议之外，空有亲王的爵位，也是个落魄之人。若恒卓像他们一样，盛极而衰，落寞余生，我倒宁可他跟着你，从一开始就把夺嫡的心放下，以后就算只得个郡王，也是富贵平安一辈子。”说着，她慢慢地松开王疏月的手，像是话说长了，气接续不足，喘息着嗽了好几声，只咳得肩背抽搐。

王疏月忙起身去桌前倒了一杯茶过来，一面顺着她的背，一面道：“您别急，让我也想想……让我想想……”

成妃就着她的手喝了两三口茶，方渐渐缓过来，声音却像粗糙的粗布在摩擦：“和妃，我也好，顺嫔也好，甚至是皇后，我们这些做妻妾的，都没有跟皇上相处好过。从前在府中的时候，一味地为了在皇帝面前争脸面，那会儿啊……年轻嘛，气又旺盛，不免吵吵闹闹，都不曾好好替皇上的处境着想。后来，也想尽些心，但又怕了他的严苛，再不敢往他面前去。如今想想，处成这个样子，竟然都是我们做奴才的不好。”

王疏月慢慢地顺着她的背：“您也不能这样讲，到底夫妻在世，也要互通心意，从来就不该只怪责一方。”

成妃摁着胸口摇了摇头：“怎么能怪主子呢？我们该体谅的没有体谅，后来怕损自己的体面，甚至躲着主子，处成如今的局面，哪怕主子一次都不来看我，也是我自作自受。和妃，我们都看得出来，主子喜欢你，你也真心为主子好。你在主子心里的分量，是淑嫔那样的人费尽心机也求不来的。我信你，我信你能在主子面前维护好我们大皇子……哪怕他日后长大了，难免生出张狂的心、做些张狂的事，你也不要放弃他。你若能答应我，下辈子，我投身为奴，一定会好好报答你的恩情。”

她这话说得真令人伤心。

王疏月不由得红了眼眶。她不肯让成妃看见，也不忍心看成妃为了托孤说出这样自轻自贱的话，便站起身，忍泪走到了窗前。

外面的天暗得厉害，雨如帘帐一般落于屋檐下。

成妃仰面靠下，轻声道：“和妃，我说句伤你心的话，你不要怪我。”

王疏月道：“你说。”

“前些日子，我召周太医来给我请过一回脉，我私底下问过他了。他说……你的身子要想有孩子，怕是难了。所以……除了你，我再也想不出另外一个人还能一心一意地照顾好恒卓。我这份私心恶毒，天诛地灭，可我求你了，看在我人之将死的分儿上，答应我吧。我会尽我所能，好好教恒卓日后敬重你、顺从你，认你做唯一的母亲。岁月漫长，君恩……又不长久，求你了，你和我的恒卓做个伴吧。”

岁月漫长，你和他做个伴吧。

王疏月望着窗外被雨水打得七零八落的龙珠菊，眼泪夺眶而出。纵然她将子嗣缘分看得再淡，可旁人一旦谈及岁月、谈及孤独、谈及君恩不长久，她仍旧会心生无边的愁。

她正想说点儿什么，棉儿却在外面道：“主儿，央子他们接大皇子下学回来了。”

成妃忙抹去眼泪，压平声音道：“好，雨那么大，是不是淋湿了？叫他们赶紧带他去换一身干净的衣服。他和娘娘来了，要看看他。”

话音才刚落，却见大皇子已经进来了。他穿着深红色的长袍子、银底绣如意纹的坎肩儿，身上倒还好，肩膀却被雨淋得湿透了。

他规规矩矩地给成妃和王疏月请了安，仰起头对着王疏月笑弯了眼睛：“儿臣在外面看见金翘姑姑了，就知道和娘娘您来了。您是来看儿臣和母妃的吗？”

王疏月蹲下身，把他揽入怀中，拿自己的绢帕子给他擦拭：“你母妃不是让你去换身衣服再来吗？淋这么湿，天冷了，会着凉的。”

“不会不会，儿臣身子壮，都有武师傅教儿臣练骑射了！和娘娘，等哪日天好了，您和母妃一起去看儿臣射箭呀。”

“好……”王疏月声音有些哽咽。

大皇子踮起脚，用袖子沾了沾她的眼角：“和娘娘，您哭了呀，谁惹您哭的？”

“没有，和娘娘刚才眼里进了一只虫子。”

“哦……那儿臣给和娘娘吹吹。”说着，他撑着王疏月的手臂，踮起脚，轻轻地替她吹眼睛。

他一个没站稳就跌进了王疏月怀里，王疏月忙搂住他的身子，险些与他一道跌到地上。

成妃在榻上道："你看看你这莽撞的，没的伤着你和娘娘，赶紧起来，跟棉儿去换身衣服再过来。"

"是。"大皇子冲王疏月吐了吐舌头，牵着棉儿站起身，转到梢间去了。

成妃望着大皇子的背影，淡淡道："和妃，你就算不看我的面子，看在你和恒卓的缘分上，应了我吧。"

王疏月站起身，眼睛仍然在发烫："即便我想照顾他，皇后和太后娘娘也未必会如你我的愿啊。"

成妃道："她们左右不了皇上的心思，你不用开口，我这个将死之人去求他就是了。"

"您好好养好身子，让我再想想……说不定——"

"你只管好好想。"

❖ ❖ ❖

天近黄昏，王疏月一个人从次间走出来。金翘忙撑伞过来。

雨好像小了一些，却还是没有停的迹象。金翘扶着她走下台阶，小声道："主儿脸色不好，是遭了成妃什么话吗？"

王疏月摇了摇头："不是，我——"

话才起了个头，却见顺嫔从地屏后绕了出来，迎面向王疏月行了个礼："和妃娘娘，是来看成妃娘娘的吗？"

王疏月朝顺嫔身后的宫人手中看去，却见宫人提着一个食盒，一时想起了成妃之前的话。她道："是，也是顺道来看看大皇子。他刚才下了学，在里边呢，你给他送吃食来也正是时候。"

顺嫔闻言面色悻然，淡淡地应了一声："是。"她转而又添道，"大皇子和您倒是亲近，只是有些事不好强求，娘娘还是该看淡一些。"

王疏月笑了笑："你指什么？"

"大皇子是皇上长子，娘娘是汉人出身，如今虽然地位尊崇，也深受皇恩，但大皇子——"

"大皇子是成妃的儿子，成妃如今尚在，顺嫔不觉得在永和宫前论此事无礼且不敬吗？"王疏月很少说这样重的话。

顺嫔怔了怔，之后倒是屈膝道："是，是妾有错。"

王疏月却不再说话，快步从她身边行过，绕过地屏，跨入宫道中了。

金翘忙撑伞追上她，雨水噼里啪啦地打在伞上，鞋底踩在青石地上的声音和着雨声竟有些刺耳，周遭原本鲜艳的红墙此时被冲成了酱色。

王疏月走得很快，金翘几乎有些追不上她："您慢些，衣裳都湿了。"

梁安几步追上来："主儿，您淋不得雨，要是皇上知道了，奴才们就都得死了。传雨轿过来吧。"

王疏月停住脚步，抬起头来，慢慢地将几欲夺眶而出的眼泪忍了回去。

头顶的天很暗，浓厚的阴云没有散开的意思，梁安和金翘撑了两把伞，尽力遮着她的身子。梁安见她面色难看，本想出声说些什么，却见金翘在旁边冲着他轻轻地摇头，他就不好再说什么了，只将伞撑好，在雨中静静地陪着。

王疏月为了抑住喉咙里的酸意，慢慢地吞咽了几次。见了成妃，又听了顺嫔的话，她心里起了一阵钝痛，是为大皇子，却也是为皇帝。因为她分明从大皇子的命运中看到了皇帝的影子。

他们是皇室的子孙，天之骄子，看似光芒万丈，实际上不过是上一代人争夺权势的筹码而已。无论是贺临还是皇帝，他们成长为如今的模样，身处如今的境地，也许并不全然是他们情愿的。皇帝当年在太后膝下，尊兄长敬太后，如履薄冰的那些年，一定也没有过好。皇帝会时常睡不安稳，根源竟在于此。

王疏月想到此处，深深感怀于成妃的话："什么才是前途啊？……我倒宁可他跟着你，从一开始就把夺嫡的心放下，以后就算只得个郡王，也是富贵平安一辈子。"

此时她闭上眼睛，一汪辛咸便从眼眶滑入她的唇中，她咂巴了下嘴，试图尝得更清楚些。

梁安冲金翘扬了扬下巴，轻声道："欸，咱们主儿哭了。"

金翘抬手做了一个噤声的动作，撑稳了手中的伞。

王疏月不知道自己在雨中立了多久。总之，她回到长坤宫时已经过了酉时。天色昏暗，雨中的黄昏像笼着一层朦胧的绸纱帐子，她着实有些冷，一进长坤宫的宫门就打起了寒战。

驻云堂里的灯是亮着的，何庆和宝子正守在明间外头。何庆见王疏月回来，连忙打帘子进去回话了。

宝子过来替王疏月撑伞："和主儿，您去哪里了？万岁爷等您大半日了。"

王疏月咳了一声，这一咳可把跟着她的人都吓坏了。

梁安看了一眼驻云堂的窗户，那位爷要命的影子在窗上一晃，也不知道听没听见这外面的动静。

"主儿，您千万心疼奴才们。一会儿万岁爷问起——"

"没出息。"金翘打断了梁安的话，看着王疏月几乎湿透了的衣服，道："主儿不用想奴才们，您进去吧，奴才们在外面跪着待罪。"

王疏月拍了拍金翘的手臂："放心，没事，你去替我打点一身干净的衣服。梁安，你去传热水来。还有，我还想喝些热茶、吃些东西，你们都去备吧。”

她的这些差事都是救命的。跟着的人哪里会不尽心？宫人各领各的事去了。

里面何庆出来迎她，见她这副全身湿透的模样，也跟着紧张地吞了一口唾沫，替她打起帘子，自个儿就不敢进去了。

王疏月走入明间，穿过地罩，走进西暖阁。

驻云堂的灯燃得很亮，张得通站在驻云堂的匾下面，见王疏月进来，忙轻咳了一声。皇帝低着头，手上握着笔正在一本书上批写，他像正写到什么颇有心得之处，微微皱着眉头，头也没抬，手上笔速极快：“回来了？”

“嗯。”她忍不住又咳了一声。

皇帝这才抬起头来，见她浑身被雨淋了个湿透，连发髻都有些乱了，头发凌乱地贴在脸上，少见地狼狈：“你这——”

他没说下去，放下笔就从书案后跨了出来，一把拽过自己搭在一旁的外袍，将王疏月裹入怀中：“王疏月，朕不让你吃药了，你是不是就以为朕不管你的身子了？！”

“对不起。”

皇帝一怔，难得她没有开口请罪。

这边金翘已经呈了干净的衣裳过来，外面也有人传话进来，说热水备好了。

皇帝看了一眼那衣裳，竟是自己去年在申兰围场赏给她的那身葱绿氅衣、嫩黄色的坎肩儿，一时间，又好气又觉得好笑：“你故意的吧？怕朕骂你，连这身衣服都找出来了。”

这并不是王疏月的心思，她今日心里乱，还来不及去想这些。到底金翘有心，连这一点都给她想到了。

王疏月顺势接了话：“那您这会儿先别骂我，容我去洗个澡，过会儿穿好衣服，再好听您训我。”她说着说着，脸上的几缕湿发竟钻入了口中。

皇帝抬手轻轻替她挑出来，笑道：“你这狼狈模样，跟从水里捞出来的猫一样，毛全贴着，真是难看。算了。”他松开她，“去洗吧。别冷着了。”

西暖阁架了屏风。

皇帝则走回驻云堂，重新坐下，刚把刚才的书捡起，又想起什么，对张得通道：“去把梁安给朕唤进来。”

梁安听说皇帝传唤，吓得额头冒冷汗，躬着身子走进驻云堂，忙不迭地给皇帝磕头请安。

皇帝撑着书案站着，低头问他道：“你们主儿怎么了？”

梁安听皇帝的声音尚不含怒，这才稍微松了口气，稳住声音仔细回话道：“今日永和宫的成主儿把我们主儿请去了。主儿出来的时候又正好遇见了顺主儿，顺主儿和我们主儿说了几句话，后来也不知道我们主儿想到了什么，在回长坤宫的路上哭了一场。”

“她哭了？”

“是。奴才不敢欺瞒万岁爷。”

皇帝伸手将放在一旁的一只鼻烟壶掐入手中，沉默地坐回书案后。

张得通见他沉了脸，连忙挥手示意梁安退出去，而后端了一盏茶给他。

“万岁爷，许是成主儿身子不好，和主儿心善，见着伤心了。”

皇帝没出声，王疏月上一回在他面前哭是什么时候？

好像是她收到贺临的信时，在西梢间外头，她跪在他身旁，哭得呕心呕肺。那也是唯一一次皇帝看见她哭，至此之后，她似乎时时都是一副宁静、疏淡的模样，总是让皇帝误以为，她在自己身边一直都活得很愉悦。

她想到什么了，又为何要伤心？皇帝尚猜不到，不过，今日白天，太医院院正向他跪述了成妃的病症，说是今年冬季是一个大坎儿，若撑得过去，就有望好，若撑不过，就不中用了。

皇帝起初听到这些话的时候，内心并没有起多大的波澜。毕竟他是一个命格很硬的人，从前在府中的时候就有过侍妾病死，他常年在外办差，有的时候甚至连回来看一眼都不会。

成妃早就是他淡忘的女人，他已有些想不起自己同她相处的日子。因此她究竟活不活得过这一年冬天，他并没有什么祈愿，但他不得不开始想大皇子的事。太后早在成妃病重后就跟他提过，要把大皇子过继给皇后。但“过继而养”一直是皇帝和太后的心结，不论太后怎么说，皇帝都没有松口。倒是后来皇后自己有了身孕，太后才没再提过这个话。但这只是一时的，等成妃的大事出来，该定的还是要定。

皇帝揉了揉额角，见金翘捧了衣往屏风后走，出声道：“不用叫你们主儿穿那件了，朕乏了，安置了。”

这日夜里，外面的雨声一直没有停。

皇帝把上夜的人都撵到了西暖阁外头。

王疏月静静地缩在他怀中。她才洗过澡，身上有月季花的香气，还混着些青香木的气味，很淡，令人心神安宁。

皇帝搂着王疏月的身子，让她贴紧自己：“你今日在外面哭了，是不是？”

“没有，您听谁说的？”

“王疏月，欺君杀头。”

怀中的女人身子一僵，人却沉默下来，接着身子也跟着软下来，她将腿缩起，团成了一只雪白的球。

“主子。”

"嗯。"

"若我能在您少年时就遇见您，该多好。"

皇帝哂了一声，道："为何要在朕少年时？"

王疏月翻了个身，伸手搂住皇帝的腰，那没有一丝戒备的身子一下子扑入他怀中。女人的肢体此时带来的并不是肤浅的欲望，而是某种冥冥之中的体谅和包容。尽管她什么都没说，可皇帝觉得，她好像看明白了他此生绝不会说出口但又想让人理解的旧痛。

"我总觉得，您在少年时遇到我会过得比较开心。"

他的少年时代开怀过吗？好像从来没有过。

"王疏月，你有那么好吗？"

"我有。"

话音刚落，皇帝却觉得自己胸前的衣襟有些发潮："你……是不是又哭了？"

"是。"

"现在不瞒朕了？"

"不瞒了，您说欺君要杀头。"

皇帝想了想，终究还是决定尊重她，没有问她流泪的缘由。他伸手抚着她散在背后的长发："别哭了。"

"忍不住。"

"那你要朕怎么办？"

"说些好听的话。"

"朕看你是放肆得不要命了。"才说完，皇帝便觉得大腿上一阵锐疼，王疏月竟在他大腿上掐了一把，皇帝牙齿缝里吸了一口气，却没有恼她，"王疏月，朕不会说好听的话，但朕想找个时候带你回一次你们王家。"

"什么？"

"嗯，朕带你回去，见见你父亲，也见见你兄长，朕要起用王定清了。下个月吧，他就要回京来见朕。听王授文说，你们兄妹很多年没见了。他是外臣，入宫太麻烦，又容易招惹是非，朕想了想，干脆带你出去。朕过几日就给你父亲一个话，让他备着，请朕去他府上听个戏。至于接驾的银钱，也不用你们王家出，免得他也闹户部的亏空，大内补了。"

"不用大内的补。从前您派发给卧云的钱还剩了些，做东请您听场戏还是够的。"

皇帝笑了一声，道："王疏月，你又犯了朕的法，朕给你的钱是公用的，你竟敢给朕私存。"

"怎么能叫私存？朝廷召我回京待选，您府上跟着就没了下文。父亲和我去您府上见您，您也不肯赏见，叫我如何能给您说账？"

皇帝回想了一下，好像王授文是曾说要带自己的女儿来拜见他，只不过当时先帝正恨党争，才因他与王授文、程英这些汉臣私交甚密而申斥过他，他便推了王授文那次高调的请见。缘分真是难说，若他当年见了王疏月，也许还能与她在府里过一段纯粹、清净的时光。

“算了，那些银钱先放着。”

“放着，父亲也不敢用。”

“谁说给王授文用？”说着，他低头抬起王疏月的脸，摸索着用袖口擦去她刚才流的眼泪，“你把朕衣裳都弄湿了。”

他显然笨拙，不够温柔，两三下擦拭，差点儿没擦着王疏月的眼睛。王疏月索性拽住了他的袖子：“您都擦到鼻子上去了。”

皇帝笑了一声，道：“行，你自己擦吧。”他说着便松了手，由着她拉扯自己的袖子，又说道，“王疏月，朕有生之年一定要去看看你手底下修出来的卧云精舍。等朕带你回长洲，朕拿那些钱给你买簪子和绢花。”

他这么说着又想远想深了。

这一两年来，皇帝时常从千头万绪的政事中抽出精力，费神地琢磨着内侍府供给女人们的物件，但凡他自认有些意思的，都要赏给王疏月。没有一个人敢质疑他的眼光，王疏月则是他赏什么，她就穿什么。

何庆私底下和梁安偷偷说：“亏得咱们和主儿模样生得好看，气质也好，任什么色儿都压得住，不然得被万岁爷折腾成什么埋汰样。”

无论别人怎么想，皇帝都乐此不疲。

男人和女人相处有一个漫长又复杂的过程，但翻出里子来，也就是希望凭一己之力供养她花团锦簇地去生活。反过来，女人的回馈看起来单薄、无趣，陪伴三餐四季，照顾起居衣食，却耗尽智慧和心力。

王疏月觉得今日她的眼泪有些多，好像怎么也擦不干净。

大半夜，雨又下得大起来。皇帝夜里踢了被，又在睡梦之间要茶。王疏月披衣起来去给他端茶，点灯回来的时候，皇帝却没有睁眼。

王疏月端着热茶坐在皇帝身边。他睡得脸颊通红，伸出手四处去抓，王疏月忙将另一只手递给他，他抓握住之后，呼吸渐渐平宁。

关于睡眠不良，皇帝十几年来一直视为隐疾，但王疏月是一剂良药，逐渐帮着他摆脱了晚睡、喝浓茶的习惯。

王疏月小口小口地抿着茶，静静地看皇帝的模样，突然想明白了些什么。

他要带她回家，那么她也想反过来，试着给这个人间帝王一个真正的家。

想着，她眼前浮现出大皇子跟她说话时那机敏的样子，以及他趴在皇帝肩头睡得口水直流的模样。普仁寺中安宁的檀木香气、父子之间沉默却清晰的情分，在王疏月心中一时抵过万金。

她不由得笑了笑，柔声道："贺庞，把你的孩子交给我吧，让我好好陪着你们，照顾好你们这父子俩。"

她的声音很轻，窗外风雨却呼啸了一夜。但皇帝睡得当真比什么时候都安稳。

❖ ❖ ❖

冬至这一日，皇帝一大早便叫大起去御门听政了。

临近年关，众议的事多，大多围绕"耗羡归公"的新政在议。前朝为新政改革之事反复拉锯，热火朝天，宫中却比往年年关要冷清一些。

皇后有孕，管不了事。成妃危在旦夕。太后不肯让王疏月理事。好在内侍府早就轻车熟路，虽然没有皇后操持，年关之事还是安排得有条不紊。因此，太后只让顺嫔和淑嫔从旁过问。

王疏月闲人一个，没事便叫金翘铺开纸，画九九消寒图。

大梁入中原二十几年，逐渐被汉人冬季的温情、雅性感染。王疏月之前在皇帝的三明堂看过一张皇帝亲手所描的"写九"，上书"亭前垂柳珍重待春风"，不仅用朱笔描红，其上还用白蜡写着当日天气。王疏月记得，"珍"这一字上写着"寒风袭腰冷疼"。她仔细一回忆，那正是皇帝在明华宫扶她扭伤腰那日。寒风袭腰啊，他竟然说王疏月是寒风。这一比喻风雅又犀利，却又带着点儿打死不肯服软的造作、可爱。

王疏月捏着笔发笑。

金翘道："主儿又想到什么开心事了，乐成这样？仔细您笔下墨要滴了。"

王疏月忙收住笑，抬笔道："前两年的一些旧事，如今想起来还跟在昨日一样。"说完，她见刚描了一半的梅花图上染了一块墨迹，叹了一声，"啧，白画了。"

金翘移开镇纸帮她换纸："你画这白描的梅花做什么？又不着色，挂起来也不好看。"

王疏月道："这叫九九消寒图。有言道：'日冬至，画素梅一枝，为瓣八十有一，日染一瓣，瓣尽而九九出，则春深矣。'"

金翘并不十分明白这些汉官之家的风雅，但听她这么说，倒也觉得美。

二人正坐在驻云堂里仔细地描梅花。梁安突然匆匆忙忙地走进来："主儿，出事了。"

王疏月抬起头来："怎么了？"

"永和宫的成主儿，刚才没了。"

王疏月一怔，手中的笔滑下来，在她的虎口画出一道墨迹。

金翘忙一面用绢子替她擦拭，一面道："可听清楚了，是真没了吗？怎么昨日主儿去瞧成主儿的时候，她气色还好些了？而且听说她夜里还请见了皇上。没了？这也……忒快了些吧。”

“怎么没听清楚？你和主儿见到的多半是回光返照，那人死之前不都会有几时精神矍铄嘛。我知道主儿这几日都记挂着永和宫，听到消息的时候亲自去看了一眼，这会儿人已经从次间移到永和宫正殿了。我见掌事太监去明华门给万岁爷报丧了。”

王疏月扶住金翘的手腕站起身：“更衣——”

金翘道：“主儿，别乱，一会儿自然会有人来报信请您。”

“不是，我得去看看大皇子。”

梁安听她这样说，忙道：“哦，对，主儿，我刚才过去看的时候，听那边的人说，太后娘娘让顺主儿把大皇子带去了，说是孩子太小，伤不得心，说叫等小殓以后再让大皇子去灵前。”

王疏月面色沉下来，太后的态度很明显，大皇子仍要留在宁沁女人身边。

金翘看着她的脸色，也猜到了八九分：“主儿，奴才斗胆问您一句，您对大皇子是怎么想的？”

王疏月抿了抿唇：“我要把他带在身边。”

金翘道：“这有些难啊，太后娘娘算是把自己的心思跟万岁爷挑明了。您若去求万岁爷，恐怕会让万岁爷犯难。”

王疏月抵住眉心：“别急，让我想想。”

话音还未落，殿门前却来了钟粹宫的人。

梁安道：“这奇了，不是永和宫的人来寻我们，反是钟粹宫的人来了。主儿，您等着，奴才去问问。”

没一会儿，梁安一脸难看地进来，一面走一面道：“要奴才说，钟粹宫那位顺主儿也是没脸皮了，这会儿还敢遣人过来要什么茯苓糕。主儿，奴才说了，主儿伤心，这便要去永和宫，把人打发了。”

金翘忙道：“怎么这会儿要咱们的茯苓糕？”

梁安应道：“说是大皇子哭得不行，他身边的老嬷嬷都哄不住，跟顺主儿提了一嘴，以前大皇子伤心，成主儿她们都是拿咱们长坤宫的茯苓糕哄的。这会儿，怕是顺主儿没辙了吧。”

金翘点了点头，对王疏月道：“这会儿打发走是好事，免得糕点经人手送去，关键时刻又要出问题。不过，主儿，看来您不用想什么，大皇子这孩子心思活，又和您好得很，太后娘娘和顺嫔那儿未必能顺利。接下来，您再去试试皇上的意思，说不定顺水推舟，能接大皇子回来。”

王疏月一面听着她的话，一面朝屏风后走去：“你想得对。这会儿其他的也顾不上，先更衣，咱们去永和宫看看。”

永和宫愁云惨雾。宫人哭号了整整一日。

好不容易入了夜，长春宫中，顺嫔跪在皇后面前，一脸愁色。

皇后坐在绸屏前，撑着额头，没有出声。淑嫔端过来一盏人参茶，轻声劝道："娘娘操劳一日了，喝口人参茶润润吧。"

皇后揉了揉额角："本宫不明白，本宫让你趁着这段时日和大皇子亲近，你是如何和他处的，为何到了你宫里反而安宁不下来？照你说，他这样不吃不喝地闹，若是皇上知道了，要把大皇子接走，太后和本宫都没什么可说的。"

顺嫔哭丧着脸道："奴才蠢笨，奴才听了主子的话，时常去永和宫看大皇子。可是成妃好像同咱们不是一条心似的，时不时地就要挡着奴才。再有，成妃死得突然，大皇子也许是被吓到了，兴许过了今夜就会好呢。"

"你蠢，你是很蠢，这个时候，你竟还遣人去长坤宫取茯苓糕来哄他。你这是怕皇上不知道和妃与大皇子亲近吗？"

"是是是，奴才糊涂，光想着怎么哄好大皇子了。不过，奴才就是想着，和妃再怎么好，也是汉人出身的女子，大皇子是长子，皇上不至于——"

"顺嫔，和妃是跟着皇上和大皇子一起去了申兰的，当时丹林部献九白，差点儿伤了大皇子，是和妃救了大皇子。所以，皇上是什么心思，如今还真不好说！"皇后动了真怒，又顾及自己腹中的孩子，听着自己声高了，不得不又把火压下来，"这下，只能等皇上的意思了。"

顺嫔垂着眼睛，不敢说话，淑嫔却在一旁开了口："娘娘也不能一味怪顺嫔，成妃和和妃是要好的，说不定，私底下也不懂事地教过大皇子一些话，大皇子这才和顺嫔不亲。"

皇后摇头笑道："她是糊涂，但她还不至于连自己儿子的前途都不要吧。大皇子放到和妃身边，不就是——"

"您别急啊。"淑嫔将人参茶放在皇后手边，躬身道，"奴才有个法子，就算皇上要把大皇子交给和妃，奴才也能让大皇子心甘情愿地跟着顺嫔，而且，日后一定不会再亲近和妃。"

顺嫔闻言忙道："你有什么法子？快说。"

淑嫔看向皇后，皇后脑仁疼，孕中也不肯多思："既有法子，便说，不用藏着掖着。"

"好，顺嫔，你来，我教给你。"

绿宝石

Fall into your light

为妃三十年

她与灯

TA YU DENG

|著|

下册

卷三

三生有幸

他要让王疏月过好，也要让她在自己活着的时候，只倚靠他一个人。

第十八章

生查子

也许这座紫禁城里有很多人在用阴谋谋生谋情，但她只想为所珍视的人把情用深。

王疏月再次见到皇帝是第二日黄昏。

前面罢议，皇帝仍然没有去看小殓，一个人坐在三明堂里面，连晚膳都未进。

内事房自然没人来递牌子，顺嫔请见也被挡了回去。王疏月冒雪走进隆正殿的时候，张得通亲自在通廊上迎她：“万岁爷今儿去见了回太后，回来就一直在三明堂里待到这会儿，连奴才都进不去。咱们隆正殿上下是没辙了，才请娘娘过来的。”

王疏月走过穿堂的小门，侧身对张得通道：“既不是传召，我来——”

何庆在旁道：“别人就算了，和主儿您好歹帮咱们瞧瞧皇上，劝他进几口，不然奴才们活不好。”

王疏月没有再说话。

三明堂的灯光已穿过步步锦支摘窗落到她脚边。

张得通和何庆都停了步子，候在阶下。

周遭特别静，连松枝上偶尔落下一抔雪的声音都听得清清楚楚。

王疏月揭开棉帐走进去。点在门前的灯被她遮去一大半，她的影子顺而落向了皇帝的书案，窸窸窣窣的翻页声响起。

“来了。”

“嗯。想着您一个人吃不好，过来陪您。”

皇帝放下手中的折子，撑着腰道：“张得通把你叫来的吧？用过饭了吗？没用过，就将就那桌上的用些，热第三回了，朕看着也没胃口。”

王疏月扫了一眼桌上的御膳，鲫鱼豆腐的锅子还滚着：“我今儿也要了一道这锅子，还没来得及吃就过来了。您既赏奴才，那奴才就谢恩了。”说着，她径直坐到桌旁，拿起勺来舀了一口鱼汤送入口中。

鲫鱼的鲜甜和豆腐的清香在唇齿之间流窜，她自如地咂巴着嘴。

皇帝拿着折子看她，终于笑了一声：“王疏月，你什么都雅，就是吃东西的时候特别蠢。”

王疏月没有说话，又夹了一块鱼肉，放在碟中细细地挑刺。

她在吃鱼，皇帝也定下神来批折子，过了半个时辰，桌上便堆了一堆小山似的鱼骨。

皇帝搁了朱笔，走到她身旁："你白日里没吃饭吗？"

"嗯，在永和宫守着小殓。一会儿，我就跟写起居的人说，这是您吃的。"

皇帝摇头笑笑："怪不得何庆他们老在朕跟前说你的好话，你王疏月维护起人来，真是连朕都要算计。"

王疏月望向皇帝，他眼睛好像有些发红："我知道您吃不下，但您不好了，做奴才的也要跟着您受罪。"

皇帝无可奈何地摆手："行了，随你。"说完，他撩袍坐下，道，"你今日在永和宫守了一日，累吗？"

王疏月摇了摇头："您和太后娘娘、皇后娘娘都不在，永和宫那边便是个人尽个人的心，我和成妃有多少情分，我就尽了多少心，不曾勉强自己，也就不觉得累。"

皇帝细掐了掐这句话，倒觉得很有意思："你很少说这样痛快的话。"

"是见您不痛快，才不想拿捏，索性胡说。说错话了，您就着骂我一顿，说不定心绪就开了。"

皇帝笑了："说得跟朕总骂你似的。"他一面说着，一面拿筷子夹了锅子里剩下的一片鱼肉。

王疏月忙起身摁住他的筷："欸，主子，这可吃不得。您要害死我吗？"

"有什么吃不得的！连试菜都省了，你给朕坐着。"说着，皇帝已将鱼肉送入口中。鱼肉已经炖老了，有些发柴，但滋味还是浓的。

皇帝吞下鱼肉，又夹了一片豆腐："看着你吃鱼吧，觉得还能凑合吃那么两口。盛碗饭给朕，就着这鱼汤，朕吃几口就罢了。"

王疏月无法，只得起身去盛饭。

皇帝却看着她手腕，冷不防地问了一句："你怎么不问朕大皇子的事？"

王疏月垂下眼来，一面仔细替他添饭，一面柔声应他道："听说您去见了太后娘娘，回来就闷着看折子，既知道您在为这事为难，我又怎么好问？"

"嗬，才说了你痛快，又没意思了。"

王疏月将添平的饭碗放在皇帝面前，望向皇帝："您既问我了，那我就跟您说句逾越的话。"

"说。"

"我……很想照看大皇子。"

皇帝端起碗笑了笑，道："朕以为你再大胆，也不会开这个口。"

王疏月起身，屈膝在他腿边跪下来。

“跪着做什么？”

“我想大皇子好，但我也不知道这样究竟对不对。”

“没什么对不对的，太子之位，朕要给朕的嫡子。至于恒卓，朕想把他交给一个真正疼他的人。王疏月，你知道前日成妃请见时对朕说了什么吗？”

“什么？”

皇帝收回目光，仰头叹了一声，道：“成妃跟朕说，她一辈子都没有求过朕什么，死前唯一所求就是要朕把恒卓过继给你。”

成妃有此请求，王疏月并不意外：“那……主子，您是怎么想的？”

“她的确从来没有求过朕，朕这一回该应她。再有，王疏月，朕长你近十岁，大皇子跟着你也好。若有一日，朕不在了，恒卓就是你的依靠。朕吧，以前对你不太好，这一回算朕补偿你。”

“不不，不是补偿，是恩赐。主子，我也近二十了，虽常常嘴上说着不在意孩子，但也万分想在这个世上结一段母子缘分。”

皇帝道：“你说恩赐就恩赐。总之，等成妃大殓过后，朕来和太后说，你就别开口了，在长坤宫等朕的消息。”说完，他就着半冷的鱼汤两三口吞掉了碗中的饭。

“起来吧。朕很久没让你跪着了，看不习惯。”他一面说一面向她伸出手，“起来去传水，朕要洗手。”

“好。”她应着声，借着他的手站起身来。

皇帝刚想要松手，却又被她一把握住：“怎么了？”

“后日大殓，您去吗？”

“不去，松手。”

“前尘往事，哪有不需要告别的？”

皇帝一怔。

前尘往事，须有相别。其实皇帝也觉得，有没有情、有没有亏欠，彼此都该在阴阳之间做个仪式上的了断。

也是，除了她王疏月，此间，谁还敢猜他到这一步？

那夜王疏月没有歇在隆正殿，回至长坤宫的时候，金翘正坐在灯下一面做女红一面等着她，见她回来，便出去替她传水进来，服侍她盥洗。

胰子洗下脂粉，浮在盆中，王疏月望着浮脂出神。

“主儿怎么了？”

“哦，没怎么，就是在想之后的事。”

金翘端来了一盆净水，里头浸着蜡梅花：“泡了手再睡吧。”

王疏月点了点头，将手腕上的镯子褪了下来，放在妆案上，谁知镯子却冷不防被她的袖子从边沿儿拂扫了下来，啪的一声，摔在地上碎成了几块。

王疏月吓了一跳，金翘忙蹲下身去替她收拾。

“主儿是跟皇上说了大皇子的事吗？”

“嗯。”

“皇上一定应了主儿。”

“是啊，可就是不知道大殓过后太后娘娘会如何。”

金翘将那几块碎玉捡起来，用自己绢子托着，放在妆奁旁。

虽然她们都不想把这不知情的死物附会上什么不好的预兆，但这分明反映出了王疏月此时的心绪。

金翘轻声问道：“主儿，您心里不安啊？”

王疏月将头上的簪子摘下来，发髻便散垂下来。

她望向镜中道：“以前，我不太想皇上为了我去违逆太后的意思，但这一次，就连我都在想，争不了也得去争一争。”

金翘点头：“奴才明白，您是真心为小主子和万岁爷好。”

王疏月低头看向她：“想不到你竟是个能说心里话的人。”

“是奴才的本分，奴才也是真心为主子好。主儿，您累了一日了，明日还要去永和宫守着，安置吧。”

大抵谁都没有睡好的冬至之夜，王疏月的九九消寒图也终究没能在冬至这一日画好。

成妃丧仪按照贵妃的仪制入了大殓。

大殓之日，皇帝至永和宫亲视，自皇后以下嫔妃皆在灵前跪哭。

大皇子穿孝跪在最前面，直愣愣地看着自己母妃的金棺，眼睛里已经哭得没有眼泪了。他看见王疏月，也不亲近，不似从前那样唤她，只是牵着身旁嬷嬷的手往边上走。

那日下着很大的雪，大皇子穿着一身厚重的素孝，几乎要被压进雪地里，不得翻身。

那样的恒卓，王疏月还是第一次看到。

永和宫这边，因着在年关，皇帝又没有大办的意思，因此大殓过后没有在永和宫停放几日便移了灵。

皇帝在移灵后第二日去见了太后。令皇帝和王疏月都有些生疑的是，太后并没有严词申斥皇帝，只是淡淡地说了一句：“皇帝也听听恒卓自个儿怎么想吧。哀家老了，管不清明了。”

❖ ❖ ❖

这日午时，皇帝在御书房散了政议，命人召大皇子和王疏月去隆正殿。

雪大得眯人眼睛。王疏月没有乘辇，而是裹着一件大毛氅子，与金翘一道往隆正殿走。

她刚走到隆正殿正门，却见何庆一脸焦皇地站在门口。见王疏月过来，他忙迎上来道："哎哟，和主儿，你且先站一站，万岁爷在气头上，奴才使人啊进去替您问一嘴张公公。"

王疏月朝里面看去，见站班的太监们个个屏着呼吸，背也挺得笔直："怎么了？大皇子在里面吗？"

何庆道："可不是在嘛。哎哟，也不知道大皇子怎么惹万岁爷生气了，这会儿被罚在雪地里跪着呢。"

父子之情是比男女之情更难梳理出头绪的东西。

在去申兰围场的路上，王疏月虽不着痕迹，但用尽心力好不容易让他们这对笨拙的父子有了些温热，这一日之间又被皇帝带回了冰冷的"君臣之别"。

王疏月等不及张得通递话出来了，径直过了穿堂，走入后殿的庭中。

年关时，大雪是刺骨的。

三明堂前，大皇子穿着石青色袄子跪在雪风中，一张脸已经冻得通红。张得通正站在他面前手足无措，不敢劝里面那位主子，也不敢劝面前这位小主子。

王疏月抬起头，见三明堂的门是开着的，风不断朝里头灌，吹得门上的挂帘上下翻飞。皇帝显然就在里边。

大皇子虽然跪得不久，但毕竟人还小，绷着脸憋着气，倔强地撑着自己的小身板，那神情和皇帝一模一样。

无论怎么看，他们都是父子。哪怕他们陷入人生第一次实力悬殊的博弈，皇帝用强权逼幼子妥协，幼子藏着爪子，却狠狠地抠着地。所以，帝王家的亲情如何能温养出根茎，生长出枝叶，皇帝恨先帝对自己的猜忌、利用，博弈百场，最后赌上生死。王疏很想知道，皇帝自己还记不记得最初那一场博弈究竟是因为什么，一定不是所谓家国江山的大事。

其实，对于这父子二人，王疏月似乎仍然是一个外人，无论她做什么，都要逾越自己的身份。可是申兰围场的时光是那么好。在普仁寺中，皇帝笨拙地抱着大皇子，大皇子趴在他肩头睡得糊里糊涂。两个年龄不同、模样却相似的男子艰难地在王疏月面前卸掉坚硬的壳子互予温情的场景，深深映入她的眼中。

此时她脑海中都是当时的柔软，眼前却是厚密的雪幕。

雪风透骨，大皇子冷不防地吸了一鼻子寒气，雪气直往肺里钻，喉咙反呕，一下子咳出声来。

张得通不忍心，犹豫了一下，还是撩袍蹲下来，皱眉劝道："小主子，听奴才一句，跟万岁爷服个软吧。"

大皇子喉咙发哑，说话声音也有些断断续续："我不要她做我的母亲——"

"张得通，让他犟！"

张得通被这突如其来的声音吓得不敢再出声，躬身退到帐帘前去，朝里小声道："万岁爷啊，小主子身子金贵，今日又太冷了，这——"

正说着，大皇子跪不稳，身子一歪，险些扑到雪地里。

王疏月忙解下自己身上的大毛氅子，走过去，在大皇子身旁蹲下来，将氅子裹到大皇子身上，又将他刚才按在雪地里的手往自己小腹上焐去。

"哎哟，和主儿，使不得——"张得通见此，忙往下走要去扶。

然而他话还没说完，大皇子已经看见了王疏月，眼睛一下子红了。他什么话也没有说，却拼命用手去掰她环住他的手臂。

小孩子的力道毕竟不大，加上他已经被冻得发僵，并不能使上多少力气。王疏月咬了咬牙，也不顾他的挣扎，一把将大皇子连人带氅搂入怀中。

温暖的大毛氅子还留有王疏月的体温，焐软了大皇子冻得发僵的身子。无论承受着父亲刚才怎样的雷霆之怒，他都没有掉眼泪，但这会儿被王疏月搂入怀中，眼泪却像珠子一样滚了下来，嘴上却还是犟着道："我不要你……"

王疏月垂下头，却没有松开他："好，你不要和娘娘，和娘娘要你。"说着，她甚至挪了些身子，跪到他身后，替他挡着门后来的雪风。

三明堂的帐帘仍随风翻动，半隐半现着红底龙纹绣的袍角。

"王疏月，你放肆！"

王疏月闻声抬头，皇帝已立在阶上，眼见动了真怒。但见她把自己的外氅给了恒卓，身上就只剩一件夹绒的衫子，连个坎肩儿都没有穿，她本来就瘦，此时越发单薄，皇帝又软了声音："给朕过来。"

王疏月非但没有动，还提声顶了回去："主子，您当他是我吗？"

"你胡说什么？！"

"他是您的儿子，他才六岁！您当他是我吗？"她又重复了一句。

他当恒卓是王疏月吗？

皇帝想起了两年前他把王疏月扔在雪地里一夜的事，竟一时梗着脖子，却无言抗她，只得转而对张得通道："张得通，把和妃带走！"

"不准碰我！"

"王疏月！"

“您也别吼我！”

“你——”

话未说开，大皇子在王疏月怀中一连咳了好几声，王疏月连忙用氅子捂住他的口鼻，将他的头轻轻地揽入怀中：“雪里别呼大气。”

皇帝忍无可忍：“王疏月，你知不知道你在跟朕犟什么？你拦着朕不让朕管教他，你信不信，朕连你一起责！”

王疏月掖好大皇子脖子下的氅子，弯腰伏地：“奴才冒犯主子，愿同大皇子一道受责，请主子降罪。”

“你……”皇帝气得脑仁疼，他几步走下阶来，走到王疏月身旁，一把将她从雪地里拽了起来，“你知道朕为什么责他，你知道这个逆子说了什么！啊？王疏月，朕没见过你这么蠢的女人！”

“奴才也没见过主子这么蠢的父亲。”

张得通和何庆都被这二人的对话吓傻了。

皇帝气得额头上青筋暴起，扬起手来恨不得当下就给她一巴掌。

她却像等着那一巴掌似的闭上了眼睛，眼睑一压下，眼泪就从眼眶里滑了出来。

皇帝一怔，手也跟着僵住了。明明是她出言不逊，冒犯了他，为什么她却先哭了？

“好，你要陪恒卓跪就跪吧。”他说完便往三明堂里走。

张得通慌忙跟着他一道进去。

雪风早就吹透了王疏月的衫子，身上的暖尽数渡给了大皇子。她这会儿整个人冷得僵下来，睫毛上结着霜，在大皇子身边瑟瑟发抖。皇帝走到了她看不见的地方，她松了心气，忍不住咳了几声。

大皇子从氅子里抬起头，轻轻唤了她一声：“和娘娘……”

王疏月忍住嗽意：“没事，和娘娘陪着你。”

皇帝为着这几声咳，又陡然停下了脚步。

张得通看着他僵硬的背影，手背在身后逐渐捏成了拳头，关节发白，手背上也爬着暴起的经络。

“张得通！把大皇子带到奉先殿去！王疏月，让她给朕进来跪着！”

张得通道：“和主儿不肯呢……万岁……”

“不肯就绑，朕今儿就不信了，难道她要给朕犟到底？！”

“是……”

“回来！”

张得通猛地收住脚步，差点儿扑倒。

皇帝看了一眼炭火盆子，指点半晌，终于憋出两个字：“添炭！”

他终究还是心疼了。一道雪帘子隔着两个人，明明都想维护对方，却又斗得跟乌眼鸡似的。

张得通一面叹气一面走出来：“和主儿，万岁爷松口了，奴才带大皇子去奉先殿。您也赶紧进去跟万岁爷服个软，您这样和小主子一起冻下去，怎么遭得住？”

大皇子从她怀里挣扎着站起身：“和娘娘，儿臣去奉先殿，您不要跪着了。”说着，他脱下身上的氅子递给她，“儿臣不冷了，不冷了。”

王疏月已经冻白了脸，抬手摸了摸大皇子的脸颊，好在他暖和过来了：“大皇子，别怄你父皇了，好生跟着张公公去。”

张得通揽过大皇子：“交给奴才吧。奴才会照顾好小主子。和主儿，赶紧进去，您也慎着些，万岁爷今儿是让您气着了。”

眼见着张得通牵着大皇子去了，王疏月这才站起身，一个踉跄险些跌倒，一只手一把搂住她的腰。

“主子——”

“别以为朕不恼你。”说着，皇帝一把将她抱起。

何庆忙打起帐帘送他们进去。

皇帝一直抱着她走到炭火盆子前才松开她，回头从炕罩床上拿了一个垫子扔到炭火盆子前的地上：“不是要陪着他跪吗？跪好。”他说完又拖过一把圈椅，坐在她对面，见她没有动，提声喝道，“跪下！”

王疏月肩膀颤了颤。其实，她心里明白他为什么会恼怒，也看得出来，他虽然气极，对她却还是满眼的心疼。

烧暖的炭火疏开她的身子骨，发上结的霜也跟着融化，碎发湿漉漉地贴着她的脸，一冷一热叫她肺气不顺。她吸了一口暖气，压住喉咙里的痒，没有再违逆皇帝的话，走到他身前，屈膝跪在他砸在地上的那方垫子上，伏身道：“奴才该死。”

“你刚才跟朕说了什么话，你再说一次！”

“奴才不敢。”

“什么奴才！王疏月，朕若当你是奴才，朕就让内刑司的人来掌你的嘴！”

“是，是我不好。”她改了称谓。

皇帝这才稍稍缓和了些面色：“把头抬起来，你敢骂朕，现在却不敢看朕了。”

王疏月直起腰，只见面前的男人胡乱地坐着，没有从前的威严和仪态，像只斗败了的野兽，鼻孔里呼着白气，连发辫都起了毛边。

“你到底在想什么，你究竟明不明白朕是为了什么？”

“我明白。可是，皇上，成妃才去了，这么大个禁城，您是大皇子唯一的依靠，您若不体谅、心疼他，还有谁能心疼他——”

“朕怎么没心疼他？”

“他心里有事，没有说出来啊——”

皇帝直起身，抬手指向一旁，寒声道：“那他就是欺君！”

“……”

他气得糊涂。一时间，他似乎有些明白当年先帝为什么会对自己动怒。这各藏心思、各护各命的皇家，君君臣臣，父父子子，一言一句都在无形之中打死结。

王疏月说他为父则蠢，似乎真有那么一点儿。

“主子——”

“住口，朕不想听你讲话。”他说着，冷着脸从后面的书案上拿了一本折子，无论他的家事多么混乱，他还是有无数的政务要处理，“你给朕跪好了，朕什么时候走，你什么时候起来。”

那一日，何庆、张得通都不敢在里面答应。

整整一个下午，皇帝都没有要过一口茶，只是不时地扫着王疏月面前的炭火盆子，看炭少了，就唤人进来添炭。

到了晚间，皇帝才从案牍中起身，沉默地走出了三明堂。

何庆这才敢进来扶王疏月。

大雪已经停了。放晴的夜空竟然能看见零星的星点。

王疏月侧头朝西梢间看去，梢间里的灯是亮的。皇帝的影子就映在窗户上，在她看过去的时候，又一晃不见了。

金翘仍然在隆正殿外等她，见她步履蹒跚，忙上前扶住她道：“说皇上跟主儿发了雷霆，可让奴才急糊涂了。您怎么了，受皇上责罚了吗？”

王疏月摇了摇头：“没有，先不忙回去，去奉先殿。”

“是。”

“欸，等等。”她弯腰揉了揉膝盖，“传辇来吧，我走不动了。”

❖ ❖ ❖

奉先殿乃“同殿异室”规制。后殿有九间隔间，分别供奉不同代的列圣列后，中以穿廊相连。

王疏月走在绘金线大点金旋子彩画的檐下，穿过三交六椀菱花隔扇门，独自一人走进供奉先帝后牌位的后殿阁间。其间，她一直在回想，去年秋天在渃河六大名寺普仁寺中皇帝与巴灵度和说的那一席话。

“皇上有皇上的来处和归处，娘娘有娘娘的来处和归处。”

“朕与和妃是有愿同流的人。”

在这改天换地之后的王朝初以异族为主的背景下，她凭一己之力撞入王朝的血脉传承、父权子袭的阴谋阳谋，实在是挫伤处处，但这也正是所谓“有愿同流”的代价。

奉先殿的黄色琉璃瓦重檐庑殿顶、地上铺成的金砖、闭合的后殿隔间门，这一切都象征着皇族血脉的贵重与封闭性，也反映出这血脉中父与子、母与子之间脆弱的信任和敏感的戒备。

王疏月望着神牌前大皇子的背影，幼年的柔软被严肃、明正的灯火吞掉了，越发显得倔强而疏离。所以，这些皇家的人啊，一代一代更替，所受的折磨却是相同的。皇帝少年时受过的伤痛已是陈伤，他明明是想维护自己的孩子，但又不自觉地把自己的后代也摁入与他相同的命运洪流。

王疏月望向大皇子身前的神牌。铜底镏金的牌身上张牙舞爪地爬着九条鳞片指爪清晰的龙，上书她看不懂的梁文，和跪在它下面的孩子，一道排斥着她这个汉人出身的女人。

大皇子静静地跪在神牌前，渐渐从香火气味中闻到了王疏月身上的青香木香气。他回过头来，正见王疏月独自一人立在门口。

若换作以前，他一定会扑到她身旁，开心地唤她“和娘娘”，但这会儿他叫不出口。可再排斥她，他还是有知觉、记恩情的孩子，想着她先前为了维护自己，和自己父皇争执的场景，又觉得自己这样很伤她的心。于是，他噘起嘴低了头。

“欸，大皇子以后都不理和娘娘了吗？”王疏月走到他身边蹲下来，先开了口，伸手去摸他的后脑勺。

大皇子却避开了。“儿臣和您亲近，母妃在天上会伤心。”他说得很认真，双手却不自在地往身后背去，试图和王疏月拉开距离。

王疏月点了点头，将手收了回来。她也跪了一日，蹲着像在受刑，索性抱着膝盖靠着大皇子坐下来。

“那大皇子跟和娘娘说的话都不算数了吗？”

大皇子抿着唇没有出声。

王疏月温声续道：“大皇子跟和娘娘说过，以后要像和娘娘保护大皇子那样保护和娘娘的。”

“可是，您说您有父皇保护，要儿臣保护好母妃和母后……”

“那如果你父皇不保护和娘娘了呢？”

大皇子抬起头来，竟见王疏月眼中藏着些晶莹，在灯火的映衬下闪着令人伤心的光芒。

“父皇……是不是因为儿臣责罚您了？”

“嗯。”

大皇子挺直了脊背，声也不由自主地高了上去：“父皇怎么责罚您的？”

“罚和娘娘和大皇子一道跪着呀，大皇子跪了多久，和娘娘就跪了多久。”

大皇子听她说完，眼光则落到她膝盖上，半晌，终是试着探出小手来，犹豫了一时，轻轻地覆了上去。

他已经在奉先殿里待了很长一段时间，早就被烘暖了身子，那只小手一触到王疏月的膝盖，温暖就渡了上去。

大皇子抬起头望向王疏月：“母妃说过，和娘娘您膝盖不好，是不是很疼啊？”

王疏月的鼻子一酸，眼泪就再也抑制不住了。好在他还没有被逼伤根本，他到底还是从前那个暖心温柔的孩子。

“和娘娘，您怎么哭了？”

王疏月忙低下头去掩饰：“没有，和娘娘就是觉得疼，没出息，疼哭的。”

大皇子转过身子，侧跪下来，对着自己的手哈了一口气，然后又认认真真地把手搓热，小心翼翼地重新覆在她的双膝上：“和娘娘，儿臣明日去给父皇请罪，都是儿臣的错，儿臣惹父皇生气，求父皇不要责罚您了。”

王疏月喉咙里哽咽，说不出话来，抬手摸了摸他的额头。

这一回大皇子并没有避开她，反而松开一只手去替她擦眼泪：“和娘娘不哭，儿臣保护您。”

王疏月心中悲欢交杂。也许这座禁城里有很多人在用阴谋谋生谋情，但她只想为所珍视的人把情用深。诚然她也有所求，但她求来的东西到底扎扎实实，坚定不虚。她想着，轻轻将大皇子揽入怀中：“大皇子，无论如何都不能怪你的父皇，他疼爱你，也希望你能好。但他是你的父亲，也是我们大梁的皇帝，有的时候啊……他要和大皇子做君臣。和娘娘知道，那个时候，大皇子心里有话，就不能跟你父皇讲了，但和娘娘不希望你憋在心里。不管大皇子以后跟着哪位娘娘，和娘娘都会一直陪着大皇子的，你想跟和娘娘说的时候，就来长坤宫找和娘娘，好不好？”

怀中的孩子肩头颤了颤，也不知道是在点头还是摇头。王疏月感觉胸口被滚烫的水浸湿了。

“不是的，儿臣……儿臣……喜欢和娘娘，儿臣不想跟着其他的娘娘。”他声音里带了哭腔，一下子泪流满面。

王疏月忙取出自己的绢子给他擦拭：“不哭。你才把和娘娘哄好了，怎么自个儿又这么没出息了？”

孩子一旦哭起来，那眼泪就跟决堤的水一样，怎么都收不住。

“儿臣难过，儿臣愿意听父皇的话，跟着和娘娘。可是顺娘娘跟儿臣说，儿臣的母妃……母妃……就是因为父皇要把儿臣过继给您才病死的……如果儿臣跟着叫了您‘母亲’，那母妃一定不会原谅儿臣的。”他终于把憋在心里的话说了出来，搂着王疏月哭成了泪人儿。

王疏月抚着他的背，帮他顺着气，十分心疼。

“立嫡立长”，太后与皇后也许从来都没有真正放心过，哪怕皇后已经有了身孕，还是不敢把大皇子放在她身边。可是，这样骗一个孩子，这样离间他们父子之间本就脆弱的关系，当真有必要吗？

王疏月搂紧了大皇子，她并不想去跟这个孩子解释宫廷复杂的人心险恶，她压根儿就不忍心告诉这个孩子他被人视为棋子、筹码的真相。

“我们大皇子不哭，和娘娘不会让你父皇逼你叫我‘母亲’的。我们大皇子只有成妃娘娘这一个母亲。你以后啊，还是叫我‘和娘娘’，我啊，最爱听大皇子这样叫我了。”

大皇子缩在她怀里，渐渐平息下来。纯粹的真心带来的安定感无论什么时候都令人贪恋。她不因为子嗣名分不定而放弃对他好，纵然他还是个孩子，也明晰地感受到了她的那颗心。

他抱住王疏月不肯撒手：“和娘娘，您真的不逼儿臣叫您‘母亲’吗？”

王疏月低头望着他，温声道：“是啊，你不要和娘娘，但和娘娘要陪着你。和娘娘答应了你母妃，一定一定要维护好你，不要我们大皇子以后受一点点伤害。哪怕大皇子要跟着顺娘娘生活，和娘娘也会给大皇子做茯苓糕，看大皇子写大字。所以——”她扶着他直起身，含笑望着他的眼睛，“所以，大皇子哭够了，明日就不要哭了。和娘娘陪着你去给你父皇认错。和娘娘保证，绝不让你父皇吼你。”

大皇子脸上还挂着泪珠，听她这样说，又噘起了嘴，跪直身子：“不，我也要保护和娘娘，绝不让父皇再罚您跪。”

王疏月摸了摸他的脸：“你不会再不理和娘娘了吧？”

“不会。”

“那你生你父皇的气吗？”

“儿臣不敢。”

“来，那就听你父皇的话，跪好。和娘娘陪着你。”

整整一夜，王疏月都没有合眼。

奉先殿应该是禁城中最与王疏月相龃龉的地方。而他们身处的这间宫室，旁边供奉的正是大梁开国皇帝和他的皇后。这位皇后，也就是那位为维护皇族血脉纯正而在玄武门后立下“缠足女子不得入宫”这条铁律的女人。几十年后，她的子孙后代虽已经令她的懿旨蒙尘，但汉女仍旧不得为正妻，整个禁城，甚至整个朝廷，仍旧对王疏月有诸多猜忌和戒备，除了皇帝和此时她眼前这个孩子。

孩子总是忍不住困的，跪到半夜，就靠在王疏月身上睡着了。

后半夜的时候，何庆来了一次，抱来了一条毯子给大皇子盖上。王疏月认出来了，正是隆正殿西梢间那一条。

何庆轻手轻脚地走到王疏月身边："小主子睡得真好。"

"是啊，太累了。主子还没歇吗？"

"没有，主子原本是躺下来了，但听上夜的人说，三更天都没有睡踏实，这会儿已经起来，去御书房了。"

王疏月算了算时辰："还不到四更天啊。"

何庆道："王老大人已经在值房里了。今儿是要叫大起的，许是万岁爷去明华门前还有事要跟王大人议吧。和主儿……您……"他指了指大皇子，"您就这么抱了大皇子一夜啊。"

王疏月低头看向大皇子，他恐怕真的是累了，睡得一张小脸红扑扑的，口水都要流出来了。她连忙用绢子替他擦了擦，同时应了何庆一声："嗯。"

何庆笑了笑："小主子呀，您说您多有福气，万岁爷罚您跪着，和主儿啊，就护着您这么睡着，难怪万岁爷要吃小主子醋了。"

"吃醋？"

何庆撇了撇嘴："和主儿，您在啊，咱们万岁爷就睡得安稳，您不在啊，他就能二更天起来瞧折子。万岁爷要是知道您今儿护着大皇子睡得这么自在，管保气死。"

王疏月被他那说话时挤眉弄眼的样子逗笑了："咱们已经被皇上罚得跪了一日，怎么还跪得动？您可别说出去，只说我和大皇子都规矩着呢。"

正说着，怀中的孩子从毯子里伸出手来，嘟囔一声，睁开了眼睛。

"哟，小主子醒啦。"

"何公公。"他唤了何庆一声，又看向王疏月："和娘娘，什么时辰了？"

"快四更了，再睡会儿吧。"

大皇子坐起来，揉了揉眼睛："不睡了，要去给父皇请罪。"

何庆笑了："阿弥陀佛，小主子，您可算发慈悲了。"

王疏月道："外面还在下雪吗？"

"下呢，下了一整夜，路上都积了半腿高的雪了。奴才过来的时候，明华门和月华门都在扫雪。奴才让人给您和大皇子传辇吧？"

王疏月摇了摇头："不用，备一把伞，我牵着大皇子去。"

❖ ❖ ❖

四更天，御书房外扫雪的人刚刚退去。天还是漆黑的，皇帝的仪仗在月华门前排成了一条灯焰瑟瑟的龙。

皇帝被王疏月气得一晚上都在西梢间里辗转，在值房里见到王授文也没有好脸色，偏偏今日叫大起，再大的火也得压住，硬是把他火牙痛的毛病逼了出来，扯得半边脸都在疼。

他捂着腮帮子从御书房里走出来，张得通早就备着伞，但冰冷的雪还是迎面扫上了他的脸颊，虽然冷，但莫名缓解了一些他的牙疼。他抬手理了理领口，眼光扫到了面前的雪地。

一高一矮两个人影背对着月华门前的灯火，影子拖得老长。高的那一道影子刚好抵着他的足尖。

皇帝抬头，见王疏月一手撑着伞一手牵着大皇子立在雪里。

这个时候见到这两个人，皇帝有些错愕，不自觉地松开领口处的手。

与此同时，大皇子也松掉了王疏月的手，在伞下规规矩矩地跪下来，弯腰伏地行叩拜之礼，口中似乎还说了什么，但风大，皇帝并没有听太清楚。

张得通在一旁道："万岁爷，要不要奴才去明华门上说一声——"

皇帝看着王疏月，伞遮住了她的上半张脸，尚看不出表情。但不知道为什么，她这个人一旦站在雪地里，无论她穿得有多厚，皇帝脑中都只剩下周太医那一个声音："和妃受不得寒。"

对，她受不得寒，让她回去算了。但他明明是在生她的气，堂堂一个皇帝，怎么能让她王疏月拿捏住，且王授文就在后面的御书房里。他才因为王授文议火耗银的事议得肤浅而斥过王授文，顺便把堆在王疏月身上出不来的火气在她老子身上发了，此时似乎不能这么快就泄心气啊。让王授文这个老猴看透了，日后他还怎么把持住君臣之别？

皇帝脑子一下子乱了，索性大跨步地往前面走。

张得通连忙举伞跟上去，走到王疏月和大皇子身前的时候，还刻意停了几步，岂料皇帝压根儿没有停下来的意思，他目光笔直地望着前面，昂着头，下巴绷得跟刀削过似的，一恍神就已经从伞下走了出去。

张得通没来得及追。

谁知皇帝却一个踉跄，差点儿直接扑到雪里。好在皇帝反应尚算快，赶忙用手撑了一把。但他分明听到自己腰上咔地一响，那酸爽的痛，熟悉得几乎让他有些绝望。

这一幕把所有人都看愣了。

虽风雪冷得紧，张得通还是吓出了一身冷汗，他忙低头去看，却见王疏月拽住了皇帝的袖口。皇帝走得又快又急，那力道一带，若是王疏月没扯住，松个手，皇帝真有可能摔出人生第一个"狗那啥"。

张得通赶忙摇了摇头，拼命把那不雅的三个字从脑子里摇了出去。主仆这么多年，他还真不习惯像何庆那样将一些不正经的话拿来揶揄皇帝。

没有人敢上去扶，皇帝顶着痛自个儿站起身，回头劈头盖脸地就冲王疏月道：“王疏月，你现在胆子大得很啊！你要做什么？啊？是不是嫌朕没被你气死？！你信不信朕今日就砍了——”这种他自己都不信的重话很久不曾说了，这会儿竟有些说不下去。

王疏月迎上他的目光：“儿子跟您认错，您都不肯听，您还要砍奴才。”

她刚说完，大皇子便直起了背，双手合抱住皇帝的手，急着摇他道：“父皇，是儿臣错了，儿臣给父皇请罪，您不要砍和娘娘。”

“谁说朕要砍……她？”

何庆也从后面跟过来，小声接了一句：“刚才您自个儿说的。”

皇帝手上的青筋都要暴出来了，他一把将自己的袖子从王疏月手中抽了出来，抬手点着她的脑门，颇有些咬牙切齿的意味：“朕今日要在御门上听政，你若再绊朕，朕不用后宫的家法，朕拿国法处置你。”

“父皇，您开恩，儿臣以后听您的话，您不要处置和娘娘。”大皇子一边说，一边摇着皇帝的手臂。

皇帝腰疼，每被他摇一下，牙齿缝里都忍不住要抽一口气，再加上他本来就牙痛、头晕，这会儿竟被这孩子晃得有些眼花缭乱。但他无论怎么想都想不明白，大皇子昨日还打死都不肯跟着王疏月，这一晚上的时间，王疏月是给他灌了迷药不成？

“别晃朕，先起来！”

“您吼他做什么？”

“朕吼他？朕是赦他！”皇帝脸上的表情一时间五光十色，他一副把狠话说尽但又一点儿都不能认真发作的模样，使得一旁的张得通都要看不下去了。

好在得了他这句赦，王疏月没有再应他的话。一夜不曾梳洗，发髻也有些散了，她放下伞，抬手绾好垂在肩上的一丝头发，走到皇帝前面，踮起脚替他把刚才他不自觉扯乱的领口翻出来，重新整理好：“您不生大皇子的气就好了。”

不刻意的肌肤之亲毫不费力地摁灭了皇帝心里那股原本就舍不得发出来的虚火。

她那张脸被风吹得有些发白，唇上的胭脂也败了色，看起来很憔悴，却又自生一股风流。

“您去听政吧……奴才今儿哪里都不去，就在长坤宫里等着您回来国法处置。”

皇帝的气还没有完全理顺：“王疏月，你知道你伤着朕了吗？”

王疏月抬起头来，凝视着皇帝轻轻嗯了一声：“知道，那您要动家法也成，奴才一并受。”说着，她冲着皇帝摊开一只手，“要不，您先让人把大皇子送回去，现在就赏奴才一顿家法，您打多少都好，等您把气出了，奴才送您上朝。”

皇帝看着她伸出来的那只手，彻底没了脾气：“你送朕上朝，吓，朕还想再多活几年。回去，闭门思过。”说完，他抬脚刚要走，那腰上的酸痛差点儿没脱口呼出来。

何庆和张得通都看出了端倪，但都不敢说，只得心惊胆战地看着自己的主子在王疏月面前硬撑。

而那一路，皇帝真是走得咬牙切齿，道貌岸然地挺着腰背，尽量想让自己看起来自然些，最后却连辇都不敢上。

张得通跟在他后面，大着胆子问了一句："奴才扶着您？"

皇帝站在辇下摆了摆手："让何庆去把周明传到隆正殿候着，朕散议后要让他看牙疼。"

"欸，是是……"

这边皇帝硬是走着去的，好在月华门离明华门不过几十步。

等他走远了，大皇子才抬起头来对王疏月道："父皇走得好奇怪……"

王疏月蹲下身来，拂去他肩头的雪："不许说父皇奇怪。"

"好……和娘娘，父皇是不是不生儿臣的气了？"

"对呀，他是你父皇，只要大皇子知道听话，父皇啊，是不会一直生大皇子气的。"

大皇子笑明了眼，悄悄牵起王疏月的手："儿臣要去尚书房上学，父皇不让您送他，那您送儿臣吧。"

何庆一面上前撑着伞为二人挡雪，一面道："小主子，奴才送您，您让和娘娘去歇会儿吧。"

王疏月理顺大皇子身后的发梢："跟何公公去吧。和娘娘啊，真的有些累了。"

说完，她又对何庆道："先带大皇子回一趟钟粹宫，换一身衣裳，这都被雪濡湿了。"她一面说一面又摸了摸大皇子的脸："想和娘娘了就来看看和娘娘。记着和娘娘说的，和娘娘不逼你，父皇也不逼你。大皇子永远都是成妃娘娘和你父皇的好孩子。"

大皇子沉默了一会儿，悄悄地抿起了嘴唇。

"怎么又难过了？快去吧。"

大皇子点点头，规规矩矩地向着王疏月行了个礼，起来走了两步，又舍不得，回头来看王疏月。

王疏月仍蹲在原地，轻轻地冲着他摇了摇手。

大皇子这才松了脸，跟着何庆去了。

同一条风雪路，终于送走两个男子。等他们都走得看不见了，王疏月才发觉自己腰酸背痛，周身已经没有一点点力气了。

好在金翘之前听了何庆的信儿，从长坤宫过来寻她："听说您一夜都没睡。"

"嗯，腰都要断了。"

"走，奴才扶您回去，一会儿给您按按。"

“你还会推拿呀？”

“以前在大姑姑们的手底下受过些调教。”

王疏月想起皇帝那别扭的背影，轻声道：“那你回去教教我手法。”

“主儿，这是奴才做的事，您学来做什么？”

王疏月低头看了一眼自己的手，好像抓得太使力了些。

皇帝在明华门起初坐立不是，但好在他在政事上较真，听了一个早晨的议，倒也顾不上腰痛了。王定清上奏了“火耗归公”的试行案，皇帝很是满意，虽然包括王授文在内的几个大臣仍对这个方案有异议，但被皇帝训斥为“见识短浅，与朕意不合”。

王授文看着自己的儿子在御门前少年得志，意气风发，深受皇帝赏识，一时也不知是喜还是忧。

王疏月大了，人又在深宫，他已经管不了了。王定清在地方上历练了几年，见识新，又接着地方上的地气，恰是皇帝这个人最喜欢的年轻一辈。长江后浪推前浪，世上新人赶旧人。虽那新人是自己的儿子，可官场沉浮这么些年，从前荣到大梁，王授文头一次觉得自己真的有些老了，甚至有点儿孤独。

被皇帝训斥之后，程英还有些愤愤不平，散议之后还在出宫的路上嘟囔：“你说要在河南、山西试行也就罢了，河南有老田在，两袖清风，前年就把京官的‘粮饷’断了，他那儿火耗原本就不重，改起来费不了什么功夫。可山东怎么搞？两年一蝗灾、三年一旱的，这遇灾就要免赋，正项的钱粮都征不齐，怎么提火耗？”

王授文走在前面，平静道：“你为你在山东任上的兄弟犯难，我倒是理解，但你也看到了，皇上是什么决心。你想想，先帝爷在的时候，户部的三大库总共剩了多少银子，皇帝登基的这两年又抓回来多少。皇帝在贪腐陈习上是动了大狠心的。火耗归公一政势在必行，你我这些陈腐老叶再不顺流，就要被卷到漩涡里去了。”

程英没了话，跟着他一路走到丽阳门，才转而道：“不过，您老是终于肯让定清回京城了。我记得，他就比和妃娘娘长两岁，老在地方上折腾，还没说亲事吧？自从你夫人走后，我们几个老哥跟你说了几回了，你都没那个意思，但也不该逼着孩子跟你一样吧？”

王授文一笑：“怎么，老世叔要关照定清的大事？”

“你说什么笑话！如今您的女儿在宫里，定清的大事自然要从宫里来。王老，您王家……兴旺啊。”说完，他负手让车夫上三庆园，听戏去了。

兴旺，吴灵还在的时候对这两个字他是日想夜想，但吴灵走了，王疏月入宫，王定清入京，他想的东西都来了，但好像又突然变得没有那么重要了。他想，也许自个儿真的老了，连争强好胜的心都开始淡了。

“老爷，去哪儿？”家里的仆人在轿杠子旁恭声问他。

王授文把自己的官帽摘下来，抱在怀中，抹了一把额头上的汗：“回去，叫厨房烧只鸡，再去桂花楼买一坛女儿红。”

一出内城，则商业喧闹，人情暖热。

那连下了两日的雪啊，终于被热烘烘的人气给逼停了。

禁城之中，满城都是笤帚与地面摩擦的扫雪声。

屋檐上在融雪，滴滴答答地滴在阶上。

皇帝走进长坤宫，一眼就看见了跪在门口的王疏月。他不自觉地摸了摸腰上，才在隆正殿贴过的膏药鼓出来好大一坨。周明这个人的医术是好，但就是用的药看起来都不是那么体面。皇帝权衡了一下，自个儿身上厚实得很，应该不至于让王疏月瞧出端倪，便咳了一声，僵着腰背跨了进去：“张得通，把门关上。”

门外的光从两边收拢，最后在王疏月脸上收成一道细缝。

皇帝找了一张离她近的圈椅坐下：“你昨日还没跪够是不是？起来。”

“那我起来，您要答应我一件事。”

“你还敢跟朕提要求？朕已经想好了，一会儿要让内刑司打赏你一顿板子，先打了吧，打了再让你提。”

王疏月抬起头来：“打了这件事就做不了。”

皇帝弯腰，手臂折抵在膝盖上，凑近她道：“那你先说是什么事。”

“您脱了。”

皇帝一哽，旋即喝道：“王疏月！”

这声就吼在她耳朵边，她忍不住嗞了一声：“您想什么呢？我才把手泡软了，给您按按腰吧。”

第十九章 沁园春

有愿同流，不遇歧道。

皇帝今日穿的外衣是黑狐狸皮的，皮子十分保暖，于是里头除龙袍就只穿着一层中衣。王疏月替皇帝脱下外衣和龙袍，皇帝便忍不住吸了一下鼻子。

王疏月挂好皇帝的衣服，忙回来往炭火盆子后面搬椅子，宫人都被打发到外面候着了，又不能让伤了腰的皇帝做力气活儿，但她也是个手脚气力弱的人，就那么两三步远，也只能用拖的，看得皇帝心惊胆战的。

“您坐炭火边上，我再去抱床毯子来，给您披着。”

皇帝在椅子上侧着坐下来，抬头道：“不用搞那些，就这样，不冷。”

王疏月听他这样说，也就顺他的意思没去折腾。

她褪下手上的镯子，挽起袖子，在皇帝的腿旁半跪下来，小心地翻起皇帝中衣的衣襟，见衣襟下贴着斗大一块膏药，黑色药膏子已经从油纸的边沿儿渗出来了。她将皇帝的衣襟掖住，仔细看了一下他的腰背处，肿得当真有些厉害。

“主子，我把膏药给您揭下来，用药油给您推推。您今儿晚上沐浴过，再叫周太医给您贴新的。”

衣服都被她扒得差不多了，皇帝也没什么心气，索性认命地趴在圈椅背上。

“你给朕推，你手上有把握吗？朕告诉你，朕的身子除了太医能……嗞……王疏月，你的轻重呢？！”

王疏月拎着刚揭下来的膏药贴，捂住了鼻子：“这周太医的药，还是老样子，又黑又难闻。”

皇帝笑了一声，道：“你也是他手底下的病人，不知道他那用药的脾性吗？他以前还给朕调过一副治火牙痛的方子，黑、苦得厉害，但是对朕还是有些效果的。”

王疏月嫌弃地把膏药丢到一边，拿起炭火旁的药油：“您这些日子，火牙倒犯得少了。”她一面说，一面倒了些药油在手掌上，又在手心里仔细地搓开。

皇帝看着她那模样，心里也在打鼓：“欸，王疏月，朕问你，你真会吗？”

王疏月道：“您放心，我以前啊，看过《按摩经》，今儿又跟金翘讨教了一日。”

皇帝哂道："《按摩经》？这是什么歪门邪道的书，你在什么地方看的？"

王疏月将手贴在皇帝腰上，那被手掌的温度温暖后的药油，一沾上皮肤，竟有些烫辣之感。王疏月其实并没有自己说的那么有把握，一面试探着推了两圈，一面应他的话道："在卧云呀。卧云里有一本蝴蝶装的抄本。我当时就觉得纳闷，这么一本医理书，做了那么考究的装帧，于是就拿来翻了。"说完，她就把注意力全部集中到手上，手掌打圈，仔细拿捏着力道，一圈一圈推按得十分认真。

明间里很安静，外面只剩融雪的声音在屋檐下滴滴答答。

化雪的天没有风，窗上的影子静如黑白水墨画。但雪地反出来的光很亮，被门缝收拢的光仍然落在王疏月身上，随着她身子的晃动，一会儿落在眼眸，一会儿落在脖颈。

皇帝也感觉出来，她其实对自个儿手上的功夫没什么信心，甚至有些怯，生怕再弄疼他，说是推拿，但也就和挠痒痒没什么太大的区别。可是皇帝一点儿都不想打断她。就是这么怪，安静的日子，和她这么伴着，哪怕什么话都不说，也能疏解所有政务积累的疲倦。

皇帝低头望向王疏月。她安静专注的时候很温柔，柔软的碎发熏着炭火气，在她耳边拂动，白玉石的耳坠子随着她的身子轻轻摇动，身上那身香色氅衣虽然看起来有点儿沉闷，但也是顺眼的。

"主子。"

皇帝受用得险些睡着，隐约听见她唤他的声音，忙撑开眼皮，故作严肃地应了一声："嗯？"

"您知道，昨夜在奉先殿，大皇子也像我这样给我揉了膝盖吗？"

皇帝不由得扫了一眼她的膝盖："朕还想问你，你昨夜跟恒卓说了什么，他今日竟肯来跟朕请罪。"

王疏月摇了摇头："我什么也没说。其实也不在于要跟他说什么，是大皇子心里有话，但不敢跟主子您说。"说完，她又抬起头来望着他道，"您哪，对大皇子太严厉了。"

皇帝不太想去认她这句话："朕和他是先君臣后父子。"

王疏月垂了眼，手上的圈推得更大了些，力道也渐渐拿捏起来了，但她的声音还是淡淡的："主子，这话，您听先帝爷跟您说过吗？"

皇帝一怔。她这么一说，他那些不大痛快的记忆便全部涌了上来，在他的少年时代，这实则是他最痛恨的一句话，可如今他又这样堂而皇之地说了出来，对着自己的儿子。

皇帝一时沉默。

王疏月收回手，重新倒了些药油在手上，仍旧用掌心搓开，同时道："大皇子以为，成妃是因为您要把他过继给我，才伤心病重而去的。”

“那他就是跟朕胡闹，成妃去之前，朕什么时候提过过继的事？”

“您不提，旁人也会猜，猜到了就未必不会告诉大皇子。主子，他才六岁，生母刚刚离开，若是放在外面的人家，那是要令人疼死的孩子。您还罚他在大雪里跪着。我知道，您是为我着想，但您维护我，我啊，也很想维护大皇子。”

皇帝笑了一声，道：“你是拐着弯跟朕说，朕好心办了坏事？”

“我可没说。总之，您不要再逼大皇子，其实也是我不该跟您开这个口。您之前说，成妃临去时求您把大皇子交给我抚养。这话，成妃也对我说过，我当时不忍拒绝她，且确实喜欢大皇子，才跟您开的口。现在，大皇子对您和我有了那样的芥蒂，我也就想通了，无论如何，他是您的儿子，只要您心疼他，他就会成长得好，我是再不敢想了。主子，您听大皇子的意思吧。”说完，她交叠起手臂，撑在皇帝的大腿上，而后将头也放了上去，含笑望向他，“不说这个了，主子，您冷不冷？一会儿想吃些什么，我让小厨房备去。”

皇帝伸手在自己腰上摁了一把，也不知道是不是自己的错觉，好像真没有刚才进来时那么疼了：“你给朕揉完了？”

“啊……没有，我想歇会儿，这就接着给您揉。”

皇帝却一把按住了她的手：“不用了，你手都冷了，没的冰着朕。”说着，他也不管她还没有去净手，合掌将她的手焐入了掌中，“朕让你跪了一天，昨儿膝盖是不是伤了，传周明来看过没？”

王疏月摇了摇头：“没有，您让我跪着也是该的，不然我心里还不好受。”

皇帝松开一只手，扶了扶她松掉的簪子：“朕脾气不好。”

王疏月想点个头，敢情这位爷虽然要命，但还是有自知之明的：“您前面政务繁忙，心里难免会烦，没事，我是个心大的……”说着，她冲着他弯了眉目，“您对着我能把气顺了也好，我不会怪您。”她说完又将眼眸垂了下去。

皇帝低头静静地看着王疏月。她则认真地看着炭火里的焰星子。天光渐隐，收拢在她身上的那一道缝隙之光逐渐暗淡下来。皇帝的手慢慢地从她的发髻往下。他的手很暖，一接触到皮肤就让她贪婪地想要贴靠上去。

皇帝觉得她此时像一只孤独的猫，孑然一身，蹲在他腿边。他不由得轻轻地摩挲着她的下巴，不带一丝轻浮，只想让她放松弓起的背脊，安安心心地倚靠着自己。

“朕以后跟你发火，你顺着点儿朕，免得朕气极了，又要伤着你了。朕虽然让何庆拦着点儿朕，但他这奴才是个火上浇油的货。王疏月，朕是皇帝，只有你的时候就算了，人多的时候，你让朕怎么纵你？”

王疏月闭着眼睛：“好，我知道，其实都是我的错。”说完，她挪动身子，重新跪下，一副大义凛然的样子，“好了，给您揉完了。您不是说要赏我板子嘛，我不敢求您饶了我，就求您不要在外头打让奴才们看见，我也是要体面的。”

皇帝低头看向她：“你信朕要打你板子吗？”

“君无戏言啊。”

“君无戏言，也跟你戏言好几次了。来，你起来坐下，朕看看你的膝盖。”说着，他从圈椅上站起身，又把炭盆挪得离王疏月近些，拿起她刚才给他揉腰的那一支药油，“你这东西从哪里来的？”

王疏月靠着圈椅坐在脚踏上，应道：“是周太医给的，消肿止痛都好。”

“哦。”皇帝倒了一点儿在自己的手掌上，另外一只手撩开她的衣服下摆，里面淡青色的绸裤就露了出来。他忍着痛蹲下身，从脚踝处将她裤腿挽上去，露出她青肿的膝盖，即便给了她垫子，但看来也是够呛。

“自己把裤腿压着，别掉下来。”说完，皇帝学着她刚才的样子，笨拙地搓开手中的药油。

“主子，让奴才们来吧。我怎么受得起？”

“朕难得想对你好点儿，再说，朕就让你出去挨板子。”他还是老样子，一旦窘了，就要说重话来压她。

王疏月不由得低头抿唇笑了笑。

“你笑什么？”

“哪敢笑啊，就是有些痒。”

皇帝抬头看了她一眼：“王疏月，朕已经让张得通亲自去你们王家传话了，初五，朕带你回去看看你父亲和兄长。朕微服陪你去，听几场你喜欢听的戏，你想在家里住一宿也成。”

王疏月忙道：“当真吗？”

皇帝收起焐在她膝盖上的手，重新坐了回去，接过她递上去的绢子一面擦手，一面道：“当真。朕这几日也气着了，想出去散散心，另外有些事也要单独听你兄长回报。你就当是朕给你的恩典。”说完，他随手撩开她额头前的一缕碎发，“出去宽宽心。”

王疏月正想应点儿什么，却又听外头梁安传来欢喜的声音：“主儿，咱们大皇子……大皇子回长坤宫了。”

皇帝道：“说什么？进来回。”说着，他一把将王疏月从脚踏上拽了起来。

“欸，是。”

梁安脸上挂着笑，眼里闪着光地躬身进来，跪下道：“大皇子下学了，顺嫔娘娘的人去接他，大皇子没跟着去，反而往咱们长坤宫来了。”

王疏月忙道：“大皇子在哪儿呢？”

“在外头候着呢。”

“外头化雪那么冷，赶紧带他进来。”

不多时，大皇子牵着金翘的手走了进来，端端正正地跪在门前给皇帝和王疏月请安。

皇帝又习惯性地绷成了平常的样子，就叫了一个“起”。

王疏月无法，只得走到大皇子面前，拿自己的手炉去给他暖手：“这么快就想和娘娘了？”

大皇子怯怯地看了一眼皇帝，小声道：“不是。”

“那是什么？”

大皇子又看了一眼皇帝，有些犹豫。

王疏月将他搂入怀里：“不看你父皇，跟和娘娘说。”

大皇子这才踮起脚，凑近王疏月耳边：“儿臣听父皇的话，跟着和娘娘。”

“什么……”

“儿臣听父皇的话，跟着和娘娘。”大皇子提声又说了一遍。这一声，皇帝也听见了。

王疏月回头对皇帝道：“我们……我们能带着大皇子一道去吗？”

皇帝站起身，答非所问地冲着大皇子道：“朕明日在尚书房考你的书。”

“儿臣遵旨。”

皇帝又对王疏月道：“进暖阁来，替朕更衣，朕要回去看折子。”话声未落，人已经走过地罩，转到屏风后去了。

大皇子朝屏风处看去：“和娘娘，父皇还没消气啊？”

王疏月望着这个依偎在她怀中的孩子，心里甚至有些极软极软的疼痛：“你父皇不生你的气了。大皇子，书都背得了吗？”

“嗯……有些还背不得，儿臣夜里背。”

正说着，西暖阁传来皇帝不耐的声音：“王疏月！”

王疏月忙应道：“奴才在，这就来。”说完，她摸了摸大皇子的头：“跟金翘姑姑去，晚些和娘娘陪你温书。”

❖ ❖ ❖

过了冬至，皇后已近临盆。

内侍府会计司送来了近二十名嬷子来给皇后挑选。皇后近来腿肿得正厉害，一应事都只让孙淼料理。这日孙淼正半跪在脚踏上替她按腿，同时道：“内侍府把备应之物送来了，奴才替您瞧了，那春绸小袄子、白纺丝小衫子都做得很鲜亮。”

皇后撑着精神在看内侍府为大皇子添到长坤宫的银子，神情不大好。加上那又是个阴沉的天，厚厚的雪云在天上压着，就是雪怎么都下不下来，纵然点了灯，眼前还是晦暗得很，她才看了一会儿，就觉得眼底起了恍恍惚惚的斑点，再也看不下去了。她索性放下，打发人发还回去。

孙淼看着自己的主子不自在，不由得道："淑主儿那法子，起先还是有效的，让长坤宫那位好大的没脸，可怎么到头来还是顺了那位的意思呢？这大皇子……主子娘娘，您教养了他那些时日，还抵不过长坤宫的几块糕饼吗？您的话，大皇子竟也不听了。"

皇后揉了揉额角："罢了，如今也顾不上了。"

孙淼忙顺着她的话道："也是呢，他横竖只是个长子，纵使皇上看重，也越不过娘娘您的嫡子。周太医说，你这一胎可是小皇子呢，您哪，可千万不能为了那些事伤神。等小主子平平安安出世，就什么都好了。"

皇后抚了抚已经高耸起来的肚子，听完孙淼的话，心里头还是不安定。

从前成妃在的时候，王疏月对大皇子再好，皇后也没起心思。皇帝有多介怀皇子过继的事，她比任何人都清楚，她都争不到大皇子，王疏月一个汉人出身的女人又怎么争得到？但成妃死了，这件事就变了味了。王疏月要这个孩子，是不是表示，在以后的二十几年里，她也要在云诡波谲的夺嫡之宴上分一杯羹？时局会变，玄武门后的铁律都蒙了灰，皇帝又是个重视汉臣、汉学、汉制的人，保不齐日后还会有更大的变数。

她正心绪难安，太监来传话，说顺嫔来请安。

皇后此时倒不想见她，却又听见外面传来啜泣声，只得叫人传进来。

顺嫔一进来就只管跪在皇后面前哭，那张原本就不算秀静的脸此时扭得难看。她倒是明白的，一面哭一面请罪，说自己没有能耐，辜负了皇后和太后对她的看重，还说要去寿康宫太后娘娘面前请罪。

皇后听着她一股脑儿把话倒完，才道："起来吧。这也是你和大皇子的缘分不够。且你也尽了力，太后这几日也不大安，让她老人家静静安养着，这事，你别在太后面前提了。"

顺嫔站起身："可是奴才想不通啊。奴才跟大皇子说起成妃娘娘病重之因的时候，大皇子可是恨毒了和妃的啊。这和妃是给大皇子灌了什么迷魂药吗？叫他连生母的死都不顾了。"

皇后摆了摆手："本宫如今听不得你说这些。"

"奴才也不敢让娘娘您忧思，奴才只是怕啊，长坤宫那位本就受皇上宠爱，如今又有了大皇子，日后怕会——"舌头打了个哆嗦，她自己也不敢说下去了。

这世上的事就是相互平衡的，有人在温水里泡着，就有人在冰窟窿里待着。

皇后怀着嫡子，内事房、太医院以及宫殿监遣来的人几乎站满了长春宫，看着热闹非凡，但皇后还是觉得周遭静得厉害。即便这么多年她已经习惯了不与皇帝相处，但为了子嗣的前途，又好像不得已要重新迎上去。要说自在，真不如没有这个孩子的时候自在。

“孙淼，去问问张得通皇上今儿得闲不。”

孙淼忙道：“早间问过了，皇上这几日都在御书房议政议到很晚，今儿一早，马多济和十二爷都进宫了。”

皇后听她这么说，便知道今日请见是不容易了，摆手示意她退下，又对顺嫔道：“你也回去吧。既已成定局，还是安守本分的好。不过，你的话，本宫也会再仔细想想。你不要多心，好好服侍皇上。”

御书房这边果然又议到了酉时才散。

王授文在御书房里站了一日规矩，脚早就不是自己的了。十二爷和他一道走出月华门，天大寒，宫道上除了几个扫余雪的太监，并没有什么人行走。

十二爷走在他身旁道：“老大人，皇上让内侍府给您传旨了？”

王授文知道他提的是他们王家接驾的事。虽说皇帝是私行，但十二爷主管内侍府，消息通了，他那里也没的说。

其实说起来，王授文倒觉得皇帝今日看他的目光有些奇怪，不似从前那样凌厉，就连说话也是，从前两三句话就得说得他跪着不敢起来，今日像刻意拿捏过语气一样，比寻常要亲昵些。但是吧……王授文很尴尬，像饮惯了雪水的人突然喝了一口滚汤，五脏六腑都跟在油锅里煎一样。

“是啊，十二爷，你是知道老臣的，这几年可说是家徒四壁，如今户部借皇粮的门路又断了，虽说皇帝这回是私行，可我这府上……”他不由得“唉”了一声。

十二爷道：“老大人不必想得过多，若说是南巡北巡路上接驾，那确是金银圆扁都要填进去，但这回有你们家娘娘陪着一道，您老啊，怎么安排都没有错处。”

“王爷这话是宽了臣的心。”

十二爷笑了笑：“天冷，老大人慢些。”

御书房散了。

皇帝回到隆正殿的时候，酉时已经快过了。

内事房的太监托着膳牌跪在里头等着，皇帝一面走一面脱外头的袍子，看也没看那内事房的人，将手中的袍子抛给张得通：“王定清递进来的折子，朕说留着朕想想的那本，你之前摆在哪里了？”

张得通忙道：“奴才去给您取。”

皇帝理着袖口往书案后坐了，又对何庆道：“叫尚衣监的人来见朕。”

何庆刚应是，走到门口又反应过来，忙又退回来道："主子爷，都这个时候了，您召尚衣监的人——"

"朕让你去你就去！"

"欸，是是是，奴才这就去。"

皇帝接过张得通递过来的折子，一手抓过早已蘸好朱砂的笔，圈批不在话下。

内事房的人仍然跪在案前，皇帝不说话，他不敢走，只好拿眼睛去看张得通。

张得通无法，只得硬着头皮提道："万岁爷……您今儿该翻牌子了。"

皇帝扫了一眼太监捧着的膳牌，没见着王疏月的，想起她好像在信期，心里便什么兴致都没有了。

皇帝和王疏月到底相处得太私近，私近到他并没有把她当成王授文的女儿、王定清的妹妹，甚至忘记了她曾经是贺临未过门的侧妃。就像他在床上剥掉她的衣服一样，他剥掉了她身上其他的身份，切断了她与朝廷之间的关联，独视她为自己的女人。但是，若要去她的家中，她应该不喜欢自己仍然横眉冷眼地对着她的父兄吧。对，好在她没有见过他是怎么驾驭王授文这些近臣的，若是亲眼看见，也许心里会很不是滋味。

皇帝也不知道自己怎么就想到这一层了，也不知道自己在纠结什么。本来君至臣家是无上天恩，他王授文要感恩戴德地在门口跪迎的，自己这会儿怎么反而开始思考，怎么让王授文那在自己面前弯了很多年的老腰当着王疏月的时候稍微直一直？他一面想着，一面挥手让内事房的人退了。

何庆进来道："主子，尚衣监的人来了，候着听您的话呢。"

皇帝从自己乱七八糟的思绪里回过神来，放下折子道："让人进来，你们都出去候着。"

何庆应是，皇帝又张口唤住他，然而手在案上胡乱地敲着，半晌没吩咐出声。

何庆小心道："主子爷，您吩咐，奴才听着呢。"

皇帝这才抓了抓后脑勺，开口道："那个……你啊，你去问一声梁安，明日给和妃的衣裳打理出来没，什么样、什么色儿的，回来说给朕听。"

何庆一听这话就乐了，面上又不敢表露，忙点头应声。

他刚要出去，却又听皇帝捏着下巴自己在那儿嘀咕："石青色和香色，哪一个柔和些？"话音未落，又见何庆竟还没出去，他陡地发作道："还戳着干什么！还不快去！"

何庆忙连滚带爬地退了出去。

尚衣监的陆公公正心惊胆战地等在门口。皇帝从来不会亲自过问尚衣监的事，就算有赏罚，也是张得通和何庆处置。今儿半夜，皇帝把他唤过来，他正摸不着头脑，忙一把拽住出来的何庆："哎哟，我的庆公公，这是主凶还是主吉啊？"

何庆喜笑颜开地道："哎哟喂，我这儿可有大差事，您不要拉我。我跟您说啊，您这事主大吉，皇上过问起穿戴的事啊，咱们就准有赏赐。您哪，一会儿进去好好替咱们主子爷参详参详啊，要是参详得好，过了明后日，我亲自去长坤宫，在和主儿面前给您老请赏啊。"

陆公公被他说糊涂了："您这是什么意思啊，又是参详又是和主儿的？敢情主子爷要和奴才讨论明儿穿什么呀。这可真是夜里悬白日了！"

"就是夜里悬白日，您这一辈子多半也就这一遭了。若好，岂不是大富贵？我说啊，您千万别顺着万岁爷的意思，那一顺他的意思，可不就要埋汰了吗？明儿是咱们万岁爷的大日子，他自己不晓得，我们可得醒着神，十二万分仔细地张罗伺候不是？"说完，他一把扯开陆公公攥着他袖子的手，"哎哟，我得替您和主子爷探大信儿去了。我走了啊。"

❖ ❖ ❖

何庆来的时候，王疏月正与金翘、梁安一处在铜镜前给大皇子挑明日的衣裳。大皇子叽里呱啦地跟王疏月说今儿一早皇帝考他书的情状。王疏月半蹲在铜镜前，手叠放在膝盖上，含笑听他说着，时不时帮他挑一挑压在衣领下的头发。梁安和金翘则拿着袍衫玉带一样一样地在他身前比画。

"欸，主儿，您瞧这大朱红色绣云纹的好看不好看？咱们大皇子精神，这么穿一身，多鲜亮。"金翘一面说，一面撑着手中的衣裳，比给王疏月看。

王疏月点了点头："嗯，大皇子喜欢吗？"

大皇子道："和娘娘喜欢，儿臣就喜欢。"

王疏月笑开："那就它了，你金姑姑的眼光向来好。"

梁安道："主儿，别光顾着大皇子，您明儿穿什么？"

王疏月托着腮："嗯……要不穿那件褐红的衫子吧。"

梁安回想了一下王疏月说的那件衫子，道："主儿怎么想起那一件了？那件颜色是好看，像正色，但又不是正色，既不是绫罗也不是绸缎，也就袖口绣了些花样，寡得很。"

王疏月拿过金翘递来的皮帽，冲着镜子给大皇子戴上，道："就是寡些才好，那衫子在宫里我原是不配穿的，有心的人，一个不好说，就要问我大不敬的罪。好不容易明儿能回一趟家，没了宫里规矩管束着我，还不能放肆一回？"

金翘道："宫中非皇后不得着正红。你哪里懂主儿的心？"

王疏月回头笑了笑："你也想错了，我没有那份心，我就想啊，能在外头好好自在一日。"

正说着，外面宫人道："隆正殿的何公公来了。"

梁安忙亲自出去迎。

王疏月见何庆肩头有雪，朝窗上看了一眼："这又下雪了吗？你怎么这会儿过来了？"

何庆跪下请了安，道："皇上挂念和主儿，要奴才来瞧瞧，看主儿睡了没。"

王疏月起身笑道："咱们这儿给大皇子看衣裳呢。"

何庆见屋子里又是拿镜子又是烧炭火的，倒松了口气，他原正怕自个儿白眉赤眼地替皇帝问王疏月明日穿什么会尴尬，恰好王疏月这里也正摆这起子事，他便忙顺着问道："和主儿，您明儿穿什么？"

王疏月应道："去年在申兰，主子穿了一身妆红色的行装，我瞧着好看，我有一身褐红色的，比那妆红的暗些，明儿想穿出去。"

何庆笑道："对对，和主儿，您人白，穿红的就显得更白了，一定好看。"

王疏月笑了笑，让金翘带了乳母来，带大皇子下去安置，这才走到何庆面前："万岁爷还没歇息吗？"

何庆躬身道："还没，今儿像是政务多。和主儿，奴才跟您说啊，咱们万岁爷啊，又没翻牌子。"

王疏月垂头，轻应了一声，手指相互绞缠着静静落向小腹前。

何庆这个人的嘴巴没什么把门，为着能让王疏月知道那皇帝硬壳下的柔情，总是该说的、不该说的都说。王疏月这个月的信期拖得很长，今日才要结束，可不知是不是因为大皇子的事动了忧思，今儿晚上瞧的时候又有了鲜色。不说这茬儿，只算之前的，前前后后也行了七八日的光景。皇帝愣是独寝了七八日。

"和主儿，万岁爷待您再没可说的。"

王疏月笑笑："我如今就怕回头得挨皇后娘娘的祖宗家法了。"

何庆道："那不会的，咱们主子娘娘的好性子，宫里谁不知道？再说，不是有万岁爷嘛，谁又敢说什么？退一万步说，和主儿，若皇后娘娘真对您动了家法，您肯为咱们主子待您的那情挨吗？"

王疏月道："您是又要把这话说到主子面前去，是吧？"

何庆抓了抓后脑勺："架不住万岁爷乐意听啊。"

王疏月掩唇笑了几声，然后又点头道："肯的。"

何庆脸上也笑开了花："欸，奴才就说嘛，和主儿和咱们万岁爷情比金还坚。和主儿，奴才给万岁爷回话去了。您早些歇着。"他说完，乐呵呵地去了。

梁安送了何庆回来，一面进来一面道："要奴才说，这何公公真快把死的都说成活的了。主儿，他这大半晚上的来，就为替皇上来瞧一眼您歇了没啊？"

金翘正在一旁收拾刚才搜罗出来比画的衣物，出声应他的话道："奴才看，怕是专程来问主儿明日穿什么的。我还没伺候主儿的时候，就听张公公说过，万岁爷在咱们主儿的穿戴上顶用心的。”

梁安道：“你可别说了，说了都是埋汰。你瞧见咱们主儿那身葱绿氅衣没？去年在申兰，搭着一件嫩黄色的坎肩儿穿出来的，那可真是……还好咱们主儿天生丽质，生得好看，要不然——”

“瞎说什么！你哪里知道我不喜欢？”

“主儿——”

“行了，收拾好了安置吧。越发惯得你们没规矩了，连我这个主子都敢胡乱编派。”

那晚，王疏月睡得特别香甜。梦里她身在申兰广袤无边的草原上，皇帝那身妆红色行装配着鹿皮裳，迎风猎猎作响，铁条上烤成炭的肉、他被火堆熏红的脸，一切都特别生动。

她却不知皇帝纠结了整整一个晚上。何庆回来的时候，尚衣监的人还没有走，他回了一句王疏月明儿要穿那件褐红色衫子。尚衣监的人忙说，褐红色与皇帝那身香色的袍子最契。谁知皇帝一门心思想自己在王授文面前显得温和些，免得他看着自己又是一副战战兢兢的样子，让王疏月心里不好受。于是，尽管尚衣监的人提了香色，他还是觉得香色过于深沉。何庆没了言语，啥也说不得了。

但第二日，他在隆正殿前看见皇帝穿了一身墨绿色袍子神清气爽地走出殿门的时候，下巴都要掉到地上了。

尚衣监的陆公公恨不得把他的下巴摁回去：“我说，庆公公，这可是万岁爷的意思。”

“我知道。这还能是谁的意思？可……为什么非得是墨绿？”

陆公公同他一道站在月台上，看着皇帝的背影道：“皇上说了，这色儿，平易近人。”

“平易近人啊……”

❖ ❖ ❖

王授文觉得，自从吴灵死后，整个王家没有比今日更热闹过。

家里人都知道了要接驾，前前后后忙得人仰马翻，去外头传戏的传戏，订席的订席，比他都要上心。也就是在这个时候，王授文才知道，吴灵虽死，但给他调出了这些多么利落、能干的下人。他王家还能操持下去，也全靠这些人忠心耿耿，不离不弃。

其实王家的奴才本来就不多。王授文自诩是文华清贵，不大喜欢那种世家大族蓄奴纳婢之风。于是，吴灵死后，王授文又打发出去了一些奴才、管事的下人，就只留了一房姓赵的，从前是吴家过来的陪房，如今他们儿子也大了，人称赵三，独当一面，揽下了他爹的活路，管着王家的进出项。

王授文从来不过问家里的事，一应都交给赵三去置办。于是，这回接驾的事宜，赵三来问他，他倒成了个一问三不知的糊涂爷。赵三无法，只得掉转枪头，去请王定清的主意。

王定清回京以后，皇帝把他放在户部做了个堂官，别看品级不高，却给了他专折专奏的便宜。他原本就和王授文不一样，没在京城官场上混过，进士及第后就到地方上外任，快人快语，针砭时弊，是个爽快利落的人，恰好皇帝也敢在这个时候用他。如今各州县“耗羡归公”的改革大兴，过了年，他又要动身去山东那边替皇帝巡查改制之效。加上他虽然老大不小的了，但还没有成家，因此也就没有另置宅院，仍在王家大宅子里住着。

王疏月是他唯一的妹妹，过去又因为父亲把她一个人放在卧云精舍，几年见不到一次面，上回见面还是四年前，他好不容易回京来，撞上她的生辰，她硬是央着他带她出去，去三庆园听了一日的戏。那会儿她还是个叽叽喳喳说个没完的丫头，如今一晃，已经成了宫里的主儿了。他还形单影只地和自己老爹对着。王家一门看似因家里的这位娘娘已然荣极，却是一门两个光棍儿，这光景，王定清也觉得脸红。

这日候驾，两个男人孤孤单单地戳在门口。

下人们都只能在二进院里跪着等。王授文扫了一眼冷落的门庭，不由得侧身跟王定清嘟囔了一句：“你的婚事，要不要趁着今日跟娘娘提一提？如今，咱们家都得看娘娘的意思，爹不敢胡乱给你做主了。”

王定清道：“娘娘是主子，她若有意思，儿子遵就是了。”

说起来，他很想念王疏月，他这人和皇帝有点儿像，也是清冷意寡的人，这一生仅剩的一点儿温柔都给了自己这个妹妹。可如今一晃眼过去四年，她的模样，他都有些记不清了。

正想着，赵三从前面大街上欢天喜地地跑来：“来了来了，咱们小姐回来了。”

王授文和王定清抻长脖子望去，果见前面行来一辆马车。

之前内侍府过来传旨时就已经说了是私行，此时不见仪仗，只有张得通和何庆双双穿了常服跟在马车旁。王授文和王定清忙跪下叩头，不在话下。

马车在王家门口停下。

皇帝从车上下来，又一把将大皇子抱过来，向车上的王疏月伸出一只手：“扶稳当，好生下来。”

王疏月穿着那身褐红色的衫子，外面罩着白狐狸毛的披风。皇帝则是一身墨绿无暗绣的素袍子，腰挂千青种的雕龙纹玉佩，虽是穿得自在，但面上的表情还是和王授文在御书房见惯的那种冷冽的表情一模一样。

王疏月扶着皇帝的手下了车，一眼就看见了跪在门前的王定清。四年没见了，自家兄长好像黑了一些，但筋骨强劲，一双修长的手摁在地上，骨节分明，清俊好看。

皇帝将大皇子放在地上。大皇子好奇，但皇帝在前面，他又不敢放肆，便跑到王疏月身边，仰头眨巴着眼睛。

皇帝在出宫前给了自己无数暗示，什么平易近人、君臣同乐……总之，一定不能让王疏月觉得王授文在他身边的差事不好当，然而，这会儿王授文和王定清那伏地跪迎的模样，愣是像要跟他过不去一样。

皇帝回头朝王疏月看了一眼，却见她眼底似泛了泪光，心里更不是滋味，压着性子冲着王授文道："你们先起来。"

"谢皇上恩典。"

王授文说完正要起身，却又听皇帝道："王授文，朕说了朕这回是私行，百无禁忌，朕的话，你当什么了！"

这话听着似乎是在问罪啊，但王授文一时又不知皇帝是在恼他什么，即便如此，刚直起来的膝盖还是扑通一声又跪了下去。王定清无法，只得跟着自己父亲一道跪下请罪道："臣等罪该万死。"

那膝盖砸地的声音，听得皇帝恨不得翻白眼。他抿了抿唇，手在背后握成拳头："王授文，这是你们王家门口，别把你在宫里对着朕那一套搬出来。"

王授文蒙了，这位爷今日看来是不好伺候啊，怎么请罪好像都不对，那他这会儿是该站呢还是该跪着呢？

他正不知如何是好，一只柔软的手却扶住了他的手臂，白玉镯子衬着那凝雪一般的手腕子。

王授文一抬头，却见是王疏月半弯着腰立在他面前。

"父亲，女儿扶您起来。"

王授文忙一个头磕了下去："使不得啊，娘娘，臣受不起。"

王疏月笑了笑："父亲，咱们主子爷都说了，这回是私行，百无禁忌。您再这样，女儿也只能跪着了。"说完，她便作势要屈膝。

王授文忙道："欸欸欸，使不得，使不得，臣这就起来。"

王疏月扶着王授文站起身，大皇子则乖巧地给王授文作揖，唤他"老大人"。

大皇子这一代的皇子都还小，大皇子年纪最大，但还是个六七岁的孩子，压根儿未到结交朝臣的年纪，因此其后的势力多是母家的，然而成妃是云漠旧藩出身，亲族之中并无近支在朝为官，如今过继到王疏月身边，王授文和王定清倒是自然而然成了他的倚仗。

王授文这人为官有着程英等人没有的脑子，这也是他和皇帝多年相处磨出来的智慧——政事上勤谨，家事上装聋作哑。王疏月入宫，虽是为他和王定清的前途铺路，但他面上只把王疏月当宫里的主子，她越是承恩受宠，他越要尊重、疏离她。

王定清还没修炼到王授文这个老朽的地步，见到自己多年未见的妹妹，眼眶都泛了红。他太想念她了。他们母亲走后，王疏月算是他唯一的牵挂。在西南地方上，他听说贺临被囚，就已经为她的前途担忧得要死，后来又听说她辗转进了宫，更是难安。如今见她气色尚算好，秀秀静静地跟在皇帝身后，一副年轻妇人的模样，身旁还跟着大皇子这么个孩子，不由得觉得安慰。然他越是心头暖热，眼里就越忍不住烫水。他忙低下头掩饰，却到底还是叫王疏月看见了。

“哥，我回来，你怎么反而哭了？”

“哦，是，是，臣知罪，臣在娘娘面前失礼了。”

皇帝见他们一而再再而三地请罪，心里着实无奈。他是想给王疏月一日的平静、踏实，让她能在家里和父兄好好说几句话，松快松快，但显然王授文和王定清习惯了朝廷上的相处方式，这会儿跟他是没这份默契了。

“王授文。”

“欸，老臣在。”

“你还要让朕在你家门口站多久？”

“啊……这……老臣——”王授文那请罪的架势一起来，眼看着就又要跪下去。

皇帝忙一手撑住他的手臂，抿了抿嘴唇，强压着性子道：“朕说了，朕这次是私行，是私行。”

“既是私行，主子，您也改个口吧。”身后传来王疏月的声音。

王授文闻言一惊，忙给王疏月使眼色。

皇帝似乎没听清她说什么，回头问道：“改什么？”

张得通和何庆在旁也皆一怔，说起来，自从入了宫，他们从来没在皇帝口中听到过一个“我”字。

王疏月看着父亲眉头都快皱到一处去了，只得垂眸笑笑：“算了，是我放肆了。主子，我引您进去。”说完，她蹲下身来对大皇子道：“要姨娘抱着你吗？”

大皇子挠了挠头，看了看皇帝，又看向王疏月：“您是和娘娘，您不是姨娘。”

王疏月顺顺他的发梢：“今日咱们在王大人家里面是你父亲的私行，咱们啊，得改口。来，姨娘抱你进去。”

大皇子似懂非懂地张开手，搂住王疏月的肩膀。孩子过了五岁，可真是一日一日地见长。王疏月搂着大皇子直起身来，不由得道：“哎哟，再过一两年啊，姨娘啊，就抱不动你咯。”

她正说着，旁边突然伸来一只手：“给我。”

何庆听着这个“我”字，立时笑开了脸，扯着张得通的袖子小声道：“师父，听见没？听见没？”

张得通心里也是莫名地触动。他是跟着皇帝一路从少年时代走过来的人，这位主子爷平时有多么严肃，心有多硬，他不是不知道，他做梦都不曾想到，自己有生之年还能听到皇帝将自称换回“我”字。

“听见了听见了，你个浑球，松手。还不快跟着去！”

这边皇帝从王疏月手中抱过了大皇子，低头看向王疏月：“是要我改这个口，是吗？”

这次换王疏月愣住了。

皇帝一手抱住大皇子，又腾出一只手来摸了摸王疏月的鼻头，饶有兴致地看她愣神：“王疏月，我改了，你怎么傻了？”

“我……我没有，就是觉得……我罪该万死。”

“得了吧。你们一家子罪该万死，谁伺候朕……我？”他舌头打了个结，暗有些尴尬，于是人一下子习惯性地绷了起来，也不再看王疏月，单身抱着大皇子径直走到里面去了。大皇子求救似的看向王疏月，张口无声，那口型只管叫她跟去。

王疏月望着皇帝的背影，摇头笑出了声：“父亲，哥哥，你们也自在些，不然，主子该不自在了。”

王授文并张得通几个人跟着皇帝走到前面去了。

王疏月与王定清则行在后面。前面皇帝也没传人过来催，像是默准了他们二人单独说几句话。

“兄长回京，我也算安了心。这几年都不得见兄长，也不知兄长在云南过得好不好。”

“臣一切都好，只是挂念娘娘，臣在外头一直听说娘娘身子不好，如今愈了吗？”

王疏月仰头笑笑：“我无妨，反而这回见父亲像老了好些。”

王定清朝前面看去，王授文的腰的确比前几年看着要佝偻。

人命由天定。父子、母女的缘分说尽就尽，着实令人伤感。

“母亲走的时候，娘娘在身边吗？”

王疏月摇了摇头：“没有，我也不及送最后一程。但这个罪过在我，要应也应在我身上。兄长是王家唯一的香火，我这辈子已是如此了，有了大皇子，后面还有没有子嗣的造化，我都不强求了，倒是兄长，切莫再耽搁。”

王定清站住脚步：“娘娘既有命，臣没有不遵从的，但凭娘娘做主。”

王疏月仰头望着他：“兄长，我做什么主呢？我一直觉得，母亲的话是对的，仕途艰难。我入宫，看似是你们的倚仗，却也是你们的隐忧，父亲和你处世不易，你若再不能得一知心知冷暖的人，让我如何面对母亲？我什么主都不做，但愿兄长能得一心人，从此白首不相离。”

她这一席诚恳而富温情的话说完，王定清却莫名地有些心疼这个妹子。四年来，他倒没怎么变，但她比从前要稳重多了，但不变的还是她的那颗心，和母亲一样柔软，关照人情，体贴冷暖。

“只要娘娘好，臣万死不辞。”

王疏月摇了摇头：“兄长切莫再说这样的话。我想你们好，我既已入宫，我的结果和造化就都在我的主子身上，兄长不要挂念。朝政之余，多自在些，也替我劝劝父亲，他习惯劳心，要多关照关照他自个儿的身子。”说着，她朝后面的马车上看了一眼，“我这回出来啊，也从宫里带了好些补养身体的东西出来。好在这回主子在，不然父亲是断不会让我尽心的。这几年他只当我是和妃，但我的话从宫里传出来早没了亲情滋味，逢年过节，跟着赏赐一道递出来，入了父亲的耳，也着实不像个女儿说出来的。所以，他也不知道，母亲走后，我这个做女儿的心里有多挂念他……”

“是，臣会把娘娘的意思说给父亲听的。”

王疏月点了点头，垂下了眼。

雪风把枝头幽香四溢的花吹落在她肩头。若换成少年时，王定清定要替她拂去，或挑一朵鲜亮的给她簪发。但这会儿，他只能规规矩矩地站着。

“好久好久，没跟哥哥去三庆园听戏了。”

“娘娘想去吗？”

“想啊，不过能回来已是大恩，再不能放肆了。”

“若臣当时在京，一定不会让娘娘入宫。”

王疏月抬手，自拂去肩头的花：“哥哥，其实缘分天定，我在主子身边过得很好。”

正说着，前面何庆走回来：“主儿，前面王老大人请您呢。”

“知道了。”

“欸，那您和王大人啊，快着些。前面戏啊……要开锣了。”

王家是个三进院，沿南北轴线安排倒座房、垂花门、正厅、正房、后罩房。每进院落有东西厢房，正厅房两侧有耳房。院落四周有穿山游廊及抄手游廊将住房连在一起。大门则开在东南角上。这会儿戏台则是搭在后面的园子里头。

王家的人不多，行走的人知道是接驾，皆屏息以待。除了王授文的声音，周遭再听不见人声。

其实从前荣到大梁，朝代更替了，但官宦之家的娱乐也就那么几样，尤其是请客做东道，都有一定的定例，无非就是戏、酒两样。但这两样东西，王授文都不擅长，是凭家人和王定清张罗安排的，于是眼下要他从戏文上着手，陪着皇帝说些什么，他还真说不出来。

戏班子是从大栅栏班底里挑的，现在唱的是《黄伯央大摆阴魂阵》。这是升闻坊的大戏，弋阳腔，锣鼓、唱词都热闹。

皇帝从前倒是听过，这会儿兴致不高，正跟王授文在那儿干坐着。王疏月并王定清一道行走来，方破了那阵君臣之间不论政事、闲时共处的尴尬。

“主子，戏好听吗？”

皇帝掐开了一粒瓜子，应她道：“没什么太大意思。”

王授文听了这话，立时又站起了身，皇帝忙出声挡住他道：“王授文，你要再请罪，朕就当真治你的罪。”

王疏月走到皇帝身边坐下，亲手斟了一盏茶呈给他：“我瞧恒卓看得有趣。主子若觉得没意思，那要不我陪主子去走走？”

皇帝正觉得再和王授文坐下去又要把朝廷政务拿出来议了，实在不是他带王疏月出来的原意。王疏月一说，他便站起身往戏台下走。

王授文也跟着站了起来：“臣陪皇上一道——”

皇帝头也不回，两三步转到戏台后面去了。

王授文不死心，又道：“那臣让奴才们跟着您——”

王疏月见父亲如此紧张，一面跟上去一面道：“父亲，不用了，女儿伺候着就好。”

园中道上的梅花开得正艳。

王疏月跟着皇帝在穿山廊上慢慢地走着，下人都回避得远，四下静悄悄的，只听到风吹枝头雪，砸地而碎的声音。

“你难得回家一次，不同你父兄家人说话，跟着朕做什么？”

王疏月跟了几步上去，走到他身侧。在宫里的时候，他身侧的位置，除了皇后，是没有人能与他同立的。那是尊卑、嫡庶的区别，即便是皇帝的手牵着王疏月，她也不能放肆地走到与皇帝并肩的位置。然而今日，她却想犯一次法，挽着皇帝的手臂慢慢地走一程。

皇帝侧脸看了一眼她挽在自己手臂上的手，抬头道：“手怎么这么凉？”

“冬日里都这样，过了这个月，开春就好了。”

皇帝不再说话，任由王疏月挽着手在穿山廊上走。

第二十章 乌夜啼

她不知道从什么时候起有了勇气，把柔情尽数给了皇帝这个与人世间格格不入的男人。

王家庭院的景致归整得很素雅，有年份的香草藤上结着老果实。

皇帝四下看着，他对女人的穿戴没什么审美，但对园林的叠山构水还是颇有心得。王家的这个后园和王疏月本人很像，说不上有多好看，但一棱一角都有灵气，像一个性子极淡的人花了很多年的时光，不心急，也不刻意，一点儿一点儿修造出来的。

“主子看什么看得这么入神？话都不肯说了。”

皇帝眯着眼睛抬手点了点不远处的那座假山石：“好园子。”

王疏月顺着他手点的方向看去：“这处园子花了我母亲大半生的心血。”

皇帝侧身对着她，平声道：“王疏月，你和你母亲像吗？”

王疏月点点头：“父兄都说很像，可我觉得，也有不像的地方。母亲的话不多，也从来不会跟父亲红脸。”

皇帝哂了一声，道：“是了，不像。你跟朕红脸的时候可不少。”

王疏月抱住他手臂，人却走到他前面，转身仰起脸望着他道：“我以后都不跟您红脸了。”

皇帝看着自己被她抱住的手臂，不由得笑了一声，人倒是没动，口中却还是不解风月：“算了吧。你的话，朕不信。好好走，不要扯着朕。”

王疏月仍不松手：“如今就我一个奴才跟着您，廊上滑得很，您摔了可怎么办？”

皇帝将她的手从自个儿手臂上掰下来，握入手中：“朕若是摔了，先把你扔到下面垫着。”

王疏月低头笑出了声，皇帝扯了她一把：“你笑什么？”

“都出宫来了，您还只管说这些话，也是奴才好，这么两三年了，还没被你伤够。”

皇帝哽道：“王疏月，朕伤过你吗？”

这话一出口，皇帝又后悔了，怎么没有伤过她？他正不知该说些什么，大皇子从穿山廊那头跑来，一下子扑到王疏月怀里，那才真是险些摔一跤。王疏月弯腰搂住他："跑得这么急哟。"

大皇子抬起头来："姨娘，你和父亲怎么走了？"

王疏月一抬头，见王定清也从后面跟了过来。

"大皇子要来找皇上和娘娘。"

王疏月蹲下身，用自己的绢子擦了擦大皇子额头的汗："戏不好看吗？"

"王大人说，三庆园的戏比这里的好看。"

王疏月闻言看向王定清，他这心倒是用得又细又准。

兄妹之间仍是有默契的。

"主子，天还早，您又不喜欢家里的戏，要不咱们带大皇子出去逛逛？"

皇帝道："你带着恒卓去吧，朕还有事，要和你兄长议。"

王疏月全然没想到皇帝这么痛快，还不等她欢喜，大皇子已经笑开了脸："姨娘，父亲准我们出去了。"

皇帝对跟在后面的张得通道："让何庆和胡善跟着一道去。"说完，他又看向王疏月："酉时前回来。"

王疏月蹲了个身，连应了两个"好"。

所谓天子脚下，当真热闹非凡。

那日正逢内侍府的一个司官——也算是十二爷家的正经奴才——在内侍府出人头地，成了个新贵。他在三庆园中办堂会，整个京城的名角儿都请齐了。

大皇子手里捏着糖油馃子，趴在何庆身上道："好热闹啊。"

王疏月凝神细听里头的唱腔，约莫是昆腔，唱的又是《玉环记》，是她正经喜欢听的，不由得觉得可惜："人家做堂会到底是私局，今儿我们是听不成了。"

何庆道："哪能听不成啊？这司官原是从前废太子府上家生的奴才，后来太子爷被圈在宗事府，他人机灵，才攀上了咱们十二爷。那人吧，也有几分能耐，才渐渐做大，不知道的认他是个新贵，知道的都骂他是个背主的狗奴才，哪有什么大脸面？您瞧瞧，他若真是根基富贵，早就在私宅里头举宴了，哪里用得着借三庆园的地方，把自家的内眷子女都拉到人前，如此不尊重？"

王疏月侧眼看向何庆，别看这个人平时嘻嘻哈哈，没个正形，皇帝那样的人能容他在身边办差，必是他有些分辨。今儿听他说这些，话虽粗糙，但里里外外都是见识。

"主儿，您好不容易和小主子出来一回，这地方也是您想来的，给他脸子做什么？您啊，阴凉里歇着，奴才去找他。"

他果然有功夫，不多时，便出来好几个小厮，引着王疏月上了二楼的阁间。何庆已经在里头了。

"想不到你还有这脸面。"

"哎哟，奴才是万岁爷身边的人，奴才的脸面都是万岁爷赏的。主儿，您只管和小主子乐，奴才伺候好你们，回去好跟万岁爷领赏。"

"好。"

外头时辰过得快，底下唱过《玉环记》和《明珠记》就已近黄昏。

说来也有些巧，大皇子在人头攒动的二楼看台上看见了醇亲王和张孝儒这两个人。

这醇亲王也就是废太子。皇帝去年与达尔罕王爷商议攻打丹林部的时候放他出了宗事府，并封他为醇亲王，孝和义两全。议政会议把他排斥在外头，他只得做个赋闲的亲王。但张孝儒这个他过去的老师也许是在他身上倾注的心血太多，不忍见他如此落魄、消沉，因此时至今日仍冒大不韪与他亲近。

大皇子说要去请安。

王疏月见了这一幕却多少有些敏感。他们借着这场堂会私见，为的无非就是避在府上相见的嫌。若是让他们知道大皇子看见他们相见，恐会忌惮皇帝而生乱，倒是不见为好。想着，她便出声拦住了大皇子："你忘了咱们这回出来是你父亲的私行了吗？可不能让别的人知道。"

大皇子倒也听得进去她的话，乖乖坐了回去，不一会儿就被别的什么玩意儿吸引了目光。

近酉时，大皇子已经闹乏了，趴在王疏月肩上，从楼上下来。

何庆在门口等着他们："主儿，听得过瘾吗？"

王疏月笑道："今儿倒要谢谢你。"

何庆将大皇子接过来，抱在怀里："奴才可不敢，这都是万岁爷的意思。万岁爷说了，您生辰的时候喜欢来这儿听戏，今儿虽不是您生辰，但也得让您开怀。"

原来不光是兄长有心，他也有心成全。

王疏月都快忘了自个儿是什么时候跟皇帝提起她爱听三庆园的戏。难为他日理万机，有的时候连何年何月杀了谁、提拔了谁都会忘，对这件琐碎小事倒记了这一两年。

"大皇子也困了，咱们回吧。"

一去一回，大半日竟过去了。

黄昏时，天下起雪来，纷纷扬扬的，把白日里的热闹覆了个干净。

王家知道皇帝与王疏月要歇一宿，便把正房腾挪了出来。谁知皇帝却没去那处安置，反而去了王疏月从前住的屋子。

赵家的媳妇撑着伞在正门上迎王疏月，见她回来忙道：“娘娘可算是回来了，我们这儿……唉，我们这儿没主意了。”

王疏月看着她惶急的模样，只当是父兄又被皇帝斥了，忙往里走，一面走一面问道：“怎么了？”

赵家媳妇道：“奴才这辈子也没想过能伺候万岁爷。宫里的规矩大，张公公眼皮子底下，烧的水是错，用的胰子也是错。这会儿，奴才家里那口子都没了法子，愣是连水都不敢传了。”

何庆道：“这怨不得，我们万岁爷讲究。”

王疏月回头道：“都来了我家这处，再不能穷讲究。你带大皇子去安置，那边我去吧。是正房里头吗？”

赵三媳妇忙道：“哎哟，不是不是，在娘娘您从前住的那屋子。”

王疏月一怔，道：“我那地方小得很，怎么又去了那里？”

“奴才们哪里知道？娘娘快去吧。”

王疏月还未走进屋中，却听里面传来皇帝和兄长的声音。

“张孝儒会同户部几个堂官联名上的那道折子，朕前日让你看了回去想，如今想得怎么样了？”

“张相仍不解皇上的决心，大有长议拖延的意思。”

皇帝笑了一声，道：“朕没有工夫跟他耗。就‘长议拖延’这四个字，你给拟出个参本子来，在明华门上递。他人老了，朕看他也是心灰意冷，心不在朕这一新朝，发还回乡倒好，不至于成朕和你的掣肘。”

王定清应是，跪安出来，见王疏月站在门口，此时不敢多言，只请了个安，退到前面去了。

王疏月这才走进屋中，皇帝仍在看折子。

大片大片的雪影子透过碧纱窗落在他身上，冷冽、清刚。

后宫不干前朝，这个道理，她清楚得很，听皇帝之前那几句话的意思，对于张孝儒和醇亲王的私见，他早就了然于心。因此，王疏月也大没有必要多言今日所见之事。

张得通站在皇帝身旁照看着他手边那盏灯，见王疏月进来，便站到外边了。

皇帝头也没抬，仍在折子上写着：“三庆园唱的什么戏？”

“《玉环记》。”

皇帝蘸笔，趁着这工夫问她道：“那是哪一朝的戏？说什么，杨妃吗？”

王疏月走到他身旁，取下头上的一支簪子替他拨灯芯子：“前荣时的戏了，寻常市井人家爱听，奴才就不说出来污您耳朵了。”

皇帝放下笔，合上折子，靠着椅背看她："说吧，朕也闲了。"

王疏月靠在他的椅子旁蹲下来："您既要听，那我便说与您。这戏啊，取材于唐范摅《云溪友议》卷中'玉箫化'的故事，写唐代书生韦皋在平康坊和妓女玉箫相爱，因没钱被鸨母赶出妓院。分别时，韦皋赠玉箫玉环为记。后韦皋被西川节度使张延赏招赘为婿，玉箫悒郁成疾，口吞玉环而死。"

皇帝笑了一声，低头看她，道："你竟然听这样无奈、悲情的戏文。"

王疏月应道："还没完呢。后来，玉箫死后转世，名箫玉，长成后终于和因救驾有功被皇上任命为节度使的韦皋团圆。"

皇帝听完这最后一句，却莫名地沉默，良久方道："最后却像刻意续上的一幕团圆。"

王疏月应道："我亦意难平。"

皇帝将手臂搭在圈椅上："王疏月，既如此，你肯做玉箫？"

王疏月点点头："若您是韦皋，我便肯，您万岁万岁万万岁，我就一世一世地去找您。"

皇帝笑出声："你的话，朕看真的信不得，还万岁万岁万万岁。朕告诉你，朕看不上这出戏里的韦皋，这种人轻浮于世，宿柳眠花而无长德常性，纵得机缘走上仕途，也绝不是于国有益之良辈。这种人……"他后面的话义正词严，却又把王疏月柔软的情意逼到外头雪地里了。

王疏月有些无奈地笑笑，柔情蜜意到了这位爷这儿都被碾成了灰。她和皇帝这一世的相知和相伴啊，真不知道是彼此中了什么邪魔。她索性不去听他后面的话，转而向房中那只孤零零的浴桶看去。屋子里暖和，水珠还不至于凝结，但已看不见一丝白烟了，想来之前是有人试图来服侍，却又被撵了出去，后来便连水都不敢添了。

王疏月收回目光，轻声道："主子，今儿在我家里，没人敢伺候您，通共就剩我一个奴才能在屋里。您委屈些，让我伺候您沐浴吧。"

服侍丈夫洗澡这种事，放在民间再普通不过。但在宫里，倒没有嫔妃服侍皇帝洗澡的惯例，一来这是宫女、奴才们的差事，二来皇帝这个人在两性上可以说是正经得拧得出苦汁水，这样坦诚赤裸地见一个女人，脱离了床榻那方天地，他便觉得和淫奢有染，绝不是他修身养性之道。但今日在王家，他没有分寸，像不得不受王疏月的摆布似的。

王疏月脱去皇帝上身的中衣。皇帝筋骨本就算强劲，这会儿被那柔软的手不经意地触碰，却莫名地血凸筋鼓，刚硬起来。

王疏月一面弯腰去褪他的下裤，一面道："您身子僵得跟一块炭似的。"

"你闭嘴。"

王疏月笑弯了眼："您若不习惯，那奴才还是出去，唤家里的奴才来伺候您吧。"说完，她站起身作势就要走。

皇帝忙一把将她替他褪了一半的绸裤拽住："王疏月，你回来，给朕跪下。"

"哦。"王疏月顺着他的话屈膝跪下来，仍然伸手去褪他那褪了一半的裤子。皇帝却死拽着不松手。两个人一跪一立，和皇帝身上最后一道防线较劲。

何庆安置了大皇子回来，见张得通僵着脖子守在门口，忙凑上去道："万岁爷和和主儿安置了吗？"

张得通冲着那窗子上的影子摇了摇头。

何庆也顺着看了一眼，不由得道："坏了，万岁爷莫不是对和主儿动手了吧？"

张得通恨不得翻他一个白眼："守着，别多嘴。"

皇帝盘膝坐进浴桶里时，已经和王疏月折腾了大半盏茶的时间。

好在水热，热气一起来，也分不清楚他是如何涨红脸的。王疏月将他的衣物在外间一一挂好，这才走进里间。

皇帝背对着她，愣是一句话也没有说。

热气熏得他脑子有些发蒙。多年和嫔妃相处，他有很多不可打破的戒律。比如衣冠之道，女人可以赤身裸体地对着他，无论是祈求也好，献媚也罢，他享受那种坐怀不乱的克制。本质上来说，他还是习惯驾驭女人的身子，剥夺她们的体面，以此换来纵情和快感。所以他要逼着王疏月在床榻上脱去所有衣服，一无所有地靠着他，即使白日里她在他面前有千百种道理，那个时候她不敢动，也不敢跑，她是完完全全属于他的。但他终究不习惯赤身面对一个衣冠整齐的女人，比如此时的王疏月。平等这件事，在三纲五常困锁的年代还是有些艰难。

皇帝觉得自己心头是有气的，但又不想冲着王疏月发作。

"主子。"

"做什么？"

"你是不是在想怎么和我算账？"

"你还敢问！"

王疏月往皇帝的肩上浇了一瓢水："算上您得痘疮，我拿绳子绑您那回，我冒犯龙体两次了。"

"对，够你万死了。"

王疏月挽起袖子来，双手叠放在浴桶的边沿儿，屈膝蹲下来。她的头就在皇帝肩旁，口鼻中呼出的气一阵一阵地散进皇帝的耳朵里。好在水汽够热，不然皇帝一定会忍不住，连着打好几个摆子。

"就别说万死了。主子，我这辈子从来没想过死。"说至此处，她顿了顿，"除了……十一爷和富氏逼我死那一次。”

皇帝僵硬的身子终于稍稍放松下来，他靠向浴桶的边沿儿，宽阔的背脊贴靠住王疏月叠放在边沿儿上的手臂。

有了肌肤之亲，心意也彼此不自知地相通。

“你应该知道，若你敢死，朕就立刻弃掉你们王家。”

“嗯，我知道。我也知道，对主子和十一爷而言，我也就是颗棋子。”

她是棋子。退回到那个时候，王疏月对皇帝来说究竟是不是棋子，皇帝倒是不太愿意去细想。那会儿，他还不是那么喜欢她，于是她就显得嘴脸可恶。

“还好你当年没犯糊涂。”

“是，但我那会儿……很难过。”

皇帝侧头看了一眼王疏月。她将头枕在手背上，就那么安安静静地趴在他身边不说话了。这个时候，她已经把外裳脱去了，为了伺候他洗澡，连里面的夹袄也没穿，只剩下那件品月色的衫子，里头衬着雪缎中衣。

“朕知道你那时候难过，王疏月，那是朕这辈子看一个女人哭得最难看的时候。”

他总是说得这么实在，引得王疏月自个儿也开始回想自己当年是如何在他面前哭得眼泪鼻涕一起流的，想着想着，不由得把头藏到手臂下头笑，半晌，方渐渐缓过来。

“我也没想过要在您面前哭成那样。那会儿我就是觉得，这个世上，除了母亲，也许再也没有人肯信我，信我王疏月不是一个忘恩负义的人。”

皇帝回过头去，浴桶里蒸腾的水汽蒙了他的眼睛，有些话，对着王疏月，他是说不出来的。

“你怎么知道没有人信你？”感觉到背后的人要张口，他立马又跟了一句，“朕是说王授文和王定清。”欲盖弥彰。

奈何她有她的灵性去抓取他话语中转瞬即逝的温情，也不会霸道地逼他承认，只是把他给出的温情内化于心，再安安稳稳地消化掉。

“欸，这是在外头，我给您搓个背吧。”

“搓……王疏月，朕问你，你是王授文教出来的女儿吗？”

王疏月已经摁住皇帝的肩膀：“不是，我是母亲和卧云教出来的人。主子，您如今身在民间，既连口都改得，又如何不肯说几句民间话？……欸，您别动，我在宫中指甲留得长，这会儿只敢拿手掌来服侍您，您好生坐着，仔细我剐着您。”

怎么办？总不能这么光着身子站起来骂她。皇帝认命地被她摁在浴桶里推搡着。

古朴雅致的闺房，临近水房，不断传来柴火的气味。

她并不算多么顺畅却极其认真的手法，毫不费力地招来了皇帝真实的睡意。

在遇见王疏月之前，他一直晚睡少眠，但自从被她在隆正殿绑过，这少眠的病好像渐渐地不药而愈了。

“您可别睡，一会儿我怎么撑得住您起来？”

“你弄得朕那么痛，朕怎么睡？”

这话意思有点儿奇怪，王疏月倒是没反应过来，皇帝自个儿先蒙了，忙抬手按着脖子掩饰。好在王疏月没有深想，起身到后面取何庆备好放在榻上的衣服去了。皇帝这才松了口气，重新靠下来。

头顶屋梁凝结着水珠子，偶尔滴下来那么一两滴，落入盆中。

其实民间究竟如何，皇帝一生都懒怠去想。虽然他要做一代圣主，深知水能载舟亦能覆舟的道理。但“民间”“百姓”毕竟是对他而言过于宽泛的词，它们代表着禁城之外，代表着天子之外。他一个人，对，就是他一个人，住在禁城中，孤独地面对着城外一切有灵的生命、无灵的江山水土，为了“百姓”这个永远无法触及实在的虚妄代称，他殚精竭虑了这么些年，所求的其实也就是风调雨顺的夜，能让他安枕好眠。然而为此，他成了全天下唯一杀人如麻的人，担着苛刻臣工的名声，与他维护的“人世间”是那么格格不入。这可真是帝王荒谬的命运。

那一夜，王疏月依旧干干净净地躺在皇帝身边。

皇帝身上的被褥并没有宫中的蓬松、馥郁，但身边人的身子是温暖而柔软的。

也许王疏月是皇帝有生以来触碰到的唯一与禁城没有关联的人。她来自文心雅存的南方，虽是皇帝近臣的后代，身在宫廷亦顺应宫廷的规矩，但她从来没有沉沦过。两年多了，王疏月还是王疏月。

人生在世，娱人悦己。唯一变了的是，她不知道从什么时候起有了勇气，把柔情尽数给了皇帝这个与人世间格格不入的男人。但凡她在身边，皇帝就肯放心地睡去。

但也不知道为什么，她平时陪着他睡觉都是十分老实地守着她的规矩，蜷着身子，背靠着他缩在他的怀里，这一夜她却睡得很自在，睡到半夜的时候，甚至拉过皇帝的手臂，枕在头下。

皇帝被她弄醒了，却听见她少有地起了细鼾。

也许这两三年这一晚才是她睡得最安稳的。皇帝不想吵醒她，索性由着她压着自个儿的手臂。

次日醒来，王疏月神清气爽，皇帝却成功地睡落枕，回宫之后又贴了两日周明的膏药才好。

❖ ❖ ❖

王疏月回宫之后，听说了两件事情。

第一件事是关于王定清的。王定清在一次大起上参了张孝儒一本，其言辞之犀利，气得那位以口舌著称的老状元差点儿当场吐血，过后就给皇帝上了告老还乡的折子。他本以为这是拿捏皇帝，让皇帝处置王定清，谁知皇帝反手准了，过后更遣王定清为钦差前往山东巡查“耗羡”改革之效。

第二件事则是关于顺嫔的。皇帝以苛责宫女致死为由，将顺嫔降为答应，迁出钟粹宫，挪到西三所里闭门思过。事实上，这道旨意比表面上看起来还要狠。西三所虽然明着算不上冷宫，闭门思过也不是囚禁的意思，然而皇帝没有给“闭门思过”这四个字加期限，这就等同于判了顺嫔终身监禁。

宫中的人感慨不已。

照理来说，顺嫔是皇帝丢开很久的人，虽然她从前的确有苛责奴才的口实，但皇帝最多只是申斥，从来没有下过这么重的责罚。因此，人心惶惶，连宁常在和婉贵人私底下都在猜顺嫔是不是触到皇帝的逆鳞了。唯有淑嫔不言语，只在延禧宫中静着，甚至推病不出，两三日没有去皇后处请安。

皇后没了法子。顺嫔虽然出身不好，但也是她的族妹，这几年对她这个皇后也算勤谨，没见出一点儿歪心思。皇后大概猜到皇帝为什么下这么重的责罚，想着到底也是怪自己，让她去和王疏月争大皇子，又轻信了淑嫔的话，如今落得这么个下场。她到底于心不忍。

这日是二月二，龙抬头。

皇后虽已近临盆，却还是撑着身子来隆正殿求见。

刚过午时，王授文、程英、马多济几个大臣正从隆正殿出来，见皇后的仪仗在门口，忙过来磕头请安。

皇后传免，却多看了王授文一眼。

隆正殿后殿三明堂，皇帝在写字，脑子里过的则是山东春旱的事。两省推行“耗羡归公”，山西搞得很顺畅，但山东因每年必至的旱灾而受阻，但对皇帝而言，山东却是最有必要试行这一政策的一个地方，若能在山东稳行，那么便可在全国推行。王定清的折子就摆在皇帝手边，压着宣纸一角，折子上述说了山东巡抚对改政的不作为。山东这个局面十分不好破。王定清敢言敢为，但山东局势的确复杂。

皇帝正在想怎么破这一抚一钦差的困局。

张得通进来，小心地合上门，还来不及传话，就听皇帝抬眼问道：“何事？”

“回万岁爷的话，主子娘娘来了。”

皇帝放下笔，揉了揉额头：“不该让她等，传她进来。”

皇后扶着孙淼从门外跨了进来，还未走到行礼的地方，皇帝便先开了口：“你身子重，不用给朕行礼。”说完，他抬笔往对面的炕榻一指，“过去坐，等朕写完这几个字。”

皇后却没有动："妾有罪，不敢坐。"

皇帝没有抬头，抬笔端看刚写出来的几个字："皇后是来替西三所的人求情吧？"

"不敢欺瞒皇上，是妾没有管束好她，才叫她犯了大糊涂。"

皇帝笑了一声，道："人命是糊涂？若她不是朕的嫔妃，人命案子，朕会丢给大理寺办，判个斩监候都不为过。"

皇后连连点头，硬是扶着孙淼缓缓地跪下来："是，妾明白皇上的道理。可是皇上，顺答应是妾的族妹，妾实不忍心见她落到如此下场……皇上啊，成妃已经去了，咱们跟着皇上入宫的人通共不剩几个，您就看在顺答应伺候您这么多年的分儿上，再给她一次机会吧。妾保证，妾日后一定用心管束她，绝不让她再犯错。"

皇帝放下笔，在书案后坐下："皇后起来。皇后怀着朕的子嗣，还要为她忧思，若朕的孩子有什么损伤，那她就是万死难辞的重罪。"

"皇上，求您不要对她这么绝情，她——"

"张得通，传话内刑司，顺答应鞭十。"

"皇上——"

"二十。"

皇后不敢再出声，喉咙里却忍不住呜咽起来。

"孙淼，把你主子扶到那边坐着。"

皇后不敢再违抗，只得站起身，坐到皇帝对面的榻上。

皇帝从书案后面走出来，接过宫人递来的一方帕子，递到皇后眼前："皇后，朕还是那句话，若朕的孩子因西三所的人有任何损伤，朕一定不会再留着她的性命。"

"妾万万不敢。"

"不对，你还是没懂朕的意思。无论如何，你无妨。你是朕的皇后，朕不许宫中认你半点儿过错，你只管宽心，朕对你还有敬重，对太后也还有尊重。"说完，他也不管她接不接那方帕子，径直抛在她膝上。

皇后听完这几句话，却觉得背脊生寒。

"回去养着。朕会去看你。至于西三所的事，不要费心了，帝、后一体同心，你忧就是逼朕忧。"

皇后再不能说什么，又着实不敢拿肚子里的孩子怄气。

皇帝既下了逐客令，她便只能心灰意懒地出来。

外面风嗖嗖的，打偏了灯笼。天上的云也被吹得不见了影，耀眼的日光落在门前的大理石地上，几乎刺盲人眼。皇后用袖掩着光，正要下阶，却见王疏月沿阶上来，在她面前端端正正地跪下请安："主子娘娘安。"

孙淼对王疏月没有好气，扶着皇后劝道："娘娘，天冷，咱们回吧。"

皇后看着王疏月，她穿着葱绿色半旧氅衣，外面罩着银鼠坎肩儿，也是半旧的，面上淡淡地扫了一层脂粉，秀秀静静地低垂着眼，那模样姿态，一点儿错处都挑不出来。

皇后从来没有像今日这样，面对王疏月无话可说。她本想就此走了，却又不得不在众人面前端出应有的气度和仪态："身上好了吗？太医院来回过本宫的话，说和妃这几个月信期不准，长短皆有。"

"回娘娘的话，奴才福薄。"

听她也在说场面上的话，皇后不由得仰头笑了笑："这几年，每回问起你的身子，你都是这一句话——福薄。皇上把大半的福气都给了你，你说这话不是辜负皇上吗？"

王疏月则顺着皇后的话伏下身子，轻声应道："是，奴才出言有失，奴才有罪。"

皇后深叹一口气，行过她跪着的地方，往阶下走了几步，一面走，一面道："有心有力的没福气，无心无力的却要担待福气，世上的事搅起来令人头疼。"

这句话却有些禅机。王疏月一时想深了，回过神来的时候，皇后已经走下长阶，人远影淡。

金翘扶着王疏月站起身，又望了一眼皇后远行的仪仗，眉头跟着皱了起来，轻声道："自从您跟着皇上从申兰回来，皇后娘娘待您就不似从前那样了。"

王疏月摇了摇头："原是皇上子嗣不多，她忧心皇上在我这个没用的人身上耽搁了，如今加上大皇子的事、顺嫔的事，主子娘娘也为难，如何能让她再似从前那样看待我？"

金翘弯腰替她拍了拍膝盖上的灰："主儿也不能这样说，饶是这宫里人这样看待主儿，主儿对上恭敬，对下慈怜，哪有一样担不得皇上的恩宠呢？"

正说着，何庆从里面迎了出来："哟，和主儿果是来了，万岁爷在里头都听到动静了，怕主儿站久了冷，叫奴才直接过来迎您。主儿快进去，这会儿风大，仔细吹着您了。"

王疏月明白，皇帝让何庆出来，是怕她撞见皇后被为难，自然也跟着猜出皇后来隆正殿的目的和结果。她眼见殿中光暗香淡，又见何庆立得谨慎，不敢同自己说笑，便知道皇帝跟皇后发了隐火，这会儿恐怕还有些闷闷不乐。

"金翘，你先回去。风大，接大皇子下学的时候仔细些。"

"是，奴才知道。"

王疏月把金翘打发走了，独自一个人跟着何庆走进隆正殿后殿。

皇帝仍在灯下写字。他今日写得很讲究，叫张得通把那本石头一般沉的碑拓集翻在手边，人也没坐下，扼袖压腕弯腰站在书案后面，站得像块老根雕。

王疏月行礼，他也没立刻应声，一笔收了尾才道："你也是会挑位置，站那儿把朕的光都挡完了，起来挪开。"

王疏月站起身往一旁让了几步，却又听他道："别晃。"

他一气不顺就着实不好伺候，王疏月只得僵着身子站在地罩前面，也不好出声。

皇帝总算写完一个还算满意的字，直起身，一面端着笔看，一面随口道："皇后跟你说了什么？"

"总不能在您的殿前闲话。没说什么，受了奴才的礼，主子娘娘就去了。"

皇帝哂了一声，道："像张得通说的，这几日，不说朕了，连你们也说不出什么好话。"说完，他丢了笔，坐下来，转了转发僵的手腕。

王疏月走到他身旁，弯腰捡起那支快滚到桌沿儿的笔，放入青花笔洗。

"我也看出来了，您从我家回来后这几日都不舒怀。"

皇帝随手拿了一本折子："那是前面的事。一年到头，朕本来就没几日是开怀的。"

王疏月见他又要批折子，再一扫案上，还没来得及看的折子摞了三尺来高。

"您政务忙，我倒不大敢在这儿戳着。"

皇帝看了她一眼："戳着吧。你在长坤宫消遣，朕想着烦。"

"偏得与您一处累，您才肯放过我。"

皇帝哂了一声，道："王疏月，你不该受责？你欺君不是一次两次了。恒卓受人挑唆的事，你瞒朕瞒了那么久，朕放过你，是看在恒卓的面子上，否则，你也该在西三所关着。"

正说着，何庆推门进来，小心地回话："万岁爷，西三所的差事完了。"王疏月在，他便说得很隐晦。

谁知皇帝似乎并无意回避王疏月："你去长春宫传话，朕的意思，往后皇后身子不痛快，西三所那二十鞭就接着赏。"

何庆缩了缩脑袋，忙应"是"，出去了。

王疏月看着何庆的背影："您说让奴才去西三所是这个意思。"

皇帝放低折子："什么意思？"

王疏月没有说话，垂头仔细地淘洗起他刚才用过的几支写字的大笔。

"怕了？"

"一直都怕，只是您严厉，怕了也只能往心里头记，提醒自己千万不能犯您的法。"

皇帝扣下折子："朕说过很多次了，让你不要害怕。朕在这个位置上，有要打的人、要杀的人，但你王疏月不在其中。"

王疏月的手顿住，喉咙有些发紧。再温情的话，他也喜欢伴着杀伐说出来，声中有铁骨，铮铮作响。但他无非就是想告诉王疏月一句话："你对我而言，与这世上的其他人都不同。"

可这一句话毕竟又是囿于小情小爱，皇帝强硬这么多年，早就说不出来了。一时间，他也有些懊恼。

好在王疏月沉默了半晌，终于细声应了他一声："我明白的。"

她要是真明白，也就罢了。皇帝还想再说什么，转念一想，这会儿自己心绪不好，说得多了不免又要伤她吓她，索性不再说话，伏案去批那堆得跟山一样的折子。

王疏月在旁研墨淘笔，不多时就过了大半日。

风仍在外嗖嗖地刮着，殿中各处窗户闭得紧，虽吹不进来一丝冷气，却不免风动门窗闩，时不时作响。

皇帝看完最后一本折子，往西面桌子上一丢，正要起身叫人传膳，却见张得通捧着名牌进来。

"万岁爷，恭亲王在玄武门上递牌子求见。"

皇帝扫了一眼张得通手中的牌子："人进来了？"

"还没。"

皇帝重新坐下来，手指在厚壳书面上敲了敲，抬头道："传吧。明日有事也不好见。"

"欸，是，奴才这就去门上传话。"

"嗯。"说完，他又看向王疏月："你——"

"我研了这一砚墨就跪安。"

皇帝捏着自个儿的手腕，见外头的风还大得很："风太大了，不好走，朕和恭亲王说不了什么，你去东边的梢间里候着，今日不回去了。"

王疏月应好，正要走，皇帝又道："你身上好了吗？"

"大都好了。"

"好了就算了。等皇后生产后，周明仍供应你那里。"说完，他又转向张得通："你把这句记着，朕忘了，你就去提点太医院。"

"主子，我如今挺好的。"

"嗯，朕不想让你好，周明折磨病人有一套，好好受着，当朕给你处置。"

"哦——"

"去吧。"

皇帝虽说同恭亲王说不了什么，却不想近酉时还不散。

傍晚时分，何庆过来说道："主儿，连内侍府的十二爷都被召进宫了，万岁爷今儿晚上肯定是绊住了，奴才先送您回宫吧。"

王疏月闻言道："我倒不打紧，只是……出了什么事？"

虽说后宫不得干政，但恭亲王早就因为贺临的缘故，自从送大上师的灵柩回云漠后就被皇帝卸了所有部院的差事，和废太子一样，都是赋闲无事的哑巴亲王。如今他突然进宫，必有要紧的事情。王疏月一时不防，竟问了出来。

何庆听了忙道："主儿啊，问不得。这事，您就拼命地避吧，无论这宫里谁挑唆让您跟万岁爷开口，您都得绷着。好生陪着咱们大皇子，无事就别过问外头。"

王疏月听他这样说，几步走到门前。三明堂灯火通明，十二爷正跟着四盏灯笼过去，在门外候见。堂前伺候的人皆屏息凝神，不敢有一丝懈怠。不多时，太医院院正也从日精门那边过来了。

"都要下钱粮了，这究竟是——"

何庆见她还有过问的意思，心里一急，便跪在她面前："哎哟，我的和主儿，您聪明得很，可得万万打住，别猜了，好歹也让奴才送您回长坤宫您再过问，不然奴才就活不成了。"他说得恳切，又隐约向王疏月透着这件事的利害和轻重。

王疏月只得收住心神，应他道："好，先依你。"

"欸，谢主儿开恩。来，宝子，去跟金姑娘说，让她赶紧备着，迎和主儿。"

何庆心神不定。长坤宫中的人也不安心。

是时大皇子在灯下温书。金翘剪着蜡烛花在一旁陪着。那夜雪大，风也大，驻云堂的灯火都不大稳得住，大皇子不一会儿就看酸了眼，搁下书，问金翘道："金姑姑，和娘娘怎么还不回来？宝子公公都走了好一会儿了。"

金翘也不知如何回答他。宝子来时说的话就有别于平常，这会儿眼见着外面风刮得越来越大，屋檐下的灯笼一下一下地打在柱子上，摇动院中的树影，满眼凌乱，越发叫人心慌。

然而大皇子问起来，她只得安慰他："小主子，风太大了，怕还有一会儿呢，奴才伺候小主子先安置吧。"

"不要，我要等和娘娘回来。"

正说着，小太监进来回道："金姑姑，主儿回来了。"

金翘忙起身迎出去，见何庆亲自打着伞扶王疏月进来。何庆与金翘打了个照面，慎声道："奴才还得回去。和主儿回来受了风，姑姑仔细些。"

"好，奴才省得。"

何庆转而又道："和主儿，奴才回了，您早些安置。"

王疏月点头，何庆方躬身行礼，告辞回去。

金翘看了一眼何庆的背影："怎么像把主儿押回来的？"

王疏月笑笑，淡淡地道："就是押回来的。何庆有一句话，我寻思不是他的意思，却是皇上的意思。"

金翘一听就有些急了："好好的，怎么这样？什么话呀，主儿？您别吓奴才。"

王疏月摇了摇头："他让我好生陪着大皇子，外面的事，不能过问。"

"这……什么意思？"

"皇上没有明说，但我在想，怕是让我自己禁自己的足。"

金翘一愣："让主儿禁足？主儿，您今日冲撞皇上了吗？那宝子公公来传了话，让奴才这几日好生守着主儿和大皇子，这话奴才听了还不甚解，您现在这样一说，奴才——"

王疏月刚要回她的话，却见大皇子从驻云堂里走了出来。像听到了他们刚才的话，他有些怯，站在金翘身后，轻唤着王疏月："和娘娘——"

王疏月见他穿得单薄，就这么走出来，站在风口，一下子就被吹白了脸。她忙将自个儿身上的大毛衣裳脱下来给他披上，蹲下去摸了摸他的头，匀了声音道："还温书呢？"

"嗯。儿臣等和娘娘。"

王疏月心里一暖。自己这边只顾着和金翘猜皇帝的意思，倒忘了大皇子在自个儿这里将将把丧母的痛放下，正是需要温暖和安定的时候，自个儿竟没体谅到他，反叫他也跟着担忧起来。她想着，忙尽力把声音压得温和，宽慰他道："这么晚了，让梁安服侍你早些安置。明儿一早还上学呢，和娘娘回来了，安心啊。"

大皇子听王疏月这么说，这才裹着大毛氅子乖巧地点了点头："是，儿臣知道了。"

王疏月站起身，却见是个小太监领着大皇子下去，梁安倒是不在，便转头问金翘道："梁安呢？这个时候去什么地方了？"

金翘回道："主儿，我听了宝子公公的话，放心不下，使他出去打问了。"

王疏月点头嗯了一声，道："是了，你想得周到。明日让他来回我。"

"今儿不问吗？"

"皇上不想让我今儿过问，我今儿就不问了。金翘，把门窗锁好，歇吧。"

金翘想问什么，却见王疏月面色不大好，终是问不出口，便传人过来伺候盥洗，放下帐子，点上小灯，守着她歇下不提。

王疏月一夜都不曾睡踏实，呼啦啦的北风刮着窗外的一根枯枝，一直在西面的窗上剐蹭，如雪的影子般簌簌地飘在窗上。幽窗独灯，金翘亲自坐在门前上夜，那灯光把她的影子静静地投在地上，拖得老长。王疏月望着那道安静的影子，渐渐地，竟在眼底迷迷糊糊地幻出另一个人的身影——贺临。

其实"贺临"这两个字已经离王疏月有些远了，但那天夜里王疏月突然梦见了他这个人。梦里，他并不算很凄惨，穿着身素布袍子，一个人静静地站在雪中，眉目也不曾改变，就是身上再也没有当年那份快意恩仇的痛快。

王疏月醒来，心里却莫名地悸动。她梦里的那个人也许并不是活在三溪亭中那个真实的贺临。贺临如今绝不会有她梦里的那份淡然，一切大约都是她一厢情愿。她就是不愿意去想，当年那位飒爽的少年将军如今究竟被他兄长的手毁成了什么模样。然而梦总不会无端而生。

次日，梁安来回话，说临春园出了件事。

一直在临春园中养病的裕贵太妃患了痰症，恐怕撑不到明年开春。恭亲王入宫请旨，请求皇帝开恩，让贺临回京，见裕贵太妃最后一面。

王疏月终于明白为何何庆昨夜会说那样的话。

"主儿啊，问不得，这事你就拼命地避吧，无论这宫里谁挑唆，让您跟万岁爷开口，您都得绷着。"

梁安知道自家主子与贺临从前的关联，也清楚自家主子的性情，想着这两年好不容易皇帝对自己主子生了情，大皇子也养在自己主子身边，这日子才算慢慢过得安稳，他生怕那位十一爷生出什么变数，忙不迭地劝自己主子。

王疏月坐在窗下面理大皇子昨夜摊开的书，倒是没说什么。

金翘与梁安见她不说话、只做事，都猜她心里起了波澜，不安宁，忙一左一右地大劝起来："主儿，您与十一爷的事虽已经过去那么久了，可有心的人仍是会将此事拿作您的大错处，如今皇后娘娘也不似从前那般肯维护你，太后娘娘对您又——"

"我说什么了，值得你们这样？"王疏月将最后一本书列到书架子上，端起金翘之前呈过来的茶喝了一口，又端着茶从驻云堂的地罩中穿过，走到窗下的贵妃榻上坐下来，续道，"我知道皇上在想什么，又怎么会为难他、为难自己？但你刚才有一句话真的刺我的心。"

金翘闻言，慌得跪下来："奴才失言。"

王疏月低头看她："连你也觉得，我哪怕在御前为十一爷说一句话都是大错处吗？"

"奴才——"

梁安见王疏月看着窗外沉默不语，又见金翘跪在地上也是一脸的悔意，忙道："要奴才说，姑姑你也是的，你伺候主儿不久，不知道咱们主儿刚进宫那会儿为十一爷的事担了多少前朝后宫的白眼，你如今还提这事，这不是让主儿想着难受吗？"

金翘听完梁安的话，彻底明白过来，伏身请罪，不敢再说别的。

窗外是个难得的晴天，宫人们在地屏前扫雪，扫帚与地面摩擦的声音有些刺耳。王疏月仍是沉默地坐着，之前的记忆已经开始琐碎起来，开心的、不开心的都快被时光冲淡了。她这个人原本不大喜欢伤怀过去，可是，她如今仍然记得她在皇帝面前掌自己那两个巴掌的场景，为的是她没有在贺临的事上撇干净自己。这一回想起来，她不由得心里极软极软地一阵疼，一时不忍，竟不自知地红了眼。

“主儿，是奴才不好，您别——”金翘出了声，王疏月才意识到自己失态了。她忙低头去掩饰，道：“我没有怪你，你先起来，去添点儿炭吧，我有点儿冷。”

金翘只得应声去了。

梁安见王疏月很难舒怀，便端了一盏茶放到她手中：“其实，我们多半也是白为主儿担心。说起来，虽说裕贵太妃娘娘的病是宫中的大事，可这十一爷回不回得来还是两说呢。奴才想着啊，若老太妃的大事出来，内侍府并工部的那些老爷能张罗着，仍旧让这事安安稳稳地过去，那也就没事了。”

王疏月摇头笑了笑。

宫门前传来人声，小太监进来回话道：“主儿，咱们小主子下学回来了。”

话音刚落，大皇子已经跑了进来，一下子扑入王疏月怀中：“和娘娘，儿臣饿了。”

梁安忙去拍他肩上的雪，道：“哎哟，小主子，仔细撞着你和娘娘。”

王疏月搂着他，将他跑得颠到前面的头发理到背后，温声道：“没事，有茯苓糕，叫梁公公给你拿去啊。”

大皇子抬起头，却向着王疏月的眼角伸出手去：“和娘娘，您又哭了，谁欺负您了？儿臣找他理论去。”

王疏月忙拭掉眼角的余泪，捧着他的脸道：“哪里有人欺负和娘娘？和娘娘是被吹着眼睛了。倒是咱们大皇子，今日怎么这么早就下学了？”

大皇子立直身，眼神却黯淡下来：“儿臣的师父被父皇下狱了。”

“什么？”

“儿臣不敢细问，好像师父同张孝儒张大人他们一道上了个什么折子……”说着，他抱住了王疏月的手，“和娘娘，师父昨日要儿臣讲‘朱子八德’，儿臣那会儿讲得不好，还被师父罚了站。昨夜，儿臣温了一晚上的书，想着今日要好好跟师父讲的……”

王疏月的手有些发凉。所谓朱子八德，即“孝悌忠信，礼义廉耻”。张孝儒这些老臣上的折子恐怕戳到了皇帝的脊梁骨。然而令人可敬又可笑的是，大皇子这位老师既知自己与张孝儒联名上折后就要被皇帝处置，却还要在尚书房的最后一日逼着皇帝的儿子去品这于皇家而言断不可立的八德。

“大皇子，你记着，这几日你父皇若问起你的师父，你绝不可以说到这八个字。”

大皇子望着王疏月，似懂非懂地点头：“好……可是，和娘娘，这是为什么呀？师父说了，这八个字是为人立身的根本，要儿臣一辈子都不能忘。”

王疏月将大皇子搂入怀中，轻声道：“你师父说得很对，和娘娘也希望你记着这八个字。可是，和娘娘更想咱们大皇子无忧无虑地生活着。你别问和娘娘为什么，只听话，等咱们大皇子再大些，自然就懂了。”

大皇子点点头：“好，儿臣听和娘娘的话。”到底还是个孩子，说完，他又和王疏月玩闹起来，直抱着她的手要茯苓糕。

御书房这边，十二爷和王授文、程英等几个议政大臣跪得要塌腰了。

皇帝没有坐在书案后面，而是拖了一把椅子在炭盆旁坐着，弯腰伸手近火，炭盆里的火星子映在他脸上，竟看不出一点儿暖意。

好一会儿，皇帝才把手收回来，放下因烤火而折起来的袖口：“什么意思？张孝儒告老还乡，朕准不得，是吧？”

十二爷和程英都不敢开口，王授文道：“皇上，如今无论是山东还是陕西，火耗改制都渐渐行顺，眼见两个藩库的银钱堆起来，就算是臣和张大人等从前糊涂，不知皇上高瞻，如今也只有叹服。”

他顾左右而言他，皇帝却哂了一声，道：“王授文，你清楚，朕说的不是他张孝儒在山东、陕西改耗上的事。”说着，他将从刚才开始就一直放在膝上的那本折子递到王授文眼前，“接过去。”

王授文忙双手承过来，又听皇帝道：“这本折子是你们给朕递上来的。说起来也怪，朕临朝这几年还没怎么见过联名折，更没见过写得这样荒唐无理、大逆不道的言辞！”

十二爷与程英相视一眼，都不敢应声。

皇帝指向折面：“其中最妙的一句，王授文，翻开。”

“是，是。”王授文忙将折子翻开。

皇帝冷声道：“头一页，中间。你念。”

王授文的手有些颤抖，他磕头拜下去：“臣……臣不敢念。”

“你既敢递，为何不敢念？念！”

王授文无法，只得颤颤巍巍地跪直，正声读道：“朱子八德，‘孝悌’二字在首，今裕贵太妃病笃，则……则……则……”

王授文牙齿和舌头几乎咬在一起，终是念不下去，伏身叩首喊道：“皇上，臣罪该万死。”

皇帝起身走到他面前，一把将那折子拿了过来：“你怕什么？朕都替这个掌笔的人痛快。吓，骂朕上不知孝太妃、下不知友兄弟，听起来，朕那个‘大逆不道’还给他批错了！这回朕要是不准十一回京，朕才是大逆不道！”说完，他一把将折子丢回案上。

那折子翻扯开来，硬折面打在桌面上，发出啪的一声，包括张得通在内，满屋子的奴才都跟着跪下。

王授文只得跟十二爷使眼色。

十二爷心里也怕，连“皇兄”这个称呼也不敢用，但思前想后，此时只有他和皇帝既是君臣也是兄弟，比王授文和程英这些人便于开口。于是，他硬着头皮跪直，认真地拿捏了下语气，方开口道：“皇上，您仁厚，既赦了醇亲王爷，也给三溪亭的罪人一个恩典吧。”

皇帝笑了一声，道：“朕论政事，你说家事。”

“奴才不敢。皇上，奴才是见皇上龙心不快，只求替皇上疏解，请皇上降罪。”

皇帝没有再说话。

屋里炭盆中火星子噼里啪啦地响着。十二爷看着皇帝的手在案上渐渐地捏紧，良久，才渐渐松开。

外面，曾少阳和何庆立在御书房的西窗下，望着头顶晴光灿烂的天空，双双不敢出大气。

过了好久，何庆才出声：“欸，这几日在日精门上都没见曾尚平，你这个哥哥……去什么地方了？”

曾少阳叹了口气，道：“求内侍府的人把他发放到临春园去了。”

何庆怔了怔，道：“都说咱们是拜高踩低，我看独有他能替我们这些奴才去打那些人的脸。旧主倒了这么些年，他还肯去投奔，也是有气节。”

曾少阳对着晴空长长地呼出一口气，道：“是啊，连劝他都觉得是我没脊梁。”

话音还未落，却见十二爷扶着踉踉跄跄的王授文并程英一道从御书房内走出来。何庆忙跟进去。张得通正指着几个小太监在里面灭炭。

皇帝坐在书案后，未掌灯，面色阴沉。

何庆刚要出去传人进来添茶，却冷不防听见一声冰刀子。

“何庆。”

“啊，是，奴才在——”

“给内事房传话，膳牌不用呈了，让和妃过来。”

“是。”何庆下意识地应下，正准备走，突然又觉得有些不大对。

他站住脚步，看了张得通一眼，又大着胆子走回来，跪下问道：“万岁爷，您的意思是让和主儿来隆正殿侍寝吗？”

话音刚落，却见皇帝手在案上猛地一拍，喝道：“放肆！”

张得通忙道：“万岁爷恕罪，他传了话回来，奴才教训他。”

皇帝心绪不稳，转念一想，却又觉得不怪他要多嘴问这一句。

这两年，他几乎不再让王疏月走内事房的流程，也不肯让她遵从内事房调教嫔妃侍寝的那一套规矩。但今日不知怎的，想起贺临，然后想起她，再想起两三年前雪地里的事，他竟然一时意不能平。现在他让内事房去传她来侍寝，也不是为了立什么规矩，只是在这个时候，内事房的这一堆形式似乎才能直观地让他确认她的归属，她是他的奴才、嫔妃、女人，有这个必要吗？

皇帝一直觉得自己行事都有毋庸置疑的理据，但在这种看似不值一提的小事上，他却觉得自己像喝了什么酒，上了头，道理想不通，话就说得更厉害："还不滚？"

何庆被吓得厉害，连滚带爬，只管往长坤宫滚去。

王疏月这边刚与大皇子吃毕饭，大皇子温书去了。

晚间，婉贵人过来，与王疏月在灯下一面翻绣样，一面闲话，没说几句，内事房的人就过来传话了。

不说王疏月，婉贵人也有些错愕，待人走了脱口道："我怎么记得，万岁爷是不让娘娘——"话一出口，她又有些后悔，忙垂头绞着手上的帕子，站起身告辞。

内事房的太监们也是两年多没有在长坤宫伺候过这种事了。领头的太监对着王疏月也有一丝不自在，这会儿见婉贵人走了，才小心地道："那……奴才们这就伺候和主儿过去？"

梁安喝道："忙什么，时辰还未到呢。咱们主儿——"

"梁安。"

"主儿——"

"不能没规矩，听公公们的。"说完，她再没开口，淡着脸色转身往里间去了。

其余的人此时也觉察出来气氛有些不大对，看了看梁安，见他不说话，这才敢跟进去。

一个有些头脸的太监不免跟领头的太监嘟囔了一声："和主儿这里的人可真是轻狂，除了皇后娘娘，哪个嫔妃不盼着咱们这般伺候？偏长坤宫不给咱们好脸子。要我看，这位主儿这几年是受多了皇恩，越发把宫中的本分忘了，连带他们宫里的奴才，不说孝敬咱们，竟还给起脸子来。"

那为首的太监摆了摆手："少说几句，今儿万岁爷本就不自在，小心伺候着吧。"

说着，一行人已进了里间。金翘正服侍王疏月宽衣，准备沐浴。这个时候太监们是上不了手的，只能在屏风外面立着等，等着里头传出来说"齐全了"，才得进去挪人。

此时热水涌着王疏月的身子，腾起来的水汽弥漫在眼前，像一层湿润的糨糊。她抱着双膝，一声不吭，由着金翘将温暖的水从脖子到肩膀，再到背脊一寸一寸地浇遍。金翘也不能说什么，这侍寝的规矩也是所谓的皇权尊卑对嫔妃们的挟制，其中一道一道、一刻一时都是限定的，伺候的人并王疏月都不能出一点儿错处。

王疏月沐浴完，金翘在地上铺了一块白鼠毛毡子，扶着她从浴桶里出来踩上去，又蹲下身从脚指头起，一点点将她擦拭干净，这才搀着她往榻上去。榻上早备好了一条菱花绣的锦缎被子。刚透透彻彻被水裹过一回，王疏月原本如雪一般的皮肤此时还泛着红，一接触到柔软的棉被，竟激得她一阵颤。

金翘忙道："主儿，怎么了？可是背后有什么硌人的？您坐起来，奴才替您找找。"

王疏月轻声道："不用了。就这一会儿，别折腾。"

金翘只得拉起棉被两边，细致地裹好自家主儿的身子。她是知道嫔妃侍寝规矩的人，今日心里不痛快，无非是因为皇帝从前赏过不必行这一套的恩典，如今又收了回去。她是替王疏月的前程担忧罢了，还不甚明白此时王疏月心中真正难受的原因。

"主儿，您别难过，这也是万岁爷的大恩典。婉贵人那些人，多少年了，还巴望不到一次呢。"

这种识大体的话，王疏月越是听得懂，就越是难受，索性止住金翘，不想让她再往下说："去传话吧。我这里齐全了。"

"欸，是。"说完，金翘起身走到屏风前面，朝外道："几位公公，娘娘齐全了，你们来请吧。"

话才说完，内事房的人还来不及回话，梁安却跑进来道："金姑姑，几位公公，皇上来了，已经走到前殿了，我们这儿——"

内事房的人一愣，还没遇见过嫔妃这里正预备着，皇帝就过来的情形，一下子乱了。

"哎哟，这可挪不得娘娘，这……哎，这可——"

金翘看了一眼外头，仪仗灯笼的光映了大半的天。她眼见这几个内事房的人竟也没主意，王疏月此时又是断然不能开口吩咐的，少不得道："万岁爷来都来了，几位公公，这里就没地方给你们站了。梁安，赶紧送公公们出去。"

内事房本就不晓得怎么担待这不合规矩的事，听长坤宫的人开口，忙顺着她的意思，跟着梁安退到外面去了。

几人刚走，皇帝就大步跨了进来，金翘并梁安等人也赶紧随着张得通退到外面去答应。

浴桶里还冒着热气。

榻上，王疏月规规矩矩地躺在被中，只露着一张微微发红的脸。

他看过很多女人被拾掇成这样。早年他也让王疏月守过几次这样的规矩，可久而久之，他还是喜欢在自己赏给她的这个地方简简单单地和她处着。今日因张孝儒奏请赦贺临回京的事，他动了气，一时间莫名其妙地竟拿规矩来压她。然而，话既然说出来了，他本该君无戏言，在隆正殿里等着她被抬过去。但他又没忍住，来了她的长坤宫。说实在话，皇帝竟有些糊涂，想不通自己只是在为贺临吃心还是真想拿她王疏月出气。

“主子。”

正站着没动，忽又听王疏月唤自己，皇帝便顺势解下身上披着的披风扔到她脚边，坐到她身旁。

“起来，把衣裳穿上。”

王疏月躺着没挪动，只是静静地望着皇帝的面容。

他一看就是从议所直接过来的，袖口还染着淡淡的朱砂气味。

“朕是不是使不动你？起来，朕要喝茶。”

“那您去前面坐坐，奴才起来。”

皇帝站起身：“朕有什么不能看的，糊涂！”

换成平日，她会话赶话地顶上去，但今日被他这样一说，她竟又不肯出声了，身子倒是动了动，试探着半坐起来，手忙脚乱地去抓皇帝丢在自己脚边的那件披风来遮挡，然后缩到角落里，把头也埋了进去。

皇帝重新坐下来，两个人一起沉默。

半晌，皇帝才开口道：“算了，朕自己倒茶。”他说着起身走到茶案前，将茶炉上的水壶提起，自己倒了一杯寡淡的水，回身坐进对面的圈椅里。

气氛有些微妙。

自从看了张孝儒和恭亲王的折子，皇帝还是第一次见王疏月。来的路上，他也在劝自己，王疏月和贺临的事已经过去很长一段时间了，如今就算外人再提起，也和王疏月没有关系，他本没什么可恼的。

“王疏月，你究竟穿不穿衣服？你要不穿，朕就让人抬你去隆正殿。”

话声刚落，却听她道：“主子本做的就是这个打算，又过来一趟做什么？”

皇帝一窒。

“你什么意思，朕让你去隆正殿侍寝，错了不成？！”

“不是，我只怪我自己，仗着您的恩宠，越发轻狂得连本分都不乐意守了。”说着，她索性将整个身子重新缩入棉被之中。

别的声音都听不见了，只有窗外的落雨声渐渐在耳中明晰起来。

王疏月缩在被褥中，靠着那一层棉被，在皇帝面前可怜地裹着最后一层体面。

他们不对等，她拥有的太少，而他又权势滔天，稍不留神，就会把她身上零星半点的东西全部褫夺。

这不是他的本意。

想着，皇帝揉了揉额头，手一放在膝盖上就不自觉地捏成了拳头。他长吐一口气，终于把心头乱七八糟的气焰稍稍压下去，胡乱地抓起金翘叠放在榻边的中衣走过去，别过头伸手递给她："起来，把衣裳穿上，朕今日对你没兴趣。你今儿也不用睡了，给朕上夜！"

她还是没有动。皇帝没了耐性，索性一把将她罩在脸上的被子掀开。

然而，被子一掀起来，他就看到一双红肿的眼睛。

他又把王疏月弄哭了。

"你——"

张得通与何庆倒是听到了里面的声音，却都不敢出声进去。没有人调停，她又只是流泪，没有哭出声。皇帝心里一下子乱了，他抓着她的中衣，在她面前站也不是，坐也不是。

"王疏月——"

"是奴才不好……"

"不是，朕——"他真恨不得敲自己的脑袋，怎么就在她面前把话说得这么难听，什么上夜的话又说出来了。他索性不开口了，抖开捏在手中的中衣，抓住王疏月的胳膊，一把将她从被子里抓了起来，然后揪着她的手就往袖子里胡乱塞。

"主子。"

"闭嘴。"

"那个……错了。"

"知道错了就安生点儿。"

"不是，是袖子错了……您要给我穿衣服，好歹把眼睛睁开啊，我的手要被您揉断了。"

皇帝本是怕她别扭，才把眼睛闭上，去给她穿衣服。这会儿听她疼得吸气了，他忙把眼睛睁开，只见王疏月被他刚才那一阵胡搞缠得不成样子，眼角还有眼泪，眼底却有了一丝无可奈何的笑意。

"自己穿！"他猛地丢开手，起身走到窗边去了。

王疏月垂下头，看着自个儿身上乱七八糟的衣服，想着他那毫无章法的手法，竟不知不觉地把自己心里梗着的那一块疏通了一点儿。她明白，皇帝从来是一个行动强于言语的人。他无非是想把今日用皇权逼她褪去的这一身衣服亲手替她穿回去。

诚然，男人脱下女人衣服很简单，但是要手脚尊重地替女人穿上衣裳……不说皇帝了，话本里的温情郎君也没有一个能做到。

王疏月觉得自己之前心头的不自在多是在为难自己。皇帝那样一个人，别人不知道，自己还不了解吗？

想着，她揉了一把眼泪，起身穿好衣服，再看向站在窗前背脊僵硬的皇帝。他虽站得笔直，一副正人君子坐怀不乱的模样，手却不自觉地抠着墙上一块无名之地，灰白色的墙灰从他指间落下。

王疏月望着地上铺出的那一块灰白，适才心中被他伤过的地方也跟着渐渐不再疼痛。她轻咳了一声，柔声道："主子，是我不好，我不该就这么哭了。"

"你除了哭，还会做什么？"

"是，什么都不会做，就光会惹您生气。"

她说着就要下榻，却听皇帝转身道："干什么？把鞋子穿上。"

她被他一撑，只得坐回去穿鞋。这会儿她已经穿好了中衣，瘦削的肩膀被衣料勒出风流的轮廓。她弯腰低着头，那白若凝霜雪的脖子又落入皇帝眼中。

"惹朕生气的人不是你，朕……今儿情绪不好，拿你出了气。"

王疏月穿好鞋子，走到他面前，屈膝跪下："是我的错，那本是您的恩典，也是我的本分，我不该矫情。"

皇帝低头看着她，明明是自己为难她，反倒是她来请罪。但他毕竟受用，情绪也跟着好起来，伸出手将她从地上拽起来。

"别请罪，以后这种事没了，你不习惯，朕也不习惯。"说完，他对外面道："内事房的人呢？"

张得通忙应道："万岁爷，都在前殿候着呢。"

"候着做什么？等着领赏吗？"

张得通听出皇帝话里的气，忙回道："奴才这就传话出去，让他们回了。"

内事房的人走了，张得通和梁安才敢让金翘等宫人重新进去服侍。

王疏月不假他人手，亲自服侍皇帝更衣洗漱，起更时方睡下。

皇帝知道王疏月委屈，所以夜里没有别的动作，只从后面搂着她。他四更时起身，仍然往御书房理政不提。

❖ ❖ ❖

三月初，长坤宫的杏花开了一大片，远远地看着如烟气一般。

小宫女们都放开闷蒸了一个冬季的心，换了轻薄的春裳，进出的脚步都轻快起来。王疏月是个没什么大规矩的人，也肯纵宫人们寻春乐。

这日，她正坐在庭中看几个小丫头收罗杏花，金翘来说："婉贵人来了。"

正说着，婉贵人已经进来，在阶下向王疏月行礼。

王疏月放下手中的闲书："正说着让人请你和宁常在看花，你既先过来，她们倒能少跑一处。"

婉贵人站起身："妾也是闲着，今日外头太闹，妾心里又不安，便来娘娘这里坐会儿。"

王疏月示意金翘去端茶，然后问道："怎么了？"

婉贵人道："这会儿虽然开了春，可时气却不好，二皇子……唉，听说也不大好。皇上这几日政务忙，妾想去看看二皇子，但也不敢去求。"说着，颇有悲意地叹了一声。

王疏月道："放心，皇子所就照顾二皇子一个，哪有不尽心的道理？春来的时候，万物都在发期，昨儿大皇子也咳得厉害，闹了半个晚上。"

"那请太医了吗？"

"请了。今儿他丢不开书，还是去尚书房了。我正想着，着人早些去接。"

婉贵人将手交叠放在膝盖上，望着满园烟霞般的杏花："可怜我们做母亲这样焦心……有点点疼都恨不得自己去受。娘娘您性子好，大皇子虽没了母亲，但妾眼瞧着，您也是把真心都给他了。在自个儿眼前照顾，宫人倘或不好，您也拿得住，有道理。妾的二皇子就……唉，底下人哪里体谅妾的心？现在就这样了，等过两日，皇后娘娘生产过后，谁还顾得上他啊……"

王疏月摇头道："这就是胡说了，都是皇上的儿子，哪怕有嫡贵庶卑的道理，可也都是尊贵的皇家贵胄。你原本口中是有限的，今儿是怎么了，竟作践起二皇子来了？"

婉贵人忙道："娘娘知道，我本没什么主意。如今，永和宫主位娘娘也没了好多时了，我忝居这个贵人位置，却是个什么道理都没有的性子，心里别的装不下，通共就一个二皇子。现在还好，太后娘娘偶尔还肯过问，可若皇后娘娘的嫡子出世……我是个没地位的，皇上又不待见，二皇子可怎么是好！"

王疏月听着，她这颗心和当年成妃倒是一样的："你这么一说，我竟也不知道如何劝你了。"

婉贵人见她垂了眼，似想起什么，忙起来行了个福礼："妾倒该死了，不该在这个时候跟您倒苦水，听说娘娘这几日也白遭了……"她说着，声音越发小了，"遭了闲话。"

梁安听到这句，慌忙对婉贵人使眼色："婉主儿。"

婉贵人坐立不安，掐着帕子乱了眼神，却听王疏月温声道："既都是宫里听得到的，就不是忌讳了。"

"是……"说完，她又抬头提了些声音，"只是妾为娘娘不平。皇上准十一爷回京探疾，那是皇上对兄弟的大恩，关娘娘什么事！之前那没要紧的约险些葬送了娘娘，如今他们看着娘娘好了，受万岁爷宠爱，又把这些事拿出来说嘴，真真都是挨千刀的。"

梁安道："再没有别人，通共就只有延禧宫那位主儿。"

婉贵人也应道："正是呢。娘娘一进来，淑嫔在皇上面前就淡了，她从前何等神气，现在黯淡下来，心里不知道多恨娘娘！如今有了这个不好听的话头，还不端着脏水往娘娘身上泼？”

正说着，金翘从正门进来：“两位主儿，你们恐怕坐不得了，皇后娘娘那边发动了。”

婉贵人忙道：“前儿不说要到这个月中吗，怎么今日就闹起来了？”

金翘道：“不知道啊。听说，这几日西三所顺答应没日没夜地哭，恐是这事闹的。两个守喜的太医都进去了，太后娘娘也过去了。两位主儿，你们收拾好候着，一会儿前面要传过去磕头贺喜的。”

婉贵人自然坐不得了，赶紧起身辞去。

金翘拿了坎肩儿来给王疏月穿，同时道：“婉贵人的话说得虽不好听，但倒是向着主儿的。我这几日听着宫里的话越发难听起来，说的都是主儿和十一爷的旧事。奴才很担心啊。”

王疏月抬手扣盘扣，淡淡地道：“你担心什么？”

“还能担心什么？前几日皇上突然传您去隆正殿侍寝，虽说是本分，可主儿承宠以来，万岁爷都心疼主儿，不拿这些规矩压您，那日也不知道是起了什么心才下了这道旨意。虽说后来万岁爷还是来了，但心绪也不好，奴才之前糊涂，竟不知道是什么缘故，如今回头一想，恐怕就是因为这些难听的话。主儿，您还得想些法子在万岁爷面前摆脱干净为好。”

如何才能摆脱干净呢？

贺临被囚多年，该淡的、该忘的差不多都化了烟，那些虚名也都该跟着散了，可如今就算皇帝想为了她王疏月逼着自己看开，可淑嫔、太后，甚至皇后这些人，未必肯让皇帝看开。

王疏月不是不明白，和皇帝相处刚过则断。她何尝不晓得，他对她已有没有明说的警告，要她懂事、撇干净、离远些。

然而，此时还是和三年前一样，关于贺临，王疏月无话可说。他之于王疏月，不光是旧年有过婚约的少年，他也是王疏月的良心。千万人践踏他的时候，要她为了撇干净自己，跟着一道去踩踏那个人……她不肯。

她想着，不免红了眼，一抬头，春季的宫殿上空云淡风轻，虽无山水映照，却静如一片宽阔的大湖。

长春宫折腾了大半日，终于迎来中宫嫡子的第一声啼哭。声音虽不大，却有石破天惊之力，太后坐在前殿险些掐断手中的玛瑙佛珠串。

陈姁隔着庭院朝那边张望，喜出望外道：“哟，主子，听着这声，可不得是个小皇子嘛。”

正说着，里头的姥姥跑出来传话，扑跪在太后面前：“老主子啊，大喜大喜，皇后娘娘得了三皇子，母子皆安。”

“阿弥陀佛。”太后脱口念了声佛。前殿里候着的王疏月并淑嫔、婉贵人、宁常在忙一道跪下，口中贺喜。

太后听着阖宫贺喜之声，倒把这几年的忧虑、不安之气全部吐了出来。她看向王疏月。王疏月今日穿了身退红的春绸氅衣，安安静静地跪在众妃前面。不知道为什么，她越是恭顺、勤谨，太后就越发不安。王疏月和淑嫔、顺嫔那些人都不一样，虽是汉人，入宫三年却无半分可供人挑剔指摘之处。就连大皇子也人前人后地说和娘娘好。

都说隔着肚皮定不会有真情，这句话应在太后和皇帝身上再真切不过。太后想不明白，这话既然放之四海而皆准，为什么独不应在王疏月身上？

太后想着自己从前恨她不能生却占去了全部的君恩雨露，如今又着实庆幸她早年损过身子，如若不然，中宫即便得了嫡子，也要戒备着她王疏月的骨血争去太子地位，那岂不是更糟心？

“都先起来吧。你们守着也辛苦了。”

“是。”

“陈姁。”

“奴才在。”

“皇帝在什么地方？”

“回太后娘娘，皇上在隆正殿，已经使人去禀告了，应该就要过来了。”

“既如此，和妃，你们散吧。”

“是，妾等告退。”

众人都是表面心情好，实则各有各的想法，太后让散，都巴不得早些走。

淑嫔跟着王疏月一道走出来，走到长春宫外头。婉贵人等人都借故辞去了，她却没有要走的意思。宫墙掩映着细碎的春花，日头恰恰好。

两人正沿着宫道走，大皇子跟着梁安从前面跑了过来：“和娘娘。”

王疏月蹲下身，将他揽入怀中：“下学了？怎么不回去？”

“梁公公说和娘娘在长春宫，儿臣来接您。”

说完，他又朝淑嫔行了个礼：“请淑娘娘安。”

淑嫔立在王疏月身后：“欸，真好。妾原说送娘娘走几步的，这会儿看来，倒该去了。只是……大皇子，你怎么还是一口一个‘和娘娘’地叫着啊？你父皇听了，岂不是不高兴？”

这话说得金翘和梁安都皱了眉。

大皇子虽小，倒也听懂了她的意思，张了张口，却不知道该应什么。他抬头看向王疏月，目光跟着黯下来。

王疏月拿出自己的帕子，抬手替大皇子擦拭额头的汗水，将背后淑嫔的话掩了过去："皇上疼大皇子，不会不高兴的。和娘娘也喜欢听你这样叫。"

谁知淑嫔却笑了一声，跟了一句道："也是，万岁爷宠爱和妃娘娘，连宫中的流言都要替和妃娘娘挡着，您与大皇子怎么处，皇上定然也不会说什么。"

大皇子抓紧了王疏月的袖口，小声问道："和娘娘，什么流言——"

金翘正要给大皇子使眼色，让他别问，却见王疏月摆了摆手，将大皇子抱起："什么流言啊，说和娘娘身子一直不好，后头的申兰秋猎，你父皇都不肯带和娘娘去了。"

大皇子一听，忙道："那不行呀，儿臣才学会了骑射，要给和娘娘猎鹿呢。儿臣去求父皇，让他带您一块儿去。"

淑嫔不想王疏月全然不为自己的话所动，大皇子更是搂着她的肩膀，当着自己的面儿说着母慈子孝的话。她不由得觉得自己没脸，喉咙里冷冷地笑了一声。

天色也渐渐暗下来。王疏月理了理被风吹乱的碎发，转身看向淑嫔："也许你有你的活法，我不好置喙，毕竟我觉得你也不甚容易。"

"什么……妾不大听得明白。"

"我也不想说得太明白。你对我有再多的怨恨都好，你只冲着我来，不至于堕无间，但你若冲着皇上的子嗣去，西三所的人自是你的前车之鉴。"

"呵……和妃娘娘是在威胁妾？"

"不是，我为人处世没有大而狠的力道，是个性子软、极好拿捏的人，但我也有所忍，有所不忍。风大，你也别久站。"说完，她将大皇子交给梁安，一同转身朝着宫道一端去了。

谁知她才走出几步，却听后面冷冷地跟来一句："和妃娘娘，盛极必衰，妾经历过一次，等着看您经历第二次。"

此话刺心刺肺，金翘怕王疏月吃心，忙道："她是要臊娘娘，却没的臊到了自己，红眼胡说的，主儿别听进心里。"

王疏月什么也没说，拂开眼前遮路的杏枝，走到前面去了，不觉便走到月华门前。

此时正是程英、马多济这些人出宫的时辰。

王授文这一回却没同他们一道走，一个人低垂着头跨过月华门，双手笼在袖中，肩头瑟瑟，看起来步履也有些蹒跚。

王疏月与金翘停住脚步。王授文已经看见立在杏花堆烟下的女儿。

宫里规矩大，嫔妃与外臣本不可攀谈，王授文只得也在月华门前站住，撩起袍子，屈膝跪下来向着王疏月行了个大礼。那一礼行得十二万分恭敬、慎重。他弯腰，叩首，直身，每一步都深足到位。

父女之间的默契一直在。即便不能说话，王疏月还是看出了父亲的意思，一味地尊重，也是要她慎言、慎行，万万避开从前那个人。

“父亲——”

“主儿，不可啊。”金翘见她忍不住挪动了步子，忙伸手扶住她。

早有跟着她的太监知事地去扶王授文。王疏月眼看父亲颤巍巍地站起身，眼睛熬得有些红肿，一时间竟有了八分的老态。

好在王授文没有再看王疏月，快了几步，跟上程英等人，有些踉跄地朝明华门的方向去了。

“主儿，咱们也走吧。”

“我再站一站。”

金翘望向明华门的方向，宽她道：“主儿，您这已经是很好的了。您是嫔妃，大人又是皇上近臣、信臣，您和大人久不久地还能这么隔着见一见。这宫里，连皇后娘娘都没您这样的福气。您别难过，若是大人见您伤心，哪里能大安？”

王疏月摇了摇头：“我不知道跟你说了你懂不懂，但这话，我又没地方说去。”

“主儿，您说。”

王疏月放平了声音：“嗯……以前我母亲还在的时候，父亲是个多么放得开手脚在官场上滚打的人，他总说他有多么多么大的宏图，要让我和我兄长有好前途。可是，我母亲死了以后，父亲的日子却再也不曾过得热闹，反是我与兄长看起来倒是顺了他当年的愿。”

金翘听了这话，似懂非懂，却见她有感伤之意：“这不是很好吗？主儿，如今您兄长在外任上，大人又得皇上信任，主儿虽是汉人出身，但有这些弥补也就不怕了呀。”

是啊，也就不怕了，可是，她心里想要的好像并不是这些。

就连王授文心中所想的好像渐渐地也不是这些了。

王疏月正沉默着，又听金翘轻声提醒她：“主儿，皇上来了。”

王疏月回过神来，却见皇帝已经走到她面前，身边只有张得通，仪仗却退在月华门前面。

皇帝应该是才议过政，眉宇间到底有些疲倦，身上墨绿色的常服袍腰间有些发皱。王疏月蹲身行了个礼，将帕子揣入袖中，蹲下身去替他整理：“主子今儿坐得久吧？”

皇帝伸手扶住她："朕要回隆正殿更衣，完了要去长春宫，你不用弄了。"

"好。"她顺着他的话站起身。

"你怎么了？在风口站着。"

"我……"她冲着明华门处扬了扬下巴，"送送父亲。"她说话的声音轻而淡，却还是听得出一丝忧意。

皇帝回头看了一眼。明华门前，王授文等人正候着出宫。此时风渐大起来，吹得人头顶的官帽几乎歪了。

"怎么送，用你这双眼睛吗？"

王疏月垂眼，没有应声。

皇帝咳了一声，道："王疏月，今日你不能在朕面前露悲。"

"是，还没给主子道喜呢，恭喜主子，喜得嫡子。"

"真心的吗？"

"真心的。"她将头垂得很低，又穿着一身退红色衣裳。宫里不能随意着正红，每逢什么喜事，不管跟她王疏月有没有关系，她都喜欢穿退红色氅衣去应景，很规矩，不犯一点儿错。

"王疏月。"

"嗯。"

"过来。"

她顺他的话挪了几步，却被他拽住手臂顺势搂入怀中。

"主子——"

"你先别说话。"他一贯地霸道、不知体恤，但他身上的体温透过轻薄的春衣渡了过来，"王疏月，你日后想见你父亲，就去御书房讨朕的旨意。从御书房到明华门的这几步路，你可以陪着王授文走走。"

王疏月摇了摇头："您知道，我和父亲都不敢。"

"你已经够规矩了，别给朕这么没意思地活着。"

"没意思地活着"，这话可真是有些意思，以前都是这位要命的爷逼着王疏月把规矩举过头顶，如今嫌弃她太规矩的竟然也是这位爷。

"朕明日让周明当长坤宫的差。"冷不防的，他又提起了周明。

王疏月想起那些黑乎乎的苦药，不由得又皱了眉："皇后娘娘才生产，哪能那么急就让周太医去我那儿？"

"你一个闲人，少置喙朕的意思。"

"哦，是。"

皇帝用手抬起她的下巴："王疏月，朕不信，朕可以给别人恩典，却给不了你福气。"

王疏月静静地听他说完，突然环臂搂住他的腰。皇帝似乎没想到她会有这样主动的亲昵动作，又是在奴才们的面前，不由得一下子梗着脖子僵了背："你……做什么？"

"您也别说话，容我这么待一会儿。"

她的呼吸好像放缓了一般，一阵一阵地扑着皇帝的胸口。

皇帝低头看向她，她竟在他怀中闭上了眼睛，微红的脸颊像极了她头顶那一片杏花的蕊色，身子却莫名地有些颤抖。皇帝伸手拍了拍她的肩膀："王疏月，你是不是听了什么难听的话？"

她没出声，只是把皇帝搂得更紧了些。

皇帝放平了声音，尽量将话说得柔软些："你记不记得朕说的话？朕给你的声名，除了朕，谁都褫夺不了。朕不会让罪人见你，也不准你跟他说一句话。你给朕记着，朕想什么，你就想什么，否则——"他原本没想说到这一步，谁知话头一起来又有了惊涛骇浪之势。回想起来，这些话，他很久没对王疏月说了，但此时已经出口，再也收不回来。

感觉到王疏月似要松手，他忙反手一把摁住她扣在他腰上的双手："算了，王疏月，没有否则。"说完，他犹豫了一下，最终还是抬起手抚了抚她的下巴，轻声道，"这几日你在长坤宫禁足，朕就不明谕六宫了，你自己守朕的规矩。"

"是，遵旨。"

皇帝这才松开她的手，让她退开一步站好。

她要行跪礼辞行，皇帝也没拦阻。

周围的人看着帝、妃亲密之后又在冷风里远离、道别，心中莫名地觉得可惜。

待王疏月过了月华门，何庆便在皇帝身后偷偷叹了一口气。谁知前面的皇帝却停住脚步，回头冷声问道："叹什么气？"

何庆忙扑通一声跪下来："哎哟，奴才知罪。"

"有话直说！"

"万岁爷，您开恩，奴才就是被灰尘蒙了鼻子，奴才……奴才该死！"说完，他就狠力给了自己两个大嘴巴子。

皇帝耳边突然嗡地响了一声，回想起当年王疏月还在御书房的时候他让她自己掌的那两个耳光。那时，她似乎也像何庆现在这样，用了十足的力气。

好像……又伤到她了。"够了！"皇帝不由自主地喝了一声。

何庆忙停下手："万岁爷……恕罪啊……"

张得通眼见着自己的主子慢慢握紧了拳头，忍不住出声劝道："万岁爷，长春宫还等着您呢，何庆交给奴才惩办吧。"

“朕没说要惩办他。”

张得通一怔，忙又对何庆道：“还不快谢主子恩典？”

何庆磕头如捣蒜，也不知磕了多少个，有小太监唤他道：“何公公，起来了，万岁爷啊……走远了。”

“哦，走远了。那和妃娘娘呢？”

“哎哟，您是吓糊涂了吧，和妃娘娘比万岁爷走得还早呢。喏，都没人了，您啊，赶紧去日精门的御药房取些药吧。”

何庆抬头看向空荡荡的宫道。

夕阳的光渐渐变暗。风一下吹透衣衫，天边有灰青色的云。

眼见着，又要下雨了。

第二十一章 满庭芳

女人的郁结，若不是因为男人离心，那就是对前途的恐惧。

皇后生了嫡子，无论前朝后宫，皆是一片欢喜之象。

皇帝为这个嫡子取名恒阳，取意“永日”之意。太后十分满意，连日舒畅，之前的症候都轻了不少。然而临春园中裕贵太妃已经病得认不得人了。

皇帝嫡子出生自然有大赦。恭亲王趁着这个当口，会同张孝儒等几个老臣，声泪俱下地又上了几本折子，虽是留中的留中，驳回的驳回，但在三皇子洗三那一日，太后却亲往隆正殿，劝说皇帝顾念骨肉之情，准贺临回京，令其母子得以团圆。

皇帝没有违逆太后的意思，松口准了。

三月将尽。

这日日头好，天气也暖和起来。婉贵人来瞧大皇子，正在明间里拿缎料比画：“娘娘这连着好几日都没出去。”

王疏月翻检着绒线，冲着地罩前的绣架子扬了扬下巴：“哪得工夫呀？绣那样东西呢。”

婉贵人站起身，挪到绣案旁：“哎哟，要说针线上的功夫啊，还是咱们汉人家的女儿强，这江山图要是绣出来，可真不得了。您这绣了快一年工夫了吧。”

王疏月笑着看了她一眼：“嗯。没剩多少了，想趁着这几日身上不好，懒得出去，一口气绣全了。”

婉贵人道：“您身上还不好吗？周太医的圣手都调理不了，这样闹下去得闹到多晚啊！要妾说，您还是得狠下心来狠狠地吃几剂药除了根子，才能跟咱们一样，有个自己的孩子多好。”

王疏月牵出线头，金翘忙过来替她拈着，用手腕做轴，好让她绕。

“婉主儿在这儿，也能替奴才们劝劝我们主儿。奴才们多想主儿好啊，可主儿吃周太医的药啊……”说着，金翘埋怨地看了王疏月一眼，“倒像吃腻了一样，每日进三碗，少不得要倒掉一碗。”

婉贵人笑了："这样一说，倒是周太医的不是，你们娘娘是多么娇贵的人，怎么能一日三碗地喝，那样还能吃什么东西？"

王疏月也笑了："你倒比他们想得明白。"

婉贵人道："我哪有多明白，不过比娘娘早些跟着皇上，知道这皇家人用药的习惯。说来，恐怕是周太医被皇帝逼得太凶了，才急于要为娘娘调理好身子。娘娘，要我说，也急不得。从前，像宁常在，为了成孕，吃了好些坐胎的药，后来倒真是有了身孕，谁知一朝没了，那身子却跟着虚旺起来，好几年了都不受用。"

金翘道："婉主儿，您才说得好好的，怎么又说回去了？您这还让不让我们主儿安生吃药啊？"

婉贵人揉了揉额头，忙蹲身道："瞧我，自己倒在娘娘面前矛盾起来。不过，娘娘有大皇子，妾瞧着，是那样亲厚，亲生的也比不了，倒也没什么妨碍。"

王疏月知道她一味不惹人生气，总是顺着话说，不由得笑开，也顺着她的话说下去："是啊，我如今很安心。再有，我这身子就是不好成孕，横竖又不是什么大病，没事的。"

婉贵人听她这样说，方安下心来，重新走回她身旁坐下："也是。人食五谷，都有这儿那儿的不好。最近时气不好，虽是春暖花开，二皇子也三病两痛，这都还是小的，要紧的是，我听说，临春园的贵太妃就要不中用了。"

王疏月手上一迟钝，冷不防地拽紧了线，引得金翘的身子也跟着往前一倾。

"主儿，可勒着手了？"

"没有，没事。婉贵人，不中用的话是哪里传来的信儿？"

婉贵人见王疏月面色不好，犹豫道："您不好，也不该跟您说。我是听给二皇子用药的太医说的，太后娘娘……太后娘娘好像不准太医院给贵太妃用药了，应该是不想让十一爷……赶回来见那最后一面吧。"

金翘疑道："这么说倒是怪，前几日可是太后娘娘劝咱们万岁爷顾念兄弟之情，才把十一爷这事从政事变成了家事，引万岁爷松了口，听婉主儿这意思——"

婉贵人道："这都是前朝的恩怨，怎么说得明白？总之，太后娘娘定是要贤名的，至于太后娘娘和贵太妃有多深的恩怨纠葛，就不是我们这一辈的人能妄言的了。"

这一说就又说深了，并不是婉贵人的本意。

好在是时梁安揭开竹帘子进来："主儿，大皇子下学了。"

婉贵人正怕王疏月要细问贵太妃的事，便借不搅扰之故告辞出去了。

金翘命人进来收拾茶碟，然后道："主儿，您已经狠了心把自己关在长坤宫里，可不能去过问临春园的事啊。"

王疏月望着手中的绒线，一言不发。

金翘不安心，又道：“主儿，十一爷早就大势已去，就连他兄长恭亲王也跟着没了脸。如今，就算还有人拿贵太妃的病做文章，不过也都是学里那些讲什么孝悌之道的老大人，万岁爷当他们没眼力见儿，处置了也就罢了。可是娘娘您不一样，这宫里，上到太后，下到淑嫔那些人，都巴不得您在十一爷和贵太妃的事情上行错一步，您可千万千万不能此时沾染啊……”说着，她不由得跺脚，“哎，这婉贵人也是，也不知道安的什么心，偏今日撞过来，又与您说那些话，咱们这长坤宫的门，连自己锁自己都不成了吗？”她一急，话也说得急。

王疏月只是静静地听着，临了方道：“你和梁安已经劝了我很多次。”

金翘道：“奴才们都糊涂，只会一味地说，惹主儿烦了，是吗？”

“不是，是我心里难受，但面上不能表，口也不能言。”说着，她丢了手中的绒线，“所以内里烦躁罢了。”

金翘垂了头：“是奴才不好。主儿是明白人，奴才以后不说了。主儿，不早了，传膳吧。”

❖ ❖ ❖

转眼到了四月初。

临春园奏报，裕贵太妃没了。那时，贺临离京城不过三十来里，然而他还是和王疏月一样，到底没能赶及见母亲最后一面。

这一日，四更天刚过，长坤宫西暖阁的灯就亮了。

张得通与何庆侍立在明间外面，尚衣监的人捧着龙褂玉带垂首候在地屏前。金翘引着伺候盥洗的宫人穿过地罩，见屏风后面王疏月正在倒茶：“万岁爷，主儿，可要传尚衣监的人进来？”

王疏月端上茶盏抬头看了一眼皇帝，皇帝端茶喝了一口，对屏风外道：“还有些时候，让他们候着。”

金翘恭敬地应下，只命人将水盆、胰子皆放下，而后带人退到了明间。

皇帝尚穿着中衣，领口的一颗盘扣松了。他一手端着茶，一手系着扣，拧眉似乎在想什么。

王疏月没有打扰他，反手随意地绾起自己的长发，披衣走到屏风外面，将水盆旁的灯点上，试了试盆中的水温，抬头见他仍没有要过来洗漱的意思，便走到绣架旁坐下来，绣几针等他。

皇帝坐着的那个地方刚好能看见她拿针的那只手，纤白柔软，此时正不慌不忙、不紧不慢地在灯下来回钩拉。再一看人，她也是安闲无虞的模样。

她安然，皇帝却扣歪了扣子。

今日是贺临入宫觐见谢恩之日，之后便是漫长的守灵之期。

皇帝昨夜想了整整一个晚上，是不是索性下一道明旨把她王疏月锁在长坤宫里，直到裕贵太妃起灵。这心已然是起了，但他实又不愿意这样对她，毕竟她这个人已经足够隐忍、懂事。

“王疏月。”

“啊？”王疏月被他这突如其来的一声吓了一跳，针险些扎入手指。

“啊什么啊！朕在你这儿坐着，你拿针要做什么？”

王疏月忙又站起身，有些无奈地绕到屏风后面：“不是，看您在想事情，不好打搅您。要不我去传尚衣监的人来，也是时候了，伺候您更衣吧？”

皇帝站起身：“急什么？朕今日大可不见老十一。”

王疏月怔了怔，却并没有避开皇帝的目光：“您知道，您说这句话，我只能跪着听。”

皇帝扫了一眼她面前的那块空地：“你觉得有那个必要你就跪。”说完，他重新坐下，原本抓在手中的杯盏又重重地放回案上，“朕不知道你在怕什么。老十一回京的事定了这么久，无论你听了什么不好听的话，朕说你一句重话了吗？你非要这样。”

王疏月摇了摇头，蹲下身，抬手解开他扣错的那颗盘扣。扣子被手指灵巧地挑开，因错扣而起皱的衣襟也一下子被抚平了。

“主子，我是无话可说。我知道您有您的考量，而我又目光短浅，不堪问。”说着，她垂下手，抬眼看向皇帝，“主子，您下不下禁足令都好，我自己关着我自己。您不让出去，我就不出去。”

说是为了皇帝也好，为了她自己也好，为了贺临也好，王疏月当真算是忍退到边缘了。

然而她越是这样，皇帝心里越不是滋味。沉默了一阵，他终于向王疏月伸出手，道：“你过来。”

她应声站到他两腿之间的空处，半垂着眼，一言不发。

皇帝撩开她垂在眼前的碎发，稍微放缓声音：“朕跟你说过，你的声名是朕给的，朕不褫夺，谁都损不了。”

“我知道。可您的声名呢？”

“朕的声名，你一个女人还毁不了。”

“那……我有一事相求。”

“去吧。”

“您还没问我所求何事呢？”

“朕随便猜了猜，猜没猜对，朕不知道。但不管怎么样，既然朕准了，你就去。贺临明日跪灵，今日则是三皇子满月。贵太妃病逝，皇后和太后不主张举宴，横竖这一日无事……今日你可以去裕贵太妃的灵前。”

“真的？”

“君无戏言。王疏月，朕之前为裕贵太妃打过你，现在想想，那时大没必要，你和朕都是贵太妃的晚辈，如今你想上一炷香或是守一日，朕觉得都是该的。”

说完，他扬声唤张得通，而后又对她添了一句：“朕的话就说到这份儿上。”

王疏月沉默地望了他半晌。皇帝被她看得有些不自在，伸手在脸上摸了一把：“朕脸上有……有什么？”

王疏月摇了摇头，垂眼笑了。

皇帝问道：“你笑什么？”

“笑您要为之前的事道歉，还非要说什么话就说到这份儿上——”

“闭嘴！”

正说着，金翘在外道：“主儿，奴才有话回。”

王疏月还来不及开口，皇帝已经应道：“站外面回。”

“是。万岁爷，主儿，今日三皇子满月，太后娘娘说，虽在大丧不摆宴，但还是要让各宫沾福染喜，因此送来了红蛋。”

生子后赠红蛋，这倒是汉人的老习俗。

王疏月看了一眼皇帝，见皇帝没说话，方朝外面道：“拿进来吧，我过会儿去谢恩。”

金翘顺声捧着红蛋进来，谁知还没走到案边就被皇帝叫住：“拿过来给朕。”

“是。”金翘忙将托盘呈到皇帝眼前。

皇帝拿起那枚红蛋，照着茶案边沿儿就是一磕。

王疏月忙道：“您做什么？”

皇帝压根儿没理她，自顾自地把蛋壳剥掉，张口咬掉了一大半：“你还站着？端茶。”

“这是太后——”

“朕看不得你吃这红蛋，更见不得你一个禁足于长坤宫的人还敢擅自去寿康宫谢恩。”说完，他站起身，召张得通进来，一手捻着蛋壳，一手将剩下的半个蛋丢进嘴里。

他刚想说话，又觉得噎得很。张得通见王疏月目瞪口呆地看着皇帝不知道动，赶忙手忙脚乱地去给他端水。

皇帝端过来喝了两大口，好不容易把那半个蛋吞了下去。他拿过王疏月的帕子狠狠擦了两下手，抬脚就往明间走，一面走，一面让人传尚衣监的人进来更衣。

王疏月看着皇帝刚才擦过手的帕子，上面残留着一大片蛋壳上的红料。她终于回过神来，可忍不住又想笑。

皇帝真是一个好傻的男人。他以为她在子嗣缘分上多么伤心，竟连这种无关痛痒的刺激都要为她挡。

王疏月还在自顾自地乐，明间里的人已经不耐烦地开始唤她："朕的玉佩，给朕拿出来。"

"您搁哪儿了？"

"昨晚你给解下来的，你现在问朕搁哪儿？"

"我……我找找。"

❖ ❖ ❖

裕贵太妃已经行过大殓，此时停灵在宁寿宫中。

内侍府对于怎么办这场丧事十分头疼。

十二爷掌管内侍府多年，虽一切有例可遵循，但是撞上皇后嫡子满月的日子，太后与这位贵太妃又有多年的宿怨，到底是不会巴望着她的身后事好。一时间，十二爷有些拿不定主意，更不敢找阎王皇帝问他的意思。他跟几个司官堂官混沌地操持了几日，横竖不像样子。

恭亲王眼见这样不行，硬是拉下二十多年的脸面，又捧上兄弟骨肉情意这顶大帽子，几乎是跪下来求十二爷，才逼着十二爷给自己的母亲张罗出尚算体面的身后事。

然而皇后还在月子中，太后又一句都不肯过问，纵然内侍府银钱使到了位，但没有实在人物在灵前撑着，那些宫外王妃、诰命也都渐渐提不起精神了，告病的告病，早辞的早辞。

女人在金银堆里活了一辈子，过得好不好、有没有得到夫君的疼爱似乎都不重要。对嫔妃们的后代而言，母亲的尊荣也是他们的脸皮。恭亲王一味只要仪制，一味盯着香火不能断、哭声不能停。在灵前守不到两三个时辰，他又着急忙慌地盯着宫外的丧仪去了，好像只要典仪完整，不出错漏，自己母妃的一生就当真功德圆满了。

守灵的宫人倒真的是哭得嗓子都喑哑了。

而贵太妃的金棺被围拥在这一片毫无情绪的哀号之中，依旧显得孤零零的。

殿外此时正在为贺临搭建守灵的庐帐。大片大片雪白的毡子堆在阶前，几乎挡住王疏月的路。

内侍府并工部的人见王疏月不好走，忙指一个掌事的太监过来赔不是："和主儿恕罪，咱们这儿正赶工。来人啊，赶紧收干净，让和主儿好走。"

工部的人七手八脚地过来收拾停当，退到一旁。

金翘陪着王疏月踩上铺着白绢的石阶，香火的气息扑面而来，连金翘都顾不上失仪，弯腰咳起来。

“这烧的是……喀喀，什么香……都烈成这样……”

王疏月抬头朝明间看去，王妃和诰命夫人都是每日从外面入宫来守灵，这些人大多老弱，撑不住一会儿便要到各处去休息。这会儿刚过辰时，灵前只跪着淑嫔、宁常在并恭亲王的王妃三个人。

淑嫔虽跪得仪态端正，却仍不时拿绢子去掩口鼻。

宁常在跪在她身后，已是一副昏昏欲睡的模样。

只有恭亲王的王妃眼睛肿得像两颗核桃，虽也是筋疲力尽，却仍然一个人守着火盆。盆中的纸灰四扬，有的落在金棺上，她抬眼看见了，又连忙撑着身子站起来去拂掉。

金翘轻声道：“恭亲王的这位王妃上个月才小产，如今这样撑着来……很不容易。”

“小产？”

“嗯，听说是郁结所致。”

女人的郁结，若不是因为男人离心，那就是对前途的恐惧。

金翘身在情爱之外，比王疏月看得还要毒些：“贵太妃一死，万岁爷对恭亲王府啊，就连先帝爷的那一点儿情念也不用顾了。”说完，她似乎也有些难受，见王疏月跟着她沉默下来，忙笑着转了话道，“主儿，进去吧。奴才伺候您上香。”

二人一道走进殿中，她们的影子恰好落在淑嫔背上。

淑嫔偏头看了王疏月一眼，放下了正捂在鼻上的绢子：“娘娘来了。”说完侧过身，稍弯了弯腰，“大丧不行礼，恕妾……就这样跟您问个安。”她一面说一面扶着宫人的手站起身，将自己跪着的地方让了出来，退到宁常在身旁，重新跪下，然后抬头对王疏月续道，“皇后娘娘在月中，不便守灵，太后娘娘身子不好，也不肯来，妾在这里六神无主。和妃娘娘您来了，我们也就有了主心骨。是不是，王妃？”看似无意，话却递到恭亲王王妃那里。

恭亲王王妃抬头看了王疏月一眼，挪动膝盖朝向她，双手叠放于膝前，弯腰伏首朝王疏月磕了一个头，冷冷地应了一声：“是。”

王疏月蹲身扶住她：“大丧不行礼。”

恭亲王王妃直起身，眼睛却一直望着王疏月面前的地面：“对旁人不必如此，对您却不敢。和妃娘娘，我们恭亲王府已经无欲无望，只求能让贵太妃娘娘的身后事体面、平静。娘娘如今身受皇恩，已不是奴才们敢攀附、指望的人，求娘娘可怜，给我们一个心静，也让贵太妃娘娘魂魄安宁。若您见怜，奴才就再给您磕三个头。”

金翘有些听不下去，刚要开口，手腕却被王疏月一把摁住。

“主儿——”

王疏月没有松手，反而使力将她拽到身后。

“王妃误会了。”

恭亲王王妃淡淡地笑了笑，仍不看王疏月，平静地道：“娘娘，是不是误会都不重要。娘娘是有父母兄弟的人，再来，服侍皇上也是本分。王爷和十一弟虽然对娘娘有诸多怨恨，但我不敢有，只是身为恭亲王的王妃，身为贵太妃娘娘的儿媳，在贵太妃娘娘灵前，对着娘娘，我们说不出别的话。”说完，她站起身，取了一炷香，点燃，递到王疏月眼前，“请娘娘上香。”

王疏月沉默须臾，才伸手将她呈上的香接过来。两双缟素的袖子交叠在一起，袖中露出的手腕一双柔弱细白，一双因为妊娠才断，仍有些浮肿。

“娘娘，上完这一炷香，还请娘娘就不要再来了。皇上准十一弟跪灵，奴才与王爷都已经感激涕零。十一弟这个人莽撞、不知事，见了娘娘定会有所冒犯……天子之威，十一弟受不得第二次了。”说到这里，她有些哽咽，之后的话声也抖起来，“他在三溪亭已经去了半条命，剩下的这半条命，奴才和王爷若再不能护住，就当真无脸面对贵太妃娘娘的在天之灵了。”

王疏月沉默了，淑嫔却在一旁不知何意地摇头讪笑。

香烧了一半，灰白的香灰落在王疏月脚边。她挪开一两步，与恭亲王王妃拉开两三尺的距离：“王妃的意思，我明白。放心，贵太妃娘娘从前待我很好，我只是想在她灵前尽一份心。守完今日我就走，绝不会让王妃和恭亲王为难，也不会伤十一爷的心。”

“但愿娘娘心同此话。”恭亲王王妃说完，重新在火盆旁跪下，不再出声。

王疏月敬过香，就在淑嫔先前跪着的地方跪下来。

宫人们的哭声从头至尾都没有断过，此时不知是谁起了个调子，哭得越发声嘶力竭，可是没有眼泪的干号，除聒噪并激不起人心中真实的哀伤。

越是这样虚伪的悲戚，越让王疏月难受。

贵太妃身前是个温柔的女人。王疏月至今仍然记得，贺临获罪，她奉旨入宫，富氏骂她拜高踩低、不知廉耻，就连贺临也写过力透纸背的文字，逼着她去死。那时，贵太妃人在病中，却仍然过问她是否安好，甚至让曾尚平传话说一切都是贺临对不起她。

王疏月活了二十年，除了母亲，贵太妃是唯一理解她的女人。她与王疏月不是至亲之人，但她和王疏月的母亲一样，着实看得见王疏月的好。贺临看不上王疏月，冷落王疏月，她都看在眼里，甚至三番五次呵斥贺临，为王疏月争取体面。正如她自己说的，她心疼王疏月比心疼富氏还要多。她是真心希望做王疏月的长辈，即便知道贺临被囚、王疏月封妃这样受世人诟病的事，她至死也没有说过一句为难王疏月的话。如今，这两个女人一个早已成了黄土陇中孤独的白骨，一个虽然被封入金棺，却也是一个人寂然地走的。她们的最后一面，王疏月都不曾见到。其实，如若可以，王疏月倒是真的很想听她们对自己说几句临别之语。诚然她如今拥有帝王之爱，可她在这个世间行走得仍然不易，仍然要面对诸多质疑、谩骂。然而她又从来不是一个心冷手毒的人，抵御时代糟粕的无非是她问心无愧的真诚和良知，这是她的底气，也是她与世俗的隔阂，她很想听人温柔地告诉她："你没有过错，你已经做了你应该做的。你无愧于你的家族，无愧于夫君，无愧于他的兄弟、子嗣，也无愧于你自己。"这些话，只有女人能对女人说，无论是对着王授文还是王定清，或者皇帝，她都开不了这样的口。

王疏月一面想着，一面弯腰伏下身去，头枕手背，朝着那口金棺恭敬地叩了一首。

酉时，天上淅淅沥沥地下起雨来。

王疏月同金翘一道从宁寿宫中走出来。雨虽不大，头顶的天空却压得很低，像在为之后酝酿一场大暴雨。殿外的倚庐已经修好，工部的人正在撤走，一时间脚步凌乱，踩起了满地的积水。

不多时，雨渐渐大起来。倚庐前只剩下一个人。

金翘眯着眼睛看向那人，迟疑道："好像是从前掌仪司的那位曾尚平……曾公公。"

话音刚落，却见他朝着王疏月这边走来。

雨虽然不小，但他并没有撑伞，藏青色的宫服被雨水浸了个半透。

临到王疏月面前，他也没有贸然走到檐下，而是在王疏月面前四五步的地方站住，弯腰行礼，恭声道："给和主儿请安。"

"曾公公请起。"

曾尚平起身，也避到檐下，胡乱抹了一把脸上的雨水。那张原本清秀的脸因连日不曾合眼而显得暗黄、颓丧。

王疏月不禁想起先帝丧仪时见到的曾尚平。那时他还是掌仪司的掌事太监，何等周全体面的一个人。后来贺临获罪，贵太妃在临春园养病，听说他也跟了去，这一去三两年，她竟再也没见过他。

"曾公公什么时候回来的？"

"伺候贵太妃娘娘的棺椁回来的。"说着，他退了一步，又低头道，"奴才卑贱，本不堪跟和主儿说话，只是，贵太妃娘娘临去之前有几句话嘱咐奴才带给娘娘。奴才深受贵太妃娘娘大恩，不敢辜负。”

“曾公公，请说。”

曾尚平拱了拱手：“娘娘说，她从来没有怪过您，不论十一爷和王妃对您有什么怨怼，都希望您看在她人已故的面儿上不要为难他们。”

贵太妃临终一语，竟还是在替贺临宽她的心。王疏月不由得红了眼眶。虽然她与贺临的婚约从头至尾都是这位贵太妃一厢情愿，但不得不说，她想要和王疏月结这段婆媳缘分的心真的令王疏月此时周身发疼。

王疏月仰起头，忍着泪应曾尚平道：“娘娘不怪我，我又怎么会恨十一爷？谢谢曾公公，让我还能听到老娘娘的话。”

曾尚平撩袍跪下来，重重地磕了一个头。那声音扑到大理石地面上，十分沉闷。

“是不是还有话要和我说？”

曾尚平吸了一口气，仍将额头贴在手背上，声音有些齆：“是，贵太妃娘娘是个和善的人，但奴才跟了贵太妃娘娘这么久，深知她仍有身后不安事。”

“是十一爷吗？”

“是。十一爷为人莽撞，您是知道的。他与万岁爷之间的恩仇，奴才不敢妄论，娘娘也不敢妄言。然而，娘娘活着的时候，万岁爷也许还顾念先帝爷与娘娘的情分，不忍加罪，如今娘娘走了，议政会议也名存实亡。宗亲之中，虽恭亲王和王妃还肯念骨肉亲情，但也都是劝不了十一爷的，更不能护十一爷安然……娘娘什么都不求，只求十一爷能活——”

金翘听了这些话有些不安，打断他道：“主儿，时辰不早了。”

“和主儿，求您听奴才把话说完！”

“公公有什么好说的？我们主儿是和妃，早就不是什么十一爷的侧妃了。主儿过来敬香守灵是我们主儿尊重贵太妃娘娘，您怎么能跟主儿说这样的话——”

“金翘。”

“主儿！您忘了宫里都在传什么吗？”

王疏月摇了摇头，却没有应金翘的话，回头看向身后那口棺椁。

棺椁前的纸灰飞滚到她脚边，一遇见雨就再也扬不起来，如同一个人的命数，在泥泞中沉沦，再也立不起来。

王疏月垂下眼来，周遭风起雨声闹，掩了她喉咙里的声音：“娘娘，疏月试试。”

❖ ❖ ❖

四月的天，下过雨后就变得十分干净。

夜幕降下来之后，天幕上铺满了碎玻璃一般的星星。

王疏月回到长坤宫的时候，金翘和梁安都规规矩矩地立在西暖阁外面。皇帝的仪仗如同一条璀璨的龙，盘踞在长坤宫前。

宫门后，驻云堂的灯亮着，屋檐上残余的积水如断线的珠子，伶仃地挂在窗前。

御膳房的太监端着杯盘碗碟有序地退出来，王疏月让到一旁，顺势扫了一眼盘中的菜，有鱼鸭鸡肚，皆摆得完整，几乎没怎么动过。

何庆眼看着这些东西撤出来，皱眉道："哎哟，可怎么在《起居注》上注笔哦。"

王疏月望向窗上那道影子："皇上什么时候来的？"

何庆应道："来了一会儿了。今儿在隆正殿，连奴才师父都被关在外面，陪着万岁爷见十一爷的是王老大人。王老大人出来时一个字都没吐，现在……"他压低了声音，"奴才们也不知道两位爷说了些什么。不过，这会儿，周太医在里面。和主儿，您啊，仔细些。"

他虽这样说，但也是白嘱咐，王疏月和皇帝相处，他摸到现在，是既摸出些门道，又摸不出门道。想着，他给了自己嘴上一巴掌，弯腰替王疏月打起了门前的帘子："奴才多嘴，您请。"

王疏月走进明间，一眼就看见在灯下写方子的周明。

"哎哟，微臣给和主儿请安。"周明原本没看见王疏月进来，请安请得急，膝盖磕在地上，清脆地响了一声，"皇上吩咐，让微臣写了方子，在这儿候着娘娘，给您换换季之后的方子。"

王疏月道："我之前吃的是黄太医的药，觉着有些燥。"

"是，黄太医跟微臣说了，娘娘如今的身子仍是寒气排不尽，郁在五脏六腑不出，若不用些温补的药，也不能见效，所以，方子出得烈些。不过，马上就入夏了，微臣怕娘娘负荷不住过多的人参、肉桂，还得等娘娘更衣后仔细地请出手来斟酌斟酌脉象，才好定方子。"

王疏月点点头："好，皇后娘娘的身子还好吗？"

"回娘娘，皇后娘娘原本是有血亏之症，但孕中调补得好，如今生子，之前的症候反而减轻了不少。"

"嗯，那便甚好，您起来给皇上写方子吧。金翘，让梁安进来，给太医照看着灯火。"说完，她便把金翘也留在明间，自己一个人穿过地罩，走进了驻云堂。

皇帝这个时候通常是千年不变的伏案姿势，今日却撑着一只手按在腮帮子上，低头皱眉，似乎不是很受用。王疏月一进去就听着一声皇帝吸口水的声音。

皇帝原本在想事，这会儿自己也被自己这滑稽的声音惊了一下，忙松开手坐直身子，低头去拍自己的衣襟，见还不至于出丑流口水，这才放心，重新将手摁回腮帮子处，又摇头，自嘲地笑了笑。

王疏月咳了一声，皇帝先是一怔，而后僵硬地将脸绷了起来："什么时候进来的？"

“刚进来，跟周太医说了几句话。我……去更衣。”

“站住。”

“是。”

“你……刚才看见什么了？”

“啊？哦，没什么。”

“你给朕拿镜子过来。”

王疏月四下看了看。驻云堂是书房，并没有镜子，这会儿金翘和梁安又在外面，若要去给这位爷找面镜子来，还得往暖阁里走一遭：“那您等等，我这便取去。”她说完，正要走，却又听皇帝道：“算了算了，你过来，帮朕看看这里是不是肿了。”

“肿了？”王疏月忙移了一盏手边的灯过去。

皇帝在灯下慢慢松开摁在腮帮子上的手，那手所摁之处果然高高地肿了一大块。王疏月险些脱口而出：“您这是被人打了吗？”

“别碰，先说是不是肿了。”

“是……有点儿肿。您这是怎么了？”

皇帝重新将手摁了回去，另一只手推开她举在一旁的灯，简短地吐了两个字：“火牙。”

正说着，周太医跟着梁安走了进来，在案前跪下道：“皇上，方子写好了，臣已让人去御药房煎药，过一会儿便送来。”

皇帝摁着腮帮子，含糊地嗯了一声。

周太医抬头看了一眼王疏月，犹豫了一下，又道：“皇上，您这个火牙疼的毛病和您的心情有关，臣只能替您用药发散，还望皇上能自己疏解心绪，泄去心火，保重龙体。”

皇帝抬起头来：“朕让你说话了吗？方子写好了就出去候着和妃。”说完，他将手中的笔往笔筒里一投，咚的一声响，吓得周太医连忙闭嘴，跟着梁安匆匆忙忙地退了出去。

皇帝靠向椅背，仍旧摁着自己的腮帮子，不肯松手。

那嘴里一旦疼起来，口水就淌得多。冷不防，皇帝吸了一口气，又在唇齿之间吸出了尴尬的声音。这一声之响，虽然王疏月看向一边，没出声相问，但皇帝不信她没听到。他一时自暴自弃，索性把她拽了过来：“你今日在宁寿宫应该没少哭，想笑就笑吧。”

王疏月看着皇帝的样子，哭笑不得。

皇帝看了她一眼，松开手，指向自己的腮帮子：“这么难看你都看了，王疏月，你要么笑，要么朕就让你哭。”

连笑都要逼着来。张得通都差点儿对自己主子翻个白眼。

“您都忍了一天的气了，还来逗我乐。”

“胡说，朕逗女人乐？你当朕是什么……嗞……人？”

牙齿疼不是病，疼起来可真是要了命。若是可以，皇帝倒真不肯自己这么接地气地在她面前丢人，不光丢人，自己都不愿意承认的意图还被她看得明明白白的，这就更尴尬了。

好在她也摸透了他的脾气，柔声道：“好好，您是大梁的好皇帝……绝不会沉迷女色，把精力用在奴才们身上。”她一面说，一面弯腰去替他收拾书桌上散放的折子。

她身上的素服还没有换下来，白缎袖口露出的那只手腕被灯照得几乎泛出雪光。她手指灵巧、柔软，不一会儿就将他翻乱的折子全部叠放规整了。

“主子，您放心，我今日没哭。”说完，她直立身子冲着他行了个福礼，“您看折子吧，我陪您。等您批完了，我再更衣去。”

没哭就好。皇帝借着灯光看着她的眼睛，心里软软地落下这四个字。他趁她整理的空当，狠吞了两口唾沫，终于清干净口腔，对她端出严肃的语气：“王疏月，朕是皇帝，朕从来不忍气。你不得胡说。”

“我哪里胡说了？明明是周太医说的，让您泄去心火，保重龙体。”说着，她拉起皇帝的手，摊开他的手掌，“还有这里，我刚才就看见了。”

她这样说，皇帝才自己低头一看，却见手掌上印着四个指甲印。白日里他还不曾察觉，现在被她这样翻出来，才想起自己当真是捏了整整一日的拳头。

登基以前，这是皇帝的习惯。那时与先帝相处、博弈，隐忍是必修之道，无论有多大的气，他都只能发于袖中。手往后一背，捏握成拳，马蹄袖再那么一遮，哪怕手掌被紧握的力道掐出血印子来，只要能逼自己负重忍辱就好。

登基以后，他倒再也不用如此伤己以压性。

“皇帝”是个虚妄而又实实在在临于殿堂的身份。有了这个名号，不管他从前是个如何真实的人，都必须自愿或不自愿地赋予自己的血肉之躯尊贵的意义。一旦他有所损伤，就会有人因此获罪。

所以他看着王疏月紧张地看着他手掌上几条淡痕的模样，心里也有一些异样的感觉。他喜欢王疏月关照自己的身体，但他不大愿意她的心疼中夹杂恐惧。

“主子。”

“嗯？”

“以前我在御书房当差的时候从没见您忍过谁的气。”

“呵，王疏月，与其拐着弯试探朕，不如直接问朕，今日见十一，朕说了什么。”

“我不敢。”说完，她沉默下来，灯将她的发丝照得透明，连带着把她整个人的轮廓都衬得有些发虚。

“欸，你抬头。”

“是。”

“看着朕。”

“我——”

“看朕。”

“是。”

四目相对，她目中泛着若有似无的水光，尽管皇帝后面的话并不是多好听，声调却硬是被她那种目光逼平了：“十一还是老样子，说的话……”他哂了一声，“呵，穿肠烂肚。”说完，他端起茶来喝了一口。茶水顺着喉咙落入脾胃，所谓穿肠烂肚，形象至极。

“那您这一回为什么没有拔刀？”她坦然地把这句话问了出来，而后又垂头望向他手掌中那几个捏握的指印。

不知道为什么，皇帝觉得自己这一日似乎就在等着她这一句，不光如此，这牙龈里包着的恶水也好像在等着这句话化成刀来开阻除痹。

他脑子里什么想法都没有过，脱口而出：“因为，有件后悔的事。”

面前的人肩膀一颤：“什么事？”

“先帝驾崩那年，在明华宫前朕倒是没有忍他，结……”结果烫伤了王疏月，又逼着她在雪地里跪了整整一夜。皇帝一直记得，周明隐隐约约说起过，王疏月原本就有体寒之症，又在大冷天受了大寒，若非如此，她也不至于子息缘如此之薄。但这些话，周明不明就里说了就算了，知道其中缘故的人却是万万不能说的。皇帝又是个口不对心的人，哪怕如今话到嘴边了，也不可能坦白。因此，就连王疏月也不知道，皇帝硬得跟块铁一样的心里还藏着这么一件事。

“结果什么？”

“没什么。”他声音中的兴致像退潮一般落下去了。

王疏月明白，他不肯说的话，任她再怎么问也得不到答案。他既然打住了，她也就跟着闭了口。

气氛一时尴尬，王疏月只好把目光和话头都集中到他手掌的伤处：“您是使了多大劲儿？”

“别看了。”皇帝别过脸去，想着又小声添了一句，“又不痛。”说着他就要抽手，谁知用了力却没抽出来，“欸，你——”

“别动啊。”这一声之后，皇帝刚才还能从她眼底看到的那丝恐惧一下子全部消隐了。她一味地怕他还要抽开手，索性拿自己的手臂压住他的手腕，也不管他痛不痛，只管摁住，不让他动。

“这地方都破皮了。我给您上点儿药吧。”

“这点儿伤上什么药！要上也是太医院来，你又忘了，朕的身子，你——”

“他的药和我的怎么能一样？您等会儿，我取去。”她压根儿就没给他说完话的机会，利落地起身，走到暖阁里去了。

皇帝憋着后半句话，愣是没说出来。看着她的背影，喉咙里莫名地发痒，他索性弯下腰放任自己咳了好几声，吓得张得通忙过来给他顺气：“万岁爷，喝水吗？”

皇帝摆了摆手：“这么一咳，朕的气顺多了。”

张得通这才松了口气，小声赔笑道：“万岁爷，和主儿有的时候虽然放肆了点儿，但对万岁爷也是一片真情啊。”

这话很假，也是张得通时常挂在嘴边的话，这么多年来，前面的称谓换来换去，什么皇后、淑嫔、顺嫔……皇帝早已把这句话当成一句套话来听，唯独今日听起来竟口舌发甜。

❖ ❖ ❖

夜里风雨如晦，似乎要将余寒全都吐干净。

皇帝睡前口中包了周明调的黑药膏，那半张脸肿得比之前还要高。他在镜子前面纠结地照了好一会儿，才肯放人进来伺候盥洗。

外面，何庆和梁安都以为皇帝要做泻火的事，早早地就把内事房的人传来在长坤宫候着。谁知内事房的太监眼巴巴地在廊下守到下半夜，才见张得通亲自举着小灯出来，冲他摆了摆手。

“怎么，万岁爷牙齿肿成那样，竟——”

“想被割舌头吗？”

“不敢不敢。”他说完，忙低了头，又连声道，“奴才告退……”

又是灰溜溜地被撵走。内事房的人搞不明白，帝、妃房事这种在禁城里无法完全隐蔽在人前人后的事，他们在各宫的主儿那里都放得开手脚去办差，唯一在长坤宫很不自在，屡屡吃瘪，诸多顾虑。

毕竟是太监，大多不大明白情欲虽是本性里带出来的不堪忍耐的东西，但一旦遇上珍而重之的人，就变得有所忍，有所敬，方有所乐。皇帝喜欢王疏月在房事上那层模糊的意识，不轻浮，也不献媚。她撑着她温暖的肢体一半真诚一半荒唐地肆意向他表达。但这层意识和她王疏月这个人是一样脆弱的。好在几年过去，皇帝虽不自知，却逐渐摸出了保护好这层意识的门道。至于他是怎么摸索出来又是什么时候摸索出来的，就是个谜了。

王疏月听了一夜的雨声，时不时地听到皇帝因牙疼而抽气的声音。

他应该被贺临气得不轻。原本王疏月在回来的路上还在想如何才能在他的雷霆之怒下暂时保全贺临，如今看来，像没有思量的必要了。

门外小灯微弱的灯光下，皇帝闭着眼睛静静地躺在王疏月身旁，他今日手脚规矩得比什么时候都厉害，一点点情欲都不肯落在她身上。

王疏月知道，皇帝牙疼，不可能睡着。但整整一个晚上皇帝都没有动，保持着仰躺的姿势，硬生生地同她一起挨到了天明。

四更天，雨停了。

伶仃的雨滴从树上滴落，落入廊下的水凼子里，枝叶间黄鹂鸟润了一个晚上的喉咙终于得以放开，嘹亮的鸣叫声勉强逼走了二人的乏意。

皇帝穿戴完毕，到明华门听政去了。

❖ ❖ ❖

那日御门听政，工部奏报了永静河治河工程竣工之事，其上游吴景山上的惠济庙也相继动土。皇帝听后大为开怀，一扫之前贺临堵在他胸口的气，连带把牙疼都压下来了。

永静河本就是京城最大的一条河流。世人认为，自然界万物皆有灵，先代的帝王皆有封禅的习俗，对名山、大河、树木等自然界之物进行敕封，有的封官，有的封神。皇帝做亲王的时候，曾多次替先帝巡查永静河工程，甚至为了确认工程，在大寒天里踩着碎冰碴蹚河。这是皇帝少年时代扎实的经历，也代表着大梁朝廷在某一个时间段对他的认可。因此，皇帝登基以后，永静河的治理依旧颇牵其情。

但这条河连年都不太平，纵使世代生活在京城的百姓把它称为母亲河，却仍压不住它另外一个糊涂名——浑河。

王疏月听皇帝讲起过，先帝在位时，有一年连日大雨，河水泛滥成灾，那一年先帝亲临视察灾情，开国库以安灾民。而皇帝自己几乎在泥水烂浆里滚了一个多月。

那年他十六岁，好些心性都没有展开，就这么擎着本真的人性和悲悯，直面水患惨状，下定决心要根除永静河的水患。

接下来的十多年里，皇帝与工部的大臣和这条河斗了几次法，自吴景山以南至吴沟桥段的堤岸可谓屡修屡决，屡决屡修。为了这两岸的大堤，巡抚都被砍了两任，终于在这一年的初夏“永静大堤”竣工了。

工部上奏此事，皇帝开怀，拟亲自巡视大堤工程。

王授文和程英都巴不得皇帝出宫。

贺临在宁寿宫跪灵，王疏月自己禁了自己的足。宫中开始为不好听的流言处置宫人，但也只是维持了表面上的平静。

王授文想，皇帝这一走，前朝怎么样先不说，后宫那些人总该没了意思，渐渐把心淡下来吧，如此，自己女儿的日子倒也不至于太难过。

但他仍然忧虑得很。自己女儿念情，明华宫雪地之事还历历在目。连他都不确定，她究竟还会不会不顾惜自己如今的恩宠地位，蹚入那糊涂王爷的浑水。女儿蹚进去倒也算了，要命的是，王授文绝不相信皇家的男人会容得下自己女儿那颗“良心”，更不会相信十一爷那颗糊涂苍白的心能理解女儿那份难得的善意。她终究是会被辜负的。他越想越绝望。毕竟，那日在隆正殿，十一爷与皇帝剑拔弩张的情状，他一眼不落地看了个清清楚楚。十一爷那被拶断的十根手指虽经年而渐愈，却依旧触目惊心。他身着一身和他如今的体态并不十分相合的藏青色袍子，浑身瘦得只剩一把骨头，却依旧见君不跪，口出犯上之言。当时王授文吓得，生怕皇帝一个忍不住就要让胡善摘他的脑袋。然而皇帝坐在木案后面，阴着那张脸，一言不发。

程英听王授文说了这件事，沉默了半盏茶的工夫，才道：“十一爷还是从前那位十一爷，万岁爷倒是变了不少。”说这话的时候，二人刚在东华门下了轿子，相携往明华门的方向走。

那日风有些大，吹起残留的春絮，有些迷眼。

程英揉了揉眼，见前面还慢慢走着两个人，一个体态微胖，另一个瘦骨嶙峋，一看就是一腹中吃饱了诗、身上消磨了精肉的学究模样。

王授文站住，程英也跟着站住。

“怎么不走了？”

“让醇亲王和他的老先生先走。”

程英抬头朝前面看了一眼，不自觉地抬起了手臂：“这两个人看起来怎么落寞得很？”

王授文笑笑：“能不落寞吗？之前就是张孝儒奏请皇上践朱子八德，赦十一爷回宫奔丧，为此，张老甚至差点儿丢了官帽，告老还乡。他和醇亲王怕是等皇帝与十一爷这一场闹等了好久。”

程英笑了一声，道：“结果没遂他们的愿。”说完，他咂巴了下嘴，方续道，“若是十一爷这回回京惹了天威，逼皇上当真在贵太妃丧期杀了他，或许大梁宗亲的那些白帽子王爷还能跟着醇亲王闹腾一阵。”

王授文复起了步子：“恭亲王辞出议政会议之后，能在皇上面前说上话的只有十二爷，议政会议……如今越不过科道会，名存实亡而已。张孝儒为了他那个在太子位上坐了十几年的弟子呕心沥血这么多年，如今连梁人的宗亲都算计上了，却落得一场空。要我一句话批语，还是三个字。”

程英道：“哪三个字？”

“看不透。”

程英笑了，抬手端了端头顶的官帽：“王老啊，你也够毒。如今你们王家父子成了股肱，卧榻之侧，给张老状元铺张席子的地方都不留了吗？”

王授文看了程英一眼，平声道：“你安知他不是求仁得仁？”

“什么意思……”

“张孝儒与我们官道不同。你我求官位、名声，张孝儒吧，穷其一生，也许就想做认死理的孤臣。”

程英愣了愣，四更天的道途之风扑面吹来，力道之大，甚至吹响了他的朝珠。他忙用手按稳，抬头见前面那两个人几乎被吹得佝偻了身子。

“孤臣，怎么觉得这个词有点儿熟呢？”

王授文道：“如今皇上也是前一朝的孤臣。”说完，他蹒跚着一双老寒腿，迎风走到前面去了。

程英还愣在冷风里，半晌才赶紧跟上去，一面追一面在口中嘟囔了一句：“这眼毒的老东西。”

❖ ❖ ❖

皇帝离宫巡视永静河，驻跸吴景山。

宫中预备的大多本是皇帝的事，他这一走，内侍府并内事房都得了闲时。

月中，京城里却出了一件不大不小的事。贺临从前的嫡妻富氏染了疯病奔出，疯闯皇帝行仪，险些被侍卫当场斩首，过后又以疯言玷污王疏月。这事看起来大，却在一瞬间被摁压下去。市井之中没激起一点儿水花。

皇帝压根儿没空理会这件事，当时甚至连仪仗都没有叫停，只传话，不让三司插手，把人直接扔到五城都察院去。他到了永静河，才又丢过来一句话，就在都察院定罪，不用发到别处去。这话极狠，言外之意就是把礼亲王的这个外孙女、镇国公嫡出的女儿当成平民处置。都察院都是年轻、不沾梁人宗室的堂官，皇帝的话又下得明白，他们哪里敢怠慢，眼见着就要定她枭首。礼亲王顾不上长辈的颜面，为了自己这个外孙女的性命，亲自奔吴景山去了，而镇国公则缠上了十二爷。

这日，十二爷在内侍府衙门听禀，听到后面，眉头都皱到了一起：“停下停下，你出内皇城，去一趟王大人府上，就说本王请他过来有事相商。”

那堂官道：“王爷，您忘啦，王老大人跟着万岁爷出宫去巡视河堤了。”

十二爷拍了拍脑袋：“啧，本王这个记性。”

堂官道：“那……礼亲王府和镇国公府那边，我们该怎么应答？”

十二爷揉了揉额头：“答什么？我们敢答什么？！这不要命的疯婆……”他自幼

是跟着皇帝长大的，承其兄性，修养很好，这会儿一时不忍，险些爆出难听话。

“你回来，这事千万千万要瞒住宁寿宫的十一爷。不然，恐怕要出大事。”说完，他又拍了拍脑袋，“算了，爷亲自进一趟宫。镇国公府的人来，就说宁寿宫有事，爷进宫料理去了。”

那堂官道：“爷，这宁寿宫来来往往的可都是外头的诰命、王妃，就不说其他人了，光恭亲王王妃，就不可能会听您的话啊。”

十二爷一面整衣往外走，一面道：“瞒不住也要瞒。这会儿恭亲王王妃出宫了吗？”

“这个时辰应该还没，恭亲王应该在嘉胜门上查演杠的事。”

十二爷应了一声：“好。爷去找他。”

第二十二章 贺新郎

再狠的人，杀伐时也有悲悯，再刚强的人，在亡人前也有脆弱。

皇帝不在，皇后还没出月子，加上贵太妃新丧，阖宫没什么大事可行。

几日后，南方新贡的花卉送进来了。这日婉贵人与宁常在一道陪着王疏月看花，品评还不到半盏茶的工夫，梁安匆匆忙忙地从地屏后面进来，刚要唤金翘，却见王疏月、婉贵人几个立在廊檐下面，忙行礼，把话咽了回去，又向在旁奉茶的金翘使眼色。

金翘借了个由头过来，却一路被梁安拉到了后殿。

“怎么了？你慌成这样。”

梁安道：“富氏死了。”

金翘怔了怔，道：“哪个富氏？”

“啧，还能是哪个富氏啊？之前镇国公府关着的那一个啊。”

“十一爷的王妃？”

“是啊，我听内侍府在外面办差的人回来说的，斩首处死，如今——”他朝后面看了一眼，确认王疏月等人听不见此处的声音，方道，“听说她的外祖父气得在吴景山下吐了血。如今万岁爷不在宫里，十二爷闷下了这个消息，恐怕宁寿宫的十一爷还不知道。”

金翘这才明白过来，他这故弄玄虚地把她拉到幽僻处是为了什么：“这事……得瞒着我们主儿。”

“可不是。”

“怎么瞒啊——”

前面突然传来一声瓷碎声，两个人都吓了一跳。金翘忙走到树荫下，朝前面看去，只见一个小宫女正在捡不小心打翻的茶盏，见金翘看着她，忙跪下来道：“金姑姑恕罪。”

梁安也跟了过来，见此场景方松了一口气。

“起来吧，我们这儿有事，你们仔细点儿答应主儿。”

“是。”小宫女忙着重新沏茶去了。

梁安陪着金翘一道朝廊上看去。

王疏月坐在贵妃榻上，正与宁常在说笑，还出声宽慰刚才那个打翻茶盏的宫人。此时尚在贵太妃大孝中，她穿着一身月白色的银纹暗绣春衫子，发髻上插了两支白玉簪子，素寡得同新泥里养的荼靡花衬在一起，迎着穿堂风，看起来格外柔软，如春风化雨，让人心平气和。

梁安不由得轻声道：“你说咱们主儿这么好的人，为何要跟那些蒙了心的糊涂人沾染上？”

金翘道：“别说了，好在主儿自己禁自己的足，横竖她也不出去，咱们只要把外面的难听话都关着，等这个月的守灵期过去，贵太妃起灵离宫，十一爷必跟着去，到那个时候一切也就好了。”虽是这样说，但话至末尾，她还是不由得深叹一口气，绣鞋踩着脚底的落花，眉头拧得厉害。

梁安见她话越说越没底气，肩膀又不由自主地耸着，一副逐渐慌起来的模样，便拍了她一把：“怎么了？你平时都是最稳的。”

“别动啊，我的心突然跳得厉害。”

梁安道：“不是你说的嘛，这个月过去就好了。”

金翘摇了摇头：“话虽如此，但我又想起万岁爷去了永静河，皇后娘娘因为顺嫔和大皇子的事，对我们主儿也不似从前那般了，如今出这样的事，我这心啊……不知道为什么，就是跳得跟要蹦出来似的。”

梁安劝道：“才说完我，你自己又吓成这样了。快别耽搁了，你知道这事就行了，赶紧去前面伺候，主儿心里明白得很，你露一点儿情绪，她都能瞧出端倪来，你可仔细些。我啊，再去宁寿宫那边瞧瞧。那边比咱们这里乱，我总觉得，瞒住主儿容易，瞒住十一爷却是不大可能的。”

他的担忧不无道理。

金翘走回王疏月身边的时候，见她已经打发宁常在和婉贵人回去了。她一个人拢着件素袍子坐在风口，摆弄着云南上贡的朱砂兰，似无意地问金翘道：“梁安和你说什么，要避开我？”

金翘怔了怔，忙道：“哦。怕您听着不开心，皇上不在，今年新贡的花卉都是内侍府按照太后娘娘的意思调配的。您从前不是喜欢福建那边的银边大贡嘛，今年内侍府没顾上咱们长坤宫，就给了这朱砂兰，说银边大贡被淑嫔宫里求去了。梁安不痛快，和内侍府的人拌了几句嘴，跟奴才抱怨来着。”

这算是遮掩过去了。

王疏月摆弄着花，和煦地笑开：“银边好，这朱砂兰也有意思，都是咱们这里见不到的，谁说我就不喜欢了？你跟梁安说，别为了维护我，一味地跟内侍府过不去，吃了亏，还不得我这里来补他？”说着，天边传来一声雷响，竹丛里的鸟雀猛地惊飞，穿云而去。刚才还艳丽的光几乎一下子全被云遮住了。

长坤宫中步步锦支摘窗下投映的暖光皆消失，王疏月原本背倚着温柔的夕阳，现在却只觉得瘆得生寒。

她不由得抬起头来：“云压得这么低了。”

“可不是。主儿别在风里坐着了，虽说是要入夏了，但这昏时雨是最寒身的。”

“好。”她说着站起身，紧了紧身上的袍子，欲往殿里走。

她走了几步又道：“你让梁安早些去把大皇子接回来吧。雨下起来就不好走了。”

“梁安……梁安去内侍府取东西去了。主儿，放心，奴才去接大皇子下学。”话音刚落，却听王疏月牙齿缝里吸了一口气，金翘低头看时，见自己的指甲不知道什么时候掐住了王疏月的手臂，忙松开手，“主儿，奴才——”

“你怎么了？”王疏月从不跟奴才动气，哪怕被掐疼了也没说什么，抬手自己揉了揉，便低头温声询她，“你若心里有事，大可跟我说。”

“没有，是奴才太大意……奴才请主儿——”

“好了，别请罪。”王疏月一面说一面笑了笑，扶住她的手臂与她一道站直，又道，“没事就好，去接大皇子吧。我去给大皇子做些茯苓糕。”

茯苓糕，凉火，润燥，一如淡水化开纠缠不清的岁月，使人耳聪目明。自从十一爷回宫，她倒真的很难想起来做这样的吃食。金翘一面想着，一面望向她那寡淡单薄的背影，又不由得想起梁安刚才说的那句话——“咱们主儿这么好的人，为何要跟那些蒙了心的糊涂人沾染上”，忍不住红了眼。

平宁的日子不是她争取得来的，甚至不是皇帝想赐给她就能赐给她的。她为人妾室，为人子女，甚至为人母，但凡自私一些，就能四平八稳地把恩宠、地位都守得好好的。可不论梁安和金翘如何拿后宫的那些生存之道去劝她，劝她明哲保身，她却始终是一副向外袒露的姿态，不掩藏她爱的人，不回避她想做的事。

金翘服侍她这几年，她着实不像一个被金包玉裹的宠妃，反而不止一次说“娱人悦己”这四个字。金翘在宫里这么多年，宫中有无数约定俗成的“道理”，比如“母凭子贵”“慎猜帝心”，这些都通俗易懂，“娱人悦己”这四个字却是她从来没有听过的，因为不熟悉，甚至有些危险的阴影。

又是一声雷响，金翘身子一颤。

风从地屏后面疯狂地涌来，吹得她头顶的合欢花几乎折了枝，金翘不敢再耽搁，忙命人去取伞，匆匆往尚书房那边行去。

那场雨一连下了四日，时大时小，总不见断。

长坤宫的石阶上长出了苍翠的青苔。王疏月几乎不出户，偶尔和婉贵人摆谈几句，大多时候都在驻云堂里看书。近来几日，大皇子之前的师父被下了狱，皇帝重新挑了一个翰林教授其学问。那人从前是王授文的门生，写得一手漂亮的祝体，大皇子跟着他，也在写祝体这件事上颇有心得，每晚睡前都要写几个字让王疏月瞧。

这日用过晚膳，王疏月正捏着大皇子的手在驻云堂写字，金翘去催水，梁安也被内事房的叫去了。殿中伺候的小宫女因着连日的雨有些憋闷，撑着眼皮子、掐着手腕来抵挡睡意。

王疏月见他们都乏，便没叫人，松开落在大皇子肩上的手，一面亲手挑着灯芯，一面道："你这几个字，虽力道还不如你父皇，形却拿捏得比你父皇好。"

大皇子吓了一跳："和娘娘，您不能这么说。"

王疏月笑了笑，抖开纸张，吹干新墨道："青出于蓝，这不是什么大逆不道。"

"可是……师父跟我说，父皇是千古一帝，后人都不能越过他去。"

王疏月一怔，这话倒真是挺像父亲说出来的。她想起那个下狱之前教大皇子朱子八德的人，再对比如今这个人，还真说不上哪一个才是真的对大皇子有益的。

"前一句话是对的，你父皇是千古一帝，但并不是说谁都不能越过他。你父皇是君王，但也有兄弟、子嗣，还有你母后、和娘娘这样的妻妾，如果所有人都只能跟在你父皇身后，而没有一个人能走到他身边去，那你父皇多寂寞啊。"

大皇子抬头道："儿臣懂，所以和娘娘能走到父皇身边去。父皇说了，和娘娘您写的字比他还要好。您快再教教儿臣，父皇从永静河回来，儿臣要让父皇吃一惊。"

王疏月摸了摸他的头，谁承想他却避开了："怎么了，和娘娘摸不得啦？"

"不是，只是，和娘娘，儿臣都要九岁了，不是小孩子了。"他说着红了脸。

风雨敲窗，王疏月看着青黑色的叶影在恒卓脸上晃动。这孩子一旦上了六七岁，身量就长得特别快，开春才做的衫子眼下袖子口就短了好长一大截。好在他跟着王疏月这几年，心性没有什么大变，甚至慢慢地学着自如地收放，对皇帝恭顺，也有了些为人子的真心实意。

"是大了，衣服都要重新给你做了。"

话音刚落，有太监便在帘外禀道："主儿，曾公公来了。"

王疏月一怔，忙道："是宁寿宫的曾公公吗？"

"是，主儿，奴才们劝了他好久，说主儿这几日身子不好，不见客，但他就是不走，现在就在地屏前面跪着呢。主儿……您看——"

大皇子握着笔抬头道："和娘娘，曾公公是谁？"

王疏月蹲下身，用绢子擦了擦他手上的墨："嗯……是和娘娘的一个故人。"

大皇子"哦"一声，皱起眉，搓了搓自己的手指："太监怎么能当您的'故人'啊……"

"逢于微处，识于旧年，便堪称故人呀。"

大皇子噙着这句话，低头想了一会儿，终于疏开眉头，抬头认真地道："儿臣懂了。"

王疏月含笑点了点头："晚了，明儿我们再写，跟着乳母去安置吧。"

"是，儿臣告退。"说完，大皇子跟着乳母往偏殿去了。

王疏月一直看着大皇子走出去，转过廊角，看不见后，才对外面等着的太监道："请他进来。"

不多时，一个浑身湿透的人走进来，猛地扑跪到王疏月面前，他身上的宫服被浇得湿透，整个人就像一只凌乱的水鬼。

"曾公公，您仔细些，不要冲撞了我们主儿。"

王疏月从书案后面走出来，走到他面前低头道："公公先起来，怎么也该撑把伞过来——"还未说完，她已然看见他按在地上的手在止不住地颤抖，忙抬头对外面道："罗玉啊，去倒杯滚茶来。"

"不敢，娘娘。"曾尚平抬起头来，眼眶凹陷，嘴唇煞白，"娘娘，奴才求您救命，您救救我们十一爷吧！奴才给您磕头了！"

王疏月一愣，忙道："这话怎么说，十一爷不是在宁寿宫跪灵吗？皇上也不在宫里，要我救他什么——"

她话还未说完，却见梁安心急火燎地闯了进来，呵斥那几个小太监道："你们糊涂了吗？主儿身子不好，你们也敢让这些人随便进来，冲撞了怎么得了？赶紧把人给我拖出去！快，拖出去！"

小太监们闻言，吓得忙上来七手八脚地就要拖人。

"慢着！"

梁安见王疏月阻拦，忙跪到她面前："主儿，您别听这个人胡说。奴才刚才去了内事房，压根儿没有人寻奴才说事，都是他编来哄奴才的，也不知都安的是什么恶毒心。主儿啊，您得赶紧把他打出去，宁寿宫沾染不得啊！"

曾尚平被人扯得七荤八素，哪里还有一丝体面，然而他死死抓着门框不肯松手，口里不断喊着："主儿，求您救救我们十一爷，求您了……"

❖ ❖ ❖

宁寿宫沾染不得，王疏月哪里不知道这个道理？

况且曾尚平自从出了掌仪司，在内侍府就再没有了实权和地位，内事房的人如何肯帮他调走梁安？这都值得王疏月深思。

也许除了曾尚平自己，还有人想让她蹚这浑水。王疏月一面想着，一面拧眉走到门前。

曾尚平抓着门框的手指已经关节发白。他艰难地仰头看向王疏月，头发上的水顺着额头不断往眼睛里灌，逼得他眼睛几乎睁不开。他一连咳了好几声，尽量把鼻腔里的雨水清干净，终于稍稍缓了声音："和主儿……奴才想不到第二个能保下王爷性命的人了……求求您，看在娘娘的分儿上——"

"梁安。"

"主儿——"

"我有分寸，先放开他，你们这样闹会让大皇子和其他人听见。"

梁安无法，只得示意众人松开手。

曾尚平胡乱地抹了一把脸上的水，翻身伏跪在地，朝着王疏月重重地磕了三个头。雨水在他身下漫延开，沾湿了地上的绒毯，他又忙挪动膝盖跪得离王疏月远些。窗外悬着灯笼，暖红色的光落在他湿透的背脊上，竟反出了银刃一样的白光。

"你把话说清楚，他究竟怎么了？"

曾尚平抬起头："滴水未沾，求死。"

整个禁城都因皇帝离宫而喑哑、暗淡，独有宁寿宫像一个温暖的灯阵。手臂粗的白烛迎着透窗而入的雨水噼啪作响，却并没有因此示弱，反而烧得更明、更烈。魂幡被从殿门前取下来，安放在供案下面。

贺临靠着供案坐着，魂幡垂下了一半，静静地盖在他手臂上，贵太妃的名讳书于其上，眼下也明晃晃地曝在灯烛下。

已近停灵期的末尾，白日里守灵的人早就回去歇了，只剩下哭灵的宫人们仍旧毫无情绪地号哭着，那哭声透过密密麻麻的雨帘撞向独自行在宫道上的王疏月。

素白的衫子沾了雨，扫过漆黑的宫道，油纸伞上雨声嗒嗒作响。

朱红色的宫墙下，雨水打落无数尚存的杏花，随着水流蜿蜒而下，像被什么力道抓扯住一般，无畏地被冲入各处宫门的门隙。

各处宫门深锁。只有宁寿宫因停灵之事，此时并没有落锁。

贺临眼前是一大片明晃晃的灯焰，又因其眼干胀犯晕而看起来连成了一片讽刺的辉煌。

突然，这一片辉煌之后走近一个瘦弱的人影，撑着伞，淡影席地。

"滚出去……"唇干喉裂，他说出来的话都不甚清明。

哭灵的人暂时把哭声顿住，齐刷刷地向他看去。

贺临挣扎着拼命抓起身边的一只香炉，用力朝着那个影子扔去："滚出去！"

他的手虽然使不上力气，但那香炉还是砸到王疏月腿上，炉中的香灰撒了出来，一下子染脏了王疏月的素衣。

她虽吃痛，却没有出声，只是皱了皱眉，用力咬了咬下嘴唇。

与此同时，贺临的十根手指传来钻心入肺般的疼痛。他哑叫了一声，弯腰将手摁在腹上。

“你听不见吗？你滚出去！你滚出去啊！”他说着，又抬手指着哭灵的宫人：“还有你们，都给我滚出去！”他一面说，一面又不知抓起了什么物件，朝着灯火明处砸去。跪灵的人忙四散避开，慌慌张张地往外面月台上退去，行过王疏月身边的时候都避着目光行礼，没有人敢吐半个字。

殿中一下子退得只剩下王疏月和贺临，并一个躺在棺材里的人。

王疏月将手中的伞放在门前，回身将殿门闭合。

殿中穿堂风这才停住，头顶的经幡、供台上的香火慢慢地安静下来，只剩下男人如同烧破了喉咙的喘息声。王疏月站在门口没有动，静静地望向贺临。

三年了。一别整整三年，她并没有看见他被囚三溪亭，也没有看见他是如何被拶断十指的。王疏月记忆中的贺临是意气风发的少年将军，是在贵太妃宫中饮酒畅怀，大谈地方军事、民风见闻的男人。如今，他却颓然地坐在她对面，身上穿着污渍斑斑的孝服，一双白底黑面靴尚有一只穿在脚上，另一只却已经被踢到供桌下面了，脚上的袜子也褪到了脚踝下面。

他偏着头看王疏月，眼睛红得厉害，胡子蓄了老长，一看便是多日不曾修整。他没有力气，身边也没有什么可再抓取之物，索性提起蹬掉的那一只靴子。

“别扔那个。”

“你是谁啊，你管得了我吗？”

“你手上有佛珠，你头顶的供桌上有烛台、玉盘。你要对我发火，扔这些东西都行，只不要扔你手上那个。”

“呵……什么？”扔什么泄愤此时还有讲究吗？贺临脸上露出了一个荒唐的惨笑，“你也疯了吗？”

“十一爷，你是皇子，你不心疼你的尊荣和体面，你母妃心疼。这是在她灵前，她魂灵未远，肉身尚在，你要让她走了还要为你痛吗？别扔那个，你不想让我过去，我就不过去，我就站在这里，给娘娘磕个头就回去。”

王疏月当真没有动，端端正正地立在殿门口，虽也身着素服，周身从发髻到鞋底却都打理得一丝不苟。

贺临忍不住从头到脚地将她看了一遍，看到末尾时却见她的影子恰好铺在他赤裸的那只脚前。

所谓相形见绌，有那么一刻他几乎恨自己没能死在她来看他之前。一时间，他像被什么滚烫的东西烫伤了一样，嗖地将脚缩回自己衣服的下摆里，丢掉手中的靴子，慌乱地扯着衣摆遮掩。

那只靴子被撂在地上，丑陋地歪倒下来，凌乱、肮脏，可是此时他却觉得那就像一面干净犀利的镜子，只要看一眼，就能割伤他的脸。

在三溪亭三年，早就没有人提醒他，身为皇族，尊荣和体面尚须维护。他从来不是一个能平心静气、顺命而活的人。他压根儿不明白如何在被人拶断手指之后还能平静地挺直身为天家贵胄的脊梁。他甚至觉得，谩骂才叫人痛快，穿肠烂肚的话说出来，才能从肺腑之中找到一点点血气上涌的快感，才能打起一点点精神活着，才不会死。

“王疏月，你还当我是皇子？呵呵……你吓死我了！看守我的人都当我是猪——”

背后的烛火一瑟瑟，陡然灭掉了两盏。

贺临下意识地回过头，当着自己母妃的棺椁说自己是猪狗，竟比在皇帝面前自认奴才还要痛。他说不下去了，可那后面的字卡在喉咙里却如刀子一样，来回切割。他一狠心，蒙住自己的眼睛，几乎是喊出来的：“猪狗不如！”

“贺临！”

“王疏月，你没有资格喊我的名字！”

“怎么不能喊了，当年我在娘娘面前喊你名字喊得少吗？”

“你——”

“贺临，就凭你刚才那句‘猪狗不如’，你落到如今的地步就都是你咎由自取！”

“你……你住口！”

“我又没有说错！你到现在为止是不是还觉得是旁人害了你？可是你有没有仔细想过，前二十年你有戎马军功，先帝倚重，兄弟敬服，活得比任何人光耀，你原本可以和富氏相守一辈子，可以好好地做你们皇家的功臣良将，可以奉养贵太妃娘娘安享晚年，根本没有人能毁了你？毁掉你的是你自己！”

“你……你……”

“我什么？贺临，一切都是因为你刚愎自用，到如今也不明白刚极则断的道理。你比谁都在意地位和名声，比谁都有野心，可是你就是少了装得下江山天下的胸襟，所以才会把自己困死在这里！”她的话说得又快又急，还带着一丝贺临说不清的恨意。她说到末尾，手颤声抖。

贺临抬起头来，竟见她眼下分明挂着一滴眼泪。

“嗬，王疏月，和妃娘娘，在你眼中，我贺临竟是这样一个人，那你何必为我哭呢？”他一面说着，一面朝她伸出双手。

这也许是王疏月这辈子看过的最难看的一双手，很难想象它们是一个年纪不过二十五六的年轻男子的手。十个关节全部错位，手指如同挂在手掌上，有一两根手指因为伤后未经好好休养，已经发青、发紫。

他将它们摊放在王疏月眼前，后面是那张年轻却憔悴至极的脸：“所以，为什么不干脆杀了我，为什么要把我的手指全部拶断？王疏月啊，你如今是嫁给他了，你的心也都跟着他去了，他如此残害兄弟，如此暴虐无德，你竟然还用这些话来替他开脱……说我刚愎自用，可你也该知道，他不仅拶断我的十根手指，他还杀了我的父皇，囚禁了我的母亲！”

“那怪得了谁！”她的声音也提了上去，“我是汉人，对我而言，只要我父兄安好，我嫁给谁都是为妾室、为奴才。贺临，贵太妃娘娘待我有大恩，我不是没有想过尽我所能地维护你，回报娘娘待我的恩义，我也不是没有想过好好地在你的府上活着。那几年，除了名分，我对你别无所求，我甚至从来没有想过要和富氏去争什么。”说着，她抹了一把眼泪，“我能做的，我全做了。你要让我一个外姓的女人去理解什么父子兄弟君臣的争斗，我理解不了。我王疏月，是你们皇家的女人，也是你们的奴才、你们的臣民，我眼界之窄，只求安生之地，求父兄仕途顺畅。我说过，身为前荣之人，我们没有自尽，追随旧皇，而是在你们脚下安身立命，我们求存之心早大过伦理纲常，我根本不必分清先帝究竟是怎么死的。这种是非，你要分，就要有谋略，若没有，你就护好你该护的人，不要让他们为了你伤的伤、死的死！”

贺临咳了一声，喉咙辛辣，几乎咳出腥臭的甜味：“你是在怨恨我吗，王疏月……”他抬起头来，“我是不是也差点儿让你为我伤、为我死？你要我怎么样……”他突然撑着身子坐起来，“对，你现在是和妃娘娘，是他的宠妃，我这个被废去爵位的人，见了你，好像还该行个礼。”说着，他笑了一声，“你从前就会说话，哄得我当时还去跟那狗皇帝请罪……请罪……吓，请罪……若不是你劝我，我那日就该听富氏的疯话拿剑杀了他，你也就没机会入宫，没机会站在这里跟我说这样的话！我也不会落得如今的下场，被人侮辱、践踏。”

“对，你该听富氏的话杀人。但你不该杀他，你该杀我！杀他你是大逆不道，杀我不过是诛背叛之人。你那么重是非、忠孝，听得懂吧？”

“你讽刺我——”

“我是恨你蠢！”

“我蠢。”贺临低头咬着牙齿笑了一声，额头上青色的经脉慢慢凸起来，口齿之中不断地切咬着这两个字，四五轮之后，突然提高了声音，“我蠢，你还来见我做什么？！”

“你以为我想来吗？”王疏月没有怯，横冲直撞地把话顶了回去。

这句话猛地把时光拉回三年之前。明华宫前，她逼着他蹲下来，然后亲手为他系披风。他还记得，那日她给他系了一个死结，差点儿把他给勒岔气。那种狡黠和其他女人都不一样，像猫藏在肉垫子下的爪子偶尔露出那么锋利却可爱的尖，剐蹭过皮肤，感觉不到疼，第一日不见开皮，第二日却能见血痕。

三年的时光过去了，她好像变了，又好像什么都没有变。她的情绪依旧真实，表达得也真实，但又拿捏得当，不至于像他那样，一根直肠子，却绞杀了自己，也绞杀了旁人。从根本上来说，她还是一个温柔体贴的女人。就算贺临不想承认，但看见她冒着风雨来看他，端立在他面前，满身素孝，身染雨气，他还是不由自主地从她身上感受到了一丝久违的安慰。

在他眼中，即便这殿内已满是灯火，却还是掩不住她的光亮。她就像一盏为长夜而点的永明灯，坦然地照着他的狼狈和无措，却没有一丝鄙夷和践踏的意思。

越要强的人，越容易被强力勒死。松开那条勒脖子的线的，不是虚假的奉承，也不是无谓的安慰，而是不带私心的关照和剖白，他需要有人了解自己，也需要自己了解自己。

“王疏月，你知不知道，你来见我，你在贺庞那里就毁了？”说着，他勉强捏拳，狠狠地砸向自己的额头，一下一下，竟越砸越重。沉闷的声音回荡在殿内，引得白烛灯焰也跟着震颤起来。他的眼睛里渐渐渗出了血丝，眼眶也红得厉害。

“你说我蠢，你才是蠢货，我这么个废人，值得什么……”

门外的风雨声越来越大，一声惊雷淹没了他后面的话。

雨水从门缝里透进来，沾湿了门口王疏月的裙摆，刚才被他砸伤之处被凉雨逼出了寒疼。王疏月皱了皱眉，将倚在门上的身子直起来，朝着贺临走近几步：“那你就让我这一毁有些意义。”

贺临撑着通红的额头，抬起满是血丝的眼看向她：“什么——”

王疏月抚着裙子，忍着腿上的伤疼，慢慢地在他身边蹲了下来。素袖铺陈于地，覆住贺临按在地上的另外一只手。那柔软的绸缎带着女人温凉的体温，抚过他的皮肤，令他肩头不自觉地一阵颤。

她目光含着真实的心疼：“你活下去，好吗？”说着，她低头从袖中掏出一方绢帕递到他眼前，“为了贵太妃娘娘，为了富氏，你活着，好吗？”

贺临凝视那一方帕子。丝绢质地的底上绣着芙蓉花，和她头上簪着的那支金镶玉的芙蓉花簪是一样的花样。绢子薄，花样下面依稀可见王疏月的手指，还和从前一样，白皙、干净，柔软、沉默，却似有灵性，能述情，亦能叙理。

他看着看着，竟湿了眼眶：“我曾经想让你死，你却要我活着。”

面前的女人摇了摇头，她松开一条腿，半跪下来，拈着手中的绢子，避开他的眼睛，轻轻拭去他额边沾染的香灰污迹。

“对不起，我刚才说了很多难听的话。其实，我一直很想告诉你，当年，我入宫不是要抛弃你，也不是要损你名誉。尽管很多人说我对贵太妃忘恩负义，贪恋富贵虚荣而背叛了你，但我自己心里明白，我不是那样的人。有那么一段时间，我也很想让你明白，为了你，我已经竭尽全力，最终却身不由己。不过，如今——”她放下手，肆然地笑了笑，“我只想跟你说，贺临，我从来没有恨过你。你有你爱的人，我也有了我爱的人。我很庆幸，你当初守着对富氏的情意，不肯将我纳入府中。”说到此处，她又提高了声音，“不是因为我贪恋如今的荣华富贵，而是因为我如今……不像以前那么孤独了。”

“我让你孤独了吗？”

“也不是，只是你和王妃情好，无我立锥之地而已。我这个人，虽然安静，却有话想说，有很多地方想去走走看看……”说完，她笑了笑，将绢子递到他手中，“还好那段时间有贵太妃娘娘。除了我的母亲，娘娘是唯一肯真正为我着想的人。为了这份情意，贺临，无论世人如何践踏你，我都想替娘娘好好撑着你。”话音一顿，她迎着光笑了笑，“你活着，好吗？”

活着，好吗？

他无言以对。

他从前是一个行军之人，拥有刚硬的皮肤和骨头，一刀了结人命，一马鞭子关山尽渡。他喜欢所有烈性的东西，比如沾着血在地上滚得满是泥灰的头颅、削铁如泥的刀剑、足以穿肠烂肚的话，再比如刚烈如火的富氏。这些才是与他的人生相配的东西。他怎会知道，在一切刚硬的铠甲都被他的兄长剥去，甚至连他引以为傲的这身铁皮都几乎被扒掉之后，当他血肉模糊的模样被丢在世人面前时，他会被这一句“你活着，好吗？”戳穿心肺？

他突然崩溃，压抑在心底最脆弱的哀伤彻底涌了出来。

母妃的死、妻子的死，都没能让他为她们流出眼泪，他明明有悲哀，有大恸，但就是不能冲破那层刚硬的皮，流露于面上。无论是砸杯子还是喝骂，不过是他怕被人看见他的脆弱和无助，他爱的人、爱他的人全部因为他而死了，而他还是活得人不人、鬼不鬼。正如王疏月所说，他落到如今这个地步，真的是咎由自取。对亡人的悲哀像沸春的河流水一样潮他涌来，一下子包裹了他。

王疏月感受到身旁的人开始颤抖：“贺临——”

“你说得对，是我害了她们。”他一面说，一面缩起双腿，十根扭曲的手指艰难地交叉扣在一起，叠放在膝上，他弯腰，额头抵了上去。额头触到手指的那一刹那，眼泪夺眶而出，他痛彻心扉。“我咎由自取……咎由自取……咎由自取……”他不断地重复着这四个字。

良久，终于有一只温凉的手隔着一层丝绢覆在他交缠的手指上。“我知道你难过，你哭会儿也好。我那时也哭了好久，直到……”直到那个人向她伸出手，跟她说了一句相似的话——“王疏月，你好好活着。”

好好地活着。人世不易，各人皆有各人的取舍、亏欠、恩怨、执念。再狠的人，杀伐时也有悲悯，再刚强的人，在亡人前也有脆弱。情浓意厚，人大多时候不自知，所以才会觉得一辈子都身不由己、言不由衷。

贺临不知道自己哭了多久，外面雨声太大，也听不见打更的声音，但王疏月一直半跪在他身边，轻轻握着他的手，静静地守着他。

后半夜，他终于在她的陪伴下渐渐平息下来，挺直腰背，松开手，垂下来。他带着从未有过的哭腔唤了她一声："王疏月。"

回应他的声音温和、平静："嗯，你说。"

"如果我当初娶了你，听了你的劝，是不是就不会如此？"

王疏月摇了摇头："我们是不同的人，也许注定不能走到一起。我开始就知道你不喜欢我，所以，就算娶了我，你也不会听我的，你终究还是会听你愿意听的话。"

"那……他会听你的吗？"

"谁？"

"贺庞。"

"他啊……"皇帝那张干冷的脸浮现在她眼前。他去永静河很多天了，长坤宫的驻云堂没有他鲜活别扭地在那儿坐着，似乎少了些什么，她倒真的有些想他。至于他会不会听她的，王疏月倒真定下神来想了想。明面上他好像从来都没有听过，可事实上呢？她不由得笑了笑："他会听。虽然——"她说着，摇了摇头，"他不会承认。"

贺临沉默良久，最终没再往下问。他四下看了看，手掌使力，试图撑着身子站起来。但他几乎两日滴水未进，身上没有力气，身子刚撑起来一半，又卸力跌了回去。

王疏月忙扶住他："你要什么……"

"没什么，我要喝口水。"

闻听此言，王疏月只觉背上压着的沉物终于被卸去了："我传人进来服侍你。"

"好……"

刚走到门口，王疏月突然又想起了什么，站住脚步，回头道："贺临，有件事我想知道。"

"什么？"

"富氏去世的事，你是怎么知道的？"

贺临回忆了一阵，道："醇亲王王妃跪灵时说起的。"

王疏月垂下眼来，既然是醇亲王的王妃说的，那就绝不是无意为之。张孝儒和议政会议的宗亲恐怕巴不得贺临死在宁寿宫太妃灵前，好以此诟病皇帝，重拾议政会议的权力。她一面想着，一面看向眼前这个狼狈不堪的男人。

他还是这些皇族兄弟之中最傻的一个，别人表面上表忠心，背地里使心眼儿，他却刚硬地跳出来和皇帝碰，被人当成探路石，失败之后，除了他的兄长关照他，其他人都把他往死里踩，来给皇帝表忠心。如今也是一样，张孝儒想帮醇亲王重回议政会议，宗亲们想重握权柄，竟不顾他的丧母丧妻之痛，又把他推到断头台前面了。最可恨可悲的是，这糊涂王爷竟然一点儿都看不明白。

王疏月正想张口跟贺临说些什么，谁知外面突然传来声音，其中一个声音清丽婉转，虽带着情绪，却并不刺耳。竟是淑嫔。“把门打开。”

贺临一怔，忙喝道：“听不懂我的话吗？我让你们都滚出去。”

外面的人道：“十一爷，本宫也是奉命行事。十一爷开了门，本宫办了事就走。不然，贵太妃娘娘灵前，若有什么冲撞，十一爷为难，本宫也有过错。”

贺临看向王疏月，轻声道：“躲。”

王疏月看了一眼外面，又看向他，摇了摇头：“躲不了。”

“那怎么办？”

王疏月低头凝视那口安安静静的金棺：“你肯活着，我就没辜负娘娘。至于我，你不要管了。”

“放屁！”

话音未落，只见门被几个太监猛地撞开。

外面雨声大作。贺临一把将王疏月拉到身后。

淑嫔与孙淼一道走进来。孙淼向王疏月行了一个蹲礼。

淑嫔却只露出诡异的笑：“皇后娘娘听人报说有宫女与侍卫借太妃娘娘停灵不设门禁而私会，不想竟是和妃娘娘与十一爷。这……哎哟。”她说着背过身去，“还请十一爷把鞋袜穿好。”

贺临啐了一口，刚要张口说话，却听见耳边传来一声：“住口。”

无比熟悉的感觉，当年在明华宫前面的雪地里，她也是这样肆无忌惮地呵斥他，他那个时候就搞不明白，为什么她一骂，他就真的偃旗息鼓了。

“王疏月，你知不知道他们要诬陷你什么？！”

“你不要说话，你是先帝的皇子，后宫处置不了你，你给我好好地在这里待着，等皇上回宫。”

“你——”

“你从来没有真正听过我的话，这一回听话，好吗？忍住你的性子，不要害我。”

淑嫔道：“对，十一爷，王妃已经死了，和妃娘娘对您情深义重，您可不能再辜负她。”

“淑嫔，你——”

“贺临！”贺临只觉脚下一个踉跄，回头见王疏月扯住了他的袖子，“别听她说话。”说完，她将声音渐渐放平，目光若月辉，手上一点儿一点儿使力，将他往后拽，“回来。”

此时此刻，他真的很怕面对她这不计前嫌的温柔和独当一面的勇气。她之前的话其实已经说得很直白了，她有了爱的人，她和自己这一辈子的缘分早就彻底断在他提笔写那封绝情信之时。但是，相识这么多年，从前他一直以为她只是个在南方修了几年书，多愁善感、腻腻歪歪的汉女，至今他才真正地明白，这个女人温柔的外表之下竟有不输于富氏的孤勇。

贺临的手指握得骨节处吱嘎作响："我不想害你，王疏月，爷真的不想害你。"

"你既然觉得你害了我，那就听我的话，什么都不要做，什么都不要说，把你自己管好。这样才是帮我，明白了吗？"

"好……我听你的。但你别出事。"

王疏月点了点头："放心。"说完，转身对淑嫔道："带我去哪里？"

淑嫔笑了一声，道："皇后娘娘和太后娘娘在长春宫等着您呢。"

羊油蜜蜡在雨中烧得噼啪作响。纵使宫人用伞拼命护住，也抵挡不了风雨侵袭，去往长春宫的路上，灯火时明时暗，也将王疏月的脸照得明明灭灭。

淑嫔行在王疏月身边，春绸氅衣时不时摩挲着王疏月的手背："今日可真冷啊，是不是，和妃娘娘？"

王疏月看了她一眼，道："是你使人支走梁安的？"

淑嫔点了点头："嗯。你把你自己禁足在宫里，你宫里的奴才又把长坤宫看得跟铁桶一样，曾尚平那个忠心的奴才进不来，我只好帮他一把。"说着，她站住脚步。雨敲打着二人头顶的油伞面，发出震耳欲聋的声音。天边雷闪，轰隆一声划开夜幕，也照亮了淑嫔的身形。她穿着一件银丝绣暗纹的藏蓝色氅衣，虽在雨中，脸上妆容却很妥当，像在昏时卸掉后又重新化过的模样。"不过，我原本不确定你一定会跟着那奴才过来。谁知你不仅来了，还在里面陪着十一爷，一直未走。你难道一点儿都不担心会出眼下这样的事吗？"

王疏月凝视她精细的妆容："你久等了。"

"呵……都到了这个时候，你还能对着我这样说话。"

"你用了那么多心思，不就是为了等这一刻？我道一声'你辛苦了'也是该的。"

"你……你怕是没想清楚吧？"说着，她朝王疏月走近一步，她原本身量就较王疏月高挑，眼下半垂着头看王疏月，鼻尖几乎贴到王疏月鼻梁，"成妃已经死了，你养了她的大皇子，害得皇后的族妹入西三所，皇后娘娘再也不会维护你。如今你和十一爷在贵太妃娘娘丧期淫乱宫闱，太后娘娘绝不会姑息你。没有皇后和皇上的庇护，你以为你会是什么下场？啊？"

雨水顺着伞脊流成了水柱，噼里啪啦地落在王疏月脚边。灯被浇灭了好几盏，淑嫔身旁的宫人忍不住催道："主儿，走吧。皇后娘娘和太后娘娘还等着您带人回话呢。"

"慌什么！本宫要听她回话！"淑嫔的声音陡然提高，相较之前的清丽婉转，显得有些喑哑、狰狞。

王疏月抬起头："你想听我说什么？说我怕了惧了，求你放过我吗？"说着，她忍不住摇了摇头，“淑嫔，我其实很想知道你究竟是从什么时候开始如此恨我的。”

“从你入宫那一日起就恨你。”

“可是我做过什么？我伤过你吗？”

“你什么都没做，你只是把他对女人的所有情意都拿去了。”说完这句话，淑嫔目光中竟有一丝颓丧之意，不过转瞬即逝，“我是个一无所有的人。我的父亲和兄长因犯大罪而被先帝爷斩首，若不是皇上，当年我也要获罪。我能活下来，是因为皇上的恩典，而我能活下去，也是因为他对我有些怜惜，虽然我知道他是薄情的人，但有一点点怜惜也是好的。”说着，她自嘲地笑了一声，目光中复见寒意，声音也提了上去，“但是你入宫之后，他竟把他自己的避讳给了你做封号，为了你，对抗太后，不顾梁云之盟，带着你去渃河和申兰。你杀了进贡的圣物，他甚至不惜剿灭丹林部也要保下你。你没有孩子，他不惜责罚大皇子，也要逼着大皇子叫你一声‘母亲’。和妃娘娘，我不明白，你究竟做了什么，让皇上的目光只落到你一个人身上，而把我们这些陪伴他多年的女人全部弃如敝履！”

王疏月没有出声，一直听到末尾，才笑了一声。

“你笑什么？”

王疏月摇了摇头：“他是待我好，但不至于像你说的那样痴蠢。他对抗太后，不是因为我，而是因为他要平衡梁、云漠、汉三族之力；他攻打丹林部，也不是为了救我，而是他早已谋定的军政。至于大皇子……那是他为孩子好。你问我我做了什么，我只是做了我想对他做的而已。”

“你想对他做的？那你今日做的这又是什么？来见你的旧好？一个曾经威胁他江山的人，你以为这一次他还会维护你？和妃，你死无葬身之地！”

王疏月仰起头：“我问心无愧。”

“那你的父兄呢？你不怕——”

“不怕。你给我的罪名就算最终真的落到我头上，也不能被公之于众，自然不会牵连我父兄。而皇上，他有他的治国用人之道，其心胸沟壑远非你所想的那么狭隘。”

“你……你以为你懂他？”

“朝夕与共三年，我自然比你懂他。”

“王疏月——”

“别唤我的名字，这是留给亲人所称。至于淑嫔你，该叫我‘和妃’。”

淑嫔的手指猛地抓紧，人也有些站不住。

孙淼忙从后面过来，扶住她道：“淑主儿，再不能耽搁了，赶紧送和妃娘娘去长春宫吧。”

淑嫔抠着手指，指甲几乎嵌入肉里，她看着王疏月，颤着嘴唇吐出一口气：“好，我就看着你到了长春宫是不是还能问心无愧。”

❖ ❖ ❖

长春宫前的铜鹤和铜龟在雨中静默。正殿内灯火通明。

孙淼亲自为王疏月撑着伞，将她送入殿内。

太后坐在江绸云绣蝠钩莲花纹的坐褥上，皇后坐在她的下首，除此之外，便只剩下陈姁一个老宫人在下面伺候。殿内弥漫着一股特别浓郁的檀香气，像谁刚才念过佛，混着外面的土腥气，竟然生出一丝血腥气。

“跪下。”

王疏月拍去肩头的雨水，应声在门前跪了下来。

皇后生产不久，虽是在初夏时节，她仍然穿着夹绒的衫子，身上披着一件小毛的牡丹绣褂子，低头看着杯盏中的浮絮，一言不发。

太后见她不肯说话，冷声提醒她道：“皇后，你是皇上的嫡妻。和妃之事，既已拿住实证，就该秉公处置。”

皇后这才抬起头来，望向跪在地上的王疏月，护甲抠着杯盏上的浮纹，发出刺耳的声音。

“和妃。”

“在。”

“本宫为全你的体面，连淑嫔都未曾召见，眼下，这里只有本宫和太后娘娘，你把你该认的都认了吧。本宫……不想让你太难堪。”

王疏月直起身来，辉煌的殿内只投下四个人的影子，与那满目的灯火相映，竟然有些凄凉之意。

“宁寿宫跪灵，尽未尽之心，别无他意，奴才没什么可认的。”

皇后捏了捏手指，道：“本宫说了，本宫不想让你太难堪。你若不认，那本宫问你，你既是跪灵，为何要将守灵的宫人全部支出去，又为什么要紧锁殿门？”

“为求静心。”

“荒唐！”太后喝了一声，手上的翡翠佛珠被捏得吱嘎作响，“为求静心？淑嫔回的话是，你与十一衣冠不整、交手而握！”

“衣冠不整？十一爷褪靴去履只因悲切过度，而奴才并无衣冠不整，也不曾与十一爷交手而握。”

“还在放肆、狡辩！”说着，她抬起手来，颤抖地指向王疏月，“你……你身为后宫嫔妃，难道不知道什么叫忠贞、廉耻？私见宗亲男子已是有违妇道，既有背德之行，还要欺君罔上，不肯承认，简直是枉负皇帝对你的大恩！”说至最后，几乎有些捯气。

皇后忙起身扶住太后：“母后不要动气，儿臣来处置。”

说完，她看向王疏月，抿了抿唇：“你认吧。就算你不认，本宫也有法子让你认。你是王家的女儿，也是出身书香门第的闺秀，你不想被人剥去体面、受刑受辱吧？”

王疏月跪直身子，而后叠手弯腰，朝着皇后端端正正地行了一个叩拜大礼：“主子娘娘，奴才若认了这个罪，才是真的辜负了他的恩典。”

“你说什么——”

“奴才说，奴才若认了这个罪，才是真的辜负了他的恩典。”

皇后忍不住咳嗽了好几声，涨红了两腮：“好。送和妃……咯……送和妃去慎刑司。”

两个太监应声架起王疏月的手臂，刚要把她带出去，冷不丁背后却又传来皇后的声音：“慢着。”

三人皆站住脚步。

声落，皇后已经走到王疏月面前：“王疏月，本宫并不想伤你，本宫再给你一次机会，你若认罪，本宫答应你，一定会保下你的性命。”

王疏月蹲了蹲身：“主子娘娘，奴才明白，您是想让大皇子回到您身边，如今您让奴才入内刑司，您大可把大皇子接回长春宫。”

“你不亲口认，皇上不会信，本宫如何能真正接回大皇子？”

王疏月转过身：“那皇后娘娘，您信吗？”

“本宫——”

王疏月看了一眼太后，对皇后道：“富氏被斩首的消息是醇亲王王妃告诉十一爷的。”

“什么？”

“太后娘娘这辈子在意的都是云漠的利益以及您的子嗣，她很难真正地替皇上着想。但奴才知道您是在意皇上的，所以，娘娘，皇上回来之前，十一爷不能出事，奴才如何不要紧，但您要劝住太后娘娘，不要让她为难十一爷。否则，恭亲王、醇亲王这些宗亲会有愤怨，皇上眼看就要裁撤议政会议，这个时候被群情掣肘，会前功尽弃。”

“王疏月……你……”皇后眼眶有些发红，“你不怕进内刑司吗？”

“怕您就不让奴才去了吗？奴才也想证个清白。放心，奴才不会寻死。”

第二十三章 水龙吟

然而淬火过后遇温流疏月，从此如沐春风，身覆白雪，面盖霜华。

五月，长坤宫中去年从云南移栽的木香开了一大片。雪白的花簇像一团一团雪球，掩映在浓荫之间。

西暖阁放着一重重撒银帘，有些被玉钩子挽起一半，透着外面大好的日光。行走的宫人都将脚步放得很轻，生怕搅扰暖阁里的人。

何庆抓着一把苍耳往自己的脑门心上猛扎了一把，浑身一个哆嗦，痛得耳聪目明。宝子站在他身旁道："庆公公，您守了一夜了，早该下值了。"

何庆点了点宝子的太阳穴："这时候，陪着万岁爷熬个三四日都不为过，下什么值？今天晚上，恐怕整个太医院都要搬到日精门去上夜。"

说着，两人朝明间里看去。

屏风后面，周明和另外几个太医正在议论方子。

宝子扒着门朝里面细看，只见周明背后的衣裳透出好大一片汗渍。他按着额头，沿着屏风来回走动，时不时地应旁人几句话。

宝子回过头来道："庆公公，你说，咱们和主儿这回不会有事吧？"

何庆转身望向西暖阁，步步锦支摘窗没有锁闭，窗中绸纱帐是新换的，风一起就朝内鼓胀起来，勒出一个男人的肩头。他本想对宝子说什么，看见这个肩头，顿时不敢再出声了。

前一日，皇帝将王疏月抱回来的时候，整个长坤宫的人都吓傻了。金翘在皇帝眼皮子底下帮王疏月褪衣，只见有血，却不知道她伤在哪里，直到看见她那双原本白润如玉的手，关节处的血肉触目惊心，一时不忍，竟哭出声来。

张得通和梁安都不能进去，在明间听见金翘的哭声，都暗暗地替王疏月咬紧了牙。

皇帝坐在王疏月榻边，看着榻上面色苍白的女人，始终一言不发。

然而，那日黄昏，长春宫的孙淼在明间外面听见一个沉闷的巴掌声，惊得她连忙跪了下去。不多时，皇帝从门内跨出来，金色龙纹绣黑缎靴从她眼前的地面上刮擦而过，他走得决绝、无情。

张得通跟在后面，在孙淼面前顿了一步："听见什么了？"

"没有，没有，奴才什么也没听见。"

"嗯，进去伺候吧。"

夜里，周太医连夜入宫，在长坤宫一守就守到了今日。

山东的火耗改革终于在王定清和山东巡抚一派势力的博弈之中磨出了门路。王定清呈折回京，皇帝转递给科道会，命令就此折并上陕西试行的方案，议出一个全国火耗银改革的办法。因此，白日里皇帝依旧政务繁忙，然而只要隆正殿议散，他便到长坤宫来。

对周明这些人来说，皇帝在长坤宫全然是个没用的人，甚至像块烧得滚烫的炭，在那炭灰下面遮着，随时都会炸出火星烧了他们。奈何他一坐就是一个通宵，或看折，或看书，大部分时间都一言不发。

王疏月身上，除手指，并没有其他伤，但不知道为什么，她烧了整整两日，一直没能退热。头一日情况异常凶险，把周明和院正两个人吓得一整晚都在冒冷汗。

两日间，不论是淑嫔还是婉贵人来请安，抑或是太后、皇后处遣人来问，皇帝听禀，只说"知道了"，连陈姁都不肯见。后来，皇后与淑嫔亲自来长坤宫跪请，求皇帝保重龙体。梁安等长坤宫的人见王疏月被伤成这样，又见皇帝连日阴沉着那张脸，谁肯去传话？

张得通大着胆子传了一回。

皇帝埋首在驻云堂的书案前，头也不抬，只道："让皇后起来站着，淑嫔愿意跪就在长坤宫前面跪着。"

他这么一说，连太后也不敢遣人过来问了。

西暖阁内，每日只有梁安熬药、金翘伺药，何庆和张得通也不敢在皇帝眼前转，大部分时间都在外头候着。

初二这日夜里，酉时下过一阵很大的雷雨，树叶被狠狠地冲刷过一遍，在夜色里显得更加浓绿。

王疏月终于模模糊糊地看见一丝温暖的光，继而逐渐明亮起来，延展成一团暖黄色的光球。她慢慢睁开眼睛，见驻云堂里点着一盏灯，灯下横放着一只手，藏青色常服马蹄袖上沾着一点点朱砂渍，拇指上戴着干青种翡翠祥云雕的扳指。

王疏月想要撑着床榻坐起来，关节处却传来要命的疼痛。她这才把两日前的事情渐渐记起来，再一看驻云堂里的那个男人，他静静地趴在红木书案上，头枕着手臂，发梢垂在肩下，呼吸沉重，看起来睡了好长一段时间，手腕已经被压得有些发白了。

王疏月用手掌小心地撑着身子起来。她还在发热，又一连两日没有吃东西，身子发软，有些站不稳。她只好一路撑着床沿儿、地罩、屏风这些东西，慢慢走进驻云堂。

理政、批折、守着她，皇帝太疲倦了，自己是什么时候睡着的也不知道。他平时是不会这样打盹儿的。君子坐卧皆须正，哪怕是在床榻上，他也要仰面叠手，端正睡相。这会儿他却连自己脸下面垫着一本折子都不知道，折子上朱砂未干，蹭到了他脸上，又因他的辗转而蹭开。那模样落进王疏月眼里，竟令她觉得又好笑又心疼。如果不是今日她刚好醒来，也许这一辈子她都不能看见皇帝这样的睡相——

没有九五之尊的架子，也没有平时那副道貌岸然的模样，此时他睡得很沉，甚至有些迷糊。

王疏月撑着桌面慢慢蹲下身子，抬头认真地望向他。

这样静谧的夏日雨夜，淡淡的蝉鸣在耳边，人的感官变得十分敏锐，敏锐到能看见他脸上的每一个线条、手指关节弯曲的弧度。不说话、不发火的时候，他的温柔浮于皮骨，也藏于内心。

他终于回来了，而且回来找她了。

王疏月拿起自己的绢帕，忍痛抬起手，轻轻去擦拭他脸上的朱砂渍。

绢帕拂扫过皇帝的鼻子，他冷不防咳了一声，睁开了眼。

“跪好。”果然，他就是说不出温柔的话。

王疏月应声要跪下去，第一只膝盖触地的时候，因脚上没有力气，竟磕出了咚的一声响，她一皱眉，手臂就被皇帝撑了一把。

“跪都不会了吗？撑好。”

王疏月借着他的力，屈下了另一条腿。不知道为什么，这一回跪在他面前，她没有觉得委屈，甚至觉得很安心。他见她跪住了，方松开手臂，坐直身子。

驻云堂常年点的都是洋油灯，好方便皇帝阅折子、看书，那种洋油混着蜜蜡烧出来的灯焰格外黄，温暖而柔和。皇帝的脸就映在灯下，暴露在光里，不见一点儿阴影。

“内刑司就该把你打死，免得朕还要处置你。”

“是我命硬，把您等回来了。”

皇帝低头：“你怎么知道朕回来不会赐你一死？”

王疏月抬头凝视他：“以前您跟我说过一句话，我一直记得，君无戏言。”

“朕说什么？”

“您说：‘王疏月，你好好活着。’”

皇帝垂眼，喉咙里发出一声软笑：“是啊，朕让你活着，你哪里敢死？王疏月——”他说着，手臂撑着膝盖弯下腰来，“你差点儿把我吓死！”

王疏月一怔。

不知是有意还是无意，皇帝又换了自称。对皇帝而言，“你我”之称无异于表白。

三年来，他们之间从未平等过，哪怕王疏月明白他的情意，但“主子”与“奴才”这样的称谓，她还是不敢忘。皇帝也一样，他心疼王疏月这个人，但还是会让她跪，让她守自己的规矩。他们都还记得，在御书房的时候，因为贵太妃的事，皇帝让王疏月掌嘴。那时皇帝有火，也有不甘，火的是她放肆，不甘的是她不惧自己的威严，也要去尽她想要尽的情意。可是，三年过去了，她是个什么样的人，尽管他无法言表，却渐渐地看明白了她。

礼仪、规矩、尊卑都是她的修养，但在内里，她长着一根外人很难看见的逆骨，她有良心，有底线，与人相处时执着地守着真诚。她爱他，拼命地维护他，甚至维护他的母亲、他的子嗣，还有他的朝堂。然而，她想要的东西也很大。虽然她从没有说出口，但皇帝慢慢地看出来，她在问他要尊重和平等，甚至还有认可。

“对不起，主子。”

皇帝喉咙一热：“晚了。”

王疏月没有在意他的话，她小心地将手按在地上，弯腰向他磕了一个头：“再晚，还是要给主子认个错。”

“不用。王疏月，朕没有怪你，你也没做错。”

“我去见贺临，您不——”

“不疑，朕信你。”

王疏月的后半句话被他压回口中，一下子逼出了喉咙里的酸烫。她忙把头低下去，抬袖偷偷抹了泪。

“哭什么？朕又没骂你。”

王疏月说不出话来。她很想告诉他，她记起了三年前御书房的那两记耳光。

那个时候，他说的是：“朕怎么想，你就怎么想。”如今他说的却是：“不疑，朕信你。”他还是那个冷静、英明的皇帝，从来没有变过。但他们相互磨合、相互扶持这三年，他好像终于懂了，在这个直视天颜就要被杀头的时代如何不着痕迹地给一个女人自由。

喉咙太烫了，她说不出话来，跪在地上一味地淌眼泪。

皇帝有些无措，起身拽住她的胳膊道：“好了好了，不跪就不跪了，起来起来。”

她仍旧埋着头没有动。

皇帝无奈地揉了揉额头：“你到底怎么了？王疏月，你不要太轻狂了，朕该说的、不该说的都说了，你还要朕怎么样？”

“您别扯我，您让我哭会儿，好吗？”

皇帝低头道："你要哭也给朕站起来哭，不要再把你那两只手往地上按了。朕给周明下过旨，如果保不住你这双手，朕就拿他的脑袋。他为了你这双手，两日不得睡了，一会儿进来看见，要被你吓死。"

正说着，张得通在外面道："万岁爷，周太医来给和主儿请脉了。"

皇帝一把将王疏月抱起来，往榻边走，一面走一面道："让他进来。"而后咬着牙小声对王疏月道："你不哭，成吗？"

王疏月咳了一声，勉强抑住眼泪，对张得通道："张公公，让周太医再等等。"

张得通听见王疏月的声音，一喜，忙道："和主儿，您醒了。欸，好好，奴才这就去传话。"

皇帝低头道："做什么？朕要让他看你的手。"

王疏月看着他脸上的朱砂渍，弱声道："您顶着这张花脸，怎么见周明？我不哭了，您让何庆进来，伺候您洗把脸吧。"

周明进来的时候，何庆正服侍皇帝在驻云堂的屏风后面洗脸。

暖阁内只有王疏月一个人靠坐在榻上，十根手指伸开，摊放在一方白绢上，血迹虽然被擦去了，但关节处还是青肿得厉害。不过，好在她面色虽然很苍白，脸上却挂着一丝温和的笑容。

周明暗暗松了一口气，请了安，在榻边跪下。他看着王疏月，迟疑了一阵，轻声道："欸……还是等皇上过来，臣一并回话吧。"

话音刚落，皇帝就一面擦手一面从驻云堂里走了出来："说吧，有没有大碍。"

周明垂首应道："回皇上的话，娘娘醒来就没有妨碍了。之前凶险是因为娘娘体寒，有伤则更添寒，所以热才发得厉害。如今这手上的伤虽然看起来不好，但还不至于重伤筋骨，娘娘毕竟年轻，这会儿又是在四五月间，最好养骨伤。臣和太医院重新给娘娘开方子，日后内服外用，好好调理，不会给娘娘留下隐患的。"

皇帝一边听他说，一边低头看向王疏月的手指。显然，皇后留了余地，才不至于让她和贺临一样。

皇帝用手指轻轻地触了触她的关节，竟疼得她倒吸了一口凉气。他忙收回手："这么疼吗？"

王疏月见周太医额头冒了冷汗，忙道："过两天就好了。"

皇帝瞥了周太医一眼："和妃这样，夜里睡得着吗？"

周太医忙伏身应道："回皇上，娘娘……可能不大能睡安稳，臣会给娘娘再开些安神的药——"

"呵……周明，又是下热的药，又是治伤的药，又是什么？哦，安神的药。她这几年被你弄得肠胃弱成了纸，你还敢让她吃你这么多苦东西！"

周明被皇帝搾得一句话都说不出来，却在腹诽，把人家好好的一个姑娘折腾成这样，罪魁祸首是谁啊？但凡这位要命的爷知道怜香惜玉一些，哪里会让王疏月身子弱成这样？如今，只顾骂人不知反省，还怪他的药苦，天地良心，谁不想这位主儿早些好了，大家一起升天啊？他心里骂得痛快，表面却只有磕头请罪的份儿。

王疏月原本想用手拉拉皇帝的袖子，谁知疼得不行，又见他坐在自己的床尾，索性拿脚抵了抵皇帝的腿。

“王疏月！”

“主子，您别吼，哪有病人不吃药的？您让周太医去开药吧。”

周明赶紧道：“是啊是啊，良药苦口利于病，您看，咱们和妃娘娘是懂道的人。”

皇帝不耐烦地冲周明摆了摆手：“行了，赶紧下去写方子。”

周明心中对王疏月千恩万谢，哪里敢再说别的，站起身，忙不迭地退出去了。

他一出去，却见张得通在明间里朝暖阁里张望，又见寿康宫的陈姁候在门口，心知有事，便连明间也不敢站，和其他几个太医一道退到偏殿里去了。

皇帝这边正聚精会神地在看王疏月的伤处，并没有在意张得通。

王疏月看见张得通在徘徊，想进来又不敢进来，便帮他提了一嘴：“主子，张公公……”

皇帝头也不抬，提声对张得通道：“怎么了？”

张得通得了话，忙进来躬身回道：“是，万岁爷，奴才有两件事回。”

“说。”

“第一件是，内事房的人递膳牌来了。”

皇帝听了这句话，却抬起头来看向王疏月。

王疏月有些想笑，也看着他道：“您看着我做什么？”

“朕看你气定神闲，可恨至极。”

说完，他冷声对张得通道：“让他们退下。”

“是。还有一件事，太后娘娘让陈姁姑姑来传了两次话了，让您去寿康宫。”

这话倒令皇帝沉默了。他站起身，将刚才擦手的帕子搭到木椸上，掐着拇指上的扳指，半晌方道：“摆驾。”

说着，他迈开了步子，却听到王疏月唤他：“欸，您等等。”

皇帝压根儿就没有回头应声，几步就跨到门前。明间的大门被张得通打开，雨气扑进来。雷阵雨过后，又接连下了半日的小雨，白日里的热气被浇了个干净。风冷雨凉，凉气一钻进来，王疏月就忍不住咳了一声。皇帝这才顿了一步，回头道：“王疏月，你吃了药，就好好睡吧。”

说完，他拿过张得通手上的雨伞，独自走入雨中。

梁安等人送走皇帝，方进来服侍。

金翘扶着王疏月靠下来，轻声道：“主儿，您是不是担心咱们主子爷和太后娘娘……”

王疏月点了点头：“刚才有点儿担心，这会儿……”她不禁笑了笑，“咱们吃了药，好好睡吧。”

金翘终于跟着松了一口气，蹲下身道：“可不是嘛，主儿，您这几日把奴才们吓死了，还有大皇子——”

提起大皇子，王疏月倒是怔了怔。她原以为皇后会接走他，加上这两天她病得糊涂，竟把那个孩子忘了。

她正要问，却听到门前传来一个细细的声音：“和娘娘……”

王疏月一抬头，就见大皇子站在梁安身后，眼睑有些发青，但到底没有哭。她心里一疼：“来，过来。”

大皇子走到王疏月榻前半跪下来，王疏月习惯性地想要去摸他的头，谁知却忘了手上的伤，刚一伸手就痛得皱了眉。

“和娘娘，您别动。”

“好，和娘娘不动，你……怎么不在你母后那里啊？”

大皇子抿着嘴，没有说话。

金翘道：“娘娘在内刑司的日子，孙姑姑倒是来咱们长坤宫好几次，大皇子……没有跟着去。”

王疏月闻言，喉咙不由得有些发紧，再一看大皇子，他穿着一身灰青色绸袍子，紧抿嘴唇，下颌已经慢慢显出与皇帝相似的轮廓。他静静地看着她的手指，眼睛发红，却拼命忍住，没有哭。

相处三年，他也大了。

“你母后也会待你很好的，以后，若和娘娘不好了，你可不能再这么倔了。”

“和娘娘，您不喜欢儿臣了吗？”

“傻孩子，怎么会呢？和娘娘在一日，就一定护你一日。可是，等咱们大皇子大了呀——”

“等儿臣大了，儿臣就护着您，谁都不能再欺负您。”他说得有些急，说到最后几乎戗起来。

王疏月看着他的面容，他初脱稚子之气，眉宇间渐有少年的英气：“好。我们大皇子说的，以后啊，谁都不能欺负我。”

他这才松开眉头，起了丝笑容。

“这几日，大皇子过得好吗？”

“好，儿臣一直在尚书房，也跟着武师傅们练射箭，就是……”

“什么？”

“就是儿臣好久没有吃到和娘娘做的茯苓糕了，很想吃。”

金翘见王疏月的手指颤了颤，忙道：“大皇子，怎么这会儿说起做茯苓糕了？”

大皇子反应过来，忙道：“儿臣知错。和娘娘，您的手还疼吗？儿臣替您吹吹。”

王疏月摇了摇头：“不疼，傻孩子，赶紧去睡吧，瞧瞧你这眼睛哭的。”

“没有，儿臣不是小孩了，儿臣已经不会哭了。”

梁安道：“大皇子，您骗娘娘做什么？奴才可是——”

“梁公公！”他回头劈头盖脸地吼了回去。

梁安被唬得不敢作声。

王疏月看着大皇子涨红的脸，还有那梗起的粗脖子，不由得笑出声来。

要说血缘这个东西，可真是神奇啊。皇帝和大皇子平时很少有相处的时候，但这个孩子的一举一动、神情，以及死要面子不低头的性子，和他那位父亲几乎一模一样。

❖ ❖ ❖

雨势渐小，夜便静谧下来。

长坤宫因为王疏月而通明了两日的灯火终于得以熄灭。

阖宫的人皆已累得人仰马翻，这会儿王疏月醒了，众人便都松了口气，早早地歇下了。

寿康宫则灯火通明，然而气氛静得可怕。

檐下滴雨，落在地上的积水凼子里，被太监们厚底的靴子踩得噼啪作响。那声音穿透茫茫的夜晚，竟然十分凄凉。

皇帝坐在太后对面，手上握着的那盏茶已经彻底凉透。

太后转着手上的翡翠佛珠串，走到最后一颗葫芦珠上，啪的一声，滑开了手指。

“所以，皇帝为了和妃，连自己的清誉都不要了吗？”

“母后，她什么时候损了朕的清誉？”

“糊涂！她夜中私见十一，在贵太妃灵前被淑嫔目睹二人衣冠不整、双手交握，这还不是秽乱内廷？！皇帝要维护她，也该有个底线！”

皇帝抬起头来：“母后，说这些话的人，朕已经让内刑司了结。至于淑嫔，朕不想要她的性命，所以暂时没想好怎么处置，母后和皇后商量着替朕料理吧。”

“你——”

他这话的意思很明白，从淑嫔起，到淑嫔止，把皇后和太后倒是择出去了。可是，他处置得让人脊背发凉。

太后正不知该说什么，却听他叹道：“母后，朕为君三年，被母后逼得真不容易。”说着，他放下茶盏，身子朝椅背上靠去，仰头闭上眼，“兄长，朕已经赦了，免圈禁、封亲王、赐王府，仁至义尽。母后了解朕，朕这个人睚眦必报，施出去恩，就要奴才们知恩。”

太后一拍茶案：“你怎么能这样说？他是你的皇兄。”

“是皇兄。朕赦其罪，放他出宗事府的时候，念的就是兄弟之情，但兄弟之情念一次就够了，如今朕习惯和他论君臣。”

“你……你……”太后捂住胸口，“贺庞，你是不是要把哀家也当成你的奴才？！”

“朕不敢！”说完，他起身作了个揖，“母后，您对朕有养育之恩，但朕不明白，朕从来没有想过要弃您不顾，朕也没有想过要醇亲王的性命。在朕的位置上，朕能对母后、对皇兄做的只能到这一步！”

太后哑然，抚在胸口的手指止不住地发颤。

皇帝直起身，直视太后：“后宫不得干政。您也是后宫之一，张孝儒这个人，朝廷放不了他一年，若母后想朕的皇兄被圈禁至死，尽可信其言。”

闻得“张孝儒”三个字，太后心中不由得一惊。她虽然养了皇帝十几年，但皇帝毕竟不是自己的亲生血脉，在他的少年时代，为了给自己的儿子铺路，她没少利用他，如今，就算他尊她为太后，但那层隔阂一直在。人越老似乎就越信血缘而不信恩情，太后尚不敢想颠覆皇帝，却总希望自己的亲生儿子能有更多权柄、更多荣华，而不是一辈子憋屈地做一个无实权的亲王。为此，她破了那块铁牌之言。诚然，她也怕，但不能在皇帝面前露怯。

“贺庞，先帝十子被你贬的贬、关的关、免的免，你如此行径，究竟把宗亲置于何地？”

“何地？”皇帝笑了一声，抬手向外指道，“浑河连年大水，父皇痛心多年，醇亲王当年贪墨河工之银的时候有没有想过置京师百姓于何地？恭亲王送大上师的灵柩归云漠，在道上报病不行，一拖再拖，有没有想过置教政之治于何地？都是兄弟，惩治就是不顾手足，那放纵呢，又叫什么？君王误国吗？母后，您又置朕于何地？”

他一席话说完，烛摇影撞。

殿中清晰地响起两个人的呼吸声，一个沉重，另一个急促。

此时就连皇帝自己都觉得悲凉。其实，身为皇帝，他几乎不怎么剖白自己，可是话说到这份儿上，他也发现，人活一世，抛开身份不谈，除了王疏月，竟没有一个人真心实意对他好。他想着，不觉耳热。

他长吐了一口气，放平声音道：“朕要晋王疏月为皇贵妃。”

“什么？”太后扶着陈姁站起身，快步走到皇帝面前，促声道，“皇贵妃是副后，王疏月出身汉人，怎么配为副后？贺庞，你连祖宗的规矩都不要，是吗？”

皇帝看着太后，只道：“她再不好，朕都没有伤她，既如此，朕就更不准这宫里再有人伤她。”

❖ ❖ ❖

雨如烟幕的夜，皇帝从寿康宫走出来，雨雾轻而易举地沾湿了他身上朱红色的袍子。宁寿宫与寿康宫相距不远，贺临的倚庐亮着灯，像一个弓腰驼背的人，孤零零地瑟缩在雨中。

皇帝顿住脚步，张得通顺着他的目光朝倚庐的方向望了一眼，不由得吞咽了一口唾沫，还来不及说什么，皇帝已经转身走出头顶雨伞遮蔽的地方，朝着那光亮处行去。张得通慌忙举着伞跟过去，并示意何庆去倚庐通传。

毡帘被揭起。

简陋的帐内点着数十盏灯。贺临身着素孝站在帐中。孝中不剃须发，且因多日熬守，他越发清减，看起来竟有几分老态。

他站着没动，沉默地望着皇帝。两个人的影子一长一短，交错着。

张得通生怕贺临再犯浑，忙道：“十一爷，万岁爷驾临，您——”

话未说完，他却听见一声“算了”。

张得通一愣，回头见皇帝笑了笑，随手从背后拖过来一把椅子，撩袍坐下。

“何庆，去找一件十一爷的素服过来给朕。”

贺临道：“你做什么？”

“换衣，到宁寿宫敬香。”

“既如此，我替你找。”

相争的时候是激烈的碾压，相恕的时候却都沉默，不开口。

贺临从箱柜中取出一件素袍，递到皇帝眼前。张得通刚要去接，皇帝却自己伸手一把接了过来。

贺临道：“她……还好吗？”

“谁？”

“王——不是。”

“王疏月吗？”皇帝换上素袍，低头反手系玉带，平静地续道，“她没事，朕会护好她。”

“好……”说着，贺临的目光有些颓丧，一个人退回到书案后面坐着。

“你想说什么？说完。”

贺临没有立即应声，周遭沉寂，原本夜中尚有蝉虫鸣叫，却都被连日来的雨给打哑了。他望着自己摊放在膝盖上的手，轻声道：“我错过了很好的一个人，我很后悔。”他没有指名道姓，但这句话当着皇帝的面儿说出口，已经很不容易。

同袍为兄弟，他们冠着同样尊贵的姓氏，却是两块不一样的铁，一块强极易折，另一块刀枪不入，然而淬火过后遇温流疏月，从此如沐春风，身覆白雪，面盖霜华。温柔的真意治愈万人之上的无情之伤。这一点，两人感同身受。

“贵太妃要移灵了。往后，朕有两个地方给你去悔过。一个是三溪亭禁所，你若肯回去，朕就把多布托留在三溪亭的人撤了。还有一个地方是茂陵。你自己选吧，选好了，给朕上一道折子。”说完，皇帝转身撩开了毡帘。

“贺庞。”

“说。”

“你为什么不杀我？”

“本来你死不足惜，但你这条命差点儿换了她的命。所以，你好好活着吧。”

外面的雨若夜中撒细盐。

皇帝从倚庐里走出来的时候已近三更天，东边的天空泛出乌青色的光，映着雪缎素衣，如同血污一般。

张得通和何庆跟在皇帝后面，一同望向前面随风雨翻飞的素袍。

“师父，今日的十一爷——”

“不枉和主儿在内刑司受的苦。”

“是，还有，今日咱们万岁爷好像比之前平和。”

话音刚落，却听前面的人吟了一句什么。

张得通耳背，没有听清，连忙压低声音问何庆：“听见了吗？万岁爷说什么？”

何庆道：“像是个什么诗，‘岂曰无衣’什么的。”

“岂曰无衣，与子同袍。”

所谓天家的兄弟、父子，其情都埋得看不见。

皇帝这一生只会认定不杀这个兄弟是出于对宗亲的安抚，一辈子都不会承认人性之中的不忍。少年时代，他也曾想过要和这些兄弟一起辅佐太子，建立功业，但不知道为什么，这条路越走人越少，走到最后竟连一个人都没有剩下。那么当时同路的兄弟们如今都去了哪里？宗事府、三溪亭、皇陵……

皇帝抬起头，迎着雨望向渗着乌红的天幕。

凄风苦雨凄凉地，弃置兄弟，其实原不是他的本意，后来却成了要被后世诟病的决绝。说起来，生杀予夺诚然痛快，但也令他从此坐定了孤星的命格。

此时，皇帝若能知道王授文曾在程英面前下给他的那句判语“也是前一朝的孤臣”，那他一定要赏王授文一杯辣酒，让王授文挺直腰杆和自己干一杯。

❖ ❖ ❖

五月初五，裕贵太妃移灵丽山，贺临随灵同行。

在仪制上，皇帝给了这位庶母最大的哀荣。

长坤宫中，王疏月虽然退了热，但伤处好得很慢。皇帝几乎把整个隆正殿都搬到了长坤宫。他每日同几个内大臣议完事便在驻云堂处理政务。王疏月养伤期间是个很安静的人，手不方便，她索性连书都不翻，大多时候都穿着月白绸缎的寝衣靠在贵妃榻上温顺地睡觉。

皇帝很喜欢看她安安静静躺在那儿的样子。她睡得越长久，他心里越安然。政务繁杂，天南地北的事汇于一室，他再勤政，再果断、老到，面对一波又一波的天灾人祸，也不免内里焦灼。但是，无论他多烦闷，停笔抬头看一眼那个熟睡的人，好像就缓和了。

那人眉目清秀，白皙的皮肤如霜如雪，衬着窗外的好时节、好光景，像一幅水墨妥帖的画，颇有归属感地躺在他眼前。他为苍生谋福祉，为家国谋壮大，也需要一个人安安静静地在身边陪着，他才能从龙椅上走下来，活成人样。

这段时间，王疏月比平时都要能吃。御膳房的人知道皇帝对这位贵主儿的心，纷纷浮上水面，鹿胫汤、猪骨汤等汤水，变着花样地送来。皇帝跟着她一连吃了几日，吃得牙火又要冲上来了，慌得何庆赶忙去找周太医要桔梗泡水给皇帝喝。王疏月却没有一点儿不适的地方，甚至身上连肉都不肯长。

周明却说无妨。他说，这是养病中心宽所致，对其调养是有好处的。

养病无外乎吃与睡。吃上不用说了，白日里王疏月睡时，金翘等人都守着。夜里却有些要命。

和皇帝之前遭痘劫的时候有些相似，夜里她睡着以后不防，一个抓扯就能痛得红眼，好不容易堆起来的睡意也就全部被赶走了。

这夜，王疏月低头看着自己摊在被褥上的手指，愁了半晌，道："找根绳子来绑着吧。"

金翘刚放下床帐子，听了这样一句话，不敢说什么，只偷偷摸摸地朝皇帝看去。

皇帝已更了寝衣，正坐在王疏月的贵妃榻上看书，闻言白了她一眼："你以为朕是你吗？"说完，他放下书，起身走到王疏月身旁坐下，握着她的手腕抬到眼前，"伤筋动骨一百天，绑得绑到什么时候？"

"绑着，您能睡得好些。"

皇帝托着她的手细看。

正如周明所说，皮外伤好得很快，她关节破皮处结的痂都快掉光了。然而青肿消得很慢，如今看起来，甚至比之前还要肿得厉害些。

"朕没关系。"他声音放得很平，"你这手腕，经不起绑。"

正说着，梁安在外头送药，金翘接了进来，回话道：“万岁爷，主儿，这是周太医新给主儿换的药，说是睡前涂抹，能压着疼，让主儿睡得安稳些。”

皇帝松开王疏月，从金翘手里取过那盒药。盒子里的药是蜜色脂膏质地，气味不算太难闻。

皇帝不由得笑了一声：“张得通，赏周明十两银子。”

张得通赔笑道：“是，这气味是比周太医从前调的膏子好多了。”

皇帝点着头，道：“你们下去。”

金翘忙道：“万岁爷，让奴才伺候主儿上了药——”谁知话还没说完就被何庆扯着袖子拽了出去。

皇帝脱了靴，抬腿屈膝踩在榻上，单薄的寝衣勾勒出他的膝盖轮廓：“手。”

“做什么——”

“啧。”皇帝指了指自己的膝盖，“放上来，朕给你上药！”他说着，不知不觉涨红了脸。

皇帝这么接地气的模样，王疏月倒是很少见到。

他穿着不绣一纹的缎子寝衣，发上的金丝孔雀线穗子已被他自己解了下来，随手放在驻云堂的书案上。他整个人好像一下子从龙椅上走下来，退成一个笨拙的男人，一手托着那个药盒，一手剜着药膏，看着王疏月那双伤手，一脸无措，无从下手。

“弄疼了，你出声。”

王疏月低头看向自己搭在他膝盖上的手：“主子。”

“说。”

“谢谢您。”

皇帝闻言，喉咙里笑了一声，抬头，把手臂架在膝盖上：“谢朕什么？”

“想谢的有些多，一时说不完。”

皇帝垂头，小心地剜出药膏涂到她的伤处，平声道：“别谢朕，朕并没有护好你。”

王疏月摇了摇头：“是我没有听您的话。”

“你不听话的时候还少吗？”说着，他手上的力道稍一重。

王疏月忙缩了手。

“放上来。”

“不要。”

“放不放？”

“放放……”她一认怂，就变得像一只猫。

皇帝一只手压住她的手腕：“王疏月，朕再也不会让你受苦。”

正如福祸相依，其实甜和苦也是并生的。

要和皇帝这个人在人世间相伴一场，辛苦是必历的劫。但他的给予如同海潮一般丰厚，他不单单给了她一个归宿，也给予她在人世间顺心而活、自由行走的底气和勇气。诚然他在感情上至今仍然是嘴贱舌毒的，可古来帝王再多情，再温柔，最多也是将女人当作温香软玉来疼惜，哪一个如他这样真正信守过女人的原则和底线，尊重过女人的人生和自由？王疏月看着他在自己面前认真涂药的模样，实有些动容。

“嗞——”她本来想得有些深，却被钻心的疼痛给拽回了神。

皇帝听着她牙齿缝里这一声，赶忙移开手，整个人都差点儿弹起来：“朕……那个……张得通！把周明传进来！”

她忙挡下道：“不用，哪里就能一点儿都不疼？”说着，她抿了抿唇，勉强缓和下面色，“要不，您跟我说点儿什么吧，听着您说话就没那么疼了。”

皇帝迟疑着坐下来，重新托起她的手放到自己膝盖上：“想听朕说什么？”

“说您小时候的事吧。您说一件，我也说一件，要好玩的。”

虽说说什么都好，可真的要皇帝说些什么不那么正经的话实在很难。他抓了抓脑袋，想讲件好玩的事，半晌愣是一件都没有想出来。

“朕不是你，朕小的时候日日读书、习骑射，玩什么？”

王疏月笑了：“我不信您就那么乖，就没在什么地方淘气过、没摔过？”

“呵，王疏月，你在跟朕胡说些什么！”

“好好……那……您说说您之前出宫去永静河的事吧。”

这倒比逼着他讲笑话好得多。

皇帝咳了一声，一面涂药，一面正经地跟王疏月讲起“永静河”治理之史，进而不知不觉地讲起他的少年时代，甚至谈及贺临和恭亲王、醇亲王这些人。说来也怪，自从登基以来，这些人早就成了他在前朝后宫的禁忌，人们一直把他当成先帝后代们的活阎王，坐在金銮殿上，随时催要那些人的命。

以集权的方式来推行政策，这是皇帝的为君之道。其间，清除先帝子嗣的党羽，权衡梁、云漠、汉三族势力，裁撤议政会议，难免要收攫宗亲们的权力和利益。皇帝逼着自己在独木桥上走，越走越窄，越走，骨肉亲情越疏离，却也越走越孤勇。后来就连他自己也把自己当成兄弟们的阎王爷。可是，对于贺临、对于太子，过去他未必没有维护的意愿，未必不想要“与子同袍”“举杯把盏”“同仇敌忾”的情分。

“朕这一回去看了永静河的故道。那条故道离京近，自吴沟桥一带，经看丹村、南苑到马场。”他起了这么一个一本正经的头，说着又觉得内容太严肃，径自垂头笑了笑，转而道，“顺宁二十年春天，同醇亲王一道视察河工的时候走过一次。那年春天来得很晚，过了二月，河里都还有冰碴子。朕那会儿十几岁，程英那个人还在工部当差，朕跟他一道蹚到河里去看堤岸工程。你刚才不是问朕摔没摔过吗，这块疤……”他说着，腾出一只手，撩开半截裤腿，“就是在那儿被冰碴子划的。”

王疏月低头看去，那处伤在脚踝。其实她三年前就看见了，不过，皇帝的身体、病史都是禁忌，历代君王也深知这些东西的厉害，稍不留心就会成为暴露在有心之人眼前的软肋，所以，皇帝从不肯跟任何人提起。这些年，就连太后都不知道皇帝有这一处旧伤。如今皇帝则像想和王疏月有所共情一般，随性地展示给她看。

王疏月抿了抿唇：“当年该是很深的一道。”

“嗯。”他说着放下了裤腿，“不过，也让朕避开了废太子之事。”

这件事，他虽然自顾自地在王疏月面前提起来，但实则很敏感。

王疏月听王授文讲过，顺宁二十二年夏，永静河发大水，河堤溃塌，泛滥的河水淹没道旁二十几个庄镇，人畜死伤不可计量，当时的工部，除程英外，贬的贬，下狱的下狱，几乎换了一轮。后来，程英参奏太子贪污河工款项，致使永静河堤被修成了豆腐渣，太子因此被废，被圈禁宗事府，太子一党也就是从那时起彻底没落。

在大多数人心中，当年之事应该是皇帝设的局，他应该早就知道河堤工程是一块豆腐渣，所以故意借伤避事，才没有被当作废太子一党被先帝爷追责。甚至还有更难听的话说他明知河堤工程经不起洪流，定会溃塌，但为扳倒太子一党，前期刻意替太子遮掩，以致顺宁二十二年那场洪水夺了许多人的性命。

只有王授文不信。他对王疏月说过，皇帝虽不近人情，却一定有君子的担当和行仪。可是只是他一个人信而已。

所以，皇帝本身是一个什么样的人，对文武百官而言，其实并不重要。他的脾性、品德不过是用来解释时代和历史的理由。根本没有人知道，少年时代的皇帝如何规劝太子，反被当成有异心而深受打压，也没有人知道，顺宁二十二年那一场水患的惨象成了他的一个心结，以至于每年春夏之交，他都要亲自下河堤巡视，上吴景山祭河神，到晾经台观流。

说起来，他这个人活得真的有点儿跳脱世俗的人情。他的生活，他的亲情、爱情，以及他对江山社稷、对政治人文的情怀，都是世人看不见的。以至于后来他自己也活得不那么在乎自己的七情六欲，越来越淡漠、狠绝。最后，就连他自己都信了自己杀人不眨眼这话。

好在王疏月嫁给了他，与他贴肤贴肉地走进了他的生活，才让他渐渐有了改变。这种改变是从内至外潜移默化的。皇帝虽不自知，却逐渐应了何庆那句话——“有了和主儿以后，咱们万岁爷变得像个人了。”

也是，如果没有王疏月，恒卓和皇帝也许会走上他和先帝爷的老路，而皇帝与整个大梁宗亲免不了一场赶尽杀绝的杀戮。

皇帝虽不承认，但生而为人，他未必想成为一个真正的“寡人”。

皇帝一面说，一面涂完了王疏月的最后一根手指。他放下药膏盒子，索性将一双腿都屈起：“放上来晾会儿，不然蹭一蹭就掉了。”

王疏月伸开手指，覆到他的双膝上。病中她很久不曾与皇帝有过实质上的肌肤之亲，如今这样的亲昵却有一种平实的人情味。她静静地望着墙上的两个人影，细软的透窗风撕出影子的毛边，看起来毛茸茸的，十分柔和。

“你在想什么？”

“在想一些不该我想的东西，不敢说。”

“说吧，朕也说了一些不该跟你说的东西。”

王疏月抬起头：“我在想，说到担虚名，您比我担得要多很多。”

她说这句话并没有指望眼前的这个男人吐露什么，毕竟她太了解他。然而皇帝在这一句话的尾音中沉默下来。

烛光映着窗。两人皆身着素净单薄的寝衣，相对而坐。没有放冰的内室有些憋闷。二人的影子映在黄纸糊的窗上，窗外的月光倾覆而上，又蒙上一层淡淡的光雾。人影相对，像极了寻常巷弄千家万户之中的场景。

“主子是个很好的人。”王疏月轻轻开了口。

皇帝不自觉地扬起唇角：“你说什么？”

“您是个好皇帝，也是个很好的人。”

皇帝没有说话，却抑制不住心里的欢愉，他低下头来掩饰笑容，却还是全部落进王疏月眼中。

她弯腰去看他，又道：“明年这个时候，您去永静河时也带上我吧。”

“没有这个道理，朕去巡视河工，带上你像什么？”

王疏月笑弯了眉：“清清素素地穿一身，就跟宫女一样。您知道自吴沟桥一带经看丹村、南苑到马场的那条旧河道，我却知道西汉前的那一条，自吴门口向东流，经田县、竹林院，由嘉胜门附近入城内诸‘海’，再转向东南，经丽阳门、鲜味口、红桥、龙吟湖流到城外。”她声音温和、平静，目光也柔静无波，“那是千百年前的故道，那个时候，汉人的祖先还把它叫作‘源水’，也有个诨名叫‘无静河’。旧河道上也是连年泛滥，地志上常写其流域之内民不聊生。但后来，经过刘靖治水，到百姓插柳，再到先帝爷和您修永静河堤、封河神、建龙庙，永静河几经迁道、几经治理，才有了如今的模样。我很想带您去看看那条故道。”

“你说了这么多，究竟想跟朕说什么？”

“人祸、天灾皆难避免，可最后皆系于您一身。主子，无论是对兄弟还是对百姓，您都已经做得很好了。”

这还是第一次有人不修饰言辞，直白地告诉他，他这个皇帝做得不差。这可真比那些文绉绉的颂德诗上的文字来得坦诚。

他不想再绷着了，索性仰面笑出声来：“你啊……懂什么？”虽是这么说，但他承认这份理解的珍贵，也在无形之中被这份毫无攻击性的理解治愈了旧年的伤。

人行一世，难免会皮肉筋骨受伤，更难免受身不由己、追悔莫及的苦。

皇帝想起自己在普仁寺中对着巴灵度和发过的那一通愿。他说：“朕与和妃是有愿同流的人。”

有愿同流。好在她也应了他的愿，如同无定的河，几经改道，终于被如今坚固的堤坝收纳在同一条河道之中。

卷四

四季安泰

他不想让她一直站在前荣的那片黄昏里，
他要托她做世间的云霞，要许她安宁。

第二十四章 清平乐

这些政绩功绩，她都有立场，为贺庞会心一笑。

王疏月手上的伤养了两个多月。她得以从长坤宫里走出来时，时节已至七月，热降风凉，已有初秋之景。堆秀山御景亭旁的桂花开了一树，早秋的花香最是醉人。

十二爷和王授文、马多济几个人在御书房的值房里候传。

王定清已返京，程英正陪着他面圣。

天气虽已转凉，但王授文穿着里三层外三层的官服，在向阳处坐了一会儿仍不免冒汗。他转眼看向十二爷，十二爷正捏着本黄壳子站在窗前出神，额头上豆大的汗珠子随着脸颊滚下来，脸色看起来也不好，像彻夜未眠，眼睛乌肿得跟核桃一样。

王授文多多少少听说过，十二爷近来被王疏月的册封礼闹得晕头转向的，御八军各大军主以及以醇亲王为首的几大宗亲王爷时不时地就要来踩踩他的门槛儿，逼得十二爷在府里称病了大半月。外头不信，他只得声势浩大地让王府的长史入宫去跟皇帝告假。

皇帝知道他在宫外被围攻，于是同样声势浩大地又是传太医又是赐药，搞得十二爷跟大限将至了一样，终于把这些人挡了回去。

十二爷和王授文都明白，这些宗亲对于皇后尚在便册封副后一事颇为不满。若副后人选换成当年的成妃、顺嫔之流也就算了，要命的是王疏月出身汉人，如今威胁正宫皇后的地位，不说宗亲了，就连云漠旧藩诸部都对此有微词。这些人了解皇帝处事作风，不敢上言辞过激的折子，便利用都察院的稽查内侍府御史衙门拼命地掣肘内侍府的册封事宜。稽查内侍府御史衙门是先帝为了对享有特权的内侍府实施行政监察而创立的，具体职责是：年终查核注销武备院送稽的，每年用过钱粮数目的四柱清册；每月初五和二十五日，注销广储司、六库等官员更调、交盘及取用存储物件之数目。

对梁朝而言，绝不能出现所谓“奴才”监察“主子”的现象，因此，稽查衙门的几个御史都是御八军的人，在各家主子振臂一呼之下纷纷附上，利用职权处处掣肘内侍府。

掌仪司的司官一早来回了十二爷两次话，说稽查衙门派在司内的“注销官”不肯销册，前前后后打点了好些银钱都不中用。掌仪司整个衙门几乎寸步难行，只得停滞筹备皇贵妃的册封典仪。

十二爷一大早就五脏不安，如今见着王授文，心里窝了一肚子火，竟不好对着他发，索性不理，一个人对着外面的乌桕树出神。

然而，他不说话也就罢了，奈何王授文这老猴非要凑上来：“王爷身子大安了？”

“安什么？差点儿痰迷心神，蹬腿了。”他是跟着皇帝长大的，平素言辞上是有限的，这会儿对着王授文冒这些粗俗话，模样竟有些好笑。

王授文没有在意，拱手道：“本是该和犬子到王爷府上请安的。”

十二爷见他还是一副淡定的模样，忍不住转过身，急道：“王老，本王不明白，如今醇亲王他们为了和主儿册封皇贵妃的事，几乎要把我的内侍府衙门封了，您怎么还这样沉得住气？本王记得，当时皇上带和妃去渃河的时候，你还是一副怕被捧杀的模样，这次怎么了？一声都不在人前露，忒轻狂了些。”

说着，他把折子往案上一放，抬头看了一眼内大臣马多济，见马多济只顾坐在后面吃茶，一副事不关己高高挂起的样子，方把声音压低些，添道：“要本王说，得势过了也未必是好事！”

王授文道：“贵主儿是主子，给了皇上就是皇上的人，我们做臣子的，这些主儿好，我们就恭贺，总不至于还要露悲吧？如今，各在其位各司其职罢了。”

十二爷冷声笑了笑，道：“您老一直耳聪目明，和贵主儿的界限也划得清。要说这外戚权贵，淑嫔没了满门，婉贵人的父亲至今还在南方几个州县上轮走，宁常在就不说了，族中连在朝的都没有。放眼看去，没有谁的官比您和王定清当得大、当得稳当，可是，王老……”他砸了砸心口，“本王这差事快当不下去了。内侍府和宗事府，两大皇家家事衙门，比不得人家工部、户部，为天下粮仓、河工里里外外上下一心，本王手上这两个衙门跟两块没了肉还被盯着啃的骨头一般，上不得台面，还时时被禁城里的几层主子骂。这也就罢了，如今都察院那帮混虾也借醇亲王这些人的力越发上来，呵……”他越说越气，手往案上一拍，“你们家这位贵主儿在皇上那儿得脸，却把本王的脸臊得差不多了。”

王授文见他气得脸色发红，忙随手端了杯茶给他：“王爷息怒。工部、户部是外务，皇上登基后这几年，因亏空、河工之事，贬谪、下狱了多少人？宗亲之中还有几个人能真正在这些要害处染得上手？独王爷您手下的这两个衙门纵有不周，也从不见皇上追责，可见也未必不是好事。”

“好事？王授文，你这狗奴才诚心堵爷的心，是吧？”

“王爷这样说，臣就该万死了。”

十二爷懒得跟他扯淡，喝了一口茶，道："你说说，本王今日进去该怎么跟皇上回话。"

王授文道："王爷此时心忧什么？"

"本王自然忧心贵主儿的册封典仪。"

"那您据实相禀就罢了。"

"饶是这样，也怕皇上要斥个办差不力，据实相告？不是等着皇上给爷立规矩吗？王授文，你对本王安的什么心！"

正说着，只见张得通走进值房道："皇上传王爷和王大人进去。"

十二爷忙正了正官帽，与王授文一道跨进御书房。

御书房内，皇帝正在看折子，见他们二人进来，随口对十二爷道："你昨儿在玄武门递的牌子，朕等了你半日，怎么又没见人？"

十二爷忙道："衙门有事，耽搁了。所以今儿早上进来候着，给皇上请罪。"

皇帝抬起头，扬了扬手上的折子："请罪就说大了，朕这几日扑在各州县解耗归藩库的事上，你请见几次都没顾上。今儿你一口气说吧，顺便……朕和你，还有王授文，斟酌斟酌，一道把醇亲王这些人上的折批回，留中在这里好几天了。"说着，他把折子一丢，靠向椅背，揉了揉肩膀。

十二爷看了王授文一眼，横下心跪下回道："臣原不该将这些小事呈上，惹皇上心烦，然早已过了二十五日，内侍府各司仍无法在都察院的稽查衙门里销册。"

皇帝点了点头，推过去一本奏折："这是胡总宪上的，谈的是稽查衙门以及兼职官二人、职吏（经承）三人稽查如此数十万人的内侍府，诸事流于形式。不过，朕看着也像是一本弹劾你的折子，你自己看看吧。"

张得通闻言，便替十二爷接来呈上。

十二爷快速扫了一眼，不由得道："他们也知道这是个形式！饶是如此，这些'注销官'个个都端出'钦差官'的架势，奉旨出朝，地动山摇，即便查不出什么名堂来，也会收到一笔'程仪'，何曾空手而归？形式？臣看，确实是个形式！"

十二爷这个人虽然佛性，但出了名地护短，刚才在外面还有些气短，这会儿被都察院的折子一激，气不打一处来，脸色都涨红了。

皇帝笑了一声，对王授文道："朕有个意思，你议一议。"

"皇上请说。"

"先帝设这两个稽查御史衙门，原本是让官员监察内侍府和宗事府两处开支进出，目的是防止各处滋生腐败，如今，既流于形式，官员也成了守印章的，反成了受贿行贿之所，既如此，朕觉得可以裁了。"

十二爷一怔，还不及想通自己是该劝自家兄长勿毁先帝之政好还是该磕头谢恩好，就听王授文道："皇上英明。早该如此，这两个衙门本来职权有限，如今既有王爷奏明如此贪赃枉法之形式，臣看，还要拿人细查背后吞赃的究竟是什么人。"

皇帝点了点头："这个意思对，你拟个旨上来，朕看看，明日就发出去。十二。"

"啊……臣在。"

"既要裁撤稽查衙门，掌仪司这个月的黄册就不用造了。朕还是原来的意思，下月初十行皇贵妃的册封典仪。你们跪安吧。"

"是，臣等告退。"

十二爷糊里糊涂地跟着张得通走出来，一路上都在挠头："欸，王老，你是不是早就知道皇上有裁撤这两个御史稽查衙门的想法了？"

王授文道："臣哪里敢枉猜圣心？只不过醇亲王这些人利用您拿捏皇上，您和皇上兄弟情深——"

"成成成，您老别说这些话。"

这人当官当成老猴，管他怎么圆滑，总有那么三四分是惹人厌的。他明明早就看明白皇帝既要册封王疏月，又要借此下手去和醇亲王这些宗亲博弈，亏得这会儿还给皇帝整出个什么"兄弟情深"的话来捧皇帝，王授文这个人也是智力心力都齐全了。十二爷懒得再去问他，吐出一口浊气，愣是觉得背上那根芒刺被拔了，一路神清气爽地出了明华门。

寿康宫这边却如同天蒙阴云。

淑嫔只穿着件暗色的衫子，头上只簪着一支银扁簪子，跪在太后面前，哭得喉咙都发哑了。

"太后娘娘，奴才求您，不要把奴才送到临春园去。皇上是奴才的命啊，见不到皇上，奴才可怎么活啊？"

太后拧着眉，对皇后道："你怎么让她哭到哀家和你面前来了？"

皇后轻声道："毕竟是从潜邸一道入宫，不忍心。"

太后叹了一口气，道："你啊……保不住她了。"说完，她又冷声道："你要哭，去皇帝面前哭去，兴许皇帝看在旧日情分上还能对你网开一面，哀家和皇后替你求不了情。"

淑嫔一连咳了好几声，重重地磕了一个头："娘娘啊，奴才做这些都是为了您和皇后娘娘啊，您怎能如此弃奴才于不顾啊——"

太后本就恼她这会儿牵扯上自己和皇后，没了耐性，摆手道："拖出去拖出去，册封典礼前把人送到临春园，没有哀家的懿旨，不得回宫！"

淑嫔哭着被人拖拽了出去。

明间里有些憋闷。太后长长地吐了一口气，抚了抚胸口，对皇后道："哀家让你借内刑司处死和妃，你不肯，非要留她的性命。如今好了，你是有了嫡子的皇后，你还好好活着呢，你的夫君就要册封皇贵妃了！”她一面说，一面重重地拍了拍皇后的手背，“这回好在有个淑嫔，不然，哀家看你也要被赶到临春园去住着。你对王疏月的仁慈之心还要留到什么时候？她如今养着大皇子，皇帝又是一意孤行的做派，认真起来，要立长子为太子，宗亲们未必拦得住，到时候，你啊……哭都晚了。”

❖ ❖ ❖

内侍府稽查御史衙门被裁撤，查处了恭亲王、安亲王门下的三四人，这两位爷压根儿就没想到皇帝话不多说，连先帝的旧制都一股脑儿改撤了，连日只想着如何跟这些人撇干净干系，哪里还顾得上后宫里册封王疏月的事？

醇亲王则因皇帝巡河回宫重提永静河南岸河工固修之事，牵扯顺宁二十二年那件旧案，在朝上臊得慌，也不好出头再说什么。

皇帝顺势从明面上取消了议政王的职名。前后折腾了几十年的廷议、交议，终于在贺庞这一朝，在那位汉人女子的皇贵妃册封大典之后，彻底落了幕。

王授文同程英一道走过青天白日下的丽阳门。

正逢风扫落叶，吹得街道巷弄一派干净、清爽，有一种打扫干净了屋舍的利落感。

程英道：“皇上这几日痛快，王老，你也跟着痛快啊。”

王授文没有应他。他顺手取下头上的官帽，任凭秋日的风从他脑门上掠过去，出了一层薄汗的额头经风一吹，一片冰凉，其感如醍醐灌顶，神清气爽。他一路走，一路回忆自己女儿入宫的这三年，想到皇帝、王疏月、自己，还有已经死去的妻子。他是人世间再精明不过的世俗人，官场修为高深，人情世故也练得圆滑。但他这一辈子爱的女人是一个最背离世俗的人，从不关照儿女们的前途和荣华，只教他们随着本心，坚强、执着地活着，以致王定清成了一个一往无前的直臣，王疏月则像极了她母亲本身，看似温顺柔和，却在看不见的地方暗暗地长着逆骨。

起先，王授文绝不相信，皇家的男人，尤其是贺庞这个人，会像他包容吴灵一样包容王疏月，可是一路走到现在，他又觉得，贺庞甚至比他做得还要好些，王疏月也比吴灵做得更好些。吴灵从来没有真正认可他在朝为官的野心，从来不肯承认他想要清史留名的抱负。如今他位极人臣，功成名就，她却早已仙去，后事不顾，一生干净得不能再干净。所以，就算他有话想说，有欢心愉悦想分享，却再也得不到她的回应了。

好在后一辈的人活得比他们圆满。

皇帝并没有把王疏月当成一个弱质的汉女，封个贵人，就藏在深宫里悄悄宠着，相反，他带她见天地，领略遥远的民族和宗教文化，让她直面云漠与汉之间的争端，给她尊贵的子嗣，认同她的过去，也珍惜她的良心。而她也一直是迎上的姿态。无论跟在这个帝王身后走得多艰难，她都没有退过半步。和吴灵不一样的是，王疏月认同贺庞为君的志向，理解他对江山和百姓的情怀，也看得见他杀伐决断之后的良心。所以，皇帝平定云漠，清理户部亏空，提解火耗归公养廉，荡清宗亲争权夺利的势力……这些政绩功绩，她都有立场，为贺庞会心一笑。

王授文虽不见得将这二人的关联想得那么透彻，但逐渐窥见了一点点本质，这足以令他开怀。在女儿的婚嫁之事上，他虽为王家前途强硬地做了主，但到底没有害了女儿一生。

程英见王授文不说话，也跟着他一道取下了头上的官帽，往他手上的官帽上一叠，负手走到前面去了。

王授文道："程老，这是做什么？"

程英松开手腕摆了摆："哎呀，这么多年，跟着你烧对了咱们万岁爷这方冷灶子。如今朝内朝外不见乌烟瘴气，满眼干干净净，我也跟着您老和皇上松乏松乏，图个凉快嘛。"说着，他转头道，"你夫人走了几年了，你府上还住着你们一大一小两个光棍儿，真不像样。如今你家的贵主儿封了皇贵妃，你就算了，要做老情种，你们定清的事是该提提了。上回内人说——"

"你官帽不要了？"

"哪能不要？行了，我知道，皇贵妃在，定清的事，我掺不上，你不爱听，我就不说了。不过，王老，你我同年登科，又同朝这么些年，我看不得你孤寡，今儿去你府上吃饭。"

天色阴阴的，步步锦支摘窗上映着青树的影子。

皇帝一向喜欢这样清淡蕴草木香的日子。以前在王府的时候，他还可以偷那么一日半日的闲，登基以后却很难在禁城里得这么一段清静的时光。好在王疏月养好了身子，两人终于又得以这么对着，他糊里糊涂地被她带着傻傻地还几句嘴，而后各自静下来，看书的看书，做事的做事。

一日时光清闲，再没比这更放松的。

"疏月。"

"在。"

皇帝笑了一声，道："你母亲的丧事——"他起了这个话头，却不知道怎么说明白自己想要说的意思。

不想，却听王疏月接道："我知道，您当时施恩想让我见母亲最后一面。只是后来母亲丧事忙乱，我就忘了，入宫后也一直没跟您好好谢恩。"

皇帝望着书上的字："朕听皇后说，还是晚了一步。"

王疏月蹲下来，一只肘抵在他摊开的书上，摊开掌心托着自己的脸，仰头道："那也是我和母亲的母女缘分。当年母亲的大事是在先帝爷的国丧期，我又在宫里当差，原本是连出去送殡都不能的，是您给了恩典，才叫我全了自己的孝心。若是母亲泉下有知，也会感念您。"

她惯能坦诚地将这些话如春风化雨般送进他耳中，自行消化掉所有悲哀之后，把温柔的理解呈给皇帝，其中不见丝毫刻意的奉承。

皇帝低头看向她发间，她今日仍然簪着他最初赏她的那支金镶玉芙蓉花簪，快四年了，不算平顺，也没有少受折磨，但不知是不是因为没有生育，容颜、体态一点儿变化都没有，就连那双眼睛里干净的光都和当年雪地初见时一样。王授文总说，她很像她的母亲。这时，皇帝竟当真有些好奇她的母亲是个什么样的人。

"疏月。"

"啊？"

"你母亲葬……在什么地方？"

"家人扶灵去了南方。汉人讲落叶归根嘛，我们王家祖籍在长洲。以后，除了我，家人们的灵柩都是要送回长洲的，葬在茂青山下。您应该不知道，我们王家在长洲，除了一座卧云精舍，还有一座杏花园，就在茂青山麓。"说着，她似乎想到什么有趣的事，竟掩唇笑出声来。

皇帝一面小心地把自己的书从她的手肘下面抽出来，一面道："你笑什么？"

"想起了以前母亲说过的话。我记得父亲当年逼着兄长考取功名，兄长挑灯苦读，十分辛苦。母亲见兄长实在艰难，曾跟父亲说过，若是兄长不能进士及第，就让他回家守着我们的杏花园。只是可惜，兄长和父亲的志向是一样的，不然，如今该是个素杖香挑杏花的方外仙。"

听她说完这一席话，皇帝也笑了一声。

"您又笑什么？"

皇帝随手将书放到茶案上："没什么。朕算是知道为什么你和王定清都不像王授文了。你们王家……呵呵，有些意思，父亲逼着女儿去修书楼，母亲却想让儿子去守杏花园。最后，没一个功德圆满。"

"我很圆满啊。"她说着，轻轻握住他正放书的手，"除了您，谁敢说我不圆满？"

皇帝怔了怔。是啊，除了他，谁敢说王疏月不圆满？可是，他偏就觉得她这辈子终究还是少了一样福气——他身为皇帝也赐不了的福气。

"起来。"

"好。"

这边皇帝刚扶着王疏月站起来，便见何庆进来道："万岁爷，周太医来了。"

张得通道："怎的这么慢？"

何庆看向王疏月，小心道："今儿是周太医给贵主儿请平安脉的日子，周太医一大早就去长坤宫里候着了，谁知道贵主儿来了万岁爷这里。奴才们去日精门上找了一圈以后没找着周太医，这才折腾大发了。"

"行了，传进来。"

说完，皇帝握住王疏月的手："走，过去坐。"

周明额头冒汗。行医这么多年，他最怕的就是在皇帝面前给王疏月诊脉。其实，单是王疏月在倒没什么，这些年，除了看顾皇后的龙胎，他一直照顾着王疏月的身子。其实他看得出来，在子嗣缘分上，王疏月并没有多大的执念，可皇帝……好像不一样。每回皇帝看着他诊完脉，都要仔仔细细地听他析一遍病理，不明处甚至还要纠缠，每一回都折腾得他三魂七魄不定，生怕说错一句就要丢脑袋。

何庆一脸同情地看着他，却不敢说什么。

周明摸了摸自己被汗水浸着的脖子，硬着头皮在王疏月身边跪下来，取出腕枕放下，伏身道："请贵主儿的手。"

王疏月眼见周明的汗水湿了领口，犹豫着对皇帝道："要不……我回去——"

"有什么不能当着朕的面儿说的？"皇帝不松口。

周明忍不住吞了一口唾沫。

王疏月没了法子，只好抬手褪下手上的玉镯子，将手腕靠了上去。

周明在皇帝的眼皮子底下心惊胆战地掐脉。谁知，手刚搭上去，眼皮子就忍不住跳了一下，他都来不及去细想这脉象是什么。"左眼跳灾，右眼跳财"，他赶忙分辨左右，心里不觉激动起来，这才凝神又细细诊了一回。

喜上眉稍，一时间，他大有把这些年的浊气全部吐空的欲望。他松开搭脉的手，起身退了一步，重新跪下，向皇帝行了一个叩拜的大礼："皇上，贵主儿，大喜啊大喜啊！"

何庆和张得通是听惯了太医院的这些套话，猛地在王疏月这里听见，明知是什么喜，却有些不敢相信。

王疏月手指一颤。

皇帝却已经站起来："什么喜，说清楚！"

"是是，万岁爷，您皇恩浩荡，恩泽广大——"

"谁要听你说这些？！"

"啊，是，贵主儿遇喜了，只是才一月余，胎象还不稳，臣这就去给贵主儿写安胎调理的方子。"

王疏月这一侧得以清晰地看见皇帝的嘴角牵拉出弧度。但他这个人在人前不肯过度显露悲喜。他自察后便强把那个弧度扯了回去，只是因为太过勉强，面部的肌肉一时僵一时舒，以致神色恢复后嘴角竟还微微抽搐。

“赏。”他退回王疏月身旁坐下，压着声音吐了这么一个字。

周明一面磕头谢恩，一面又道：“臣不敢居功，这是皇上的鸿福罩着贵主儿，也是贵主儿自个儿肯宽心，心定则神安，神安则经血通畅……”

周明在背他的石头书，外面则吹着不寒不暖的风。一道一道青树的影子摇曳在门户上，时而鹧鸪鸣叫，落花时节，偶一相闻，真是情牵意动，令人心如风下之水，波起纹荡。

王疏月望向清朗的窗外，想着周明那句“心定则神安，神安则经血通畅”，不觉伸手悄悄地覆住自己的小腹。她还记得周明几年前跟她说过的话，说她忧思过重，不易成孕。是了，才入宫那一段时间，她怕贺庞，慎重地和他相处了好长一段时间。那时她日夜皆有忧思，为父兄，也为自己……

“想什么呢？”

王疏月回过神来，见周明等人已经退了。

明间里，张得通在屏风后面往香炉里添香。淡淡的烟香从屏风的缝里渗过来，扑到她面上。

皇帝忙用手替她扇开，对张得通道：“不用焚了。”他又问她道：“你乐傻了吗？”

王疏月嗅着淡淡的龙脑香，一时心清气爽，含笑摇了摇头：“不是，比起孩子，我有一件更开心的事。”

“什么？”

王疏月扣住皇帝的手腕：“主子，我发觉，我的心结解了。”

“什么心结？怎么解的？”

“是您解开的，至于到底是什么样的心结，我也说不清楚。总之，养伤这段日子，我吃得，睡得，好像再也不用怕了。”

她不明说，皇帝也想不清楚她的心结到底是什么。可是这个孩子的到来令皇帝解了自己的一个心结。四年前，他把她丢在倚庐外面明华宫雪地里跪了一夜，他以为她从此损身，再不能受孕。所以，他才把周明逼得日日都像在刀口上走。那是他身为皇帝对一个女人一辈子都不可能言明的愧。好在……好在啊。

“朕要好好赏周明，还有你身边的那些人。张得通。”

“奴才在。”

“传旨，让皇贵妃随居温仪堂。”

张得通刚要应是，突然反应过来，温仪堂是皇后随居的地方：“不是，万岁爷，温仪堂——”

皇帝压根儿就没理张得通，仍冲着王疏月自说自话：“朕告诉你，也就是朕肯让你这样待在身边。朕有很多政务要处理，你在隆正殿，若敢搅扰朕，朕就把你撵回长坤宫。”

他就是习惯性地把一番好意用这种揶揄、恐吓的话说出来，且打死也不会承认，他为一个女人的处境用了这么多心思。

王疏月有孕，前朝的人虽不能对此有什么话，但梁云亲贵会担忧她的孩子威胁大梁皇位传承的血脉正统。至于太后是什么样的态度，就更不用说了。

“您怕我护不好自己吗？”她果然是心结解了，现在越来越敢揭穿他。

皇帝脖子一梗：“朕看你是好了伤疤忘了疼，你看看你自己的手，你还敢说你护得好自己？”

“我去温仪堂住着，大皇子就没人照看了。还有，您让主子娘娘怎么想？”说着，她看向张得通，笑道：“您看，咱们万岁爷才真的是乐傻了。”

张得通也想笑，但看着皇帝那副模样，又只得拼命忍住。

皇帝在揶揄一项上又输给了她，正气得不行，见自己身边伺候多年的老奴才也跟着向王疏月道上去了，越发尴尬，只得呵斥回去：“王疏月，你胡说！”

“好，都是奴才胡说，奴才给您请个罪。”

她作势要跪，皇帝忙一把撑住她：“你，那什么……朕，那什么……行……”皇帝觉得自己从来没被人逼到这种胡言乱语的情形。

王疏月借着他的力道站起身，看着他脸上五光十色的表情，笑道：“主子，还是让我在长坤宫住着吧。我知道您担忧什么，我答应主子，我一定仔细护好自己，也会护好我和您的骨肉。”

皇帝吐了一口气，道：“要不是你有身孕——”

“我知道，要不是我有身孕，您今儿一定会狠狠地处置我。您每回骂我都这样说，这都四年了，主子，疏月不怕了。”她还在顶他。

皇帝哽了一口气在胸口又发不出来，憋着脸指着张得通道：“倒茶倒茶。”

张得通忙端上茶。

皇帝抬手灌了两口，才把脸上的红晕褪了下去，回头对王疏月道：“你给朕候着。”说着，就往暖阁里走。

张得通忙跟进去，道：“皇上，可要传膳？”

“传什么膳？传尚衣监的人来更衣，朕要送王疏——不是。”

“啊……万岁爷说送谁？”

“更衣！”

长坤宫的人得了这个信儿皆喜不自禁，加上皇帝亲赏了阖宫上下，东西倒是次要的，关键是这份体面难得。梁安一面殷勤地指着宫人拿棉花将西暖阁里所有凸起的地方都包裹起来，一面叨念着：“都仔细地干，你们知道咱们万岁爷的脾性。主子娘娘怀三皇子的时候，也不见万岁爷赏赐阖宫，咱们主儿可是万岁爷心尖上的人，你们要是出一点儿差错，仔细脑袋！”

王疏月坐在驻云堂里，皇帝刚走一会儿，留下半本翻开的闲书放在她的膝盖上，她正往里别书签，听见外头梁安的声音，不由得对着金翘笑道：“你得空说说梁安，他也是，嘴上越发没个限了。”

金翘朝暖阁里看了一眼，回身道：“他没说错呀，主儿，您就是万岁爷心上人。”

“心上人”这三个字可真是动听，王疏月不由得重复了一遍。

金翘替她收起膝上的书，转身，一面往书架上摆去，一面道：“主儿，奴才看见您脸红了。”

王疏月忙按住脸颊，岔话道：“大皇子呢？都这个时辰了，接他下学的人还没回来？”

她这么一说，金翘倒在意起来：“哟，都酉时了。”

王疏月顺着她的话朝窗外看去。

入秋以后，昼短夜长，今儿又是个阴天，虽还没入夜，天色却暗得厉害，天边停着一朵绛红色的云。

“起风了，晚间恐怕要下雨，奴才去尚书房看看。主儿，您添件衣裳。”

金翘说着，刚要出去，却听一个小太监在明间外面道：“金姑姑，奴才是跟大皇子的刘小福。”

金翘忙道：“正要问你们呢，赶紧进来回话。”

“欸，是。”小福是跟着大皇子去尚书房的小太监，因为他从前是成妃那边的人，不如梁安这些人在长坤宫有脸，因此很少在王疏月面前回话。一进来，他也不敢看王疏月，只当她是皇贵妃，规矩肯定大，跪下去请了个大安。

“先起来再回话。”

“是。”

话音还未落，外面的雨声便隆隆响起，夜雨袭来，透窗的风一下子冷得刺骨，王疏月忍不住咳了一声，看着渐黑下来的天色道：“大皇子怎么还没下学？”

小福犹豫了一阵，小心道：“回主儿的话，小主子……今日不知怎的一直在诵书，不肯回来，奴才劝了，没劝动。”

梁安闻言跟进来道：“去接大皇子的人都是按照时辰去的。这小主子今儿怎么了……平时这个时候都闹着要和主儿用膳了。”

金翘见王疏月拧了眉，忙冲着梁安摆手，示意他别说话：“主儿……还是奴才去接吧。”

王疏月摇了摇头，扶着案边站起身：“你去怕是接不回来。”她一面说，一面抚摁自己的小腹，“他心里有事。”

梁安还在发愣，金翘倒是明白过来。她见王疏月神色黯淡，劝道："这是主儿的大喜事，主儿对大皇子一直都好，大皇子会明白的。"

王疏月没有应话，梁安却被金翘的话点醒了。他向来比金翘直白，脑子里的话一股脑儿地倒了出来："主儿，小主子大了，难免会有别的心思。您照看小主子这几年尽心尽力，阖宫上下没有一句可以说您的，如今您万不能为了小主子的事忧思伤身，保养自己才是该的，您这一胎来得太不容易。"

王疏月低着头，却没有出声。

"主儿……奴才是一心为您好。"

"别说了。"

梁安不敢再说什么，只是向金翘使眼色。

金翘叹了一口气，扶住王疏月的手，轻声道："他的话其实也有道理。主儿，您从前没有孩子，大皇子没有母亲，所以才能亲厚地相依为命，如今您和万岁爷有了自己的骨肉，难免会……您且看看万岁爷和太后就知道了。"

王疏月摇了摇头："金翘，大皇子不是皇上，我也不是太后。"说完，她站起身来，看向外面的雨幕。天色阴沉、灰暗，逆着雨走真的不容易，"我去尚书房接恒卓，你和梁安都不要跟着。"

金翘闻言，忙追着她，道："主儿，外面雨这么大，万岁爷才吩咐过要奴才们好好伺候，您这样，奴才们怎么交代？再有，主儿，奴才在宫里这么多年了，有些邪，您不信也得信。您要为自己想，不能总为不相干的人想。"

王疏月心里如同被什么尖物猛地一刺，她站住脚步，回头道："他是皇上的孩子，也是我的孩子。"

百姓疾苦都牵动帝王将相，吾等当与江山共情。

尚书房原本是明华宫东南边的一座庑房，在先帝那一朝被辟为皇子读书的书房，皇帝的少年时光有一大半都是在这里度过的。

刘小福见梁安和金翘都没有跟来，赶忙上前替她撑伞："主儿，大皇子在里面。您来。"

王疏月跨过门槛儿，迎面入眼的便是悬挂在香案前的孔夫子像。前面是四张高桌，桌上摆满了笔墨纸砚。今日习的似乎是五经，宫里下过钱粮，师傅们已经下值出宫去了，大皇子一个人坐在一张高桌前面，他背挺得笔直，双手立书，一遍一遍地默着之前师父讲读的文段。

刘小福刚要出声唤他，却被王疏月拦了下来。她示意他候着，自己则随意找了一个地方坐下来，交叠双手放在膝上，静静地朝大皇子看去。

不知不觉，他在她身边都长这么大了。和皇帝很像的是，他的身段虽然不是很魁梧，却挺拔、端正，仪态也修炼得很好，初长成的少年气质清俊，不见一丝戾气。

他跟着王疏月的这几年读的是圣贤书，听的是坦荡、真诚的话。哪怕他偶尔还是会被皇帝训斥，可挨了骂，回到长坤宫里，靠在王疏月怀中静默一会儿，就又平复下来了。一年又一年，他成长得十分安定，甚至不再那么害怕自己的父皇，偶尔也敢跟着王疏月大着胆子表达情绪。

这是她养出来的孩子，就像当年母亲教养兄长一样。

女人用自己对"人情冷暖"细腻的理解，努力给予子嗣们面对人生的心力。比起父亲一味地灌输和责骂，这些纯粹的东西让他们成长得更踏实、更柔和。但这样的性格是需要安定感来慢慢滋养的。于是，长坤宫上下都为她有了自己骨肉而开心的时候，只有她看出了大皇子的不安，心疼他此时难以言明的慌乱。

大皇子不知道王疏月进来了，一直没有回头。他闭着眼睛拼命地默诵，默到不顺畅的地方就掐一把自己的虎口，然后从开头重新默一遍。

王疏月朝他的手上看去，竟见他已经把他自己的手掐得东红一片西红一块了。怎么说呢？虽说他的气质、心性不像皇帝，但那别扭劲儿是一样的。她抬手托着自己的下巴偏头去看他的侧脸，仔细地从眉眼间寻找与皇帝相似的地方。

大皇子有所察觉，放下书，回过头来。

刘小福忙道："大皇子，皇贵妃娘娘来了好久了。"

大皇子站起身，看向王疏月腹间，竟半晌都没动。

刘小福小声道："大皇子，请安啊。"

大皇子看了刘小福一眼，这才从高桌后面走出来，走到王疏月面前，跪下请安："儿臣请皇贵妃娘娘安。"他这一礼行得比平时深，姿势恭敬，却带着些刻意的疏离。

王疏月低头看向他，温声道："你不肯叫我'和娘娘'啦。"

大皇子抬起头来："您是父皇亲封的皇贵妃，儿臣不敢放肆。"

他的声音有一丝颤抖，虽然轻微，却还是落入王疏月耳中。她心里软软的，一阵疼。皇帝这个人亲情淡漠，远甚过自己的父亲王授文，这个时候要让他来体谅大皇子的感受是绝对不可能的。而大皇子懂事，一句话也不肯多问，一个人待在这里跟自己较劲。

王疏月一面想着，一面站起身，走到大皇子身前要蹲下来，谁知大皇子竟下意识地伸出一只手去扶她。

那只骨节清晰的手撑住王疏月的手臂，一下子让她想起了几年前临春园中这个孩子发着高烧张开手臂挡在她与太后之间的模样。那年他才五岁，那是他第一次维护她。

"怕和娘娘摔着呀？"

大皇子垂下眼睛："儿臣说过了，儿臣长大了，要保护您。"

王疏月抿了抿唇，牵住他的手，轻轻撩起他的袖子："背不出就这么罚自己，这是谁教你的？"

"父皇说过，他小的时候就用这个法子熬困，只是后来他当了皇帝，身子就是我们大梁的，不能自损，这才住手。"

王疏月哑然，这个要命的爷教给儿子的东西都这么要命。她弯下腰，朝着大皇子的手轻轻吹了吹："疼吗？"

大皇子摇了摇头："不疼。皇贵妃娘娘，儿臣扶您去坐着吧，您这样肯定不舒服。"

王疏月点了点头："好，那咱们大皇子也坐。"

大皇子应声，扶着王疏月起身，在她刚才坐的位置上坐了，自己又去旁边搬过来一个杌子，在王疏月身旁坐下。他低头，又把刚才看的书摊到膝上。他似乎在等王疏月说什么。可王疏月偏偏没有说话，只是静静地看着他。

外面的雨渐渐小了，淅淅沥沥地打着屋顶上的琉璃瓦片，此处听得见更漏声，屋中还有一只掐丝珐琅的西洋钟，三种颇有节律的声音混在一起，彼此冷静、自持，都不肯先乱一处。

“娘娘，您看着儿臣做什么？”

王疏月托着两腮：“嗯……大皇子用功读书的样子很好看，和娘娘喜欢看。”

“可是儿臣蠢笨，背到这会儿还是背不出。”

王疏月抬手解开自己身上的退红呢子披风，给他罩上：“不急，和娘娘陪着你，大皇子什么时候背出来了，和娘娘什么时候陪大皇子回家。”

大皇子怔了怔，张口想说些什么，却又没说出口。他只摇头道：“梁公公说，您要多休息，要儿臣不能不懂事，累着您。”他越说声音越小，头几乎埋进书里。

“大皇子。”

“儿臣在。”

“和娘娘问你一个问题。”

“您说。”

“你这几日是不是很难过？”她凝视着他，温柔地问出这一句话。

大皇子猛地捏紧虎口，绷着下巴，不肯说话。

成妃死后，王疏月成了唯一用心保护大皇子的女人。

大皇子至今还记得，在申兰围场他被骆驼踩踏，险些丧命，是王疏月不顾一切地护他。那个时候，他太小，还不明白，杀了圣物，王疏月担的是什么样的大罪。但她对自己的好，他是懂的。

失去的多了，他难免患得患失。

他如今大了，多多少少能够理解自己的父亲和皇祖母的关联，“养情”怎么大得过“生情”，要说不怕、不忧，那都是假的。但是，他也有他的骄傲。

“没有，儿臣为您高兴。”

“骗了和娘娘，大皇子就不难过了吗？”

“儿臣说了，儿臣不难……过……喀……”他有些着急，话也说得很快，说至末尾竟忍不住咳起来。

刘小福连忙去倒茶。

王疏月伸手将他揽入怀中，抚着他的背替他顺气。她没有说话，只待他在自己怀中喘息，直到渐渐地调匀呼吸。

“大皇子，虽然你不肯唤我‘母亲’，可是，和娘娘一直都把大皇子当成和娘娘自己的孩子。”

大皇子揉了揉眼睛：“我是您的养子，您有了亲生的骨肉……我……”

“那你也是和娘娘最疼爱的孩子。”说着，她抚了抚大皇子的后脑。

“大皇子，也许……你之后还会听到很多诛心的话，和娘娘不能每一回都像现在这样守在你身旁，但是，和娘娘希望大皇子能一直相信，不论和娘娘有没有自己的孩子，和娘娘都会跟从前一样保护你，直到你兑现你跟和娘娘说的话，保护和娘娘那一天。”

大皇子抿着嘴唇，喉咙有些发哑：“儿臣想母妃了……”

王疏月重新将他搂入怀中，轻声道：“嗯，和娘娘也很想她。这样，明日你下了学，和娘娘来接你，一道去钦安殿看看你母妃吧。”

提起自己的母亲，刚了大半日的孩子终于忍不住，哭了。

王疏月一只手摸着他的头，一只手轻轻地抚着他的背。她明白，这个可怜的孩子不肯叫她“母亲”的心结还在自己的生母身上。也许他至今都还信顺嫔跟他说过的话，成妃是因为皇帝强要将他过继给她才病重去世的。但这对王疏月来说早已不那么重要了，重要的是他还在她身边。想到这里，她不由得抬起头来，望向头顶那块“天”匾。很多东西，解释是无用的，但苍天看入眼中，人心在下，也是清清明明。

“大皇子，和娘娘……是你母妃信的人，也是你父皇信的人。你也信和娘娘，好吗？”

大皇子没有出声，却悄悄伸手搂住她的腰。

尚书房外的雨已经停了，风吹云开，一轮朦胧的月悬于漆黑的天幕上。

大皇子不再流泪，伏在王疏月膝上，悄悄地平复自己的呼吸。他身上的披风掉在地上，王疏月想弯腰去捡，却被大皇子扶住。与此同时，他自己弯腰将那披风捡了起来，起身替王疏月系上。

外面金翘不放心，亲自寻了过来，在门前看到这一幕却愣了愣，心头滋味无以言说。她记得，临走前，她跟王疏月说，这宫里的邪，她不信也得信。她是担心自己主子伤心才跟过来看的。可如今，她又觉得，不信吧，好像也是好的……

❖ ❖ ❖

长春宫，“怡情书史”内戏台上，南府外学陈小楼正在唱新打的《黄鹤楼》选段，他未上油彩，只穿着一身水蓝色的单衫，手执一把黄色缂丝凤梧牡丹图紫檀木刻寿字柄团扇，眉眼间尽是戏中深情。

皇后靠在黄绫坐垫上，半闭着眼，看不出来是醒着还是睡着。

孙淼打起帘子进到室内，见只有西面的窗户开着，透着一丝光，落在戏台上面。室内有些憋闷。

“主子——”她半跪在皇后身旁，唤了一声。

皇后睁开眼睛，却没有起身："怎么了？"

"淑嫔来了，向您辞行。"

皇后没有应声，半晌才慢慢地吐出一大口气，从那掐得出水的唱声之中传出一句："传她进来。"说着，又示意陈小楼把戏停下。

戏台上的人用修长的手指压着扇柄，端端正正地朝皇后这边行了一个礼，起身绕到戏台后面去了。

淑嫔跟着孙淼走进来。这倒是她第一次进"怡情书史"。

皇后从前并不喜欢听戏，这个地方也就荒着，但不知为什么，自从王疏月有孕，皇后时常传南府的人进来唱戏。她除了日常去寿康宫问安，就只在宫里照看三皇子，外处不甚走动，就连每月初一、十五这样侍寝的正日子也不大经心了。

淑嫔看着气氛阴沉的内室，小戏台上还遗落着一条男子的衫带。西面的窗开着，外面晴暖的日光落在台面上，把刚才踏台板之人的步履痕迹都照得清清楚楚。

"奴才明日起程去临春园，特来辞别主子娘娘。"

"临春园清静，好好静一静心，将养身子。"

淑嫔笑了一声，道："奴才有没有病，娘娘是知道的，何苦在奴才走的时候还要说这些话来扎人？奴才不好了，娘娘就好了吗？"

皇后垂下眼："你想说什么？"

淑嫔走到她面前，扶着榻沿儿跪下来："元年跟着万岁爷一道入宫的潜邸旧人，如今在娘娘眼前的还剩下几个？前几年为了大皇子过继给那人的事，皇上囚了顺嫔终身，如今又为了那人的一处伤，要把奴才也关到临春园去。早知如此，奴才倒不如狠一狠心，替娘娘在内刑司里料理了她。"

皇后闭上眼睛："你就那么恨她？"

"能不恨吗？"淑嫔陡然凄哀起来，"她和奴才一样，明明都是汉人，可为什么她的父亲能做皇上的内臣，她的兄长可以任封疆大吏，她可以封皇贵妃，甚至能怀上龙胎，而奴才——"她有些说不下去了，转而笑起来，笑声中带着些竭力隐藏的哭腔。

皇后无言以对。

她从来不是一个恶毒的人，与这些人一路从王府走到禁城，顺嫔也好，淑嫔也罢，虽然她们都有自己的心思，但至少她们尊重她嫡妻的地位，行事作风从不是为了颠覆她的位置，不过是要从皇帝身上争点儿可怜巴巴的宠爱，或者在宫人们面前要点儿体面。然而，要宠爱的反而失尽宠爱，要体面的在西三所里做囚徒。

皇后看着此时面前瘦成一把骨头的淑嫔，心里涌出一阵无名的不平之意："本宫……没有护好你们。"

淑嫔闻言笑了一声："主子娘娘，奴才们卑微，之前又受过您和太后娘娘还有万岁爷的大恩，死不足惜。可是……"她说到此处，声音竟有些哽咽，"可是，您和太后把能舍的人都舍出去了，现在剩下一个胆小的婉贵人和一个不中用的宁常在……娘娘再舍……"她顿了顿，声音提了一阶，"怕就要舍出自己、舍出三皇子了。"

提起三皇子，皇后背脊上猛地一阵凉，手指在袖中猛地一握："淑嫔……你这是咒本宫的三皇子吗？"

"奴才不说，难道就没有人跟娘娘说了吗？"她说着，伏身磕了一个头，口中的声音却没有停顿，"太后娘娘，还有娘娘您的族人，甚至西三所里的顺嫔，还有奴才，都看着娘娘和三皇子。奴才们还能不能见天日，在于娘娘和三皇子的前途。娘娘，王疏月已经封了皇贵妃，宗亲们如此反对，万岁爷不惜废了议政王也要给她这个位置，若她这一胎是个男胎，那三皇子的太子之位——"

"三皇子是皇上的嫡子，怎么可能有人能夺走他的太子之位？"

"若有人能夺走您的皇后之位呢？"

"你在说什么？！"皇后的手抑制不住地颤抖起来。

"娘娘能这样避多久？您一直以皇上的事为先，可是您自己的事呢？太后娘娘的话，您不肯听，奴才的话，您也定不受用，殊不知我们都是为您着急、为三皇子的前途生忧啊。"

皇后站起身，金色护甲从红木茶案上刮过去，发出几乎刺耳的声音。

淑嫔闭上眼睛，任凭那破纸划皮的声音贯穿自己的耳朵，而后余音一阵一阵地从耳底传来，打在她的头颅上，生生要切开她的脑袋一般。她不由得从牙齿缝隙里咝地吸了一口气，压低声音道："主子娘娘，您气也是该的。您让王疏月进宫，无非是看准了她同奴才一样，都是汉女，无论如何都威胁不到您的地位。可是现在您看看，皇上为了她，破了多少前朝后宫的规矩，就差废了您，让她入主中宫了。您还不肯收起您的慈悲心，难道真的要让王疏月占了您的后位，您才后悔吗？"

"住口！本宫……有分寸。"最后三个字的尾音落得很重。

淑嫔不再往下说，重新跪直身子，向皇后行了一个大礼，而后站起身道："奴才过去几年一心都想着皇上，如今，皇上把奴才弃了，奴才也不想怨他。奴才虽眼笨心拙，可奴才明白，皇上是好皇上，若是没有皇贵妃，奴才们的日子还照着之前在王府里跟着您和王爷那样过……该多好，各在其位，各有所得，怎至于落得现在这个样子……"说完，她又行了一个蹲礼，"奴才走了。望还有幸能回宫伺候您。"

淑嫔走后，"怡情书史"中又恢复了阴郁沉闷的气氛。

仍旧是西边的窗户透进黄昏的金阳之光，像撒金一般，洒在小戏台上。陈小楼还站在戏台后面，水蓝色衫子不刻意地露出那么一角。

皇后扶着孙淼的手慢慢坐下来。

此时日薄西山，优雅风流的伶人衣衫单薄地站在阴影里。金阳之下有一种被压抑了很久，类似情欲的东西在顶着戏台上那层薄薄的尘埃。

她不由得吓了一跳，忙道："让南府的人带他走。"

孙淼应声，朝外面招了招手，自有人领着陈小楼从侧边的门出去了。

孙淼在脚踏上半跪下来，一面替皇后捶着膝盖，一面道："娘娘，淑嫔的话虽然是大不敬，却句句都说到奴才们的心坎儿上啊。皇帝在前朝重用王家的人，在后宫又独宠长坤宫那一人。从前，她一直没有生育，这倒罢了，而今她有孕，若一举得男，咱们三皇子日后恐怕斗不过她那两个孩子啊。娘娘，您一向慈悲、识大体，但您就算不为自己考虑，也要为咱们云漠宁沁、为三皇子的前途着想啊。"

皇后仰起头。头顶的御书匾额正面向着她，看得久了，那匾额竟似乎活了一般，有了期期艾艾的目光。她和皇帝相处这么多年，在王疏月入宫之前，皇帝对她还是尊重的，至少他从不斥责她，也从不过问她对内院、内廷的处置。而她自问她算得一个贤妻，也算得一个良善的皇后，至少她没有因为权欲的争斗沾染过女人和孩子的血。其实她不大在意贺庞的情感。从一开始，她就察觉到他对儿女情长的冷淡，久而久之，她也淡了。但她背后还有云漠宁沁部，还有太后，眼前还有她的亲生骨肉。人在世间行走总是有羁绊的，不然就真的乘坐佛舟渡到极乐世界的彼岸了。没有了男欢女爱，便去寻找别的牵绊，一样都是泥足深陷，不可自拔。

皇后闭上眼睛，试图用些心力让自己从淑嫔那些刺心的话里挣脱出来。

然而，她忽而听见外面传来孩子的哭声。就那么一声，孱弱无靠，惊慌无措，如同一只手，一下子又把她拽回淑嫔和孙淼的言语之中。

孙淼道："许是咱们三皇子醒了。天都要黑了，主子啊，您在这里待了一日了，回暖阁吧，也该传膳了。"

❖ ❖ ❖

过了中秋，便渐渐地近深秋。

十月底下了一场雨，天气极冷，眼见着冬日渐近。

这一年秋天，三河一带发生了一场大地震。

那是皇帝登基以来京城附近发生的最强的地震。由于震中距京师不足百里，因此京城的损失也相当严重，翰林院房屋巍然存者亦瓦木破裂，不可收拾。禁城也有三十多处宫殿毁坏。

十二爷与内侍府官员奏请皇帝离京避震，却被皇帝严词驳了回去。

虽此时离地震的发生日已经过了快一个月，皇帝仍旧没日没夜地扣着工部和户部的人，王授文、程英等几个内大臣也跟着费神费心。王授文一连几日都住在御书房的值房，拟旨承诏不间断，虽是疲倦，但也不免感慨，皇帝早年下狠手所行的两项政策——清理户部欠款、提解火耗以归公，终是令户部的三库在这一场天灾之中撑住了。

这一日，三河知县撰写的《地震记》递了进来，皇帝坐在驻云堂里，捏着朱笔圈点提画至酉时。

王疏月陪着大皇子在东暖阁里写字。

天上响着沉闷的雷声。大皇子写完最后一行字，揉了揉眼睛，朝驻云堂里看去。皇帝坐在灯下，人影被灯火映在墙上，拉得老高。

王疏月替大皇子收起笔："累了吗？"

"不累，父皇都不累，儿臣也不累。"

王疏月看向驻云堂里的皇帝，低头对大皇子道："你父皇哪里是不累啊？"

大皇子抬头看向王疏月："和娘娘，您最近都不准儿臣玩闹，是不是怕儿臣吵着父皇？"

王疏月靠着他坐下，命金翘收走他写完的字，温声道："也不全是这样。"说着，她伸手托着腮，轻轻拨明案上的灯，声音温暖、柔软，"和娘娘见识短浅，但是……和娘娘觉得，天灾是国难。自古江山社稷、百姓疾苦都牵动帝王将相，大皇子虽然还小，但也要有和百姓共情的心。"

"就像父皇那样？"

"是啊，就像你父皇那样。"

大皇子嗯了一声。

王疏月一抬头，却见皇帝正屈臂撑着太阳穴看她："您看着我做什么？"

"朕在想你刚才跟恒卓说的话。"

王疏月笑了笑："是不是见识短浅，您又要笑我了？"

皇帝不置可否，喉咙里却笑了一声，抬手立起了折子："倒茶吧。恒卓在，朕不想说你。"

"您吃什么？我这儿的敬亭绿雪这几日都被您熬夜吃光了。"

"呵，你这儿什么顺手，就拿什么给朕吃吧。"

"好，给您沏一壶六安。"

说完，她正要起身，大皇子却拽了拽她的袖子："和娘娘，您坐着，儿臣去给父皇端。"

梁安忙道："哟，小主子，仔细烫着您，还是奴才去吧。"

王疏月冲着梁安摆了摆手："你跟着他，别拦他。"

大皇子跟着梁安出去了，王疏月这才起身走进驻云堂。

她怀孕之后，长坤宫各处桌角椅背的锐处都被梁安等人细致地包了起来。周太医说，王疏月的身子寒，这一胎的怀象不是很好，她受不得一丁点儿惊动。于是，阖宫上下都很紧张，她平时也十分小心，行走坐卧都尽量避着坚硬处。

其他地方都可以将就王疏月，但驻云堂是皇帝常坐的地方，并不能似西暖阁那样东一块西一块包得乱七八糟，毕竟那方雕花木案可是照着御书房的规格造出来的红木大案，每一条线都凝聚匠心。王疏月自己也不见得肯让梁安去糟蹋它，只不过，在其旁行走的时候，就要格外留心些。

王疏月正走到书案前面，想要绕过桌角走到后面去。但那桌角和一旁的书架靠得近，从前她瘦，倒不觉得，现在不知道是不是显怀的缘故，竟有些局促。她正要侧身，却听到皇帝头也没抬地吐了三个字："放心走。"与此同时，一只戴着翡翠玉扳指的手扣在桌角处。

"走啊。"

王疏月看着他扣在桌角处的手，骨节分明，修长有力，稳稳地包住桌角那一块尖锐处："大皇子不让我动，您也这样折我寿，我如今啊……就是长坤宫的废人。"

皇帝一面看那本《地震记》，一面笑："张口乱说。朕长命百岁，就短不了你的。"说着，他架好笔，抬头道，"横竖就这几个月，你废着吧，你在卧云给朕当了那么久的差，该朕白养你几日。坐。"

王疏月依言坐下，见皇帝手上那本册子并不是公文奏折，便轻声道："您在看什么呢？"

皇帝闭眼舒肩，往椅背上靠去，顺势将册子摊放在自己额头上，疲倦道："三河知县呈上来的东西。这人笔力好，这些倾塌、死伤的数字，都给朕罗列得扎肺。"他说完，又沉默了须臾，"震后……时疫起来了。"

烛火跳跃，书架前一盆兰花的影子纠缠着他的影子。

王疏月嗅到了一丝淡淡的薄荷脑油的气味。她抬头看皇上，他的脸遮在册子下面，看不清表情，手仍然摁着桌角，不仅没有松，反而越来越使力，关节处渐渐发白。他想事的时候就习惯这样使劲儿地捏握，好似想要不轻易露出悲喜，就必须把情绪捏碎一样。

王疏月伸手抱住皇帝的手臂，将他摁着桌角的手拽了回来。

皇帝没有出声，可刚收回来的手还是习惯性地捏成了拳头。

王疏月无奈地掰着他的手指，一根一根掰开，直到彻底摊开他的掌心，这才侧着脸将自己的脑袋枕了上去。

皇帝的手好像从来没有冰冷过，王疏月的脸一贴上去，掌心就渡热了她的耳朵。

皇帝没有动，由着她胡乱摆布，只在她安静下来之后温声问她："你做什么？"

"累了，趴着陪您歇会儿。"

皇帝偏了下头，脸上的册子便垂落到肩上，刚好能看见她温柔的睡颜。

王疏月很懂他的心，也能关照他的情绪，更难得的是，关于他的朝堂百态、他的政治主张，她一直都避得很好，却又不显丝毫的刻意。

她给予皇帝的认可、支持都是不着痕迹的。然而，哪怕她什么都不做，什么都不说，只是安安静静地陪在他身边，皇帝也能从没完没了的政务中脱身片刻，看看她收拾的这间屋子，看看她身旁的恒卓，吃几口热饭，喝一两口他喜欢喝的茶。

皇帝一面想，一面将目光从她脸上移开，看向驻云堂的窗外。

红尘之中，千窗灯明。长坤宫的灯不过是其中一盏，只不过因为皇帝有些沉重的思虑而有些暗淡、发黄，但这并不影响它在王疏月身旁渐渐地融入层层叠叠的万家灯火。

"疏月。"

"嗯……乏得很……"

"听朕说话。"

"好……您说嘛……听着呢。"

"百姓疾苦都牵动帝王将相，吾等当与江山共情，你教给恒卓的这句话是谁教你的？"

王疏月没有睁眼，抬手理了理耳边的碎发，唇角露出一个柔和的笑容："耳濡目染。在您身边这么多年，再笨也学会了。您为什么这样问？"

"没什么，朕只是没想到，你竟会这样去教他。"

"这也是您教他的，他是个很善良、很温暖的好孩子，若是成妃还在，他会比如今还要开心些。"

"朕倒是蛮庆幸把他交给你的。"

"我……我啊，没怎么教他，我就是希望自己不要辜负成妃，要护好他，让他做个自在的孩子。其实，不管我有没有自己的骨肉，他都是我最心疼的孩子。"

皇帝叹笑了一声，道："嗯，你虽然什么都没说，但朕差不多懂了。"

"什么？"

"你不是太后，恒卓也不是朕。"

王疏月耳朵有些发热，这一句话，她等了好久。可是，当它真的从皇帝的口中说出来时，她又替这个男人难受。

"朕和太后也不该处成现在这样。"

王疏月握住他的一根手指："主子，人活一世都有些遗憾。我的母亲走了，父亲也很难得见，我这个做女儿的早已不能再为他们做什么了，但您比我要好，生、养您的人都还在。政务之余，但凡您有心，就一定有力为她们做些什么。”

皇帝静静地听她说完这些话。

“朕没有心。”

“您有，您给我的就不少。”

“疏月——”

她没有让他把话说完，伸出手去他脸上胡乱遮挡。

“你这爪子胡抓什么？”

“捂您嘴啊，您的孩子困了，孩子他母亲……也要睡了。”

皇帝抓住她的手腕，一时忍不住，笑出了声：“那孩子他父亲呢？”

“孩子他父亲……孩子他父亲是百姓的，就……接着熬吧……”有孕之后，她是真的嗜睡，这会儿话也是越说越迷糊，不多时就压着皇帝的手掌睡熟了。

皇帝不再说话，索性将那只手舍给她，自己靠回椅背，重新捡起刚才那本《地震记》。

天幕上，月出寒空。

因王疏月惧冷而提早添的炭火烧得噼啪作响。她的脸被炭火熏得红扑扑的。皇帝看完最后一个字，她还没有醒来。

大皇子端着一盏茶蹑手蹑脚地从明间走进来，放在皇帝手边，又朝着皇帝做了一个噤声的手势，而后踩着轻步子去明间找梁安了。

皇帝端起茶来喝了一口。

很淡的六安茶，和他从前爱喝的敬亭绿雪全然不一样。皇帝低头想了一会儿，却没有想起他是从什么时候起把茶喝淡的。

他正想着，明间的门槛儿处突然噼啪响了一声，像什么人摔了一跤。接着便传来梁安的声音：“大皇子，哎哟，您仔细磕——”

“嘘……别吵着和娘娘，嘶——”人声虽然压得低，但还是没能忍住口中吃痛的声音。

皇帝顺着声音偏头朝明间那边看去。恒卓佝偻的影子投在地上，他似正要撩起裤腿来查看。

皇帝掐着书壳，犹豫了一阵，终于问出来：“恒卓，摔哪儿了？”

门前的孩子显然被这一问问愣了。他长到这么大，皇帝对他呵斥不少，但何曾这样问过他？想着，他忙在地罩前回道：“回……父皇，儿臣没……事。”

“哦……”皇帝也不知道自己是哪里不自在，“哦”完竟伸手抓了抓耳朵。

忽然听见身旁的人笑了一声，皇帝一怔，忙把平时那张寡脸重新挂起来：“什么时候醒的？”

“刚醒，不过都听见了。”她抬眼望着他笑。

皇帝被她这副笑容整得没了脾气，顺手拿册子挡住脸：“你想笑就笑吧。”

王疏月拿下他挡着脸的书：“终于像个爹了……”

❖ ❖ ❖

十二月初，京郊附近下了一场大雪。因为地震而倒塌的房屋还来不及修复，又遭大寒，三河一带受灾极其严重。那时文人笃信“天人感应”的一套说辞，皇帝登基第四年，先是地震，又是寒灾，钦天监抓破了脑袋为皇帝想说辞，却快不过宗亲和御八军军主的口舌。

十二月底，地震后蔓延的时疫之症，因为大雪，暂时被按压了下来。

皇帝下旨：“发内帑银十万两，酌情发放。”帑银就是大内国库中的银子，动用国库储备，可见皇帝对地方上的赈灾事项下了狠心。

梁人大族虽大多不肯出钱，但是不敢在皇帝面前臊脸，皇帝都掏钱了，他们能有什么说辞，不情愿也得掏钱。

但是，背地里因此传出了些难听的声音。

这日，皇后正抱着三皇子在御花园的浮碧亭里看鱼。

到了冬季，连鱼都是懒懒的，面对食饵都懒得动弹。对面静静的水面上突然落下一个清瘦的影子。皇后抬起头，却见孙淼领着南府的陈小楼走过来。

“陈小楼来给娘娘请安。”

皇后拉好襁褓，将三皇子搂入怀中：“今日本宫没有传戏，你进宫来做什么？”

陈小楼道：“昨日在醇亲王府唱过堂会，其间有一出新打的戏，王妃觉得好，送进宫里。太后娘娘看了戏文也觉得有意思，传我伺候了一场。她老人家想着，这是出好戏，娘娘也该听听。”

三皇子不知是认生还是怕冷，此时竟在皇后怀中哭闹起来。皇后忙命奶娘来将他抱下去哄着。

“你也是大胆，本宫不传召，竟敢私来。”

陈小楼笑了笑，屈膝跪下，朝着皇后拜了拜：“陈小楼做不得外庙的戏首，名声、前途都是宫里主子们赏赐的。您乐的时候，小楼来凑您的乐，您苦的时候，小楼也要体贴主子的心意。”

禁城外的风流姿态入眼，竟令她有些惶恐。

皇后退了一步：“说吧，什么戏？”

“戏文简单，说天降异象，主……长坤宫的新贵主子不吉。”

皇后一怔：“什么意思？”

"就是小楼所说的，字面上的意思。娘娘，如今三河一带都传遍了，那位汉人出身的娘娘刚封了皇贵妃，三河一带就遭此大劫，接着又逢雪灾，可不是天人感应应在那位娘娘身上了吗？"

"你说这话是要割舌头的！应在她身上就是应在皇上身上，这是大不敬的话，你竟然还敢鹦鹉学舌，学到本宫耳中！"

面前的男子伏下身去，清瘦的肩膀哪怕被遮在厚重的毛毡斗篷里，也能被勒出风流的线条。他的腰塌得低，姿态卑微，声音却毫无惧意："我是想着娘娘的处境，才说这些给您听，娘娘若为此让南府处置了我，那小楼就没热心肠了。"

雪光盲了皇后的眼，她不得已低头闭眼，然而眼前还是一片耀眼的雪白，空落落的："你走吧。"

"小楼来了，娘娘不肯听小楼唱一段？"

"天寒地冻，你唱得了什么？"

"为了伺候娘娘，便是天寒地冻也要割开嗓子，让里头淌出血来润了喉咙，伺候娘娘尽兴。"他是唱惯戏的，口中没有限，混乱胡说，把什么割喉淌血的话生生地说出口，那清亮婉转的话声似屈指成扣在皇后端雅的面门上荒唐地敲打一般。

孙淼看了自家的主子一眼，觉得这话甚不妥，却又不知道哪里不妥。她正要开口劝皇后回宫，却听皇后道："你前日在'怡情书史'里唱的那出是什么？其中有一句'可怜侬在深闺等，海棠开日我想到如今'……"

陈小楼抬起头，仍塌腰跪着："《春闺梦》唱段。新婚三日即与郎君分别的张氏因思夫心切，梦见丈夫回来，在梦中与丈夫相会。后面是：'门环偶响疑投信，市语微哗虑变生。因何一去无音信，不管我家中这肠断的人。'"

"唱这一段吧。唱完就拖下去打二十竹杖。"

孙淼闻言一怔："娘娘，这——"

皇后没有应孙淼的话，只低头看着陈小楼："知道为何吗？"

陈小楼将身子伏低，唱惯青衣的人举手投足间皆有一股病弱风流："知道，小楼不配忧娘娘之所忧，只配捧心呕血，讨主子娘娘的欢。"说着，他伸出一只手，纤细的手指触到皇后的金鞋。

牡丹绣纹衬出那只手有别于其他男子的苍白、细腻，皇后猛地又往后退了一步。那只手失了依靠，就落在地上，轻轻地握成了拳。"娘娘开心，打死小楼也该。"

皇后闻言，眼眶莫名一红，心里却是又气又恨。她不肯再说话，转身往浮碧亭中走去。

漏冬的寒雁扑腾着翅膀落在水中，水中的枯荷像经过一场大火的焚烧一般，显出灰烬的颜色。

陈小楼在雪风里挣扎出了腔调，没有丝竹管弦做配，缠绵婉转全在于他那副嗓子。他没有起身，跪着唱《春闺梦》中张氏思郎的那一段唱词。

可怜负弩充前阵，历尽风霜万苦辛。
饥寒饱暖无人问，独自眠餐独自行。
可曾身体蒙伤损，是否风烟屡受惊。
细思往事心犹恨，生把鸳鸯两下分。
终朝如醉还如病，苦依熏笼坐到明。
去时陌上花如锦，今日楼头柳又青。
可怜侬在深闺等，海棠开日我想到如今。
门环偶响疑投信，市语微哗虑变生。
因何一去无音信，不管我家中这肠断的人。
毕竟男儿多薄幸，误人两字是功名。
甜言蜜语真好听，谁知都是那假恩情。

皇后沉默地坐在亭中。

枯树枝头落而未化的霜雪，伴着他的声音一片一片地落下来。孙淼立在皇后身旁，眼见着皇后眼中氤氲出水光，宛如明月入寒水，竟有凄惶之感。

陈小楼唱完最后一句，余韵浮于水上。两三只寒鸦突然惊飞而起，蹿入无云的天幕。

皇后仍坐在亭中静默着，不肯出声。

孙淼弯腰在她耳边轻唤了一声："娘娘，唱完了，眼见要下雪了，咱们回宫吧。"

皇后笑了笑，低头看了一眼仍然跪在亭外的人："去隆正殿。本宫要请见皇上。"

"娘娘，要不要问一问张得通？这个时辰，皇上怕是在议事。"

"无妨，本宫候着。"说完，她起身往亭下走去，一面走，一面道："传杆子，打吧。"

有人敢给，但未必配给。捧心呕血讨她一笑？无论他是出于真情还是希图名利而不要命地撩拨，这种事只有陈小楼那样卑微的戏子会做，皇帝那个人连她的眼泪都不在乎，别说太平岁月里稀松平常的笑容了。

皇后觉得有些讽刺，断绝情爱念想之后，反而变成了"怕有渔人来问津"的模样，好像除了皇帝，其余人的爱慕都是对她的冒犯和亵渎。久而久之，她自己竟然有些不明白，她究竟是对皇帝这个人有执念，还是对皇后这个称谓有执念。她一面想，一面抬头看向远路。

沉积在云层里的雪已经下了起来，白茫茫的，遮蔽了她的视线，只有隆正殿黄琉璃瓦歇山顶大片大片的雪影与她越来越近。

隆正殿前殿还在议灾情。

皇帝坐着一言不发。王授文今日告了病，并不在殿中，于是换为程英执笔。这会儿墨都喂饱了笔，宣纸也铺好了半晌，皇帝却一直没有开口述旨。

程英毕竟上了年纪，在隆正殿站了大半日的规矩，眼睛都凹陷了。他正要抬手揉眼，却听皇帝冷笑一声，手中的朱笔随手抛下，啪的一声摔到地上。张得通赶忙蹲身去捡。

“圣贤之书烂肚，春闱、秋闱，给朕就挑出了这些肤浅之徒。”

程英知道皇帝说的是之前御史奏报的京城几个举子——陈文柄、张虚良等人执笔文社刊论。其中有人以董仲舒的五行学说阐述宅异之因，本质无非妄解：“凡灾异之本，尽生于国家之失。”

王授文深知，这些人无非是被张孝儒等人利用。而梁人的各大族不满皇帝从他们的银库里薅钱给冻死鬼们使，才都跟着附和。只是他们毕竟不敢明说皇帝的不是，因此就把矛头对准这些受皇帝信任的汉人，自己的女儿无非是代他们这一党的人受过，成了活靶子。王授文此时是有话不能说，见了皇帝又着实难受，因此才告了病假。

程英多多少少知道王授文和王疏月的处境，这会儿听皇帝这样说，忍不住道：“臣为万岁不平。”

皇帝寒声续道：“查封孟林的几个举子结社。”

程英道：“那陈文柄、张虚良等人，皇上打算如何处置？”

皇帝没有立即回话，沉默良久，起身走到殿门前。

殿门并没有完全闭合，内暖外寒，轻易地成了穿堂风。炭火在雪沫子下面噼里啪啦地响着。皇帝望向隆正殿外白茫茫的雪道，不知不觉又握紧拳头：“程英。”

“臣在。”

“把这些人交给刑部议罪。你去给王授文传旨，让他去刑部同议。”

程英应是，又道：“恐怕王老大人要告避嫌——”

皇帝摆了摆手，止住他的话道：“朕知道，那里面有他的学生。你告诉他，他的想法就是朕的意思。仕子乃朝廷之砖石，况都是年轻的血肉和筋骨，本不该拿去给醇亲王这些人做杠子敲。朕想过，刑部揣测朕的意思，怕会见头颅，但那不是朕的本意。王授文把这一层悟到了，就不敢再跟朕说什么避嫌。”

程英动容。他也算是和皇帝相处了多年的老臣子，见惯了皇帝疾言厉色，为政从不手软，他原本以为陈文柄这些年轻人难逃一死，但不承想，这位同样年轻的皇帝竟有心胸和深意来恕这些人。说来都是寒窗苦读多年熬过来的人，他对这些后辈也有共情之处，见他们挣了命出来，心里感怀，人又上了年纪，想着想着眼睛就红了：“皇上仁慈。”

皇帝没再说话，君臣二人同时望着道上密密麻麻的大雪。感受、情怀在各人的心里不尽相同，但又都需要时间来慢慢平复。

约莫过了半盏茶工夫，殿内炭火已经燃尽一会儿了，程英的背脊渐渐生了寒意。他正欲开口说什么，却听何庆在殿外回道："万岁爷，主子娘娘请见。"

皇帝嗯了一声，松开负在背后的手，对程英道："你跪安吧。"

程英便不再说什么，应了"是"跪安了。

他刚走出殿门，便在月台上看见候立的皇后。

她今日穿着一身正红色氅衣，外罩银红色猩猩毡斗篷，立在厚而密的雪中，神色竟被那端正的颜色衬得落寞。

程英请了安，并不敢多言，冒雪绕到江山亭后去了。

前面殿门洞开，张得通迎出来，恭声回道："万岁爷去后殿了，奴才引娘娘进去。"

皇后褪去身上的斗篷，递给孙淼，让她在外面，自己跟着张得通穿过内门，一面走一面道："今儿议事，王大人不在吗？"

"哎哟。"张得通舌头打了个战。后宫不得干政，这话，皇后问出来，他又不好不答，答了呢，好像也是大错。

"说是……告了假。娘娘，您快进去吧，万岁爷在次间等着您呢。"

皇后不再与他多言，独自跨入了西次间。

皇帝正在更衣换常服。御前伺候的宫人捧盆的捧盆，理衣的理衣，见皇后进来，皆停了手上的活儿，规规矩矩地跪了一地。

皇后向皇帝行过礼，直身道："你们都下去。"

宫人们应声鱼贯而出。

皇帝松了松领口的扣子，平静道："有话要回朕？"

皇后深吸了一口气，应道："是。"

"坐下说。"

第二十六章 渔家傲

你不是朕的奴才，你是朕……心悦之人。

帝、后相对坐下，皇帝饮了一口茶，声放得很平：“路上好行吗？”

皇后颔首作礼：“雪虽大，但尚可行，谢皇上关怀。”

皇帝习惯性地嗯了一声，尾音落在茶盏中，荡起一圈纹，而后又静静地平复。整个次间寂静无声，皇帝一时觉得眼、耳皆有些空落。

这几年的消闲时光，皇帝都对着王疏月，不需要刻意想什么，她总能勾起他的口舌之欲，乱七八糟地和她混说一堆不着边际的话，偏之后想起来还觉得极有意思。

此时他对着皇后却不似如此。他们是夫妻，但相处时的条条框框实在太多。行礼、寒暄、刻板地关怀、谢恩，这几样是要写进《起居注》的。后世之人翻阅时，便可见注笔道：“四年十二月初四，后请旨觐见，帝询后：‘路上好行吗？’”若是不知前因后果的后来人读此注笔，也许会临文赞颂本朝帝、后伉俪情深。

皇帝想起早年王疏月拿绳子绑他手腕的荒唐事。若王疏月是皇后，那这一幕也该被记到《起居注》中，他这个皇帝的形象和名声在史料上就跟着埋汰了。想着这些，他不禁摇头一笑。

“说吧，何事见朕？”这句话竟比之前有了些许温度。

皇后稍怔了怔，抬头刚好看见皇帝嘴角一晃而过的笑容。皇后很少看见皇帝真实的笑容，一时竟有些恍惚。

“妾的话恐怕会令您不悦。”

皇帝放下茶盏：“不用和朕说这些，你的话，朕会认真听。”

“既如此，妾要问您一句，您听到如今朝内朝外对皇贵妃的质疑之言了吗？”

原本就没有烧得很暖的炭此时好像哑了，火星子暗下来，过后竟然渐渐熄灭了。

皇后望着皇帝，他没有立即回应她的话，喉咙里短促地笑了一声，半晌才抬头道：“质疑什么？”

“‘凡灾异之本，尽生于国家之失。’皇贵妃，德不配位。”

“放肆。”

他的声音并不大，带着对皇后惯有的一份尊重，却还是引得皇后背脊一颤，若换成平时，此时她就躲了，可如今最不能出口的话已经出口，皇后反而觉得自己好像没什么更惧的了。

想到这里，她站起身，走到皇帝面前屈膝跪下："自从皇上册封王疏月为皇贵妃，三河一带地震，县镇余生不过十之二三，如今又接寒灾，百姓流离失所，朝廷人心不安。钦天监不敢言语，但京师内外、朝中上下已有质疑之言，虽未写在奏折里呈报皇上，但无一不是金钩铁拐，力透纸背。妾身为皇后，与您同心同德，绝不能见您为人臣所诟。妾叩请皇上，废王氏皇贵妃之位，以安天下之心。"

她一口气说完这些，肺中早已气尽，肩膀塌陷，抑制不住地喘息起来。与此同时，她看见面前露出黑缎金色绣龙纹靴，皇帝的声音从她的头顶传来："朕的天下，在你眼中是靠废掉一个女人的尊位来安的吗？"

"王氏是您的奴才，身为奴才，她本当为主子分忧，质疑之言既是因她而起，自当由她来解。废其尊位并非夺其性命，她若知事，就不该顾一己之荣而置主子声名于不顾，而应感怀天恩，从此守住本分，不得再有逾越之望。"

皇帝声音陡然转冷："肤浅至极！"

"皇上当真就一点儿都不信天人之说吗？"

"'凡灾异之本，尽生于国家之失'，是吧？皇后，国家之失，即便有，也在于朕，不在于她王疏月。再有，朕推崇汉儒学说，是为了稳文心、匡人意，使天下人慕善循良，使仕者不狂乱、文人不癫性，不是拿来给乱臣贼子杜撰附会之用！"

皇后抬起头，朝着皇帝膝行了两步："朝堂之事，妾不明白，妾只知道，她是汉人之女，按祖宗规矩，缠足之女不得入宫，如今这道懿旨还在玄武门的门匾后面放着。您为了王氏，囚禁顺嫔，逐撵淑嫔，甚至连她与十一有染也不肯处置，这些，妾都不能说什么，可是，您为了册封她为皇贵妃，撤销两府都察御史衙门，致使宗亲怨声载道，这难道不是此女之大罪？"

皇帝捏得手指关节泛白："宗亲？皇后指的是谁？醇亲王和恭亲王吗？"他一面说，一面朝她身后走去，"永静河河工，醇亲王敛十万雪花银，顺宁二十二年那场洪水死了多少人，这项罪名至今还在朕头上箍着。送大上师灵柩归云漠，恭亲王托病，在路上一耗半载，六大名寺会盟，朕为了他，有口无话可辩。皇后，朕千错万错担了一身，到头来还不能问他们的罪？你当朕是什么人，为一个女人弃本族不顾？"

"妾不敢——"

"所以你肤浅至极！"他陡然提高了声音，如天边闷雷般灌入皇后耳中。

"是……妾肤浅，可是妾不明白，妾嫁给您十多年，为您生儿育女、管治后宫，从未有过差错，自问无功亦无过。您为何要册立副后？若是成妃之流，也就罢了，可王氏是汉女，是奴才，皇上偏宠她，难道就不怕她乱了祖宗铁律，乱了我们大梁的血统吗？”

“你言外之意是朕要因她废你，亦废你之子？”

“皇上，妾真的后悔当初允准王氏入宫，致您受这等汉奴蒙蔽至深，不念大统传承，不念——”

“放肆！”

沉闷的巴掌声响起，惊得张得通等人跪了一地。

皇后的话被耳边的震响堵在喉咙里。她抬手摁住滚烫的脸颊，弯下腰去：“奴才，谢皇上恩典。”

皇帝攥紧了拳头：“你是朕的皇后，也是你们宁沁部的皇后，朕重你敬你，你与朕的儿子就是我大梁的太子。但不管将来那道传位的旨意朕怎么写，都不是你该窥探的。”说完，他负手背过身去，又冷声道，“守好你的本分。朕和宁沁还有百年的和睦要修，将来朕的儿子还要娶草原的女人，不要逼朕因为你把这百年和睦撕了！”

皇后怔怔地点头，再也没有吐一个字。

次间内冷光透窗，深影重重。皇帝虽背对着皇后，却也听见了压得极低的啜泣声。

“张得通。”

“奴才……在。”

“送皇后回宫，无诏不得至隆正殿。”

背后传来衣料摩挲的声音。接着，门户一轮开合，雪光从门口透进来，而后又被门扇挡住。隆正殿次间内再无人声。

皇帝仍然负手站在门后。

外面何庆小心翼翼地朝里头张望，却冷不防听到皇帝道：“进来回话。”

何庆闻言忙推门道：“万岁爷，贵主儿来了。”

皇帝揉了揉眉心：“让她进来。”

“贵主儿说……想和万岁爷您出去走走。”

皇帝一抬头，却见王疏月已立在门前，她穿着浅绿色缎绣博古花卉纹袷袍，外头罩着月白色素缎坎肩儿，绲边的兔毛融融地落在她的脸上。

两人相视。她行了一个蹲礼，冲皇帝扬了扬手中的油伞。

皇帝松开手：“去哪儿？”

她将伞抱入怀中，轻声道：“您出来。”

两人走出月华门，朝着御书房方向，一路往日精门散去。

皇帝一手握着伞柄，一手牵王疏月的手。临近五个月，她的身子已经有些发沉，皇帝将就着她的步子，一步一步走得有些碎。

“谁让你来的？这么大的雪，还要出来走。”

“何公公来寻我，说您情绪不好，我就过来了。不过，好像来晚了一步。”

皇帝笑了一声，道：“知道皇后跟朕说的是什么吗？”

“嗯。”

“那你还敢来见朕？”

王疏月停住脚步，抬手轻轻拍了拍皇帝肩头的雪，偏头道：“有什么不敢的呢？我伴着的是您这个人，哪怕退回去，再去御书房当差。”

此时御书房正在道旁。王疏月侧头望去，柔声笑道：“我还记得，第一次在御书房见您，笨得不知道收拾您的褂子，差点儿被您打板子。一晃，都四年了。”

皇帝顺着她的目光望去：“你倒没怎么变。”

“其实变了很多。我之前很怕您，也怕我身处的地方。现在……”她说着，望向皇帝，露了一个疏朗的笑容，“我是真的不怕了。我相信您，我的声名是您给的，除了您，谁都不能褫夺。所以，这一回，我其实不想退。主子娘娘也好，太后娘娘也好，朝廷也好，无论他们说什么，我都会好好护着您给我的声名。”说完，她顿了顿，扶正他歪向自己这一边的伞，“嗯……怎么说呢？王疏月吧……她有德配位，您亦不曾因她失德。”

皇帝不由得笑了：“好个大言不惭的王疏月。”

“主子。”

“朕听着呢。”

“我是汉人，一辈子都是您的奴才，是主子娘娘的奴才。但我和我的兄长一样，眼前有本分要守，为此，难免会磕磕碰碰。不过，您也要信我，我会听您的话，好好地活着，长长久久地陪着您，陪着孩子们，一路走下去。”

“走下去”这三个字过于简单。皇帝不禁想，女人究竟能在男人们的世道中做些什么呢？好像什么也做不了，纵使她是半个卧云精舍，纵使她灵透、聪慧，洞悉他的朝局，但她还是不能舒朗地站到明华门前替自己正名、申辩。她仍然是他护在身后的人，但这并不代表她软弱、无用。她了解她自己的处境，却不曾怨怼，也不曾胆怯，她是禁城里唯一敢牵着他的手与他并行的嫔妃。

为帝的一条风雪路，他称孤道寡地走了这么多年，母子亲情、父子大义、夫妻情意，一路上七零八落。他对生母有愧，对父亲有恨，对子嗣有欠，若他是个市井之中平凡的男人，尚可为此大哭。但他是皇帝，很多话连出口都不可以。好在王疏月都懂。

“王疏月。”

“啊？”

“你不是朕的奴才，你是朕……心悦之人。”

❖ ❖ ❖

四年的最后一段时光在风雪路的尽头埋入雪堆。

皇帝封御笔那一日，张孝儒披枷戴锁，同孟林社的几个举子一道被投入刑部的大牢。刑部拿人那天，王定清和王授文坐在丽阳门外的酒楼里吃酒。王定清喝了二两绍兴的女儿红，脸色微红。楼下正为御八军某家门户的喜事唱堂会，陈家班踏台板的是名不见经传的新人，脸浅，唱得也不得劲儿。

王定清起身走到楼梯口，擎着酒杯往下看去。

底下几个人闲道：“听说，张相是陈小楼的戏迷，如今他下狱，陈小楼也不踏台板了。以后这京城的堂会就要看王家班了——”

“哟，王家班，这话双关了啊。”

王定清听完这一句，不由得笑了一声。

“张孝儒和父亲当年同朝为官，都是前荣旧臣，却各为其主，如今……”他看了一眼雕窗外的大雪，“尘埃落定啊。”他说着，拍了拍手上的花生皮。

花生皮落到干冷的地上，稍一碾就成了灰。

楼下的小厮上来回话道：“老爷，少爷，宫里来了人，说是替咱们皇贵妃娘娘给您送东西。”

王授文没有抬头，只平静道：“请梁公公回去吧，就说老臣无功不敢受赏，遥祝皇贵妃娘娘一切安好、来年吉祥。”

那小厮犹豫了一阵，轻声又道：“老爷，来的不是从前的梁公公，是万岁爷身旁的何庆何公公。”

王授文一怔，未及说话，便听王定清道：“去请上来。”

不多时，何庆手中提着一只食盒和一坛酒走了上来：“请老大人安。老大人，新春大吉啊。”说完，又向王定清行礼：“小王大人，大吉。”

王定清笑道：“何公公怎么来了？”

何庆笑道：“贵主儿的差就是咱们万岁爷的差，遣哪个奴才来不都一样嘛。贵主儿知道老大人慎重，头一年还肯受她的年礼，这几年竟连梁公公亲自来送都进不了府门。所以，奴才今儿索性来这酒楼上撞撞运气，免得吃您府上的闭门羹。”说着，他打开食盒，“这是贵主儿亲手做的韭菜饽饽。贵主儿说，她还是那句话，虽已十分地做了，但味道还是和夫人做的有差别，希望老大人别嫌弃，正月天冷，早些回家，热热地吃。”说完，又将另一坛酒呈给王定清：“小王大人，这是贵主儿给您的。这坛花雕是绍兴的贡酒。贵主儿说您好这一口，去年就在万岁爷那儿留下了，可惜去年年节您不在京中。”

王定清伸手接过那坛酒，喉咙一热，不由得脱口道：“这个丫头——”

话声未落，却被王授文呵斥了一声：“定清，不得如此无礼。”

何庆道：“老大人，这是在宫外，您和小王大人是贵主儿的父兄，奴才就算听了什么，也没有多嘴的胆子。”

王授文应了声“是”，看向那只食盒，迟疑地问道：“皇贵妃娘娘一切安好吧？”

何庆回道：“有咱们万岁爷护着，又有周太医那大国手镇着。昨日，万岁爷还准了贵主儿的姨母入宫照顾，等过了正月就要去接呢。咱们贵主儿一切都好，就是怕您和小王大人不肯收她的赏——呸，瞧奴才这张嘴，贵主儿说了，这不是赏赐，是她想替先夫人用的心，所以才让奴才来办这个差。老大人，您安心收下，奴才能来，必然是万岁爷点了头。”

王定清提了提酒坛，朗声道：“父亲，您不收，我收了。”

王授文低头偷偷揉了揉眼，方抬头道：“替我谢娘娘的恩典，谢皇上的恩典。”

“奴才一定把老大人的话带到，奴才还要回宫回贵主儿的话，就不留了。两位大人，大吉啊。”

王定清将何庆送到楼下，再回来时，却见王授文仍然看着那漆金粉的食盒，一言不发。

王定清走到王授文对面坐下，替他倒了一杯茶：“父亲这些年都不肯收疏月的东西吗？”

王授文摇了摇头，接过茶来：“她是皇贵妃，我们是外臣，她是我们的依靠。但是，我们是汉臣，并不是她的倚仗。我们对她越疏远越恭敬，才能让她在宫里的路好走。”

王定清沉默须臾，忽而道：“也许以前是该这样，可如今儿子觉得或许我们没必要这样。”说着，他揭了坛盖，倒出一盏来，仰头干掉，“贡酒果然好滋味。爹，走了。”

楼下的堂会到了尾声，外面大雪下迷道路。

吴灵死后四五个年节间，这是王授文头一年在热闹的市井里品出了实实在在的年味。他很庆幸，吴灵给他留下了这一双与自己全然不相似的儿女，也很庆幸，那个曾经被他议为“煞气过重”的皇帝在他看不见的地方不知道用了什么方法护住了自己这个凝雪结霜般的女儿，让她一直有心力、有自由去守吴灵对她的期许——人生在世，娱人悦己。

长坤宫，王疏月一个人坐在驻云堂中写“福”字。

大年三十，明华宫有家宴。王疏月身子过重，周明说不易劳神，皇帝便把她圈在长坤宫中。宫人们都得了赏赐，各有各的聚处，王疏月见皇帝不在，他们守着也无趣，便让年龄小些的宫人散到各处自取乐去，只留金翘在内剪灯，梁安在外答应。

外面热闹得很，哪怕是在深宫之中，也隐隐约约能听到千门万户的爆竹声。

王疏月写完一个“福”字交给金翘：“拿去贴上。”

金翘笑道：“今儿一早，咱们小主子也写了一个，已经贴上了，您这个贴哪儿？”

王疏月笑了笑：“这有什么打紧的？贴在大皇子写的旁边啊。”

金翘却道：“听梁安说使不得。今儿早上万岁爷走的时候，站在那窗前看了好久，还嫌大皇子那字贴的位置过正。后来，何庆愣是给揭了，才挪到如今的位置。那正位置是万岁爷留给他自个儿开笔的，您也敢去占。”

王疏月听完这一席话，不由得握着笔笑出声：“他又去跟恒卓争那个位置，这都四年了。”

“可不是嘛，咱们万岁爷话不多，每一年都直接让何庆揭了挪，咱们大皇子能说什么？”

“他们既要贴，我这一张就送你吧。”说着，王疏月低头看了看自己月份将近的小腹，含笑添道，“等再过几年，能贴上第三张就好了。”

金翘一面扼袖替她架好笔，一面道：“主儿有福气，自然会的。”

正说着，梁安在外面道：“主儿，何公公回来了。”

“快传。”

何庆冒着大雪回来，在明间里抖了雪气才敢往驻云堂里走。他一面走，一面欢天喜地道：“奴才来回贵主儿的话。”也许是因为在年节里，他脸上溢满喜气，“老大人和小王大人都好，还让奴才代他们请主儿的安呢。”

王疏月道：“王大人收了我的东西吗？”

“收了收了。看着奴才，老大人那么精明的人还猜不到这里面有万岁爷的意思？老大人怕的是私授。主儿，您这个，叫光明正大的明授，老大人能说什么？”

金翘道：“你今儿话说得这么好，想让我们主儿赏你什么？”

“哟，哪里配得赏呢？只求下回咱们主子爷发狠要把奴才拖下去打板子的时候，贵主儿发个慈悲，给奴才求个情，奴才就感恩戴德一辈子了。”

王疏月笑而不语。

外面传来大皇子的声音：“和娘娘，和娘娘。”

王疏月抬头，见大皇子裹着大红毡斗篷欢天喜地地跑了进来：“散宴了吗？怎么这么早就回来了？”

“父皇带我回来的。”

王疏月还来不及问，门外已经传来皇帝的声音：“朕过来更衣。”

王疏月起身：“您不回隆正殿，来我这儿做什么？我如今可伺候不了您。”

"朕惯系的那条玉带在你这儿收着。再有，朕不用你伺候。何庆。"

何庆本来还在想，宴席未散，自己主子怎么过来了，系得惯的玉带又是哪条，他怎么从来不知道皇帝有一条系得惯的玉带？

正想着，忽听皇帝唤他，他忙拍脑门道："欸，是是，奴才伺候主子更衣。"

梁安跟进来，轻声对金翘道："皇上怎么突然回来了？今儿可是与主子娘娘的正日子啊……咱们……得劝吧，不然咱们主儿又是大罪。"

"嘘，这没说歇的事呢，说是来更衣的。"

两人正说着，却听西暖阁里皇帝道："疏月，你进来。"

王疏月刚蘸了笔，听皇帝在暖阁里唤她，只得道："好。"说完便要站起来。

皇帝透过地罩见她行动不便，忙又疾声道："算了，你坐着。"

王疏月不由得笑了："主子，您究竟要我过去还是坐着呀？"

"坐着，别动！"

何庆跪在地上替自己的主子系玉带，心里明白过来。这位爷哪里是来更衣，分明是因为夜里不能相伴，这会儿借故过来，想来看一眼王疏月，偏不肯明说，险些又要折腾王疏月。

"朕今儿不过来。"

"知道。"

她这反应过于冷静，皇帝不满意，侧身问道："知道什么？"

"知道您不过来啊，今儿除夕嘛。晚些我和大皇子偷偷贴'福'字去。"

"王疏月，朕开笔福的位置不准动。"

"大皇子那个'福'字写得很周正，我瞧着贴正窗上好看。是不是，恒卓？"

"啊……"恒卓压根儿没想到王疏月会当着皇帝的面儿问他，抬头又见皇帝竟看着自己，忙道，"儿臣……笔力还差些。"

何庆很想笑，手上失了限，险些勒着皇帝的腰。

王疏月望着大皇子的脸，以及皇帝逐渐攀红的耳根，忽觉刚才的冷清一扫而光。宫室里灯光融融，炭火熏烤着人脸，透出红霞，每一人对来年的期许都映在脸上，无忧无惧。她身处其中，深觉，风雪无可避，但人心尚可依。

"欸，朕走了。"

"我送送您。"

"坐着，别动！"

王疏月依言坐好，撑着下巴看向他。

他背后是耀眼的宫廷华灯之阵。大雪若盖，覆于道路。天地之间除了灯火和影子，其余的都看不清楚。而他只穿着朱色常服，人之气质，一半融入烟火气，一半游在九重天。

所谓“风雪无可避，人心尚可依”，此人、此景，为之注解，再无可辩驳之处。

“主子，您去吧，顾好冷暖，别喝多了。”

“你记着，朕留出来的位置，不准动。”

“好，不动。”

“你也不要给朕乱动，贴什么‘福’字……梁安，看好你们主儿。”

“啊……是是是。”

“好，我也不动。”

❖ ❖ ❖

除夕那夜，北风吹了大半夜。

第二日，大年初一，皇帝于子时起驾出宫，去祭天祭神。这祭台位于玉河桥东，长安左门外。路途较远，皇帝大夜冒雪而出，回程时雪住风止，云散见星光。

皇帝去奉先殿祭过祖先，又在泰平殿升座。

王授文和程英向皇帝献贺表，宣礼官念毕就已经过了辰时，群臣山呼万岁，各就其位，和皇帝一起喝新年第一杯早茶。因灾情还未缓解，皇帝心情并不上佳，因此例行的泰平殿午宴也进行得有些沉闷。

此时长坤宫里却很热闹。大皇子今日不用上学，梁安便跟王疏月提议说，午间吃暖锅。金翘一面替王疏月换手炉一面道：“今日御膳房不好叨扰，忙着泰平殿的事呢。长坤宫小厨房的人，我昨儿看着都让调走了好几个。要我看，咱们主儿的饮食都是有规矩的，你还是别带着小主子闹了。”

梁安道：“这有什么要紧的？横竖我看那铜锅子是现成的。主儿吃不得辛辣，咱们索性拿整只鸡吊出汤来，配野鸡胸肉、猪里脊肉，再来两三盘青叶菜，就着热热地吃一锅子，又热闹又简单，多好。”

大皇子难得不上学，如今王疏月有身孕，不能带着他去雪地里撒欢，他正闷着，听梁安这么绘声绘色地说着，愣是听出了趣，口舌生津，五脏俱暖。他忙回头拉着王疏月的手道：“和娘娘，儿臣想吃暖锅。”

王疏月刚好焐暖了手，见他过来玩闹，便抬手理了理大皇子挣乱的领口，含笑道：“吃吧。去年你还对那暖锅子没什么趣呢，跟和娘娘说，不如烤的兔肉好吃，今年倒是经不住梁安说。”

说完，她又对金翘道：“你去小厨房吩咐，我听梁安那样说，也不麻烦，难得年节里大皇子听着开心。”

金翘站直身子，看了梁安一眼：“主儿如今身子贵得很，奴才看还是慎重些好，这暖锅子一来，动用的器皿又是从前不大用的，小厨房的人今儿也不齐全，难免有毛手毛脚的人，若出了差错，奴才们还怎么活？”

这话一说完，大皇子垮了脸，坐在炭火旁不再说话。

王疏月摸了摸他的额头：“这就不开心了？”

“金姑姑说得有道理，还是和娘娘您的身子重要，儿臣不吃了，还是吃烤兔肉吧。”

王疏月将他拉到身旁：“别听你金姑姑的，和娘娘不能陪你吃，但晚些啊，和娘娘让你父皇来陪你吃。”

“啊？可是父皇今晚要赐宴云漠宗亲。”

王疏月刮了刮大皇子的鼻头：“那也没什么，让他赐宴回来陪着咱们大皇子再吃一顿也没什么不可以啊。”

大皇子被王疏月逗乐了：“那父皇岂不是要撑着了？”

梁安也乐了：“也就是主儿敢带着小主子这么说皇上。”

王疏月直起身：“皇上又不在，家常没人，还不准我们乐乐？”

里面正热热闹闹地说笑着，外头小太监传话道：“主儿，周太医来了，给主儿请平安脉。”

“快请。”

周明进来的时候脸色不大好，他低头提着药箱，一脸心事重重的样子，连请脉的时候也皱着眉头。

金翘看出了端倪，不放心地问了一句：“周太医，难道是我们主儿……有什么不好的吗？”

周太医忙舒开眉头，垂手回道：“这倒不是，主儿虽然之前的怀象不算太好，但好在贵主儿心放得宽，心里头没有郁结，加上底下人照顾得也好，如今过了七个月，胎象不算太稳，但就娘娘目前的身子来说也是很难得的，臣会更加经心地为娘娘调理，好让娘娘临盆时安泰些。”

金翘松了口气，道：“那便好了，奴才瞧着您愁眉苦脸的模样，还以为不好呢。您哪，如今也会吓人了。”

王疏月收回手腕，见他又沉闷着想些什么，便开口轻声问道：“太医院出了什么事吗？”

周太医犹豫了一下，终是摇头，开口道：“倒不是太医院出事，是长春宫的小主子出事了。早间孙淼亲自来传的话，说是小主子起了疹子，高热不退，今日当值的太医都过去了，还不知道是什么症候。”

王疏月低头看向周明，见他的手指在袖口处来回搓揉，脱口道：“大人猜呢？”

周太医忙道：“臣万不敢猜。”

话音刚落，太医院的小太监丁荣便慌慌张张地撞进了明间：“周大人，出大事了，院正大人请您赶紧去长春宫。”

那日雪后大放晴。

长春宫的隔扇风门、竹纹裙板皆合。皇后怔怔地坐在明间，手靠着滚茶都不知道。

孙淼进来传话时，她才发觉手背上已然烫出了三个大疱。

“娘娘啊，您的手——”

“三皇子怎么样了？啊？怎么样了？！”

“娘娘，您先别慌，周太医已经过来了，咱们万岁爷那么大的鬼门关都是在他手底下过的，小主子也一定能过。您的手烫伤了，奴才让太医来给您看看吧。”

“本宫不要紧，不要去扰太医们，让他们好好顾着本宫的三皇子，顾着三皇子！”

孙淼忙宽她道：“娘娘，咱们小主子是皇上的嫡子，日后还有更大的福气要承接，绝不会有大碍的。您此时万万不能慌啊，院正大人已经去泰平殿禀告万岁爷了，您得等着万岁爷过来，给咱们小主子做主。”

“做主？做什么主？你这话是什么意思？”

“奴才——”孙淼欲言又止。

明间的门赫然被推开，外面白茫茫的雪光混着惊心动魄的梅香猛扑进来，几乎刺盲皇后的眼睛。

太后扶着杜容海的手跨进明间：“你们都退下去，哀家有话跟皇后说。”

孙淼等不敢多停留，掩门退到外面的雪地里。

缠枝莲花纹的仿古山水屏风在太后脸上投下一片沉重的阴影，她从皇后身边行过，在正座上坐下。

“皇后。”

“儿臣……在。”

“哀家当年是看走了眼，才把你送到皇帝身边。这么多年，你这个皇后当的，自己的地位、自己儿子的地位、自己家族的地位一样都没有护住，如今，连自己儿子的性命都眼看着要丢了！”

这一句话让皇后猛然想起了陈小楼“割喉润嗓”的话，此时若不是割喉流血，她的喉咙当真干得吐不出一个字。她哑然，无话可辩。

皇后怔怔地扶着椅背，颤坐下来。手边的滚茶如今已经温了，她端起来，牛饮般地灌下两三口，方从喉咙里挣扎出声音来：“儿臣是无能……可儿臣这一辈子走不到皇帝的心里去……劝也劝了，闹也闹了，最后落得无诏不得入隆正殿，我和皇上……是彼、此、弃、绝！”她咬牙切齿，一字一顿地吐出最后四个字，背脊陡然生出一阵恶寒，一下子从背后蔓延到胸口，引得她抑制不住地颤抖。

太后被这四个字气得紧，不由得呵斥道：“荒唐啊荒唐！时清，你是皇帝的女人，就算皇帝弃绝你，你也绝不能够弃绝皇帝！当年在府上的时候，哀家听说你们也是琴瑟和鸣，他敬你，你敬他，如今，是因为有了王氏——”

“母后，您别说了！”

皇后凄声打断她的话，紧接着，惨然道：“是我的错。我见皇上喜欢她，又想她是汉人出身，无非做个内宫之宠，不会威胁梁云之亲，不会祸及大统继承，才让她入宫伺候，我……我没有想过，皇上会为了她把我们母子……”她越说越心痛，不由得弯下腰去，伸手捂住脸，声如锦帛撕裂般，又尖又痛，“可我又能如何？母后，我也是皇帝的奴才。皇帝弃绝我，也是我的过错，我不如王氏那般体贴圣意，致使帝、后之情若掌心之沙。我……真的什么都没有了，我对不起母后……对不起我们宁沁部……我这一辈子通共只剩一个三皇子，如今又要去过鬼门关……这都是我的报应，都是我的报应啊！若……若能拿我的命去换他的命，母后，我早就奉上去了啊——”

“什么报应？皇后在胡说什么！”

太后掌拍几案，震落案上一盆冷梅的花朵。

皇后没有抬头，仍然捂着脸缩肩痛哭起来。

太后仰起头，长叹了一声，道：“时清，身为皇后，你无失德之处，如何会有报应落在子嗣身上？”

皇后泣言：“若不是儿臣失德、失帝心，三皇子又何以如此——”

太后冷声道：“你再有如此荒唐之言，才真是失德！你给哀家听好了，钦天监已为三皇子观象，言有‘月宿冲阳’之象重现，又见火宿冲犯太子星，轻则太子失位，重则祸及帝星。三皇子这一灾不是你这个母后失德，而是有人德不配位，庶儿冲犯太子！”

皇后的耳心中尖锐地响了一声，刺得她不禁耸起了肩膀：“钦天监真有如此卜言？”

“监正已经去泰平殿请见皇帝了。这一回，皇帝若是为了维护王氏，不肯为你们做主，那皇后也该想想如何自己为咱们三皇子做主！”

王疏月等到梁安回来时已过了午时，是时婉贵人也听说了长春宫的事，来王疏月处探问，正坐在炭盆旁与王疏月说话。

梁安一进西暖阁便扑跪下来：“主儿，出大事了，三皇子遇了痘劫，这会儿整个长春宫都乱了。”

王疏月之前就大概猜到了，这会儿听他说明白，下意识地搂住了身旁的大皇子。

婉贵人慌道：“这可怎么好？先帝的子嗣虽多，但没长成的大都是损在这个劫上，我……我得去瞧瞧二皇子。”

王疏月唤住她道：“你先别慌，这个时候皇子所比咱们这里严谨，你去了，反而让他们乱。你先回宫，安心地坐着等。”

婉贵人心里着急，就没了主意，听王疏月这么说，方稍定下神来："是，是我糊涂了，我这就回去，使人去看看，若没事，也好安心。"说完，便带着人去了。

金翘见梁安还没说到要害处，忙又接问道："万岁爷知道了吗？怎么说？"

梁安应道："哦，万岁爷从泰平殿出来就过去了，下旨把三皇子挪出禁城去照顾，皇后娘娘不应，在长春宫的地屏前面不顾体面地跪求了好久，万岁爷都没有松口。主儿……还有一件事，奴才……要跟您说……您千万不要气，龙胎要紧啊。"

"你说。"

"主儿，钦天监好像奏报了个什么'月宿冲阳，庶儿冲犯太子星'，奴才不太懂，但听长春宫的人说的那些，好像是说主儿冲克了三皇子什么的——"

金翘听了急道："梁安，你在主儿面前胡言乱语些什么！"

梁安忙给了自己一个嘴巴子："哎哟，是奴才该死，让这没把门的嘴胡说。"

王疏月垂下眼睛，抿了抿唇。

三皇子的名讳里有"阳"字，"月"字就不言而喻了。

"'月宿冲阳'，这个'月'字说的是我……"她脱口解了前面半句，后面半句的意思，她不肯往下解明。

然而，大皇子已自己明白过来，抬起头看向王疏月，轻声道："庶儿说的是儿臣，太子星指的是三弟弟吧……"

这话似乎拉开了新一轮皇家子嗣相互残杀的序幕。尚不谙世事的少年和尚在襁褓中的婴孩就这么被推上了贺庞与贺临相似的道路。大皇子如今还唤得一声"三弟弟"，殊不知这三个字几乎令在场所有的人莫名战栗。

王疏月本想去牵他的手，忽觉自己的手发颤、发凉，又赶忙收了回来："别怕——"

话未说完，谁知道大皇子竟然伸手握住她的手。

少年的手温暖，就是太小了，还不足以包裹住她的手掌。他只得用五根手指紧紧握住王疏月的拇指，坚定地不肯松开："和娘娘，跟您在一起，儿臣什么都不怕。"

王疏月心头一暖："大皇子不知道，和娘娘……对不起你。"

"和娘娘不怕，儿臣会保护好您，也会保护好您腹中的弟弟妹妹。"

"好……"

金翘眼眶有些发潮，她忍泪道："主儿，咱们怎么办？"

王疏月抬起头来："什么都不要说，什么都不要做。最要紧的是，无论皇后要我做什么，你们都不要挡着。"

"为什么？"

王疏月没有应答，转而望向窗外。

日晴风淡，天格外疏朗。隆正殿的琉璃瓦在雪覆之下，仍旧依稀可见。

此时隆正殿前，十二爷顾不得什么体面、尊贵，一路奔上台阶，险些和出来的程英撞个满怀。

“哎哟，十二爷，您慢着些。”

十二爷道：“程老，皇上在里面吗？”

“在在。王大人在里面和皇上议事。”

十二爷的心情一时有些复杂：“哪个王大人？王授文，还是王定清？”

“王定清。”

十二爷听到这三个字，倒莫名地松了一口气：“哦……也是，这个时候，老王大人怕是……啧，算了。”

他的话没有说完，程英倒是与他有同感，又都不好在隆正殿门前挑明相叙，只得拱手辞道：“王爷，臣先告退了。王爷近来忙于疫症之事，又要在内侍府顾着三皇子的事，王爷千万保重身子啊。”

“劳老大人挂怀，本王有数。”

二人寒暄毕，互辞。

十二爷这才有心扶正官帽，走进隆正殿。

隆正殿前殿焚着浓厚的龙涎香，皇帝正在与王定清说话，言谈之间并未涉后宫之事。十二爷还未跪，皇帝就已经道了“起”，继而直接道：“疫症如何？”

十二爷回道：“仍以三河县最为严重。不过，如今是隆冬季节，疫情还得以控制。三皇子……已遵旨迁出，现在在福佑寺中，内侍府和太医院遣去的人也都安置妥当，请皇上放心。”

皇帝揉了揉眉心，撑额应了一声：“好。”

十二爷见他双目有些眍瞜，便知他也是一夜未合眼，想起刚才在外面程英说的话，忍不住道：“皇上还是要保重龙体啊，不能过于操劳了。”

皇帝笑了一声，交握双手道：“咱们大梁自入中原以来就和这痘症斗得惨烈。翻看前两朝的玉碟，可谓触目惊心，先帝三十五个皇子，其中十五个早亡，二十五个公主中死了十三个，咱们的兄弟姊妹大半折损在此劫上。”他说着，不由得手上握拳，不重不轻地落在查痘侍郎递的奏折上。

正如皇帝所言，大梁皇族自入中原以来，包括皇帝在内的历任帝王都是从痘劫中逃出生天的，但无一例外靠的是自身体格，被动地煎熬，像皇帝这样熬过来就活，熬不过，也跟百姓们一样身死，被掩埋。大梁每一代君王都试图能让自己的后代子孙摆脱这个诅咒一般的疫症，但至今没有找到一种行之有效的防治之法。

皇帝握拳沉默，王定清和十二爷相视一眼，都不敢出声。隆正殿内气氛沉郁。

不多时，张得通推门进来：“万岁爷，奴才有话回。”

“讲。”

“这……”

王定清见张得通向自己这边看来，一副欲言又止的模样，便知所奏之事和王疏月有关，刚要张口，却被十二爷拽住了袖口，接着又听他道：“王大人，不该出口的话，千万忍住。”十二爷的声音压得很低，言辞却是恳切的。

王定清捏紧了手指，即便他此时和王授文有千言万语想要替王疏月申述，但转念想来，当真皆是于王疏月无益。想到这里，他抬头看了看皇帝，终是低头，把声音忍了回去，跟着十二爷一道跪安，退了出去。

张得通一直等到殿门闭合才道：“万岁爷，皇后娘娘动用了中宫笺表。”

所谓中宫笺表，类似皇帝的诏书，乃大梁后宫给予中宫皇后统摄六宫特有的权力，由皇后口述，代诏女官笔录，加皇后宝册凤印，是一项极大的权力。中宫笺表一出，即便是圣旨，也不可以轻易反驳，但这样的权力并不能经常动用，否则皇后会被御史参奏。

皇后正位中宫以来还是第一次动用笺表。

“写了什么？”

张得通从这四个字里听出了寒意，人也站不住了，索性跪下回道：“皇后命令把皇贵妃和大皇子带到钦安殿去了，令他们为三皇子祈福。”

“王疏月这会儿在什么地方？”

“回万岁爷的话，皇贵妃……带着大皇子已经去了钦安殿。”

“这个蠢——”

张得通没有听清楚皇帝说的是什么，皇帝越过他，起身朝外跨去。

何庆几人连忙取衣取帽地随上去。

谁知他们刚跨出月华门，却见太后扶着陈姁立在月华门前的雕壁前。

“皇帝要去何处？”

皇帝停了一步，却并没有应声。

太后的声音从后面追来：“皇帝！”

“母后有话，待朕回来再说。”

“你给哀家站住！”

皇帝猛地站住，扫雪的人此时都跪避在道旁，从月华门出来的雪路才扫了一半，远处的道路融在一片白茫茫里。那日有细微的日光照着红墙，映着白雪，有种触目惊心的美。

“中宫之子生死未卜，皇帝此时还忍心在她心头再插刀吗？”

皇帝背向太后，没有回头。

太后朝皇帝走近几步，一面走，一面道：“皇后正位这些年来从来没有行差踏错之时，即便她这次动用中宫笺表，也是为了皇帝的嫡子，为我大梁的血脉着想。之前，钦天监的卜言明明白白，‘月宿冲阳’，王氏冲克三皇子，致使三皇子历此一劫。皇帝啊，三皇子是嫡子，你是他的父皇，无论你多宠爱王氏这个女人，你都不该一意孤行，置江山社稷、置皇室血脉、置天下百姓于不顾！”

“放肆！”

这两个字穿耳破心，虽压了七八分的气性，却仍旧骇人得很，道旁行跪之人皆伏身，连太后都愣住了。半晌，她方抬起手，颤抖地指着皇帝的背影，不可思议地问道：“皇帝跟哀家说什么……啊？”

皇帝闭上眼睛，此时，他竟觉得有一丝疲倦。

家天下是一个有年代局限性的话题，皇帝虽为家国竭尽心力，却未必能在那样一个时代触及它“私”与“公”的两面本质。但他隐约地感觉到，诸如太后、宗亲这些人，他们的争夺过于狭隘。这种争夺被王疏月那毫无指望、纯粹恬静的生活细节衬得暗淡、肤浅。

皇帝索性笑了一声：“母后，如果朕的江山百姓、子嗣血脉就在于她王疏月一个女人，那朕是什么人？”说着，他转过身来，“若恒阳此劫在于王疏月，那元年冲克朕的又是谁？”

“你……你是不信钦天监之言吗？皇帝……你……你怎么能为了个汉人女子如此荒唐——”

“母后，是朕荒唐吗？朝廷殚精竭虑，为求一法得以永抑痘症，使我大梁皇族的子嗣血脉不再为此症所损。这些劳苦反不见于天象，偏见的是一个女人。母后，朕这个人，母后是知道的，朕视佛、道皆为王道之用，朕不拿钦天监正使，是朕敬重母后，记母后对朕的养育之恩。”

“皇帝是什么意思？皇帝是想说钦天监所言是哀家授意的吗？皇帝出言该三思！”

“不重要。”他说着，深吸了一口气，又慢慢地从齿缝里吐出来，“朕是您的儿子，以您的怜子之心悯朕的怜子之心。恒阳是朕的儿子，恒卓也是朕的儿子，还有王疏月腹中之子，都是朕的骨肉。朕若断父仁，亦会断子孝，母后要朕三思，朕也请母后三思！”

第二十七章 定风波

她能倚仗的只有她那颗明白、透彻的心和他这个在情爱里行事毫无章法的皇帝。

钦安殿中供奉的是道教神明玄天上帝，又称真武大帝。这个地方，皇帝平素来得并不多。

大梁笃信玉达佛教，但也不排斥道教，逢大丧期偶尔在钦安殿设置道场，行追荐之礼。如今不在丧期，也未逢祭日，因此除了管事的太监和负责看守的侍卫，这里并没有闲杂人。

钦安殿的管事太监叫肖敏，是个耳、眼、心都明白的人，见皇帝的仪仗在月台前出的丹陛前停下，自己就赶忙下了须弥座，不等皇帝开口便回道："万岁爷，贵主儿奉主子娘娘之命入殿祈福，奴才们皆不敢怠慢，知道贵主儿身子重，奴才唯恐有闪失，已让伺候贵主儿的金翘姑娘进去，仍旧照料贵主儿的起居。"

皇帝抬起头，正殿的门是关着的，左右各有一棵枝繁叶茂的白皮松。雕花的老门被松枝掩映着，门上的刻纹一时被遮得凌乱、破碎。

何庆见皇帝没有开口，便出声问道："贵主儿在什么地方？"

肖敏忙道："在正殿中。"

何庆点了点头，侧身走到皇帝身旁，轻声道："万岁爷，要进去吗？"

皇帝立在白皮松下，没有动。

是时，日薄西山。皇帝恍惚记起第一日在长坤宫中见到她的时候，那日也有辉煌的金阳坠在西方的远山上。那时，皇帝问王疏月，为什么放着东暖阁不住，要住在西面。王疏月说，她爱看黄昏，喜欢北宋欧阳修的那一句"月上柳梢头，人约黄昏后"。此时皇帝恍惚发觉，那时王疏月说的不是真话。

前荣王朝与大梁之间的龃龉阵痛已经渐渐在皇帝这一代君王手中平复，但随着汉人的妥协、臣服而来的是大梁宗室对这一堆在不同色的天幕之下重新破土的汉文化的敌意。

儒家学说教人不断地入世，在实在的政治关联中寻找自我与家国天下的关联，而不要自缠于王朝更替的宿命。于是，汉人们逐渐用这种入世思想治愈了亡国之伤，他们认为，他们忠的是天之子，是君王，而不是所谓的异族。于是，他们一条心横下来，就又能说服自己，像在前荣时一样，去关照民生和社稷本身。这一点，远比云漠诸部、整个八军贵族以及以醇亲王为首的宗亲要纯粹、可敬得多。而这些纯粹的观念也得以帮助大梁皇帝放开手脚，不受束缚，扯掉先帝爷那一朝罩在御八军子弟门面上的那层遮羞布，真正地把户部的银子收回来，真正地在税制上大刀阔斧地实施改革，真正地让国库充盈，让有志有学之士各有所得，真正为民生社稷做些实在的事。这些的确都是放眼所见于国有利的好事。君臣之间也算是相互成就。

皇帝让王授文、程英、王定清这些人从日薄西山的前荣末代走到如今，初见破晓。但也有很多汉人死在这条彼此磨合共进的道上，死在二十多年前的黄昏之中，再也没能活过来。这些，皇帝都看在眼里。

如今立在钦安殿前，立在这一片辉煌的冬日黄昏里，皇帝却猛然发觉，二十多年前的那个黄昏下还赫然站着一个人——王疏月。

四年前，她就在那里。如今，她依旧站在那里。不是她不愿意走出来，而是因为，她毕竟是个女子，哪怕她的父兄都已经和大梁朝廷龃龉出了一番自己的道理，她却要受祖宗家法的管束，受尊卑上下的制约。传统的礼教、伦理纲常如同曾经缠在她那双脚上的裹布，伤其根本，让她永远无法在世间自如地摆脱那片黄昏。她能倚仗的只有她那颗明白、透彻的心和他这个在情爱里行事毫无章法的皇帝。

想到这里，皇帝不由得自嘲地笑了笑，抬腿上阶。何庆替他推开钦安殿的殿门。金阳混着雪光，一下子猛地钻了进去。

黄昏时的雪风吹瑟了殿中人的肩膀。王疏月齿缝里“咝”了一声，急忙拢了拢盖在大皇子身上的氅子。

皇帝反手合上殿门。光暗下来，反而更能看清她。她穿着藕色通草花绣氅衣，外罩月白色如意团纹坎肩儿，背对门口跪坐在正殿中。大皇子则侧着身子趴在她的膝上，睡得酣熟。

她待雪光都退出去，方转过身来，望着立在身后的皇帝，露出淡淡的笑：“对不起呀。”

皇帝朝前走了几步，走到她面前低头道：“为何说对不起？”

王疏月摸了摸大皇子的额头：“又让您的儿子跟着我一起遭罪了。”

皇帝将手臂搭在膝盖上，蹲下身看着大皇子，低低地笑了一声：“他遭什么罪？呵，睡得比朕都好。”说完，他抬起头，“你就这么听皇后的话？”

大皇子翻了个身，睡得很熟，连手臂耷拉到地上也不知道。

王疏月轻轻捏着他的手，拢入氅中，道："我怕您为了我驳皇后的中宫笺表。"说着，她迎向皇帝的目光，"如今还在年节里，云漠的王公尚在京中。我们……没那么重要，况且主子娘娘只是让我们为三皇子祈福。您放心，我会照顾好自己，不让孩子们受太多苦。"

皇帝无话可说。她一直都是这样，从来不刻意深刻地去剖析她的大局，往往浅尝辄止，更多关照的还是皇帝自身的情绪。

"主子。"

"做什么？"

"来都来了，陪不陪我们坐会儿？"她一面说，一面小心地弯下腰，挪过来一个蒲团，放在自己背后。

"你让朕坐你后面？"

"不是，我腰疼，您坐后面，让我……靠会儿吧。"

皇帝看向王疏月腰间，她并没有因为怀孕而有过大的改变，除了腹部日渐隆起，四肢仍然纤瘦。女人究竟要为子嗣受多少苦，皇帝并不清楚，要他认真体恤，也实在困难。因此，听她说腰疼，他竟然有些无措。他怔怔地站着，半晌方看着那个蒲团道："朕……怎么坐？"

王疏月抬手捏住他的手掌，引他道："您先背对着我坐下来。"

"哦。"皇帝小心地背靠着她盘膝坐下来，"还要怎么坐……腰再弯点儿——"

"不用了，就这样。"

瘦弱的背脊朝皇帝靠过来，两个人身上的衣裳虽然都厚实，却还是逐渐感知到彼此的体温。

皇帝弯了弯腰，尽量让她靠得舒适些。

王疏月将头靠在皇帝肩膀上，轻声道："主子，我父亲要是知道我这样放肆，明日一定会去跪您的御书房。"

皇帝笑了一声，道："朕还真被你狠狠地伤过一次腰。"

"什么时候？"

"在明华宫，朕扶你那一次。"

"哦……"

后面的人轻轻笑出了声："我记起来了，您扶我的时候，我啊，听到您腰上响了老大一声。但您没说，也没怪我……"

皇帝顺着她的话往前回忆，想起从明华宫正殿内到丹陛那条一步要一次命的路，还有周明给他贴的那包黑得发亮的膏药，细枝末节如同舒展在金阳下的枝条，鲜活而生动。

"主子。"

“听着呢。”

“那一回您是不是疼了好多天？”

“有四五天吧。”

“我害您疼了那么多日，您还肯放我出宫去见母亲啊……”

皇帝屈起一膝，又将手肘抵了上去，撑着下巴，仰头道：“谁知道呢？也许那个时候，朕就看——”话到这里，皇帝险些咬了舌头，心里却在庆幸，还好没让后面两个字说出口。

背后的人却没有放过这个话头，接着问起来：“看什么？”

皇帝刻意咳了一声，压低声音道：“看什么？看你不顺眼，看你——”

他还要说，却被身后的人笑着打断了：“您还是别说了，我已经够难受了，您还不好好说话，只知道与我争。”

“朕跟你争什么了？”他说着，后背情不自禁地一挺，回头见她伸手扶腰，似是受了刚才的力，不好受，忙又回身弓着自己的背，小心地重新撑住，“那……你想听朕说什么？”

“说您平时无处说的话吧。”

无处说的话？皇帝望了一眼窗外，金阳即将隐去，天边原本烧得如同烈火一般的晚云渐渐暗淡下来。

“朕有个问题要问你。”

“您问。”

“王疏月，你为何喜欢黄昏？”

王疏月一怔，道：“我——”

“你当年骗了朕。”

“奴才……罪该——”

“朕没让你死。你不是想要朕说点儿什么吗？那你别出声，好好听朕说。”

这一夜，皇帝的仪仗在钦安殿前直候至天明。

钦安殿内烧炭，极其温暖，生生熏红了二人的脸。

皇帝一直用背脊撑着王疏月的腰，两个人皆不曾睡。大多时候，王疏月都不出声，静静地听背后的男人用一种平滑、无情绪的声音谈上下五千年，谈梁汉融合，谈梁人的历史和来处，谈汉人的百家学说。

皇帝从董仲舒的“天人感应”说到最初儒教的教义，从一箪食一瓢饮的颜回说到放浪形骸的子路。王疏月第一次从这个异族帝王口中听到无论是卧云还是王授文都不曾让她知晓的另一层对汉人精神文化的解读。他说没有哪一种文化会真正地日薄西山，为臣者、为君者，无非从其中拣取只言片语，不断地谈论、延展，从而构建自己想要的闭环。所以，王授文、程英，以及放在四海天下的万千汉人士子，最终都会从前一朝的阴影里走出来，不断地投身世道，继续热闹地活在新朝。

他说：“朕希望，王疏月也一样。”

他说这句话的时候，王疏月仰起头来，眼中不知什么时候蓄起的眼泪情不自禁地一下子夺眶而出。

“王疏月。”

“我……在。”

“有朕，你就不要哭。”

❖ ❖ ❖

整个正月，因为皇三子的痘症，以及三河一带的时疫，京师一直笼罩在一片阴霾之中。官宦之家知道帝、后的忧虑，皆不敢大肆宴饮，宫中亦禁了歌舞，阖宫都为避痘而闹得惶惶。

王疏月和皇长子仍然被锁闭在钦安殿内。

然而钦天监正使莫名其妙地告了长病。

之后，孟林的举子结社被刑部查封，通共锁拿了四十几人，几乎全部被判了徒刑。

除了孟林，全国其他地方的举子结社也遭到了一轮清查，所谓“文从王道”，这四个字实实在在地压在入仕者的头顶，再无人敢轻论天灾与国家之失的关联。

元月初十，皇帝在御书房下了一道旨，张孝儒流放宁古塔。也就在同一日，这位年过六十，历经荣、梁两朝的老状元呕血猝死于刑部大牢，临死前依旧高喊：“先帝后嗣，唯太子最贤。先帝爷啊，老臣愧对您的重托，护不好太子爷，老臣无颜见您啊……”

皇帝在隆正殿听了奏报，握笔，一直沉默。

是时十二爷和王定清皆在，王定清禀道：“听说张孝儒的儿子不敢领回其父尸首，阖家闭门不敢出。”

皇帝闻言，暗喝了一声：“混账。”而后传旨，将其子廷杖四十，命其即刻为父治丧。

起初，这个罪臣的灵堂人丁寥落，后来十二爷、程英、王授文等人亲临吊唁，给朝中人吃了一颗定心丸，前去吊唁的前荣老臣便逐渐多起来。再后来，翰林院的年轻一代有从前仰慕其学识、人品的人也纷纷前来，于灵前致哀。

从明面上看，皇帝最终弃了这个劳苦功高但政见不和的老臣，却又容下了文人世界对他这位“百士之师”的缅怀。其间，甚至带有皇帝对其“功”与“过”无私的分鉴之意，既严斥其“罪”，也钦证其“功”。

连王授文都不免感慨，皇帝的帝王心术中有一丝十分隐晦的悲悯。这丝悲悯极不好修炼，其后是皇帝本人此生亲自所历经的但世人皆看不见的惨烈和隐忍。这份悲悯最终将皇帝这个人的形象深刻地印在天下读书人的心里，令他们又惧又敬。

但这件事让在京的云漠王公内心很不安。他们深恐皇帝了结孟林结社之事，接着就要因王疏月之事停皇后的中宫笺表。然而，一连十多日过去，皇帝并没有驳皇后的中宫笺表。钦安殿的护卫倒是在皇帝见过王疏月后全部换成了胡善的人。

元月十四这一日，四更天，十二爷与王授文一道入宫。

皇帝在御书房阅折子，之后要在明华门叫大起。皇帝三更时就起了，王授文与十二爷入内之时，皇帝已经喝过两道敬亭绿雪。

“朕在想，朕得痘症那一年，皇贵妃跟朕提江南有种痘之法。后来，时任杭州知府的朱红光也给朕上过种痘除疫的折子。”

十二爷道：“是，不过，前年朱红光被参去了湖南。”

皇帝松开撑着下颌的手指，对十二爷道：“把这个人召回来。”

王授文道：“皇上，臣记得，当年那道折子是在议政会议上议过的。只不过，种痘毕竟是民间避痘的粗法子，若稍不注意，就会令种痘人病重而死。当时，包括恭亲王在内的几位王爷都极力反对在宗室推广此法。皇上现在召朱红光，恐怕又会令宗亲——”

“这事不是要立刻推行，但朕要同你们开始议。”说完，他抬手挪来压在镇纸下的一本书，递向王授文，“这是前日皇贵妃跟朕提的一本书，朕昨夜让武英殿翻了出来，今儿早上看了一半。你们也看一眼。”

王授文赶忙接过来，翻至封面一看，却是《张氏医通》。他一时有些恍惚。这本书是他从前的私藏，后来卧云精舍焚毁，王疏月在南方重修卧云的时候又把这本书从族宅里掏弄了过去，如今竟被自己的女儿放到皇帝的御案上。想到这里，他不由得膝盖一软：“臣……罪该万死。”

皇帝知道他在惧什么。

后宫不得干政是铁律，但怎么说呢？这个界限是捏在皇帝自己手里的，皇帝着实不大喜欢王授文这副慎重过度的模样。

“起来。朕没问罪就是无罪，你这个毛病，要给朕改了。”

“是……是。”王授文站起身。

皇帝指向他手中的书，重新开口道：“虽说种痘是民间之法，但朕记得，当年朱红光奏本里写过：‘幼儿种痘后存活有十之六七。’这就已经很好了。”

王授文躬身，慎重地应道：“是，皇上。臣记得，前荣末几年，南方出了一场大疫，官宦人家有钱请医用药，倒还能活人，贫寒之家就只能眼睁睁地看着人死。那场大疫后，有些富贵之家就依照着这本《张氏医通》，用贫家子做这种接痘的试验。这本书里提了四种种痘法：一是痘衣法，将痘疮患者的衣服给需要接种的人穿；二是痘浆法，用棉花蘸上痘疮的浆液，塞进被接种者的鼻孔；三是旱苗法，将收集的痘痂阴干，研成细末，用细管吹入被接种者的鼻孔；四是水苗法，用棉花蘸上水调的痘痂细末，塞入被接种者的鼻孔。的确有不少人出痘后存活，所以后来，自皖南起到江浙一带，百姓多有效行此法的。”

十二爷接过那本书翻了几页，道：“自我们大梁入中原以来，痘症就一直是宗亲们的心腹大患，从前在关外没有这样的病症，所以入中原后才措手不及。之前父皇那一朝也议过此类法，但是御八军各家实不肯让自家子弟受这份苦，所以宁可把子弟送到外地避痘，也不肯在京中试验此法，因此始终没有推行起来。”

皇帝一手撑着案面，站起身道：“这也是躲痘。入中原二十多年，御八军后嗣子孙一半折损在此症上，出痘之后，只能被迁出隔离来堵塞蔓延。朕的兄弟如此，如今，朕的儿子也是如此，说白了，都是靠天来挣命，依朕看，竟被动得很。”

王授文知道，疫症和皇三子的事，让皇帝动了重议推行种痘法之意。但这件事涉及宗亲子弟，恐怕比当时推行耗羡归公还要困难。他一向信中庸之道，正要开口说话，却听外面传来何庆慌乱的声音：“万岁爷，奴才……哎哟，奴才有话回。”

皇帝抬起头：“进来说。”

何庆推开门，慌乱的脚步愣是被门槛儿绊住，啪的一声摔在地上，他顾不得疼，匍匐着道：“万岁爷，福佑寺的人来禀告，三皇子……没了。皇后娘娘闻信后昏厥。太后娘娘已传召太医前去看诊，福佑寺请万岁爷的意思，三皇子的……”

此言一出，殿中所有人皆跪伏于地。

炭火烧得正旺，灰白色的炭灰不断地从炭盆里飞起。

王授文匍匐在地，面前只有外面透进来的枝影在动，窗上则是大片大片寂寞的雪影，映了他们满身。

此时殿中除了影子，其余的一切真实活着的东西好像都静止了。

皇后从昏厥中醒来，已是子夜。

空寂的宫室里只有孙淼一个人在地罩前看着药炉，绸帐垂地，万物静默，她喉咙里哑得很，连开口要茶都发不出声音来。她索性不说话，撑起身子将喉咙里发腥的浊气一点儿一点儿地呼出来，良久，方觉得周身得以挪动。

孙淼见她撑着坐起来，忙奔到榻前：“娘娘，您快躺着，太医说，您还下不得床。”

“本宫……要去看本宫的三皇子……”

孙淼扶在她肩上的手，忍不住抠捏起来：“娘娘，咱们的三皇子已经没了……您好不容易醒过来，万不能为了小主子伤损身子。您要保重，才能为小主子操持啊。”

“去了……”

“您别这样，主子，奴才求您了，您要节哀啊。太后娘娘和万岁爷都来看过您，可您自从听闻噩耗就一直昏厥，都整整一天了，奴才们都要吓死了。”

皇后一把扣住孙淼的手腕：“皇上……皇上是什么时候走的？本宫要见皇上，本宫要接三皇子回来。”

孙淼看着皇后的模样，心痛难当，却只得实言道：“皇上刚走一会儿。至于三皇子，听说今日晚间已经在福佑寺入了小殓，如今虽然是冬季，但小主子是得痘症走的，所以，大殓之后才能回宫停灵……娘娘，其实不看也好……您保重好身子，和万岁爷还会再有嫡子的。”

皇后闻言，一阵猛咳，可惜胃里已经什么都不剩了，只呕出一些黄色的苦胆汁，顺着灌入鼻腔，一时间，五感俱失，只剩下茫茫然的大苦，几乎要把她吞噬。

孙淼忙扶住她，不断地替她抚背顺气，这么折腾了半盏茶的工夫，她才渐渐缓过来。

皇后推开孙淼，撑着身子仰起头来，纤长的脖颈上满是狰狞的青色经脉，她只觉得喉咙里堵着一块火炭，无论怎么咳都咳不下去，反而因为灼伤了内壁，而内里粘连，痛得人难以自拔。

“他竟狠到……让我连恒阳的最后一面都见不到——”

孙淼忙摇头道：“娘娘，您不能这样想啊，万岁爷也是没有办法——”

“什么没有办法！月宿冲阳……为了王疏月，他不肯信！”

孙淼慌忙跪下，磕了个头，急道：“主子娘娘啊，您万不能说出这样的话，这可是……大不敬啊……”

一时间，皇后好像听到了这世上最为荒唐的一个字——敬。她敬了皇帝多少年，敬了这一身凤袍多少年，敬了梁云之盟多少年，她都要算不清楚了。可是，上天并没有给她善终，反而给了诸多报应，报应在她自身，也报应在她的子嗣之上。她有些糊涂了。

“皇上呢……本宫……”她说着，挣扎着要站起来，却因为脚下没有力气，猛地扑到孙淼的怀里，顾不上狼狈，抓拽着站起身，颤声道，“本宫……要见他。”

孙淼见皇后实在虚弱，脸颊浮着两团病态的潮红，余处不见一丝血色，忙一面朝外唤人，一面道：“娘娘，这会儿见不到皇上，您先躺下好好养着，皇上……去……”她不肯往下说，撑着皇后坐回榻上。

“娘娘，您还是歇息吧，奴才把药端来给您。”

“去什么地方了？！”

“是，娘娘啊，皇上回隆正殿了，去时留了话，说……不见您。”

皇后一时抑制不住内里翻腾冲撞的血气，猛地一弯腰，便呕出一口乌红色的血，而后便觉身上的力气一下子全部泄尽，连挣扎都挣扎不动，直直地跌躺回榻上。

从头至尾，她好像都不懂他。三皇子不是他们的孩子吗？难道不应该是他们相对痛哭、彼此抚慰吗？可是他为什么不肯见她，好好地抱抱她，好好地宽慰她几句？安慰她一下就这么难吗？

皇后忍痛闭上眼睛，有些可笑的是，这样温柔的场景，她竟然连想象都有些困难。

夫妻十几年，这个男人似乎从没有哪一刻对着她敞开过自己。她只知道，她的夫君是个好皇帝，夙兴夜寐，励精图治。因此，她就自然而然地成了辅佐明君的贤后。皇帝对她呢？好像也还不错，就算偶尔言语严肃，但把她的尊荣护得很好，十多年来，从不在外伤其体面。从前，她以为这就是帝后之间最好的相处。可如今，她突然明白过来，无穷尽的所谓“尊重”其实是“疏离”，连礼节也不过是他打发相处“尴尬”的手段罢了。他不爱她，就算有了血脉的羁绊，他还是不爱她。正如他所说，他的儿子以后还要娶他们云漠的女人。他或许真的只是不想因为她而破了云漠和梁人的姻亲之好，才和她这么貌合神离地走到今日。所以，她很想知道她究竟哪里没有做好，或者王疏月那个人究竟做好了什么。想到这里，她不禁缩着肩膀，朝里面翻了个身，蜷缩起来，把自己痛苦地蜷进被褥之中，心里如大雪茫茫，身则如置于冰窖，怔怔的，也不知道是醒着还是混沌着……

皇后呕血，这可是大事。

进来的宫人们都被吓得惊叫出声，稍微镇定些的已经忙不迭地去传太医了，一时间，长春宫人影乱成一团，脚步声、磕碰声不时响起。

孙淼看着地上那一摊乌血，怔怔的，说不出话来。

都说“心破”则“泣血”，从王府到禁城，帝、后之间如一块特别平整、华丽的锦缎，被一支华丽的簪子划拉开了一条无法愈合的口子。一代帝、后，情丧至此，纵是底下人，也是无尽感慨。

❖ ❖ ❖

钦安殿中，王疏月搂着大皇子一道坐在灯下写经文。臂粗的羊油烛烧了一大半，天已大黑。

大皇子揉了揉眼睛，抬头看向王疏月：“和娘娘，我们什么时候能出去啊？”

算来，一晃过了快十日，钦安殿中的日子很乏味，好在何庆从驻云堂里取了好些书过来。大皇子最近时常一个人坐在王疏月身旁翻《湖州府志》之类的地方志，偶尔也会陪着王疏月写经文，倒是从来不抱怨，也不吵闹。但他毕竟是孩子，坐久了就发困，过了酉时，便垂眼垂头。这会儿，他肩塌了，腰也弯了。

王疏月停下手中的笔，侧向他道："大皇子闷了吗？剩下的，和娘娘来写。"

大皇子摇了摇头，挣扎着坐直身子："不是，儿臣也想为三弟弟祈福，保佑他逢凶化吉。只是，和娘娘，您身子不好，这个地方太冷了……"他说着，放下笔，捧起王疏月的手放到自己的胸口，"儿臣给您暖暖。"

王疏月弯腰，用鼻尖碰了碰他的额头："和娘娘以后一定要让你挑个中意的好姑娘。到时候，你就不要给和娘娘暖手了。"

"儿臣的嫡妻不是您和父皇给儿臣挑吗？"

他这话倒说得透彻。一时间连王疏月都有些尴尬，怔了半晌，方道："嗯……也是……那你告诉和娘娘你喜欢什么样的姑娘，和娘娘照着咱们大皇子说的去挑。"

"儿臣喜欢和娘娘这样的。"

王疏月正要笑他这话，却听见钦安殿的殿门突然被下了锁。

紧接着，正殿殿门打开，何庆沉着脸从外面跨了进来。

"请贵主儿、大皇子安。"他的声音压得低，也没有往日的跳脱。

王疏月扶着金翘站起身来，出声问道："这会儿你怎么来了？"

何庆犹豫了一下，方开口回道："回贵主儿，皇上口谕，您和大皇子可以回长坤宫了。您要谢恩的话，皇上也免了。奴才已备好辇，就在外面等着，您和大皇子这会儿就跟奴才走吧。"

大皇子面露喜色，抬头道："太好了，和娘娘，我们可以回长坤宫了。"

王疏月却下意识地将大皇子揽到身后，看着何庆道："为何突然让我们回宫？是……出事了吗？"

何庆抿了抿嘴，低声回道："三皇子……去了。"虽有预感，但深夜听到这个信儿还是不免陡生寒意。

"皇上呢？"

何庆叹了口气，声音有些发涩："回贵主儿的话，皇上看起来似是如常，但今日一日的饭食都原封不动地摆着，只召十二爷和内侍府几个大臣在御书房议事。后来，查痘侍郎们也进去了，这会儿还没有散。今儿整一日，万岁爷连茶都没有要一盏，就吩咐奴才们一句话，接您和大皇子回长坤宫。"

此话说完，大皇子也不肯出声了，只静静地站在王疏月身后，低头朝那堆墨迹未干的经文看去。门未关，雪风肆无忌惮地袭入，吹得累案的纸张哗啦啦作响，大皇子赶忙伸手去压住作势要飞的经文，而后仔细地抱入怀中。

何庆见王疏月沉默，怕她忧心皇后的事，忙又起话道："贵主儿，您无须忧心，皇后娘娘如今吐血，这会儿，长春宫都是乱的，暂时是顾不上您这里的。外面钦天监也改了口，那什么'月宿冲阳'的传言就破了。贵主儿只管好好保养自己的身子，万事有万岁爷替您挡着。”说完行了个礼，“贵主儿，您收拾吧。奴才在外面候着您。”

他退了出去，王疏月仍然立着，没有动。

金翘和梁安等人也退到后殿去打点收拾了，正殿内独剩下王疏月和大皇子两个人。

大皇子捏了捏王疏月的手：“和娘娘……”

“嗯？”

“三弟弟是因为痘症……病死的吗？”

“是啊。”

“哦。”

王疏月低下头，见他神色黯淡，嘴唇轻轻地抿着，似有伤意：“怎么了？”

大皇子有些犹豫，迟疑了一阵，方道：“和娘娘，得了痘症是不是……都要被送出宫去？”

“是吧……”

“那母后为什么不陪着三弟弟？”他这句话问得有些急，耳根子也渐渐烧红了。

王疏月抿了抿唇，低头道：“你心疼你三弟弟吗？”

“是啊，生了病都没有母亲在身边。以前我生病的时候，母妃都会守着我……”

王疏月牵起他的手：“你母后一定也很想守着你三弟弟，只不过，你的母后不仅仅是你三弟弟的母亲，也是天下人的母亲。”

大皇子垂下头，轻声道：“我听师傅们说过，父皇的好多兄弟都是死在痘症上，父皇自己也染过……那……儿臣以后也会染上这个病吗？”

孩子的话没什么顾忌。若是换了旁人，一定不会这么直截了当地说这对大梁皇族而言几乎等同诅咒的话。

王疏月心中一疼，忙牵着他的手将他搂入怀中：“不会的。咱们大皇子会平平安安一生。”

大皇子趴在王疏月怀中，悄悄捏紧了王疏月的袖口：“和娘娘，儿臣有些怕。”

王疏月搂住他的后脑勺，低头轻声道：“不要怕，和娘娘从前生过痘疮，现在后腰上留着块疤呢。所以啊，无论什么时候，无论大皇子在什么地方，和娘娘都会陪着你、守着你，不会丢下你一个人的。”

“和娘娘，生痘疮疼吗？”

“疼啊，但自从皖南推行种痘之法后，活下来的人越来越多。其实天灾、瘟疫都是不可避的，所以，与其躲，不如迎上去。你父皇是这样，大皇子以后也该是这样。”

“嗯，儿臣明白了。”

王疏月露了欣色，转而又道：“还有一件事，大皇子要答应和娘娘。”

“和娘娘，您说。”

“这段时日，无论你母后待你如何，你都不要往心里去，也不要记恨你母后。”

“儿臣懂，母后没有了三弟弟，一定很难过。儿臣不会惹母后生气的。”

“还有你父皇，也许他什么都不会对我们说，但他也一样难过。”

“嗯……可是，父皇难过，为什么不跟我们说呢？父皇如果肯跟儿臣说，那儿臣一定会安慰父皇的。”

王疏月摇了摇头，稍稍屈膝，弯腰摸着大皇子的额头道：“因为他想要我们安心，想要朝廷、天下的百姓都安心。所以，大皇子，你父皇想要我们安心，我们就安心，不要去打扰他，要用心为三皇子致哀，好好地生活。嗯……和娘娘后日仍送你去尚书房念书，好不好？”

大皇子点了点头：“好。儿臣知道了。”

王疏月露出淡淡的笑容：“真是和娘娘的好孩子。去找梁安吧，仔细他把你的书收漏了。”

大皇子应声，转身跑到后殿去了。

金翘则从里面出来，看了一眼大皇子的背影，回头对王疏月道：“主儿，您为什么不带着大皇子去见见万岁爷？这个时候，您该陪在万岁爷身边啊。”

王疏月摇了摇头：“他看着我们，反而不能痛痛快快地伤心……”她一面说一面向窗外看去，白茫茫的一片雪地被灯笼的光照得晶莹闪烁，“这是他失去的第一个孩子。那孩子太小，不知事，太无辜，从来没有伤过他的心，所以，他一定很心疼。有很多人会劝他节哀，我反而没有什么可以劝慰他的。”说完，她仰头叹了一口气，“人之常情，我懂啊。”

❖ ❖ ❖

皇三子的丧仪最终比照亲王的丧仪而行。

皇帝辍朝三日，宫中所有宫人皆穿孝服，亲王以下、奉恩将军以上的皇室贵族，公侯伯以下、骑都尉品级以上的官员，公主、王妃以下二品夫人以上的命妇，尽集于皇宫，每日两次向皇三子灵柩贡献祭品。直至元月二十这一日，皇三子的金棺方移至城外曹八里屯暂安。

元月二十五这一日行大祭礼，皇帝亲临祭所奠酒，直至酉时方回。

那一日起了大风，将长坤宫中的一棵乌桕刮倒了，树干直直地压下来，打碎了树下用于养荷的两个青花大瓷缸子。青白相间的瓷片散了一地，梁安领着宫人们正慌慌张张地收拾，转身见金翘掩门出来，忙迎上来道：“没吓着我们主儿和小主子吧？”

金翘压住廊上随风乱舞的挂帘，疑道："这风刮得太妖邪了些。大皇子倒没什么，主儿却不怎么好，歇午起来，我就瞧着她不大受用，晚膳也没用什么。我说去请周太医来瞧瞧，她还不肯。"

梁安直接起身，将手中的碎瓷片投到木盘中，拍了拍手，扶正被风吹歪的帽子："周太医在皇后那儿，主儿是不想多事吧。"

正说着，去内侍府领炭的宫人们回来了。宫门一开锁，穿门风就呼啦啦地刮了进来，吹起地上的枯叶、土渣子，直往梁安的脸上扑，慌得他连忙用袖子挡："你们糊涂了！明知主儿不好，进来就赶紧把门关上。"

小太监们忙手忙脚乱地去关门："是是，奴才们该死。"

门重新合上，风却没有止住，檐下的灯笼被打得东偏西歪，步步锦支摘窗哗哗作响。

梁安不由得捏了捏领口，缩起手道："嘶……都要开春了，这风刮得比过年前还冷。今年这个年头啊……好像是不怎么好。"

金翘侧头啐了一口，道："你胡说什么？明知道我们主儿是为这些没根的话遭了钦安殿那一场罪，之前将养得那么好，若不是在钦安殿里抄经祈福受了寒，这会儿怎么会不安起来？眼见要临盆了，你不知谨慎，还起头在这里瞎说，主儿听到了，心里会好受吗？"

梁安被她责问得哑口无言。他悻悻地转过身，发狠地催促还在庭中收拾的几个小太监去了。

金翘正要进去，何庆却过来传话说皇上过来了。

长坤宫中的人都有些发慌，宫里连日都在忙皇三子的葬礼，皇帝一直独歇在隆正殿，从未入过后宫。今儿是大祭礼，照理说皇帝回宫应由皇后接驾，怎么会忽然来了长坤宫？

梁安对金翘道："怎么备？你说，今儿万岁爷会不会歇下？"

金翘摇头道："你什么意思？"

梁安捂了嘴："我哪里敢有什么别的意思？万岁爷那么在意主儿。我是担心主儿今儿不舒服，恐怕连日常服侍都做不得。这几日咱们刚回来，又都是紧着主儿的东西打点，别的不说，万岁爷惯喝的茶、惯吃的那几样点心这会儿都是没有的。"

"罢了，拣顺手的备吧。我先进去传话，你仔细守着，我瞧瞧主儿起得来接驾不。"

这话刚说完，何庆便叫住了她："你可别再去折腾贵主儿了，万岁爷每回过来，哪有要贵主儿守那层规矩的意思啊？今儿又没知会内事房，无非是万岁爷想贵主儿了，来瞧瞧主子，至于歇不歇下，那都是后话。你们瞎乱什么？这么久了，还不知道，贵主儿一调停，万岁爷怒翻了天都会安生下来？"

金翘被他这一番话说得想笑："倒也是。那我还是去里面候着，外头就拜托给何公公照应了。”

王疏月早已卸了晚妆，更了月白缎寝衣，靠在榻上，翻几页书，又养一会儿神。

这一年的冬季很漫长，元月底仍不见一点儿春光。钦安殿的正殿偏冷，虽有炭火，但终究因为梁高面阔，烧不暖，她在里面关了那么一段时间，好像又引发了寒症，每到晚上，身上就一阵一阵地发冷，小腹也时不时有坠痛之感。周明来看过几次，却不肯跟她明说，只道是气血不好，调理得好便罢，调理得不好便非同小可。王疏月越发不敢随意走动，大多时候都卧靠在榻上。

前几日，内侍府打发人接了她的姨母吴宣进宫来照看她，又添了嬷子，长坤宫的人一下子多了起来。

王疏月喜欢安静，平时无事也不多惊动这些人，除了吴宣，便只留金翘在旁服侍。这会儿，吴宣去替她看在后殿煎的药了。金翘在屏风后面翻炭。

皇帝跨进阁内的时候，暖帐垂地，殿中散着一阵红梅的香气。

王疏月听见门响，便从书后抬起头来。皇帝周身带着雪气，正站在地罩前拍衣服。

“你躺着吧。”他说完，自己脱下外面的罩袍，仰头笨拙地解着领口的盘扣。他似是被风吹僵了脖子，将就不了手上的动作，愣是半晌也没解开。

王疏月放下书，伸手拿了一个软垫垫在自己腰后，屈膝坐直，偏头对皇帝道：“您过来吧。我替您解，您自个儿把脖子都抠红了。”

皇帝没多说什么，走到她榻前坐下，半仰起头将就着她的手。

王疏月抬起手，一面挑开扣结，一面轻声道：“今日大祭，一行可还顺利？”

皇帝看着灯下的影子，一时没有出声。

王疏月垂下手，仰头望着他道：“我就怕您这样。”

皇帝摇了摇头：“你放心，朕没什么。”

王疏月捂住他被雪风吹冷的手，往怀中焐去：“我知道您会这么说。”

皇帝低头看向她。房内炭暖，她只穿着一件暗绣的单衫，背上罩着白狐狸毛的大毛毯子，身子显得越发单薄。

皇帝想要把手抽出来，却一时没有抽动，又不敢使力太过，怕伤着她，只得压声道：“松手啊，朕坐会儿就暖了。”

王疏月摇了摇头：“哪有那么容易暖？今年这个冬天这么长、这么冷，我在长坤宫里都很难睡暖，更别说您今儿在宫外行了一日。”

皇帝笑了一声，在她身边靠坐下来。

王疏月轻轻地往里头挪了挪身子，好让他坐得自在些。

“疏月。”

"嗯？"

"朕在想一个问题。"

"什么问题？"

"父子成仇，这个'仇'究竟是从什么时候开始累成的？"

皇帝的很多情绪都是不入俗的，他无法像民间的父亲一样，伏在幼子的棺椁上混沌地哭一场，也不能感同身受地宽慰同样伤痛欲绝的母亲。他一贯冷静自持，哪怕内里悲哀，表面看起来还是那么不近人情，甚至反而从这个孩子身上回溯他自己的少年时代，回溯到当年的父子相杀、帝位更迭的惨烈上了。

王疏月没有立时应他，而是偏着脖子静静地靠在皇帝的肩膀上："您哭过吗？"

皇帝侧头看向她，她就这么堂而皇之地扶着他的手臂，周身温暖地靠在他身旁，问着不怕死的问题。

"放肆。"虽是严词，但他的声音并不大，甚至带着一丝舟车劳顿的疲倦。

王疏月没有在意他惯说的这两个字，反而闭上眼睛，声音轻若抚锦："主子，我跟您说句心里话吧。我一直觉得，父子类君臣，纲常大如天，在一起相处得越久，反而越相互惧怕，说不出心里的话。我和我的父亲也是一样。"

皇帝胸口慢慢舒出一口气，低头道："你为什么这样说？王授文对你不好吗？"

王疏月摇了摇头："不是，父亲对我很好，但他也把我当作家族的一分子，他想的事比我和母亲都要无私。反而我和母亲只关注生活里的那些琐碎，时常觉得他是个无情无义、不在乎子女感受的人。"说着，她抬起头来，"在遇见您以前，我一直都有这样的想法，后来跟了您，才觉得自己枉称半个卧云，实则肤浅至极。人生在世，并不能脱离父母兄弟、家族子嗣肆意而活。虽然从前的老庄之道下出了不少的贤人，但魏晋竹林之小，通共也就容下了七贤，往后千百年，大多数的人都活不出那时的孤独、风流，父亲不能，先帝爷更不能。您问父子为何要成仇，我并不敢解，因为……我现在也解不开父亲和我的心结。"

她说这话，皇帝却陡然想起，王授文为了王疏月，唯一一次在自己面前自称"奴才"的场景。究竟是为了件什么事，皇帝已经记不清楚了，但那个历经两朝自认问心无愧的饱学之士到底还是折了傲骨，为了给自己的血脉求一段平安。

"你和王授文……有什么心结？"

王疏月笑了笑："我猜，父亲见我在宫中艰难，也许是很自责的。但我无法当面告诉他，其实，我跟着您过得很好，也很想告诉他，我明白他为我们王家付出了多少、为我和我兄长的前途思虑了多少。我不怪他，反而很想谢他对我的恩情。"说完，她咳了一声，"但是，他不会听了，就算我说，他也会觉得我在说场面上的假话，还会觉得我是在怪他。这就是您所谓的'父子成仇'吧。我们和父亲的命运相互羁绊。早年，父亲强势，子女不敢反抗；晚年，子女大了，父亲又怕子女记恨，反而更加疏远子女。不如幼子早亡，父亲无从记恨，才会毫无顾忌、毫无保留地心疼那个和他无缘的孩子。”她说到最后，伸手抱住皇帝的身子，“所以，您一定很难过。”

第二十八章 天净沙

相伴至此，皇帝或许还有未尽之兴，王疏月却觉得了无遗憾。

王疏月的一席话不着痕迹，却轻而易举地道出了皇帝与先帝的那一场父子缘分。

身为帝王，皇帝太想要一个人懂他喜怒哀乐的同时，还能给他一种类似用素绸包裹他周身的封闭而私密的安全感。

皇帝一面想着，一面低头看向趴在他怀里的王疏月，她轻轻闭着眼睛，人在孕中，未施粉黛，却显得越发清秀、真实。

“你觉得朕的结能解吗？”

王疏月摇了摇头：“很难吧。我与父亲的心结这辈子也许都解不开，更不用说您这样的人了。可是……”她仰头凝视他的眼睛，“解不开又怎样呢？在世为父子本来就是前世今生的债，该偿的偿，该还的还，冥冥之中自有定数。相伴得越久，爱恨就越深，但神佛本来就是要我们经历之后才得以真正开悟。所以，我和您都不要自苦，我们……也并没有做错什么，是吧？”

是吧？是啊……皇帝在心中无声地应下她的话，低头又道：“那你和朕是不是也要经历之后才会开悟？”

“哈……我就是俗人，哪里能开什么悟？我唯一想的就是陪着您，陪着孩子们，把我这糊涂的一辈子糊弄过去就完了。”

“那朕呢，跟着你糊弄吗？”

“您要把我吓死吗？我可不敢这样说。”她这句话说得有些快，像真急了，人也撑着坐了起来。

皇帝抬眼望着她，灯暗处，她的影子柔和、曼妙，极弱又极美，脸颊带着一丝潮红，竟然有些促狭，可爱得很。他不由得摇头笑出了声。

就这么一声，听得地罩外头的张得通和何庆都松了一口气。

自从皇三子死后，一连十几日，皇帝的情绪都很压抑。这还是他第一回对着谁笑。

何庆不由得跟着这笑声咧开了嘴："我就说嘛，还是贵主儿有法子，咱们这几日在万岁爷面前劝的话恐怕都是惹烦的，原不该说的，只要万岁爷见了贵主儿就都好了。"

张得通点着头，而后竟轻轻地念道："阿弥陀佛，保佑贵主儿这一胎平安。"

话音虽轻得很，何庆却听清楚了，他弯下腰去看自个儿师父的脸，乐道："师父，连您都为贵主儿念起佛来了……"

张得通一顿。他一辈子公道惯了，从前无论是在府里还是宫里都不肯轻易地为哪位娘娘、哪位主儿说一句话，可现在他是真心地希望王疏月好。虽说皇帝可以有很多的妃子，但毕竟王疏月这个人对皇帝来讲是可遇不可求的。她让皇帝逐渐向内收敛起"煞气"，也逐渐向外舒展开自我，逐渐了解人世间爱恨情仇的生与灭，逐渐活出了人情味。若她能平安有寿，长长久久地陪着自己的皇上主子一直走下去，那也算是老天对皇帝这一生的补偿。

张得通这样想着，不再板着脸去教训自己的徒弟。他抹了一把脸，自顾自地笑笑，而后吩咐道："出去候着吧。"

那天夜里，皇帝小心地贴着床沿儿，正儿八经地睡了一夜。说是睡了一夜，似也不对，虽然他自信自己睡觉是极规矩的，但听周明说王疏月怀象不好之后，他便紧张了，生怕自己睡着了不留意，会伤到她。但他又不想走，因此整整一个晚上都不曾合眼，愣是陪着她躺了三个时辰。

其间，皇帝不断地回想她今日说过的话，继而想起六大名寺的午后，她陪着他和巴灵度和论《般若三百颂》。那一日的经文艰涩，她听得仔细，却不肯说话。他不知道她听懂了多少。可是如今，她的话平实、简单，却比佛语更能疗愈他身上外人不可见的伤口。

皇帝望着她瘦削的肩膀、瘦弱的背影，忍不住伸出手从背后轻轻抱住她。

角落里的小灯照着帐上几不可见的影子。

皇帝张了口，声轻而动情："王疏月，朕离不开你，但朕不能让人知道，也不能告诉你。"

萧瑟的风随声而落。那夜以后，终于熬尽了生离死别的大寒，东边来了暖意，一下子吹开了早春的杏花和梨花。

❖ ❖ ❖

二月初，长坤宫中杏影朦胧。王疏月说她喜欢看朱墙映杏花的景色，皇帝便命人将整个长坤宫的宫墙全部重新刷了一遍。那鲜艳的红墙衬着应时盛放的花，显出韶华至极之态。

金翘带着宫人撷了好些花下来，趁着春日日头好，在长坤宫的庭院里晒开。

一时间，花香满园。

王疏月已近临盆之日，太医院遣了周明和一个姓杜的太医上夜守喜。宫殿司也从各处抽调了两个管事的太监，日夜候着喜信儿。

王疏月听了金翘的话，一应起居仍托给金翘和自己的姨母吴宣。

这一日午后，大皇子去了尚书房，王疏月正坐在贵妃榻上看书，孕中眼睛耗得厉害，她不敢狠看，读几行便与金翘闲说几句。

吴宣端着药从外面笑着走进来，道："奴才瞧外面晒了好大一片杏花，娘娘是要拿来做什么的？"

金翘抬头应道："夫人不知道，每年啊，娘娘都要晒这些花，然后收起来，做饼饵、酿好酒，咱们万岁爷爱吃。"

吴宣放下药盏，在王疏月身旁坐下，含笑道："我们在宫外面的听说，禁城里的万岁爷是不能有什么喜欢吃的东西的，说是……哦，说是怕有人知道了喜好会拿捏这些，对万岁爷不利——"

金翘忙打断她道："哎哟，夫人，这种话可不能轻易出口。"

吴宣吓了一跳，忙道："是，奴才的嘴不懂事，娘娘别怪罪。"

王疏月放下书，端起药碗道："横竖没人，姨母不用这样。说起来，也是不该给万岁爷养口腹的喜好，只是日子久了，他就这么吃惯了。好在是家常的东西，不会上宴席，我才没有忌讳。"

吴宣松了一口气，轻轻握住她的手，欣慰道："娘娘这样说，奴才听得真是感动。娘娘和万岁爷这样情好，娘娘的母亲若是知道就好了，她啊……最放心不下的就是娘娘。"

"嗯。我也想跟母亲说，只不过宫里不准私祭。姨母，等你日后出宫去看母亲时，记得替我跟母亲说一声，让她放心。"

"好，奴才一定替娘娘告慰。"说着，她竟忍不住红了眼，伸手抚了抚王疏月已经高高隆起的腹部，"就这几日了吧？"

"嗯，周明说，随时都要备着，指不定什么时候呢。"

"哎哟，真好啊……"吴宣揉了揉眼睛，"想当年，娘娘从家里走的时候不让奴才送您，天知道，那日您上了马车，奴才在背后流了多少眼泪。如今啊……看着娘娘也要做母亲了，奴才这心里——"

金翘看王疏月耳根子都要红了，赶忙道："娘娘好好的，夫人说这些伤感的话做什么？"

"是是……我就是见识不多，怕娘娘苦。娘娘好了，我不知道怎的，开心得想哭。"

王疏月笑着拍了拍她的手背："您啊，还是跟以前一样。我小的时候，您就看不得我磕碰，有的时候，母亲都不心疼，您反而要哭。"

吴宣含泪叹了口气，道："奴才没有孩子，只有娘娘和定清这两个小辈。娘娘从小就懂事得让人心疼，让我们这些做长辈的都无话可说……唉……算了算了，不敢再说了，再说又要招娘娘笑了。"说完，她转了个话头，"我之前听周太医他们说，娘娘身子还是过于弱了，生产时恐怕会不易。奴才……到底没生养过，横竖不懂，也不知道要替娘娘备些什么。"

王疏月摇了摇头："有周太医他们呢。姨母，你只要陪着我，我就安心。至于生产顺不顺，我都没敢去想，老天能给我和主子这个孩子已是很眷顾我了，您只要替我记着，到时候若有什么艰难，您就替我告诉周明，我怎么样都好，把孩子留下。"

金翘道："您虽这样说，万岁爷哪里肯依？主儿还是把心放宽，您不好了，周太医他们还能有命活？"

王疏月摇了摇头："也不能这样说。总之，该顾上的，咱们都顾上了，剩下的交给老天爷吧。"

这话引得吴宣想起了王疏月母亲的旧事，不免又伤感起来："说起来，女人生孩子真是过鬼门关，娘娘的母亲也是损在这事上……听说，就连万岁爷的生母也是因产子伤了根本，才被弃绝。皇家不似外面小户，想想，倒还不如——"

"夫人，您在说什么？！"

吴宣猛然反应过来，这话不仅深深伤了王疏月，还犯了皇帝的忌讳，吓得自个儿头皮发麻，慌忙跪下来："娘娘，奴才该死。"

王疏月摇了摇头，正要劝，忽听外面脚步声凌乱起来，不多时，小太监在屏风外面传话道："主儿，皇后娘娘来了，已经到宫门口了。"

话才说完，外面已经肃静下来。

王疏月伸手搀着吴宣起来，抬头朝窗外看去。外面原本在晒花的宫人现已分列两旁，跪在地屏后面，人人屏息垂头，没有一丝摇晃，也没有一声咳嗽。

皇后自有皇后的身段和姿态，嫔妃去长春宫请安是规矩，相见时该问的、该训的也就一气说完了。平日里，皇后若无大事，甚少亲至嫔妃们的寝宫。加上三皇子染病到病故，诸事忙乱，连着好几个月，皇后都在哀痛之中，连嫔妃们每日的请安礼都叫免了。王疏月已有两三个月未曾见过她。

长坤宫的宫人都知道自己的主儿临盆在即，又都听说过天象冲克之说，深恐皇后要责难王疏月，皆越发恭谨，不敢造次。

皇后仍穿着素衣，手腕上挂着一串老料檀香佛珠，除此之外，周身再无其他饰物。她面上的妆容却是细细匀过的，远山眉画得浓淡相宜，可纵然如此，仍旧遮不住她眉目间的憔悴，眼尾处细纹不受脂粉，竟比不施妆时看着还要明晰。

皇后没有行规矩在明间落座，受王疏月的礼，而是径直穿过明间，走进西暖阁。她在皇帝平时常坐的那把禅椅上坐下，对正要起身的王疏月道："皇上都免了你的行礼，你就坐着吧。"

王疏月依言，扶着金翘的手重新坐下，但坐定后仍是弯了弯脖颈，作礼道："奴才谢主子娘娘体恤。"

"体恤。"皇后轻声重复着这两个字，"体恤你的是皇上。本宫是将你锁在钦安殿的人，何曾体恤过你？听说你为此又沾了寒，今日本宫来看你，你不想跟本宫说点儿什么吗？"

王疏月垂眼，轻声道："奴才知道，奴才现在无论说什么，都不能体贴主子娘娘的心意。所以，您不问，奴才就不敢开口。"

皇后看向窗外，笑了一声，道："呵，你在说三皇子的事吧？皇贵妃，你太聪明了。你若敢劝本宫节哀，本宫还真有话斥你，偏你说你不敢开口……呵呵，本宫竟也开不了口。"说完，她将目光从满园耀眼的春色中收了回来，叹道，"算了，你不说就不说吧。以后，也没必要去给本宫的三皇子上香，免得三皇子见了你，反而会怪本宫这个母后没有本事护好他这个孩子。"

王疏月心里一颤，不说别的，单单这话在这样好的阳春时节说出来就透着哀伤。

"娘娘还是信冲克之说吗？"

皇后摇头，看向王疏月的胸口："皇贵妃是什么心，自己心里应该是明白的。冲克之说真与不真，其实在于皇贵妃，所以，反而该是本宫问问你你信不信。"

"娘娘，奴才是个没什么指望的人。"

"三皇子没了，皇贵妃，你说这话太虚了。"

一句说完，引得立在一旁的金翘和吴宣双双露出惧色，王疏月却不再应话了。宫闱生活多年，她与成妃、婉贵人这些人相处大多还是凭着本心。但她也明白，有些人和事不是将心比心就能相互理解、相互成全的。正如皇后所言，三皇子死后，从她口中说出的所有宽慰之言，无论是不是出于她的真情实意，在皇后和六宫其他嫔妃耳中都是十分虚伪的。所以，她才宁肯受着皇后的严词，也不认真剖白自己。

王疏月不说话。如此一来，皇后也没了言语。

气氛正僵着，孙淼进来，向王疏月行了一个礼，起身在皇后身旁道："娘娘，长坤宫的两个小太监在旁门处鬼鬼祟祟的，奴才已经让人拿住，问他们，他们又不肯出声。"

皇后朝外面看了一眼，淡淡道："带进来，本宫和皇贵妃一道问。"

王疏月闻言，侧身看向金翘，金翘却一脸无措。

皇后又道："皇贵妃不用紧张，本宫是皇后，你的孩子也是本宫的孩子，本宫有责看顾。”

正说着，那两个小太监已经被孙淼带了进来，跪在皇后和王疏月面前瑟瑟发抖。

孙淼道：“皇后娘娘驾临长坤宫，你们在侧门鬼鬼祟祟地做什么？当着你们贵主儿和皇后娘娘的面儿，干干净净地说出来，否则，进了内刑司，想说也没人肯听了。”

那两个小太监原是梁安怕王疏月遭为难，打发去隆正殿那边找何庆和张得通听皇帝信儿的，奈何迟了一步。皇后驾临，论理，阖宫的宫人、太监是不得擅离其位置随意行走的，于是他们这一走动，便被孙淼用大排场拦了下来。二人自己心里头惧怕，但又想着王疏月平时待他们好，不肯实认，给自己主儿添事，于是双双垂着头，支支吾吾，不说整句。

皇后低头看着那两个太监，冷声道：“不说话，便是心有不轨，不肯认了。皇贵妃，你临盆在即，身边不能容这些不轨之人。你在孕中，不宜动怒处置，本宫就替你处置。来人，把这二人带到内刑司去打二十板子，让内侍府另补两个奴才进来。”

金翘一听这话，心里便急了，怀胎十月，其中几经折腾，好不容易养到了现在，她把十二分的精力都用在识人上，才有了这些可信之人。这两个太监虽然不入内，却是在外行走，领取、索要用度的踏实人，此时被抽换，往后怎么能让人放心呢？然而在皇后面前，她再心急，也不能莽撞地开口，只得心慌意乱地求皇帝那边早日散了过来，解自己主儿的难。

两个小太监年纪都不大，听说要打板子，吓得磕头如捣蒜，口中求饶不止。

孙淼呵斥道：“主子娘娘的恩典，你们不谢恩，还敢在此伤贵主儿的神，都不想活了吗？来人，带走。”

“等等。”

“皇贵妃娘娘，此等不识好歹的奴才，您没有必要替他们求情。”

王疏月没有理会孙淼，抬头对皇后道：“容奴才问问他们，娘娘再处置不迟。”

“你问吧。”

“是。”说完，她放平声音，对那二人道：“你们一向很妥当，今儿是怎么了？”

“奴才——”

“不用这样慌，去做什么就说什么。你们的行径，哪一样不是我吩咐的？你们遮掩，就是我在主子娘娘面前遮掩，是不敬的。”

二人跪着不敢抬头，其中一个小太监犹豫着小声开了口：“主儿，奴才们是去请何公公和张公公。”

金翘抿唇侧向一边，暗骂梁安这人不妥当。

皇后闻言，笑向王疏月道：“本宫是皇后，本宫过来看看你，你也要惊动在前面议政的皇上。惊动皇上的罪先不论了，皇贵妃，你是如何想本宫的？”

“是奴才的错。”她一面说着，一面伸手扶住吴宣的手腕：“姨母，扶我起来。”

“娘娘——”

“没事，扶我起来。”

王疏月的身子近足月，起坐已经十分不便，即便是借着吴宣的力，行跪礼仍旧艰难。

皇后看着王疏月缓缓站起，又试着力小心地屈膝跪下去，双手举至额前，垂头触手背，以此全叩拜之礼来向她请罪。她不由得道：“这个时候，你在本宫面前行此大礼，是想让阖宫知道本宫苛责你吗？”

王疏月抬起头：“不是，是奴才不懂事，不知体会娘娘恩情，反而多心猜忌，还险些搅扰了皇上的政事。奴才给主子娘娘请罪，请主子娘娘看在奴才素日恭敬、不敢逾矩的分儿上，恕奴才糊涂。”

她好像明白什么样的话既得体又不失力。皇后低头看着她，手渐渐地攥成了拳。这么多年来，王疏月当真是个进退有度、丝毫挑不出错处的人。她不论是对皇帝、对恒卓还是对婉贵人和宁常在，甚至是对宫里的这些奴才，看起来都是实打实地好，因此，不论朝廷对她的汉女身份有多少诟病，无论云漠旧藩对她有多少质疑，她还是逐渐走进皇帝心里，甚至逐渐博得阖宫的认可。正如她所言，从御书房的宫女到长坤宫的皇贵妃，她没怎么张扬地走到人前过，受封皇贵妃后，也从不过问六宫的大事。从头到尾，她都像个没什么指望的人。可是，就是这么一个看起来恭敬有礼、谦卑多让的人已然成了他们博氏在大梁后宫最大的威胁。

皇后心中莫名觉得有些讽刺。她实在不明白，她从前也有一颗恩泽六宫的心，也曾爱护皇帝的子嗣，也曾宽和待下、体恤嫔妃，这和王疏月是一样的啊，但为什么皇帝视王疏月是良配，却与自己恩淡情散？她和王疏月这个人究竟差在什么地方？

“本宫……真是看厌了你这可怜的模样。”

“娘娘，奴才如此，只为求您赐生。”

“那你为何不赐恒阳一命？”

“奴才——”

“你无话可说，是吧？皇贵妃，天象之说是不可尽信，可让本宫寒心的是，天子受命于天，身为君王，皆须上承天意，下循祖宗之法，可是为了你，皇上竟然一点儿都没疑过。他视天意如此，日后又将视祖宗之法为何物？王氏，本宫纵你蛊惑君王至此，实是本宫身为皇后之大罪！”

王疏月听她一字一句地说完这一席话，直至最后一个字音落下，才从口中缓缓地吐出一口灼热的气。她慢慢地跪坐下来，偏头望向窗外。

外面春光绚烂，红墙映白杏，那红的欲灼人眼，而那白的似凝结成霜。

“王氏，你无话要辩吗？”

王疏月摇了摇头。

“容奴才生下孩子，奴才任娘娘处置。”

皇后慢慢朝椅背上靠去。

“好。本宫一定会让你生下皇帝的孩子。”

说完，她闭上眼睛，竭力平息一口气，对孙淼道：“孙淼，你是本宫身边的人，本宫就把皇贵妃生产之事交给你，若有一丝闪失，你就不用回去了。”

“是，奴才谨遵娘娘的话。”

皇后走后，长坤宫上下皆抚胸松了一口气。

金翘搀着王疏月坐下。

吴宣则看向窗外，见孙淼正在地屏前送皇后，不禁道：“皇后娘娘把她放到娘娘身边是什么用意？”

金翘一面替王疏月盖上绒毯，一面道：“还能是什么用意？夫人，您是汉人，又是宫外的人，一辈子没有生养过，哪里知道宫中嫔妃、子嗣为争大统之位手段有多厉害。皇后从前对嫔妃们也算是好的，那是因为，诸如淑嫔、主儿这样的嫔妃没有子嗣，婉贵人虽有个二皇子，却是个没主心骨的糊涂人。加上后来，中宫又有了嫡子，地位稳固，咱们主儿才勉强有个安生。如今皇后嫡子殇了，主儿养着大皇子，若主儿这一胎再是个皇子，您想想这宫里的局面会变成什么样。”

吴宣是续弦，不曾有过自己的子嗣。如此虽有些凄凉，但她这个人心意平，因此免去了不少内宅的争斗，一入宫，只见皇帝对王疏月宠爱，并没有看清王疏月的处境，听金翘这样说，忙道：“那可怎么好呢？娘娘，这个孙……什么……留不得啊。”

金翘道：“这也是糊涂话，孙淼姑姑是皇后娘娘的人，连奴才和梁安都不能不听调遣，咱们主儿撵不了她。”

“那可怎么办……皇上，娘娘，求求皇上。”

“无据猜忌皇后，我们主儿也是大罪。”

吴宣语窒，只得一脸担忧地望向王疏月。王疏月没有说话，只是冲她淡淡地笑了笑。

“奴才……竟没想到，娘娘在宫里处境是这样难。”

王疏月捏了捏她的手腕：“您知道就好了，以后出去可千万别跟兄长他们说啊，他们比姨母还要明白，心里已经不好受了，您再一说，父亲倒还好些，哥哥怕是要哭了。”

吴宣急道：“都这个时候了，娘娘还只管玩笑。”

“您也别急，好在她是长春宫的掌事姑姑，不会经手细碎的事务，我会防范。金翘，你和梁安不要与孙淼冲突，明面上万事都要听她的。”

“是，奴才们知道。主儿的药，还是在太医院，周太医亲自看着熬制。我昨儿问过了，这事皇上虽没吩咐，但周太医自己怕得很，前几日那么冷，他都自己缩那儿守着火，亲自沥药，亲自交到梁安手上送来，这一样绝不会有差错。至于饮食上，万岁爷准了小厨房专门伺候您，那里的人，奴才过了好几遍，都是妥当的。咱们已经防范成这样了，应该是没有妨碍的。孙淼……奴才亲自去盯着，绝不让她碍着您和小主子。”

王疏月点了点头：“横竖就这几日，你们辛苦一下。”

金翘一面蹲下身撩起王疏月的下裳看，一面道：“奴才们怎么样都是该的，说起来，奴才入宫这么久，也就遇见您这样一个主子，身在皇贵妃的位置还对底下人这样。”说完，只见本来就水肿得厉害的膝盖经过刚才一番跪，跪压处已经发白了，她不由得心疼道：“主儿为了两个奴才，何必呢？”

这话说得两个小太监涨红了脸，其中一个伶俐的膝行几步到王疏月面前：“主儿，奴才们哪里值得主儿这样？主儿从前待我们好，如今我们哪怕去了阴曹地府，也会念着主儿的好。”

王疏月低头笑了笑：“胡说什么，不知道我这几日忌讳吗？”

“奴才……该死。”

王疏月撑着下巴望向那二人，温声道：“我也常在我主子那里说这话，可我从来没觉得我该死。哈……”说着，她明眸笑开，又道，“我啊，为你们，也是为我自己。你们经手我所有的用度支领，将近十个月从未出一点儿差错，你们去了内刑司，长坤宫的门不就跟着敞开了吗？到时候，我怎么办？小主子怎么办？”

“主儿——”

“还有什么要说的？我且问你们，还去不去阴曹地府了？”

两个小太监忙道：“不去了不去了，奴才们化成灰也要守着主子。”

气氛一下子松快下来。

王疏月询了一句时辰，正要吩咐梁安去接大皇子回来，却听明间外面传来皇帝的声音：“你在这儿守着做甚？”

王疏月吓了一跳，还没来得及细辨他到底在和谁说话，接着就听见一声不耐烦的呵斥：“下去！”

话音刚落，皇帝已经理着袖口从明间跨了进来，一面走一面道：“宫殿司在做什么？朕让他们仔细上夜，不是让他们把长坤宫塞满。孙淼又是怎么回事……”

何庆这会儿也是一头雾水，又不能不应话，只得一边走，一边道：“娘娘怀象不好，宫殿司那边是生怕有差池，才遣了多一倍的人来守喜。至于孙淼，应该是皇后娘娘的意思。这也有先例，孙姑姑是长春宫掌事的姑姑，之前成妃娘娘在府上生产的时候，也是孙姑姑照看、张罗——”

皇帝压根儿不想听他说这些：“你这些废话，朕不听，朕要清静。”

“是是，奴才这就让他们都退下。”说完，他赶忙朝着暖阁里的金翘使眼色。金翘也听明白了，便转身带着吴宣等人退了出去。

皇帝走进西暖阁，径直在王疏月身旁坐下，一仰头，指着领口道：“解，勒了朕一日。”

王疏月见他身上穿的是衮服，便知道今日叫了大起，议的事多半大而急，致使他没有回宫更衣。

“您如今连通传一声都不肯了，我还怎么守规矩？”

皇帝仰着头笑道：“你不说，朕还忘了，你刚才那一句什么，哦……你从来没觉得你该死，胆子大得很啊。你还要守规矩，你还是去学钻天猴吧，翻天的活路比较适合你。”他一面说，一面被自己那句“钻天猴”给逗乐了。他越想越觉得有意思，竟笑得肩膀都跟着抖了起来。

王疏月解着他衮服上繁复的扣子，笑道：“主子今日心情不错，说话都不似从前那样苛刻字眼。”

皇帝道：“朕看了朱红光关于南方种痘详考的折子，写得很好，今日在明华门上议过，宗亲虽还有顾忌，但朕今年势必要在南方广推此法。”

“真好。”

皇帝笑了一声，道：“你懂什么？难处还很多。”

王疏月托着腮，偏头道：“是不太懂，但喜欢看主子自如的样子。天下那么大，百姓那么多，政务繁杂，从前我在御书房的时候常见您借浓茶熬苦夜。如今，但凡见您能舒眉冲着我笑，我就跟着开心。”她说着，明朗地对着皇帝笑开。她向来报喜不报忧，见皇帝的时候，一直是这样安闲的模样，看不出什么委屈。天知道，这样的笑容治愈过皇帝多少焦躁的情绪。

但皇帝不是不知道她这个性格，直接问道：“皇后今日过来和你说了什么？”

“没什么，留下孙淼照看，再有就是些嘱咐。您有您的政事要想，别想我这些琐碎事了。嗯，您就等着……抱您的孩子吧，也不要在我这儿听墙根了。”

她竟然说他听墙根，皇帝脸上一下子挂不住了：“胡言，你是朕的人，长坤宫是朕的地方，朕听什么墙根！”

“好好好，哎哟，您别恼，吓得他踢我了。”

皇帝见此状，立刻被灭了气焰，夙了：“成，你现在吼不得骂不得。”他想了想，又道，“不过，王疏月，朕活了这么久，还是第一次听见你这样教奴才。什么说自己该死，又不觉得自己该死的……”

“是不是很糊涂？”

“倒也不是。”皇帝撑着额头，看向一旁的何庆，“你这里的人大多还是沾了点儿你的脾性。朕不用问就能看出来哪些是跟你的人、哪些是宫殿司添过来的。喏，这个奴才，越来越像你教出来的。”

何庆抓了抓脑袋：“哎哟，贵主儿肯教奴才啊，奴才就要谢大恩了。”

皇帝拿手点着他，笑而不言，而后身子往后一仰，随手拖过来一个枕头垫着仰面躺下。

“行了，不和你吵了，朕躺一会儿，午时还要去御书房见几个外放的山西官员。”

“嗯。”

他合了眼，王疏月也就不再出声，将原本盖在自己腿上的毯子取下来，盖在皇帝身上，自己也慢慢靠着他躺下。

西暖阁里什么都没有焚，却有满室的杏花清香。

皇帝合眼养了一会儿神，却并没有睡着。

窗外风吹碧树沙沙作响，皇帝翻了个身，轻唤了她一声：“疏月。”

“在。”

“朕闲时给孩子想了个名字。”

“是什么？”

“‘宁’这个字，朕觉得很好，你若生的是个女儿，就叫宜宁，若是儿子，那就叫恒宁。”

王疏月侧身应道：“取意‘安宁’吗？”

皇帝点了点头：“对，也算朕……对你许诺。”

“什么许诺？”

“王疏月，听不懂就憋着，不准问！”

王疏月被他撑得无可奈何。这么久了，他的温言暖语还是不能顺畅地说下去。其实她哪里是不懂，不过是想听他亲口说而已。

王朝更替，梁汉相融的阵痛之中，她其实已经竭尽全力周全她自己，周全她的亲人和爱人。但给了别人安宁，她就不能获得她自己的安宁了。好在皇帝这个人总是以刚直的秉性来替她考虑。他对她好时从未去权衡所谓的“后宫平衡”“梁云之姻”这些东西。他不想让她一直站在前荣的那片黄昏里，他要托她做世间的云霞，要许她安宁，坚定地告诉她：“虽在高处，也不要害怕。”此可谓“人生漫长，彼此成全”。相伴至此，皇帝或许还有未尽之兴，王疏月却觉得了无遗憾。

❖ ❖ ❖

孙淼入长坤宫，并没有逾越的动作，每日不过在宫中日常照管，查看内侍府各处送来的诸如槽、木刀、木锨以及黑毡等物件，辰时回长春宫回话。

金翘和梁安皆不知其意，越发防范得紧。药食上的事都是尽着吴宣的手来伺候，金翘和梁安轮着日子上夜，其余宫人也都深感自己主子素日里待下的好，没有不用心的。

皇帝处理完政事，大多数时间都在驻云堂看折子，一看就看到起更。王疏月懒，那会儿早就睡熟了。

皇帝倒也不在长坤宫折腾，看完折子，不过偶尔在她榻前坐会儿，随手翻两页她翻过的闲书。

她不愧是修过卧云的人，临盆前竟翻起了忽思慧的《饮膳正要》以及许国祯的《御药院方》，大有要自己给自己掐脉调养的架势。皇帝觉得有些好笑，想着她是不放心周明这些人，还是她真起了学医的心，把这些天书当正经书看起来。想着，他便随手捡了一本往明间里走，一面走一面看她在留白处写下的正儿八经的批注。

明间里，吴宣和金翘正在挑红豆，见皇帝走出来，忙跪让到一边。

皇帝已经走到门口，又退了一步回来，冲着金翘扬了扬手上的书："跟你们主儿说，这本书，朕翻翻。"

金翘应了是。她送皇帝走后，方扶着吴宣站起来，想起皇帝刚才的话，便进去收拾王疏月搁在手边的其余几本书。

那几本书都厚得跟砖一样，金翘拿到灯下细看，发现竟都是医书药方，不由得对吴宣道："主儿以前也偶尔看些医书，但都是为了照顾小主子的身子，有孕后，倒看得多起来。昨儿周太医来请脉，奴才没在里面陪着，夫人在主儿身边，可听着周太医说什么了吗？我见主儿是自那日以后才正经地把这些书搬出来。"

吴宣坐在灯下，长叹了一口气。王疏月的母亲吴灵死在什么病症上，她再清楚不过。

二十几年前，吴灵难产，在鬼门关晃了一圈，虽捡了命回来，却是母子皆受损。王疏月小的时候多病，逼得王授文这种从来不信怪力乱神的大儒都在山庙里给自己女儿买替身，好在后来随着女儿年岁大了，才慢慢好些。至于吴灵，生产之后，恶露一直淅淅沥沥的，不曾彻底干净，后来，连男女之事也逐渐断绝了。吴灵倒是一直劝王授文娶几房侧室，说是对王家的香火好。但王授文总说："定清已长成，疏月也贴心，对祖宗已有了交代。家中人多了，难免要撑门面闹亏空，不如这样清清静静的好。"于是，二十几年来，他竟当真没有纳一房妾。一世为夫妻，不管他素日多么酸迂、市侩，在做丈夫这方面，自己这个妹夫是做得顶天了。毕竟是在民间，夫妻情好，在一起过着赌书泼茶的日子，外头的人看着表上好，也就不能说什么。此事发生在禁城内，却变得有些血淋淋的。

吴宣从前就听说过一些关于皇帝生母的事。

那个至今没有名分的女人生了皇帝不到两个月就被遣去临春园的恩佑寺，伴着青灯古佛，一关就是三十多年，哪怕她的亲生儿子如今已经稳坐金銮殿，她也不能回宫。

禁城上下都忌讳她这个人，皇帝的龙椅坐得越稳当，杀伐行得越自如，她就越往时光深处隐去。

整个大梁皇室连一个字都没有给她，但这并不代表她不会被人们茶余饭后在无聊的冬夜里提及。关于她究竟得了什么病、为什么不能在宫里养着，其实大多数人心里都明白，只是因为他们畏惧皇帝，又鄙夷那无用的女人身子，才把这个原本应该和皇帝一起垂名的女人越论越卑微，越丢越冷寂。

诸如金翘这些人，也会忍不住在无人处遮遮掩掩地跟吴宣讲述她们听来的故事。

当年这位云答应生下皇帝之后崩了血山，在宫里调养了两个月也没有调理过来。后来，说是她出身低贱，受不了皇帝的大恩，才落了这个病。

后宫里，出身奴籍，无家族之荫庇，无才学傍身，她不过是有一副好皮囊，守着转瞬即逝的青春年华的女人，一旦失了干净的身子，不能在床榻上让皇帝酣畅淋漓，对皇帝而言，就连皮囊都不是了。皇帝厌恶她，觉得她那不堪出口的病和她那个人一样低贱，甚至连带着也不喜欢她给自己生的这个儿子，当面斥他是“奴隶之子”，至此种下了当世不可解的“父子之仇”。

吴宣把皇帝生母的人生和吴灵的人生一并想来，不觉五脏俱痛，又想起前几日周明来请脉时对王疏月说的话——“娘娘体质本弱，又曾在数九天受大寒侵体，加之前一年在内刑司受过刑，如今虽得诞下皇嗣，但恐有后疾类……娘娘之母啊……”

是时，金翘被王疏月支出去了，梁安也不在跟前。

西暖阁里除了吴宣和周明，就只有大皇子，他静静地坐在驻云堂里写字。

王疏月听周明说完这一句话，握着青花瓷茶盏，怔怔的，一直没有说话。

周明收了腕枕，宽慰她道：“贵主儿有皇上的洪福罩着，微臣和其他的太医也会尽力为贵主儿调养，贵主儿放宽心，皇嗣要紧。”

吴宣道：“此事，你们可回了皇上？”

周明望着王疏月道：“虽脉象如此，但结果也是因人而异的，所以，微臣不敢拿未定之事回禀。但贵主儿是明白人，微臣将此症言明，也是请贵主儿有些准备，生产前后万不可再受寒了，生产时也要让接生姥姥们格外细致。至于日后的调理，过程或许缓慢，贵主儿不能心急。”

王疏月抠着杯盏的手忽然一滑，护甲与瓷面猛地一剐擦，刺耳的声音逼得吴宣闭了眼。王疏月放下茶盏，往驻云堂里看去，见大皇子也朝她看来，握着笔，面带关切之色。

“来，到和娘娘这边来。”

大皇子放下笔，理好袖子走到王疏月身边：“和娘娘，您没事吧？”

王疏月缓缓地吐出一口气，伸手将大皇子搂入怀中，温暖虽然是从他人那里借来的，但也得以暂时抵御她心里的悲凉：“没事，大皇子在，和娘娘什么都好。手上沾了这么多墨，伸出来，和娘娘给你擦擦。”

说完，她捏住大皇子的手，慢慢地将隐在骨骼里的颤抖压平，而后沉默了半晌，方抬头对周明道：“我还是那句话，孩子们比我重要，你不回皇上是对的。周大人，我做你的病人也做了这么些年，希望大人能与我有一份默契。”

周明听明白她话里的意思，忙道：“奴才不敢。”

“我知道，你做不了主，我也没有逼你一定要在皇帝那里舍我保子，我只是想让你知道，生产时，不要因为怕伤我而损到孩子。我的身子已经是这样了，你今日对我言明，我就有了准备，不怕的。”

周明被她这一番话说得背脊上寒津津的。他不忍再多留，行礼退了出去。

梁安端来水，王疏月替大皇子擦过手，含笑打发他下去歇息了。

西暖阁里影静人寂。

吴宣忍了多时的眼泪这时终于夺眶而出，渐渐地，她竟哭得泣不成声。

“奴才真不明白，娘娘……的母亲受了那样的罪，为什么……连娘娘也……”

王疏月摇了摇头：“姨母，您是不是想到先帝的云答应了？”

“奴才……奴才不敢。”

“您别难过，也不是一定会像母亲那样，就算是，也……”她没有说下去。后半句，她原本想说，就算是，也不一定会像皇帝的生母一样，可话到口中，她又犹豫了。

❖ ❖ ❖

二月二十八日，王疏月临盆。周明和四五个守喜的太医并接生姥姥、内侍府、宫殿司的人从子时起便忙乱起来。金翘守在里面，孙淼照看着里里外外进出人的调度。

皇后子时便到了长坤宫。

长坤宫点燃了所有宫灯，哪怕是在深夜之中，也将那一丛丛盛开的杏花照得雪白。然而，无论花香多么清幽，也盖不住风里浓重的血腥味。

不出周明所料，王疏月生产异常艰难，从发动至此时已经折腾了两个时辰，仍不见生产的迹象。

周明深知王疏月体弱，拖得越久越危险，正五内俱焚，忽见吴宣闯出来，道：“周太医，娘娘疼得昏过去一回，这可怎么是好啊……”

太医院院正道："咱们议的催产的方子，这会儿是不是该下了？贵主儿是头胎，体质本就弱，你照顾贵主儿母子已久，该知道，这样拖着反而凶险。"

周明抹了一把额头上的冷汗："那方子虽能助生，可毕竟药性烈，恐怕贵主儿的身子受不住啊……"

院正不解道："周明，你我行医这么多年，伺候了宫里多少位主儿，该知道，生子本就是闯鬼门关。我们是要保母子平安，至于是否伤身，大可留在产后调理时详议。再说，之前那方子，咱们已经一议再议，不至于伤及根本，你如今拖着不用，一样会损伤母体，还可能损及腹中龙胎。都这个时候了，咱们还是得问问主子娘娘的意思。"

第二十九章 木兰花

想让他的江山无战乱、无天灾，人心归一，想让他这一生功德圆满，再也不要经历生离和死别……

周明仍然没有松口，在地屏前来回踱了几步。

吴宣知道王疏月对他说过什么，也知道周太医此时在为难什么，一面是外甥女母子的性命，一面是外甥女的一生，两面都损不得。眼见周太医额头渗出了汗珠，她顾不上礼数，一把扯住他的袖口：“太医，您要保下我们娘娘啊……”说着就要跪下去。

周明赶忙扶起她：“使不得使不得。夫人，娘娘母子平安，微臣才能平安，微臣一定竭尽所能，只是——”

话音未落，只见孙淼走过来传话：“周太医，皇后娘娘传您过去问话，您跟奴才来。”

周明一怔，道：“这会儿吗？”

“是。皇后娘娘要问皇贵妃母子的情况，请您即刻过去。”

周明无法，只得应是。他跟着孙淼走了几步，又回头对院正道：“那药再缓缓，等我回来。”

院正叹了口气，道：“你先回话去吧。我们有我们的分寸。”

“院正大人，下官——”

“周大人，皇后娘娘等着呢，走吧。”

周明前脚刚被带走，金翘便满手是血，慌慌张张地从西暖阁里出来：“夫人，周大人呢？”

吴宣跺脚道：“说是皇后娘娘传去问话了……哎呀，娘娘怎么样了？”

金翘眼睛发红：“大不好呢，娘娘身子太弱了，虽含了人参提神，可折腾到现在也快力竭了……奴才心里都慌了……对了……万岁爷——”

吴宣闻言，紧接着道：“是了，咱们都慌神了。娘娘疼了这么久，也该去请万岁爷来拿主意了啊。”

金翘点着头，续道："您先进去守着，我去找梁安，让他去传话。这会儿虽晚，但张得通听说是主儿的事，一定会通传的……"

她一面说一面往前面走，却迎面撞上了梁安："这会儿，咱们长坤宫的人出不去。"

"什么意思？你脸……怎么了……"

"先别管我的脸怎么了，长春宫的郑三元带人守着长坤宫的进出口，说是皇贵妃贵重，为求周全，一应取用之物只准使内侍府各处月前备下的那些，不准闲杂人等进出长坤宫。我刚才与那个狗奴才理论，他非但不放行，还给了这一耳刮子。"

金翘脸色一白："咱们的人一个也出不去吗？"

"出不去了，孙淼一早就盯着今日了。主儿今儿晚上一发作，她就命人守了宫门。金翘啊，咱们之前生怕她在主儿的药食里做手脚，日日防范厨房和药房，如今看来，她的用心竟是在主儿生产的鬼门关。我刚过来的时候见周太医跪在偏殿里听训，这怕也是长春宫有意为之，这要紧关头上，主儿身边没了周太医，可怎么得了？"

金翘跺了跺脚："好恶毒的心。主儿身子不好，若有好歹，就是天命，长春宫……长春宫最多被训斥，连顶罪的人都省了啊。"

梁安道："这会儿长坤宫里都是长春宫的人，你就不要说这些了。咱们主儿福大命大，长春宫也不敢明着下手，他们不过是赌主儿熬不过去。既如此，咱们就再不能咒主儿了，你赶紧进去守着。我和禄子他们再想想办法。"

金翘搓着手上的血迹，应道："这会儿你倒比我冷静，好……我进去守着主儿，你一定要想法子去隆正殿传个话呀。"

更漏的声音被喧闹的人声掩盖了。过了三更天，天上淅淅沥沥地下起小雨。

王疏月被一阵猛烈的阵痛拽回现实。在这之前，她觉得自己的魂儿乎离了身，漂在一条没有尽头的河流上，意识里没有别的声音，只有皇帝在巴灵度和面前说的那一句："朕与和妃是有愿同流的人。"

那声音时而清晰，时而模糊，渐渐被吴宣的呼唤声逼退。

王疏月睁开眼睛，西暖阁内一片灯火辉煌，每个宫人的脸都因为担忧而显得有些扭曲。

"娘娘，再撑一会儿。"

王疏月喘了一口气，尽力将含在口中的头发吐出来，哑声道："主子……在吗？"

吴宣朝外面看了一眼，含泪摇了摇头："没有。孙淼不让娘娘的人去隆正殿传话……"

王疏月咳了一声："不在……那也好……周……周明呢？"

“被传去偏殿里回话了，这会儿还没回来。娘娘，您一定要撑住啊。”

话刚说完，一个宫人进来传话道：“外面太医大人询问娘娘可醒过来了。”

吴宣抹了抹眼泪：“醒过来了。周太医回来了吗？”

“还没有。现在院正大人在外面，大人呈了催产的汤药进来，让您伺候皇贵妃娘娘服下，有助娘娘生产。”

“娘娘身子一直是周太医照料的，院正呈的是什么汤药？！”

“这……”接生姥姥急道，“夫人，娘娘已然是力竭气尽，单靠母体之力实难生产，再拖下去，恐怕连小主子都要出事了。”

“那也不能胡乱——”

“姨母——”

“娘娘……您别说话，要存着力啊——”

“我已经不剩什么力气了，那药是周明开的方子……您……把药端来——”

“可是，周明说过，这药——”

“姨母，你是实心人，但有些话不要出口……会伤到您。您啊……就记着我的话，若是我不好，您就替我说给皇上……生死是我的事，与周明……等人无关，不要迁怒，不要怨恨，以后，待大皇子好些，别一味地吼他——”

“娘娘别说了——”

王疏月别过头，对那个捧药的宫人道：“你过来……服侍本宫……把药喝了……”

那个宫人看了看吴宣的神色，有些迟疑。

“过来……本宫没什么力气说话，你再不过来，就要害死本宫和皇上的子嗣了……”

吴宣哽咽得说不出话来，她不忍看，也不忍想，只得颤巍巍地站起身让开，用手摁着自己的脖子往窗边走去。

王疏月入宫以后一直都在吃苦药，可这一碗药比之前所有的药加起来都要苦，甚至带着一丝辛辣，顺着喉咙一直流淌到脏腑之中。她忍着呕意，强逼着自己一口一口吞下去，接踵而来的便是比之前还要难以忍受的剧痛。她不由得绷紧整个身子，死死地抓住被褥，脚趾紧绷，眼前辉煌的灯火也渐渐演化成血红色的光雾。

男人带给女人的最大伤害终于来了，大到足以了结女人的性命。

疼爱、怜惜、荣华富贵，这些从“伤害”中衍生出来的被男人捧给女人的东西，好像一下子在生死之际暗淡下来。而这些华而不实的光点暗下去之后，王疏月终于肯在内心对自己承认她对那个男人的情意和爱意。

她活了二十余年，这二十余年，她从长洲到京城，到临春园，到渃河，到六大名寺，到申兰围场。人世间的大好时节、大好风光，一幕一幕全部印入心间。是皇帝让她的人生和眼界得以展开，而她也治愈了皇帝情感上的旧伤。贺庞爱她，没有章法和道理，笨得时常令人发笑。而她对贺庞的爱是深静的流水，不带丝毫嫔妃对君王的畏惧和依赖。没错，她早就不怕他了，如今，她想长长久久地陪着他、支撑他，想给他生孩子，想让他和他的家族枝繁叶茂，想让他的江山无战乱、无天灾，人心归一，想让他这一生功德圆满，再也不要经历生离和死别……

她想着这些，意识便舒展开来，不再集中于身体。她索性坦然地打开周身的知觉，任凭疼痛侵袭。虽疼，但那助产的药毕竟起了效力。

不多时，伴着一声婴儿的啼哭，所有的疼痛瞬间退去，她的耳中突然尖锐地响了一声，接着周身的力气一下子全部被抽离，她腰背一塌，沉沉地跌在榻上。

“主儿，是个小皇子啊……主儿，您给皇上生了个小皇子……主儿……主儿……周太医……太医，主儿见大红……”

后面的声音在王疏月耳中逐渐模糊起来，意识渐渐从脑子里退出。在她彻底堕入混沌之前，她隐约听见一声熟悉的呵斥从紧闭的步步锦支摘窗外传来：“王疏月，朕让你好好活着，你是不是听不懂？！”

他来了。哈……那个他啊，真是个憨呆子。

❖ ❖ ❖

大多数的人还是会记住一个人纯粹的好。王疏月生产后，长坤宫的宫人虽个个都筋疲力尽，却没有一个人愿意歇着，尽心竭力地张罗、伺候。大皇子下学后，也在偏殿为王疏月写经，就连婉嫔也亲自跪了钦安殿，替王疏月祈福。

周明日夜不休地请脉用药。

生产后第三日，风轻雨细，雨水敲窗，滴答作响，王疏月终于慢慢听见了雨声，醒了过来。

周明喜得一屁股坐在地上，顾不上皇帝就坐在对面，絮絮叨叨地说道：“微臣的脑袋掉不了了，掉不了了。”

王疏月看了看他，方抬起头。她昏睡了太久，陡一见光，眼前还有些模糊，首先映入眼中的是衮服上光彩熠熠的团龙纹。她抬手揉了揉眼睛，终于看清了皇帝的脸。

皇帝眼睛通红，像几夜都不曾合过眼。他没有回避王疏月的目光，直直地看着她，口中却冷声道：“周明，滚出去，把朕记给你的二十板子领了。”

“是是……微臣这就去领。”说完，他也不求饶，端了端头顶的官帽，爬起来退了出去。

西暖阁内的宫人也都识眼色地退了出去。

室中静可听针落。

皇帝坐在王疏月对面的禅椅上，沉默地望着王疏月。良久，他松开撑在膝盖上的双手，屈肘重新抵在膝上，而后弯腰垂头，用手掌托着额头，一言不发。

王疏月咳了一声，轻轻地唤了他一声："主子——"

"你先别说话。"他声音不大，王疏月却分明听出了一丝藏不住的颤抖。

"贺庞。"她突然唤了他的名讳。

皇帝肩头一颤，仍旧没有抬头，只哽咽道："你不想活了，是不是？朕的名讳，你不能叫。"

王疏月笑了笑，她的手慢慢地从被褥里伸出来，摊开手掌伸向他："贺庞，你过来。"

"王疏月！不要跟朕放肆！"

她似乎根本就没有听见他那心虚的言辞。那条白若凝霜雪的手臂暴露在细细的入室风里，如同一截细藕，就连手掌的张握也有了莲花开闭的风流。

"你过来，我就不怪你。"

皇帝所有的脾气忽然被王疏月那一句"我不怪你"摁灭了。他抬头又看见了她那双无波的眼睛，眸中含着水光，辉映着枕边的一盏灯。乌缎般的头发此时全部垂散，有些落在手臂上，有些压在脖颈下。金翘和吴宣在榻上堆满了大毛皮子，虽已是三月，却拥得她像一只幼兽。

"你是不是哭过啊？"她温柔地问出声。

"放肆，朕会哭？再胡言乱语，朕也给你记一顿板子。"

"你给我记了七八回板子了……等我好了，一并清算了吧。我不想……总是欠着你。"

"你……"皇帝哽得咳了一声，继而转向一旁，自嘲般地笑了笑。在口舌之争上，他向来争不过王疏月。他撑不赢，或者说，舍不得赢，总之，最后他都要缴械。此时他索性不争了，仰头望着房梁叹道："算了。"他一面说，一面终于站起身，走到王疏月的榻前，撩袍屈膝，蹲下身来，伸手握住她露在细风里的那只手。两个人手掌的温度并不相同，她虽被拥在毯子里，手掌却是冰凉的。他索性用两只手包裹住她的手，一点儿一点儿地将掌心的温度渡给她。

王疏月慢慢地侧过身，含笑望向他："贺庞。"

她还在叫他的名讳，这回他没有斥她，认命地笑笑，淡淡道："说嘛。"

"我们汉人喜欢讲'生死有命，富贵在天'，您知道是什么意思吧？"她的声音很轻，孱弱无力，却显得越发温柔，暖融融的透窗风拂动耳旁的碎发，她虽已为人母，但眉目间仍是少女般的温意，"那就是说，我的命是天定的，我和您的缘分也是天定的，若不是在明华宫前面跪那一夜，我就不能走到您身边来。所以啊，您信我嘛，我的身子不是您伤的，我也从来没有怪过您。"

皇帝没有立即应她的话，转而望着她那只纤弱的手，那只手的拇指和皇帝自己的拇指轻轻摩挲着，克制又温柔的肌肤之亲让他渐渐松开了喉管：“朕在想什么，你是不是都猜得到？”

“我不猜，早就被您气死了。”

“哈……朕有那么气人吗？”

“不光气人，有的时候还有些吓人。”

“比如呢？”

“比如……周明吧，这几日恐怕快被您吓死了。”

皇帝不应声，鼻腔中却发出一声自嘲的笑。他抽出一只手，拂了拂她脸上的碎发。

“你什么时候能学会不骂朕？”他说完，很接地气地吸了吸鼻子。

王疏月不禁想去捏捏他的鼻头。说起来，皇帝不吼人的时候看着还算是温柔的。

“您不恼，好好跟我说话，我就不骂您。”

“朕什么时候没对你好好说话……”他越说越心虚，越说声音越小，接着逐渐回忆起过往的相处、交锋。他这个人好像就不知道什么叫怜香惜玉，回回都输，还次次不让，这几年被她牵着，该说的、不该说的胡乱说了好些。他现在想起来，自己都觉得好笑。

“主子。”

“什么？”

“您有几句话，我一直记到现在，以后也会一直记着。”

“哦，朕还对你说过好话啊。”

“很少，就两句。”

“呵，是什么？”

“一句是在隆正殿，您跟我说：‘王疏月，你好好活着。’另一句是在普仁寺，您对巴灵度和说：‘朕与和妃是有愿同流的人。’这两日我睡着，一直在想这两句话。其间，我很想很想告诉您，我会好好活着，做有愿与您同流的人。”

皇帝托着她的头，撑她慢慢坐起来，又拽过一旁的靠枕垫在她肩下，扶着她靠下来，道：“还好，你还知道你要给朕活着。”

“是啊……”她靠在枕头上，重新望向他，“所以，主子，不要怨恨，不要迁怒，也不要吼底下的人。”

她果然还是很了解他，知道他的脾气，猜到了就算她从鬼门关回来，周明、金翘，还有几个接生姥姥、内侍府和宫殿司的相关人，甚至皇后，都要受他的责，所以，劝他放过自己后，又劝他放过旁人。

皇帝原本想说“自身难保，顾好自己就是了”，但话到嘴边，不知道为什么没有说出来。他握着王疏月的手，沉默良久，终于在鼻腔中轻轻嗯了一声。

西暖阁内为王疏月烧了炭，室内温暖得很。她醒来以后，脸色倒是越来越好，炭的暖渐渐在她脸上熏出了红晕。皇帝觉得自己悬了三日的心终于一点儿一点儿坠了回去。

她活下来了，这比什么都重要。所以，此时她说什么就是什么，她要怎么样都好。皇帝意识到自己这个想法的时候有些吃惊。

他以前觉得，女人为男人传宗接代，这是天经地义，甚至为了传宗接代，女人受到创伤也是理所当然的。所以，他好像从来没有心疼过自己的生母，有的时候甚至忍不住会怨恨她的出身，怨恨她为什么得了那难以启齿的病，如果她能留在先帝身边，有一个名分，能维护他，那他的少年时代也许不会日日如履薄冰，过得那么艰难。母亲哪里受了什么大苦？不就是生了他嘛。可是，哪个女人不生孩子？从政治层面来考虑，要天下富庶，就必然要人丁兴旺，要劳力要兴盛。再放到家族层面来说，开枝散叶也是每一代人的责任。这些道理传承千百年，已经根深蒂固地扎在皇帝脑中。

但在王疏月身处生死之际时，皇帝从这个道理中嗅到了一丝他不喜欢的血腥气。如果让他失去王疏月这个人，只得到一个子嗣，他会是何种感受？他还会有子孙兴旺的大喜吗？这么一想，他竟后怕得很。他突然有些明白，王授文这个看似市侩的老猴为何会不顾子嗣凋敝，也不肯在王疏月母亲死后续弦纳妾。的确，在钟情一人这件事上，这个迂腐的文人跑得偏离了世俗大道，活得和朝臣、和自己的父皇都大不一样，反而浪漫至极。

“主子，你在想什么？”

“在想你和朕的四皇子。”

“我和四皇子？”

“嗯。朕在想，若你没有活下来，朕会怎么样。”

“不要想，子嗣为重。”

皇帝笑了笑：“恐怕这一回你没猜对。”

“咱们四皇子还好吗？”

“朕看过了，很好。”

“大皇子呢？我想看看他。”

“你不想先看看恒宁吗？”

“你这个做父皇的什么都不懂，别跟我犟。去带大皇子过来，我要跟他说会儿话。”

皇帝不由得扬声道：“你越来越大胆了，敢使唤朕？”

她笑弯了眉目，没有请罪，反而轻声道：“去嘛。”

那句话怎么说的来着？这世上的东西啊，一物降一物。

皇帝用手点了点王疏月的额头，一面点头，一面站起身："成……朕去给你跑腿。"

说完，他朝外头扬声道："何庆，大皇子在什么地方？"

何庆连忙回道："大皇子在偏殿呢，奴才去给您传。"

皇帝回头看向王疏月，理着袖口应何庆的话："不用了，朕去。"

皇帝跨出西暖阁，吴宣才敢端着药进来："娘娘可算是醒了。奴才们这三日心都快碎了。好在您醒了，四皇子也平安。否极泰来，否极泰来。这是周太医新给娘娘开的方子，您趁热喝了吧。"

王疏月摆了摆手："先放一放，姨母，这几日周太医和您说了什么吗？"

吴宣神色一黯，搓捏着手指，不愿意开口。

王疏月从她的眼神里看出了很多复杂的情绪，惶恐、心疼、不甘都有，便不再往下问了："没事。好在孩子平安。"

"娘娘，您放宽心，好好养着，会好的。"

"我知道。"她说完，抬手揉了揉眉心，"告诉周明，不要让主子知道。"

"他明白的，娘娘放心。不过，娘娘啊，周明说了，院正给娘娘用的药量过大，才致产后血崩，娘娘以后的症候也是根起于此。偏娘娘体弱，本就容易引起大红，而那方子又没错处，所以，就算他回明皇上，也只是个猜测。"

"我知道。"

"娘娘，奴才……奴才为您不平啊。"

"你替我跟周明说，什么都不用回。"

"长春宫用心如此恶毒，娘娘真的不肯回禀万岁爷吗？"

王疏月摇了摇头："怎么说呢？姨母，您让我逼他废后吗？那和皇后逼着他废了我有什么区别？况且，我可以废，皇后……不能废啊。"说着，她垂头笑了笑，"姨母，比起让他给我做主，我比较想让他自如地做个好皇帝。"

吴宣含泪叹道："你和你娘一样，都是嫁了自以为是奔抱负的人，哦，那抱负就那么重要？"

"您不要犯糊涂，抱负自然重要，父亲、兄长，还有主子，他们都是活在这个上面的。而且，我觉得娘看得很开，活得也很开心。姨母，让我赌一次，赌我和我娘的命不一样，赌我和云答应的命不一样……"

❖ ❖ ❖

一晃到了五月，西三所里住着的顺答应病死了，皇帝没有旨意，其丧仪就在皇四子出生的热闹和喜气里草草了事。

与此同时，内侍府了结了选秀之事，各宫都添了新人，皇帝独不准任何人住进长坤宫。

五月初四这一日是敬嫔的生辰。淑芳斋戏台，皇后传了戏与太后及六宫共乐。

散戏后，皇后又独自在戏台下坐了一会儿。

湛蓝色的天幕映着红墙金瓦片的戏台，台子后面那株颇有年份的玉兰花开得正盛，花朵饱满，花瓣新鲜，一点儿败象都不见。

皇后望着那玉兰花出神，不觉掉了手边的扇子。

一只修长白皙的手捡了那把扇子，恭敬地递了回来。皇后侧面看时，却见陈小楼洗了油彩，换了一身淡青色衫子，正躬身站在她身旁。

是时，戏台下面，升闻坊的内学们刚刚卸了面，纷纷跟着管事的太监出来。

人散如花落，眼前的景致有些寂寞。然而风扫过空荡荡的戏台，却摇不下一朵玉兰花。

皇后并没有接那把扇子。一旁的孙淼会意，上前替她接了。

陈小楼这才跪下来磕了个头，直身望了一眼皇后："奴才见娘娘心绪好了许多。"

皇后仍是冷言冷语："本宫没有让你说话。"

"是，奴才该死。"他说完，毫不留情地给了自己一巴掌。

皇后手中的茶盏震荡，原本静静映于其中的人脸一下子破碎。她这才发觉，自己竟把这盏冷茶握了大半个时辰，不禁自嘲地一笑。那么热闹的戏文，她竟然一句都没有听进去。

"唱《春闺梦》。"

"近黄昏了，这出……太凄凉，奴才给您换一出吧。"

"本宫不喜欢听热闹的。"

"是。还唱张氏梦里那一段吗？"

"对，起句唱'细思往事心犹恨，生把鸳鸯两处分'。"

陈小楼应了是，回身重新踏了板子。

戏台上的绝妙好音又起来，皇后靠向椅背，闭上眼睛，听着陈小楼一句一句地细抠唱腔，终于听至"可怜侬在深闺等，海棠开日我想到如今"。她不由得潮了眼，再听下去，竟忍不住落了一滴眼泪。

孙淼问道："娘娘怎么了？"

"没什么，就是觉得……"她抬手指向戏台，"这唱戏的人若太知冷知热，就很龌龊。"

孙淼不明白自己主子为什么会突然说出这样一句话来，直身朝戏台上看去。

后宫里除了这些伺候戏曲的外学，几乎是见不到除皇帝以外的其他男人的。在宫中这些年，她看惯了皇帝的姿态和做派，他刚硬不折，行走坐卧自有一身硬骨头。所以，她实在看不得陈小楼那比女人还要细的腰、比女人还要软的小腹。

“这些人都是玩意儿，娘娘正经远了他们才好呢。如今，长坤宫的那人身子还不见起色，不得侍寝，这日子一久啊，跟咱们主子爷的情分一定会淡的。娘娘该趁着这个时候多去见见万岁爷。三皇子没了，您还得再有一个嫡子啊。”

皇后垂下眼来：“院正怎么说的，王氏的身子还能调养吗？”

孙淼摇了摇头：“自从皇贵妃生产，万岁爷就把周明扣在长坤宫，院正大人他们都请不得脉，所以，也不知道情况。但他说了，皇贵妃本就有寒症，怀了四皇子之后更是亏了精血，侥幸过了鬼门关，之后恐怕不会再生育了。再有，奴才听说，皇贵妃的母亲和先帝的云答应患过同样的症候，虽然用药拖了很多年，但最后还是死在那个症候上。”

皇后笑了笑，没有出声。

孙淼续道：“娘娘，万岁爷再喜欢她，可毕竟也是男人，几个月尚好，日子久了，哪里会不厌弃她？您得忍耐，等万岁爷对她凉了心，丢到临春园去冷着的时候，您再把大皇子接回来……哎哟，说不定那个时候啊，您又有嫡子了呢，连大皇子也不用顾忌了。”

皇后仰起头，戏台上的戏唱到了末尾。

陈小楼的腔调拿捏得极好，如泣如诉，哀怨入骨，听得人头皮发麻。那一句如是说：“甜言蜜语真好听，谁知都是那假恩情……”

皇后顺着他的调子，轻声跟了一遍，唱闭，倦声道：“他不会再给本宫孩子了。”

孙淼忙道：“娘娘，您不能胡说啊。”

“呵……你不懂。为了王疏月，他给了本宫两个耳光。他已经……不再把本宫当成他的正妻了。他喜欢那个汉女，喜欢得抛了祖宗家法！”说着，她含泪笑了笑，“本宫也不明白，本宫究竟做错了什么。不过，你说得也对。皇上也是男人，内侍府新选了采女，你去内事房传话，让他们尽心地教那些新人规矩，尤其是敬嫔和定常在，她们也是宁沁的人。顺嫔和成妃都死了，宫里的三个孩子有两个都是汉女所生，唯一的一个恒卓不知道被王氏教养成了什么心性，她们得有子嗣，我宁沁部才有后望。”

孙淼叹了一口气，道：“不光您过问，奴才听陈姁说太后娘娘也过问了，内事房的人早就打起了十二万分的心在做事，就是……万岁爷如今政务繁忙，好像……还顾不上她们。”

皇帝哪里是顾不上？

自从王疏月诞下恒宁，皇帝哪怕处理政务至深夜也要来长坤宫，看一眼四皇子，再看看王疏月。从前他会把她唤起来伺候，但这段时日他不肯劳碌她。

周明之前回过皇帝，皇贵妃身子尚须调理，暂不能侍寝。皇帝听后，规矩地让内事房都歇了业。

王疏月若是睡了，皇帝就在榻边坐一会儿，若她没睡，二人就靠着天南地北地说会儿话。

五月以后，朝廷在皖南推行的种痘之政初见成效，京城的御八军各族亦有大胆效行之势，皇帝在王疏月面前大赞了朱红光等几个有功之臣。

那日是个大晴日，王疏月握着大皇子的手写他的那一手祝体。西暖阁没有用冰，皇帝和大皇子都热得汗流浃背。

皇帝捏着手中的折子在窗口风处站着，接过张得通递上的帕子抹了一把汗："你是不是把朕在武英殿翻出来的那本《张氏医通》收起来了？朕刚没找见。"

王疏月抬起头道："我昨儿还翻着，这会儿……金翘，你去看看那本《张氏医通》是不是搁在西暖阁的茶案上。"

金翘打帘道："主儿近来搬了好些医书过来看，奴才字不识几个，哪里知道哪本是呀……不过，茶案上倒是放着好几本，奴才一并搬过来，跟主儿一起找吧。"

"也好。"

皇帝从窗口走到她身边："朕倒想问你，你没事看那么多医书做什么？"

王疏月与大皇子一道运着笔，含笑道："您不也跟着我一道看起来了吗？南方种痘法推行得好，您心里高兴，我也就想多了解了解。"

说着，她抬起头，无意间看到皇帝额头上起了豆子大的汗珠子，再一看大皇子，也是衣衫湿透，父子俩跟从水里捞出来的一样，各自狼狈各自的，但没有一个人有要走的意思。

天已经大热起来，各处都已经用上了冰，皇帝最是怕热，恒卓也从了他这一点。但王疏月受不得寒，前一两个月连风都不肯吹，西暖阁又是当西晒，这会儿到了下午，难免憋闷。奈何这父子俩没事就爱淌汗抹水地来坐着。

王疏月一面拿自己的绢子给大皇子擦汗，一面对皇帝道："恒卓也是，主子也是，我这里用不得冰，你们非得在驻云堂里和我挤着。"

恒卓抬头道："儿臣是想和娘娘，父皇，您呢？"

皇帝一窒，道："闭嘴。"

大皇子被他这么一吓，忙噤了声。

王疏月无奈地笑笑："您又吼咱们大皇子。"

"朕哪里吼他了——"

话还没说完，那母子俩却凑在一起笑出了声。

过了好一会儿，王疏月才收住笑，刮了一下大皇子的鼻头，弯腰道："和娘娘也想你，嗯……等和娘娘再好些，给咱们大皇子做茯苓糕吃。”

“好。儿臣好久没吃您做的茯苓糕了。”

“嗯，那你再写两个字，和娘娘就不捏你的手了。”

皇帝压下气性，静静地听着这两人对话。

王疏月的确没有食言，不论她有没有自己的孩子，大皇子都是她最心疼的孩子。

皇帝看得出来阖宫越瞩目四皇子，她就越在意大皇子，用心陪着他，没有让他受一点儿委屈。

“让金翘先找着，朕要出去站会儿。”

王疏月望着他的额头笑了笑：“热着您了吧？明间把后门、前门一并打开，有穿堂风，我陪您一块儿去站一站。”

“你吹得风吗？”

“没事，就一会儿，我把坎肩儿穿上，不会冷的。”

两个人一前一后地走到明间。王疏月推开正门，穿堂风一下子透了进来，吹拂起她身上那件春绸缠枝花袖的氅衣：“好凉快呀。”

“贪什么凉？过来。”

“做什么？”

做什么？她就是喜欢问东问西的，非得逼着他说“朕要抱着你”吗？皇帝决定不跟她废话那么多，一把将她拽了回来，搂入怀中：“给朕挡风。”

“好……挡风，挡风。”她不跟他争，松了力气，靠入他怀中。

夏裳轻薄，生产以后，这还是他们第一次有这样的肌肤之亲。

庭中，冰室的宫人正在给大皇子的侧殿送冰。

皇帝忽然说了一句：“还好，成妃把恒卓交给了你。”

王疏月安然地靠在皇帝怀中：“我不想让他和您从前一样不开心。恒宁有您的疼爱，我就想更多地对恒卓好些，要他们都一样，好好地在咱们身边长大。”

皇帝回头朝驻云堂里看了一眼，大皇子仍规规矩矩地坐在书案后面写字。

二十多年前，皇帝自己也是这副模样，在长春宫与太子一道习字。那个时候，他不敢写得过好，也不敢写得过差，写得过好，好过了太子，太后便目光不悦，写得过差，会被先帝呵斥。在太后身边的日子，他过得一直不自在，直到开府后才得以放开手脚。父母之于皇帝，慢慢地，就成了空荡荡的名分。皇帝少年时从没被父母真心实意地疼爱过，所以好像也就不知道怎么去疼爱自己的下一代。

后来，成妃诞育大皇子，顺嫔产下大公主，婉嫔诞育二皇子，皇帝最初也肯去看看、抱抱，但手笨，孩子们又没道理地总是哭，他这个人想惯了复杂的事，习惯了君臣之间的相处，放不下身段去哄他那些听不明白他说的话的孩子。

大梁的皇室重尊卑，即便是父子，也是主子与奴才。

皇帝不肯谈父子亲情，嫔妃也好，子嗣也好，也就都不敢跟皇帝论父子亲情，以致大皇子从前在皇帝面前总是小心地守着规矩礼数，大多时候连头都不敢轻易抬起来。所以，大皇子到底是从什么时候开始敢让自己吃瘪的呢？

皇帝不自觉地笑笑，脑子里认真地回忆起来。这么一回忆，关于怀中这个女人和自己长子的生活琐碎——共同握笔的手、茯苓糕、剪掉的灯花……细枝末节皆复苏于眼前。

纵然皇帝从不避涉漫长、浩瀚、匆忙的时代河流，觉得时不我待，始终夙兴夜寐，勤政爱民，但那于国于民的大功绩并不能打破他自己的铠甲，让他袒露脆弱的肉身，自如地做一个人。这世上真正治愈他、让他温暖起来的东西，是长坤宫日复一日不断变换的阴和晴，是有王疏月的岁月和生活，正所谓“不避涉历史长河，也斟酌一日阴晴”。

王疏月给了皇帝一个向内而观的口子，让皇帝逐渐明白，自己或许不是个冷情冷心的阎王爷。有的时候，至少在王疏月面前的时候，皇帝觉得自己偶尔还是可以很温柔的。

“疏月。”

“什么？”

“朕在想，今年太匆忙了，等明年汛期过了，带你去南方看看。”

“南方——”

“嗯，王授文也一道。陆成定去年领了黄河河道都督的职衔，但王授文和马多济都不大认可这个人的治河之效。朕看了他呈上来的陈情折子，有很多地方，朕还是认可的。这个人是朕挑的，朕要给他时间，不过时间给够了，朕也要亲自去他给朕修的堤岸上走一走。顺便带你回一次长洲，去看看你们王家花去朕半个王府的卧云精舍。”

“回长洲？”怀中的人回过身来，一把抓住他的胳膊，“当真吗？”

皇帝看了一眼自己胳膊上的手，她又赶忙松开了。

皇帝不由得哂了一声。她这个人很有意思，在宫里，她把每一样规矩都守得很好，不让他因为她为难。但是皇帝一直很想念在渃河和申兰那个和他坐在星幕下吃烤煳的肉、坦荡地谈论汉人女子缠足之习的王疏月。

“君无戏言，许诺了你，就不是空的。只要你的身子受得住，朕还能带着你去茂山看看，朕好像记得你说，你们王家在那儿有一座杏花园。”

说起身子，王疏月却垂了眼。风一时竟有些凉意，她的声音渐渐放得很轻：“也不知道明年汛期过了能不能……养得好。”

皇帝低头平声道：“朕在，你放心。”

王疏月没有抬头，风吹得她额前的碎发扫到了眼睛。她忙用手去理，却怎么也理不干净。

皇帝抬手握住她的手腕："好了，朕站得凉快了。走，进去看看恒卓的字。"

说着，他便转了身，王疏月却没有动。

"你怎么了？"

"主子，若我明年去不成——"

"明年去不成，还有后年。"他打断她迟疑的话，认真地看向她，"疏月，朕就想告诉你，你跟着朕的日子还长，你有什么未尽之愿就张口说，朕这里记着，在你与朕白首之前，做得几件是几件。"

❖ ❖ ❖

转眼过了中秋，但这一年的夏似乎拖得很长，即便早晚不热，日头大的白日里，仍然燥得让人难受。

入秋后，玉达内乱爆发，朝廷从八月起开始了对玉达用兵。兵部与玉达的传报几乎一日一来。

八月底，内乱扩大，皇帝又遣了大学士马多济和王定清一道赴玉达，会同副都统马喇共同解决玉达争端。

军政一忙起来，皇帝的生活就没了日夜。

连日的忙乱加上天气燥热，不觉又犯了火牙疼，但皇帝此时顾不上把周明拎来。何庆不放心，跑去告诉王疏月。王疏月便包了好些桔梗和金银花给何庆，让他平日里给皇帝泡水喝。

这日，王授文等几个人议政散出去的时候，已近宫门下钱粮的时候。黄昏时下了一场小雨，隆正殿的门一开，土腥味便飘了进来。皇帝背对着殿门立着，还在看玉达地域图，张得通在后面小声传道："万岁爷，太后娘娘来了。"

皇帝回过头来。

太后已经扶着陈姁的手走了进来。

"儿臣请母后安。"

太后面色阴沉，也不叫免，径直走到一把四方禅椅旁坐下："哀家看内事房的人还在外面跪着。皇帝今日是不是还歇在长坤宫啊？"

"朕自有定。"

太后摇了摇头："自从三皇子去后，皇帝有多久没去看皇后了？皇帝是心里有数，哀家却夜不能安。嫡子早殇，哀家愧对先祖，即便皇帝厌恶哀家多言，哀家也不得不劝诫皇上，子嗣为重。"

皇帝没有出声。

风拂垂帐，不烧炭的初秋深夜，周遭物影深重，四处寒凉、寂寞。

太后叹了一声，起身走到皇帝面前："皇贵妃生产已过大半载，皇帝的后宫就再不闻遇喜之事。哀家问过太医院院正，其坦言，皇贵妃母体有损，日后极难成孕。皇帝，就算你与皇后因丧子而生疏，那四年间的内侍府选秀呢？那些女子也是名门功臣之后，皇帝也不肯垂怜她们吗？你是皇帝啊，嫔妃再好，仍是宫里的奴才，皇贵妃也一样，你若把她捧到不该到的位置上，她也受不住你给她的福。"

皇帝抬头起身，迎向太后，平静道："母后，您既有话至此，朕也跟母后说句心里话。子嗣是国事，朕肯听母后训斥，但王疏月是朕的私事，她的过错、功绩都只能放在长坤宫里，由朕来评断。"

太后怔了怔，她历经两朝，这还是第一回从帝王的口中听到"私事"二字："皇帝，哀家竟不知那王氏女蛊惑皇帝至此，普天之事尽是皇帝之事，皇帝之事也是天下之事。她王氏是皇帝的嫔妃，自要受祖宗家法的约束，受中宫皇后的管制，怎么能是皇帝一人的私事呢？皇帝这么说，是要让她越过中宫后位，凌驾到皇后之上吗？皇帝啊……你怎能如此漠视祖宗的规矩，伤皇后的心啊？！"

皇帝沉默。

张得通与何庆等人皆屏住呼吸，头皮发凉，一声都不敢出。

良久，皇帝方绕过紫檀木书案，手掌撑着书案立在后面。灯盏在手侧，将他的影子投到背后那幅疆域图上，他回身看了一眼，却从那恢宏万里的层峦叠嶂间隐隐看见了王疏月的轮廓。

她那个人好像很喜欢大山大河，有古人乐山乐水的智慧、灵秀，但她又为了皇帝，为了皇帝生活的这座禁城，为了他的妻子、儿子、母亲，为他掌控的这一套尊卑体制，小心地把自己内心的"自由"收敛得很好，只偶尔在他面前露出零星半点，如同日光下细碎的玻璃。

皇帝突然明白，她长久地站在前荣那片"黄昏"里，不光是因为她是个女人，满身镣铐，也是因为他，因为他的皇权和人生，她舍掉了一半的自己。那么反过来，为了她，在皇帝自己这个位置上，在处处设桎梏、时时提尊卑的禁城里，自己又能做到哪一步呢？

"皇帝，哀家的话是替先祖、替你的父皇所言！皇帝既然喜欢王氏，就不要把她放在火上烤，否则，朝臣置喙，内外不安，皇贵妃罪孽深重，皇帝最后反而会护不了她！"

第三十章 桂枝香

皇帝在感情上的确笨拙，然而他是这个世上最理解王疏月的一个人。

月辉落进隆正殿前琉璃门后的狭长院落。

宫人们屏息侍立。秋来生灵寂静，除了太后的声音，大千世界连一声鸟鸣都听不到了。

皇帝负手走到窗前："母后，您养了朕一场，又辅佐朕登基，您该了解朕是个什么样的人。朕登基以来，囚禁兄弟，削压宗亲，斩杀母后族亲……"他说着，噙着笑转过身，朝太后看去，"此前朕从未自省。在朕眼中，于朕不利者，则于大梁江山不利。即便于兄弟手足、父母妻儿而言，朕有千罪万错，但何妨扛一生？过身后，自有后代子孙执御笔为朕盖棺论定，其时将极尽溢美之词，就像朕对父皇做的那样。"

太后怔了怔，颤声道："皇帝……说这话是什么意思？"

"朕的杀伐比父皇多，待臣子比父皇严厉，对妻儿、父母比父皇淡漠。朕在此位，伤人实多，但朕坐在这个位置上，身边总要留一个人吧？母后，朕曾当着巴灵尊者发愿，与王疏月有愿同流。"他说完，顿了顿，放平声音，听不出过多的情绪，却听得张得通等人骨缝震颤，"她若罪孽深重，无妨，抹得去，朕替她抹了，抹不去也无妨，无非是朕替她扛。她是朕的嫔妃，她的功过，世人评述不到，朕握笔定她名声，朕怎么写，她就能怎么活。"

太后听闻此话，不由得浑身颤抖……扶着陈姁的手向后退了几步："你——"

"母后，不光是王疏月，皇后和您也一样。疆土山河、朝廷市井，皆可鉴朕在位的功过，朕则一人定尔等是非，朕怎么评述，你们就怎么活。"

"你……哀家养了你一场，你竟说出这样的话。"

"朕一直记着您是朕的嫡母，也一直记着您对朕的养育之恩，这些无须母后再提，朕与母后之间有很多朕想忘而忘不了的陈年旧事，也因此，朕险些让恒卓走了朕的老路。朕自愧心胸狭隘，唯恳请母后自足安乐，让朕奉养您百年。"

他把话说绝了。这一向是他为君处世的风格。

太后了解先帝，因此看得出来，皇帝虽然是先帝的子嗣，却一点儿也不像先帝那样重怀柔。皇帝这个人从来不喜欢权衡，他着眼的是社稷民生，是边疆的平静、山川河流的安定。他大刀阔斧地革新这些年，把先帝舍不得斩杀的、不忍心放逐的、不敢剿灭的全部料理了个干净，以致宗亲贵族、云漠旧藩起初都对他的为政之道大有意见，可久而久之，只剩下忌惮和暗服。毕竟户部清查欠款之后，两库再无亏空，耗羡归公后，国库充盈远胜先帝那一代，剿灭丹林部之后，云漠再无叛乱。哪怕经历那一场大地震，户部和工部依旧从容。这些年来，皇帝诚然把自己逼成了一个孤家寡人。但正如他所言，山河日月鉴君王功绩。永静河、黄河、云漠、玉达，复杂的宗教势力，包括逐渐理顺的税赋制度、逐渐归融的梁汉文化，这些政治符号堆叠在皇帝登基的五年里，熠熠生辉。

面对这片辉煌绚丽，敬他的人洋洋洒洒可写万字，恨他的人一个字也吐不出来。

太后最终还是失了语。她垂眼看着地面，脚步有些虚浮，好些她自以为根深蒂固的观念，或者叫执念吧，还是被男权世界更大更实在的意义打破了。她陡然觉得无力。眼见着皇后失宠，嫡子早死，云漠的地位和分量一点儿一点儿在大梁朝廷里减弱，她心里着急，可对着皇帝，对着这个和自己隔了一层肚皮的养子，又说不出一句有分量的话。

“皇帝……你就这么恨哀家？”

“母后，不要问朕的忌讳。”

“好……哀家不问，哀家不问了……”

皇帝点了点头：“既如此，朕还要去看四皇子。张得通。”

“奴才在。”

“替朕送太后回宫。”

“不用了，皇帝这个地方，哀家不敢久坐。不过，皇帝，哀家终究是你的母后，不论皇帝多么喜欢王氏，只要哀家在，她就绝不能越她自己的本分。哀家仍旧是那句话，祖宗规矩不可废，皇帝万事三思。”

此话说完，月已过中天，雨后夜幕十分清晰，灰白色的云层悠悠荡荡，桂花暗香袭室。

陈姁和张得通扶着太后走后，何庆进来，小心地回道：“要贵主儿那儿备着吗？”

皇帝摆了摆手，抬头看了一眼身后的玉达疆域图：“不用，朕今晚有事要想。御书房是谁在值房里？”

“哟，今儿像是王大人。”

“嗯，传他过来候着，朕在长坤宫坐会儿，个把时辰就回。”

“欸，是。”

❖ ❖ ❖

入十月，天才真正地冷了起来。

初八那日，皇帝恩准吴宣入宫来看王疏月。四皇子半岁多，长得可爱、结实，吴宣抱在怀里，实在是喜欢。

“哎哟，不枉娘娘在鬼门关走了那么一遭，瞧瞧咱们这小主子，长得可真好，眼睛、鼻子和万岁爷像一个模子刻出来的。”

那日周明也在，请过脉写完方子，进来回话，听吴宣这么说，不由得道：“四皇子在娘娘体内养得极好，但也是因为这个，损了娘娘不少精血。”

王疏月正用一支流苏簪子逗弄吴宣怀中的四皇子，听完这句回头道：“周太医也是，我好说话，你就什么顾忌也没有，当着姨母说这些也就罢了，主子让你回话，你也这么说吗？”

周明忙道：“微臣还要脑袋，娘娘自己肯瞒着自个儿身上的不好，微臣哪里敢不要命地跟皇上说去？”

话音刚落，四皇子却像听明白了什么似的，竟哭闹起来。

吴宣忙起身来哄，并道：“你看看，怕是知道你这个做母亲的身子不好，心里急了。”

王疏月笑了笑，将手上的簪子递给金翘：“他才多大呀，姨母就让他懂这些，这是饿了。金翘，让奶娘抱下去喂吧。”

金翘应了是，召奶娘过来替了吴宣的手，抱入里间了。

吴宣一路望着那个孩子进去，感叹道：“生养过就知道不易啊。怪不得，我家中的那两个孩子小时候尚可，大了就与奴才……啧，不亲了。”她一面说，一面捶着腿，目光有些黯淡。

“那是您多想了，再好的孩子，也要娶妻嫁人，哪能一辈子陪在您身边呢？您看大皇子，等他再大几岁，出宫开府，我也是见不到的，就是这个还小，还有好几年在身边闹腾。”

吴宣看着王疏月：“娘娘对这两个孩子倒真是一视同仁地好。”

王疏月摇了摇头：“不是一视同仁。恒卓自幼没了母亲，这些年都是安安生生地在我身边生活，我不想因为我有了恒宁就让他生活得不开心。所以啊……我反倒想对恒卓更好些。”

吴宣叹着应道：“唉，虽说养母的名声重要，可他毕竟不是你亲生的，还是四皇子好，连着血脉，多亲啊。对了，娘娘，您身上……那毛病好些了吗？”

王疏月看了看周明。

周明会意，连忙避到明间去了。

王疏月这时方道：“周太医调理得很好，这大半年我没怎么劳神，倒是好些了，只是还没有彻底止住，每回行经，仍会淋淋漓漓好几日。”

吴宣忙道：“那您生下四皇子以后和万岁爷行过……房事吗？”

王疏月面色一红，垂头摇了摇：“不曾。”

吴宣长长地叹了一口气：“万岁爷没问什么吗？宫里的规矩，奴才不太懂，内事房那里……”

金翘在旁道：“内事房那儿还没有挂主儿的绿头牌。不过，万岁爷这几年倒都不让主儿走内事房的那一套规矩，所以，挂与不挂没什么区别。皇上常来咱们主儿这儿，内事房每回都在外面守着，咱们和张公公上夜，过去回个话，也就打发他们走了。只是——”

“只是什么啊——”

“只是，主儿这样不侍寝，皇上又不怎么召幸别的嫔妃，久了呀，主儿是有错处的。”

吴宣不平道：“这是咱们万岁爷喜欢娘娘。娘娘为了生育四皇子受了那么大苦，若不是皇后——”她自知失言，忙顿住声，放轻道，“若不是主儿生产伤身，怎会有如今这个症候？即便暂时不能侍寝，也不能怪咱们娘娘啊。”

金翘道：“夫人，您不懂，这是宫中，不是民间小户，后宫若因独宠某一个嫔妃而致长久无人诞育子嗣，那么其人便有错处，若再不能规劝皇上子嗣为重，则成大罪。”

吴宣看向王疏月：“竟如此……严重吗？”

王疏月没有说什么，含着一抹淡笑点了点头。

“那娘娘可该如何是好？”

金翘道：“如今，只能这样瞒着。娘娘这个症候，皇后和太后都还不知，还以为是皇上心疼娘娘，才肯让娘娘多休养些时日。若有一日，皇后知晓，恐怕……咱们主儿还有难关要过呢。”

吴宣说不出话来，王疏月拍了拍金翘的手：“你啊，别吓我姨母了，她难得进宫来一次，听说主子过会儿要赐宴，就已经坐立不安了，见了四皇子才好些，你又拿这些话来骇她，过会儿还怎么面圣？”

说完，她又看向吴宣：“我知道您在想什么，您别过于担心，我如今是长坤宫主位，比主子的生母要好些，不至于被皇后娘娘和太后娘娘随意摆布，受罚认错倒是常事，若那样就能把这一关过了，那我想去烧灶香还个愿呢。”

“娘娘这话说得让奴才湿眼。”

“好了……姨母，我还有主子呢，哪就真能受什么大委屈？”

“这是句人话。”

吴宣闻声浑身一颤，回头看时，皇帝已经满面春风地跨了进来，一面走一面免了阖宫的礼。

王疏月见他穿的是一身藏青色的如意纹行装，笑问道："您跑马去了？"

皇帝接过金翘端上来的茶："嗯。朕——"

话还没说完，大皇子又跟着走进来，向王疏月请了安，仰起脸道："父皇带儿臣去挑了一匹好漂亮的马。"

王疏月看向皇帝，又揉了揉大皇子的脑袋，含笑道："真好。"

"好什么好？你骑射不精，跑马的时候，腰背使力也不济，和朕当年相比——"

王疏月咳了一声。

皇帝看了王疏月一眼，端着茶悻悻地点了点头："成，你在，朕说不得。"

大皇子倒是乖巧，走到皇帝面前行了个礼："儿臣知错，儿臣以后一定强加练习，等到了申兰围场，陪父皇猎熊。"

皇帝哂了一声："勤能补拙，记着。"

"嗯，儿臣记住了。"

皇帝满意地点了点头，让梁安带他下去擦脸。他自顾自地斟了半盏茶，却见王疏月的姨母还怔怔地跪在地上："哦，那个……"

皇帝当着王疏月的面，总是不大愿意让她的亲人受自己的压迫。然而他又是个严肃惯了的人，一声落地震荡人心人脑，吓人得很。前几年，他跟着王疏月去王家府上的时候，就把王授文骇了个半死。那会儿他竭力想做个人的模样，谁知王授文还是当他是阎王。他越故作平和，越让王授文惶恐，到最后他索性放弃了。因此，要他此时换一副面孔，实在不容易。

不过，王授文和他那样惶恐地相处惯了，那般战战兢兢的也是无法，吴宣毕竟不大见他，不知道他那要命的架势，他那形象也许还有的救。于是他想了想，决定伸一只手虚扶吴宣。

可那手的影子落在吴宣面前的时候，愣是把吴宣吓得肩头一颤。皇帝的手傻僵在那儿，扶也不是，收回来也不是。他看了一眼王疏月，那女人像怕他尴尬一般，立在地罩前的黄花梨花架前，认真地挑她的枯叶。皇帝趁着她没看见，赶忙把手缩了回来，还掩饰性地摸了摸耳后，全然没发现花架前的人偷偷笑弯了眼睛。

"起。"他坐在那儿拿捏了半天，什么好话都没有想出来，最终还是不尴不尬地吐出这两个字。

吴宣依言站起身，仍旧不大敢抬头看皇帝。

说起来，吴宣不是第一次见皇帝。之前她入宫照顾王疏月的时候，皇帝也时常驾临长坤宫，不过她性子怯懦，皇帝一来，她就赶忙躲了出去，像这样认真面见还是头一回。

"奴才谢皇上恩典……"她回了句最不出错的话。

之后，两个人一个僵着脊背坐着，努力地想怎么才能看起来平易近人些，另一个低头绞着袖子，恨不得把头都缩到脖子里去，当真分不清楚是谁在给谁不自在。

王疏月放下手中的花剪，不由得低头笑出了声。

皇帝看了她一眼："你笑什么？"

王疏月朝他走了几步，偏头看着他的背含笑道："主子啊，您今儿坐得像根火棍似的，都能戳人了。"

这话一出口，惹得何庆险些笑出来，他拼命憋着，也没忍住从鼻子里喷出气来。皇帝一个眼风扫过去，他连忙垂头去掩饰。

这边吴宣先是一怔，继而见皇帝没发作，也忍不住被王疏月那接地气的"火棍"一词逗笑了。

皇帝喝了一口茶，忍着气性道："王疏月——"

王疏月听着这一声唤，只是笑，却不应声，屈膝向他行了一个蹲礼。

相处了这么久，她之于皇帝仍是五味俱全的调剂。

议过玉达的战事，又酣畅淋漓地跑了一回马，如今当着她亲人的面吃这么一回瘪，皇帝莫名觉得自己五脏通泰、六根清净，竟莫名其妙地神清气爽起来。

"万岁爷，娘娘是——"那种僵硬的气氛被王疏月破掉，吴宣此时倒敢开口了。

然而其话未说完，皇帝便接了过来："朕知道她，夫人坐，不用拘谨。"

他知道她，这么一听，倒像在说皇帝不是第一次在自己这个外甥女这儿吃瘪了。吴宣不禁想起了吴灵与王授文之间的相处，倒也有几分与这相似的日常情趣。想着这些，她稍微舒和了一点儿心绪。

吴宣应了话，规矩地沿着墩子沿儿坐下来，又拿眼光去看王疏月，见她仍然屈着膝，水蓝色的氅衣衣摆叠于地面。

皇帝跟着看了她一眼，语气听起来像不大好，却透着某种已经习惯的无可奈何："你也给朕坐下。"

"好。"

明间里气氛缓和。

膳房的司膳太监进来摆膳，今儿虽说是皇帝给皇贵妃的家人赐膳，不比前面赐宴那样正式，但御膳房知道皇帝宠爱这位贵妃娘娘，便用了十二分的心，菜式倒不见得多，却精细、清淡。有燕窝清蒸鸭、野意热锅、奶汤鱼头……样样都很合王疏月的口。

皇帝平时不大好燕窝、鸭子这些淡口，但连日政务繁忙，加上秋燥火牙犯得厉害，也就逼着自己跟着王疏月将就。

吴宣仍然拘束得很，皇帝问一句，她答一句，说不到两三句话就要站起来谢个恩请个罪。

一顿饭吃到末尾，要上甜汤。今日御膳房的掌事太监黄敬亲自端着银耳雪梨羹进来。

皇帝伸手接过，尝了一口，觉得滋味同平时的不大一样，倒是比之前的好吃，便跟着一连又吃了两三口，挑着里头几粒看不出什么料的白豆子，开口问道："这是换了人？"

黄敬忙回道："这是皇贵妃娘娘长坤宫的内膳房炖的。"

皇帝搅着汤羹，对王疏月道："你添了什么？吃着凉丝丝的，还挺顺口。"

"添了川贝，您不是牙上火吗？姨母说，川贝清热毒最好了，写了个方子给我，我学着熬的。"

说话间，皇帝已经喝掉了一碗，放下碗，接了何庆递上来的帕子，一面擦手，一面评了个"好"。

吴宣听了，连忙又要站起来谢恩。

皇帝实在无奈，忙压手免她礼，多少有些哭笑不得地对王疏月道："王授文是这样，你姨母也是这样，可知，你们王、吴两家皆是书香门第、知礼之辈。朕倒是不明白，你王疏月怎么一样都没学着。"

王疏月又添了一盏推到皇帝手边，轻声应他的话道："我母亲和姨母不一样，也许比我还要放肆些。父亲在家，哈……"她像想起了什么有意思的场景，不由得垂目笑起来。她自如地笑起来，真是灵动、好看。

皇帝刻意偏头仔细地去看她，问道："想到什么了，就这么乐？"他端起她添的羹碗，随手搅着，仔细从里面翻出几颗贝母，放进口中嚼着，别说，那清凉之感从舌根直到喉咙，还真解了不少他内里的疼。

王疏月摇了摇头："不能在主子面前说。"

她避开不谈，皇帝却没死心，一面吃一面看向吴宣。

吴宣不敢不应声，只得硬着头皮道："娘娘的母亲读过很多书，识老庄之道，知魏晋之风，实是奴才这样的愚人所不能比的。"

听完这句话，皇帝倒想起了王授文在自个儿面前回话时那酸腐的调子。

说起来，王授文算是前荣的老派文人，作为长洲学派的代表人物，他对孔圣人、程朱二人的那套东西摸得十分透彻，若是对上老庄之道、魏晋之风……皇帝认真想了想，似乎还真有儒人遇道者，一个在梦里扶摇九万里，另一个在人间考功名，明明说不到一起，还硬要过一辈子的荒诞感。皇帝这样想着，又想起了自己和王疏月。快五年了……他是越过越离不开她，但该撑的时候，彼此倒也是一点儿都不含糊。

想着想着，皇帝不由得笑了，哂道："朕懂了，王授文有什么口舌之能，朕知道。他啊，定说不过他夫人。”

吴宣在旁应道：“王大人的确待娘娘的母亲好，知道她身子不好，受不得恼，后头那几年啊，她说什么，王大人都只是听着，连重话都没了。奴才时常去瞧她，她心里也是难受……此生难得遇到一个好丈夫，偏她又福气薄了些……”

皇帝想起王授文曾含糊地说起过吴氏的病，侧头又见王疏月垂着眼坐在自己身旁，手指绞缠着一方帕子。

生产之后，她并没有像婉嫔和皇后那样体态丰腴，反而很快瘦了下来，皮肤却比之前还要白，甚至带着一丝脆弱的病色。

皇帝私底下问过周明，周明只说她体质弱，怀孕生产对她的身子都有损伤，有那么一段时间不宜侍寝。有那么一段时间是多长时间？皇帝原本想斥责周明含糊，可想着王疏月生产后的一些举动，他又莫名地把气性压了下去。他觉得王疏月好像也在刻意回避这件事。

从前，无论多晚，只要皇帝传了话过来，她都坐在灯下挑针等他，哪怕实在困了，也是伏在绣案上打盹儿。近来她却习惯性地早睡。再有，从前她了解皇帝那逼她裸睡的怪癖，虽然嘴上时常不依，但人倒是很自觉，如今倒时常留一身衣衫。

爱一个人总有些敏感，哪怕皇帝并没有那么多精神仔细地去揣测她王疏月，但因为那该死的喜欢，他是有知觉的。

王疏月顺着吴宣的话，正在出神，绞缠的手指突然被人握住，这一握惹得她整个人一颤，抬头对上了皇帝的目光。

“刚才说朕坐得像根火棍的时候不是很自如吗？这会儿怎么了？”

“刚才……是我不懂事。主子，您过会儿回隆正殿吗？”她言语之间是某种意义上的回避。

皇帝却没有松开手，看着她，平静道：“不回。你把驻云堂腾出来，朕看折子。”

皇帝看起折子来就没了时辰。

王疏月照看着四皇子和大皇子睡下，方从偏殿出来。她再走进西暖阁时，何庆正立在书桌旁添茶，见她走过来，便放下茶壶要退出去。

谁知他还没来得及转身，听书案后的人道：“你留着，让她去安置。”说着，他又从折本后抬起头，手一放低，对她轻声道：“乏了吧？”

王疏月立在软烟罗质地的垂帐前，没有再往驻云堂里走：“嗯。咱们四皇子太闹了。”

皇帝端过茶盏喝了一口，放了茶盏，随手压了压茶盖：“去睡吧，朕手上还有几本折子。”

"好……"王疏月虽这么应着，心里却有些担忧。

内事房的人早巴巴地在外面等着了，而皇帝也脱了外袍，换了一件褐色的燕居衫子，这就是要歇在长坤宫的意思。

她一时有些无措，走了几步，又退回来："主子——"

"嗯。"

"您今儿在我这儿安置吗？"

"嗯。"皇帝合上手中的折子，重新取了一本翻开，了无情绪道，"不用伺候朕。"

他都这样说了，王疏月还能说什么呢？她只好怔怔地走回暖阁中，金翘进来伺候洗漱。

那一夜起了阵不小的风，哪怕是合上了所有的门窗，仍旧稳不住室内的影子，晃得王疏月有些恍惚。

金翘半跪在地上，拿玫瑰花汁水替王疏月泡手，见她看着驻云堂里的人出神，便忍不住道："主儿，您今儿……能侍寝吗？"

王疏月的手在水中一颤。

金翘垂眼，不敢看王疏月，续道："再这样下去，中宫过问起来，您又是大罪。您不该这样纵着害您的人，让万岁爷和您离心离德啊。"

离心离德，这四个字可真是刺心啊。王疏月虽然也懂阴阳之乐是男女本能，都说酣畅淋漓的房中事会烘暖男女之爱，那若不能酣畅淋漓呢，当真会离心离德吗？王疏月想着，忍不住又朝驻云堂看去。

灯下的人仍然认真、严肃地对付着他的政务。窗外摇晃的一丛竹影正落在他脸上，他严肃不笑的时候，一直有些阴翳，但又有一种内化于心的冷静和自持。

诚然，相对女人而言，男人的人生还是要丰富很多。不想囿于男欢女爱时，他们还能把自己放到更复杂更广袤的天地里。

但王疏月回忆了一番和皇帝的云雨之事。皇帝从来没要求过她什么，他唯一喜欢做的就是无声地告诉她，不要想那么多，打开身体和内心，直面恐惧、欲望、羞耻这些复杂的情绪，然后把自己全然地交给他。所以，他在这一方面懂得很多吗？好像并不是，反而这个人从始至终只习惯一种刻板的姿势，像极了他平时为人处世的方式，却能让王疏月坦然地纵情其中。

她太久没有那样的体验了，哪怕只是想，也引出了耳根处的潮红，然而情欲荒唐一起，腹部便传来一阵寒疼。她忍不住吸了一口气，弯腰捂住了小腹。

金翘见状忙道："主儿，您又疼了吗？"

"没事。"她捂着腹部缓和了一会儿，抬头冲金翘笑了笑，"静一会儿就好了，歇了吧。"皇帝就在驻云堂，她不可能传周明来看。金翘确实无话可劝，只得服侍她躺下，又仔细放下垂花帐，从明间里退了出去。

外面梁安和内事房的人都还眼巴巴地候着，见金翘走出来，忙迎上来道："今儿……怎么说的？"

金翘停住脚步，回头叹了口气："万岁爷还在瞧折子，主儿歇下了，至于后面……总之，咱们今夜要打起十二万分的精神，小心候着。"

梁安听了她这话，不敢再问。他笼着袖子缩起脖子，站到背风处去了。

天上的云都被风吹散了，星月透亮，照得庭院里的花树动情，草和泥土酵出了酸腻的气味，混入寡淡、清净的时令花香中，顿时风里多了一份似贴肤贴皮般的黏腻感。

王疏月静静地缩在被中，一直没有睡着。

驻云堂的灯还亮着，皇帝的影子就落在地罩前。他一直维持着伏案的姿势，直到起更时分才揉着手腕站起身来。

何庆已经伺候得有些眯眼了，听见响动，连忙揉了揉眼道："万岁爷，奴才传人进来伺候。"

皇帝朝西暖阁的炕罩榻上看了一眼，藏青色的垂花帐静静地垂着，帐上的物影轻轻摇动，看着安宁、冷清。

"朕看了多久的折子？"

"哟，这有大半个时辰了，要唤贵主儿起来伺候吗？"

"不用。去传人，不要扰到她。"

"是，奴才知道。"

王疏月没有合眼，皇帝的话，她就听得清清楚楚。他仍然在迁就她。

王疏月知道他对她好，却没有想到，他能迁就她到这份儿上。她不免有些难过，长吐了一口气，侧过身，朝向里面，身上的素绸衫子摩挲着锦被子，却好像无论怎么睡都睡不温暖、睡不踏实。

事实上，她生产之后，皇帝再没有逼她干干净净地在他身边躺着，但他好像还是习惯那个从背后搂着她的姿势。他偶尔睡得迷糊，会不自觉地去摸她的小腹。这么久了，他好像也没翻过谁的牌子，朝廷内外传的是，皇帝忙于政务，半年不涉后宫，但这似乎是他为了保护她而故意放出去的幌子。

他到底有没有身为男人单纯无主、需要宣泄的情欲，王疏月并不知道。她正想得难受，垂花帐忽地被掀起。有人在床榻边坐了下来。不多时，最后一盏小灯也熄灭了。那个温暖的身子挨着王疏月躺了下来，她闭上眼睛，心里生出一丝又酸又软的细疼。

皇帝没有翻身，手臂贴着王疏月的背平躺着，侧过一半的脸去看她，呼吸一下子扑入了她的脖颈。

王疏月觉得自己的身子陡然烫起来，从耳根直烫到脚趾。她僵着脊背，一动也不敢动。背后的那个人却要命地唤了她一声："王疏月，你没睡着吧……"

他怎么知道她没睡着？王疏月的心跳漏了一拍，但这个时候她并不知道应该说些什么，只能硬着头皮继续装睡。

夜晚的长坤宫十分安静，周遭几乎只听得见风吹树冠沙沙作响的声音。

"王疏月，你在抖。"

"……"王疏月一把捏住锦被。她在抖吗？她自己怎么不知道？

"你是冷，还是在哭？"也许是因为彼此都褪掉了端正的衣冠，衣着单薄地躺在一起，他的声音也没有白日里如刀刃般的锋，听起来十分温柔、入耳，王疏月不说话，他就自顾自地往下说，"朕这几日总觉得你有很多心事没有说，但……"他说着转过头来，望向垂花帐上斑驳的叶影，轻叹了一口气，"王疏月，朕这个人，你是知道的，政务一多起来，朕就不大空得下来想你的事。呵……也不能这么讲，空得下来也不一定想得明白你脑子里在想什么。"

他自嘲的那一声笑，几乎逼出王疏月的眼泪。

"不过，我觉得，你既然不想说，我也就不逼你，你为了……喀，你把自己伤得差不多了。"他不着痕迹地换了称谓，话也没有说完整，却当真令王疏月忍不住颤抖起来。

"你安心地好好歇着。觉得身子累，早些睡也无妨，想多睡些也成，不想去皇后那里请安就跟朕说一声，总之……"他一面说着，一面伸出一只手摸了摸她的头。

她今日松开了发髻，头发柔软地铺在肩后，如同一匹柔软的缎子，柔顺而温暖。

"不要想别的，一切有朕，懂不懂？"

皇帝在感情上的确笨拙，然而他是这个世上最理解王疏月的一个人。金翘担心她因此失宠，吴宣担忧她命运不堪，她们都知道她在害怕什么，却没有一个人真正让她安心。

皇帝自始至终都只是含糊地知道些轮廓。然而，笨拙如他，敏感地感知到了她的情绪，他不问、不动，反而让她周身温暖，内心逐渐安定下来。

王疏月此时很想应他一声："懂。"但话到口中，变成了一声："对不起……"

皇帝笑了一声："为什么跟朕说对不起？"

王疏月不敢转身，拼命忍住眼泪："主子是古往今来难得的明君，坐拥四海，合该万事畅快、子嗣绵延……奴才——"

"王疏月，朕已经听不惯你这一声'奴才'了。"

"我——"

"你没有什么过错，只不过，是这么多年……朕习惯你了。"

"什么……"

"就是习惯你了。你每次都听不懂朕说的最关键的地方，还要重复问朕说的是什么。朕不是很会跟你说话，说得深了，朕觉得丢面子，说得浅了，你又笨……"他说着说着，觉得自己似乎把多年没挑明白的话一下子全部挑明白了，顿时神清气爽，"你好好活着，在朕身边好好活着，比什么都重要。"说完，他侧身，伸手慢慢将她拥入怀中。

"朕做皇帝做得很自如，天下、杀伐、百官、百姓、外族，莫不入朕这一双袖子。但和你……有愿同流的这一路好像难得很，你差点儿死了，朕……朕觉得，那一刻是朕这辈子最糊涂的时候。这样说，你懂不懂？"

"我懂……"

❖ ❖ ❖

十二月，大雪垂松后，便入了皇帝登基后的第五个冬季。

四皇子小，王疏月也畏寒，内侍府早早地就给长坤宫供上了炭，哪怕外面是大片大片灰白色的雪影，西暖阁内依旧暖得似三四月间。

月初，玉达的战乱进入了后半程。

王疏月时常看皇帝在驻云堂里写大段大段的朱批。臣将在外，只言片语皆过经过脉，传递着朝廷的目的和态度，不仅身在玉达的马多济和王定清等人要一字一句地揣摩，皇帝本人在落笔时也要字字斟酌。

皇帝忙，后宫里的事就闲。

直到渐近年关，宫外的敬贺陆续送进来，各处的年节赏赐也开始准备，各宫才渐渐忙碌起来。

新入宫的敬嫔、敏贵人、定常在这几个人也乐得来王疏月的长坤宫里坐坐，一坐就是大半日，围着炭火逗弄逗弄四皇子，说些宫中日常吃喝的闲话。敏贵人也是出身书香门第，偶尔陪着王疏月起兴致赌几局书，冬日那因雪冷而出不得门的日子打发得飞快。

金翘和梁安等人却不是那么自在。

"这些娘娘主儿除了去长春宫请安，就爱来咱们这儿坐着，一日来三回，主儿要认真穿戴三回去见她们，好损精神的。"

梁安笑道："咱们为主儿着想，那些娘娘主儿怎么会关照主儿的身子？不过是万岁爷为了玉达的战事不大进后宫，得闲只在我们主儿这儿坐坐，她们想得个机会面圣而已。"

金翘立在王疏月身旁，替王疏月研墨。

是时王疏月正在替大皇子写字帖，墨浓，笔力恰当，风骨自成。她写得入神，没大注意听二人说话。

“主儿一做这些笔墨上的事，就不肯搭理奴才们了。”

王疏月听了这一句，这才暂放了笔，朝手心里呵了一口气，笑道：“你们又说什么闲话了？”

梁安接道：“还能说什么，还是宫里的娘娘主儿呗。主儿这几日见她们，身子不乏吗？要不您也学学皇后娘娘，没事啊，也召南府的那些人来奏奏曲儿。敏主儿、婉主儿这些人能陪着主儿松乏松乏也就罢了，敬主儿、定常在这些人出身云漠，心都在皇后娘娘那儿，还非得在咱们这儿一坐就半日的，用的是什么心，主儿您心里明白啊，推掉不见也成啊。”

金翘听完这话，道：“说起来也怪啊……皇后娘娘从前是不爱听戏的，最多是逢年过节陪着太后娘娘听听。自从三皇子去了，也不知道怎的，她时常传召南府的人去长春宫唱戏。”

梁安撇了撇嘴：“可不是嘛，主子娘娘哪里懂咱们汉人这些好东西。”

王疏月托腮翻着自己刚才写的几页字帖，含笑道：“你们又开始口中没限了，虽然我这儿没什么禁忌，可万一主子撞进来听到了，你们免不了又要挨板子。”

金翘笑道：“可不是，他就是闲得皮痒。”

“奴才闲——主儿，您评评理。”

二人斗嘴，在年节闲时倒也有趣。

王疏月合上字帖，笑道：“好了，别宫年关忙，咱们这里没添新人，通共就咱们几个。四皇子小，大皇子又上学，横竖没什么事，她们来坐着也是给我解闷儿，就是劳动你们歇不得。等入了正月，我多给你们点儿时辰消闲就是了。”

梁安忙道：“奴才们都是本分，怎么敢说什么？奴才们就是怕……怕主儿久不能侍寝，万岁爷见她们多了，难免想起翻了牌子，她们不就顺着您上去了吗？”

“你又胡说什么？”金翘出声打断他，自个儿研墨的手力道却越来越重。

王疏月看着那几乎要被她压断的墨饼，迟疑道：“浓了呀，你这样我写不开……”

“哦……是。奴才该死。”

王疏月摆手，笑了笑：“算了，你们这样也静不下心，大皇子快到去尚书房的时辰了。梁安，你去瞧瞧，送大皇子过去。”

梁安看了看时辰，应道：“主儿，还有些时辰呢。主儿今儿一早不是说要看给老王大人的年礼单子吗？奴才照着主儿的意思拟出来了，拿来给您斟酌斟酌，看看再添些什么。”

王疏月站起身，一面往暖阁里走一面应了声“好”。

金翘陪着她一道走出来，轻声道："听说，玉达那边的事要平定了。"

"嗯，我昨儿听皇上说，阿尔布巴被正法了。"

"那主儿的兄长也要归京了吧？"

"是啊，一晃都要翻年了。不过，今年的女儿红，他还是赶得上喝的。"说完这一句话，她靠着窗坐下，像想起了什么似的，神色竟渐渐黯淡下来。

金翘察其颜色，端了一盏人参茶放在她手边，轻声问道："主儿，您怎么了？"

"没什么，想多了些。"

"主儿，小王大人这回可是立了大功啊。奴才虽不大懂朝堂上的事，可奴才知道前朝后宫是一体的，您好，您的父兄就好，您的父兄好啊，万岁爷也会更重视您，重视咱们的两位小主子。"

王疏月摇了摇头，侧身朝窗外看去。

雪满枝头，入眼满是寒意。

"你不怕树大招风吗？"

"主儿说什么？"

"父亲是近臣，但没有在六部里领实差，倒还好些。兄长这一回来，我听主子那话里话外的意思，恐怕要放他外任了，若是放了川陕这些要害地方，主子娘娘和太后娘娘会如何看我，如何看咱们的大皇子和四皇子？"

金翘垂了头，应声道："也是……"

"不过啊，不管皇后和太后怎么看我，我还是希望我的兄长能在四方天地里多走走。他这辈子好像一直都有一个母亲不大理解的执念，他特别想做一个于国于民真正有功的人。"

她这一席话，金翘倒是听明白了。王定清若外放为地方大吏，那王家在朝上的势力就不容小觑了。虽然王疏月是汉人出身，但这些年，连梁汉不通婚的铁律都破了，后来的事，谁又说得准呢？想着，她不由得道："主子。"

"嗯？"

"您有没有想过替咱们四皇子和大皇子争一争太子之位？"

"没有。"

金翘一怔，连忙又追问道："为什么？奴才在禁城里这么多年了，张公公还在府上伺候的时候，奴才就在宫里伺候了，奴才还从来没见过不想替自己儿子争前程的主儿。您看太后娘娘，万岁爷虽然是她的养子，但太子被废，皇上登基以后，她就成了太后，从前那么得宠的裕贵太妃母子就失了活路。主儿，母凭子贵，这话在宫里永远不会错。"

王疏月垂头笑开："也许是我从一开始就没做好吧，以致让主子这个人看我看得太透了，我在想什么，他都能看出来，要瞒着他去替那两个小家伙儿争，太难了。

况且……国家大统，是人定，也是天命，上一辈为母亲的人究竟怎样做才是保护后代，真的很难说……”

“奴才有些不明白。”

王疏月向后靠了靠，平静道：“先帝多子，也不乏贤良之才，但太子被先帝废了，十一爷被皇上囚禁，七爷这些人也活得战战兢兢，唯一保全的只有一个早年无母的十二爷和皇帝这个见不得生母的人。”

她这一席话说得金翘细思极恐，一时竟不知道如何再开口。

“你也想不明白了吧？”

“主儿这些话，奴才没听人说过。”

“你知道根结在哪里吗？”

“在哪里？”

“在于君王皆自负，不肯让女人左右、拿捏，夫妻离心、父子成仇大都出于此。”

“所以主儿您才什么都不争？”

王疏月摇了摇头，有些话，她无法在金翘面前自表。怎么说呢？她不想活成皇后、成妃、淑嫔、顺嫔这些人中的任何一个。从一开始，她只想要一个地方，安安静静、清清净净地把自己关起来，有书、有笔墨，她就能活一辈子。皇帝给了她这一个地方。可是他想给她的又不仅于此，他牵着她从封闭之所走出来，甚至想要带着她走出她身份、观念的图圄。

要说她一无所求，其实也不是。

作为一个皇帝，他已经做得很好了，但他真的太像一个皇帝，以致属于他的父子缘分、母子情分、兄弟情谊……这些东西随着户库和藩库之中不断累高的钱粮而变得越来越稀薄。他励精图治、呕心沥血地留了太多东西给江山百姓，但快把自己人生中私密的一切掏弄空了。

所以，她想要什么呢？她想要他这一生功德圆满，不要和他的父亲一样，虽千古留名，却落得夫妻离心、父子成仇、孤家寡人独自上穷碧落下黄泉的下场。

❖ ❖ ❖

元月底，春露了头，料峭间，红梅开了一大片。长坤宫的杏花长出了花骨朵儿，细碎地掩映在叶间，十分可爱。

元月刚过，禁城四处人仰马翻，尤其是内侍府。与此同时，玉达战乱彻底平息，马多济、王定清归朝。皇帝甚欣，放了王定清川陕总督一职。

二月初的一日，王疏月牵着大皇子，在月华门前看见了入宫觐见的兄长。

在西北历练半年，王定清整个人黑瘦了不少，看起来却更加稳重、成熟。他穿着一丝不苟的朝服，头戴官帽，站在马多济和程英身后，背脊笔直，目光平静。看见宫道上的王疏月，他抬头，明快地笑开，屈膝跪下，遥遥地向她行了一个礼，随后站起身，冲着王疏月肆意地挥了挥手。

和父亲的谨慎、疏离不同，自己唯一的兄长内里仍然有一份纯粹的情热，看得王疏月有些动容。然而，她仍然只是在月华门对面的宫墙前站着，并没有上前。

大皇子牵着王疏月的手抬起头来，道："和娘娘，您都来了，为什么不去见见王大人？"

"见到了呀，和娘娘知道王大人好就安心了，当真走近了，还不知道该说些什么呢。说不定还会哭呢。"说着，她蹲下来，拍了拍大皇子肩上的雪，"你冷不冷呀，要不要跟和娘娘回去吃暖锅子啊？"

大皇子摇了摇头："不要，儿臣很想见见王大人。"

王疏月一怔，道："为什么想见王大人？"

"儿臣想听他说说玉达的战事，最近儿臣跟着师傅在读《后玉达政论》。有好些不明白的地方，儿臣想当面向王大人请教。"

王疏月笑了："好，等你父皇得了空，和娘娘陪你去请你父皇的话。"

大皇子闻言露了笑，不过又慢慢地黯淡下去："可是……师傅说，儿臣不该……多见王大人。"

"为何呀？"

"因为……师傅说……父皇不喜欢皇子结交朝臣，会不高兴的。"

王疏月捂住大皇子的手，含笑摇头道："不会的。"

"您怎么知道不会呀？儿臣听师傅说了，以前皇祖父就因此斥责过父皇。"

"嗯……那大皇子想结交朝臣吗？"

"和娘娘，儿臣觉得纸上得来终觉浅，儿臣不是想结交朝臣，儿臣是想弄明白儿臣在尚书房不能解的困惑。"

王疏月点了点头："那我们大皇子就不要怕，你那位父皇啊，可没有你师傅想得那么肤浅。"

"肤浅——"

"嘘……这话可不能告诉你父皇呀。"

大皇子笑开："和娘娘，您说话真有意思。"

王疏月拍了拍他的头，将要站起身，却见梁安上气不接下气地跑来。

"主儿，可找着您了。寿康宫的陈姁姑姑亲自来传了两次话，太后娘娘传您去呢。"

"知道是什么事吗？"

"不知道，但是，主儿，奴才瞧着不好啊。今儿一早内事房的人被拿进了寿康宫。陈姁和杜容海都是嘴紧的人，奴才怕给主儿惹事，也不好问。您先回去更身衣裳，金翘候着您呢。”

“好。”

王疏月刚要转身，大皇子却牵住了她的袖子：“和娘娘——”

“怎么了？”

“没有……”

王疏月重新蹲下去，正了正他的帽子：“别担心，等晚上你父皇忙完了，咱们就去见他。”

说完，她回头对梁安道：“我送不了大皇子上学了，你留些心，路上雪滑，别摔着他。”

“奴才知道，主儿去吧。”

他为王疏月做到了一个大梁朝廷的君王能为一个汉人女子所做的极致。

第三十一章 风流子

一路上都是应季而开喧闹无比的杏花艳云，直到寿康宫略显古朴斑驳的宫墙前戛然而止。

明间内，敬嫔、敏贵人、婉嫔、宁常在和定常在等人都在，然而众人皆面色暗沉，一言不发。皇后坐在太后下首处，握着一只白玉雕花茶盏静静地打量，只在王疏月进来的时候抬头看了她一眼，而后又垂了眼。她现在好像越来越不肯看这个女人了。

内事房掌事太监吴细福瑟瑟地跪在地上，两颊绯红，像已经被掌过嘴。他听见王疏月进来，不敢抬头，把额头重重地朝地上砸了两下，算是给她请过安。殿中原本就因为人多而有些憋闷，致使那额头与地面碰撞的声音显得十分沉闷。

王疏月看了一眼婉嫔。婉嫔虽然目光躲闪，却还是得了空抿着嘴唇向王疏月摇了摇头。这一摇头便昭示出这是一个设给王疏月的局，看客齐全，等她的下场。金翘感知到气氛不大对，不由得捏紧扶着王疏月的手。

“皇贵妃来了，就座吧。”太后平静地开了口，倒是听不出过多的情绪。

雕花隔扇吱呀地响了一声，两三个宫女提着水壶进来，给各宫的主儿添盏，走动得虽多，愣是听不见一点儿脚步声。

王疏月依言在皇后身旁坐下。

皇后仍旧没有看她，只平静地问了一句：“说是皇贵妃不在长坤宫中啊。”

王疏月欠了欠身：“是，回娘娘的话，奴才送大皇子去尚书房。”

皇后点了点头，没说什么。

太后却道：“虽说抚育皇子是你们的责任，但伺候皇帝才是尔等身为嫔妃的本分，若为子嗣而心无皇帝，那便是不可恕的。”

这话说得颇微妙，敏贵人和婉嫔不约而同地朝王疏月看去。

一旁的敬嫔应声道：“太后娘娘训斥得是，是奴才们该死。”

太后叹了一口气，朝皇后道：“哀家本来不想再过问后宫之事，但自皇贵妃生产以后，后宫再不闻嫔妃遇喜之事。内事房回禀说皇帝忙于玉达战事，不入后宫，哀家听了也就罢了，可今日查问起来，竟不是如此。吴细福。”

吴细福被太后这么一唤，浑身筛糠般地一颤，忙伏身应道：“奴才……在。”

“内刑司的杆子在外面候着你呢，你若再有一句虚言，即刻打死。”

“是是……奴才绝不敢有半句虚言。”

“好，从实说，皇帝这半年是否真的不曾入后宫？”

“不是……”

“照实说。”

“是是……万岁爷时常宿在皇贵妃娘娘的长坤宫……”他一面说一面心虚地看了王疏月一眼，两股战战，额头上渗出了豆大的汗珠子。

“那为什么内事房没有皇贵妃侍寝的记档，你们当的什么差！”

“奴才们罪该万死，罪该万死！”

一言吓得吴细福请罪的声都破了，那原本就比男子要尖细的声音划开了皮，刺入王疏月耳中，逼得她忍不住闭了闭眼。

“你们这些奴才是该死，连皇帝的事都敢错瞒！”

“太后娘娘明鉴啊，奴才们不敢错瞒，是……是……”

“是什么？”

吴细福此时一头磕死的心都有。他不是糊涂人，明知道皇帝是为了维护长坤宫那位主子才打出“军政繁忙、不入后宫”的幌子，可如今当着太后和皇后的面，他又糊弄不过去。招了，日后皇帝追究，他怕是要皮开肉绽；不招吧，今日就是他的生死局，真是招是死，不招也是死。

“这……这……”吴细福口齿含糊。

太后却失了耐性，抬手对陈姁道：“把他带出去，打到实说为止。”

“是。”

话音一落，便有人上前架人。吴细福本就不是什么有大主意的人，算是个顶老实的人，之前连各宫给的贿赂都不大敢收。这会儿，他听说要挨板子，愣是吓得双腿发软，一屁股跪坐到地上，被人架住两腋向后拖了一大截才反应过来，扯开声音求道：“太后娘娘……奴才说……奴才说……娘娘饶命啊。”

太后这才放平声音道：“放下他。”

太监们一松手，吴细福就跌趴到地上，他慌忙朝前跪行了几步，颤声道：“万岁爷虽然长日歇在长坤宫，可贵主儿……贵主儿没有侍过寝，皇帝每回都只是陪着贵主儿歇下，所以内事房才不曾有记档，太后娘娘……奴才们糊涂，奴才们糊涂啊。”

“不曾侍寝？”出声的人是敬嫔。她诧异地朝王疏月看了一眼，又朝向太后道：“身为嫔妃，怎么能不侍奉皇上呢？”

婉嫔有些气不过敬嫔如此火上浇油，忍不住道：“敬嫔，太后娘娘和皇后娘娘都没有发话，你不该多言。”

谁知敬嫔却抢白道：“婉嫔，如何是多言？我虽出身宁沁，却也在宫中受教多日，本分一日不敢忘，今日听得这种事，心里疑惑罢了，难道……宫规管束也是要分人的不成？”

“你——”

“好了！”太后喝了一声。

二人忙跪了下来，都不敢再多言。

殿内一下子静下来。众人皆朝王疏月看去。

都说世人皆受皇权管束，只有皇帝一人能得人间大自在。可这个时候，王疏月突然觉得这话挺讽刺的。

男女阴阳之事，放在民间小户之家，倒还能成为夫妻之间的私乐，而在禁城中，即便是皇帝与他喜欢的女人纵情天外，身边仍然有一大堆的人守着，时辰、日子一样都不能记错。私乐已然成了一件曝在人前，论功过、论是非，甚至问罪、处罚的公事。人间大自在恰恰也是人间大不痛快。

“皇贵妃，吴细福的话可是真的？”

“是。”王疏月无处可避，应过这一声后起身跪了下来。月白色氅衣铺于地，像脆弱的一朵荼蘼，不合时宜地开在二三月间。

“你为何不肯侍寝？”太后没有多余的言语，也并不曾在众人面前顾及她的颜面。

王疏月无言以对。对女子而言，这是令人避讳的症候，她实在有口难言：“奴才……生产后尚未——”

“身子不好就该劝谏皇帝为子嗣着想，怎能如此不懂道理？！”

“是。”她的话被打断，就没能再说下去，应了一声“是”之后便将身子伏下去，不再出声。

皇后低头看向王疏月。说实在话，这个时候，她才终于有了一丝快感。

从前，皇后眼中的王疏月好像什么都不在乎，不在乎位分，也不在乎子嗣，甚至不在乎任何流言蜚语。无论什么时候，她都是一副安闲自足的模样，谁都逼不出她一句慌话。不过，此刻皇后发觉，王疏月还是在乎这个曾经要了她母亲性命的症候的。也对，哪有女人不怕废了身子，被男人彻底厌弃啊？她能借产后休养瞒皇帝一时，但瞒得了一世吗？

“母后息怒，皇贵妃的身子素来不好，生产之后一直是周太医在为其调养，究竟如何，遣周明来一问便知。”

太后听过此话，对陈姁道：“去太医院，传周明过来问话。”

陈姁忙道：“回娘娘，周太医今日不当值。”

“不在，那便传院正过来，哀家今日要亲自过问清楚皇贵妃的身子究竟如何。”

王疏月摁在地上的手指有些颤抖。

吴细福转过身来，仰起一张被打得通红的脸，泪流满面地对王疏月道：“贵主儿，奴才……奴才对不住您。”

王疏月没有应他，只是摇了摇头。她知道瞒不住，可她不曾想过会当着众嫔妃的面被揭伤处，令她如此难堪。

禁城对女子最大的恶意突如其来。

院正替王疏月诊脉的手搭上她的手腕时，她就抑制不住地周身一阵恶寒，像有一条寒冷的锁链贴着皮肤箍紧了她整个人。

在场所有人都没有说话。明间的门洞开着，阳春三月极好的阳光此时就铺在地上。人影齐刷刷地倒向一边，倒向麻木或幸灾乐祸那一边。

日影西移。院正收了手。

太后道：“如何？”

院正起身走到太后面前回话道：“回太后娘娘、皇后娘娘的话，贵主儿生产后确是血气亏损。”

“不宜侍寝吗？”

“那倒是不至于，除非——”

“除非什么——”

院正回过身来，看向王疏月道：“贵主儿，容微臣问一句，贵主儿的信期可有准？”

“我……”王疏月握紧了手指，喉咙里如同哽着什么似的，吐不出声来。

院正见她不肯开口，又向太后道：“娘娘，贵主儿生产时有难产之象，难免损及本体根本，所以……贵主儿身上的症候有些不是诊脉能诊出来的。贵主儿不愿说，微臣也不敢冒犯。”

太后听出了这话的意思，招手示意陈姁过来：“你带王氏进去，好好替她看看，看明白了来回哀家的话。”

王疏月闻言一怔。

金翘到底是知道些人事的，见陈姁和孙淼等人要上前来拉扯，禁不住道：“太后娘娘，我们主儿是皇贵妃，身子高贵……怎能容奴才们冒犯？求您开恩啊。主儿不是有意隐瞒，实是——”

“放肆！”皇后一声断喝，便有太监上前把金翘摁跪在地，“皇贵妃，你就是这样调教底下奴才的？本宫和太后尚在，哪里有她说话的余地！本宫看你这长坤宫上下是放肆得不成样子了！来人，把她拖出去，堵了嘴，重责二十杖。”

皇后很少如此疾言厉色，婉嫔和宁常在二人都有些惊异。

婉嫔想要求情，刚要开口，却被皇后的目光给骇止了。

❖ ❖ ❖

王疏月要如何消解掉“裸露”带给她的刺痛，她不知道。

与这相似的刺痛发生在五年前。那时她还在王家府邸，母亲的灵柩刚刚送走，白幔素幡还来不及收敛干净，宫里来了人，说要行内侍府的规矩相看她。

吴宣被陈姁挡在外头，与她同在私室的人是那个早就自尽的春环。陈姁让王疏月第一次清清楚楚地明白，向帝王家要尊严、要尊重是一件多么荒诞的事。或许在她身处的年代、地域，女人们真不应该读太多的书。书读得多了，便会知道“尔其山泽，则嵬嶷峣屼，嵷冥郁岪。溃渱泮汗，滇濔淼漫”，山河漫漫，名都缀于其间，然一双缠损过的脚不堪游历，也就无幸领略。又或书读得多了，女人就会逐渐地清醒，逐渐地在意自己身体的感知，逐渐正视迎面而来的恶意。这样的清醒时常会化作冰刃尖刀，划开皮肤，直割心肉。

皇帝见到王疏月的时候，她独自一人抱膝坐在榻上。

整个西暖阁就只点着一盏小灯，把她纤瘦的影子照在垂花帐上。外面的明间里，包括周明在内，所有人都跪伏在地。只有梁安打起皇帝面前的帘子，顺着皇帝的目光，担忧地朝暖阁里张望着。

皇帝的手交叉握在背后，捏得关节发白。他朝里走了几步，一下子挡住了王疏月面前那唯一一盏灯。她彻底陷入阴影中。

“朕问过周明了，你不想跟朕说什么？”皇帝的声音听起来有些疲倦所致的喑哑。

他说完这句话，转身拖过来一把禅椅，重重地放到榻边，撩袍在她面前坐下：“王疏月，朕在问你！”

榻上的人肩膀颤了颤，头仍旧埋在膝盖间。她似乎认真地洗过一回澡，发间还有淡淡的澡豆香气。身穿一件香色春绸素衫，剪裁合身，勾勒出她那副瘦骨，白皙的手腕露在袖子外头，光线越暗，越显得凝雪结霜。

“主子娘娘和太后娘娘命我入临春园养病，不得伺候主子。主子……”她的声音有些发齉，“主子，您……回去吧。”

话音落下，站在地罩后面的梁安清晰地看见皇帝的身子晃了晃。接着，他抬起手，摁了摁心肺处，站起身，在暖阁里来回地踱着步子。他一面走，一面拼命地将身子里的无力感逼出去。从前无论政务多么复杂，只要他肯费功夫，抽丝剥茧之后总能摸清脉络，而后一针见血地扎入症结所在，可女人是一堆拆解掉就再也装不回去的骨头。皇帝不肯那么直白地和王疏月谈论她的身子，是出于某种在遇见王疏月之前他一直觉得没有必要给予女人的尊重。谁知，他不想伤害她，她却用话伤自己。什么叫“回去吧”？他都告诉过她自己习惯她了，她竟然还敢让他回去！

皇帝觉得心里闷得难受，也不知道自己这样沉默地在她面前走了多久。

那垂花帐上的人影不断地被皇帝的身影切入、融合。榻上的人自始至终都没有抬头，反而紧紧地抱住自己的肩膀，手指越抠越紧，抓皱了绸料。

起更了。风中渐有了寒意，杏花幽淡的香气穿堂而来，扑入二人口鼻。

皇帝终于停住脚步，静静地望着王疏月。他从来不知道怎么温柔地安慰她。从前她好像从来没有真正需要他安慰的时候，毕竟她比大多数的人都要心大，更多时候，都是她拽着他的手温柔地告诉他，不要在意，她不难过。可这一次，她应该是真的被伤到了，伤到已经顾不上自己这个人了。

“王疏月。”他的声音不大。

“在。”

“掌嘴。”

这两个字一出口，吓蒙了立在外面的梁安等人。

何庆不可思议地看了张得通一眼，道：“师父，您怕是得进去劝劝啊。”

张得通没有出声。皇帝大多数时候都成竹在胸，哪怕想什么艰难的事情，也习惯沉默地撑额沉思，很少像刚才那样在殿中踱步。他想着这些，忙一把拦下回过神来要往里去的梁安：“糊涂，候着！不要给你们主儿惹事。”

“可是张公公——”

“候着！”

梁安被张得通斥退了，何庆不敢再出声，一时没有人敢进去。

暖阁内仍是帝、妃二人在僵持。

皇帝撩袍重新在那张禅椅上坐下。他虽然在吐诛心的字眼，但声音里并没有从前的戾气，反而带着一丝疲倦，还有心痛……

“掌嘴。”他又把这两个字重复了一遍，声音比刚才放得还要低。

王疏月终于抬起头来，小灯的弱光下，她一双眼睛通红，却还是依言抬起了手。

皇帝沉默地看着她的那只手，那只手举得很高，却迟迟不肯落下。

“你还是会心疼你自己的嘛。”

王疏月抿住嘴唇：“您为什么要这么对我……”

“你以为朕想吗？”话音一落，他已经起身，一把将榻上的人搂入怀中。

“王疏月，你若在朕面前哭得出来，朕就免你掌嘴。”皇帝说完这句话。王疏月觉得自己鼻腔里爬入了一根又酸又烫的线，顺着鼻腔往喉咙、脑门这些地方钻去。

五年了，隐忍、宽恕、斟酌、思量，再好的人，哪里能没有恐惧和不安呢？王疏月索性顺着皇帝这句话，顺着那些不断往知觉里扎的酸烫的线，把这一日的伤心、这些年的伤心一股脑儿全部呕进了痛哭之中。她哭得呕心呕肺，浑身颤抖。

皇帝一直没有出声，只是搂着她，偶尔在她哭得过于难受的时候伸手抚着她的背，替她将抽喘的气顺过来，后来索性抱着她在榻上躺下来。

三更天时，连那唯一一盏小灯都熄灭了，暖阁内一片沉寂。她缩在他那熟悉温暖的怀中，终于渐渐平息下来，变得像一只幼弱的兽儿一般，时不时地抽噎着。

皇帝身上还穿着常服，玉佩、香袋都不曾摘，凌乱地硌着他，硌得久了，着实疼，但他没有动。

“知道朕在气什么吗？”

她抽噎得厉害，尚不能吐出一句完整的话，只是摇头。

皇帝顺着她的背，平静道：“王疏月，朕记得，朕跟你说过，王授文、程英、王定清以及放在四海天下的万千汉人士子最终都会从前一朝的阴影里走出来，不断地投身世道，继续热闹地活在朕的平昌年间，是吧？”

“嗯。”

“你父亲在朕的御书房，你兄长，朕放他做了川陕总督。诚然，朕对他们很严苛，有的时候不乏斥责，但朕让他们走的是他们自己想走该走的路吧？”

“嗯……”王疏月点着头，肩膀却抽动得更厉害了，她强逼着自己拉平声音道，“我很想替……兄长谢主子的恩……”

“他们的恩，他们自己知道用政绩、民心来报答朕，不用你费一点儿心。朕只想问你，你王疏月呢？”他声音陡然一转，带着丝刻意压制而又不甘被隐秘的杀伐气钻入王疏月的耳中，“朕也说了，朕想让你王疏月像他们一样，你活得像吗？”

不像。照理来说，她像自己的母亲，兄长还有一份父亲血脉里的执念，因此她比兄长更寡淡，也更愿意享受卧云之中那种纯粹、自由的时光。可是皇帝偶然赐给她的一段时光塑造了她如今的心性，却无法庇佑她的一生。

“我也不想这样……”

“你为什么不告诉朕？还要让朕再去审周明！皇后如此行事，你却要你阖宫上下替她隐瞒。”

“你要我怎么说啊？！”她的声音抬高了，然而只那么一句，又渐渐弱下来，“如果我只是一个人活着，我怎么样都好。可我有了你，你又是一个那么严苛自律、勤政爱民的皇帝，告诉了你，让你替我报仇，处置皇后吗？我是汉人……为我处置皇后，你就要为我担藐视祖宗规矩的骂名。我跟了你五年，若还是个糊涂人，那我才真的该死。禁城又不是话本中的江湖，恩怨情仇哪能那样痛快？你恨太后，但为了云漠宁沁，你仍然敬她，仍然娶了她给你的人做皇后。连你都是如此，更遑论我！”

“更遑论我啊！”她又重复了最后那半句话，几乎破了音。

“放肆！”

“放肆又怎样？我明白，你说得再狠，也不是在怪我。你希望我自如地活着，我也明白，你已经给我很多东西了，如果我还不懂事，还要在禁城里奢求你都不曾得到的东西，那我还怎么配陪着你、陪着孩子们——”

“王疏月！你明白个屁！”

王疏月一怔。她一直记得，皇帝是一个连“后股”这样的话都视为不雅之词，绝不肯出口的人，这还是她第一次听到他这么放肆地吐露粗字。

“朕为政，最后问朝廷要的是一令天下行传，再无一处掣肘。为了这个，兄弟也好，臣子也好，朕杀的人不少，‘苛刻’之名早已担了一身。你以为朕还像从前那样，在父皇和嫡母面前战战兢兢、如履薄冰？王疏月，朕如今是这天下人的主子，也是云漠诸部的主子，甚至是皇后和皇太后的主子！但你……”他搂紧她的腰，几乎箍痛她，“朕就是不想让你做谁的奴才！”

皇帝这几年好像真的说了很多矛盾的话。

最初相处的时候，他迫切地想磨掉王疏月身上那些在卧云精舍的书香里长出来，着实与禁城相龃龉的逆刺，让她和皇后、成妃那些人一样，麻木、顺从地为他的人生锦上添花。他至今还记得，他逼近她的脸，用极具压迫性的口吻告诉她：“你是朕的奴才，朕怎么想，你就怎么想。”

可如今泼天的权势在手，他大可把控住大梁朝廷对汉人的统治，令每一个汉人都对他俯首称臣，把所有美丽的女人都化为他光华流转的人生织锦上麻木又绚丽的花。可是，他再也不能把卧云中那段纯粹、自由的时光还给她了。说到底，他维护皇权凌驾于她所热爱的人生之上，所以，他这个人本身也是伤她的人之一。

“王疏月，算了，朕不骂你了。”说着，他半撑起身子，玉佩硌着的腰腹之处，血流失了桎梏，猛然通畅，却引出钻心的疼痛，他闭了闭眼，温声道，“但是，王疏月，你如果肯骂朕，朕会好好在你这儿听着。”

怀中的人听了这话，没有出声，只是摇头。

那夜，他和衣拥着她在怀中睡。东风刮了一整夜，窗外满是窸窸窣窣的落花声，大片大片的杏花落进庭院的青花瓷缸子里。

冷月清风葬幽花，惊心动魄。

王疏月睡得很浅，时不时地惊厥，手胡乱地在他身上抓扯，好像梦到了什么令她慌乱却又羞于启齿的事。

皇帝抓着她的手腕，放到自己胸前，她才得已渐渐平静。

❖ ❖ ❖

次日，天放大晴。

张得通进暖阁里给皇帝叫起，却见皇帝正侧坐在榻上垂手解着自己腰间那枚干青种翡翠龙纹玉佩。顺着那绳结往下看，却见王疏月的手正握着那玉佩的穗子，睡得正沉。

张得通道："要不，奴才唤贵主儿起来伺候？"

皇帝头也没抬，仍旧笨拙地对付腰带上的绳结："朕走了也不要唤她，让她睡。她爱吃什么，就让这边的小厨房给她做。大皇子这两日也可以早些下学。再告诉周明，这两日不要来请脉，六宫众人凡要请安，都在外头磕头。皇后和太后处有传召，让梁安用朕的话挡回去。"说着，他回头看了榻上的人一眼，又道，"朕要让她安安静静地休息几日。"

皇帝一口气说了这么多日常细碎的东西。

张得通听得有些发愣。

皇帝已经解开腰上的玉佩，轻手轻脚地站起来，往明间走去。

张得通忙追出来道："万岁爷，那等贵主儿醒来，奴才再让何庆来取您的玉佩。"

皇帝没有回头，跨出了暖阁，一面走一面道："给她了。"

"那是先帝爷……那个，您从未离过身啊。"

"让她收好。"

"哦，是是。"张得通不敢再说什么，躬身跟着皇帝往外面走，刚走到廊上，却见梁安与内侍府的人在廊下说话。

几人见皇帝出来，忙跪到一旁。

何庆见皇帝停住脚步看着内侍府的几个人，趁势上前应道："万岁爷，内侍府奉了主子娘娘的命，过来替贵主儿办挪宫的差，临春园那边也在打理了。"

"嗯。"皇帝半晌才嗯了这么一声，抬脚跨步从这些人面前走过，一面走却一面寒声道："把这些人带到长春宫，打四十板子。"

梁安听了这话，不由得鼻头一酸，忙膝行几步跟上皇帝，道："那我们主儿问起来，奴才如何回主儿啊？"

皇帝有些恼，想着自己昨晚跟王疏月说了那么多，也不知道她究竟听明白没有，或者，她听明白之后，究竟能不能跟自己心意相通。他想着不由得心里一阵急躁，忍不住转过身，提声道："你就回她，朕不让她去临春园，她若敢去，朕就把她的腿打断！"

"啊……"梁安一愣，原是觉得皇帝为了自己主子连皇后的体面都不肯顾了，谁知临到最后，他又顺着本性说出这么一句要命的话，当真是应也不是，不应也不是。

皇帝则是刚出口就后悔了。君无戏言啊，他看了看一旁的何庆，那狗奴才掩着脸咂巴着嘴巴看向一边，那模样活像在替他尴尬似的。

“何庆。”

“欸。是，奴才在。”

“你亲自去传话，这不是朕的口谕，意思到了就行，不用逐字逐句。”

“是是，万岁爷的意思，奴才明白，明白。”

皇帝见他一副乖觉的模样，这才松了一口气。他理着袖子口，用惯常那副道貌岸然竭力掩着内里的心虚，跨着大步子，出了长坤宫。

御书房的值房内，十二爷、马多济，并王授文、程英几个人各自候着。曾少阳引着宫女进来给他们添茶。青碧色的茶汤入盏，王授文却没有心思品。一旁的马多济皱着眉头，一双手纠搅在一起，不肯出声。

程英和十二爷在议论畿辅学台的事，正说得热火朝天，一晃眼见王授文坐在禅椅上一言不发，便抬手止了话，上前道：“王老在想皇贵妃的事——”

王授文一怔，忙端起茶盏掩饰：“这是在御书房，我无别事可想。”

程英道：“御八军出身的主儿们，凡有族人在京，向内侍府递职名，再经皇上签批，倒也不是不能入宫给主儿们请安。今儿十二爷在，您老何不替您和定清询一询他？定清就要外任了，说不好就是三年五载的事，您要拼命避着也就罢了，让人家兄妹也不得相见？再有，您不想见见您那外孙？”

王授文摆手道：“见不得见不得，休要再提这话。”

十二爷也听见了这几句话，端着茶盏过来道：“王老，其实程老的话也不无道理，本王知道您啊，是要替四皇子和皇贵妃避外戚之嫌。您老的心啊，皇上都知道，但您太过了，反而显得刻意。”

王授文道：“皇上体谅，臣就更该守本分。”

十二爷笑了一声，道：“之前为了太后让皇贵妃挪宫的事，我内侍府底下的人挨了板子，本王也瞅着没个话头去皇上面前请罪呢。您和定清若能递一个职名请见皇贵妃，本王把这事一呈报，说不定就遮了本王错处，老王大人也算对本王有恩了。”

十二爷这话说完，王授文忙起身跪了下来：“微臣不敢。不敢。”

十二爷无奈地笑笑，刚要去扶他，却听张得通过来传话：“十二爷，马大人，万岁爷传二位进去。”

二人忙肃然应“是”，理袍，扶正官帽，跟着张得通出去了。

程英示意曾少阳搀着王授文起来，并道：“今儿怪啊，里面是要议什么事？马多济是内大臣，十二爷又是宗亲，我今儿过来的时候，还见久不入宫的恭亲王他们也在隆正殿外面候着……王老，您给猜度猜度，啊？”

王授文撑着曾少阳站起身，却望着值房外头一言不发。

程英没了意思，叹了一口气，坐到禅椅上喝茶去了：“得，不去里面跟皇上站规矩也好，咱们也候着吧。”

御书房内，皇帝刚听京城的查痘侍郎回过话，眼前还在过新递上来的折子。

十二爷和马多济一道进去，在门前请安。

“起来。”

十二爷站起身，见查痘侍郎刚走，又见皇帝暂没有说话的意思，便小心道：“今年开春，南方除了杭州报过痘症，其余地方还未闻有疫症。朱红光这个人还是不负皇上恩典的。”

皇帝从折子后面抬头看了他一眼。

十二爷悻悻然地闭了口，不敢再出声。

皇帝笑了一声，执笔一边圈画一边道：“你今儿怎么了？慌得很。”

十二爷一怔，忙道：“这不想着怎么跟皇上请罪嘛。”

皇帝放下折子，指了指面前的空地，对二人道：“站近些。”说着，他站起身从书案后面绕出，走到二人面前，“朕今日跟你们议的是皇后的事——”

十二爷还没应声，马多济已经扑通一声跪了下来：“臣请皇上三思。”

皇帝低头看向他：“你这是什么意思？”

马多济叩首道：“臣罪该万死，但请皇上容臣禀奏。皇后娘娘出身云漠宁沁，与我大梁素有姻亲之好。玉达之乱，达尔罕亲王也曾协调远藩诸部与我军协同平乱，可谓于国有大功，况皇后入主中宫多年，上敬皇太后，下体六宫，未曾有失德之处啊。皇上，您骤提此事实在不妥啊。”

十二爷怔怔地听着马多济这一通大道理，人有些发蒙。他压根儿不知道皇帝要说什么，可马多济好像把前因后果都了解透了。

皇帝绕过他，朝后面走去，其间，冷笑了一声，寒声道：“你这是背着朕见了皇太后？也好，朕倒不用再跟你说什么了。十二。”

“啊……臣在。”

“你拟旨，收博氏皇后金册金宝，封禁长春宫，命其静思己过。”

马多济闻言，抬头再叩：“皇上！臣请您三思啊！”

皇帝一把推开了御书房的门。铺叠于地的杏花顺着穿堂的风扑旋而入。

“马多济，朕还没废她。若朕再三思片刻，朕就褫夺博氏的皇后封号。”

说完，他对候在外面的张得通道：“王授文何在？”

“万岁爷，在值房里候着呢。”

“传他来。”

“是。”

十二爷这边还在发蒙，猛地听皇帝对他道：“你和王授文斟酌，拟罢呈给朕看。”

❖ ❖ ❖

长春宫被封禁的消息传得很快。皇帝似乎丝毫没有要保全皇后最后一丝体面的意思。内侍府当日就把长春宫伺候的宫人清理一番，只留下孙淼并两个宫女、一个太监服侍皇后。

王疏月在长坤宫听到这个消息的时候是那一日的黄昏。

小太监们去接大皇子下学了，金翘尚在养杖伤。

是时长坤宫里人息寂静，只听见无数杏花敲窗的声音。王疏月坐在偏殿里守着四皇子，不满周岁的孩子还不通灵智，咬着手指睡得正香。

梁安轻手轻脚地推门进来，行礼道："主儿，您晚上用些什么？奴才好叫小厨房备上。"

王疏月抬头，轻声应道："主子说今晚过来用膳吗？"

"哟，这可没说。万岁爷这突然封禁了长春宫，寿康宫的老娘娘怕是有话要与万岁爷说……奴才听何庆说，万岁爷散议后就去寿康宫请安了，这会儿还没信儿。要不……奴才使人去何公公那儿给主儿问问？"

"不必了。"王疏月揉了揉在日影下有些发昏的眼睛，淡淡露出笑容，"煮些粳米粥吧。前两日的腌黄瓜也好吃。"

"欸，好好。"梁安接连应着声。

能看到她笑，不说梁安了，长坤宫中其他人终于放下了悬了几日的心。想王疏月从寿康宫回来那一日起一言不发地在西暖阁里一坐就是大半日，问她她不说话，对饮食也不在意，一副生无可恋的样子，连大皇子和四皇子都不肯见，梁安至今都后怕。

还好有皇帝，好在有皇帝啊……

梁安在心里替这位万岁爷念了好几声佛，方躬身对王疏月笑道："不拘什么，主儿，您肯用膳啊，奴才们就安心。哎！这可真是天道好轮回啊，害了主儿身子的人总算是得了报应，咱们主儿也能宽了这份心，从此啊，主儿您就是这后宫第一人了。"

这一声"后宫第一人"说得响亮了些，惊醒了睡梦中的四皇子，他睁开圆溜溜的眼睛，看着王疏月。王疏月顺手拿起放在膝盖上的那枚干青种翡翠龙纹玉佩去逗弄他，四皇子没有哭闹，所有目光都集中到那枚玉佩上，时不时伸手去抓捏。

梁安看得喜笑颜开："都说孩子最懂做母亲的心。前几日主儿不好的时候，四皇子常哭，如今主儿不难过了，小主子也跟着开怀，真好啊。"

王疏月看着四皇子的笑脸，含笑点了点头，轻声道："我没事了，前几日倒让你们跟着忧心了。"

梁安忙道："主儿说的哪里话？奴才们都是主儿的人，主儿好就是奴才们好，主儿不好，奴才们就遭天打五雷轰。奴才是这样，金翘姑娘也是这样，长坤宫上下的心啊，都是齐的。”

他提起了金翘。王疏月心里倒有些担忧，回头问道：“金翘还好吗？传太医来看过吗？”

“主儿放心，金翘姑娘好着呢。这宫里打宫女和打太监还是不一样的，奴才们皮糙肉厚，打得狠些没关系，宫女们大多是御八军中的下人，哪里能遭住折腾，掌刑的人手底下都是有轻重的。传太医用了药，金翘啊，养几日就好了。”

“那便好……”

两人正说着，外头传来小太监的声音：“主儿，咱们大皇子回来了。”

话音一落，大皇子已经自己推开门，笑着跑了进来。他见王疏月正逗弄四皇子，便又赶忙顿住脚步，在门前站住，规规矩矩地请了个安：“儿臣请和娘娘安。”

王疏月招手示意他起来，温声道：“跑得一头的汗，热着了吗？过来，和娘娘给你擦擦。”

大皇子站起身，轻手轻脚地走到王疏月身边，压低声音道：“四弟弟睡着吗？”

王疏月将大皇子揽到身旁，拿自己的绢子给他擦汗：“没有，他醒了，等着你这个做皇兄的来陪他玩呢。咱们大皇子今儿怎么这么早呀？”

大皇子仰起脸道：“父皇准的。父皇说，和娘娘您这几日不开心，让儿臣早些下学，多陪您说说话。”

王疏月摸了摸他的脸颊，轻声道：“是和娘娘不好，前几日没有照看好大皇子。来，站好让和娘娘看看瘦了没。”

“没有，儿臣每日都好好吃饭、好好上学。倒是和娘娘，您瘦了好些。”他一面说，一面抓了抓头，“和娘娘，您之前为什么不开心呀……”

他这么纯粹地问出来，王疏月倒有些不知道如何回答了。她不想骗他，却又不能对他言明。也是啊，对着皇帝这个日夜有肌肤之亲的人，她尚且胆怯，何况眼前这个干净的孩子。这些年来，她用了很多的心力把这个后宫的脏污和恶意挡在他面前，竭尽全力呵护着他那颗因为母亲离世而受伤的心灵，让他成长为如今这样一个正直、仁善的孩子。他的存在是她对皇帝的爱，也是她对自己和他人人生的善意。诚然他还年幼，虽然言语温柔，却无法真正为她遮风挡雨。他的父亲呢，却实在是一个不大会说话的人。

王疏月看着身旁这个温和的少年，从他那稚嫩的轮廓上又看见了皇帝的影子，继而想起那句从何庆口中原封不动传来的话：“朕不让她去临春园，她若敢去，朕就把她的腿打断！”她不由得笑弯了眼。

大皇子仰起脸，“咦”了一声，笑道：“和娘娘，您终于笑了，那儿臣可以跟父皇交差了。”

王疏月刮了刮他的鼻头：“你这么小，办什么差？”

“哄和娘娘的差啊。父皇让何公公给儿臣传了话，要儿臣哄您开心，若您不开心啊，儿臣还要去请罪呢。”

王疏月一怔，道：“你父皇真的让何庆这么跟你传话吗？”

“嗯啊。不过，儿臣也觉得纳闷，以前父皇给儿臣传话，不是训斥，就是督儿臣的书……那严词，儿臣都是要一字一字背下来的。所以啊，儿臣这次还专门问了何公公父皇的原话是什么。何公公偷偷跟儿臣说，父皇说他在和娘娘面前不会说话，说儿臣说的话，和娘娘肯听。”

“什么——”

“真的！”

王疏月乐不可支，这个何庆也算是个活宝，早晨来传话的时候，把皇帝原话和窘样子学了个活灵活现，如今又当着大皇子的面说大实话损他主子的面子。她想着，开怀地笑出了声。

其实，真正逗乐王疏月让她放开心绪的还是皇帝这个笨拙的男人。

他吧……到底一生自信，只是在和她相处这件事上时常露怯，露怯也就罢了，还非得绷住。但他说出来的每一句话，她都听懂了。他不准她去临春园，不准她像当年的云答应一样受所谓“传统”的伤害。他封禁长春宫，收皇后金宝，实则是为了她对抗云漠，对抗梁云贵族对汉人的歧视和压制。

王疏月明白，今日之后，不论是云漠亲王还是御八军宗室，甚至是京内御史台，都会写出雪花般的奏折砸向御书房的案头。皇帝要面对的远远不止一个太后，但他那开弓从无回头箭的处世之道却足以令王疏月安心。

诚然，在这些家事国事的相互牵连之中，不乏他汉制梁用、梁汉融合的政治抱负，但他同时也为王疏月做到了一个大梁朝廷的君王能为一个汉人女子所做的极致。不过，就算做了这些，他还是那副死鸭子嘴硬的性子，什么都不肯明说。尽管如此，王疏月还是联想起了他在申兰围场对她说过的一句话。

那时候，他看着王疏月被裹缠过的那双脚，皱着眉头，说：“朕不觉得这有什么好看的，你若晚出生个二十年，出生在朕掌天下的时候，朕不会让你缠足，你也就不会受这份闲罪。”这句话，放到现在来看，再也不是缠足不缠足这样具体的事。在他掌天下的时候，他向这个温暖的女人伸出了自己惯常冰冷的手。而当他被那双手彻底温暖之后，他终于牵着这个女人的手，松开了她脚上的束缚，慢慢走出前荣的那片黄昏。

所以，面对宿命，王疏月觉得，在他身边的自己似乎应该更有勇气一些。她一面想着，一面揽着大皇子朝窗外望去。

那日恰好也有耀眼的金阳，从雕花窗格里透进来，地上满是杏花簌簌飘落的影子，幽香与余晖温柔地落了她一身。

大皇子摇着她的手道："和娘娘，您在看什么？"

"看外面的夕阳啊。"

大皇子顺着王疏月的目光看去，轻声道："和娘娘喜欢看黄昏，父皇也喜欢看黄昏。"

"是啊……和娘娘知道。"

"可是黄昏……有什么好的呢？"

"黄昏啊，余有光热，不至冷寂。"

偏殿外，皇帝听着王疏月那一句"余有光热，不至冷寂"，低头笑了笑。

何庆轻声问道："万岁爷，您不进去？"

皇帝摇了摇头，撩袍往阶下走去："不去了，你不是说朕不会在皇贵妃面前说话吗？就让恒卓陪着她，朕回隆正殿看折子。"

何庆闻言吓得半死，忙扑跪到皇帝面前道："万岁爷，奴才该死，奴才该死。"

皇帝站住脚步，喝道："走开，挡朕的路。"

"不是，万岁爷，您饶——"

"朕又没说要打你，慌什么？"

"啊？什么——"

皇帝回头朝偏殿看了一眼："皇贵妃今儿笑了，你们都有赏，起来，去内事房领吧。"

"万岁爷，您不是骗奴才吧？"

"君无戏言。走开！"

第三十二章 谢春池

望魑魅魍魉皆不近身，您能一路顺遂。

整个春季，皇帝的事务都非常繁忙。宁沁的达尔罕亲王亲自上书为皇后请罪陈情。然而这本折子在御书房的御案上整整留中大半个月未发。皇帝一面压着这本折子，一面着手对理藩院进行改制。

四月底，十二爷奉命监理理藩院，监理的这道旨意是王授文替皇帝拟正的。

那日御书房值所里的人都下了值，御书房中只剩下王授文和十二爷两个人。皇帝在临摹祝允文的《唐诗将进酒曲》一卷，那是一幅草书，笔势游龙摆尾，笔锋凌厉。皇帝写得酣畅淋漓。至末尾处，皇帝自如地收了最后一笔，方抬腕自赏，随口唤让掌灯，又对十二爷道："你过来看。"

十二爷应声走到案前，撑案细观，笑道："皇上的笔力越发遒劲了。"

皇帝握着笔，平静道："从前虽设理藩院四司，但在云漠旧藩眼中，仍是当年未入中原时那个云漠，如今理藩院官制体统与六部相同，合该有力强治。"

观字说政。十二爷自然知道皇帝的意思。

大梁入中原后，梁云虽为君臣，但两方都在刻意弱化这一层关系。云漠先后与三代君王联姻，中宫之位以及遵循立嫡传统而来的大统传承无不彰显着云漠的尊贵。先帝那一朝倚重云漠，自己的儿子凡娶云漠女子为嫡妻者，若有夫妻不敬之事传至朝内，轻则下旨申斥，重则有降爵之惩。但这毕竟是一个阶段内短暂的荣辱与共而已。

君臣有天地之大别，为君为主者，像皇帝这样的人，早就把眼界四海天下地放了出去，怎么肯让自己后代子嗣的血脉被迫延续自云漠一脉，怎能容忍治国安天下的大事要受云漠势力的掣肘？

十二爷想完这一通，不由得抬头对皇帝由衷道："皇上圣明。"

皇帝应道："申兰其所乃御八军游牧地方，甚属紧要。"说着，他就着手中的点向王授文道："这样，王授文，你手上拟的旨放一放。今儿晚了，明日你和程英并豫王都议一议，看在理藩院下如何设巡按御史的职，议好了，拟旨，朕一并用玺。"

王授文忙起身应“是”。

十二爷道：“皇上，今年八月的秋狝——”

皇帝压手示意他暂时止声，自己从案上拿起那本留中半个月的折子：“朕晚上复达尔罕的这一本。等朕复完，再同你议八月的事。你如今且知道一样，今年的秋狝，朕是要去的，也要奉皇太后去渃河行宫疗养。但今年不同往年，内侍府和渃河两处着手必要的事，余下的，让朕再想想。”

“是，臣明白。”

“嗯。跪安吧。”

十二爷辞去，王授文正准备跟着一道辞去。谁知他还没开口，却听皇帝道：“王授文，朕有话问你。”

王授文只得站住，回身垂首候着皇帝问话。

皇帝搁下手中的笔，靠坐在书案后的禅椅上，平静道：“朕听豫王说，你不肯准王定清向内侍府递职名请见皇贵妃。”

皇帝一下子从政事中抽离出来，说到家事上，王授文竟一时有些没反应过来。他正思索凶吉，却见皇帝交手抵着下颌，看着他道：“什么缘故？”

“子……不识体统。”

皇帝白了他一眼，压低声音道：“王授文。”

“欸，臣在。”

皇帝的声音一重，王授文慌忙屈膝跪下。那膝盖和地面磕碰的声音引得皇帝闭眼侧面，实是不知道说什么好。这父女两人也是有默契，彼此明明牵挂、思念，在他面前非得装作一副恩断义绝的模样。

“起来起来。朕提这个事，不是要斥你。朕——”

怎么说呢？直说自己想让王疏月见见她父亲和她那个即将远任的兄长吗？皇帝抓了抓头，实在说不出口，同时也搞不明白，明明是王授文忧惧外戚之嫌，不敢过多地与王疏月接触，自己大度地给他们父女、兄妹施恩，怎么到头来，他还觉得自己反而怯得很，好像话一旦没说好，就会丢了威严，或者，吓得这个酸腐的老头儿越发要和自己的女儿断绝关联？

“何庆。”

“奴才在。”

“传朕的口谕，命王定清明日向内侍府递职名。”

“啊——”何庆被这突如其来的口谕逼得发蒙，眼见皇帝要发作，他赶忙给了自己一个嘴巴子，“是，奴才明白。”

皇帝点了点王授文的官帽：“你明日也去！”

王授文听了这两句话，不敢抬头，愣愣地跪在皇帝面前，眼眶慢慢有些发潮。他一直把自己当外臣，奉行的是疏远女儿即保护女儿的道理。五六年间，王授文一直把王疏月一个人丢在后宫，之前内刑司的拶刑，还有“月宿冲阳”的天象之说，他不是不知道，但是，无论王疏月受了多么大的苦痛，他都从来不肯在皇帝面前过问一句。要说愧疚，他当真是愧疚得心碎。奈何就算偶尔见了面，他也得守着君臣的规矩，不能亲口问她一句冷暖。但血浓于水啊，他怎么能不想呢？王授文忍不住偷偷看了一眼皇帝。

皇帝倒是压根儿没有留意到这个老文人内里的情绪翻涌，只管借着平时对王授文那惯常的语气痛快地说完自己想说的话，顿时觉得神清气爽，又想着过会儿让何庆去长坤宫传话，王疏月听后那开怀的样子，不自觉地扬了嘴角。

“跪安吧。”他自顾自地乐着，随口令王授文退了。

他低头又赏了一遍自己的字，对何庆道：“裱起来，赏给长坤宫。”说完起身，命张得通更衣，大步出了御书房。

月华门上，侍卫和太监们正在换值。皇帝从月华门跨出，却见门前跪着一个女人。已至星夜，夜色四合，龙纹黄纱宫灯将宫道照得透亮。

皇帝顿了一步，扫向那人，识出那是在皇后身边伺候的孙淼。

何庆忙走到皇帝身旁，轻声道：“孙姑姑来了好长时间，不敢从月华门进来，一直跪在这里，奴才们劝过了，但她不肯走……”

皇帝低头看着孙淼，平静道：“以后，长春宫的事，回禀内侍府，朕没有废除博氏的后位。她要什么，朕准。”说完，抬脚就要走。

谁知孙淼却膝行伏到皇帝面前：“万岁爷，求您去看看主子娘娘吧！娘娘已经几日未进水米了！”

皇帝站住脚步，寒声道：“水米未进？她要做什么，自戕？”

“万岁爷，主子娘娘万万不敢啊！娘娘是伤心自罪。万岁爷，奴才求您去看一眼娘娘吧。您不恕她，娘娘怎么敢恕自己啊——”

“胡扯！”皇帝断然喝了一声，惊得孙淼肩膀一颤，然而更为冰冷的话从头浇下，“你今日既来，就给她传话，她若不肯自恕，朕就迁罪于她博氏一族。八月，朕要在申兰与云漠诸部会盟，若宁沁部要为他们的皇后挂孝，那就不用觐见！朕言尽于此，让她自己思量！”

“万岁爷啊……”

一席话听得张得通和何庆心惊胆战。

孙淼的话被堵在口中，她泪流满面地跌坐在地上。她服侍了皇后多年，深知皇帝的这些话对皇后而言多么诛心。帝、后这一辈子的情分散尽，皇后还能在这个后宫中抓住的东西除了嫡子，就只剩下那一片安放她少年时光令她魂牵梦绕的草原了。皇帝到底还是抓住了她的痛处，狠力一捏，就让她想死也不敢死了。

帝、后之间走到这一步，只剩下一段血淋淋的却看不见血肉柔情的牵扯。皇帝不会废掉她，也不会放过她。而她想用死了结这段缘分，却又连一把清白的刀都求不到。

天幕厚厚地压下来。

皇帝的仪仗已经走远了，孙淼还一个人跪坐在地上。

何庆刻意落后几步，回转过来寻她。

“孙姑姑，您还是回去，好生劝劝主子娘娘吧。万岁爷这几日正在议云漠的事，您和娘娘都安生些，不要给王爷们添错处了。”

孙淼怔怔地站起身，拽住何庆的手腕：“我求求你了，你再帮我们娘娘求求情吧。你是知道的，主子娘娘从前是多么端正、体面的人。如今，长春宫里伺候的人全部撤走，内侍府也不肯把娘娘当主子待……主子娘娘怎么能活下去啊？”

何庆掰开她的手：“活不下去不也得活嘛。你让我们去求情，我们有几个脑袋，你又不是不知道，之前太后娘娘求情都险些遭了咱们万岁爷的重话。”

孙淼抿唇，嘶声道：“那该如何是好……我……”

她说着，身子有些不稳，何庆忙伸手扶住她：“安生些吧……等着万岁爷气消了，主子娘娘的日子就好过了，到时候你们再想法子。这几日，你万不可再来隆正殿滋扰。”

正说着，长春宫的小宫女慧儿慌里慌张地跑来：“孙姑姑，您怎么还不回去，主子娘娘身上不好，奴才们都没了主意，您赶紧去看看吧。”

“怎么了？”

“奴才不知道。娘娘不说话，也不要水要茶，问她什么她也都不说，奴才怕得很——”

何庆道：“你赶紧回去，万岁爷的话，你得仔细说给你们主子娘娘听。”

“何公公，你知不知道，这些话对主子娘娘来说……是诛心之言啊……”

何庆推了她一把：“是诛心，但能救主子娘娘的命啊……”

❖ ❖ ❖

五月初五是端阳，皇帝头一日遣何庆来传话，准大皇子这日不上学。

于是，这日一大早，大皇子就穿着一身朱红色的细云纹袍子，兴高采烈地来西暖阁请安。他刚走到明间的前面，便见尚衣监的人和张得通候在外面。

张得通见了大皇子，忙过来，行礼道：“小主子来给贵主儿请安？您略站站。”

大皇子点了点头，乖顺道："张公公，父皇在里面吗？"

张得通应道："是啊，不过，看时辰快出来了。"

大皇子嗯了一声，规规矩矩地站到他旁边。

张得通不由得笑了，弯腰道："小主子，难得万岁爷准了您今日尚书房的假，您怎么不多歇息会儿？"

大皇子仰头道："不能晚了。和娘娘说了，今日端阳，父皇准了小王大人入宫，我有好些书上的疑惑要问他。还有，和娘娘还说了，要给我和四弟弟系彩绳。我昨日看和娘娘和金翘姑姑编的，可好看了。"

张得通乐呵呵地看着这个一脸明快的孩子，想着他和皇帝当年也算是一样。宫中对皇子的教育向来严苛，一年当中除了年节和自己的生辰，都不能弃学，在尚书房里师父管得七荤八素的不说，各宫望子成龙的娘娘也不肯让他们下学后清闲。

大皇子跟着王疏月倒还好。这么多年王疏月看起来一直是一副了无指望的样子，对自己没有，对大皇子和四皇子也似乎无甚期望。大皇子这才好歹没像皇帝当年那样，十一二岁的年纪，愣是活得跟个没胡子的老头儿似的。要当年的皇帝为一根什么彩绳高兴，那是万万不可能的。

张得通是这样想的，此时暖阁里的人却是另外一种心思。

皇帝今日不叫大起，于是穿戴上甚是随意。

五月一开头，天也热了起来，他便只穿着一件藏青色的常服袍子，腰上系着龙纹佩，看起来倒比春天时显得更加爽利。

王疏月蹲在他后面替他系玉带扣，也不知是不是新制的原因，那玉带的接扣处有些涩，她扣了好几次也没扣上去。

皇帝这个人性子急，无趣地站久了就不自在，一晃眼看见王疏月放在茶案上的五彩绳，红黄绿的搭在一起，倒是很亮眼。

他好奇，伸手正要去拿来细看，却被背后的人连人带玉带地拽了回来："别动，好难扣的。"

皇帝觉得自己的胃被人猛地勒了一把，险些岔气，想发作又不肯吼王疏月，自己跟自己怄了一瞬的气，竟彻底没了脾气，悻悻然地把手收了回来，带着煞气地道："难扣就让尚衣监的人来弄，弄好了，朕再赏他们板子。这点儿事都伺候不好。"

王疏月抬头看了他一眼，笑道："主子，今儿过节，哪里又兴打人的？您不动，我就顺手，这不就扣好了吗？"说着，她又弯腰理了理皇帝的袍脚，温声道，"好了，您议事去吧。"

梁安端了镜子过来，皇帝窥镜自端了一阵，冷不防自语道："这藏青色看着暗沉得很，不如之前去你们家那日穿的那件墨绿的……"

梁安端着镜子在后面憋笑。这么多年了，皇帝在穿戴上的审美依旧没有跟自家主儿搭在一根线上。

王疏月看着梁安憋得肩头抖动，又见皇帝还沉浸在自端自观之中，自个儿也不好说什么，只能无奈地笑笑，冲梁安摇了摇头。

皇帝没有注意到主仆二人在乐什么，正好衣冠后便大步往明间走，一面走一面道："今日你这儿朕就不来了，免得王授文看着朕不自在。你们父女兄妹的，好好叙叙。"

王疏月一路跟着他往外走，听完这一句，含笑应道："好，谢主子。"

"不必谢朕，朕放王定清去川陕，那个地方的官场，每一个人的骨头都是硬的，朕让他去磕，难免要头破血流。"

"我知道。"她温顺地应了一句，又追道，"不过，那是兄长的志向，他不会辜负您的。"说完，她又像想起了什么似的，伸手拽了一把皇帝的袖子，"您等等，有一样东西忘了给您。"说着转身往西暖阁里走去。

皇帝立在地罩前看她。她还没有更衣，散着一头乌瀑般的长发，青白色的寝衣衫子单薄地罩在身上，那身影和初次见她时一样，轻软得像一阵聚散无常的烟。

"王疏月。"

"啊？"

"朕觉得你太瘦了。"

她听到笑了笑，取了东西，含笑走回来，应他道："那也无法了，吃得也不算少。容我再养养，看能不能好些。来，您抬个手。"

皇帝低头朝她手上看去，见她拿来的正是刚才放在小案上的那几根彩绳："什么东西，这么花里胡哨的。"

花里胡哨……王疏月乐弯了眼，这个评价从皇帝口中说出来还真让她有些意外："这是我们汉人南方端阳的习俗，端阳节都要戴五彩绳挂香囊。我前儿日不大好，香囊没来得及给您做成，这根五彩绳是昨儿我给您编的，您系着，辟邪正神的。"这是她亲手给他编的。

皇帝看着那彩绳，心里暗乐，嘴上却还是那些不大体贴的话："朕不信这怪力乱神的一套，又红又绿的，难看，不戴。"

王疏月险些脱口而出"您不就喜欢又红又绿的……"她道："算了。您不肯戴，那就只能给大皇子了。"她略黯了黯眼神，又道，"走吧，我送您出去。"

她的话还没说完，却见皇帝的手已经僵硬地伸在她的眼前了，甚至把袖口挽起了半截，露着骨节分明的手腕。

王疏月看了看那截手腕，又抬头看向皇帝："您不是说花里胡哨的，不戴——"

"王疏月！"

“好好。”她眼见皇帝又要梗脖子，终没有再去顶他。

她上前，一面细致地将彩绳系到皇帝的手腕上，一面柔声道：“我知道您是个百无禁忌的人，但我也就这一点儿糊涂心。”她说着，握住皇帝的手腕，续道，“望魑魅魍魉皆不近身，您能一路顺遂。”

皇帝望着她那低垂的眉眼和纤白的手指：“你觉得朕望你如何？”

“如何啊？”

“四个字。”

“嗯。”

“长命——百岁。”皇帝说这话的时候，觉得自己有些腻歪，但他还是实实在在地说了出来，毕竟这是他的心里话。不过，这话背后其实还有更深情的意义。他好像想告诉她，只有她活着，他才真正地活着。如果她不在了，他就成了史册上一个没有血肉、没有恩仇的符号而已……但这话太复杂，他绞尽脑汁，还是没有想好要怎么把这混沌的深情说清楚。

外面，叶影席地。

送走了皇帝的长坤宫，人息皆松快。

大皇子牵着王疏月的手，欢快地道：“和娘娘，我看到父皇的五彩绳了，父皇可喜欢了，儿臣也要。”

王疏月笑道：“你怎么知道你父皇喜欢呀？他嫌花里胡哨的。”

“没有，父皇骗您的，我看父皇走的时候一直在看手腕上的五彩绳，还差点儿被门槛儿绊着呢。”

这也是很有画面感了。

梁安在旁笑笑道：“就是说嘛，主儿昨儿挑的那颜色惯是万岁爷爱的，万岁爷就是口上不承认，心里哪能不喜欢？”

王疏月摸了摸大皇子的头：“当着父皇的面，可不能放肆地说你看到的啊。”

大皇子促狭地一笑：“您放心，父皇如今啊，不会吼儿臣了。”

两人正说着，金翘打起竹帘子进来道：“主儿，内侍府的人引两位王大人过来了。虽万岁爷留了话，免了好些规矩，但正礼还是要受的，不然就乱了大规矩。主儿，奴才伺候您梳洗穿戴吧。”

王疏月知道父亲的性子，虽蒙恩得以相见，即便皇帝不在，他也必要将礼数尽全方肯心安，便顺了金翘的话，梳洗后，带着大皇子在明间受二人的礼。

❖ ❖ ❖

这边，内侍府的掌事太监亲自引了王家父子二人过来，在明间外唱跪，引二人行过叩拜的大礼，方进来对王疏月回话道："贵主儿，万岁爷给奴才们留了话，酉时前送两位大人出宫。万岁爷有政事要议，不能相陪，让贵主儿与两位大人大可随性些。"

王疏月颔首应道："好，有劳公公。"

"奴才不敢当，奴才们告退了。"

内侍府的人退走，梁安等人才赶忙上前搀扶。王授文有些颤巍巍地站起身，抬头向王疏月望去。自从当年皇帝带着她微服至府上，业已过了好几年。对他而言，这个女儿就像随着吴灵去了一般，只活在旁人的口舌之中。

前些日子，吴宣曾来府上找过他。说及自家的这位娘娘，吴宣没忍住，终究还是将她生产后身子受损的事告诉了他。

王定清尚未娶妻，不甚明白，王授文却知道吴灵在这个症候上受的苦，如今知道女儿也是如此，又身在这要命的深宫之中，联想起皇帝生母当年的秘辛，他心里既担忧又心疼，却又碍于规矩礼数，不能陈情，只得躬身，拿捏着言辞道："娘娘……玉体可安好？"

王疏月牵着大皇子的手走到王授文面前，半屈膝，方得以平视自己这位躬着身的父亲："父亲长了好些白胡子。"

她的话促狭，引得王授文一怔，抬头却见她那张明快的脸就在面前。她一手牵着大皇子，一手撑在膝盖上，那模样和他当年初见吴灵时一模一样。

那时，吴灵也是这般将脸撑到他的脑门前，伸手揪着他的胡子，对他笑道："你说，你这么年轻，为什么要留这么长的胡子呀？"血脉传承这件事真是神秘得可怕。

"娘娘……臣——"

"父亲，女儿一切都好。"她没有让他说下去，反而看着他的眼睛，认真地回应他之前那一句。

王授文喉咙一哽，眼眶顿时烫得难受。他张口想说些什么，却见大皇子松开王疏月的手，向他作揖，口中道："老王大人。"

"欸欸，好……大皇子如此，老臣受不起。"

他说着就要行礼，却听王疏月温声道："父亲受吧，他是您的晚辈。"

"娘娘——"

"和娘娘说得对。"大皇子接过声来，续道，"父皇跟我说过，老王大人和小王大人都是我们大梁的股肱之臣，儿臣要以礼待之。"

说完，他又侧了侧身，朝王定清行了一礼。

王定清回了礼，朗声道："一晃大皇子都这么大了。"

"是啊……"王疏月牵回大皇子，含笑向他道，"兄长又何时娶亲呢？"

王定清笑了笑："娘娘要臣寻一个知心人，臣何敢辜负娘娘期许？必得知心人，方行嫁娶，此后，永不相离。”

此话动情，亦令人动容。王疏月竟觉自己再无话可问，无立场可催。

说来也是冤孽，王家这一门到王授文这一代，算不得人丁兴旺，可自父亲这位老文人到王定清，到她自己，个个都是执念深重的情种。

“好。”她垂眸笑笑，“那我等着兄长的好消息。”

“是，娘娘安心。玉体常安才是吾辈之福。”

“我明白，我会顾好自己的身子。”

一番寒暄，三人心中皆有一阵无解的又温暖又酸涩的疼，一时相顾无话。

大皇子拽了拽王疏月的衣袖：“和娘娘，您说了要让小王大人给儿臣讲后玉达治理策论的……”

“是了……和娘娘都忘了。”她说着抬头看向王定清：“兄长，我知道您和父亲都在避外戚之嫌，但望你们相信，我绝不是要让孩子们私交朝臣。他是主子的儿子，虽年幼，却是个有胸怀的孩子，希望兄长放下介怀，凡他所问，尽不吝赐教。”

大皇子也在王疏月身旁作揖道：“请王大人不吝赐教。”

王定清低头看向那个行礼的小孩，回道：“请娘娘放心，臣自当倾己所知。”

“多谢兄长，驻云堂已备好浓墨、香茶。”她一面说着，一面弯腰摸了摸大皇子的头：“王大人就要远任了，关于后玉达之治，大皇子有什么要问的，一并问尽，听明白了，也说给和娘娘听听。”

大皇子仰头应了一声“好”，侧身相让道：“王大人，请。”

二人同入驻云堂。

王疏月又吩咐梁安过去照看灯烛，并亲自沏了一壶六安茶，命金翘端进去，罢手之后，方走到王授文面前，轻轻扶着他的手臂：“女儿陪您坐坐吧。”

“臣不敢。”

王授文这样说，王疏月却仍旧没有松手：“我知道您不肯亲近，但女儿这里毕竟不是御书房，您要站规矩，女儿不舍得。”说着，她扶着王授文走到茶案旁，又亲自拿来自己的坐垫，垫在禅椅上，搀他坐下。

金翘和梁安都在驻云堂里，她也就没有唤人，走到王授文身边，亲手取盏，执壶要烫杯。

王授文忙起身道：“娘娘，使不得。”

王疏月垂头，轻声道：“自从娘走后，您就没再喝过女儿沏的茶了。”

王授文吐了一口气，忍着眼中的潮润：“臣与娘娘已是君臣有别……何堪论从前？”

“可是，您和兄长都是我的亲人。在我眼中，你们和大皇子、四皇子是一样的。

我知道您不愿意让我说这样的话，也明白您是为了我好，但这一生，我能见您的日子不多，若今日，您都如此疏离女儿，那女儿……就真的不知道如何是好了。”

王授文肩头一颤，终是扶着桌沿儿重新坐下来：“娘娘不要这样说，臣无地自容……臣……就是觉得有愧娘娘。当初送娘娘入宫，臣实不想会令娘娘受如此大的苦。”

王疏月抬腕压壶，青碧色的茶汤入盏，衬得白玉瓷的釉面格外细润。她托盏相呈。

王授文犹豫了半晌，终于抬手恭敬地接了过去。

茶烟袅袅，点透五感。

驻云堂里不时传来的你来我往的问答之声格外清晰。其间，一个年轻而稳重，另一个稚嫩却纯粹、明快。

王疏月在王授文身边坐下，自斟一盏，端握在手中，一面细饮，一面朝驻云堂里看去。

年轻的男子执书握卷地交锋，总是好看、颇养眼目的，加之论的是边陲之地那些沾着牛绒羊毛、雨雪风沙、权术、人心的事，就更蒙上了一层血雾，衬着华光流彩的长坤宫清晨这消闲的茶中时光，不断勾起人们心中对危险政治的挑衅和对平庸生活的顺服。

两相碰撞，惊心动魄。

“父亲。”她收回目光，咽下一口茶。

“娘娘请说。”

“其实……我很庆幸，您当年把我送给了主子。”

“臣当年是——”

“如果不是他，我不知道我会活成什么样子。母亲以前一直跟我说，她有幸在长洲遇见了您，您是唯一会纵她揪胡子的男子，就算……”她说着，低头看向茶汤，“就算……她觉得您有的时候活得太市侩了些，但您到底是她的良人。后来，我回想这些话，越想越觉得有意思。父亲，您以前对我和兄长都甚为严厉，以致我不大相信母亲的话。直到母亲去后，这么多年，您一直独在一处，我才慢慢明白您与母亲的情意之深，母亲的话都是真的。”说完，她重新望向王授文，“我在想，也许是母亲在保佑我，才让我遇到了主子。他和您……像吧……也不像。”

王授文一愣，忙制止她道：“娘娘这话险，可不能出口。”

王疏月笑了笑，并没有在意，续道：“主子那个人……怎么说呢？固执、一根筋，喜欢说狠话，看起来很不好相处，却是个待女儿很温柔的人。他从来没有搓揉过我，相反，他让女儿生活得很有勇气。”

王授文并不能全然听明白她这些话的意思。尽管如此，他还是不禁动容，因为其中提到了他和吴灵的那段过去。

当年名满一城的少年清贵文采斐然，千百字则引城中纸贵，后来，遇见灵秀多情的吴家碧玉，缀金挂玉的情诗写多了，也就再不值钱，可这不妨他轰轰烈烈地爱了她一场，与她修成正果，将她养在家中。

即便他后来不免俗，为了门楣、家业在官场上疲倦地奔波了一辈子，即便她不幸走在他前面，可驻足回头看，那个女人撑在他面前的脸、揪着他刻意留出的“少年胡”时的笑容仍是他对曾经“年少轻狂”最好的注解。

而在印象中，吴灵好像也说过这样的话——“王授文，好在嫁给了你，你让我活得比其他女人都要有勇气。”

两个相似的笑容重叠在一起，回忆一下子涌动得厉害。王授文张了张口，刻意摁了摁自己额头的皱纹。他想着，觉得还是她好啊，自己老朽得不成样子了，她的容颜却还是和眼前的女儿一样，再也不会老了。

说起来，她们母女俩是真的像。她们一样满身镣铐，却不肯活成大多数女人那麻木不堪的模样。在漫长的日常生活中，她们尽己所能地护着她们的后代，不肯让孩子们堕到过于世俗的泥沼中，却也敢放他们去更大更广阔的天地体味、品尝。

王授文看向驻云堂里两个人。

一个是吴灵生养的儿子，另一个是王疏月养大的孩子。两人一坐一立，一来一往，言辞过招，各有针尖麦芒，却一样端正和自信。很难想象，他和皇帝都是从政治的危险中逃出生天的人，若不是这两个女人，他们的子嗣后代将会把他们的“成长”复刻得多么惨烈。

王疏月说她有幸遇到了皇帝。对王授文而言，他又是何幸，得遇吴灵呢？既如此……那皇帝……他突然有些荒唐地认为，或许皇帝那个人会有和自己感同身受的时候，又或许皇帝真的会像自己包容、疼惜吴灵那样疼惜自己的女儿……

“月儿——”他唤了一声王疏月的乳名。

“女儿在。”

“你今日对我说的话终于平了为父的心。为父和你的兄长对皇上无以为报，只得鞠躬尽瘁，更加勤勉以侍上。”

“父亲，我也有一句话想替主子说。”

“什么？”

“主子希望，您和兄长，以及放在四海天下的万千汉人士子，最终都会从前朝的阴影里走出来，不断地投身世道，继续热闹地活在他的平昌年间。”

王授文怔了怔，这句话的意思之大已超出他在君臣这个层面所能理解的意义。

王疏月撑着下颌，轻声道：“只不过，主子是皇帝，他要统御百官，要天下臣民臣服，所以这一句话，他一辈子也不会对您和定清说。但是，这是他对天下汉人、文人的挚诚所望。父亲，他是女儿的良人，也实是一位难得的好皇帝。”

❖ ❖ ❖

君臣际遇、父女情分，纵然是一生大论，但在茶香暖烟里说开，也带上了一丝混着艾草气息的人情味。

是时，小厨房包好了红枣糯米的粽子。那圆润的浸了油的米粒，调和着饱满的枣肉，在父女、舅甥的消闲言谈间渐渐蒸出了香味。

金翘打发人用大竹筐盛着，端了进来。

王授文就着那份热气剥开粽子叶。熟悉的气味扑面而来，他低头咬了一口，耳边突然回响起吴灵清亮的声音，一时间，他禁不住有些恍惚，仿佛那人此时就在身边，伸手去拈他胡子上的米粒，笑道：“黏吧，都粘胡子上了。”他喉咙陡然一酸，抬头却看见一只素白的手端着茶盏伸到他面前。

“爹，喝茶。”

他忙接过茶盏，一面低头饮茶来掩饰心里的悸动，一面哑声道：“欸，好，喝茶，喝茶……”

不多时，小厨房摆好了饭食。

父女一道用过午膳，王疏月又将四皇子抱了过来。

睡饱觉的孩子一经逗弄就甜笑起来，眉眼之间像极了皇帝，但脸盘轮廓又透着一丝王疏月的柔和之态。

王授文眼见外孙冲着自己笑，那笑容啊，令他的心如浸蜜糖，仿佛一下子就卸掉了一直扛在肩上的枷锁，至此周身通泰，背脊也得以挺直。其实，在有自己女儿的地方和有吴灵在的王家是一样的，一粥一汤、幼子的笑声着实都充盈着温柔而磅礴的生活气息，于是，王授文不肯再说伤心事，自始至终都没有提及那折磨着吴灵与王疏月的症候。

直到将近酉时，内侍府遣了人过来接引。王疏月抱着四皇子送父兄二人至宫门口。

暖红的夕阳在长坤宫前的庭院里铺就了一层金辉，王授文行过辞别的大礼，起身仰头，这才对立在阶上的女儿轻声道：“你母亲从前看过一个姓肖的大夫，那位大夫与你母亲颇有医缘，只可惜他早年丁母忧，回了云南乡里。娘娘诞育皇子之后，臣便托人在云南寻他，日前竟寻得。娘娘，你若不曾灰心，可跟皇上提一提这个人。”

王疏月应声，轻轻行了个福礼：“多谢父亲。”

王授文忙退后让礼，一时心头还有很多未说尽的话，然而那些话实在太多，全部哽在喉咙里，竟不知如何才能说尽。他索性揉了揉眼睛，低头狠心道："娘娘保重。"说完险些站不稳，颤着腿朝后退了两步。

王定清忙上前扶住父亲，抬头对王疏月道："我等此一别，便不知何日再能与娘娘相见，临别万语千言，五内俱焚，只不知何以陈心中之情，此时，唯望娘娘珍重自身，往后岁月，对吾等勿牵勿挂。"

王疏月点了点头。夕时的风轻轻拂动她耳旁的碎发，吹润了她的眼眸。

"好，亦望兄长一路平安，父亲……平乐安康。"

一番话至此，三人都不肯再多惹情绪，各自止了声。

王授文与王定清叩首辞去。

走出宫门时，他们却在长坤宫外的宫道上看见皇帝的仪仗静静地停在宫门外。

皇帝坐在步辇上，手上正翻着一本书，膝盖撑开的袍衫上兜着两三瓣隔墙而落的玉兰花，看起来像已经在墙外停着等了好一会儿。

皇帝陡见王授文和王定清走出来，倒是什么话都没有说。他抛了书，从辇上下来，走过二人行跪处，大步流星地撩袍跨进长坤宫的宫门。

何庆跟在后面，扶起王授文道："快下钱粮了，奴才替贵主儿和皇上送送两位大人。"

王授文拱手谢过，又道："皇上……这是等久了吧，怎么……不进去？"

何庆跟在二人身后，笑着回道："咱们万岁爷应了贵主儿的话，就一定要实在地做到，奴才们啊……哪里敢问什么？"说着，又朝地屏前的背影望了一眼，面上笑意促狭。

长坤宫的明间前，王疏月正要往里走，却听背后传来靴底与地面摩擦的声音，接着传来皇帝爽朗的声音："站着。"

王疏月回过头，只见皇帝一面走一面拍着肩头沾染的玉兰花粉。

天干燥，那花粉又厚得很，皇帝觉得鼻子有些痒，极力忍住，但走到王疏月面前的时候还是忍不住呛出一个狼狈的喷嚏。

张得通忙上来递帕子，皇帝却没接，紧张地看向王疏月，忍着耳根的烫，低声喝道："别笑。"

王疏月掏出自己的绢子，踮起脚仔细地替他扑掉肩上的花粉，柔声道："没想笑。"说着，抬头望向他，"您来多久了？"

"什么多久？朕刚与十二议完事。"

王疏月含笑点了点头，藏起那沾了花粉的绢子，没有拆穿他："留了粽子给您。"

"哦，什么馅儿的？"

"您不大好甜口，就包了咸肉的，还热着呢。您还没用晚膳吧？将就对付几口，我再让小厨房给您备点儿清淡的。”

“不用了。谁定的规矩，非得一顿吃十足的东西？你去，剥两个大的给朕吃。”他一面说着，一面跨进明间，在四方椅上坐下，顺手解了领口的盘扣，然后一面让人来伺候净手，一面看着坐在灯下剥粽子的王疏月道：“朕今儿不在，你们父女肯说几句实在话吧？”

王疏月将粽子递到皇帝手中：“嗯。多谢主子。”

“有什么好谢的？”皇帝捏着粽子咬了一大口。那浓郁的米香和肉香立时充盈唇齿之间，他觉得好吃，跟着又咬了好几口，鼓着腮帮子咀嚼。他正想点评，却见王疏月撑着下颌笑着看着他。

“王疏月，低头。”

王疏月摇了摇头：“让我看会儿嘛。”

他的气焰对她都是一时的，一旦碰了她的软钉就要偃旗息鼓。吼她，她也不肯低头，那怎么办呢？

皇帝此时鼓着腮帮子，实在窘得不行了，只得自己转过身，拼命把那几大口咽了下去，回头便撞上她那双笑得弯弯的眼睛。他正要说她，却见面前奉来一盏茶，淡淡的茶香散入鼻中，一下子消了他所有的脾气。

“主子。”

“啊——”

“从明日起，我要好好看大夫、吃药，保养身子。”

“你不是嫌药苦吗？”

“良药哪里有不苦的？”她放下茶盏，托着下巴续道，“对不起啊。主子，您那次骂了我以后，我一直没有好好跟您认个错。我……我之前不该那么自怨自艾，也不该不信您，一味地瞒着您。”

皇帝怔了怔。她一道歉，他心里就难受。每次争执都是她服软，这一回，他倒是希望她能放肆些。

“朕不是在怪你，只是脾性不好，气着了，才吼了你……王疏月……我对你吧……是那种……叫什么呢……哦，对，心疼，对，朕心疼你……心疼你……心疼你。”他说着说着又窘了，不敢看王疏月，身子也抑制不住地朝一旁转去，端着茶喝了好几口，从耳根子一路烫到脖子根。他回过神来时，恨不得给自己一巴掌。老天啊，自己在王疏月面前究竟是把什么话说出来了？好在身旁的人什么都没问，也转过身，靠在他背上。

“你做什么？”

“腰疼。”

“朕坐一天了，比你更疼！”

“那也要靠着。”

“你……”皇帝突然很想笑，低头抹了一把脸，扬声道，“行，呵……好！靠着，靠着吧……”

❖ ❖ ❖

相处之道往往是慢慢内化于每一次共情，外化于一抬头、一迎目、一饭一饮、一晴一雨之中。

轰然而过的岁月里有柴米油盐炖鸳鸯白骨，就这么熬煮着、品评着，平昌五年的初秋悄然降临。

王授文荐进宫的那位肖姓大夫与王疏月倒真颇有几分医缘。王疏月慎重地遵着周明等人的嘱咐，认真地服药，调整饮食和起居，过了八月中旬，身上果见好转。

与此同时，长春宫却传出消息，皇后已经病得不能下榻了。

因宫门锁闭，来来往往的人并不能看见其内的寥落，反而日日听见墙内传来单薄、婉转的唱腔，最初还是清亮的，久而久之，就渐渐地喑哑起来，最后甚至变得沙哑干涩，听得人魂魄俱颤。

整个平昌五年，大半的肃杀都笼向了长春宫。

皇后病笃，皇帝不肯相顾。

太后斥也斥过，求也求过，拿捏着梁云的姻亲关联逼也逼过，皇帝却还是无动于衷。

诚然，这已然不是帝、后之间单纯的恩断义绝，那刻意的冷漠和疏离之中藏着刚硬的帝王对云漠的姿态，还有一生辛酸的皇后努力保全的最后一点点尊严和骄傲。

八月十四，中秋前一日，内侍府和太医院的人一同在御书房值房寻见十二爷，跪禀了长春宫的主子娘娘弥留之际的境况，求十二爷禀至皇上面前。

皇帝闻禀，看着身后的疆域图沉默很久，才道：“告诉太医院，药食不济就用灌的。朕后日便要启程去渃河，其他的不论，朕要博氏……活到秋猎之后。”

十二爷颤声道：“若活不到呢？”

“活不到？”皇帝转过身，“活不到就封宫，停灵长春宫，不设祭，不发丧！”

十二爷喉咙发烫，忍不住道：“皇兄……您对皇嫂当真就没有一点儿情分了吗？”

皇帝没有说话。

那一日秋风干冷，黄昏没有金阳，却有一大片一大片乌深的树影。

张得通小心地推门进来：“万岁爷。”

“说。”

“主子娘娘有求，想见您一面。”

“不见。”

“是……那个……”张得通迟疑了一阵，狠了狠心，上前躬身道，“主子娘娘还有一求。”

“说。”

“主子娘娘说，您若不肯见她，就求您让她见见贵主儿。”

第三十三章 占春芳

既贵妃是吾皇有意同流之人，便应如静流于山月寒星之下渡平沧浪之江。

平昌五年，中秋夜，一条灿烂的星河横亘于天幕。天幕下静谧的长春宫里，歇山顶上黄琉璃瓦辉映着明晃晃的月光，略显斑驳的宫墙上映着乌桕树乌青的影子。所有的生灵都因人气隐退而露出蠢蠢欲动的爪牙。草木知情，所以枝叶越发苍冷。

何庆陪着王疏月行到长春宫的宫门前。

冷月的清辉铺了一地。地上满是枯萎的落叶，鞋子踩踏上去，便发出窸窸窣窣的响声。

王疏月抬头望了一眼宫门上的匾额。阳刻的梁汉文字皆笔力雄浑、端正，昭示着其主人从前是如何端正、和顺，如今入眼，却令人感慨。

何庆见王疏月怔怔地出神，上前轻声道："贵主儿，万岁爷说了，一切由您自主，您若肯进去，那奴才就在这儿候着您，您若不肯进去，奴才就送您回去。"

王疏月点了点头。她低下头，避开那厚堆的落叶，独自往前走了几步。

皇帝封禁长春宫，起初本有侍卫看着，但后来，太后直言，皇后未废尊位，不得将其视为囚徒，便只命正门落锁，从而将看守的侍卫都撤走了。

此时过来开锁的是内侍府宫殿司的人。

这样差事看起来简单，却并不是那么好办。宫殿司的人生怕王疏月出了差错，自己要搭命，于是一面开门一面道："贵主儿，还是奴才带人跟着您进去吧。"

王疏月抬起头，一阵清冷的风便穿门而出，直往她袖口、脖颈里灌。

整座宫苑都没有燃灯，唯有一丛秋海棠肆意张狂地开在月色中。

秋海棠，八月春，南宋时的唐琬又给它起名断肠红。

此时正值中秋夜，寒风寂，人枯槁，花繁盛，真真好一场幽艳的大梦。

王疏月不禁肩头一颤，再远看时，却见明间的门紧紧地关着，窗上透着一盏小灯的光。

其间，一个宫人都看不见，只隐隐约约能听见一个喑哑的唱腔在幽静的宫苑里缠绕，曲不成调、词不成句地唱着《春闺梦》中张氏梦醒时的唱词：

可怜负弩充前阵，历尽风霜万苦辛。
饥寒饱暖无人问，独自眠餐独自行。
可曾身体蒙伤损，是否烽烟屡受惊。
细思往事心犹恨，生把鸳鸯两下分。
终朝如醉还如病，苦依熏笼坐到明。
去时陌上花如锦，今日楼头柳又青。
可怜侬在深闺等，海棠开日我想到如今。

王疏月抬脚走入庭中，踩叶声打破了那阵令人憋闷的幽静，唱腔却突然停了下来，接着传来一阵凌乱的脚步声。

明间的门一下子被推开，昏黄的光扑出来，直落在王疏月的脸上。

立在门前的是一个纤瘦的男子。他身着淡青色的梅花绣衫子，脚上穿着一双讲究的黑缎面鞋，面上露着欣喜："主子娘娘……皇——"他的话没有说完，在看清了王疏月之后，硬生生地吞了回去。

与此同时，里面传来一个孱弱的声音："是皇上……皇上吗？"

"不是……"

周遭沉寂，良久，方传来一声："哦……"

这一声"哦"掉进庭中，轻飘飘地落在王疏月脚边，却似把所有期许、无奈、悔恨、不甘、惆怅、骄傲……全部放了下来。

接着，那声音像被掏空了魂，几乎不带一丝情绪："小楼啊，既不是……你就接着唱吧……后面那一段，本宫喜欢听。"

"是……"那男子应了她的声音，在门前伏身跪下，向王疏月弯腰叩首，行了一个大礼，而后方回身慢慢地朝里面走去。

不多时，里间唱腔再起。可那声音如同上过刀山、下过油锅一般，带着一种粉身碎骨也浑然不怕的荒唐气。

后面的唱词如是：

门环偶响疑投信，市语微哗虑变生。
因何一去无音信，不管我家中这肠断的人。
毕竟男儿多薄幸，误人两字是功名。
甜言蜜语真好听，谁知都是那假恩情。

“男儿薄幸功名误”，多好的词啊。王疏月背脊上一阵寒战，眼前渐渐罩上了一层滚烫的水雾，她忙抬起头来，试图将眼底的潮意忍回去。

宫殿司的人见此忙道：“贵主儿……您无妨……吧？”

王疏月摇了摇头：“我没事，你们在外面等我，不要进来。”

“贵主儿……奴才们不放心啊。”

王疏月张口呼出一口热气，拾级朝明间内走去，一面走一面道：“何庆，来合门。”

门吱呀一声被合上，她眼前所有的光全部来自暖阁中的那一盏小灯。

王疏月顺着光往里走，一路帐垂幕遮，却不见一个伺候的宫人。屋室里弥漫着一股浓重的药味，苦得令人有些发呕。她穿过牡丹雕纹的地罩，走入暖阁中。

皇后独自一人躺在炕罩榻上，身上穿着青灰色的寝衣，散着一头已落掉大半的青丝。那个被她叫作小楼的男人跪在榻旁，替她轻轻地捶腿，口中还喑哑地哼着《春闺梦》的曲调。他见王疏月进来，又伏身下去磕了个头，腰间的线条卑微而柔软，看着令人有些难受。

皇后抬起头看向王疏月，忍不住咳了一声，露出苍白的笑：“……申兰秋围……皇上还是会去吧？”

“是。”

“好……”她艰难地抬起脖子，强通了喉咙里的气，好让自己笑出声来，“呵……那他……不见我……也无妨了。”

王疏月低头，静静地望着她。

她已经很瘦了，周身就剩下一把骨头，孱弱地被单薄的衣料包裹着，手指不自觉地颤抖着，只能靠抓着床单、被罩才能得一时安宁。

“陈小楼啊——”

“奴才在。”

“你……先出去吧，让孙淼……给皇贵妃端一盏茶来。”

“是。”

“等等——”她抬起颤抖的手，在陈小楼的肩膀上拍了拍，“你告诉她，要上好的碧螺春，用前年存的雪水烹。本宫记得……好像还剩那么一罐子，让她开了，不用再心疼留着了。”

“是，奴才知道。”陈小楼应着，起身往后面去了。

皇后这才道：“你……坐吧。”

王疏月闻言却退了一步，屈膝行跪，沉默地向着榻上的人行了一个大礼。

皇后低头看向她。那身影、仪态仍旧滴水不漏，自己费尽了半生的心力想要从她身上寻出一点儿德不配位的地方，奈何她一直活得沉静、温顺，至今仍挑不出一点儿逾越之处。

“你……不用这样。我已经没有皇后的金册金宝，不过是一个徒有空衔的皇室弃妇而已，你……应该是喜闻乐见吧……你争赢了我……彻底赢了。”

王疏月直起身来摇了摇头：“您让我来见您，起初我不愿来，却不是因为恨，而是不想听见您说这样的话。”

“什么……意思？”

“主子娘娘，我是个女子，一直不是那么喜欢‘成王败寇’这样坚硬无情的话。前荣覆灭之后，我只想在新的一朝活下来，活下来之后，又想活得稍微好一些。我小的时候，朝廷在推新的政策，我在长洲看到很多人人头落地。那个时候父亲跟我说，我们要想活下去，就要弯腰低头。这不是自认卑贱，而是因为，男人还有事业要闯，女人还有生活要过。所以我这么多年……”她说着，垂头笑了笑，“真的不大知道什么是争……我就是觉得，有一个人待我好，给我一个地方好好地生活，我就想对他好些，对他身边的人好些。”

皇后惨然一笑：“对……他爱的也许就是你这副从头至尾都了无指望的模样……”她说着，撑着身子试图坐起来，却因手臂使不上力，又重重地跌了回去。

王疏月站起身，试图去扶她，却被她挡开了：“不要碰我——”话未说完，她突然猛烈地咳了几声，一偏身呕出了好些污秽的东西，一时间狼狈至极。她眼睛一红，几乎哭出来，天知道她多么不愿意让王疏月看到自己这副模样。

王疏月顾不上她口中沙哑的责骂，一面蹲下身掏出自己的绢子替她擦拭下巴，一面道：“我去给您倒杯茶。”

“呵呵……你不必去了，喝什么……都会吐出来。再过两个时辰，太医院的人还要来灌药……胃里没了东西，反而好受——”

“灌药——”

“对啊……申兰会盟未成，他不要我死啊！”话音刚落，她已抓住王疏月的衣袖，“他不准我体面地跟他告别，也不准我体面地和自己告别……王疏月，你去求求他，他不见我没有关系，只要他不要因我迁怒太后、迁怒敬嫔、迁怒我们整个宁沁，我就不敢对他心怀怨怼。我只想……干干净净地走，风风光光地下葬——”

正说着，忽听后面传来一声惊呼，王疏月一抬头，就见陈小楼从屏风后面绕出来，顾不得满地狼藉，扑跪到皇后面前：“主子娘娘，您——”

他说着，就要拿自己的帕子擦拭她的嘴角，却听见一声呵斥：“放肆，谁……谁准你碰本宫的身子？！”

“是……奴才该死……”他一面说着，一面跪在狼藉之间磕头，青色衣衫被污秽沾染，也全然没在意。

皇后抬手指着他，喘息道：“陈小楼，本宫是皇后，你……你……身为贱籍，却胆敢妄念从生，侮辱本宫，本宫如今杀不了你，但本宫就算死了……也不会饶恕你……”

谁知，那人竟抬起头来，露出一双如同女人般晶莹好看的眼睛：“好，小楼怕的是您忘了我——”

“你……你给本宫住口……住口！”皇后吼得破了嗓音，身上的劲儿也跟着吐尽，顺着往前一倾，额头重重地磕在榻沿儿上，顿时泛了乌青色。

陈小楼不敢再说话，挣扎着从地上站起来，吸了吸鼻子，朝后退了几步，一双柔情流转的眼睛却仍然悲哀地望着皇后。

“滚出去——”

“是是，小楼滚，您不要生气，小楼滚……”他的声音里也带着哭腔，一步一步不舍地退到纱屏旁，方把落在皇后身上的目光收回去，而后扶着屏风面转身，绕到屏风后去了。

王疏月望着那纱屏上透出的背影。

男人生成那副柔软纤细的模样，留在这清静的长春宫中，似给人一种寺中养妖物的荒唐感。他叫陈小楼，若把姓隐去，单唤后面两个字“小楼……小楼啊……”，听起来十足轻薄、风流，和皇后的一生格格不入。

那人渐渐地走到那丛断肠红下去了。

青衫朦胧罩艳蕊，人淡如烟，秋风一起，就在花下幽然散了。

王疏月回过头来。

皇后含泪仰面躺着，目光怔怔地望着香案上的那一块匾额——敬修内则。

“都说你是半个卧云，你知道这四个字怎么解吗？”

王疏月顺着她的目光抬头看去，端正雄浑的笔力使得每一处笔锋都如同杀生的刀子，一柄一柄悬在人的头顶。一时间，她竟有些不忍出声应答。

皇后咳了一声，闭上眼睛，竭力地压平喘息，哑声道：“我最初不算太懂。后来有一日他心情不错，指着这块匾额对我解过一次。我至今……都还记得，他说……‘敬修’出自《论语·宪问》。‘子路问君子。子曰：“修己以敬。”’所以……敬修是修养自身严肃恭敬的态度……内则……内则……欸，内则是什么——”

“《礼记》的篇名。”

“哦……对，还是你们汉人知道得明白。是啊……《礼记》的篇名，好像说的是女人在内要遵循的道德吧……”她的声音止不住地颤抖，“这四个字，我没有一日敢忘……哪怕我今日沦落至此……我也还记着。”

她的确没有忘记过这四个字。

从王疏月在明华宫的毡帐中第一眼见到她起，她就一直擎着这块匾额。为此，她从来没有化过出挑的妆容，从来不穿鲜色衣衫，她也许一辈子都不知道自己那个看似冷漠的夫君实则拥有常人难解的十足热闹的审美情趣。他隐秘地爱着大红大绿，她却日复一日地满身灰青。

她永远不会知道，如果在他们漫长的相处之中有那么一日，她穿一身正红的衣裳去隆正殿看看他，对他笑笑，他也许会从案牍之中抬起头来对着她笑笑。然而，这一切，她都不会知道了。到底是谁蒙蔽了她？好像是皇帝那个人，又好像不是。他们明明不至于走到这一步，可偏偏就是走到这一步了。

“王疏月，我从前……真的想照着这四个字做一个贤良的皇后，我视顺嫔、成妃、淑嫔，甚至你，都是我该维护的人，至于帝王的宠爱，我早就看淡了……我想像前两朝的仁安皇后那样，守好名誉，延续皇族血脉，和皇帝同册垂名，让宁沁的子民以我这个皇后为傲，挺直腰杆，立于北方草原诸部之上，世世代代永不受辱……如果不是因为他爱你，一次一次地为你破先祖的规矩，我和你都不会是这样的下场……”她说着，望向那道纱屏，屏风后秋海棠随风摇曳，一点儿不见摧残之态。

王疏月紧了紧身上的衣衫，轻声道：“他不是为了我。”

“呵……你不要故作姿态，若不是为了你，他为何护不住三皇子？为何要在本宫无过无病时封你为皇贵妃——”

王疏月摇了摇头：“主子娘娘，我们只是女人，就算身在宫廷，比寻常人家养在深闺中的女子要开一些眼界，却也很难看到男人心中的边界。对于朝堂、政局、江山百姓，他一直都有他深信的主张，他是个自信的人，所以我也信他，信他对天下人的担当和情怀，他会在他的孩子们当中选出一位能够延续基业的后来人。您说我总是一副了无指望的模样……也许是的。”她一面说着，一面低下眉目，轮廓被昏黄的灯光勾勒得越发柔和，“但其实，我倒是没有想过要回避我的身份。我是汉女出身的嫔妃，一生不配为嫡妻，子嗣不得为储位，须谨记时刻守本分、识尊卑。不过，于我而言，更重要的还是生活，是我自己还有下一代的日常喜忧。我一直很想让您相信，我没有想过要让孩子们为我争得什么，因为他们是大梁皇室的孩子，是皇帝的孩子，他们永远都不会只属于我，更不会属于我的家族。我希望他们爱戴、敬仰自己的父亲，爱他们的家国和子民，毕竟心胸开阔才能一生自在。”

“你……你这是妄想。皇室的子嗣哪有不知争夺的……皇上自己也是一条血路杀到如今的！”

“即便要争夺，也该先定本性，方得一路无愧本心。主子娘娘，孩子们的父亲就一直是这样的人。”

皇帝一直是这样的人。

皇后不禁有些恍惚，对她而言，“皇帝”这个称谓就像一个固化的壳子，里面包裹着冷漠、多疑、无情的帝王心术。若把这一层壳子揭掉……贺庞……贺庞是一个什么样的人呢？他们相处十多年了，要她说出来，她竟无法吐出一句完整的话，再转念一想，她自己又是个什么样的人呢……好像也只是有一层刻着“敬修内则”

的壳子，里面包裹着端庄、仁善，还有无用的恭敬、顺从……除此之外，没有剩下一点点鲜活的东西。

“呵呵……我好恨，好恨——”恨谁呢？话一出口，她莫名地愣怔住了。她恨皇帝，没有道理，恨太后和自己族人吗？她又恨不起来。恨王疏月？呵，恨了又能有什么用呢？这一时间五脏俱焚，她却不知道是该哭还是该笑。原来她从头到尾扛着那四个光辉灿烂的题字，护着身为皇后的体面、尊荣，最后竟活得荒唐得连去恨谁都不知道。辛辣的眼泪呛入口鼻之中，剧烈的咳嗽使她将胃中仅剩的一些胆水都呕了出来。

明间的门突然被人推开，传话的小太监在门口行礼：“主子娘娘，太医院给主子娘娘您送药来了。您趁热喝了吧。”

“滚出去，本宫不喝。”

那个太监直起身：“求娘娘心疼心疼奴才们，奴才们也是办差。”

皇后喘息着，绝望地闭上眼睛。那药的气息散进来，苦而发酸。

王疏月侧身从地罩后走出来，道：“这会儿还不到酉时，你们急什么？让娘娘歇会儿。”

那个太监一惊，忙行礼道：“哟，贵主儿在啊，奴才们眼拙。”说完，他又朝里看了一眼，恭敬道，“贵主儿，您略往明间里坐坐，奴才们好服侍主子娘娘服药。”

“我在便不可吗？”

“不是，贵主儿，这药着实苦，主子娘娘这几日精力不济了，服药难免有些折腾，奴才们怕您沾染上什么……万岁爷要怪罪。”

这话听得王疏月十分难受，言语尚算尊重，背后却满是墙倒人推的苍凉。

“你出去吧……”背后突然传来那疲倦至极的声音，“我……让你来，原本是想告诉你，就算我死了，他也绝不会把嫡妻的位置给你，你的儿子永远不可能登上帝位，你这一生永远只能是妾室。呵呵……我以为我把这些说出来心里会好受一点儿，你却跟我说……你从来不懂什么是争……哈……你这么说，我竟觉得自己就像一个笑话。我不但伤不了你，甚至让你看见我如此不堪的模样……”她说着，抬起手，向外指去，“你走吧……走——”

王疏月无言以对，也不忍再待在这个地方。

明间的门已经被打开，中秋的月光穿破步步锦支摘窗，落在她脚边。她想走，却又挪不开步子。

“王疏月——”

“是。”

“你恨我吗？”

“不恨。”

“是真话吗？”

“是真话。”

“那我求你，替我做一件事吧。”

“什么——”

“我死以后，让皇上杀了他。”

“杀谁？”

“陈小楼。记着，让皇上亲自下旨杀他，罪名是……是他侮辱大梁国的皇……皇后……我博时清这一辈子生是宁沁的公主，死是皇帝的嫡妻，我……我的名誉、身子绝不可被任何卑贱的人玷污——”

王疏月捏紧了手：“那你为何还要留他在身边？”

皇后咳着笑了一声，道：“因为……死之前，我想有个人陪陪我……”

王疏月耳内轰然一阵炸响，她一时不知道究竟是什么话触到了她，好像是看见一个和自己全然相反的人，却和自己一样固执、倔强，自己认定的路，不肯做一丝一毫的改变。她心痛难当，再也站不住，转身往门外疾走去。

她出了明间，在阶上遇见端茶过来的孙淼。

“贵主儿，您留步。”

王疏月顿了顿脚步，孙淼则向后退了几步，屈膝跪下，将茶盏举过头顶，哑声道：“贵主儿，请用。去年雪水只剩这一壶了，娘娘一直为万岁爷留着，今日您来——”她内心为自己的主子惨痛，渐渐说不下去了。

王疏月低头望向那盏茶，清亮的茶汤映着头顶的满月，冷清、凄凉。她伸手想要接下那盏茶，一时间却犹豫了，伸出一半的手又怔怔地收了回来。

“既是留给皇上的，那便等皇上来喝吧。”

端盏的人手指颤抖，满眼哀伤。

“皇上啊……”她突然笑了笑，声音里有一丝绝望，“奴才去求过万岁爷很多次，求他来看一眼我们主子。”

“他没有来过吗？”

“没有。贵主儿，其实主子娘娘和奴才们心里都知道，皇上再也不会来长春宫了。哪怕您不恨娘娘，没有让皇上置皇后娘娘于死地，可皇上和娘娘的缘分到此……也尽了……”说着，她又将茶举起，“贵主儿，您喝了这一盏茶，我们娘娘就能把心放下了。”

王疏月终于伸手端起那盏茶。

盛茶的盏是剑盏，釉质极其厚，是青黑色的，其中撒着如同雪花似的冷纹。茶汤盛在其中，色并不好看。但茶香格外冷冽，如同韶华盛极的花急于在落花时节从人间归去，在一夜之间把所有的馥郁都吐尽了，次日日出时就要绚烂得一败涂地。

王疏月低头饮了一口，茶味苦得令人龇牙皱眉。皇后想要对皇帝说的话，她这一生的感受，她的孤独和辛酸、悲和欢、自珍、无奈……好像全都贪心地一次煮在其中。

王疏月抬起手，闭着眼，好不回避其苦味，由着茶汤从唇齿间淌过，又慢慢地渗进喉咙之中。

她饮尽茶时，月上中天。

明华宫的中秋家宴还没有散。舞乐之声穿过高树与层楼，传入长春宫中。后殿的怡情书史前，那个喑哑的声音跟着前面的丝竹管弦和了两句，盛世太平乐曲、四海升平的词句，堂而皇之地对抗着长春宫的沉寂。

王疏月放下茶盏。

孙淼含泪向她磕了一个头："谢贵主儿。"

说完，她抹了一把眼泪，站起身，对门前候着的太医院的人轻声道："好了，你们进去伺候主子娘娘吧。"

几个太监应声正要进去，却听得背后传来一声："等等。"

几个太监忙回过身来："贵主儿，您有什么吩咐？"

王疏月一言不发，跟了几步上去，伸手端过那碗药，抬腕将那碗中的药全部倒在地上，乌黑的药汁顺着台阶流了下去。

太监们面面相觑："贵主儿，这——"

王疏月放下药碗，平静道："主子娘娘已经受不住这些了……今儿是中秋，让娘娘歇一晚吧。"

众人不敢说话，唯有孙淼眼中蓄泪，在王疏月身后叩头不止。

王疏月转过身，听着背后额头与地面磕碰的声响，不由得加快了脚步，往长春宫外走，一面走，一面抬手抹着脸上的眼泪。

和皇帝相处这么多年，身为嫔妃，她慢慢解开了皇帝很多的心结，教他如何做一个丈夫、如何做一个父亲。但帝、后之间，大梁朝廷与云漠草原之间，那无数个死结好像永远都无法解开了……

不知道为什么，她情不自禁地为这个伤害过她的女人难过。

皇后和皇帝的结局好像从一开始就注定了一般，一切都是宿命使然，由不得皇后，也由不得皇帝。如同那盆在南宋时曾经唐琬的手送给陆游的秋海棠，终究在长春宫里养成了《春闺梦》中的断肠红。

那两句"去时陌上花如锦，今日楼头柳又青。可怜侬在深闺等，海棠开日我想到如今"真是伤人啊。

❖ ❖ ❖

八月底，皇帝奉太后，启程前往渃河，并拟定远赴草原南端的七星潭，与宁沁部、丹林部并外藩诸部会盟，敬嫔、敏贵人、婉嫔以及王疏月等嫔妃同往。另外，在随扈的队伍之中，除了几个与皇帝同辈的亲王、郡王，还有恒卓和另外几位宗亲后代中的佼佼者。

西北边地的秋天格外肃杀。

冷月高风日复一日地伴随御驾。

九月初十，御驾驻跸渃河行宫。也就是在同一日，禁城里传来消息，皇后病死在长春宫中。这则消息是张得通亲自递到皇帝面前的。

是时，皇帝刚刚与程英等人在四知书屋里议过七星潭会盟的大阅之事，几张会盟大阅的图纸压在他的手臂下面。皇帝正在看急送的折子。王疏月坐在他身边翻书，那页面翻动的声音窸窸窣窣，衬得周遭很寂静。

张得通进来，小心地将宗事府并内侍府递的折子呈到皇帝手边，道："万岁爷，十二爷从京城递来的，奏皇后娘娘的事。"说完，直身侍立到一旁。

皇帝将手中那一本奏折批完方去翻那本折子。这本折子写得极其简单，像生怕触到皇帝的逆鳞一般，只是语气恭敬地陈述事实，不带一点儿情绪。

皇帝扫完所有的字，随手合上折子，手指在书案上敲着，半晌方道："传旨给十二，照朕之前跟他说的，停灵长春宫，不设祭，也不发丧，等朕回来再行旨意。"

"是……还有一个人，万岁爷要如何处置？"

"谁？"

"南府外学陈小楼，经长春宫的孙淼禀，皇后禁闭期曾传召此人在怡情书史唱戏，然孙淼说……此人对皇后——"

"哦。"皇帝没有让他再说下去，摆了摆手，"传旨内侍府，杖毙此人。"

"是，奴才这就去传旨。"

张得通领话退了出去。

皇帝翻起另一本折子，却莫名地看不下去了。他索性丢开，撑起手摁了摁太阳穴。

他正觉得有些难受，却觉得有人替了他的手。与此同时，王疏月温柔的声音传来："怎么了？"

皇帝犹豫了一下，最后还是将身子向后靠去，让后脑勺枕着她的小腹，疲倦道："没什么。"说着，用手撩了撩书案上的折子，"看累了。"

"那……我陪您睡会儿吧。"

皇帝闭着眼睛笑了笑，淡声道："你在说什么糊涂话？想受罚吗？朕从不白日宣淫。”

王疏月低下头：“是您在说胡话吧？我是说，您躺着睡会儿，我守着您。”这句话真实又平常又温暖。

金色的夕阳透过步步锦支摘窗，照在新漆过油的黄花梨木书案上，满室流光溢彩，生生逼困了人的眼睛。

皇帝闭着眼睛，没有应她的话，良久，方从喉咙里吐出一口浊气，抬头看向她道：“你知道朕在想什么吗？”

“猜到了一些。”

“什么？”

“您……问心有愧吧？”

皇帝一愣，随即猛地笑出声来，一把握住她的手：“你放肆得连死都不怕了。”

王疏月垂头望着他：“是我失言了吗？”

“你当然是在胡说！朕行事从来问心无愧。朕在朝的这六年间从来都是扬善惩恶，杀伐之下尽是其人咎由自取，都是——”

话未说完，王疏月的手却从他的手掌中抽了出来，又从背后轻轻地搂住他的肩膀。皇帝还来不及重新张口，她已半屈膝，慢慢地将头靠在他的肩膀上。那些如同刀刃般的话顿时被她身上的暖逼了回去，硬生生地断在皇帝口中。

“我知道……我都知道……”

“你这个人……知道什么？”

“我知道您这一生从不后悔，却时常难过。”

皇帝一怔。一时间，他没有完全听明白这句话的意思。

他这一生从不后悔。对，这前半句是他。开弓没有回头箭，当了皇帝，一言九鼎，后悔就是自毁。后半句——时常难过……他有难过的时候吗？皇帝闭上眼睛想了想。得知皇后死讯那一刹那，他好像觉得肋骨还是什么地方短促地痛了一阵，那种感觉算是难过吗？他不知道。

这漫长的人间修行啊，一个人是走不下去的。

谋求大业就要收敛七情六欲，可如此一来，人生就不得已在柴米油盐、鸡毛菜根中展开，始终浮在江山云海之上。那些地方是无人之巅，未免太过孤独。

皇帝需要一个人来牵住他的手。那只手的主人啊，不能心急，要耐心地陪着他，一步一步地从孤独的山上磕磕绊绊地走下来。路途遥远，难免无聊，于是难免要相互龃龉、摩擦，做无谓、糊涂的口舌之争。可是，这一路上，他会逐渐地告诉她，什么是民生之艰，什么是山河之殇，什么是朝代更迭时不可避免的阵痛。而她也会让他逐渐地明白，什么是人情之暖，什么是岁月馈赠，什么是日复一日的生活的意义。

皇帝需要一种向内的开解，而王疏月一直渴望向外的突破，幸而他们在茫茫人海中遇到了彼此。从此，无论是浩瀚的历史长河还是一日之中的阴晴变化，都有彼此在侧，同坐同观。

“王疏月。”

“嗯？”

“朕想明日再带你去一次六大名寺。”

“还是去普仁寺吗？”

“嗯。巴灵度和与其弟子正在普仁寺做法会，朕有几年没见他了，陪朕一块儿去。”

“好。”

“疏月，你记得朕在普仁寺跟他说过的话吧？”

“记得啊，我这一辈子都不会忘记。”

第二日，皇帝在渃河行宫的万树园中与巴灵度和一道观看了火戏，已经年逾六十的老尊者亲自扮演文殊菩萨，为皇帝跳了一回傩舞。

星月夜，他们又归至普仁寺。

皇帝同巴灵度和在妙法庄严殿中相对而坐，论经论，谈宗政。外面星空浩瀚，清风穿户，撩动大片大片的经幡。

王疏月牵着大皇子的手一道坐在摇动的灯火下，静静地旁观那二人的对谈。

明亮的海灯把皇帝的影子照在一面巨大的经幡上。

皇帝盘着腿坐在蒲团上，腰背挺直，眉心轻锁，手边放着一盏浊饮的茶，此时茶水业已见底。

两个人已经谈论很久，话题仍旧艰深难懂，其中涉及部族的信仰与宗教派别的划分，相互渗透，彼此牵制，谈至深夜，又逐渐演变成了对玉达佛教经典的辩论。

大皇子托着脑袋，从头到尾都听得十分认真。

王疏月撑着下巴，看看皇帝，又看看大皇子，这两个一本正经的男子性格大相径庭，为人的品行却顺着血脉传承是那么相似。她陪在这两个人身边，哪怕一言不发，心里也安宁而满足。想着这些，她不由得笑弯了眼睛。

灯影一晃，大皇子抬手揉了揉眼睛，抬头看向她：“和娘娘，您笑什么呀？”

王疏月松开撑下巴的手，低头轻声道：“我在笑啊，上回咱们大皇子来的时候还没走到殿里就趴在你父皇身上睡着了，这一回却听得这么入神。”

大皇子鼓起嘴来：“那年儿臣还小。”

王疏月应道：“是啊，一晃眼，和娘娘的大皇子都长这么大了。长大了的大皇子听懂了多少？”

大皇子朝皇帝看去。

皇帝掐着手上的扳指，正低着头似在思索什么。巴灵度和的言语之中夹杂着玉达语，王疏月虽然听不懂，却多少能猜到他们辩到了形而上学的混沌之处，交锋之间各有主张。

大皇子道："之前说的，儿臣大多听懂了，可是……尊者说的出离心、菩提心、空性……儿臣听不大懂。和娘娘，您听得懂吗？"

王疏月摇了摇头，伸手拨了拨灯芯。面前的光线一下子亮了起来，将大皇子的脸照得红扑扑的。

"和娘娘……也不是很懂。"

"哦……"大皇子目光一黯。

王疏月忍不住伸手捏了捏他的脸。

"哎呀，儿臣长大了，和娘娘就不要捏儿臣了，巴灵尊者会笑儿臣的。"

王疏月叠臂趴在他身边，笑道："哪里大了？你若是大了呀，就会慢慢听懂你父皇和巴灵尊者的经论了。"

大皇子不解："为什么大了才听得懂？"

"因为我佛讲'苦难即菩提'啊，少年时，无忧无虑，人生八苦皆在外，是亲近不了佛陀的。和娘娘就是这样。"

大皇子似懂非懂地点了点头，继而又笑开道："和娘娘，您少年时是什么样的啊？"

王疏月目光一软："和娘娘少年时是在卧云精舍，那是个特别大的书楼，有好多好多经史文集，和娘娘那会儿就在楼上修书，拿着你父皇的银子——"她说着，忍不住看了皇帝一眼。

皇帝并没有在意他们在说什么，仍与巴灵度和平静地对谈。

"拿着父皇的银子怎么样啊？"

王疏月收回目光，温声道："拿着你父皇的银子，什么都不想，每一日就想着怎么修齐书，等到年节好有闲时出去看看。那个时候，和娘娘就比大皇子大一点点，糊里糊涂的，从不知道什么是难过。"

"那您现在会有难过的时候吗？"

王疏月点了点头，道："自然有。"

"和娘娘，您的意思是，儿臣长大以后会经历苦难吗？"

王疏月摇了摇头，道："嗯……也不能这样说——"

大皇子打断她，又接着问道："那父皇经历过苦难吗？"

"经历过啊。"

"可是师傅说，父皇是天下第一人，他掌江山，治百姓，杀伐决断收放自如。"

“那是臣子对你父皇的想法和评价，但我们不能只这样想他。”

“为什么？”

“因为我们是他的臣子，也是他的亲人呀。在世为亲人，我们要受他好多的大脾气，但我们不能怪他。社稷民生系于一身，像你父皇这样的人，比这世上大多数的人都要不容易。有的时候他心里特别委屈，可是他又不能说，就会不经意地说些不那么好听的话，但其实他经常后悔。只不过，我们偷偷地知道就好，不要拆穿他。”

大皇子撑着额头：“儿臣明白了。”

王疏月点了点头，又朝皇帝看去，忽又想起什么，含笑道：“但是呢，除了政事，还有别的苦。”

大皇子道：“还有啊……那是什么苦呢？”

王疏月收回目光，笑道：“你现在还不懂。”

“和娘娘说嘛……”大皇子拽着她的袖子晃荡起来，“儿臣真的长大了。”

王疏月不得已，只得应他：“比如，以后大皇子长大了，遇到自己喜欢的姑娘，情深意浓心悦之，却总是有口难开，辗转反侧，不知所措——”

“哦！儿臣懂了。”大皇子笑明了眼眸，望着王疏月接道，“就像父皇对和娘娘这样！”

这句话的声音有些大，王疏月忙抬手向大皇子做了一个噤声的手势。大皇子自己也吓了一跳，低下头，偷偷朝皇帝看了一眼，又赶紧收回目光。

王疏月放下手也朝皇帝看去，却见他正朝这边看来。

一排排暖黄色的海灯火焰笼着他的身子，修饰了他身上原本刚硬的线条，显得温暖而柔和。他没说什么，只是冲着王疏月笑了笑，那笑容之中似乎包含着对大皇子刚才那句话的认可。

王疏月忙站起来：“奴才知错。”

大皇子见此也跟着站了起来：“儿臣也知错。”

皇帝摆了摆手：“坐吧，你们说你们的。”

说完，他又合手对巴灵度和道：“朕这对妻儿让我佛见笑了。”

巴灵度和念了一声佛语：“岂敢？吾皇曾在此发愿有愿与贵妃同流，如今得偿所愿，功德圆满，实乃吾皇修行大德，而后得福报绵长。”

皇帝没有否认，面上少见地含着一分笑，垂眼沉默须臾，低声道：“所言甚是。”

巴灵度和站起身，朝向王疏月行了一个佛礼，抬头道：“吾与吾皇多次论辩经理，唯这一次深感吾皇心中有静流深淌，戾意收敛，性定心平，所执见解更近菩提，吾妄以为，此善缘起于贵妃。”

王疏月一怔。

有些话一旦沾上佛性就会变得意义宏大，尤其是放在皇帝身上，好像她王疏月的人生改变了君王的一生，实在说得过于深、过于大了。她有些无措地看向皇帝，皇帝仍然坐得端正，对于巴灵度和的话不置可否，只向她点头道："回万福礼。今日朕与我佛私论，史官不记言行。疏月，有什么想与尊者说的，大可畅言。"

王疏月听他说完，心里的波澜方渐渐平息，她依言行了一个蹲礼。她松开大皇子的手，朝前走了几步，走进海灯的灯阵，人影赫然投向前面的经幡，与皇帝并在一处："我佛所见，疏月实乃愚痴人，不通佛理，也不识经论，实不敢认是皇上的善缘。"

巴灵度和道："吾皇乃受执念之难的人，却又心力颇劲，此世之因缘皆难破其心念。然人世间的修行之道并不是寻一人反复辩驳、深论便得以精进，而是让每一个起心动念都平息于日复一日的阴晴变化之间。既贵妃是吾皇有愿同流之人，便应如静流于山月寒星之下渡平沧浪之江。"

王疏月很喜欢最后那一句话——"应如静流于山月寒星之下渡平沧浪之江"。她一直噙着这句话，反复品尝，直到皇帝牵着她的手从妙法庄严殿中走出来。

普仁寺倚山势而建，山道漫长，顺山势而下，道旁灯火辉煌。皇帝一手牵着大皇子，一手牵着王疏月，慢慢地在山道上行走。

"疏月。"

"啊？"

"在想什么？"

"在想巴灵度和跟我说的话。"

"哪一句？"

"'应如静流于山月寒星之下渡平沧浪之江'。这句话真美啊，没想到巴灵尊者汉学造诣如此之深。"

皇帝笑了笑，道："虽然异地而生，异族而长，人世间的文化却大多是能相通的。"

王疏月牵着他的手走到他面前，顿下了脚步，俏声道："文化是如此，感情也是。"

皇帝一怔，道："这是什么话？"

"心里话。"

皇帝没有应声。

大皇子却在旁抬手道："父皇？"

"嗯？"

"您的耳朵根红了——"

皇帝忙抬手去摸，竟真的烫得吓人，不由得恼了，低头道："恒——"

“别吼他。”
“朕吼他什么——”
他话未说完，王疏月已经撑着膝盖弯下腰，对大皇子道：“困了吗？”
大皇子点头：“困了。”
王疏月冲着皇帝抬起头：“贺庞，我也困了。还有，我的身子好多了。”

尾声

小重山

他想在以后漫长的岁月里护住她这个人，给她最好的名誉、最光明磊落的人生。

那天夜里，渃河行宫下了一场深秋的暴雨。

烟波致爽殿的西跨院里，大片大片的柏树树叶被雨水打得噼啪作响。一盏小灯孤零零地燃在步步锦支摘窗下。皇帝屈膝坐在榻上，一本正经地看书，也不知是在看哪一行，有多艰深难懂，总之，过了大半个时辰，他也没有翻过去一页。

王疏月从被褥中伸出一只手，压下他膝上的书。她穿着藕荷色的中衣，袖口处绣着银色的暗云纹，衬着那只凝雪般的手腕流露出风流婉约之态。

“做什么？朕还没看完。”

“半个时辰就看了这么一页呀。”

皇帝心口一窒，道：“朕在想事。”

“想什么？”

皇帝无言以对。这半个时辰，他脑子里过了很多荒唐的事，想她白璧无瑕的皮肤、微微发凉的掌心，还有那纤细的脖颈。无数观感强烈的画面在他的脑子里撞，令他心乱如麻，连话语也跟着迟钝起来：“不要放肆。手拿走。”

身旁的人摇了摇头，愣是没有动。

皇帝索性一把摁住她的手，塞回被褥中：“冻得跟根棍子一样，仔细硌着朕。”话一说完，却见她脸色微红地裹在被子里，睁着一双水波荡漾的眼睛看着他。

皇帝觉得自己脑子突然空白了。

他们太久没有享受过男女阴阳的大乐了，以致皇帝有些忘了，要撩开这层极乐的纱需要从什么地方起手。然而她毫不回避地望着他。离得那么近，纵然灯火不算太明亮，皇帝还是能清晰地看见她脸颊上那些柔软的绒毛。他一下子乱了，但又不肯露怯，伸手胡乱地把压在身下的那本书拽过来试图掩饰……

“朕在想正事……不要……招惹朕……”他说到后面都心虚了，他很想念这副温暖的身体，可是越想念就越是想要珍重它，“你该休养休养。朕——”

“你去哪儿？”

“你管朕去哪儿，朕去……朕去看折子。”

“贺庞。”

“不准叫朕的名字！”脸猛地红到耳根子，他手足无措地站起身来，赤足踩在地上，气势汹汹地对着她。找不到话来掩盖此时的尴尬和情欲，他便习惯性地拿硬话去撑她，说完又后悔，恨不得去外面用冷水洗一把脸。

王疏月拥着被子坐起身望着他，没有说话。

皇帝按了按自己的脑袋，望向一旁，半晌，方小声地说了一句：“朕没说对。”

“不是，是我放肆了。”

“朕不是那个意思，朕就是不知道说什么……那什么，随便抓了一句，你爱叫就叫吧，朕不说你。”他虽这样说，却还是不肯看她。

王疏月笑了笑，伸手牵住他的手，仰头道：“我的身子真的好多了，我也很想你。”

皇帝觉得自己的背脊好像被一只软软的虫子发狠咬了一口，那阵疼啊，又糊涂又辛辣，猛地蹿到他的耳根。他不禁伸手至她的领口，她温顺地仰起头，那如鹅颈般优雅的脖子上甚至看不见一根经脉。

雷声阵阵的雨夜中，两人温暖着彼此。感情在那个年代是男女之间唯一平等的东西，一双人放纵其中，把什么身份啊担当啊全部暂时地抛在脑后，彼此贪心地索取，也大方而无畏地给予。

天越寒，泥土和雨水的腥气就越重。

王疏月静静地靠在皇帝的怀中。

“贺庞，你睡着了吗？”

“还没。是不舒服吗？”

“没有，就是有些……累……”

她说着，自己也笑了。

“睡吧。”

“睡不着了。”

“那要如何，要朕陪你说点儿什么？”

“嗯……我问您个事吧。”

“什么？”

“关于……欸……”她不由得笑笑。

皇帝正闭着眼睛，外面雨声哗哗作响，遮了一大半她的声音，他索性用下巴抵着她的头顶，轻声道：“说吧。”

“我曾问过您，您为何总是要我背靠着您睡。”

皇帝怔了怔。他记得，他当时用一种特别调侃的语气说得王疏月脸红。那个时候，他一味地只顾在她面前保有自己的体面和气焰，完全不顾及让她理解自己真实的心意，但其实那并不是他的真心话。他吃这张嘴的亏已经吃得太多了，觉得自己实在应该好好地修炼修炼，把那层傻气全部压下去。

说心里话，在他眼中，王疏月是一个很优雅精致的女人，他喜欢她平日里衣衫柔软、发髻一丝不乱的模样。可是，那些温暖的绸料下，她这个人却被这座禁城、被她背后漫长的前荣"文化"伤得百孔千疮，体无完肤。她为王家的门楣缠过足，因为自己而长跪过雪地，受过正月里的大寒，写得祝体的手曾被拶子拶得血肉模糊，生产之后又在女人的病痛上辗转。她这副身体并不像她的皮肤一样白璧无瑕。

所以，怎么说呢？

平日里，他并不能关照她实在的病痛，在床榻上，他却想要实实在在地拥抱住她的脆弱。他不介意她受过的伤害，他想在以后漫长的岁月里护住她这个人，给她最好的名誉、最光明磊落的人生。

"朕就是希望，在朕身边的时候，你不要隐瞒，也不要害怕。"

王疏月怔了怔。这话让她心里软软地痛，时光过去这么多年，他的言语终于柔软了。

皇帝伸手揉了揉她散开的头发。那头发像瀑布一样柔软地泻在她肩头，衬得她的肩膀越发纤瘦。

"你这个人，也不知道是蠢还是傻，有什么事情都不肯跟朕说。但其实……"他犹豫了一会儿，声音渐渐轻下来，开口道，"但是，朕很心疼你。朕希望自己记着，你再隐忍、再坚强，也是一副弱骨，你不对朕哭并不代表你不知道疼。"他说着，顺着她的长发抚着她的背脊，"王疏月。"

王疏月轻轻地应了一声："嗯？"

接着，她便听到背后传来他略带鼻音的声音："在朕这一朝，朕不能让你成为朕的嫡妻，但朕这一生不会再立后了。"

王疏月张了张口，喉咙里却发不出声音。

皇帝却续道："朕长你几岁，若朕走在你之前，朕会把最大的尊荣留给你，准你出宫，奉养于恒宁府中。朕希望，朕不在的时光，你也能自由自在地活着，不受伤害，不被诋毁。"

"若我走在您前面呢？"

"那朕会扶棺一路，一步一步送你去朕的地宫。"

"您的地宫？"

"对，朕的地宫在茂山，那里有从万树园移来的古苍，北面是先帝给朕的赐园——镂云开月。哈……也不知是不是缘分，那块地和你的名字是相契的。朕要和你生则同室，死则同穴，若如巴灵度和所说，人若流水，这一世的缘分还能流淌到下一世的话，朕想试着去找找你，王疏月——”

“在。”

“咱们彼此等一等啊，别走得太快。”

王疏月心里一阵软痛，轻声道：“那是我们能定的吗？”

“反正朕会等等你，至于你等不等朕，你凭良心吧。”说完，他自己也笑，又道，“其实，朕有一句话，朕不能让别人知道，也不能告诉你，但今日——”他顿了顿，又道，“今日既然朕都跟你胡说到这份儿上了，就索性说了吧。”

“什么话？”

“疏月，朕离不开你。”

“我一直都知道。”

“什么？”

“那天夜里，我是醒着的……”

雨声掩万物之声。边地秋草被洗净，抽出刀剑般的锋刃。

时光流逝无因，如谜。

❖ ❖ ❖

平昌十五年，据史载，帝南巡，此回随行的嫔妃只有王疏月一人。

帝、妃同游卧云精舍，辰时入，酉时方出。

那一年，长洲的春去得特别晚，入了三月，仍然处处是未开尽的桃花与杏花。担着豆腐脑的小贩从卧云精舍门前行过，落花被风肆意地卷起，纷纷扬扬地落在王疏月头顶。她梳着素净的发髻，没有簪花，蹲在楼外的晒书台上帮着晒书的人收书。

皇帝站在她身旁，翻着一本长洲学派的文人私集。其文文采斐然，读之口舌生香，他不由得赞道：“嗯！朕恨与此人晚见啊。程英，这个云外居士是长洲何人？召来让朕见一见。”

晒书的人相视一笑。

程英与皇帝却皆不解：“何意？”

晒书者中一人道：“这位云外居士是我们小姐从前的雅号。”

皇帝一怔，却见她抱着一本书站在杏花树下，年逾三十，眉眼间却不见一丝岁月的痕迹，仍旧是当年那副如霜似雪的模样。

“年少的时候写着玩的，如今看起来还真是怀念。”

皇帝合起书笑了笑：“在书社刊印过吗？”

“哪里敢啊？我是个女人。”

皇帝将书递给程英：“刊印出来。”

“欸……哪里又费那银钱——”

“朕给你出资费。”

王疏月不由得笑了：“这座卧云精舍都是您的。说起资费啊，我十几年前还真的存下了一些，有二三十两银子……您……想不想去吃些什么？我带您去逛逛吧。”

皇帝走到她面前，抬手替她摘掉头上的落花：“不吃，留着。”

“啊？留着做什么？”

“听说你年少的时候连一朵绒花都没买过，朕一直在想，如果朕那个时候知道是你在修缮卧云，一定每一年都匀给你些银子，让你买得起花和簪子。所以这些钱留着，朕一会儿带你去东市买簪子。”

“还挑白玉的吗？”她说着笑出了声。

一旁的何庆和张得通也跟着笑了起来。

皇帝有些无措，喝道：“笑什么！”

张得通与何庆都闭了嘴。

王疏月却迎向他道：“其实，我喜欢烧蓝和点翠的，偶尔也喜欢金银错的。”

“呵，朕从前赏你的时候，你怎么不说？”

“因为，那个时候是主子赏奴才，奴才哪里能说什么？”

皇帝品出了这句话的意思，一面点头一面道：“朕懂了。”

“不过，但凡是您喜欢的，我都喜欢，您尽管挑吧。我今儿……要珠玉满头，做个好看的姑娘……”

史料上并没有帝、妃东市同买簪的记载，然而长洲民间一直流传着皇帝在紫云铺中为皇贵妃绾发戴簪的故事。其间，皇贵妃踩到了皇帝的衣袍，皇帝便在紫云铺前绊了一跤。后来，紫云铺的掌柜不敢再用那道门槛儿，索性把它砍了下来，放到家中供奉起来。

年年岁岁，人们口口相传。故事中的皇帝刚硬，贵妃则是一位温柔的汉女。百炼钢遇绕指柔，在那个直视天颜就要被砍头的时代，人们都为这个“穿龙袍偶尔又会被你绊倒”的故事入迷。

平昌三十年，皇贵妃王氏病逝在临春园中。

这年冬天，皇帝亲自扶棺入茂山地宫。而后的十年，皇帝不曾再册封过皇贵妃，也不再立后。他封禁长坤宫，不准任何嫔妃入住其中。

次年，皇帝在镂云开月之地开建御园，其中有一个地方赐名为驻月堂。而后的十来年，皇帝有大半的时间都是在驻月堂里度过的。

生死皆有定数，无论冥冥之中她有没有在前面等他，又或者下一世他与这个女人还能不能再遇见，他都要坚忍地担着他的责任，关照他的子民，好好地把这一生尽兴地过完。

平昌四十年，皇帝驾崩。荣亲王恒卓继位，封四皇子恒宁为平亲王。第二年，他又追封自己养母为后，在茂山地宫为帝、后二人移棺，完成父母生则同室、死则同穴之愿。

往后的一个时代，朝廷仍然是一片沉浮不定的汪洋，争夺和纷扰从不间断。但皇族兄弟之间终于不见上一代的血腥杀伐。

这个故事中的男人和女人只不过是在最世俗的人间悄悄地、掏心掏肺地爱了彼此一场。

生虽苦短，然既有愿同流，就请奋不顾身，不必害怕。

番外

番外一

长洲少年时

王授文其实是一个不大喜欢回忆过去的人。其仕途一往无前，一路蒸蒸日上，好像无论过去有过怎样的挣扎，都已是过眼烟云，不必再回头去看。但他一直很想念吴灵。他觉得，他和吴灵之间的情感经历了一次由淡到浓，再到淡的过程，最后随着她的离世，化成一缕心头香，在之后漫长的时光之中始终萦绕不散。

平昌十五年的深春，三月间，杏花即将落尽。皇帝南巡，正驻跸在长洲，王疏月同行，王授文也奉命随扈。年前，王授文收到王定清从四川寄来的家书，里面说："妻诞下第二子，母子皆安。请父亲在母亲生祭之日将此讯代为相告。"是时礼部刚放过春闱的榜，翰林院职闲，御前的政务也不算繁忙，王授文得了两日的闲，便向皇帝告了假，独自前往杏花园。

吴灵死后第二年，王授文便命人把她的灵柩送回了长洲，葬在杏花园旁王家祖坟园中。其实，长洲虽然是王授文和吴灵的故乡，却不算是他们生活得最久的地方。王授文年轻时在抚明做过官，后来大梁入中原，他又跟着当时的五王爷辗转到了京师。一生颠沛至此，他终于在官场旋涡中心安定下来，艰苛的政治环境、富庶的生活混成了一堆光怪陆离的假象，对男人这种生物来说，却又极富吸引力。

王授文在京师是有归属感的。吴灵却总是说再好的地方都比不上长洲："你们王家在长洲有卧云精舍，有杏花园，之前要不是看在这两个地方的分儿上，我才不会嫁给你呢。"

"哦，敢情你就是看上王家这两处产业，没看上我这个人啊……"

吴灵每回听他这么说，便会用手臂去缠他的肩，将头枕在他肩颈窝子里，哈着热气撩拨他："不是不是，我也是逞一时嘴上之快，我嫁给你啊，是因为你这个人好，老实……"

人好，老实。也不晓得她是夸他还是损他。

不过，这些话，吴灵后来倒说得不多。尤其是当王授文在官场上混出名堂之后，她逐渐上了年纪，越发逼着自己平和性子、慎重言辞，一副和和气气的样子，以致王授文都快忘了，当年第一次见她的时候她揪他胡子时那刁钻可爱的模样。

这么多年过去，人、事皆变迁。说到女子那一块，也是一样的。女子一旦出了嫁，便要开始掌中馈、生子，管着一家子吃喝拉撒睡的琐碎事，所以性格、脾气总会有所改变。

不过，当王授文把吴灵的一生回溯完一遍，他觉得自己还是喜欢长洲吴家的那位吴二小姐。

当年，王、吴两家在长洲都是一方清贵，家学严谨、精深，男子皆科举入仕，女子尽识文断字。

王授文与吴灵的姻亲是时任苏州知府的程顺西家的夫人保的媒。

有了这个贵人媒，再加上是王、吴两家正室所出的少爷小姐联姻，在当时的长洲城中倒是件很大的事。

王授文记得自己第一次跟着父母去吴家拜访的场景。

长洲正值秋季，吴家内院满是落下的桂花。朱红色的大门开了一道缝，吴家的两个姑娘正与丫鬟们一道在树下收桂花。大一些的那个簪着一支蝴蝶花样的玉石簪子，神色娴静，姿态端庄；年少一些的那个穿着一身水绿色的襦裙，仰头望着树冠，正笑得灿烂无双。

年轻的女人真好看。

王授文看着看着，不由得觉得自己耳根悄悄烫了起来，内里莫名其妙地一阵翻腾。他脸一红，慌忙背了一遍《论语》的《八佾》：“是可忍，孰不可忍。是可忍，孰不可忍……”他越背越觉得意思烫脑。去他的“是可忍，孰不可忍”，看见好看的姑娘而已，他要逼自己忍什么？他一面想着，一面加快了步子，越走越快。

程顺西的夫人秦氏听他嘴里叨念，又见他低着头走得飞快，便道：“授文，念什么呢？”

王授文的母亲掩唇笑道：“又是在默什么书吧？我们家这个孩子啊，心眼儿着实实，扑在圣贤书上出不来了。”

秦氏也笑了，意味深长道：“书中自有颜如玉啊。”

颜如玉。这可真是那些枯燥理学中最风流浪漫的三个字。王授文鬼使神差地停下脚步，朝桂花树下的那个少女看去。谁知他只看了一眼，却猛然对上吴家二小姐的目光。

那是一双顾盼神飞的眼睛，毫不羞涩地望着他，从好奇逐渐转为戏谑，再到慢慢渗出一丝妙龄女儿的羞怯，盯得他两胁生汗，忙不迭地避开，快步往前走，谁知冷不丁地撞上前面的一棵桂花树。

咚的一声，那可真是撞得眼冒金星、六根清净啊，把心里所有的邪祟都震荡出去了，他心如明镜，甚至能诵一遍《心经》。

只是此景吓坏了秦氏和王授文的母亲。两个女人连忙上前查看，纷纷埋怨道："哎哟，你这孩子是怎么回事……磕着什么地方了，快让人来看看。"

王授文揉着额头不敢回头，背后却传来一阵银铃般的笑声。接着他听见那个年长一点儿的姑娘在轻声呵斥自己的妹妹："灵丫头，客人在呢，你怎么可以笑得这样放肆？你忘了娘教我们的吗？姑娘家要笑不露齿，要把自己磨得像块玉一样，不能像玻璃珠子啊——"

"我知道……我知道……"那笑声仍然没有停下来，她反而像岔了气，话说得断断续续，"我就是觉得……他啊……"声音跟着就小了下去，没让王授文听见。第一次相见，他不知道她究竟给了他一个什么样的评价，只是听到她姐姐笑着斥她："哎哟，净胡说，不得失礼，仔细我告诉娘去。"

唉，大概不是什么好话吧。他越想越觉得尴尬，忙推开自己的母亲："儿子没事，没事……"

吴家夫妇听着声响迎了出来，上下张罗着找药上药，人声喧闹，脚步凌乱，逐渐淹没了那吴二小姐银铃般的笑声。

王授文埋头跟着自己的母亲和吴家二老往正厅里走。过后的一应行礼问安，他都是麻木的。

吴家的老爷是当时长洲有名的老学究，在国势衰微的大荣末期，他从不爱谈论政治经济，专爱研究诗词歌赋，因此，虽然官当得不大，却在地方上颇有学名。他一早就听说过王授文这位长洲学派后起之秀的名字，今日得以相见，自然是文心相撞，要好生做一次忘年对谈，因此话头一起，几乎忘了这回是给自己相看女婿的。他眉飞色舞，口若悬河，说得一刻都停不下来。只剩下吴夫人笑眯眯地打量着这个有些少年老成的年轻人。

那年王授文才满二十岁，虽年轻，却留着半寸来长的胡须，看起来比实际的年纪偏大，却莫名地给吴夫人一种老实持重的感觉。她听他与自己的老爷对谈客气有礼，虽有自己的看法，却不强辩，一副谦谦君子的模样，心里甚是满意，不住地对着秦氏点头。

秦氏笑着看向王授文的母亲，意思很明白：这桩婚事啊，定了。

长辈们都满意，两个年轻人却是各怀心思。不过，两家的父母彼此相看对家孩子，当事人虽然心里头明白，却并没有为自己的人生归宿说话的权利。

"父母之命，媒妁之言"嘛，长辈们但凡敲定，哪怕那个女人是牛鬼蛇神，男人也得往家娶。王授文来时就做好了这个准备。不过，老天开眼，鬼使神差地让他们见了这么一面。

王授文心里又是庆幸，又是烦恼。庆幸的是，这位吴家二小姐绝对算得上“颜如玉”式的清秀佳人；烦恼的是，自己在她面前像个没见过世面的“草包”。

与吴家老爷相谈的时候，他一直在懊恼，时不时地分心用余光往内院里看去。

她仍然跟着自己的姐姐收桂花，秋日的物影落了她满身，她的姐姐凑在她耳边说了一句什么话，她先是脸一红，继而又笑了起来，洁白整齐的牙齿衬着红唇，有一种跳脱出三纲五常的荒唐之美。她一面笑一面朝王授王看来，发现他正望着自己，赶忙闭上嘴，那如贝壳一般玲珑可爱的牙齿便被遮住了。

王授文心里顿时空落落的，只盼着告辞之时，她尚未回房，自己还能再那么偷偷地看她咧开嘴冲着自己笑一次。谁知长辈们竟替他想到了一步。

吴老要赠自己的私集给王授文，命人带王授文去书房取。

吴家夫人却道：“灵丫头在外头，让她引王公子去吧。”

吴老这才把这次会面的正题想起来，忙把吴灵唤来：“好生带王公子去书房寻书，不可失礼，不可怠慢。”

吴灵规规矩矩地应了是，低头侧让到门口，等王授文走出来，又端正地向他行了个礼。王授文赶忙作揖回礼，再抬头时，却见她已经走到前面了。水绿色的衣裙随着穿廊而过的秋风上下翻飞，飘逸灵动。

他忙快步去追，口中道：“吴姑娘，等等我。”

他光顾着闷头追，冷不防，她突然顿住脚步回过头来，他来不及止住步子，险些和她撞上：“姑娘……你——”

她没有应话，笑着抬起头来，盯着他的下巴看。她比王授文矮，她一抬头就露出了饱满白皙的额头，几缕碎发随风拂动其上，暖融融的，越发衬得她笑靥如花。

“欸，你这个胡子——”

“什么——”

他下意识地往后退了一步，谁知她却毫不客气地跟了上来，一本正经地继续研究他的下巴：“是真的还是假的啊？”

“当然是真——”他话还没说完，面前的女子已经伸出手，“姑娘干什么……”

吴灵一怔，忙朝四下看了看，走廊上清静，除了几声鸟鸣，听不见一点儿人声。她松了一口气，收回手朝着他做了一个噤声的动作。

王授文一下子噤了声，眼睁睁地看着她那只白皙如玉葱般的手伸到他鼻子下，一把揪住了他的少年胡。

不知道为什么，知觉明明是在脸上，王授文却觉得自己的背脊骨猛地一颤：“姑娘，你这样……实在有违——”

“你说，你这么年轻，为什么要留这学究胡呢？”她一面揪，一面撇着嘴打量，

“嗯……真的是一点儿都不好看。”

“你……你小女子懂什么！”

话音未落，却见她冲着他翻了一个白眼，手上突然用力一揪：“你胡说。”

王授文吃痛，只得半蹲下去迁就她手的高度：“你……你你放开！快放开！”

“不放，你把你之前那句话收回去。”

“我不收。”

“那我就不放！”

“你……好好好，我收回去，收回去……”

她听完这句话，这才慢慢松开手，抱着手臂退了一步看向他，上下打量着他道：“姐姐说，你以后要娶我？”

她这么直截了当地问出来，倒把王授文给问愣了。

“不可能，你这样没规矩的女子，我才不会娶。”他说着，背过身去。

谁知道她绕了过来，接着问道：“那你要娶什么样的女子？”

“我……”他结巴了，眼前堆满她那明艳畅快的笑容。

国势衰微的王朝末年，好多人都快被憋死了，她却像不属于这个时代一般，明快且自由。

“我……我要娶一个温柔贤淑、懂得相夫教子的女子为妻。”

“我很温柔，也很贤淑，而且我也很会相夫教子。”

“啥……”

她不按常理出牌，他又一次被她说愣了。

她却一脸得逞的表情，接着轻快地换了话题：“听说，南边的那座卧云精舍是你们王家的？”

“啊……是。”

“那那座杏花园呢？”

“也是啊，那是我们王家祖上的产业。”

“真好。”

“什么真好？”

“你叫什么名字来着？”

“呃……你这人，话题怎么跳得这么快？”

“说嘛，你叫什么名字？”

“我叫……王……授文……”

“好刻板的名字。”她说着，指了指自己，“你记着啊，我叫吴灵，吴侬软语的‘吴’，灵犀相通的‘灵’。”

吴侬软语的“吴”，灵犀相通的“灵”。天知道王授文从吴家回去以后把这句话在心里默了多少遍。

王夫人私底下来问自己的儿子："吴家那位二姑娘可合心？"

照理说自古少年爱美人，大方说开也没什么不好意思的，但王授文想起她揪着自己胡子的模样却禁不住脸一阵红一阵白。

"她……太不守规矩……"

"那就是不好？"

"欸，儿子可没这样说啊。"他说着，声音有些着急。

吴夫人笑了笑，拍了拍他的肩膀，道："娶妻，要紧的是模样和性子。姑娘年轻时，哪里都是持重的？吴家是书香门第，他家的女儿定不会是骄纵之人。你啊，虽然肯做学问，却沉闷了些，母亲看，吴二小姐进退有度，和你是良配。"

王授文没有露什么声色，嘴上只是道："儿子但凭父母做主。"

这一做主，他当真把吴家二小姐娶进了门。

吴家是清贵。到了吴老爷这一代，祖上的产业其实已经所剩不多，加上年轻的男子少，有那么一两个做官的，也都在偏僻的地方外任。王家这边却是人丁兴旺，王授文这一辈的男子之中，年纪大一些的已有好些做了京官，又或是地方要员。王家生怕吴家觉得他们轻慢了吴二小姐，因此婚仪隆重，三媒六聘，样样都尽善尽美。

王授文从前在学中的友人纷纷前来道贺。这些人都知道他是个一头闷在圣贤书里的大葫芦，从不跟着他们在浓词艳曲上下功夫，虽是洁身自好，但总归有些无趣，想着他这娶了妻子，从此就该把阴阳大穴打通了吧，该是能和他们品品"玉体横陈"这样的妙词了。因此他们借着酒性拉着这位新郎官说了好些不着边际的话，说得王授文六根混乱。所幸喜酒不能避开，他一杯接一杯地喝，不一会儿就醉得找不着北了。这些不靠谱的友人这才放过他。

后来，便是春宵一刻值……值什么……呢？对王授文来说，绝不是值千金。然而，那是人生一世可遇而不可求的一时。

就算如今是站在吴灵的墓前，就算高草森森，时节又在饯春孤寂之时，回想起那一夜的情景，王授文仍旧通心通肺地笑出声来。杏花园里的穿园风送来醉人的杏花香气，拂动她坟上的草，在日影下如同绒毛一般摇曳。

王授文蹲下去，望着那座并不算太高的坟茔，目光里满是少年时的柔情。

"还好女儿没有随你的性子，若是像你当年那样，张牙舞爪地嫁给皇上，我们王家就都完了。"他一面说着，一面伸手拔去一把墓上的草，"吴灵，我就是对你耳根子软，就是对你太好了。"

王授文对吴灵有多好呢？好到容她在新婚之夜摁着自己把自己留了好几年的胡子剃了。时隔很多年，他为了面子，一直不准吴灵跟别人提起那天夜里的场景，奈何她还是告诉了她的姐姐，后来她姐姐又把这件事绘声绘色地说给两个小辈听。

王定清听了，倒是绷着一张脸没说什么。

至于王疏月，那时她才八岁，听了这件事欢天喜地地去找王授文，非要学她娘给她爹剃胡子，气得王授文坐立不是。自己的女儿，他不能不疼着，只得抱着她坐在自个儿腿上，让她拿着她那把小剪子把他的胡子剪了个乱七八糟。他自己照镜子看的时候，差点儿掀了镜子。他回头看着自家女儿那副无辜的模样，又舍不得撒气，挂着那参差不齐的胡子，顶着一张五光十色的脸，来回地走。

那时，吴灵倚在门口揽着王疏月一道看他的窘样，整个人笑得直不起腰来。

这种事从来都瞒不下去，甚至会代代相传。

王授文记得，去年冬天有一日在御书房，刚好政务闲暇，他和皇帝二人在御书房里手谈。那时程英也在，抱着手臂在一旁替二人斟酌。外面是个大晴日，雪光很亮很亮，透过窗户照进来，将好照在他花白的胡子上，反出来的光落在皇帝眼睛里。皇帝掐着棋子抬头看了一眼，竟就这么看住了。

“你这胡子后来是什么时候长起来的？”

“啊？”这没头没尾的一句愣是把王授文问住了。他太习惯回答皇帝那些大刀阔斧动不动就要了结人命的问题，突然，话题如此接地气地落到他的胡子上，他实在不知道该怎么应答，只得看向一旁的程英。程英不知缘由，只能默默地瞪着眼。

“哦，朕是在回想，朕认识你的时候，你就留着这胡子。昨日……”皇帝放下棋子，抬手点着他的胡须道，“朕听皇贵妃说，你当年成亲的时候，被你的夫人把胡子剃了个干净，什么时候长起来的？”

“什么……皇贵妃……”

若不是在御前，程英恐怕早就笑出来了。

王授文的话哽在口中。女儿如今是宫里的主子，自己不能训斥，也不能埋怨。可谁想得到，他会把自己和吴灵这件少年时代的糊涂事说给皇帝听，更想不到皇帝这个人在人情世故上也有几分憨，在御书房一本正经地问他，让他怎么答啊？

“臣……实在……是惶恐……臣惶恐。”他战战兢兢地回了这么一句话，又觉得在皇帝面前还不够诚恳，忙又跟了一句道，“那是臣和内人年轻，不稳重，不想贵主儿把这件事说给皇上您听了，皇上就当是个乐子，笑一笑就完了。”

“你年轻的时候……”皇帝重复了一遍他的话，拨着棋盒里的棋子，笑道，“朕倒是忘了，谁也不是一出生就是五六十岁的年纪。王授文，朕和你虽然是君臣，但你是王疏月的父亲，朕觉得，朕也可以视自己为尔等后辈。”

王授文一怔，忙跪下道："皇上折杀老臣。"

皇帝习惯了他这动不动就请罪的性子，冲着何庆一扬下巴，示意何庆去扶起，并松开自己盘在炕罩榻上的腿，撩平衣襟，道："王授文，有句话朕想问你。"

"是，皇上请问。"

"到了你这个年纪，该经历的都经历了，该见识的也都见识了，照理什么都看得开，然先夫人已去多年，你却至今孑然一身，所为何？"

王授文垂头立在皇帝面前。

雪光透过窗把他面前的那块地照得透亮。他静静地望着那片光影，不一会儿便觉得眼睛有些刺疼。人上了年纪之后，眼底就容易长斑块，眼眶也容易发潮。虽然在皇帝面前非大丧不得露悲，但王授文此时觉得自己可以卖一次老，说些实在的话。想到这里，他抬起头："皇上，臣这个内人啊，天不怕地不怕，就是怕有一天臣会忘了她。"说着，他轻轻咳了一声，"生前，她对臣、对两个孩子都很好，没有她操持支撑，臣这一生不知何以度过，所以，臣想让她生前身后都安心。如今，臣的女儿有皇上的恩情眷顾，臣的儿子也有了他自个儿的道理，臣已无任何忧虑、牵挂，府中也再无大事要人操持。这后半辈子最多也就还有二十载，臣……就这样过吧。"

说完，他禁不住笑了笑，低声又补了一句："这样，她就不怕臣会忘了她。"

皇帝静静地听他说完这一席话，沉默半晌，方指向面前的棋盘："下一步，该你了。"

"欸，是。"

人生都是落子无悔的。

王授文不会知道，皇帝在落子之时究竟暗暗地做了什么决定。因此，他也不可能猜到，在十几年后，他眼前的这个皇帝几乎复刻了他的余生。皇帝陪伴他的女儿走完一生之后，又一个人孤独地怀念了十年。十年间，他没有一刻放下过身为皇帝的责任，也从来没有一刻忘记过她。

王授文渐渐地把思绪收了回来。

杏花园里满是阳春三月和煦的风，像旧年那只灵动白皙的手一样，撩拨着他已经花白的胡须。

王授文抬起头。天是晴空万里，几只燕子欢腾着借风蹿入云霄。

"吴灵，魂魄有知，要安心啊。"

园中人声寂静，除了扫园人的脚步声，没有任何声音回答他。而坟茔旁的那株杏花树却陡然被风吹下了纷纷扬扬的杏花，落得他满身都是。

王授文垂下头，再次向那墓碑上的文字看去。文字记载着她离世的日子——平昌元年，冬季。

一晃，十四年过去了。

长洲山水清秀，杏花园春深，卧云精舍帘幕无数重，书香穿游。江山安定，年轻的人大有可为，早已不再是由着他那一代人施展拳脚的时代。但好的爱情一代一代本质上都是一样的。

王授文伸手抚上那个他最熟悉的名字，柔声道：“胡子还为你留着呢，吴灵，下次见到我好好剃啊……”

春闺梦里人

陈小楼以前一直不愿启齿，教他唱戏的人是一个被赶出宫的太监，人称“张爷”。

照理说，太监一旦被赶出宫，若不是从前有积蓄，便很难在世上活下去，但好在他从前是在升闻坊唱戏的优伶，于是出宫后得以辗转到一个在京郊流动演出的戏班子里。

张爷这个人吧，长得倒是其貌不扬——圆脸，圆眼睛，身子有些胖。他有一副天生的笑相，就连对着戏班门口卖老叶烟、说话结结巴巴的那位老大爷也都是笑嘻嘻的，看起来没有宫中人的气焰，倒像一尊弥勒佛。

不过，那个时候，从升闻坊出来的人都是伺候过宫里大场面的。

那会儿刚兴了“外学”这个职，城内城外唱戏的名人都想要抓住这个升闻坊“外学”的职位，入宫去见识见识。

如今，不用入宫做外学，宫里倒出来这么一个“内学”，来到戏班子里。这个城外不入流的草根戏班子自然把张爷奉为圭臬。

梁朝朝廷下了禁令，不准许女子为伶，因此整个戏班子的男子长年在祖师爷的香火案前练功吊嗓，至出名立门户之前都没闻过女人香，而这个太监身上却常常散发着一股淡淡的梅花香气。

陈小楼记得，那是一种女香，气味十分高雅，像宫里的古方子。

那时，戏班子里的少年们没事都愿意围着张爷，讨些香膏回去，躲在被窝里偷偷嗅，要不然就是缠着他让他说些宫里的事。

然而宫里的秘辛都是不能流传的。张爷被他们缠得不行了，才真真假假地说几句。

陈小楼也会巴着他们听些，但怎么说呢？他就是看不上这个太监。好好的大男人，没了办法才入了涂脂抹粉的这一行，但好歹他们还是男人，就算娶不到大户人家的闺秀，但赚了银钱，日后还是可以和窑姐儿们快活，无论如何都比太监好。

“欸欸欸，张爷啊……你们在宫里都是怎么伺候那些主儿的啊？我听说……”唱戏的人插科打诨，嘴上都是不积德的，乱七八糟地调侃一通，说得年纪轻的红脸，年纪大的难为情，却又不防血气翻腾，纷纷睁大了眼睛，张开嘴等着那太监回答。

张爷却道："升闻坊的人和你们是一样的，都是祖师爷赏饭吃。伺候主儿们自然是用我们的这张嘴。"

"嘴啊……哎哟，张爷张爷……"都是有道行的，张爷哪里会输给这些人，两三句就撩起了香浓的火，引得年轻人争先恐后地往他面前挤。唯有陈小楼站在原地没有动。

"小楼，站那么远做什么？过来听啊。"

"不听，没意思。"

他说完转身就走，却听见背后有人唤他："陈小楼，是觉得咱们为人下贱吗？"

陈小楼停住脚步："吃祖师爷赏的饭不下贱。但你说的这些故事都是哄着他们乐一乐的，宫里的那些主儿和那戏文里的嫦娥是一样的，怎会有你说的那些腌臜事？既是假的，不听也罢。"说完，头也不回地绕到外面去了。

众人却没有被他浇灭心里的欲，纷纷道："张爷，您老知道的，他就这副德行，大家都是干这行当混口饭吃，就他觉得自个儿高人一等似的，戏文也挑那文得不能再文的唱，唱得不怎么样，踏板子时的规矩还多。我们看，他早晚会在这里混不下去，您老不要和他一般见识，快说说怎么用嘴伺候啊。"

张爷把目光收回来，挂了丝笑容，慢条斯理地讲道："说了风就是雨的，想的是什么？他的话有一大半都是对的。宫里的主儿们都是光彩温润的玉石，干净得很，若做奴才的有一丝想沾染她们的念头，那就会死无葬身之地。"

人们身上一阵恶寒："有这么吓人吗……"

"自然有这么吓人，朝廷改革前朝的教坊司为升闻坊，不再准许女人们做优伶，本就是为了让宫廷清静。先帝爷曾在召见礼部尚书时说过，教坊司里的女乐成分太复杂，不少是战争失败者或被处罚官员的妻子、女儿，被视为性奴，受到非人的对待，影响宫廷声誉，今后一律不准使用女乐，全部由太监担任，负责宫廷中和韶乐事务。这才给了我们这些从前在宫里做苦役粗活的奴才一个靠祖师爷吃饭的机会，什么是用嘴伺候啊……"他站起身，摆了一个身段，张口便是一段《春闺梦》里的西皮流水。

细思往事心犹恨，生把鸳鸯两下分。
终朝如醉还如病，苦依熏笼坐到明。
去时陌上花如锦，今日楼头柳又青。
可怜侬在深闺等，海棠开日我想到如今。
门环偶响疑投信，市语微哗虑变生。

因何一去无音信，不管我家中这肠断的人。
毕竟男儿多薄幸，误人两字是功名。
甜言蜜语真好听，谁知都是那假恩情。

那唱腔韵味就像冰冷井水浇着跳水的美人花，一点儿一点儿烂了花瓣身，剩下一抔花白骨，漂在带着酒气的井水里，又是无比压抑的冷冽，又是毫无道理的张狂。

陈小楼在门外站住。

学了这么多年戏，这是他第一次听到这么切皮切骨的腔调，像发疯般地爱过一场之后又被一大盆冰水从头至脚地浇下，却还不肯死心，还要割破喉咙，泣出血来，再去唤那个已经走远并且永远不能在一起的人。

“听懂了吧？就是用这张嘴，这么着伺候。”张爷道。

哪怕是一个行当，也是分高低的。这一段西皮流水唱完，高下立现，不愧是在升闻坊里受过调教的，绝不是他们这些人可比的。于是他们纷纷垂了头。

半晌，一人起了头道：“喂，都丧着做什么？练功了练功了，散吧。”

众人散去。

张爷方起身去院子里洗手。刚走到井旁，他见陈小楼一个人直愣愣地站在那里，眼睛看着他，下巴绷得紧紧的。

张爷没说什么，从井里打了水上来洗手，一面洗一面道：“有什么要说的吗？”

“想问你唱了几年戏。”

张爷甩着手直起腰来，眯起眼睛想了想，道：“教坊司改升闻坊已经过去十二年了，我唱戏……十一年吧。”

“我要和你学戏。”

“呵，听说，你顶看不上我们这些断根的人。”

“不是，我只是不喜欢你的做派，为了让他们这些糊涂人围着你，胡乱编派宫里贵人。我以前听我父亲说过，这都是杀头的大罪。”

“哦……”他笑弯了眼睛，“你爹能说出这样的话，应该也是一方人物。”

“我父亲是陈玉其，曾经在翰林供职。”

“那你为何——”

“因为他写了一首断头诗！”陈小楼像怕他问出什么难听的话一样，抢着答了，“我们家就败了。”

张爷没有再接这个话头，沿着井边沿儿坐下：“你今年……多大？”

“十四岁。”

“唱了几年戏了？”

“功夫练了八年，板子踏了两年。”

哦，那也十年了，怪不得他不大通文墨，他爹犯事的时候，他才四岁。张爷点了点头，上上下下地打量着他。陈小楼的确生得清秀，那腰啊，自幼起就被师父拴着，如今已经得见成效，令人视之销魂。

“你为什么要跟我学戏？”

“因为你功夫好，我日后也想像京师陆家班的那些人一样，入升闻坊，做‘外学’。”

“想入宫？”

“对，入了宫，伺候那些贵人儿出戏，才会出名，才不会被他们看不起。”

张爷笑着点头：“好，倒不晚。既要拜我，就还是要按规矩，跟我到祖师爷面前磕头。”

“好！”陈小楼一口答应下来，才往前走了几步，却突然又顿住了，回过头来看张爷。

“怎么？后悔了？还是嫌弃我们这些人下贱？”

“不是，我有一个问题想问你。”

张爷站起身，从怀中掏出一方绢帕，一面擦，一面道：“问吧。有什么话最好都在端茶前问完。你知道，咱们这个行当虽能有二师，却不能弃师，我怕你天打五雷轰，不得好死。”

陈小楼浑身一颤，突然从张爷的眼底看见一丝阴冷，然而转瞬即逝，他再想细看时却已经看不清了。

“我……我就是想问你你是为什么出宫的。你们做太监的，不是除非死了，否则一辈子都不能走出禁城吗？”

张爷闻言却沉默了。

井水里起了波纹，风凉嗖嗖地从二人之间穿过。两三片落叶打着旋，昭示着二人同样飘零无根的身世。

“小子，你当个戏文听吧。我……喜欢上了宫里的一位公主。那时她不得自己父皇的宠爱，她的母亲也不怎么待见她，平日里没什么人陪着她。她呢……就时不时地来升闻坊，听我们排戏。她长得很好看，个子小小的……后来……”

他顿了顿，似乎把后面打算说的话咽了下去，重新道：“后来，她要去云漠和亲，临走前，传我唱了一出《春闺梦》。其间，我把她最爱的那一句‘海棠开日我想到如今’唱砸了。她传内刑司打了我二十板子，把我撵出了宫。”他说着笑了笑，“三六九等，一等隔一重天。我再也没见过她。”

三六九等，一等隔一重天。陈小楼隐约记得，这好像是某出戏里的唱词，曲调是《寄生草》，铿锵顿挫，惊心动魄。只是那个时候的他还听不出来张爷话声之中那心肺胀碎之声。总的来说，还是他道行不够。然而，这种道行啊，很微妙，和人的经历、年岁都有关，也不是三言两语就能彻底说明白的。

后来，陈小楼逐渐发觉，跟着张爷学戏，学的不光是那唱腔上和身板上的功夫，还有这一行人的处世之道。

靠嗓子和身子吃饭的人是绝对干净不了的，太干净了，喉咙里的声音就腻滑不起来，腰肢、手腕也会过于僵直，因此，除了唱好戏，还要通情爱，但又不能沉迷于情爱，否则就没有一副硬心肠，从戏台上一出又一出的喜怒哀乐中抽离。

老皇帝死的前一年，张爷死了。而陈小楼已在京师唱响了名头，自立门户建立起了陈家班。他给自己树了一个名门落魄子弟的名声，私底下也结交御八军的一些贵族子弟，跟着他们讨论玉器宝马。因他身姿婀娜，模样清秀，举手投足之间又自成一种风流，那些纨绔子弟听说了，无不打马前来拜会，想和他亲近亲近。然而，他有他学来的手段，对这些人若即若离，将近即远，绝不让他们沾染自己，又能撩拨得他们心眼儿发痒，争先恐后地为他一掷千金。有了这些人的追捧，陈小楼一跃成了各大家门第攒堂会时争相邀约的名角。

只可惜那老皇帝一蹬腿西去了，宫里下了禁戏令，上至亲王郡王，下至文武百官，甚至是普通百姓之家，都不得听丝竹之声。

陈家班在京师没了吃饭的地方，人心涣散，好些看着赚钱无望的人都背着行囊回乡了。当时捧他场子的子弟中，有一个副三军出身叫里镥的人，是十二爷家生的奴才。听说这位陈老板想去升闻坊当“外学”的差，为了讨他的喜欢，便借自家主子是内侍府的头儿，自己在内侍府也算吃得开，殷勤地给他铺了一条路。

“欸，虽说先帝爷的大丧处处都咽气，戏不能开锣，但没禁了大家伙儿评戏论戏吧。陈老板这样的人也该入宫见识见识，这后头出来啊，不就是菩萨镀金身，能做咱们京师的戏首了吗？”

“哟，大人真能圆小楼这个愿，小楼定重谢。”

“重谢什么，今晚——”

“大人啊，国孝还热着呢。”

“欸，是是，我该打嘴。”

入禁城，又是另外一幅景象。

大丧期一过，除服，白幕雪旗一夜之间全都不见了，满眼都是新一朝万象更新的气象。升闻坊在排演新的大戏，京师里各家戏班子也都重新上了油彩面，装扮搭台。

而陈小楼镀了这层金，果然名声更响，他的戏在京师里一座难求。就连大学士张孝儒那个戏痴也捧着银子来捧他的场子。

宫里的戏也唱，宫外的戏也唱，便逐渐有了对比。外面的戏要锣鼓喧天，要的是热闹，要的是堂会主人的体面。宫里规矩大，戏文也讲究得很，各位主儿的避讳、皇家的禁忌一箩筐，倒是很难彼此尽兴。且那戏台高大，主儿们都在戏台底下坐着，穿着金丝银线绣花的衣裳，灯火一照，明晃晃的，什么都看不清楚。所以，陈小楼第一次真正看清楚大梁国的皇后是三皇子染痘症死去那一年。

皇后是云漠的女人，自幼在草原上长大，虽然嫁给了贺庞，但毕竟在京师生活的时间不算长，少年时代又并没有听过中原的戏。起初她对那咿咿呀呀的腔调并不大感兴趣，不过是因为太后好这一口，再加上宫中的嫔妃也都喜欢听，她向来体恤她们，知道皇帝政务繁忙，她们和自己一样深闺寂寞，便是不喜欢也要攒局，陪着她们听，不时闲谈，以此打发时间。宫里的戏，听来听去都是那么几出，意思正，排场大，听久了也就腻了。

直到一年中秋，升闻坊让外学们献戏，陈小楼唱了《春闺梦》中的一段。其间的那段西皮流水，唱得是呕了心又吐出血来，情感浓烈，腔调婉转，好像把皇后对皇帝多年的期盼、年少时怀春的心境一股脑儿全部唱了出来，直听得她眼泪止不住地流。再一看那唱戏的人，身子婀娜，虽是男子，却有一种不输女人的风流，她不由得脱口说了声："赏。"

那时，戏刚刚停下。那人在台上向她磕头谢恩。

她随口对孙淼问了一句："他叫什么名字？"

孙淼答道："陈小楼，倒不是宫里人，是京城里陈家班的班主。"

"哦。"她就这么"哦"了一声，并没有刻意去记这个名字，收回目光，看向正席上的皇帝。

皇帝手里端着酒，正在和太后说话。那一日，王疏月身子不好，不在席上，皇帝的脸上虽然挂着一丝干冷的笑容，目光却同他们头顶的月色一般寒冷。

那一日，也是皇后侍寝的正日子。

内事房的人早就在长春宫里候着了。皇帝过来的时候已经起更了。皇后睡得迷糊，又被宫人唤起来，皇帝显然兴味索然，胡乱地和她行完周公之礼便翻身朝外，自睡去了。

不过，也就是在那一日，她终于再一次拥有自己的孩子。

有子万事足，对当时的皇后而言，这句实在是再真切不过。

皇帝对王疏月如何、对其他的嫔妃如何，皇后真的是看淡了。怀了身孕以后，她甚至懒得过问内事房的事，懒得知道皇帝歇在哪里，一门心思地护着自己腹中那个对于自己和云漠，甚至对于大梁的未来都无比重要的孩子。

谁知，孩子是平安生出来了，但没能逃过大梁皇族的噩梦。

三皇子还没有足岁就出了痘。那一年，钦天监奏报天象有异变，"月宿冲阳"

之说在宫里闹得沸沸扬扬，她去求皇上护他们的孩子，皇帝却当面斥她肤浅、愚蠢。她没了办法，第一次违逆皇帝的意思，动用了皇后的中宫笺表，将王疏月和大皇子锁入钦安殿。她想着，就算拼着和皇帝、王疏月撕破最后一层体面，她也要保住自己的儿子。

谁知，长坤宫的那个女人依旧安安静静地遵从她的意思，带着大皇子入了钦安殿。而皇帝没有驳斥她。

尽管如此，孩子还是死了。她去求皇帝，让她出宫去见见自己的孩子。皇帝没有准许。

她最后等来的是装着孩子的金棺。她想见皇帝，她想对着他哭一场。皇帝仍然不肯。于是，她和皇帝的关联，至此好像全都断了。

起初那几日，皇后夜夜无法入眠，一闭上眼睛就看见三皇子的脸，他生满痘疮，流着脓血，触目惊心，她忙睁开眼睛坐起来，惊声唤孙淼。然而孙淼过来不敢说什么，生怕触到她的痛处，她又要流泪。于是主奴二人就这么点着灯坐着，一直坐到东方发白。

孙淼实在不忍看自己主子这么消沉下去，除服后，有一日忍不住提了一句："娘娘，升闻坊新排了戏，不如传一出热闹的过来，让婉嫔、宁常在她们过来陪着您乐乐吧。"

"那些戏文有什么意思……都不好。"

"娘娘，去年中秋，您不是很喜欢听那个姓陈的外学唱什么《春闺梦》吗？听说，近几日他在宫中。"

《春闺梦》。皇后不由得在口中呢喃了一句："海棠开日我想到如今……"

孙淼虽然不大懂戏，却也听出这句戏词之中的怨恨和伤意，忙低声道："奴才该死。"

"不是你该死，是本宫该死。"

"娘娘，您这样说，奴才们心都碎了……"

皇后抬起头，望向冷清的宫门。男人一旦没了心，就会觉得连见面都是厌恶的吧。

其实她一直觉得，对于情爱，她并没有多么贪心，她只是想让他来见见她，跟她说一句"没有关系，孩子没了，你还有朕"就够了。可是，他好像再也不肯见她了。

南梆子打起来，《春闺梦》后面一段是什么来着？她眼前有些迷糊。哦，是"被纠缠陡想起婚时情景，算当初曾经得几晌温存。我不免去安排罗衾绣枕，莫负它好春宵一刻千金。原来是不耐烦已经睡困"，接着又接一段西皮摇板，唱的是"待我来搀扶你重订鸳盟"。

果然都是戏文，全是荒唐的假话。

“罢了，孙淼，你去传那个叫陈小楼的来吧。”

“是。”

孙淼将要出去，皇后却又出声唤住她：“你告诉他，吾儿将丧不久，本宫听不得丝竹锣鼓，也不准他油彩涂面，让他素衣素脸地过来，别的戏文，本宫也不听，只一出《春闺梦》，唱那一段西皮流水。”

对陈小楼来说，大部分的喜怒哀乐都是别人的，唱再哀伤的戏文也只能眼眶含着泪，绝不能流淌出来，以免沾染油彩，更不得因为哽咽而伤及唱腔韵律。要不怎么说戏子无情呢，这可是祖师爷传下来的行当修养。

不过，陈小楼在“怡情书史”的小戏台给皇后唱《春闺梦》的时候却觉得皇后与自己有某种相似的“修养”。

那会儿隆冬刚刚过去，还没有遇春雨。

“怡情书史”里炭火焚得旺，把黄花梨木禅椅都烤出了干木纹。初春的阳光白晃晃的，落在身上却没有什么温度，只把那些积年尘埃照得熠熠生辉，不断地在眼前沉沉浮浮。皇后就坐在尘埃后面。她穿着雪色的无绣衫，外罩松鹤整绣的白绫坎肩儿，她坐得十分端正，面容哀切，眼眶红肿，但自始至终都没有流一滴眼泪。

陈小楼唱：“可怜侬在深闺等，海棠开日我想到如今。”

她才慢慢塌了后腰，竭力向后仰头，咽喉处因为吞咽而起伏，没有戴护甲的手指紧紧地抓握在一起。

她应该是个红尘道上的失路之人，但仍然不肯失身份。

在往后日复一日的相对之中，陈小楼逐渐明白过来，他与皇后这两种看似相像的修养之间隔着万丈悬崖。

天生高贵的人啊，连心碎这件事都做得这样精心，看起来总有一种要求自身滴水不漏的狠毒，却又如完瓷一样，美得让人生出打碎它的欲望。

陈小楼想起，自己以前问张爷，他怎么有胆子觊觎皇帝的女儿。张爷端着一只老料的紫砂壶讲究地啜了一口，抬头望着院子里的四方天，笑道：“有什么不敢的？她虽然富贵，却是这个世上少有的孤独之人，没有人保护她，连她的父母都不在意她，这才让她遇到我们这些下贱、心毒的虎豹豺狼。她太想有人陪她了，所以，我们勾勾手，她就跟着我们走了。”他说完，又笑得有些自嘲，“不过，这就是所谓的孽缘，因为她走不了多远就会自己把自己的脚绑起来，如果连绑住都没有办法阻挡自己向前，她就会把前面的虎豹豺狼全部杀了。啧啧，你看看这些女人，多狠、多厉害啊。”

这是一出荒诞的戏剧，甚至有些矫情。但如今，当他在皇后面前重新想起这番话时却心惊肉跳。

金玉孤冷。人们要么想抱着它，让它沾染世俗的温暖，要么就觉得它做作，想要把它从博古架上拿下来，摔碎它。

陈小楼却觉得，自己似乎两种想法都没有，又似乎两种皆有。想到这些，他难免背脊恶寒。

好在那一段西皮流水已经唱完。他走下戏台，跪下来给皇后磕头，素白色衫子扫了扫她金鞋边。

皇后像受了什么惊一般，将自己的脚收了回来。

“你……叫什么？”那是皇后第一次认真问起他的私名。

他莫名地有些喜悦，低头回道：“娘娘叫我小楼即可。”

“谁给你取的这个名字？”

“回娘娘的话，是入这行当的时候戏班子的师父给取的。”

“那你从前叫什么？”

“叫陈璧。”

“哪个璧？”

“璧玉的璧。”

“哈——”

“娘娘笑什么？”

皇后没有解释。

陈小楼却偷偷抬起头看了她一眼。她笑的时候并没有露出牙齿，但眼角显出了淡淡的细纹，这并不损伤她那份孤美，反而让她显得更温雅，像那种老了的沉香料，很昂贵，俗人不敢问津。

“娘娘以后要听戏，传召小楼便是。宫里的大戏虽然好，却不如宫外的新戏新鲜。小楼会挑些好的，认认真真伺候您。”

“本宫有奴才伺候。”

“奴才们没有小楼这张嘴。”

她闻言，顿时脸色赤红，隔了好久，终于从喉咙逼出几个字：“拖出去打。”

那是陈小楼第一次在宫里面挨打。

传的是那种打女人的小杖，也不知道是内刑司故意要羞辱他这样的伶人还是那位娘娘施加的恩情，总之，他看起来被打得皮开肉绽，却没有伤筋动骨。他被人一路抬出宫门，扔在宫门外面。戏班的人把他抬回去，他在床上养了四五日，就能下床了。

同行之中有几个人听说了他的事，一半虚情一半好奇地来看他。

看着他那狼狈、屈辱的模样，他们纷纷道："你究竟说了什么话，引得宫里贵人主子赏这一顿？"

陈小楼应付着他们，笑着说道："还不是吃了这嘴上没限的亏？"

那些人听了，道："你说说，你是跟着张爷混出来的，那位爷虽然去了，但我们现在还记得他那身气派呢，又有滋味，又不失那身风度，真真绝了。你这样可不行啊……"

陈小楼应道："我知道我的斤两，不敢比，不敢比啊。"

一通看似热络的太极打完，方说到针尖上。

"哎，都说你去做了升闻坊的外学，从此身价就贵了，如今看来，还是性命要紧。这宫里的差啊，果然是当不得的，那些女主子都说打就打的，若是伺候皇上伺候得不好，那岂不是说杀头就杀头啊？"

"是啊，所以，陆老板还是在窑姐儿们前面站稳当就好。"

"嘿，陈老板这是什么意思？"

"没什么意思。想知道这一顿板子是哪位女主子赏的吗？"

"哎哟，是哪位娘娘啊？我听说皇上的后宫人不多，有一位皇后，还有一位贵主儿……是谁赏的啊？她们……是不是有这癖好啊，她们观刑吗？"

陈小楼冷笑了一声："来，你过来，我就告诉你我是怎么被打的。"

那人闻言兴冲冲地凑上来："来来，你说。"

"我说，呸！"

"欸！你这咬人疯狗！"

"滚。"他一面说一面抹着嘴，声音陡然提高，自个儿却岔了气，撑着身子在榻上喘气，眼睛通红。

徒弟们进来劝他，他却一句也说不出来了，只觉得五脏翻腾，一时间竟分不出来他是气这些荒唐人侮辱自己取乐还是恨他们侮辱那位打了自己的娘娘。

"师父啊，您以后不要入宫去唱戏了……这外学，他们陆家班的人想要就让他们拿去好了。"

"他也配？！"说完，他自己也愣了，心里陡然冒出三个字——

"我也配？！"

他不配，所以才会挨打。他一下子想明白了这顿打的意义，眼泪止不住地流，趴在榻上翻来覆去的，睡不着，却又在明月清风之下不断地想起那个女人。他想起她一个人生活在偌大的长春宫里，皇帝从来不去看她，没有人陪伴她，也没有人保护她。他的衫子拂过她的鞋子，都会引得她惊颤。他听伺候她的宫人说，皇帝只宠爱一个王姓的贵妃，皇后因为与贵妃不睦才失了宠。好一出宠妾灭妻的戏码啊。好可怜的人啊，比挨打的自己还要可怜。

陈小楼睁开眼睛，想起张爷说过："戏子无情都是假的，但偏易爱错，要么爱贵族，做禁脔，要么爱贵妇，一道挫骨扬灰。所以啊，戏文越来越有滋味，因为，这唱戏的人啊，都爱拿自己的命来养腔调和韵味。"

好透彻啊，但那又怎么样呢？

于是，后来京师的行圈流传着这样一段话：陈家班的这位老板慕虚名，哪怕挨板子，也要往那宫里头挤，为人下作、无气节。

这好像说得也对。后来陈小楼还挨过很多顿板子，一次比一次重，最后几乎要把他打死。

有的时候，皇后也会问他："陈小楼，你知道本宫为什么要打你吗？"

他张口吐出一口血沫子，道："陈小楼不配伺候皇后娘娘。"

"那你为什么还要进宫？！"

"因为……小楼知道，娘娘一个人太孤独了，娘娘……想要小楼陪着，但娘娘您说不出口——"

"陈小楼！"

"小楼该死！"

"总有一天，本宫会……杀了你！"

陈小楼抬起头来，谁知还没看清楚，却听见一声断喝："本宫没准你抬头！"他却没有听从她的话，眼前的水雾稍微散了一些，皇后的轮廓逐渐清晰起来。

满屋子都是他身上的血腥气，让他几欲作呕。他咳了好几声，眼睛发红，目光却很温柔。

"娘娘，您不要哭。"

"你说什么——"

"小楼这个人，不值得您哭。"

皇后身子猛然一颤，慌忙抬手摸了摸自己的脸颊，果然有一滴滚烫的眼泪将落不落地挂在那里，可怕的是，她自己竟然一点儿也不知道。

"娘娘啊，能看到您这一滴眼泪，小楼死亦无憾了。"

"你是个疯子吧——"

"不是啊。小楼只是想陪着娘娘而已，哪怕陪您走一段路也好。小楼知道，您最后是要留名千古的，而小楼则遗臭万年，陈小楼这个名字不配放在您的名字旁边……对，陈小楼不配，那陈璧呢？白璧无瑕的璧，这个名字配不配啊？"

不配。就算最后皇后被收回了皇后的金册，被禁锁在长春宫中，身边只留下两个奴才伺候，彻底沦为禁城中的囚犯，她还是不准他靠近。

自从长春宫正门挂锁以后，整个宫苑就只剩下“怡情史书”后面的一个角门可开闭，留给内侍府传递东西。起初内侍府还肯顾着皇后的一些体面，但后来见皇帝对皇后彻底寒了心，也就渐渐不那么上心了，饭食粗陋，也不再供给她平素惯饮的碧螺春。但她还是强撑着自己的体面，衣着要得体，妆容也要妥当，有茶便饮茶，没了茶就把蠲来的水煮滚，再泡开晒干的梅花和菊花。她一面听陈小楼唱《春闺梦》，一面小饮，听完就静静地望着那道锁闭的宫门，直到杯中的水彻底凉透，再也腾不起一丝白烟。

那道门再也没打开过。

陈小楼的嗓子唱哑了，皇后也病得再也下不了床。

谁知那个时候太医院的人却比什么时候都要殷勤，一日两三次地来请脉，孙淼求她躺着就好，她却不肯，非要一日两三次地穿衣起来去见太医。而太医院送过来的药一日比一日浓苦，一日比一日多。

她起初还能喝下去，后来烧了肠胃，就很难受用了。

太医院无法，只得派人来伺候。

陈小楼眼睁睁地看着她被掐住脖子，被迫仰起头，痛苦地把那些焦黑如墨汁的汤药吞咽下去，然后又忍不住，呕出来，呕得少便罢，呕得多了，便还要重遭一次罪。他很想冲上去把那些人都推开，然而每一次都被人连拖带打地拖出去，直到里面消停下来，他才得以重新扑到她面前。

“他为什么要这样对你？你是他的皇后啊……”

皇后直愣愣地躺在榻上，汤药沾染了她脖子下面绣着如意纹的衣领：“呵……你这个戏子懂什么？这是本宫和他的夫妻之恩。你看，我害他爱的人，害他的孩子，他还是不肯废掉我。”

“这是什么夫妻之恩！他若对你还有一点儿情意在，怎么会让你受这么大的苦？”

皇后眼角淌过一行泪，她艰难地摇了摇头：“快秋天了，皇上要去秋围，要见我的族人……他不准我这么快死。”

“时清——”

“滚！谁准你叫本宫的名字？”

“他叫过你的名字吗？”

皇后一愣，眼前陡然暗下来。她叫博时清，这个名字，她自己都快忘了。过去，皇帝一直唤她“皇后”，哪怕是在行房事之时，他也从来没有唤过她的名字。然而，他好像喜欢连名带姓地叫王疏月。

照理来说，唤位分比唤名讳更加尊重，可是“皇后”这两个字如今像从霜雪地里挖出来的一般，几乎可以冻伤她的每一寸肌肤。即便如此，她还是不肯放手，试图用最后一点儿体温去抱住它。

“你给我住口！我是云漠的公主，生来就是大梁朝的皇后，我的名字，只有当今皇帝可以唤。你算什么东西，你给我……滚出去！”

陈小楼往后退了一步，满眼悲哀地望向她：“你心里明明明白，他再也不会来见你，再也不会唤你的名字了。”

“不要说了，给本宫滚出去！”

陈小楼没有在意她那几乎撕裂声音的呵斥，仍旧低头凝视着她的眼睛：“张爷说得对，你们这些高贵的人明明很想让人叫你们的名字，无欲无求地抱你们一会儿，可是，你们偏偏不肯靠近肯陪着你们的人，甚至想把我们都杀了。杀了我又怎么样呢？杀了我，你就不会哭了吗？”

皇后颤巍巍地抬起手，指向他：“陈小楼，杀了你……我就还是皇后。”

“谁说的？你要明白，杀了我，你也不是皇后了。”说完，他俯身，一把抱住了她的身子。

那是一副瘦得皮包骨一般的女人身子，四处硌人，他却没有在乎这种肌肤之亲带来的疼痛，越抱越紧。

皇后所有的声音都哑在喉咙里，脑子里一道白热的光陡然闪过，她彻底怔住了。

陈小楼低下头，在她耳边道：“这样是不是觉得暖和点儿？”

皇后哑然。浓苦的药气还在她的鼻腔之中冲撞，他挡住了她的视线，令她除了一团凌乱的衣料，什么也看不见。她只知道他好像蹬掉了鞋，膝盖蹭乱了她的被褥和床单。

“陈小楼！本宫不会放过你！”

“没事，我不怕。”

一场秋雨打乱了屋檐下的秋海棠。

花香飘入室内，呛入皇后的鼻中，陈小楼手臂正被她枕在头下，袖口已经被她的眼泪全部沾湿了。

“别哭了。”他伸了一只手过来，想要替她擦泪。那只手是真的好看，白皙、修长、骨节分明，甚至带着一点儿宫廷老方调制的梅花香气。

“你觊觎皇后，一定会粉身碎骨，万劫不复。”

陈小楼一面小心地替她擦着眼泪，一面温柔地应道：“好，你想怎么处置我就怎么处置我吧。其实，刑还可以再重些，毕竟我不是觊觎皇后，我是——”

“住口！”

“好，我不说，你说吧。你想给我什么下场，我自去领了就是。五马分尸，还是凌迟——”

“我……”

“我知道你没有了皇后金册，但对我而言，没有关系。你说，我就领，不用那些人押着我去。”他说着，轻轻抬起她的肩膀，将手从她的背后抽了出去，又扶着她慢慢躺下，自己从榻上坐起来，弯腰去捡地上的衣衫，“还有力气吗？我帮你穿。”

“你敢——”

陈小楼垂下头，笑了笑：“那我穿好，去唤孙淼进来伺候你。”

“站住！”她突然扯住他的袖子，扯得他一个踉跄。他手中的衣衫应声落下，白皙的腰背露了出来。与此同时，他感觉到裸露的皮肤上传来一阵尖锐的痛，回头看时，才发现她的手指狠狠地抠在他的背上。

“不要让她看见……不准……不准………”她一面说着，一面挣扎着撑起身子，养了很多年的指甲几乎嵌入陈小楼的肉里，“给我……穿衣服……”

陈小楼望着她。

她满身通红，鼻子尖凝着汗珠，那瘦削的肩膀惊恐地耸着，像在命令他，又像在求他：“穿衣服啊！”

“好，我抱你坐起来。”

她终于没有再反抗，由着他摆弄。

然而，当他举起她的手臂，套入衣袖，又将两边衣襟拢向她的胸口时，不经意间的一蹭猛地逼僵了她的脊背，她全身一个寒战，眼泪夺眶而出。

陈小楼忙将她拥入怀中：“我该死，我该死。你不要哭了，好吗？”

“你为什么要毁了我？！为什么要毁了我？！”

陈小楼盘膝坐回榻上，一只手把她的头揽到自己肩膀上，伸出另一只手隔着单薄的衣料轻柔地帮她顺着气。一时间，他的眼眶也有些发红，喉咙滚烫，一张口就吐出了潮热的气：“对不起，对不起，娘娘。我一定听从你的话，我一定会领罪领死，你放心，你不要哭了，好吗？”

那晚，皇后在陈小楼的肩头几乎把一生所有的眼泪都流干净了。她一生要骄傲、要尊荣，最后却委身于一个最低贱的戏子，以此了结残生。如果说因果轮回，报应不爽，那么神佛一定在轮回道上给她下了最残酷的咒，要她走到万人之巅，然后跌到泥淖里。要命的是，她虽觉得泥淖恶臭，却又贪恋那份潮湿的温暖。

“陈小楼，不要忘记你答应本宫的话。”

“我一定不会忘记的。”

“但本宫活着的时候，你不准死。”

“为何？你不想看着我死吗？”

“我不想看，我要皇帝赐死你。”

“为什么——”

“因为，我是他的妻子，我要他亲手为我报仇——”

“呵，他根本不会在意的。”

“我不管！”

“好好……好……你别难过，让他赐死就让他赐死吧。”他一面说一面搂紧了她，“我答应你，陪着你。你安安心心的，我不会逃，也不会躲，我啊……最初很心疼你，如今……

“喜欢你。”

皇后死在那一年的深秋。

她的死讯被远在申兰的皇帝和十二爷封锁了。整个长春宫失去了它的主人，变得越发寥落。好在，她的棺椁还在宫中，因为丧讯封锁，一直停放在“怡情书史”内。

孙森等人都退了出去。陈小楼却没有走。每一日起来，他都去“怡情书史”内的小戏台踏一次台板。

内侍府的人问他为什么不出宫，他只回答：“在等申兰的旨意。”

内侍府的人听后，不免要笑他白日做梦：“哎哟，虽然你伺候了主子娘娘一场，但主子娘娘和万岁爷之间已经……唉……不会再有赏赐给你了。你看看，孙姑姑那么忠心的，都一早出去了。陈老板，您哪，前途无量，何必呢……”

陈小楼听他们这样说，便不再说话了，只望着那口金棺出神。

大半个月后，申兰的旨意真的传回来了——陈小楼杖毙。

那一日行刑的太监都为这位陈老板感慨。他却从容地趴在春凳上，咬着自己的手臂，任凭自己的性命被那杀人的板子一下一下，慢慢地抽走……

血污被宫人收拾了个干净。

抱着污布出去的小太监摇着头，向一旁的宫人叹道：“唉，我劝过他的，他不走啊……你说说，这是不是想赏赐想疯了啊……”

话音刚落，“怡情书史”的戏台上寂寥地落下了一抔灰……

番外三

月沉江自流

王疏月的大葬在十月初。

深秋多雨，几乎是在每日日落时分降下。从京师到茂山的西陵，上到百官，下至抬棺的匠役，都有些疲惫。

皇贵妃的灵柩安停在芦殿，接连几日，秋雨如旧。

皇帝坐在灯下看折子，何庆强撑眼皮在一旁伺候着。风呼啦啦地刮着窗户，无数乌暗的树影在皇帝的素袍上摇晃。何庆打了个晃眼，一个没站稳，险些把头磕在墙上。他赶忙猛地掐了一把自己的大腿根，刚醒过神来，却听皇帝说道："下去吧。"

"奴才该死。"

皇帝翻了一页折子，伸手蘸笔："无妨，朕有事会传你。"

"欸。是……"何庆应着话，推门从房中走出来。

外面的雨还没停，芦殿不比禁城，灯火不大多，几盏黄绸宫灯悬在屋檐下面，这会儿被晚来的风雨打得明明灭灭。何庆把手缩到袖子里，吸了吸鼻子。

外面答应的太监见他站在那里没有走的意思，忙上来问道："何公公，您伺候万岁爷一日了，还是趁着这时辰去歇会儿吧。奴才们醒着精神呢。"

何庆回头看了一眼身后的门，笼着手摇了摇头："跟着你们再守守，等万岁爷传水了再说。"

他这么讲，其他人就不敢再多话了，纷纷到自己的位置上去站规矩。

风声雨声不绝于耳，无论穿得多厚实，都不免感到背脊一阵一阵地发冷。

皇贵妃死后，皇帝从来没有在任何人面前露过哀切之色，无一日废过朝政，哪怕是在辍朝之期，军务处的几个大臣也都日日悬心候着。

算来整整三十年的时光，从御书房到军务处熬死了好些人，王授文、程英这些老臣都已经不在了。很少有人知道皇帝对这位汉人出身的皇贵妃究竟有什么样的情意。他们只是感慨：头一回见皇帝亲视嫔妃的棺椁封掩，亲送大殡，还要亲自扶棺，送她去自己的地宫。

好在何庆尚算明白皇帝，然而越是明白，就越是忧心。从前王疏月在的时候，他还得以从皇帝面上窥探到一些常人的喜怒哀乐，可当王疏月死后，皇帝好像又变回了从前，言辞凌厉，却不露任何的情绪。

他一面想着，一面抬头叹了一口气，正想退到后殿的台阶上去眯会儿，还没起步，却看见不远处荣亲王恒卓冒雨走过来。

门前伺候的宫人连忙上前去撑伞。

何庆也跟着迎了上去："请王爷安。"

"嗯。父皇安置了吗？"

"还未。王爷……这是有事要禀奏吗？要不……"他朝身后看了看，回身迟疑道，"要不，明日再奏吧。万岁爷辰时去给皇贵妃娘娘奠酒，在灵前陪了一个多时辰，回来又和张总管议事，这会儿怕是到了要安置的时候。"

恒卓点了点头，刚要走，却听里间传来皇帝的声音："谁在外头？"

何庆忙走到窗下应道："万岁爷，是荣亲王。"

"让他进来。"

"是。"何庆亲手推开门，又打起帘帐，侧身让恒卓进去。

里室的灯光很昏暗，皇帝搁下朱笔，起身往窗边走去。恒卓在门前行了礼，皇帝半晌方说了一句："起。"

恒卓站起身，却不大敢近皇帝身前。

父子二人，一个在门前，另一个在窗前，面上落着相似的阴影，双双沉默。

过了好久，皇帝才开口道："有事奏吧。"

恒卓垂下头，应了一声"是"，方缓了一口气，从怀中掏出一本奏折，缓缓地走到皇帝面前，双手呈了上去："这是十一皇叔给父皇上的折子，军务处收了，但张大人他们不敢呈递，所以辗转到了儿臣手中。"

皇帝没有出声。他伸手猛地推开了窗，凄冷的秋风灌了进来，那本折子一下子被吹开，哗啦啦地翻过去好几页，恒卓连忙伸手护住。折子里面的内容，他已经看过了。贺临上奏请求在皇贵妃的灵柩入地宫之前奠酒。

虽然过去很久了，但是人们大都还记得王疏月和贺临当年的关联，也都知道皇帝与贺临之间有多大仇怨。

不说张博平不愿意呈递，就连恒卓心里也在打鼓。尽管父皇与十一叔已经几十年不曾相见，对当年的恩怨是增是减，他却并不清楚，何况王疏月死后，唯一能度化这两个男人的人也不在了……又是在茂山这种地方相见，又是因为王疏月相见，稍不对，恐怕就是贺临的死局。

恒卓手心有些冒汗，见皇帝一直不肯出声，轻声道："父皇……不如儿臣替您驳——"

"放肆，朕还没过眼，你何以驳回？！"

"是，儿臣知错。"恒卓内心大骇，说完，他忙撩袍屈膝跪下，将奏折举过头顶，再不敢开口。

皇帝的鼻腔里满是雨水的土腥味，连马蹄袖口也被沾湿了。然而，他并没有关窗的意思，只是背过身来，低头看向恒卓手上的折子。

那是一本请安的黄壳子，托在手上却足足有一节拇指般厚。

皇帝伸手拿起翻开，一行一行地看过去。那字一看就是女人的字，显然有人因为贺临的手不得再握笔而替他写的，那字有些熟悉，虽功力浅薄，但那字架子很像王疏月那一手祝体。行文很长，遣词造句的风格倒是贺临的。

皇帝看了一半，又走到书案后面坐下，继续向后翻。

恒卓却不敢起来，慎重地察看父亲的神色和气息。

约莫半个时辰，皇帝才读完最后一个字，他拿过一旁的朱笔，想了想，却没有落笔，转而合上奏折，放在书案上。

灯火越来越暗，恒卓几乎看不清皇帝的脸，只听见玉扳指和黄花梨木的桌案略显尖锐的摩擦声。

"你去传朕的口谕，命他大葬那一日在茂山西陵的介亭候朕。"

"是……那这本折子呢？"

"这是他上的请安折，他的心，朕已经知道了，就不发回了。这个意思，你并着朕的口谕一道带给他。"

"是，儿臣遵旨。"

皇帝点了点头，摆手道："你跪安吧。"

"是。"

恒卓刚要走，却又听皇帝叫住了他："恒宁在什么地方？"

"回父皇，在和娘娘的灵前。"

"传话给他，让他去歇了。"

"是。"

恒卓从门后走出来，终于松了一口气。

何庆还在门外等他。

"王爷，奴才打伞送您几步吧。"

恒卓伸手在自己的肩上掸了两下，平静道："也好。"

二人在夜雨中行走，厚底靴擦过粗土地，嚓嚓嚓地响，在寂静的深秋雨夜里显得有些刺耳。

恒卓走了几步，侧脸对何庆道：“何公公日日在御前，得好的空，也请多替我们劝劝父皇保重龙体啊。我刚才进去，见父皇近日清减了不少。”

何庆道：“我们做奴才的，心里只有主子，哪里有一日不曾劝？只是，自从贵主儿走了以后，奴才们……说话就不敢像从前贵主儿在的时候那般放肆了。那时，万岁爷再大的气性，再盛的怒，贵主儿几句话都可调停，如今……像一下子又过回三十年前了。”

恒卓一面走，一面叹了一口气。

听完何庆的这一席话，他感同身受，好像一下子又回到三十年前。那些膝下承欢的日子好像没有发生过一样。虽然他年近四十岁，开府办差多年，有了自己的王妃和侧室，有了自己的儿女，但出宫以后，他还是喜欢时常去长坤宫看王疏月。

王疏月的最后几年，身子一直不大好，但她不肯听皇帝的话吃药。她总说，生死有命，富贵在天，药是轮回报应，她不想受了。尽管如此，长坤宫却从来不见阴云。她闲暇无事的时候会翻几页书，若是恒卓带着王妃和女儿来请安，她也会命人在驻云堂里摆茶，翻着书，给他们讲她过去读到的妙处。

恒卓的王妃记得，皇帝也曾来听过一两次，但他从来不会进去，也从来不会打断她。他免去通传，一个人静静地坐在西暖阁里看他自己的书，偶尔听到有意思之处，也不免笑一两声，吓得王妃和女儿慌忙出来请安。

每每这个时候，王疏月面上都有羞赧之色。皇帝却不以为意，放下书站起身，冲她扬扬下巴：“不愧是半个卧云精舍，讲得很好，接着讲吧。朕还有事，就不在你这儿坐了。”

“欸，等等。”

“还有什么事？”

“没什么，就是很久没吃暖锅子了，想吃。您今儿议事若散得早，再走一趟我这里吧。”

“好，候着吧。”皇帝说完，便跨了出去。

恒卓记得，那日回府的时候，自己原本木讷的王妃少有地和他说了一路的话。其中有一句令他印象深刻，她说：“皇上和贵妃娘娘的感情真好啊，且是那种说不出来的好，好像不必时时刻刻都在一起却又念念不忘。”

这话并没有什么深度，却很平实，很有意思。

恒卓一面品着一面道：“和娘娘跟你和丫头说了些什么？”

王妃道：“讲了一本私集中的几页，写这本私集的人是个女子，叫钱诗令。”

“女子。”

“是啊。”王妃仰起头，看向恒卓，“我并无什么才，不大听得懂，但我和丫头都喜欢听贵妃娘娘说话。她说诗和酒能疗愈人，前者懂得多，会越平和，后者懂得多，会越豁达。我想了很久，好像明白，又好像不明白。”

恒卓回想着，不由得眼眶有些发潮。

雨水哗啦啦地打在伞上，深秋的雨夜着实冷，一阵冷风灌入他的领口，如手一般抓痒了他的喉咙。他站住脚步，咳了一声。

何庆忙稳住伞，忧声唤道：“王爷。”

恒卓抬臂摆了摆手：“无妨。”

一时间，他觉得胸口处因丧仪而憋了很多日，本质上来说，十分私人的那种悲痛一下子全部涌到了嗓子眼里。然而很多话，他还是不能跟这些奴才说。哪怕是看着他成长的人，与他在身份上天差地别，就算怀着同种的怀念，也绝不是相通的。他一面想着，一面朝那停放王疏月的芦殿看去。四盏灯笼摇曳在屋檐下，窗上只有恒宁一个人的影子。那才是在此时此地可以与他共情的人。

“王爷……要过去吗？”

恒卓点了点头，伸手握住伞柄：“何公公回吧。我自己过去。”

何庆松开伞，退到雨里行了个礼，目送其走进芦殿内，这才叹了口气，冒雨走了。

恒卓推开木制的木，门内的香烛气便与门外的雨腥气混在一起，竟莫名有些呛人，他忍不住又咳了一声。

恒宁在灵前回头看了他一眼，起身倒了一杯茶放在茶案上：“才煮滚的，烫的啊，哥。”

这是儿时在长坤宫中的称谓，就他们兄弟俩，在王疏月面前，玩玩闹闹都没有什么顾忌，所以连年序也不用论，就“哥哥”“弟弟”地互相叫唤。后来恒卓出宫建府，王疏月倒是不准恒宁再这么随意地唤他，正经场面要称爵名，平日里也要加上年序，认认真真地作揖，唤他“长兄”。

起初恒卓不习惯，王疏月却笑着对他说：“长幼有序，你该受的。”

后来，朝廷中传出一些令人心慌的话，涉及立储，十分微妙。恒卓那个时候才明白，王疏月之所以让恒宁守长幼的礼节，也许是因为她悄悄地看明白了身处和皇帝当年相似之位的自己内心的慌乱和不安。

那时，他的确睡得不大安稳。

王授文虽刚刚故去，但王定清时任两广总督，已然是封疆大吏。加上皇帝一直没有册封皇后，宫中只有王疏月这位汉女出身的皇贵妃。一时间，上下都在议论，连玄武门后面的老规矩都让后代子孙破了，照着如今王家在皇帝心头的分量，以后这太子之位说不定真的会落在皇贵妃的儿子头上。

恒卓的老师张博平为此替恒卓不平，耿直地斥责朝中传讹之人，却被接连弹劾。皇帝虽按下不表，但各处不同的势力令当时在户部办差的恒卓举步维艰。然而这些人大多走过王家的门路。他每每要处置、要下狠手时，却又因为王家而犹豫。几番下来，他心里不痛快，见到恒宁的时候也觉得不像从前那么自在，却又一腔愤懑无处述，自己一个人闷了好几日。后来，连王妃问他，他也懒得回应。

一日，恒卓在隆正殿回过皇帝的话出来，已是黄昏。

他一个人踩着金阳穿过月华门，却见王疏月远远地站在宫道上等他。她身边只有金翘一个人，没有皇贵妃的仪仗。四五月的天，她穿着夹绒的水绿色袍子，头上簪着白玉簪，立在一丛树影下。

“恒卓。”

他心里有些难受，原本想走，奈何她却出声唤他。他只得强挤了一个笑，走到她面前请安。

她弯下腰，亲手去扶他。

一晃过去十多年，小的时候还牵着王疏月吵着要茯苓糕的人，如今的身量已经越了王疏月半个头。少年长成，骨骼却仍然纤秀，皮肤未经岁月摧残，在金阳之下显露出一种隐隐的文弱之气。

王疏月抬头含笑望向他：“这么年轻，就学你父皇皱眉。”

他一怔，忙低头掩饰：“儿臣没有。”

“有不开怀的事，要说啊。”

“儿臣……”天知道，他此时有千言万语想在这个女人面前表达，然而，他倒也明白，说了，她也会伤心，“儿臣没有不开怀的事，只是恨自己办差不经心，有负皇恩。”

她笑了笑，轻声道：“越大越不爱说真话。”

“和娘娘……恕罪。”

她摇了摇头：“和娘娘没有怪你……嗯……”她看了一眼天时，续道，“出宫吗？和娘娘送送你。”

“好，儿臣扶您走。”

她没有应他，转而挽着他的手道：“不了，和娘娘挽着你走。”

从月华门到明华门的宫道并不算长，母子二人却走了很久。金翘和恒卓身边的太监遥遥地跟着，其余的宫人也都退避得远，金阳铺满的石板路上空荡荡的，只留下他们两个人的影子。

“你不用迁就和娘娘，大可把步子迈得快些。”

恒卓一怔，低头见王疏月正望着自己。他不由得喉咙一哽：“小的时候，我走得再慢，您都迁就我，如今，我怎么能如此不知恩？”

王疏月抬起手，拂掉他头顶的一丝草絮："不要听外面的人说。我希望我的孩子知恩图报，却从来不希望他们被恩情捆缚一生。恒卓，你和恒宁没有差别，和娘娘希望你大胆地走你想走的路，做你想做的事，不用因为和娘娘而退避。"

"和娘娘……儿臣……"

她一下子掏出了他的心事，然而言语婉转、恳切，全然没有让他感到一丝痛。

"儿臣对不起您。"

"没有呀，你是因为体谅我，才一个人闷着。"她一面说，一面轻轻拍了拍他的肩，"小的时候，和娘娘能把你护在身后，可是等你大了，大到为你父皇分忧、为天下臣民谋福祉的时候，和娘娘就护不住你了。你们都是皇家的孩子，很多事，避不了。甚至，和娘娘的见识、眼界都不如你，好些话，连自己都觉得浅薄，更别说拿来劝你了。所以啊，恒卓，我也就只能陪你这么走走，陪你散散心。你别嫌和娘娘烦啊。"

"怎么会！"他说得有些急，步子也跟着顿了下来。

王疏月道："你和你父皇一直很像，说几句就要急。"

她说完，回头唤金翘过来。她从金翘手中把红木食盒接过来，交到他手上，温和道："这茯苓糕做了有一两日了，你总是不肯来，连带你的王妃她们也不肯过来了，和娘娘不知道怎么带给你，今儿既过来等你，就一并带来了。"

恒卓低头看向王疏月的手。虽然她已过了三十岁，手指却依旧保养得很好，只是关节处仍然依稀可见几处难以消退的伤痕。好像自从她受过拶刑，手指就时不时地疼，沾了冷水之后更是疼得钻心，所以就很少再亲自挽袖为他做茯苓糕了。这一盒茯苓糕不知又让她遭了什么罪，恒卓心疼她，一时却不知该说些什么。

好在她像看出他在想什么，宽解他道："这几年，我也懒了，偶尔起心做做，自个儿尝着也不是从前的味道，慢慢就做得少了。好在你们都大了，好像也不大爱吃了，倒不像以前那样，为了这一块两块的整天围着我瞎闹。"

恒卓听她这样说，忙一把接过来："谁说的？我就爱吃您做的茯苓糕，小的时候和弟弟抢，如今弟弟在，我也是要抢的。毕竟您做的茯苓糕哪里都买不着。"

王疏月一面听着一面笑弯了眼："喜欢吃就好。"说完，她望向明华门前，"天要黑了，出去吧。"

恒卓闻言，突然反应过来自己刚才那个"抢"字说得不对，忙道："和娘娘，我刚刚说错了话，我不是要和弟弟抢——"

谁知，话未说完，却已经被她温和地打断了："不用说，你是我身边长大的孩子，你想跟我说什么，我都知道。从前你信和娘娘，如今，你长大了，该换和娘娘信你。"说完，她轻轻推了他一把，"走吧。"

"和娘娘，您总是不肯留我。"

“傻孩子，你战战兢兢地在长坤宫里长大，还没待够啊？”她说完，目光穿过明华门朝外面望去，“你们年轻人的道理在外头。四方天下何其大，等你弟弟再大些，能跟你一起出宫了，你一定要替和娘娘带着他四处走走。”

“好，和娘娘，您放心，只要儿臣在，就一定护好弟弟。”

“不需要护他，他也是个男子，总有一日，也要大道独行。你只要领着他就好，他会尊重你，与你同袍。”

夕阳渐渐沉没，金色的余晖尽敛。

恒卓从明华门旁的侧门走出去，回头望时，王疏月和金翘还立在原地，见他回头，便抬起手，含笑冲他挥了挥。不知道为什么，那憋在心头很久的东西一下子被吐了出来，一时间，他神清气爽，连步子都轻快了起来。

他一路打马出了丽阳门，路上仔细回想着王疏月究竟跟他说了什么，可细想之下又觉得她好像什么都没说。

丽阳门外是热闹的京师外城。街道旁商铺林立，贩夫走卒叫卖的声音混在一起，充满世俗中实实在在的人情味。

恒卓勒住马缰，回头望向不远处巍峨的禁城，半晌没有回头。

他身旁的太监道：“爷，张大人送了帖子请您，快到时辰了。”

“不急。”他低头道，“把那个盒子打开。”

“是。”

在市井柴米香中咬的那一口茯苓糕滋味如何，他至今仍然记得。

只是可惜，那也是他最后一次吃到王疏月做的茯苓糕。

人生有很多的遗憾，这是其中一件。还有一件更大，他欠那个女人一声“母亲”。

“哥。”恒宁的声音把恒卓从那段回忆里拽了回来。

“啊？”

恒宁指了指案上的茶水：“没什么，茶不烫了。”说完，他给自己斟了一盏茶，托在手中，慢慢地走到恒卓身边，靠着茶案的边沿儿站着，“你怎么也过来了？”

“来传父皇的话。”

“哦。”他说着便要放茶行跪。

恒卓忙挡住他：“不是口谕。父皇让你不要长守，早些安置。”

恒宁站直身子，冲着他笑了笑：“才这个时辰怎么叫长守？”说着，他端起热茶来，喝了一口，重新在恒卓身边靠下，“我听张博平他们说，等母亲下葬，父皇会派你走一趟云漠。”

恒卓没有否认，却也没有出声，点了点头，算是应了他的话。

“兄弟几个里面，我是谁都不肯服，但哥，你，我是服的。”他声音里带着坦然的笑，听起来很舒服。

恒卓借着灯火侧面望向他，他才过二十五岁，面目清俊，眉目之间着实有几分王疏月的影子，性格也像她，温和、爽朗，时时让人如沐春风。朝中很多汉臣都喜欢结交他，甚至不顾避讳地大赞其贤。一方面是因为他的出身，还有一方面是因为他确实有个好心性。他不卑不亢，不避事，也不张扬，尽心竭力地办朝廷的差事，私底下写得一手极好的字，尽得其母的真传。然而，这大部分都是表象。认识二十多年，恒卓一直觉得，这个“宁”字当真是错给了他。

恒卓想着，慢慢收回目光，伸手端起那盏半冷的茶，陪着他一道靠着：“也就你会这样说话。”

“不这样说，怎么说呢？哥，你不容易啊……”恒宁说完，侧向他，举杯在他的杯盏上一碰，“张博平那些人一直希望你对我狠些吧，我看着哥在他们面前替我扛了这些年，真的替你累。”

“你胡说什么？”

“这不是胡说，我虽然年轻，人也笨，眼睛却不瞎。”

他说得恒卓想笑。

少年时代，恒宁是恒卓的跟屁虫，无论恒卓走到哪里，他都要跟着。他在尚书房第一次默诵《诗经》，默完《秦风》里《无衣》那一篇，回来非要把王疏月和恒卓拉着并排坐着，听他一个人认认真真地高声背诵。那个时候，他也像此时一样想笑，总是觉得，自己这个弟弟是个傻的。

后来恒宁长大了，稚气褪掉之后，渐渐修出了些门道，人前讲究长幼、身份，人后却还是和从前一样，在恒卓面前，什么话都是实打实地说。连去年张博平等人上奏，指责他在工部办差不善，他也堂而皇之地摊在恒卓面前说，说完甚至不忘问恒卓：“哥啊，你说这回我要在隆正殿跪多久——”

恒卓气不打一处来：“跪多久？！我看你得去宗事府跪着。”

“欸，对，说不定还真得去宗事府里住着，到时候，你得替我跟我母亲多要几盒茯苓糕。”

“恒宁！我没在跟你说笑，你明知道——”

“知道知道……你比母亲还能念叨我。”

“你以为我想念叨你啊，要不是看在和娘娘的分儿上，你被圈一辈子我也不会过问一句！”

恒宁看他真急了，忙笑着倒了一盏茶给他：“我说着玩儿的，哪能真就去傻跪着？我是有分寸的，刀在父皇手上，我杀人不见血倒没甚，就是担心哥你不好做。”

恒卓一把夺过他手中的茶：“你护好你自己，不要让和娘娘忧心。”

“好好，哥，你不要拿马脸撑我。”

这些场景都还历历在目，回想起来，实在令恒卓庆幸。

不管他们身后的势力如何角力，至少他们没有渐行渐远，就好像长坤宫中温暖的时光一去不复返，两人却都不曾有一刻想要将它抹去。

“恒宁，都二十几岁的人了，说话还是没个正形，在和娘娘灵前也这样，像什么样子？”

身旁的人闻言却笑了，接着又无可奈何地叹了一口气，道：“你叨叨吧，我不还口。”说完，他望向杯中，声音却突然轻下来，“母亲从前最不愿意看到我不尊重你，以前我还不知道为什么，如今倒是慢慢懂了。”

恒卓一怔，忙接道：“为什么啊？”

“因为母亲知道你最怕什么，但她不会问你，也不会跟别人说。她好像知道有些死结解不开，只能让我这样的人乱七八糟地一通乱扯。”说着，他手舞足蹈地抓了一阵，一点儿都没有皇家仪态。

然而，恒卓一点儿也不觉得反感，伸手抓住他的手腕：“有灯火，你稳重些。”

“你看，你不生气了，是吧？”

“在和娘娘面前，我不会生你的气。”

“对，你都是看在母亲的面子上，我知道。”他说着，又撞了一下恒卓手中的杯盏，“欸，哥，说真的啊，该争的争，我对你后面那些人啊，从来没有手软。”

“对，你从不手软。”

他听完，仰头笑出了声，转而又道：“不过，哥，我一直记着母亲的话，一生敬重你，与你同袍。”

恒卓喉咙一酸，不由得朝着王疏月的灵柩望去。

她已经不在了，就算是她在的时候，他们两个男人也未必肯在她面前说出这样的话，虽然彼此在调侃互撑，却又带着难得的真心。

为了这“与你同袍”四个字，他真想将手中的茶换作酒，和恒宁痛饮一杯。

“你有没有答应母亲什么啊？”

“有。”

恒宁闻言来了兴趣，站起身将脸撑到他面前：“是什么啊？母亲以前就喜欢跟你说私话，而且从来不告诉我。”

“还能说什么？让我管好你！不让你惹父皇生气！”

“什么啊……”他拉了脸，重新靠下，转着手中的空杯子，“我还以为是母亲让你保我一命呢。”

“你也会怕我？”

“小的时候是打不过你，现在倒是打得过你了，但偶尔……哈哈……”他抓着头笑，“别说啊，还真有点儿怕。”

“你怕什么？”

“听真话吗？”

“你敢说假话吗？”

“哈，不敢。”他说着，朝母亲的灵柩望去，“真话就是，我怕我们有一天会走到父皇和十一叔那一步去。”说完，他垂下目光，“我今日听说，被张博平扣了好几日的那本折子被你呈进去了？”

“对。”

“其实你该听他的，交给我，让我来呈。你该知道，只要你把那本折子送到我手上，哪怕我明知道父皇要我的脑袋，我都会拼着命呈给他。”

“你又开始乱说了。”

“是真的。”

“毫无道理！”

“你真不知道原因是什么吗，哥？”

“我不知道。”

“不是为了母亲，是因为，我虽然没见过十一叔，但有的时候还是觉得与他感同身受。”

“住口！”

“好，住口。但，哥，你明白我的意思吧？”

“我不明白。”

“不明白算了。”他说着，拍了拍袖口的灰尘，站直身，“话不投机半句多，我走了。就快到茂山了，要别灵了……你应该也想陪陪母亲，母亲也想多看看你。我就先走了。”他一面说，一面摆手往门外走，走到门前，又回过身来道，“今日的茶很淡，没喝尽兴，等日后丧过，我在府上做东，请哥你好好喝。”

话音与关门声一道落下。殿中灯火恢复了寂静。

恒卓走到灵前蒲团上屈膝跪下，抬头望着那璀璨耀眼的金棺：“母亲，放心，我会与他同袍，绝不成仇。”

恒卓继位第一年，降旨赦免了贺临。奉命去茂山接他的人正是恒宁。

他们在介亭会面。那个时候的贺临已经是一个垂老之人，手颤眼花，看不清楚，但他还是一眼就认出了眼前的人。

“你是皇贵妃的儿子吧？”

“是啊，皇叔唤我‘恒宁’吧。”

“你和你母亲长得真像。”

“是吧？皇上也常常这么说。”

“嗯，你来见我是新皇有什么旨意吗？”

“是，皇上下旨赦了您，让我接您回京师。您从前的郡王府，内侍府已划了出来，重新修缮过，供您安养天年。”

贺临笑了笑：“我倒是没有想过还能回到京师。”

“您和我父皇的恩怨还没有消吗？”

“不是，早淡了。不过，看见你来，很感慨。我和先帝当年走到那一步，无论是他还是我，都不知道是为了什么。但那个时候觉得，情势所逼，非要一个死一个活才能破局，如今回过头来想，又听了你和皇上的事，便觉得，不该是那样。”

恒宁没有说话，只是静静地点头。

贺临也沉默下来，后面的话几乎都是关于王疏月的，可是在小辈们面前，他并不能直说。

其实，在恒卓登基以后，他才彻底明白母妃当年究竟看重王疏月什么。她从来不强势，看似一生都在退让、躲避，但她教会了身边这些脑子里只装着权势和利益的男人如何自如地去生活、坦诚地去相处。所谓“人生在世，娱人悦己”，哪怕她身上的枷锁一直不曾被卸掉，她也从来没有违背过自己的意愿。她让她爱的人终于拼赢了历史的逆流。

番外四

佛系女性主义和假性大男子主义

Q大有一个周末读书会，最近很热闹。

因为历史学院公认的那位男神教授已经连续几次戴着他那副“斯文败类”式的金边眼镜一本正经地坐在最后一排旁听。传说这位教授三十二岁，未婚，没有女朋友，养了一条特别肥的金毛，但是好像因为觉得它太丑了，从来不肯牵到学校里面转悠。除此之外，还能够查到的信息就是一堆耀眼的头衔和大把名字长到读着需要断句的论文。他一身生人勿近、近者撑死的气势，搞得历史学院的学生对他又爱又恨，其他学院的学生对他充满好奇。

不知道为什么，一连两周的读书会，王疏月都觉得很不自在，好像后面总有双眼睛在看她，但等她回头看的时候，除了黑压压的一堆学生，并没有奇怪的人。她转过身来，那双眼睛却又出现了，以致她时不时地要伸手去摸摸脖子。

她正坐立不安呢，同事张敏撞了撞她的胳膊：“欸，你老是回头，是不是也是看那个贺教授？”

“贺教授？哪个贺教授——”

“我去！”张敏夸张地叫了一声，转眼看见自己的几个学生转头看她，便赶紧收敛，凑到王疏月耳朵边道，“贺庞啊。你应该很熟才对啊，他不是你爸那个历史学院的吗？黄金单身汉，要学历有学历，要长相有长相，好像还是个富二代。啥啥都好，就是衣品差了点儿。不过，没关系，男人的衣服，可以女人买嘛。”

王疏月往旁边挪了个位置，推开她凑在自己肩膀上的下巴：“你好多学生在呢，别这么夸张，好吗？好好的一个高校教师，还是教社会学的，不应该有点儿专业觉悟吗？男女关系的本质是什么……是——”

“得得得，你可别说了。”张敏说着，脸就垮了下来，坐直身子，从包里掏出一面小镜子，一边看一边说，“大学女教师，也是大龄单身社会女青年，也是需要被关爱的，好吗？欸，难道你也要学你的日本导师，身体力行，拒绝婚姻，拒绝生育吗？”

王疏月用手托着下巴，想了想，回道："那也是后现代女性主义的一个先锋分支，我们可以讨论。至于我自己嘛，我是一直致力于从学术角度去探索和理解她们的。"

张敏放下小镜子，瞥了她一眼："我看，你快成她们的一员了。你看看你，去年电气工程学院的林教授追你，你没答应，后来外国语学院的那什么Bill还是Billy追你，你也没搭理人家，都要与男性绝缘了。喏，你看看……"她说着敲了敲王疏月手上那本硬壳书，"连来读书会做分享都带这种英国先锋女作家的书。你再这样下去，我们Q大的广大男性老师恐怕都要绝望了。欸，对了，你昨天不是说，今天读书会结束后，你要去见一个相亲对象吗？谁给你介绍的啊？"

"我爸。"

"哈？叔叔还给你介绍对象啊。"

王疏月无奈地笑了笑，拢了拢自己高领毛衣的领子："欸，你是想让我跟你说说我之前和他们的奇葩相亲经验吗？"

张敏不以为意："说呀，能有多奇葩。"

王疏月把书抱在胸口，站起身："林教授跟我分享了大半天他的高压事业，然后问我对奉子成婚是怎么看的。"

张敏差点儿笑喷："那你怎么回答的啊？"

"我说，可以，你怀上了，我就嫁给你。"

噗——张敏竖起了大拇指："月姐，牛啊。"

"至于那位Bill，也差不多吧。他聊了大半天他的留学经历，然后问我是不是处女。"

"哈哈哈……看不出来啊，我看他扎那种什么非洲脏脏辫儿，还以为……哈哈哈……"

"低调，低调，你的学生在看你。"

"哦哦，好好好。要不，换个位置吧？这里说话真的有些不方便，全是我们学院来捧你场的学生。"说完，她朝后面看去，"欸，要不，我们坐到后面去，你看那儿多好。"

王疏月顺着她手指的方向看去，一眼就看见那个穿着圣诞红绿毛衣的男人。那身衣服真的有些搞笑，正宗的红绿打底，上面还粘着几个雪人。再看他的脸，那倒是真好看，只是鼻梁上架着一副极其不协调的金边眼镜。王疏月立马想起张敏刚才那句"就是衣品差了点儿"，脑海里顿现三条黑线，这怕不是差了一点儿哦。"欸，那是你说的贺教授吗？"

"啊，是是是，你看看，他那件毛衣，花花绿绿的，多可爱啊。"

王疏月一下子笑出了声，道："你说说你，双标成这样。"

张敏一把拉起王疏月："那有什么关系？颜值高，一切可破。走走，咱们上去。"

“欸，等等，他身边都没人坐，我们这样多尴尬啊。还有，我一会儿要分享，人多了，怎么下来啊？”

“要是你不在，我还真不敢上去。但你爸不是他们学院院长嘛，你是他顶头上司的女儿，屎什么？再说，还有大半个小时才开始呢。走走，你就当给我搭个桥。”

“欸，你等等……”

王疏月几乎是被张敏给拖到贺庞面前的，正尴尬地要走，谁知他却把头抬了起来：“挡到我了。”

“啊？哦哦哦……我让开。”

谁知，她还没挪出去一步，就被张敏扯了回来。张敏抓着她的手，咬牙切齿道：“对这种没品位的钢铁直男，你屎什么？回来，撑回去。”

王疏月掐着声音笑道：“你怎么这么分裂啊？刚才还说人家毛衣花花绿绿的好看，现在又说人家是没品位的直男。”

“别那么大声，我好歹也是研究女性主义的，我能是个光看颜值的肤浅之人？”

“你不是说‘颜值高，一切可破’吗？”

“喂，你帮谁的啊？”

“我——”

“什么花花绿绿的？”突然一道男声插进两人的对话中。

“哈？”王疏月一愣，却见那人放下了原本架着的腿，抬头看着她。要命啊，他居然听到了。

“啊……我说你手上这本书，花花绿绿的，挺好看。”

那人把书举到她眼前：“你色盲吗？这是红蓝色的。”

“红蓝色，对对，自古红蓝出CP……出CP。”

张敏恨不得拍王疏月一巴掌，在她眼中，王疏月一向是学院的软钉子，撑人从来没输过，今天这是在说什么神仙话？

王疏月觉得自己这辈子从来没这么窘过。不是说好了要用一颗学术的心端端正正地教育广大直男同胞，为他们谋福祉吗？可面对这位贺教授，怎么就说不出口了呢？一定是因为他是爸爸的同事，她要给面子。对，要给面子，她才会这样的。

那人看她脸涨红了，没笑，一本正经地摘下眼睛，放进一个同样配色大胆的眼镜盒里：“你们打算在我面前一直站着？”

“不是，我们要坐。”张敏见王疏月彻底屎了，只好自己上线救场，把王疏月摁在那人身边坐着，自己则挨着王疏月坐下。然而坐了不到一分钟，她就被那诡异的气氛打败了：“欸，我去买奶茶，你要吗？”

“我也要——”

“好，我知道了，冻顶乌龙奶盖，大杯去冰，对吧？我去了。”说完，她起身一阵风似的跑了。

王疏月那个“去”字就这么硬生生地被堵在嗓子眼里，好半天才发出来。

谁知，她眼前却堂而皇之地摊开一只手：“书给我看看。”

“哦。好。”她头也不抬地把书递了过去。

那人拿着书，一边翻，一边问她：“你还接着你上回说的地方说吗？”

“你这么问，是你上一次也来了？”

那人点点头：“嗯。来了。”

“那还请多指正。”

“指正谈不上，我并不太懂你们这个领域。不过，还挺感兴趣的。”

“这样啊，那贺教授，你是研究哪一个方向的？”

他合上书，转头看着她：“梁史。”

王疏月悻悻地点点头，心道，怪不得自己老爸老是在家里提自己学院里有一个多么优秀的年轻教授，原来两人是一个方向。

“怎么了？”

“没什么，我以前以为，你们历史学院的教授都跟我爸一样古板。那什么，对不起啊，我刚才说花花绿绿说的是你衣服的颜色。”

那人笑了一声，拈起挂在他毛衣上那个雪人的腿说：“不好看吗？”

“不是不好看，就是有点儿……”她想说浮夸，突然又觉得不太礼貌，索性也笑了起来。

谁知那人却道：“说呀，你以前说不出口，现在也说不出口吗？”

“什么？”王疏月一怔，“我以前说不出口什么……我以前不认识你啊。”

那人没说话，抱着手臂靠在椅背上，这个动作瞬间让王疏月背脊一颤。她想，真的有点儿熟悉啊。

“不用一直盯着我看，可以来听我的课。”说着，他扬了扬下巴，“该下去了，王老师，好好讲。”

王疏月看了一眼手表，果然已经到时间了，张敏端着两杯奶茶在下面狂跟她招手。她连忙站起身，谁知高跟鞋被椅子角一绊，眼看就要摔跤，后面那个人忙伸手在她腰上扶了一把。

咔的一声，声音真响啊，显然是某人腰上的那根骨头出了点儿问题。

然而王疏月显然一点儿都不想关照这个冒失的人，站稳身体，回头刚要说话。

那人却抢先说道：“好生走路，穿不来高跟鞋就别穿。你们这些女人，从前折腾自己的脚，现在还要折腾自己的脚。你就不适合这种鞋子，该换换。”

他竟然还敢质疑她的审美。要不是她赶着上台，还真想摆开架势和他辩论一番。

“你一会儿别走，我有话问你。”

“好，不走，听你讲完。”

听他这样说，王疏月才心有不甘地踩着高跟鞋，噔噔噔地下去了。

贺庞这才伸手，狠狠地在自己的后腰上捶了两拳头。

旁边一个同事凑过来说道：“欸，我看你刚才扶王老师的时候好像扭着腰了，还好不？好响一声啊。”

贺庞笑得一脸无奈：“你别说，还真有点儿严重。”

“现在的女人啊，都是这样，看着瘦，结果重。欸，要不去校医院看看？这样一会儿你恐怕站不起来啊。”

“没事，一会儿再去。”

“那好，我找我老婆去了，一会儿有事给我打电话。”

“好，去吧。”

这边说完，底下的读书分享会已经开场了。

贺庞一边揉着腰，一边朝王疏月看去。说起来啊，命运这东西还真有些神奇，无论时空变换多少次，第一次见她的时候，他都会被她弄得闪到腰。再比如她那个要命的老爸，不论她出生在什么样的家庭，她的老爸一定是个油腻、秃顶的老学究。而她呢？

贺庞重新靠向椅背，朝台上的那个女人看去。也不知道是不是上天刻意安排，每一世，她都不记得前尘往事，然而贺庞记得，随着时空的变换，他用不同的身份看着自己曾经的王朝走向巅峰，再到衰亡、颠覆，几乎是不断地对自己的三观进行凌迟，他唯一比较庆幸的是自己没有在这个过程中患上抑郁症。不过，换一个角度，这种颠覆却是可喜的。

王疏月如今所站的这个地方，他很喜欢。在Q大这个学术氛围自由的学校，她开怀地讲述她十分自信的专业。去年在北方，她还参与组织了一场极有意义的女性身体意识觉醒的讲座。她不知道，那一天，他也跟去了。

王疏月是当日发表演说的人中最平和的一个。没有声嘶力竭的呼吁，也不做偏激的指引，她自述为一个“女性个体关照者”，关照女性在婚姻内外的需求，以及在平权运动中的个体感受。半个多小时的分享，没有人刻意地鼓掌，气氛十分平和、自在。

她还是他最初熟悉的那个女人，唯一不同的是，在这个曾经捆缚她一生的地方，她终于得以走出当年的黄昏，自由地表达，自由地过自己的生活。

回忆太多了，难免有些乱，贺庞正想闭上眼睛来整理整理，谁知手机却响了。

他拿起来一看，来电显示三个字——王教授。他觉得有些好笑，接起来。

那边的声音一改往日的酸腐，异常欢乐：“欸，贺老师，你在哪里呢？在学校吗？”

“王院，我还在学校。”

“还在学校啊，好好好。你看你是自己开车去呢，还是我开车去接你，我要回学校接我女儿。”

“哦，不麻烦王院了，我先开车过去等你们。”

“好的好的，王老师，知道你忙，我女儿也忙，你们现在的年轻人真的跟我们那个时候不一样了。”

“我知道，王院，王老师这学期课很多。”

“就是，没事的时候还要去搞她那些活动……欸，先不和你说了。还是七点啊。”

“好。”

那边挂了电话。

下面的分享也接近尾声了。

贺庞站起身，腰上酸爽地一阵疼，他忙用手摁了一把，冲着那个正在台上致谢的人道：“王疏月，你看，你爸又安排相亲了。”

像王授文这样的老派学者总是喜欢把一切都安排得特别讲究。

茶安排的是凤凰单丛，茶点则是潮州的顺果，馅料中有海米、凉薯，佐以胡椒粉和洋葱、香菜调味，兰馨荔香压解辛辣之气，配得很有功夫。贺庞自斟，一个人喝过一道茶，天色渐渐暗了下来，七点过后又下起了小雨，窗外面的灯光湿漉漉的，马路上则是一片灿烂的红。

晚高峰遇上下雨天——全城大堵车。

贺庞撑着下巴，看了一眼外面堵得水泄不通的马路，又抬手看了一眼表。

倒退回去几百年，他现在所在的这个地方是翰林一个周姓大学士的私宅，门前道路尚不及如今的一半宽，却因为其主人是一位不舞权不弄政的清流派人士，因此几十年间门庭冷落，几可罗雀。贺庞到现在都还记得他为还户部欠银，在大街上挑书担时被一个寡居妇人调笑的传闻。那样一个仕途中的方外人，一定想不到，几百年后的今日，他的家门前这条街道上会日夜轰隆地驶过无数车轮，而车上下来的女人们衣着自由，堂而皇之地露着白皙的腿……

在贺庞看来，文明的推进是爆炸式的。只不过因为人的寿命有限，每一段生命都被收纳在相对静止的时代，所思所想都无法走出一个共同的框架，也是因为这种局限性，人的思维才不至于失控。

所以，记忆太多与其说是恩赐，不如说是诅咒。人就是太会做比较，是比较之后再做选择的动物，如果知晓过多的信息，拥有过多的真实经验，反而会变得纠结。好在时间是线性的，记忆要被寿命切断，无法像巴灵度和所言，从这一世流淌到下一世。因此，比较的时间范畴被迫缩小，人才得以满足，自以为看尽千帆，能做出最好的选择。

贺庞在一世又一世的记忆之中反复比较，做过无数次对历史认知和自我认知的颠覆与重建。不过，在这漫长的"比较"之中，王疏月一直站在他思维金字塔的塔尖。他就是喜欢她，甚至连她现在提溜着高跟鞋狼狈地四处张望的模样，他也觉得可爱。

"王疏月。"

站在茶坊门口的王疏月突然觉得自己脑子里轰地响了一声。一时间她尚分不清这声音是从哪里传来的，但那语调如此熟悉，好像在她耳边唤过无数次一样。

然而，她还来不及细想，就被后面跟上来的吴灵从头到脚数落了个够："你说说，你爸是怎么回事，说好了去接你的，怎么把你丢下了？你这鞋是怎么回事？欸，头发又是怎么回事……"

王疏月用手指勉强顺了顺被雨淋湿的头发，挽住吴灵的手说："算了，妈，你一会儿可别又说爸，他也不想啊。今天周末，谁知道下这么大的雨，学校正门堵得很，我要等着爸来接，估计现在还没下高架桥。"

吴灵一面捧着王疏月的脸仔细地看，一面说："平时也就算了，今天是他约的嘛。我都说了，什么年代了，还搞相亲？对象还是他那历史系的老化石，三十几的老铁树还不开——"

"妈——"吴灵的声音倒是不大，可言语实在是毒，王疏月听了，多少有些心疼那位尚未见面的教授。

"你又帮你爸，是吧？"

"我哪有帮我爸？我知道你是为我好，想让我找到一个自己真正喜欢的人，但爸的面子大……是吧？"她自如地和了一把稀泥。

吴灵摇头笑了，无可奈何。

"你要知道，妈让你读书，是要让你知道什么东西是对的、什么人是对的，别听你爸那套理论。"她一面说一面从皮包里掏出一支口红，反手递到王疏月眼前，"补口红吗？"

王疏月愣了愣，忙接了过来，还不及翻手机开前置摄像头，一面精致的掐丝珐琅镜已经放到她手上。

"用妈的。"

"旧皇宫上新了？"

“是啊，多好的花样。”

“妈眼光最好。”她笑着一面说一面举起镜子，旋出口红的膏体，借着顶灯的光补妆。

贺庞一手撑着沙发，偏头看向王疏月。

温柔的暖光照在她湿润的头发上，晶莹璀璨。她丝毫没有因为身上的狼狈而失礼，一举一动依旧得体，连放下口红后对着镜子拢乱发的动作也是从容的。

他不由得笑笑，垂头，端起茶喝了一口。

茶杯刚放下，他就听见前面有人叫他：“贺教授啊，等久了吧。”

不只是贺庞，王疏月和吴灵也一起抬起头。

王授文上气不接下气地走过来：“月儿这是被雨淋了吧？对不起，爸今天——”

“还说呢！”

吴灵劈头盖脸地打断他，吓得他差点儿弹开。

“女儿在呢，你能不——”

吴灵压根儿不想听他说话：“你约的时间，自己迟到不说，说好了接女儿的嘛，又把她撇一边。”

“我这不是——”

“是什么？”

“好好，没什么，我错了。”

王疏月插不上话，只好摇了摇头，朝着王授文刚才打招呼的那个方向看去。

只见那人已经站了起来，身上那件红绿相间的毛衣和整个茶坊的装潢格格不入。

贺教授。贺庞啊……

果然是背后说不得人。读书会结束后，她和张敏吐槽了一路这人的衣品，没想到出了地铁就遇大雨不说，这会儿还一身狼狈地落在人家眼中。而且最要命的是，他居然就是老爸给自己挑的相亲对象。王疏月越想越局促，也不敢再看他，谁知眼前却伸过来一只骨节分明的手，手上握着一方灰蓝色的手帕。

“王教授，下次有事来不及接小王老师，可以让我去。”声音从她的头顶传来，不急不徐，听起来甚至很诚恳。

“哪能哪能，是我没安排好。那个……咱们过去坐。”

“好。”贺庞应过王授文，又看向王疏月：“新的，擦擦你的头发。”

王疏月还在发愣，避了眼光，一声不吭。

“王疏月。”了无情绪的一声却又在她的脑海中惊响，轰的一声，她冷不防地问：“你怎么知道我的名字？”

“我听了小王老师三场读书分享会。”

“不是，我的意思是，你为什么会这样叫……欸，不对……”一时间她也搞不明白她想说什么，手足无措起来。

“擦擦头发吧，王老师。”他帮她避开了尴尬。说完，他笑着侧身让开身后的路，毛衣上的雪人随着他的动作晃荡着脑袋上活动的胡萝卜鼻子。再往上看，金边眼镜的后面却是一双讳莫如深的眼睛。

说他傻吧，好像对不起那双眼睛，说他文质彬彬，又对不起这一身的圣诞红。王疏月觉得自己活了二十七年，头一次在评价人这件事上落入如此进退维谷的境地。

好在两位老人比她要自在。王授文自不用说，吴灵则自有一套考量女儿未来对象的理论，一落座就以茶桌为界摆开了阵仗：“听说贺教授是我们老王的学生啊。”

王授文忙吞下喝了半口的茶：“你别乱说。我哪有这么好的学生？”

贺庞笑了笑：“既是晚辈，自然就是后生。在我们这个领域，王教授是北斗。”

“那贺教授的父母是——”

“我父亲和母亲都是会计。阿姨叫我‘贺庞’就好。”

“好，那你是研究哪个方向的？”

“梁史。”

“哦……”吴灵转过头，对着王疏月从牙齿缝里挤出了几个字：“和你爸一样啊，一样无聊。”

王疏月看吴灵的模样，忍不住想笑，却听对面那个人镇定自若地接了一句：“做学术的是有些刻板，但我还算好吧。”说着，他抬手拨了拨胸口那个雪人的鼻子。

那个胡萝卜鼻子滴溜转了一圈，吴灵看得咧了咧嘴。

“呵呵，贺教授的穿衣品味很独特啊……”

“嗯。王老师刚才已经夸过我一次了。”

王疏月突然被点名，抬头指着自己的鼻子脱口而出：“我？”

面前的男人点了点头，松开交握在膝盖上的手：“‘自古红蓝出CP’嘛，如果我没记错的话。”

“自古红蓝……”吴灵听了这个新词，侧头疑惑地问王疏月：“什么CP，这里出CP？”

王疏月连忙摆手：“没有没有，这里哪里有什么CP？”

“暂时没有，我以后会尽力而为。”

王疏月的耳朵一下子烫起来：“你你你……你别说话。”

“月儿。”

王授文压低声音刚要说王疏月，却被贺庞温和地打断：“没事，王教授，我听小王老师说。”

他姿态端得高，仪态端正、绅士，却四两拨千斤地说了几句让王授文和吴灵都发蒙的“流氓话”，把王疏月逼得失了态，恨不得在桌子下面狠狠地踩他那双看起来就很贵的鞋。

王授文却只是觉得自己女儿今天不大正常，担心影响年轻人之间的第一印象，连忙打圆场：“哎，我这个女儿啊，就是被我们宠坏了。”说着又转头对吴灵道：“你也是，年轻人嘛，有些我们听不懂的话多正常，这才证明他们聊得来嘛。你和我问那么多，他们反而放不开。走，去看看再点些什么。”说完，拉着还想要接着查户口的吴灵走了。

王疏月看着父母走开，这才端起茶杯灌了两口茶，撑着桌子，压低声音道：“我让你等着我，你为什么偷偷溜了？”

贺庞向后一靠，摊手笑道：“我在这儿等着你啊。”

“你……你不要以为你是我爸同事我就会迁就你，我从小就不给我爸面子——”

“我是认真的。”

“啥……不是，你认真什么？21世纪了，你真的要相亲啊，咱们难道不是互相应付一下父母，然后各自回家吗？你认真什么？”

“认真地请你考虑考虑我这个人。”他说着，弯腰凑近王疏月，逼得她赶紧坐直身体，谨慎地凝视着他。

“你……撩妹一向都这么直接吗？”

“这辈子还没撩过。”

“什么叫这辈子还没撩过？难道你还记得前几辈子的事啊？”

“嗯，记得，不过几辈子以前好像不太会撩妹。”

王疏月撇了撇嘴：“你这话说得……”

“这句是玩笑话，不用当真。”

王疏月听完，抱起了手臂。他坐得近，这会儿嘴也闭上了，倒是能让她认认真真地看清他的长相。实话实说，他长得真的挺符合王疏月的审美的，高鼻梁，棱角分明的下颌，就是嘴唇薄了点儿，不过倒挺符合历史学院的学生给他归纳的那个阎王人设。

“欸，你真想让我考虑考虑你？”

“嗯。”

“那你叫一声我的名字。”

“啥？”

“叫啊，叫全名。”

“哈哈……你突然这样，我有点儿——”

“想追我就快叫。”

“王疏月。”

“那啥，大点儿声。”

“王教授还在那边呢。”

“快点儿。”

“王疏月。”

“再大点儿声。”

“王疏月！”

这一声引得好些人注目。

王疏月却觉得心脏被一根线扯了扯，说不上痛吧，却令她口鼻发酸。

“你是谁啊？”她一面说，一面不由自主地往旁边挪了挪。

那人目光一柔：“贺庞。”

母胎单身的人最经不起粗糙的撩拨。

从原始社会到21世纪，男女之间的本质其实根本没有任何的改变。直接放肆地“耍流氓”总会令对方心慌意乱，无限地倾向深不见底的潭水还不自知。更别说，那人还在“流氓”的皮相外面披了一件几乎闻得到旧皇宫陈木香的雅袍。这种人应该叫什么？

“斯文败类。”王疏月捧着热咖啡对着办公室的窗户吐出了四个字。

“喂，你没课了吗？”张敏从背后拍了拍她的肩，“你刚说谁是斯文败类啊？”

“我哪有说什么？我在看外面的天。今天……说不定会有初雪。”

“哎哟，这话像恋爱中的女人说的。欸欸，你是不是等到你的‘都教授’啦？对了，快给我八卦八卦，你昨天那位相亲对象怎么样啊？”

王疏月生怕这个话题一旦聊开，自己顶不住要露怯，忙转身就往办公桌前走，含糊地回头应付：“能怎么样，我爸安排，见一见就回家了。”

张敏还不死心，一路跟过来追着问：“那你躲什么？不对哦，你之前跟我吐槽那什么电气男和外语男的时候多开心啊，这一位……欸，你不吐槽啦。”

王疏月放下咖啡杯打开电脑，胡乱地点开一个课件。

“人家没说什么奇怪的话，吐槽什么……”

“那你耳朵红什么？”

“我没红！”

张敏拖来一把椅子，挨着她坐下：“姐妹看你这回有戏，老铁树要开繁花了。”

“打住啊，说得跟我妈一样——”

“哈，阿姨平时对我那么好，在你的终身大事上，我跟阿姨站一队。”

“我妈才不着急呢。”

“那我跟王教授站一队。”

王疏月跟她贫不下去了：“行了，上课去吧。你不是还有两节课吗？在十二教的。”

张敏似笑非笑：“成，我下了课再来问你。”

张敏走了，王疏月这才长长地吐了一口气，想着她刚才的话，虽然是在调侃，其中有几句却和贺庞昨天说的话有些关联。韩国电视剧《来自星星的你》在国内火爆的时候，她也跟风追过。然而社会学是一个非常有时间性的学科，每一个课题的分割都伴随着明确的时间界限。王疏月一直觉得，剧里的那位都教授还好是个外星人，如果他是一个普通人类，伴随着朝代颠覆、文明更迭一路活过来，那颗血肉做成的心脏恐怕早就被切得七零八碎了吧，还怎么气定神闲地去撩女明星？所以学历史的人还是不懂社会学和心理学的跨学科课题，总是恨不得亲身经历，保有前世今生所有的记忆，占有所有的一手资料，却不承想，这种爆炸式的充盈，对人脆弱的内心而言，对不断更迭的社会关系而言，是多么大的诅咒，会使人陷入多么大的混乱。

王疏月一时想得有些过于深入了，正在出神，张敏的电话突然打来了。

“喂，疏月，你看看你桌上是不是放着一个猫爪子形状的U盘。”

“哦，是粉红色的，你忘了拿了。”

“对对对，你没课，是吧？能不能帮我送到十二教来？我这节课要用。”

“好，你等着。”

“谢谢了，爱你。”

王疏月挂了电话站起身，顺手拍了拍自己的后脑勺。算了，想太多也只是在理论上纠缠，倒不如出去清清脑子。于是她利落地揣上U盘，拎上包，锁门，出了办公室。

十二教以前是历史学院和社会学院的大本营，在Q大情人林的后面，背倚着大片大片的银杏树。墙体是青白色，爬满了爬山虎藤蔓，夏季幽深，冬季苍朴，十分古雅。教室排课排得不满，暖气又开得足，所以，以前很多历史学院和社会学院的学生都喜欢来这里上自习，成就了不少跨系的情侣，两院的院长还笑称，难得两大文科院系内部消化，应该多鼓励多支持。

不过，后来学校为历史学院新修了教学楼，历史学院就大部分都搬了过去，只留下少部分研究生的课程还在这边上。

王疏月先去十二楼给张敏送了U盘，走回电梯口的时候却发现两台电梯都在检修。师傅告诉她，因为怕下雪天太冷，电路出问题，所以趁着上课时间利用率不高，提前检查检查，大概要等十分钟的样子。

王疏月想着楼层不算太高，也不想站着干等，索性绕着楼梯慢慢地走下去。

下到十楼的时候，却隔着楼道听见了昨天那个熟悉的声音。

声音如载体，很多时候，内容反而不重要，重要的是它承载的细微的情绪，好似伸出手掌来的陈酒香气，扩散到五官七窍。

王疏月鬼使神差地停住脚步，站在楼梯口，闭上眼睛静静地听了好一会儿。原来不光是"王疏月"那三个字，他平静讲述时的语气、口吻、声调也有一种经年的熟悉感。她不禁朝着那间教室慢慢挪去。

教室在走廊的尽头，是一间可容纳百人的阶梯教室。下午的最后一节课，学生虽然没有坐满教室，却没有一个人在打瞌睡或玩手机。

王疏月走到后门口，朝讲台上看去。

他背对着学生正在写板书，教室里没有别的声音，只听见粉笔节律均匀地叩击黑板，不一会儿，那一手写得如同印刷体一般的正楷就占据了黑板的半壁江山。他将粉笔仔细地放入粉笔盒中，转身走到讲台前。

"对于一段时期的研究，尤其是政治史方面的研究，并不是占有越多的一手资料就能够做到客观。在我的观念里，我们虽然追求客观性的历史研究，但这条路或许并不能走通，经由时代里的人而进行的研究，从本质上来讲，几乎都是主观的。"

"那么，教授，你讲述的东西也是主观的吗？"前排一个学生举手问道。

他示意学生放下手，反问："你相信它是客观的吗？"

"嗯……至少，我觉得教授你没有在这堂课对这位帝王做出什么主观的评价。"

听完这个答案，他低头笑了笑，随手推了推鼻梁上的眼镜："我是没有评价，但是，我罗列给你们看的史料早已是经过主观过滤筛选的了，关于这位皇帝，历史上留下的史料何止千万，我选择了一些给你们讲解，也把很多我自己认为有偏差的史料暂时放到一边，这些选择已经代表了我的立场和观念。"说完，他抬手看了一眼手上的表，接着说道，"快下课了，有收获吗？"

前排的一个女生大声答应："有！"

他点了点头，抬起头朝后门看去，偏头笑开："那站在门口的那位同学，你呢？"

学生们一齐回头，吓得王疏月连忙躲到了门边。

下课的铃声响起。他没有再纠缠，随手摞了摞讲台上的讲义："下课。周末愉快。"

学生们鱼贯而出。

王疏月埋着头装鸵鸟。好在周末的氛围太好，学生打电话的打电话，聊天的聊天，几分钟就散得一个人都没有了。

空荡荡的楼道里就剩王疏月一个人。她站直身，偷偷朝教室里看了一眼，却看见贺庞半靠着前排的桌子站着，正笑着看向她："王疏月，进来。"

“你都下课了……我不耽搁你。”

“你没耽搁我，我有话想跟你说。进来吧，把多媒体关了，你站那么远，我说话费劲。”

王疏月吸了一口气，挺着背走进教室，一步一步踩下阶梯，在离他还有两三个台阶的地方站住：“你想跟我说什么？”

贺庞站起身。

王疏月忙又往后退了一个台阶：“干什么……教室里有监控的！”

“哈哈。”他看着她窘迫的模样，摊开手笑了。

“都21世纪了，你还这么胆小吗？”

“你到底想跟我说什么？”

“也没什么，就想问问你，想听我的课，为什么不直接进来？”

王疏月听他这么说，这才稍微缓和了些语气：“那什么……你讲课讲得好，各大学院的学生有口皆碑，我想跟教授学习学习。”

“那学到了什么？”

王疏月翻了一个白眼，他还真有脸详细问，一定是故意的。于是她抬头朝黑板指了指，随口道：“字好。尤其是那个‘春’字，韶光脉脉……春如海。”

贺庞顺着她手指的方向回头：“那是御制诗。”

“御制诗？”

“嗯，皇帝写的诗。”

“这一句听起来真温柔。”

“是啊，那是他少年时代写的，不过，写那首诗的时候，他在病中，整个禁城，除了一个老宫女，没有一个人去看过他。”

他背对着王疏月，王疏月看不见他的表情，可不知道为什么，刚才还把她逼到窘境的人这会儿说起这段话的模样看着竟有些疲倦。

“历史上帝王家……这么无情。”

“后人杜撰过头的地方也有，不过，不论是杜撰还是秉笔实写，都是旁观者在猜测已故之人的心境而已，究竟如何……只有他自己知道。”

“听你这么说，感觉……真可悲。”

“也不是，据我猜，他后来过得不错。”

“说得好像你就是他一样。”王疏月嘀咕了一句，见他不说话，后悔自己说的话有些冒犯，忙又跟了一句，“因为后来有人陪他吧？”

他点了点头，回头看向王疏月：“王疏月，你是个女性主义者，你觉得他可悲，不觉得陪着他的人也可悲吗？”

王疏月愣了愣，抬头又向那一行诗看去，过了好一会儿，才放低声音开口道：

“我不知道，直到现在，我也不觉得女性彻底摆脱了男权，可是，我仍然觉得，所有的斗争都不应该以否认‘情’为前提。”她一面说，一面在座位上坐下来，继续望着黑板上的字，“过去的女性没有婚姻的选择权，也没有生育的自主权，现在的女性有了，婚姻本身却没有因此对女性更为友好，反而因为我们有了清醒的认知、理性的权衡，而更加艰难，甚至变得难信任，难以开始。我研究女性的婚姻观念以来，看到了不少理论和现实的矛盾，这个世上有很多伟大的女性，她们试图为我们尝试另外一种生活方式，否定父权社会，否定婚姻本身，否定身孕，但也难免因为偏激，而使很多身在婚姻中的女性陷入恐慌，陷入对感情的绝对否定。我觉得这样不对。”说着，她侧头看向他，“不善良，不人道。”

不算短的一席话，其间，他没有打断，也没有评价。甚至到她说完，他也没有开口。

“你怎么不说话？”

“我在听你说。”他说完，隔着一个座位与她并排坐下，“我以前没有什么机会听女性跟我说这些话，所以想得不够深入。”

“我也是感性认识，经不起推敲的，教授。”

“不是，你没变。”

“啊？”

“没什么……”

“欸欸，你看，下雪了。”女人的思维果真是跳跃，话音刚落，她已经站了起来，指向窗外，欣喜地说，“今年的第一场雪啊。”

他顺着她的目光望去，果然见窗外不知什么时候静悄悄地落起雪来。

风物关联所有的记忆，他猛然回忆起几百年前初见时：“王疏月。”

“啊？”

“明天想不想去旧皇宫转转？”

“拜托，教授，我是土生土长的本地人，旧皇宫，逛千八百回了。”

“也是。”

“不过……教授，我爸还没陪我去过。我之前一直在想，有个梁史专家陪我去，应该……不错。”正说着，她的手机突然响了，她拿起来一看，噌地跨了出去，“完了，忘记和张敏约了，教授，我先走了。”

“等等。”

“还有什么事吗？”

“没有，想问问，下雪天，你的膝盖会疼吗？”

王疏月一愣，道：“你怎么知道的？不至于吧，我爸连这个都跟你说吗？”

他摇了摇头，没头没尾地应她：“一直记得自己是个欠债的人，每天都在想怎么还。”说完，他挥了挥手，“明天见，王老师。”

这就莫名其妙地要去和那个藏着尾巴的斯文败类约会了吗？王疏月抱着毯子窝在沙发上发了一会儿愣，突然觉得经过下午一番对谈，“斯文败类”这四个字又不那么贴合他了。

讲述历史的人身上多多少少带着某种慎重和克制，毕竟那是绝对的不可知之地，只能谦卑地去考证。这样的慎重，王疏月在父亲身上看见过。贺庞那个人身上却没有。他讲起几百年前的诗句，声调很是自然，身上没有凌厉的气场，平和之中却透着游刃有余的从容，甚至没有因为其主已逝，其心遥不可考，而对那些古老的诗句产生来自时代的疏离感。从实来讲，他站在黑板前默诵文句时的神情莫名有一种……自悯。

君子自悯，必深藏惨痛。可他这么年轻，究竟在自悯什么呢？

王疏月裹了裹毯子，抬头吸了两下鼻子。

“月儿。”

“嗯？”

“想什么呢？”吴灵端了一杯牛奶坐过来，“还不睡？”

“在想明天穿什么。”

吴灵回头看了一眼打开的衣柜：“有什么可想的？那穿得跟圣诞树一样的，还会挑剔你不成？穿……”她说着站起来，走到衣柜前面翻拣，“穿这件羊剪绒的白大衣吧，可爱。”

王疏月无奈地笑，拖长声音道：“妈，我都二十七岁了——”说着说着突然觉得不对劲。

“不是，妈，你怎么知道我明天要和贺……教授出去啊？”

吴灵头也没回，认真地扒拉着一堆围巾，淡定地说了四个字：“我是你妈。”

“先别跟爸说。”

“为什么？他知道了估计能多吃几碗饭。”

“我……什么都还没想好。”

“没事。”吴灵回过头，“人和人是要相处的，慢慢来。对了，明天去哪儿逛啊？”

“他说逛旧皇宫。”

“什么？哈哈，不愧是和你爸一个学院的。当年你爸和我谈恋爱，就是在大冬天里逛旧皇宫，冷得我手都僵了，他也没舍得给我买点儿糖炒栗子，你那爸爸人呆得很。想不到那小子也要带你逛旧皇宫，旧皇宫有什么好逛的……到时候他准得跟你爸一样，跟个猴儿似的到处跳，跟你炫耀啊，这个地方住过谁谁谁…这个地方发生过历史上什么什么大事……一副臭屁模样。”

王疏月笑着打断她："妈，你说得笑都快藏不住了。"

"你懂什么？"

"怎么不懂了？镜子、口红、项链、胸针，旧皇宫那文创品牌出什么你买什么，淘宝账号都快成钻石VIP了吧。"

"那都是你爸的老土品味！好了，不说了。你们……哦，对，你们要逛旧皇宫，那这白的就不合适了。嗯……"

她又回到王疏月的衣服堆里认真地扒拉，不一会儿就又拎出了一件："这件好，这件是红的，还红得特别正，你买了没怎么穿过，明天穿着去拍照，肯定好看。"

"这件——"王疏月端着牛奶，缩在毯子里扫了一眼，有些犹豫。

吴灵自顾自地拿到她身上来比画："妈觉得挺好看的。怎么，你不喜欢啊？"

"倒不是，我就是怕——"

"怕什么？"

"算了，没什么，就这件吧，听妈的。"

"对嘛，早点儿睡啊。月儿，别老躲在被子里玩手机。"

最后，王疏月担心的那件事到底还是发生了。

周六早上，下了一晚上的雪，天将将放晴。好在还不是融雪的时候，尚不算冷。

王疏月穿着那件正红色呢子大衣从出租车上下来，一眼就看见那个站在人群里，套着一件……怎么形容呢……鸭屎绿色羽绒服的贺庞。她什么都不怕，就是怕他这人是真的喜欢绿色。王疏月一脸被雷劈的表情，她恨不得打个车回去自我拯救一下再过来，然而显然来不及了。

贺庞哈着白气朝她走过来，一边走一边笑："这身好看。"

王疏月不客气地翻了个白眼："对，好看。我大旧皇宫红墙绿瓦嘛，我们是大红萝卜配青菜，特别符合你贺教授的审美。"

贺庞笑笑，迁就她的情绪，抬起手理了理脖子上的围巾："衣品很早就没救了。"

王疏月气得胃疼，看他那样又憋不住笑："算了，说出来就觉得顺眼些了。"

他跟着点点头："对，你不喜欢什么就该撑。"说着他打量了一下自己身上的衣服，"我本来以为这身比上次见你和叔叔阿姨时要好些，学生说今年流行这个色，叫什么来着，哦，橄榄绿。"

王疏月抱着手臂，抬起头看向他。

他也低下头望着她的眼睛："毛还不顺？"

"哈，不是，我是以为……我以前以为啊，像你和我爸这样学历很高的男人，多少都会有些大男子主义。"

"为什么？"

“因为你们在你们自己身上、在你们的学术领域倾注了太多的心血，身旁的人自然而然就蜕变为背景了。像我爸一样，他那个人从来不喜欢被捋，也不喜欢被别人挑战。”

贺庞笑了笑，转身让她：“先进去吧。”

王疏月却并不打算终结这个话题：“你看，你躲我的话，也就是说，你认可，是吧？”

贺庞不急不慢地朝前走着：“我没从王教授身上看出什么大男子主义。”

“那是他遇见了我妈！”

“我也没有。”

“哈，难道你遇到过像我妈那样的妹子？”

贺庞转过身，慢慢地退着步子：“我只遇到过一个妹子。”

王疏月脸一红，尽管猜到了他要走老掉牙的撩妹套路，却又觉得这些话从他口中说出来很诚恳。

“你……你还是别往下说了。”

“王疏月，我今年三十二岁，没有谈过恋爱，没有经验，不太懂怎么对女孩子好。不过，我挺会看书，挺会考试，如果你觉得现在的男生应该学点儿什么女性主义理论——”

“你说到哪里去了？我从来没有这样想过。”

“但我想了不少，自从听了你在北边的那一次演说之后。”

王疏月一怔，道：“那次你也在吗？”

“嗯，听完了整场。我觉得你的观点很平和，也很有力量。”

“谢谢你啊。我也不知道为什么，总想为她们、为自己证明些什么。”她说着，渐渐沉默下来。

道路上轻轻地起了一阵风，城里一旦见了雪，就干冷得厉害，她忍不住吸了吸鼻子，脖子上却突然传来一阵暖。驼色的羊绒围巾在她脖子上温柔地绕了一圈，而那人的手却没多做停留，理好围巾后，就揣进羽绒服的口袋里。

“不光是你，历史上也有很多人为她们做过很多事情。”他一面说，一面转身继续朝前走。

雪花很细碎，把他的身影衬得很柔和。

“旧皇宫已经不是荣梁两代的禁城了，很多殿宇经过翻修、弃置，改变了格局和功能，好些宫室不复存在，或者存在，也不能展示给现在的人们看。你还记得写‘韶光脉脉春如海’的那位皇帝吧？”

“嗯。那位皇帝曾在长坤宫中设过一个驻云堂，不过，现在已经无从考证了。”

王疏月追了两步跟上他：“皇帝的居室为什么会设在长坤宫中？”

“因为，皇帝宠爱长坤宫里的贵妃。”

“是那个后来陪着皇帝的人吗？”

“是的。她去世于皇帝在位的第三十个年头。后来镂云开月里的那个驻月堂也是为了纪念她。”

“为什么又是云又是月？”

贺庞侧头看向她，笑了笑：“不知道，也许是因为那位汉人贵妃名字里有这两个字吧。”

“连皇帝嫔妃都不能留下名讳啊。”

“是啊，梁史稿里记载，她应该姓王。”

“欸，长坤宫在哪边来着？”

“那面，怎么了？”

“突然想去看看。”

“你对她有兴趣吗？”

“挺想知道在那个时代陪伴皇帝的女人曾经过着什么样的生活。”

“史料里不会记载这些。”

“我知道。不过，教授能猜到多少？”

“猜得到一些。”

“说说啊。”她好像真的来了兴致，人也跟着凑了上来，温暖的呼吸扑到贺庞耳后，令他忽然有些耳热。

“她过得实在不算好。荣末的贵族女人要缠足，她应该也深受其苦。正史里有记载，她随着皇帝巡幸申兰围场多次，却不能像梁云嫔妃一样陪着皇帝围猎。另外，野史里有一些传言，她最初见罪于皇帝，在雪地里跪过一宿，因此患上了寒症，终生受此折磨，最后也亡于此症。”

王疏月听完有些迟疑。

贺庞停下脚步：“想问什么？”

“被伤成那样，还要陪着皇帝……”

“你想说不值得？”

王疏月没有马上回答，沉默了一会儿，抬头摇了摇，露出释然的笑：“我不是那位贵妃，不能替她说值得不值得。”她说完，看向他的眼睛，“我不过是庆幸，那个年代……终于过去了。”

他点了点头：“所以，王疏月，你要好好地生活。”

面前的女人身体一僵：“你刚说什么？”

“王疏月，你要好好地生活。”

细柔的雪落在她的鼻尖，一下子化成了温水。周围的游人来来往往，脚步声、小孩的喧闹声轰隆隆地灌入她的耳中，与此同时，还有一个遥远的声音若隐若现。

“怎么了？”

她摇了摇头，努力想把那个声音从记忆里抓出来：“好像有一个人跟你说过相似的话。”

贺庞半屈膝盖，平视她的眼睛：“他说什么？”

“好像是说……‘王疏月，你好好活着。’”

他由衷地露出一个笑容，从衣兜里伸出手来，轻轻摸了摸她的头：“是啊，王疏月，你好好活着。”

图书在版编目（CIP）数据

为妃三十年：全二册 / 她与灯著. -- 北京：北京联合出版公司, 2023.8（2023.9重印）

ISBN 978-7-5596-6743-4

Ⅰ. ①为… Ⅱ. ①她… Ⅲ. ①长篇小说–中国–当代 Ⅳ. ①I247.5

中国国家版本馆CIP数据核字(2023)第119330号

为妃三十年：全二册

作　　者：她与灯
出 品 人：赵红仕
责任编辑：徐　鹏
产品经理：陈隽萱　张梦璇　谢佳卿
封面设计：吴思龙@4666啊
出版监制：辛海峰　陈　江
特约监制：穆　晨　殷　希
特约编辑：丛龙艳　王苏苏
特约印制：赵　明　赵　聪
美术编辑：任尚洁

北京联合出版公司出版
（北京市西城区德外大街83号楼9层　100088）
北京联合天畅文化传播公司发行
天津中印联印务有限公司印刷　新华书店经销
字数 800千字　710毫米×1000毫米　1/16　40印张
2023年8月第1版　2023年9月第2次印刷
ISBN 978-7-5596-6743-4
定价：79.80元（全二册）